MADDRAX IM
TASCHENBUCH-PROGRAMM:

23 239 Bd. 1 Die dunkle Zukunft der Erde
23 249 Bd. 2 Die Kinder des Kometen
23 257 Bd. 3 Odyssee der Verlorenen

Jo Zybell • Bernd Frenz • Michael J. Parrish
Timothy Stahl

MADDRAX

Die Erben der Menschheit

Sechs Romane

BASTEI LÜBBE TASCHENBUCH
Band 23 261

1. Auflage: Mai 2003

Vollständige Taschenbuchausgabe
der Romanserie, Band 16 bis 21
Infos zur Serie unter
www.maddrax.de

Bastei Lübbe Taschenbücher ist ein Imprint
der Verlagsgruppe Lübbe

Lektorat: Michael Schönenbröcher
Titelillustration: Arndt Drechsler
Kartenzeichnung: Helmut W. Pesch
Umschlaggestaltung: QuadroGrafik, Bensberg
Satz: Heinrich Fanslau, Communication / EDV, Düsseldorf
Druck und Verarbeitung: Maury Imprimeur
Printed in France
ISBN 3-404-23261-5

Sie finden uns im Internet unter
http://www.luebbe.de

Der Preis dieses Bandes versteht sich einschließlich
der gesetzlichen Mehrwertsteuer.

INHALT

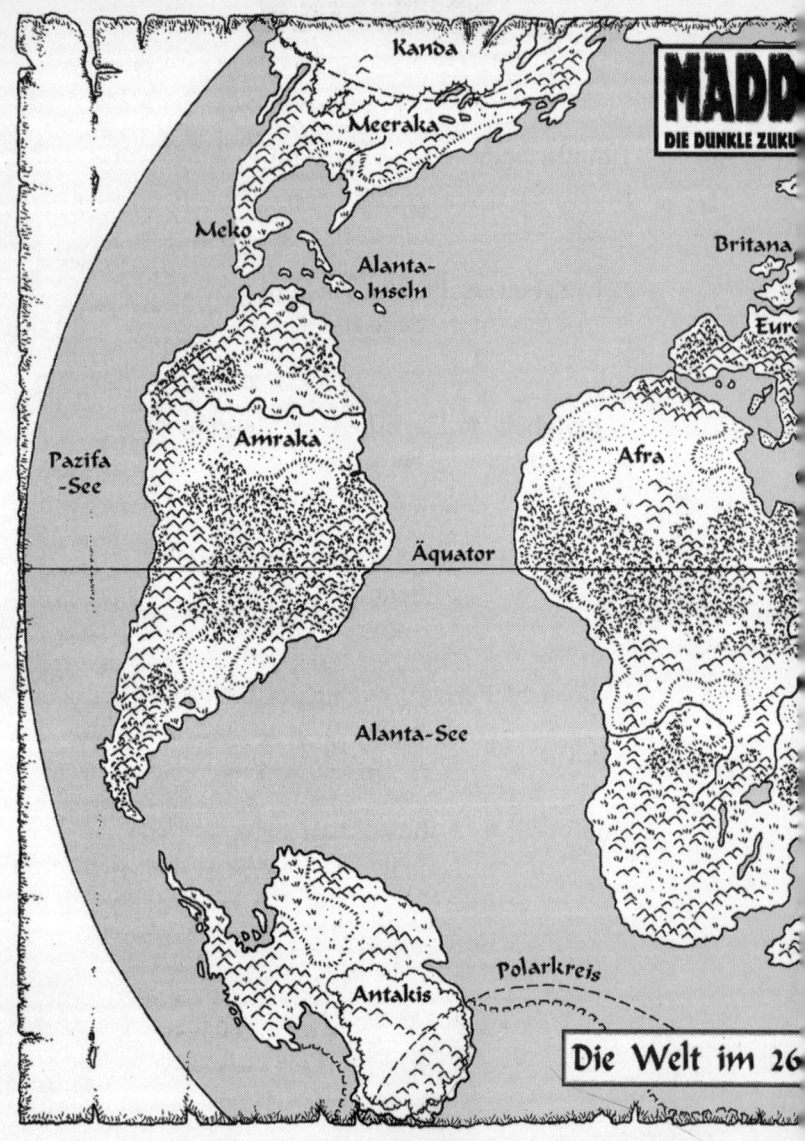

DRAX
UKUNFT DER ERDE

Ila

na

uree

Groland

Kanda

Meera-See

Meera-Inseln

Ruland

Tuurk

Kristofluu-See

Rula

Nipoo

Kore

Cinna

Pazifa-See

Arba

Induu

Thaland

Pazifa-Inseln

Neginee

Srila

Bono

Midaa-See

Sumra

Ausala

Madga

Taman

26. Jahrhundert

TIMOTHY STAHL

30 MEILEN UNTER DEM MEER

Samia fror erbärmlich. Ihre Zähne klapperten im Stakkato aufeinander, und das Herz schlug der jungen Frau so rasend in der Brust, dass es wehtat.

Der Sturm war wie ein Ungeheuer über sie hergefallen, riss und zerrte an Samia und den anderen. Heulte und fauchte wie tobsüchtig um die Ruinen der toten Stadt. Und die Himmelsflut, die er entfesselte, schien die ganze Welt ersäufen zu wollen.

Dennoch zitterte Samia nicht wegen der Kälte oder aus Angst vor der Naturgewalt. Denn da war noch etwas anderes, das im dunklen Mantel der Sturmnacht wütete, mit Klauen und Zähnen, und von dem Samia sich wie aus tausend Augen angestarrt fühlte.

Davor fürchtete sie sich wie nie zuvor in ihrem Leben! Und hatte allen Grund dazu.

Denn all die anderen schienen der mordlüsternen Brut da draußen längst zum Opfer gefallen zu sein. Der letzte Schrei, ausgestoßen in größter Not und ärgstem Schmerz, war vor einer kleinen Ewigkeit verklungen. So jedenfalls kam es Samia vor.

Und jetzt blieb ihr nur wenig noch zu tun. Zu warten, dass der Tod auch zu ihr kam ... und das Leben ihres kleinen Sohnes, den sie an ihrer bebenden Brust barg, mit dem eigenen zu schützen! Solange es irgend ging ...

Samia wusste weder, vor wie vielen Tagen und Nächten sie aufgebrochen waren, noch, wie weit sie in all der Zeit marschiert waren. Nur eines wusste sie mit Bestimmtheit: Die Legende von der *Insel der Könige*, wo es Nahrung und Reichtümer im Überfluss geben sollte, war nichts weiter als ein schönes Märchen, das Hoffnung zu wecken verstand. Eine Geschichte, die womöglich nur aus einem Grund in diese unwirtliche Welt gesetzt worden war: um Unschuldige und Leichtgläubige ins Verderben zu locken.

Dennoch brachte Samia es nicht übers Herz, ihren Herrn, dem sie brav und treu gefolgt waren, dafür zu verfluchen. Nicht einmal jetzt, im Angesicht des sicheren Todes. Ihr Herr hatte es ohne jeden Zweifel nur gut gemeint mit ihnen. Keine hatte er bevorzugt, alle hatte er sie gleich geliebt auf seine ganz besondere Weise.

Nun, Samia vielleicht ein klein wenig mehr, in letzter Zeit wenigstens. Nachdem sie ihm einen Sohn geschenkt hatte, den ersten nach all den Töchtern, die ihm die anderen geboren hatten.

Einen Sohn jedoch, den er jetzt nicht mehr würde aufwachsen sehen ...

Denn der Herr war gewiss schon tot, wie all die anderen. Tot wie bald auch Samia und das Kind, das erstaunlich still in ihren Armen ruhte, als sei es taub für den brüllenden Sturm und blind für die Gräuel, die ein ums andere Mal von grellen Blitzen dem Dunkel der Nacht entrissen wurden, buchstäblich für Augenblicke nur. Doch diese winzigen Momente hatten vollauf genügt, um Samia zu offenbaren, was um sie her geschah.

Sie kamen.

Sie schienen überall zu sein. Waren wimmelnde Bewegung zwischen den Ruinen, die irgendwann einmal von Menschen bewohnt gewesen sein mussten. Ein Bild, wie Samia es oft gesehen hatte auf dem langen Marsch, der sie und die anderen von einem Ende der Welt ans andere geführt hatte.

Schatten wogten um sie her. Krallen kratzten und schabten vernehmlich über Stein. Schutt knirschte unter dem Gewicht dieser ... Ungeheuer, die sich mit unangenehm schrillen Lauten untereinander verständigten.

Erstaunlich, wo sie doch nur Tiere waren. Tiere, die im Grunde nichts anderes taten als ihrer Natur zu gehorchen, ihren Trieben zu folgen.

Dennoch, die Art und Weise, in der sie ihre Opfer in die Enge trieben und einkreisten, um dann über sie herzufallen, empfand Samia als geradezu erschreckend menschlich.

Sie duckte sich tiefer in die Mulde, in der sie Deckung gesucht hatte. Als könne sie untertauchen in dem flachen Tümpel aus Regenwasser oder gar versinken in dem sumpfig gewordenen Grund.

Eine Berührung zwischen Brust und Hals erschreckte sie erst, bis sie merkte, dass sie von ihrer eigenen Hand herrührte. Wie von selbst hatte sie sich bewegt, und jetzt tasteten die zitternden Finger nach dem sonderbaren Schmuckstück, das Samia an einem Lederband um den Hals trug.

Ihre Mutter hatte es ihr einst geschenkt. Samia wusste nicht, worum genau es sich dabei handelte. Nur dass es sehr alt war und sich schon seit sehr, sehr langer Zeit im Besitz der Familie befand. Angeblich stammte es noch aus der Zeit vor *Kristofluu*, doch daran hatte nicht einmal Samias Mutter recht glauben wollen. Sie hatte lediglich alles, was ihr über den knapp fingerlangen Anhänger erzählt worden war, an ihre Tochter weitergegeben, wie es Tradition in der Familie war.

Eine Tradition, die hier und heute ihr Ende finden sollte. Denn Samia würde den Anhänger nicht mehr weiterreichen können an eine nachfolgende Generation ...

Das Schmuckstück war aus glänzendem Metall gefertigt und bestand aus zwei Balken, die einander kreuzten. Daran befestigt war die Nachbildung eines Mannes mit ausgebreiteten Armen. Besonders das Gesicht der Figur war beeindruckend – es wirkte so *echt*, der Ausdruck darauf eine seltsame Mischung aus Schmerz, Gleichmut und Hoffnung.

Samia hatte manche Stunde damit zugebracht, dieses

Gesicht zu betrachten. Und auf eine Weise, die sie selbst nicht verstand, hatte sie aus dem Amulett Kraft bezogen; keine körperliche, nein, sondern eine Kraft, die ihren Mut nährte, wenn Trübsal oder Furcht sie geplagt hatte...

Jetzt schloss Samia ihre Faust um den Anhänger. Die spitzen Balkenenden stachen in ihre Handfläche. Aber es tat nicht weh. Im Gegenteil begrüßte sie das Gefühl, denn es lenkte sie ab von der Wirklichkeit, lotste ihre Gedanken an einen besseren Ort. Einmal mehr tat das Familienerbstück seine wundersame Wirkung.

Samia spürte die Nähe ihrer Mörder. Sie roch den stinkenden Atem aus ihren Mäulern, der wie Nebel über sie kam. Aber die junge Frau hielt die Augen fest geschlossen und empfand eine Ruhe wie in tiefem Schlaf.

Trotzdem waren die Schmerzen, bei lebendigem Leibe zerrissen und gefressen zu werden, furchtbar!

Aber Samia ertrug sie mit einem (wie sie meinte) ganz ähnlichen Ausdruck im Gesicht wie jener Mann, dessen Abbild sie fest hielt – bis zuletzt...

»Nach Caalaj wollt ihr?!«

Der verschrobene Alte hatte gelacht, aber es war nicht ein Fünkchen Belustigung darin gewesen. Und in seinen eisgrauen Augen glomm etwas, das selbst Matthew Drax einen Schauder über den Rücken gejagt hatte.

»Ihr müsst von Sinnen sein«, hatte der alte Jäger dann gesagt. »Was sucht ihr dort? Das Ende der Welt?« Er hatte abgewunken. »Dann spart euch den Weg. Ich kann euch versichern, dass ihrs dort finden werdet – und wenn die Götter euch nicht wohlgesonnen sind, dann zeigen sie euch in Caalaj obendrein noch die Pforten der Hölle!«

Vor drei Tagen waren Matt Drax und seine Gefährtin Aruula dem wandernden Jäger begegnet und hatten seine Einladung ans Feuer angenommen. Die halbe Nacht hindurch hatte er ihnen von Caalaj erzählt, eine Geschichte schauriger als die andere.

Jetzt, da Matt und Aruula das einstige Calais erreichten, mussten sie eingestehen, dass der alte Mann zumindest in einem Punkt nicht übertrieben hatte: Über der früheren französischen Küstenstadt tobte ein Unwetter, als hätte nicht nur der Himmel alle Schleusen, sondern auch die Hölle sämtliche Pforten geöffnet!

In der Luft lag ein Brüllen wie von Horden urzeitlicher Tiere, die in Panik geraten waren. Sturmwind riss wie mit unsichtbaren Händen an allem, was nicht fest verankert war. Der Regen fiel so dicht, dass man meinte, gegen Wände aus Wasser anzugehen. Donner und Blitz lösten einander nicht ab, sondern gingen unaufhörlich ineinander über, ohrenbetäubend laut und gleißend hell. Und Hagelkörner, groß wie Fäuste, prügelten gleichsam auf Matt und Aruula sowie den Frekkeuscher ein, der ihnen zum Reiten diente.

»Das Schlachtfeld der Götter ...«

Aruula saß hinter Matt auf dem Rücken der Riesenheuschrecke. Ihre Arme lagen um seine Hüften. Er spürte den Druck ihrer vollen Brüste im Kreuz und merkte, dass die schöne Barbarin eine Gänsehaut bekam, als sie die Worte des alten Jägers wiederholte.

So hatte er Caalaj genannt – *Schlachtfeld der Götter*. Den Ort, an dem die Allgewaltigen ihrem Zorn freien Lauf ließen. Wo sie sich vorbereiteten auf Kämpfe unter ihresgleichen. Ein Ort, an dem Menschen nichts verloren hatten – nur zu verlieren ...

Matt glaubte nicht daran, nicht einmal jetzt, da dieses sturmgebeutelte Fleckchen Erde vor ihm lag und er mitten in einem Unwetter steckte, wie er noch keines erlebt hatte. Nicht einmal der Tornado, der quer durch Kansas gefegt war, als Matt dort im Kindesalter Verwandte besucht hatte, konnte mit der Gewalt dieses Sturmes mithalten.

Aber auch wenn er sich im Gegensatz zu Aruula nicht von irgendwelchen Legenden über Götter beeindrucken ließ, musste sich Matt Drax doch eingestehen, dass dieser Sturm ihn das Fürchten lehrte – oder ihm zumindest Respekt einflößte vor der Naturgewalt. Wenn hier öfter ein solches Wetter herrschte, war es kein Wunder, dass die Gegend verrufen war ...

»Wir brauchen einen Unterschlupf!«, brüllte er gegen den Sturm an. Der fauchende Wind riss ihm die Worte von den Lippen und wollte ihm zugleich noch den Atem rauben.

»Lass uns umkehren, Maddrax!«, schrie Aruula zurück. Sie presste sich noch fester gegen ihn. »Vielleicht kehrt dann Friede unter den Göttern ein!«

Matt hatte Aruula als tapfer und kämpferisch kennen gelernt – solange es gegen Feinde ging, die sich mit Schwert oder List besiegen ließen. Kamen jedoch vermeintlich göttliche Mächte ins Spiel, dann schlug bisweilen der Aberglaube ihres Volkes in der Barbarin durch. Zumal wenn sich diese Gewalten so eindrucksvoll in Szene setzten wie hier und jetzt.

»Kommt nicht infrage!«, erwiderte Matt und schüttelte demonstrativ den Kopf. »So dicht vorm Ziel gebe ich nicht auf! Schon gar nicht wegen ein bisschen Unwetter!«

Wie zur Strafe für seinen Frevel schlug ihm ein Eisklumpen gegen die Stirn. Schmerz explodierte dahinter; für Sekunden wurde ihm schwarz vor Augen.

Und jetzt erst recht nicht!, sagte sich Matt, als er wieder klar sah – so weit in den Regenschleiern überhaupt etwas klar zu sehen war...

Calais erinnerte ihn an die Bilder zerbombter Städte aus dem Zweiten Weltkrieg. Der Unterschied bestand nur darin, dass die entfesselte Natur hier noch gründlichere Arbeit geleistet hatte als die Menschen vor über fünfhundertsiebzig Jahren. Calais war beinahe dem Erdboden gleichgemacht. Nur vereinzelt erhoben sich noch Ruinen, die erkennbar einmal Gebäude gewesen waren. Alles andere lag in Schutt, war ein gewaltiges Trümmerfeld.

Matt Drax konnte ein Schaudern nicht unterdrücken. Er empfand eine sonderbare Art von Ehrfurcht vor der zerstörerischen Macht der Natur.

Bevor er sich in weiteren Überlegungen verlieren konnte, trieb er den Frekkeuscher an, indem er ihm die Hacken in die Flanken drückte. Das Tier war nervös, wollte seinem Reiter nicht recht gehorchen. Doch Matt zwang es mit eiserner Hand voran.

Manchmal wunderte er sich selbst, wie schnell er mit all den fremden Dingen, die es in dieser Zeit gab, vertraut geworden war. Diese Riesenheuschrecken beispielsweise waren ihm zuerst regelrecht unheimlich vorgekommen. Inzwischen aber ritt er darauf, als habe er in dieser Welt sein Lebtag lang keine andere Art der Fortbewegung gekannt.

In dieser Welt...

Die Worte hallten unangenehm in Matts Kopf wider. Er versuchte so selten wie möglich daran zu denken, dass er nicht in diese Welt und diese Zeit gehörte. Es hatte ihn hierher verschlagen, gegen seinen Willen.

Er hatte eine Zeitreise gemacht, rund fünfhundert Jahre »übersprungen«. Auslöser war die Druckwelle eines Kometen gewesen, der die Erde getroffen hatte.

Auf die näheren Umstände konnte er sich aber noch immer keinen Reim machen – und würde sie vielleicht nie herausfinden...

Trotzdem gab er nicht auf, allen Rückschlägen und Enttäuschungen zum Trotz. Denn es gab eine neue Hoffnung!

In Laabsisch, dem früheren Leipzig, war Matt Drax auf eine Spur gestoßen, der er seither folgte. Er hatte erfahren, dass es in dieser Zeit sehr wohl Menschen gab, die nicht wie die restliche Weltbevölkerung degeneriert waren – auch so eine Unmöglichkeit, die noch enträtselt werden musste –, sondern das Wissen ihrer Vorfahren gepflegt und fortentwickelt hatten. Menschen, die in sorgsam von der Außenwelt abgeriegelten Bunkern lebten, in so genannten *Communities*. Jeweils eine solche Gemeinde gab es unter anderem in Salisbury und London.

Deshalb waren Matt und Aruula unterwegs in Richtung der britischen Insel. Calais hatte Matt zum Zwischenziel erkoren, weil er hoffte, dass es die unterseeische Verbindung zwischen dem Festland und der Insel noch gab, den Eurotunnel.

Ende des 20. Jahrhunderts war dieses Projekt fertig gestellt worden, und vielen hatte diese rund fünfzig Kilometer lange Schienenverbindung unter dem Meeresboden seinerzeit als neues Weltwunder gegolten. Die Distanz zwischen dem europäischen Kontinent und der britischen Insel war zum Katzensprung geworden.

Matts Hoffnung, den »Channel Tunnel« noch intakt vorzufinden, beruhte darauf, dass diese Röhre schließlich für extremste Belastungen konstruiert war. Gut möglich also, dass der »Chunnel«, wie er auch genannt worden war, die Katastrophe am 12. Februar des Jahres 2012 überstanden hatte.

Nur die alten Fahrpläne werden wohl nicht mehr gelten, dachte Matt in einem Anflug von skurrilem Humor.

Er trieb den Frekkeuscher weiter ins einstige Zentrum der Stadt. Die Sprünge des Tieres waren so grotesk wie widerwillig. Der Sturm hieb auf das Rieseninsekt und seine Reiter ein. Und mit jedem Satz, den der Frekkeuscher vollführte, schienen die ringsum tobenden Gewalten noch zuzunehmen.

Bis das Unvermeidliche geschah.

Mitten im Sprung wurde das Tier wie von Titanenhänden gepackt und zur Seite getragen. Es wirbelte mit seinen Gliedern, als könne es Halt finden in der kochenden Luft, drehte sich im Sprung und –

Matt spürte, wie sich Aruulas Griff um seine Hüften löste, wie sie gleichsam vom Rücken des Frekkeuschers gepflückt wurde.

Wie im Reflex wandte er sich halb um, versuchte nach seiner Gefährtin zu greifen. Dabei ließ er die Zügel los, der Druck seiner Schenkel um den Leib des Tieres lockerte sich – und plötzlich fühlte sich auch Matt regelrecht vom Rücken des Frekkeuschers gehoben, beinahe schwerelos, als könne er fliegen.

Das Gefühl währte eine, allerhöchstens zwei Sekunden. Dann packten auch ihn die Sturmhände, schüttelten ihn durch, droschen ihn durch die Regenwände in die Nacht –

– und ließen ihn unvermittelt wieder los, wie Kinder, die plötzlich ihre Lust am Spiel verloren hatten.

Matt fiel. Im Sturz krümmte er sich zusammen, barg den Kopf so gut es ging zwischen den Armen.

Der Aufprall war trotzdem furchtbar schmerzhaft. Die Luft wurde ihm aus den Lungen getrieben, ein keuchender Aufschrei wich von seinen Lippen.

Einen Moment lang blieb Matt reglos liegen. Dann

rührte er sich vorsichtig, überprüfte, ob er sich etwas gebrochen hatte.

Nein, offenbar nicht. Dennoch schmerzte jede Faser seines Körpers ...

Entsprechend mühsam richtete sich Matt auf. Dabei checkte er rasch, ob die spärliche Ausrüstung, die er bei sich trug, noch vollständig war. Sie war es. Noch einmal Glück gehabt ...

»Aruula!«

Matt brüllte gegen das Wüten des Sturmes an. Trotzdem war er selbst kaum im Stande, seine eigene Stimme zu vernehmen.

Ein ums andere Mal schrie er den Namen der Barbarin, die ihm längst mehr geworden war als eine bloße Weggefährtin, in die kochende Nacht. Mit unbeholfenen Schritten stakste er zwischen Trümmern und Mauerfragmenten umher. Aus geschmälten Augen starrte er angestrengt in das wirbelnde Grau und Schwarz ringsum, hielt Ausschau nach einer Bewegung, die weder Sturm noch Regen verursachten.

Nichts.

Matt spürte ein widerwärtiges Stechen in der Brust. Sein Magen verkrampfte sich.

Der verdammte Hurrikan konnte Aruula weiß Gott wohin getragen haben! Vielleicht lag sie jetzt irgendwo, mit gebrochenen Knochen, bewusstlos, nicht in der Lage, seine Rufe zu hören und zu beantworten. Vielleicht war sie gar ...

Matt unterdrückte den Gedanken.

Unsinn!

Sie hatten so viel miteinander durchgemacht und waren noch jedes Mal mit halbwegs heiler Haut davongekommen – da würden sie sich doch von einem bloßen Sturm nicht unterkriegen lassen!

Aber wer wusste schon zu sagen, was sich im Schutze dieses Unwetters und der Trümmer dieser Stadt verbergen mochte ...?

Auch diesen Gedanken verfolgte Matt nicht weiter. Stattdessen rief er Aruulas Namen noch lauter, brüllte aus Leibeskräften.

Und endlich hörte er ihre Stimme.

Gewissermaßen ...

Denn ihre Antwort auf Matts Rufe entstand direkt in seinem Kopf!

Die Empfindung irritierte Matt nur einen Augenblick lang. Aruula war telepathisch veranlagt. *Lauschen* nannte sie diese Gabe. Sie vermochte die Stimmungslage anderer Intelligenzen aufzufangen, und bisweilen konnte sie sich auch in die Gedanken anderer »einklinken«.

Geht es dir gut?, erkundigte sich Matt in Gedanken.

Ich bin in Ordnung, versicherte Aruula, dann lotste sie Maddrax, wie sie ihren Freund, Gefährten und Geliebten nannte, zu der Stelle, wo der Sturm sie abgesetzt hatte.

Der Weg dorthin war mit Leichen gepflastert.

Etwas knirschte vernehmlich unter Matt Drax' Stiefel, gab nach und brach mit dem Geräusch eines morschen Astes. Matt verlor das Gleichgewicht, strauchelte, fiel.

Und sah direkt in eine Knochenfratze, die ihn mit lückenhaftem Gebiss angrinste.

Unwillkürlich schrak er zurück, stieß gegen etwas, drehte sich im Liegen um und sah ein weiteres Skelett zwischen den Trümmern liegen, die dürren Arme ausgebreitet, als wollte es ihn an die knöcherne Brust drücken.

Hastig und ungeschickt kam Matt auf die Beine.

Ein Blitz zerriss das Dunkel und gab den Blick zwei, drei Sekunden lang auf weitere Knochengestalten frei.

»Mein Gott!«, entfuhr es Matt.

Natürlich wusste er, dass es keinen Grund zur Furcht gab. Nicht einmal in dieser in vielerlei Hinsicht seltsam gewordenen Welt erhoben sich die Toten, um den Lebenden ans Leder zu gehen.

Aber andererseits – man konnte ja nie wissen... Bis vor einiger Zeit hätte Matt auch nicht geglaubt, dass er einmal auf einer mutierten Heuschrecke reiten oder sich mit menschengroßen Ratten schlagen würde...

Er schüttelte den Kopf, als könne er den Gedanken so daraus vertreiben. Es gelang ihm, aber dafür trat eine andere Überlegung an dessen Stelle.

Wie waren diese Menschen gestorben? Gewiss nicht eines natürlichen Todes. Wer hatte sie dann getötet? Und ... wo steckten der oder die Mörder jetzt?

Matts Hand griff wie von selbst nach der Beretta 98 G. Das Mündungsauge der Pistole folgte Matts Blicken. Doch nirgendwo rührte sich etwas, das ihm gefährlich schien.

Zwar lag die Vermutung nahe, dass diese bedauernswerten Menschen schon vor langem ihr Leben ausgehaucht hatten; immerhin waren sie skelettiert, und dieser Prozess brauchte einige Zeit. Aber Matt war während der Wochen und Monate, die er nun schon in dieser Welt zubrachte, auf Kreaturen gestoßen, die von ihren Opfern nur die Knochen übrig ließen.

Er überwand seinen Ekel, ging in die Knie und nahm eines der Skelette näher in Augenschein. Halbwegs beruhigt steckte er die Waffe schließlich wieder zurück. Er war sicher kein Experte, was die Altersbestimmung von Knochen anging, aber er glaubte doch sagen zu können, dass diese Skelette schon seit einiger Zeit hier lagen, seit Jahren vermutlich. Klar, die Stürme, die in dieser Ecke des Kontinents an der Tagesordnung zu sein schienen, mochten ihren Teil beigetragen haben, dass die Überreste dieser Toten schneller verwittert waren als unter normalen Bedingungen, aber –

Weiter kam Matt in seinen Überlegungen nicht. Aruula rief nach ihm.

Erst dachte er, ihre Stimme sei wieder in seinen Gedanken erklungen. Dann, als er seinen Namen ein weiteres Mal vernahm, stellte er fest, dass sie ihn nicht telepathisch rief.

»Maddrax!«

So hatten ihn die Barbaren, die ihn nach seiner Bruchlandung in der Zukunft gefunden hatten, genannt, nachdem er mit schwerer Zunge seinen eigentlichen Namen hervorgebracht hatte.

Matt erhob sich. »Wo bist du?«, rief er zurück.

»Hier!«

Eine schemenhafte Bewegung im Sturmdunkel. Matt hielt darauf zu.

Aruula hatte noch mehr Glück gehabt als er. Sie war in einer flachen Senke gelandet, die der Regen in einen Tümpel verwandelt hatte. Das Wasser musste Aruulas Sturz gemildert haben. Der Regen wusch ihr den Schlamm aus der dunklen Mähne und von der nackten Haut.

»Schau«, sagte sie jetzt und winkte Matt zu sich.

Er rutschte zu ihr hin.

Aruula kauerte neben einem weiteren Skelett, dessen Augenhöhlen sich mit Wasser gefüllt hatten. Das flackernde Licht der Blitze schuf bizarre Effekte auf den winzigen Seen. Tropfen liefen über das Knochengesicht. Wie Tränen ...

Matt fühlte sich unangenehm berührt von diesem Bild.

Aber es war nicht der oder die Tote, was Aruula ihrem Freund zeigen wollte. Ihre Hand lag auf dem Brustbein des Skeletts, und auf Aruulas Handfläche wiederum ruhte etwas, das an einer Kette um den knöchernen Hals hing.

»Ein Kruzifix!« Matt vermochte sich nicht einmal selbst die Frage zu beantworten, ob er ein gläubiger Mensch war – oder zu seiner Zeit gewesen war ... Aber der Anblick dieses knapp fingerlangen Kreuzes und der Jesusfigur daran rührte unleugbar etwas in ihm an.

»Du weißt, was das ist?«, fragte Aruula verwundert.

»Ja. Es ist ein Zeichen des Gottes, an den die Menschen meiner Zeit glaubten. Eine Art...«, er hob die Schultern, »...Glücksbringer.«

Er wusste, dass der Vergleich hinkte. Aber erstens mangelte es ihm an einem besseren, und zweitens hatte er jetzt und hier wenig Lust, Aruula in die christliche Religion und Mythologie einzuweihen.

»Es hat *diesem* Menschen kein Glück gebracht«, sagte Aruula. Ihr Blick ruhte unverwandt auf dem Skelett, in der Hand hielt sie noch immer das goldene, zweifellos sehr, sehr alte Kruzifix.

»Nein, sieht nicht so aus«, stimmte Matt lahm zu.

»Vielleicht ist es ein Zeichen deines Gottes«, überlegte Aruula und sah Matt an. »Weil du auf die Warnung *unserer* Götter nicht hören willst.« Damit meinte sie natürlich die Sturmgewalten um sie her.

»Ein Zeichen? Aber wofür denn ... um Gottes willen?« Matt versuchte zu grinsen, aber es misslang.

»Dass wir uns von diesem Ort fern halten sollen. Dass unser Weg der falsche ist und im Verderben endet.«

Matt stieß einen verächtlichen Ton aus und winkte ab. Dieser verdammte Aberglaube! »Unsinn!«, schnaubte er. »Es gibt nur diesen einen Weg! Oder willst du bei dem Wetter auf einem Schiff über den Kanal fahren? Wenn es dir nicht passt, dann –«

Er verstummte. Die Worte, noch nicht einmal ganz ausgesprochen, taten ihm Leid, und er fühlte sich mit einem Mal hundsmiserabel.

»Entschuldige, ich –«, setzte er an, doch Aruula schüttelte den Kopf, ohne ihn aus den Augen zu lassen.

»Nein, entschuldige dich nicht für etwas, das du ehrlich meintest.«

»Aber ich –« Wiederum beendete er nicht, was er hatte sagen wollen. Es hatte keinen Sinn, Aruula täuschen zu wollen. Sie wusste, wann jemand log – ganz gleich aus welchem Grund. Ihr telepathischer Sinn reagierte wie eine Antenne auf Stimmungen.

Und Matt ertappte sich dabei, wie er ihr genau das zum Vorwurf machen wollte. Dass er ihr sagen wollte: *Hör auf, in meinen Gedanken herumzuschnüffeln!*

Aber er tat es nicht. Musste es auch nicht tun.

Aruula wusste ohnedies Bescheid. Und der Schmerz, der die Schönheit ihres Gesichtes verletzte, traf Matt, als sei es sein eigener.

Sie beugte sich etwas vor, zog die Kette über den Knochenschädel und nahm sie samt des Kruzifixes an sich. Dann stand sie auf.

»Vielleicht kann uns ja zumindest dein Gott helfen, wenn du schon nicht auf mich hören willst.«

Sie kletterte zum Rand der Bodensenke hinauf. Matt folgte ihr, schloss zu ihr auf. Er berührte sie an der Schulter, aber sie tat, als merke sie es nicht. Stoisch ging sie weiter.

»Aruula, du weißt doch, wie viel es mir bedeutet, diese Community zu finden – die Menschen, die dort leben. Weil –«

Sie unterbrach ihn, ohne sich umzuwenden. »Das weiß ich. Aber ich hatte geglaubt, ich würde dir mehr bedeuten als alles andere. So wie du mir mehr bedeutest als mein Leben – das ich aufgegeben habe, um mit dir zu gehen.«

Der Treffer saß, und er saß tief. In der Tat hatte Aruula den Nomadenstamm, mit dem sie umhergezogen war, verlassen, um sich Matt anzuschließen, der sich auf die Suche nach seinen Freunden gemacht hatte.

»Aber...«, Matt wollte sich verfluchen für die Hilflosigkeit, die er in sich fühlte, »...du *bist* mir mehr wert als alles andere, Aruula! Das weißt du doch! Verdammt, das *musst* du doch wissen!«

Wie konnte sie nur an der Aufrichtigkeit und Tiefe seiner Gefühle zweifeln? Schließlich war es ihr ein Leichtes, jeden seiner Gedanken und in seinem Innersten zu lesen wie in einem offenen Buch...?

Aruula blieb stehen. Sah ihn an.

»Genau das, Maddrax, habe ich nie getan. Deine Gefühle für mich habe ich nie angerührt – weil ich möchte, dass du sie mir aus freien Stücken zeigst und beweist.«

Damit ging sie weiter und ließ Matt stehen. Buchstäblich wie einen begossenen Pudel im Regen.

Der Sturm über Caalaj ließ nicht nach. Im Gegenteil verstärkte sich die Wucht, mit der die Natur auf die ohnedies geschundene Stadt einhieb, eher noch.

Und Matthew Drax begrüßte diesen Umstand regelrecht. Denn im Bemühen, dem Sturm zu trotzen, musste er nicht darüber nachdenken, was zwischen Aruula und ihm vorgefallen war. Nicht allzu sehr jedenfalls...

Es war ihr erster echter Streit gewesen. Und er hatte Matt, das musste er sich eingestehen, auf den Boden der Tatsachen zurückgeholt.

Bisher hatte er alles, was Aruula für ihn tat und auf

sich nahm, viel zu sehr als gegeben und fast selbstverständlich hingenommen.

Mochte sie auch eine Barbarin sein und ein wüstes Leben geführt haben, so war sie doch in allererster Linie eines – eine Frau nämlich. Eine Frau mit eigenen Bedürfnissen und Sehnsüchten. Und von dem Mann, dem sie ihr Herz schenkte, erwartete sie die Erfüllung dieser Wünsche und dass er ihre Gefühle respektierte.

Matt verzog das Gesicht.

Shit, er dachte ja doch über die ganze Sache nach ...

Er räumte ein, egoistisch gehandelt zu haben. Seine Ziele waren alles, was für ihn gezählt hatte. Und jeder Weg, sie zu erreichen, war ihm recht gewesen. Jede Unbill hatte er auf sich genommen; zuerst, um seine Kameraden zu finden, dann, um sich bis zur Kanalküste durchzuschlagen.

Und Aruula hatte alles geduldig und ohne zu murren mit ihm getragen. Er konnte ihr nicht genug dafür danken. Nur – *wie* sollte er ihr seine Dankbarkeit zeigen?

Worte genügten sicherlich nicht, und der letzte Blumenladen hatte vor etwas mehr als fünfhundert Jahren für alle Zeit dichtgemacht ...

Zeit ...

Vielleicht war das die Antwort, dachte Matt. Er musste Aruula Zeit lassen, und auch sich selbst. Er musste ihr mit Kleinigkeiten zu verstehen geben, wie viel ihm an ihr lag, und diese Kleinigkeiten würden sich summieren, und schließlich würde Aruula sehen, was sie ihm bedeutete.

Sie war sein Anker in dieser Welt und Zeit. Der einzige Grund, aus dem er noch nicht am Schicksal verzweifelt war. So gesehen war Aruula das, was ihn am Leben hielt.

Und Matt wusste, dass er ihr all das mit eben diesen Worten hätte sagen sollen. Aber keines davon kam ihm über die Lippen. Er trug sein Herz nicht auf der Zunge, er stellte seine Gefühle nicht zur Schau, und es war ihm seit jeher schwer gefallen, darüber zu reden – als Kind, als Junge, und als er schließlich ein Mann geworden und in die Dienste der US Air Force eingetreten war, hatte ihn ohnedies niemand mehr nach seinen Gefühlen gefragt. Nur schnelles Handeln und präzises Denken waren noch gefragt gewesen – und auf beides verstand sich Matt Drax nun mal besser als auf tief schürfende und emotionsgeladene Gespräche mit dem schöneren Geschlecht...

»Er leidet.«

Aruulas Stimme riss Matt fast ruckhaft aus seiner Gedankenwelt zurück in die Wirklichkeit. Und bei ihren Worten kam er sich ertappt vor. Er musste an sich halten, um nicht betreten dreinzusehen.

Umso närrischer kam er sich vor, als er merkte, dass Aruula keineswegs auf ihn angespielt hatte, sondern den Frekkeuscher meinte, der vor ihnen am Boden lag.

Der Sturm hatte das Tier offenbar mit schrecklicher Wucht gegen ein Mauerfragment geschleudert. Die Riesenheuschrecke war nicht mehr im Stande, sich aus eigener Kraft zu erheben. Ihre Gliedmaßen zuckten nurmehr, die Flanken bebten, zitterten. Und klägliche Laute hingen wie das Wimmern von Geistern in der Luft und waren trotz des brüllenden Sturmes zu vernehmen.

Sie hatten das Tier gesucht, weil ihr weniges Gepäck auf dessen Rücken befestigt war. Wie durch ein Wunder befand es sich noch immer dort, und Aruula löste die Verschnürung.

Dann zog sie wortlos ihr Schwert und schlug zu, zielsicher und so kräftig, dass Matt das Spiel ihrer Muskeln unter der Haut sehen konnte. Die Klinge trennte den

Schädel des Frekkeuschers vom Rumpf. Dunkles Blut ergoss sich aus beiden Wunden.

Aruula säuberte die Waffe an einem bepelzten Bein des Tieres und steckte sie dann wieder in die Rückenscheide.

Es mochte an leidenschaftslosen, hartherzig anmutenden Aktionen wie dieser liegen, dass es Matt bisweilen schwer fiel, in Aruula die empfindsame junge Frau zu sehen, die sie tatsächlich war ...

Matt Drax hatte sich nie für Eisenbahnen im Allgemeinen und den Eurotunnel im Speziellen interessiert. Von klein auf hatte ihn eigentlich nur interessiert und fasziniert, was mit dem Fliegen zu tun hatte. Und das hatte sich im späteren Leben nicht geändert.

Entsprechend wenig wusste er über diesen Channel Tunnel; nur das, was er irgendwann und irgendwo darüber gelesen oder sonst wie aufgeschnappt hatte. Der Tunnel bestand aus zwei Röhren – in der einen verkehrten die Züge von der britischen Insel zum Festland, in der anderen in umgekehrter Richtung. Beide verliefen im Durchschnitt fünfzig Meter unter dem Meeresboden.

Und darin erschöpfte sich sein karges Wissen denn auch schon.

Mehr jedoch brauchte er auch nicht wissen. Von Bedeutung waren ohnehin nur zwei Dinge – ob es den Tunnel noch gab und ob er zugänglich war.

»Yeah!« Triumphierend stieß Matt die Faust in die Höhe.

Vor ihnen klaffte ein Krater im Boden. Und am Grunde des Trichters gähnte tintige Schwärze, aus der ihnen der Geruch von brackigem Wasser entgegenschlug. Und etwas wie kalter Atem ...

Letzteres nahm Matt nicht einmal wahr.

Aruula jedoch fröstelte, schwieg aber.

Matt war früher nie in Calais gewesen. Aber es stand anzunehmen, dass es für den Euro-Tunnel einen eigenen Bahnhof gegeben hatte. Der allerdings war im Laufe der Jahrhunderte verschwunden, als hätte er nie existiert. Und der Anfang des Tunnels hatte seinerzeit gewiss auch nicht in diesem kraterartigen Loch bestanden.

Matt nahm an, dass Calais von einer Flutwelle überspült oder von Erdbeben heimgesucht worden war. Es konnte vieles passiert sein in den letzten fünfhundertvier Jahren.

Es war nicht wichtig.

»Komm«, sagte Matt und bot Aruula die Hand an, um ihr beim Abstieg über den Kraterrand behilflich zu sein.

Sie sah sich unbehaglich, aber wortlos um, ergriff seine Hand, und Seite an Seite kletterten und rutschten sie den steilen Abhang hinunter. Erdreich und loses Gestein gab unter ihrem Gewicht nach. Zwei-, dreimal stürzten sie und fanden mit einiger Mühe neuen Halt.

Dann endlich langten sie unten an.

Matt wandte sich augenblicklich der monströs großen Öffnung zu. Sie schien ihm wie ein Tor in die Nacht selbst. Dahinter war nichts zu sehen außer vollkommener Finsternis. Und zu spüren war nur jene Kälte, für die sich Matt, unterbewusst nur, taub stellte. Hoffnung übertönte für ihn momentan jede andere Empfindung.

Aruula wandte ihr Gesicht himmelwärts und ließ sich vom strömenden Regen den Schmutz vom Leib waschen. Matt sah zu ihr hin, wie sie so dastand. Das lange Haar floss ihr über den Rücken und die blanken Brüste, der knappe Schurz enthüllte mehr, als er verbarg, die hohen Stiefel reichten ihr bis zu den Schenkeln ihrer traumhaft langen Beine. Und das flackernde Licht der Blitze brach sich funkelnd auf dem Kruzifix, das sie sich umgehängt hatte.

Ein Geschenk des Himmels, dachte Matt. *Das ist sie . . . ein Geschenk Gottes!* Und es war ihm herzlich egal, *welcher* Gott sie ihm geschickt hatte.

Er ging zu ihr, nahm sie in die Arme, zog sie an sich und –

– Aruula löste sich aus seinem Griff, mit einer katzenhaften und doch wie zufällig wirkenden Bewegung.

»Du hattest es eilig, Maddrax«, sagte sie ohne jeden Spott im Ton. »Also lass uns keine Zeit verlieren.«

Dann wandte sie sich um und betrat als Erste den dunklen Schlund im Leib der Erde, wurde eins mit dem Dunkel.

Und wenngleich Matt wusste, dass Aruula lediglich seinem Blick entschwunden und tatsächlich nur ein paar Schritte entfernt war, kam er sich doch unendlich verlassen und verloren vor, einsam geradezu –

– und wie ein Idiot.

Gespenstisch.

Anders konnte Matt die Atmosphäre, die sie beide eingefangen hatte, nicht bezeichnen.

Jeder Laut, den sie verursachten, hallte von den Tunnelwänden wider, scheinbar endlos. Und so entstand der Eindruck, als sei da mehr als nur ihre Geräusche.

An den Wänden wuchsen Moose und Pilzgeflechte, wie Matt sie nie zuvor gesehen hatte. Manche von ihnen glommen in fluoreszierendem Licht und tauchten den Tunnel über weite Strecken in teils schwefliges, teils giftig grünes Licht. Unangenehme Helligkeit, weswegen Matt eine der Fackeln entzündet hatte, die sie auf ihrem

Weg von Brüssel nach Calais bei einem fahrenden Händler erstanden hatten.

Feuchtigkeit rann an den Wandungen herab, tropfte von der Decke und hatte sich hier und da zu Pfützen, aber auch zu kleinen Tümpeln gesammelt.

In der Luft hing ein Geruch, der Matt an einen Hafen erinnerte. Salzig, fischig.

Die Zugangsöffnung des Tunnels war längst im Dunkel hinter ihnen verschwunden. Jetzt bewegten sie sich wie durch eine andere Welt, die mit der draußen nichts gemein zu haben schien. Sie waren bislang allenfalls ein paar Meilen weit in den Tunnel vorgedrungen, dennoch hatte Matt das Gefühl, die Außenwelt sei unerreichbar fern.

Wie lang war der Tunnel? Etwa fünfzig Kilometer. Das waren, über den Daumen gepeilt, dreißig Meilen. Eine ziemliche Strecke, wenn man sie zu Fuß zurücklegen musste. Eigentlich hatte er gehofft, auf dem Frekkeuscher reiten zu können. Aber diese Hoffnung hatten die Sturmgewalten zunichte gemacht –

– oder die Götter, wie Aruula es wohl eher betrachtet hätte.

Die Barbarin zeigte sich nach wie vor verschlossen und still. Die paar Worte, die sie seit dem Betreten des Tunnels von sich gegeben hatte, waren beinahe an den Fingern zweier Hände abzuzählen.

Aber mittlerweile münzte Matt die Schweigsamkeit seiner Gefährtin nicht mehr auf sich. Der Tunnel selbst schien ihr aufs Gemüt zu schlagen. Ihre Miene ließ kaum Zweifel daran, dass sie sich hier drin im höchsten Maße unwohl fühlte. Was wiederum daran liegen mochte, dass sie ein Leben unter freiem Himmel gewohnt war. Kein Wunder, dass ihr der Tunnel, seiner Größe zum Trotz, drückend eng erscheinen musste.

Auch Matt konnte sich von diesem Unwohlsein nicht freisprechen. Aber die Aussicht, am jenseitigen Ende des Channel Tunnels England zu erreichen und die Communities London und Salisbury ausfindig zu machen – die Menschen, die dort lebten und die ihm ähnlicher sein mussten als alle anderen, auf die er bisher in dieser Zeit getroffen war! –, erfüllte ihn mit einer fiebrigen Spannung und Freude, die alle Beklemmung aufwog.

»Auf die Knie!«

Aruula rief, und Matt gehorchte, ohne zu überlegen oder gar dumm zu fragen. Er ließ sich auf die Knie fallen, als seien ihm die Unterschenkel weggesäbelt worden.

Über ihm schnitt etwas Flirrendes fauchend durch die Luft. Dann ein leises Geräusch, ein Knacken und Klatschen.

Jetzt warf Matt einen knappen Blick über die Schulter zurück. Gerade noch rechtzeitig, um zu sehen, wie Aruula ihren Schwertstreich beendete. Beidhändig hielt sie die Waffe, die Klinge wies schräg nach oben, Aruula selbst stand wie zum Sprung bereit da, die Knie leicht gebeugt.

»Was ... was war denn?«, fragte Matt verdutzt.

»Das da«, sagte Aruula nur und wies mit einem Blick auf den Boden neben Matt.

Im Fackellicht sah er die Überreste einer Spinne (oder in jedem Falle eines vielbeinigen *Dinges* von der Größe einer Männerhand – der Hand eines sehr *großen* Mannes!). Glibbrige Substanz quoll aus den Hälften des Tierleibes, die Gliedmaßen zuckten noch.

»Ist ja eklig«, meinte Matt. Dann schenkte er Aruula einen langen Blick. »Danke.«

»Bitte.«

Das Biest hatte sich von der Decke aus auf Matt heruntergelassen, schnell wie der Blitz. Aruula hatte nicht gewusst, ob das Tier giftig gewesen war, aber Vorbeugen war immer noch besser als Heilen ... zudem die Chancen auf eine Heilung in dieser Welt nicht immer gegeben waren. In Brüssel hatten Matt und Aruula diese schmerzhafte Erfahrung erst kürzlich machen müssen ...*

Matt stemmte sich hoch. »Sieh dir das an!«, sagte er und deutete mit der Fackel zur Tunnelwand.

Ein silbriges Netz funkelte dort, inmitten der Moose auf den ersten Blick kaum zu sehen. Dahinter wimmelte undeutbare Bewegung, aber es gehörte nicht viel Fantasie dazu, sich auszumalen, worum es sich dabei handelte.

»Willst du warten, bis sich die Biester alle auf uns stürzen?«, fragte Aruula.

Matt verkniff sich eine nicht minder bissige Erwiderung und ging weiter, jetzt allerdings vorsichtiger. Unablässig wanderte sein Blick über Wände, Decke und Boden.

Sie marschierten entlang der Schienenstränge des Südtunnels, wie sie mittlerweile herausgefunden hatten. In Abständen von knapp vierhundert Metern gab es in der nördlichen Wandung Durchlässe, über die man zuerst einen Mitteltunnel erreichte, der früher für Wartungsarbeiten und vermutlich auch Notfälle genutzt worden war. Nördlich davon lag der zweite Haupttunnel, dessen Zugang in Calais verschüttet gewesen war.

Etwa alle zweihundertfünfzig Meter verliefen Deckenröhren zwischen den Tunneln. Matt nahm an, dass sie dem Luftaustausch gedient hatten. Ferner entdeckte er hier und da noch Kabelstränge, Beleuchtungseinrichtungen, Lautsprecher, Überwachungsanlagen, Schaltkästen und dergleichen mehr. Er fragte sich, ob davon noch etwas

---

* siehe Taschenbuch 3, Roman 5 »Die Heiler«

funktionierte, sah allerdings wenig Sinn darin, es herauszufinden.

Vielmehr wollte er den Tunnel so schnell wie möglich
hinter sich lassen. Und das nicht nur, weil er gespannt
darauf war, was sie auf der Insel erwarten würde...

RRRUMMS!

Das metallene Schott sauste in der Führung herab,
verschloss den Gang. Und die scharfe Kante schlug dem
Ungeheuer genau in den Nacken.

Ein ekelhaft knirschendes und feuchtes Geräusch.
Dann Stille.

Der Schädel des Monsters drehte sich zwei-, dreimal
um die eigene Achse und kam dann zur Ruhe, genau vor
seinen Füßen und so, dass die schwarzen Augen zu ihm
hochstarrten. Der Glanz darin erlosch, so wie das letzte
Licht eines Tages schwand.

Wie lange war es her, dass er tatsächlich, mit eigenen
Augen das Ende eines Tages mit angesehen hatte?

Er zuckte die Schultern. Es konnte gestern gewesen
sein. Oder vor ein paar Jahren. Zeit war ihm fremd
geworden. Und bedeutungslos.

Er bückte sich und nahm den abgeschlagenen Schädel
auf. Um den Rumpf des Ungeheuers auf der anderen
Seite des Schotts würde sich das Gewürm kümmern.
Vielleicht machten sich seine geringelten Helfer schon
darüber her.

Er hielt kurz inne, lauschte, und in der Tat meinte er,
durch das rostige Metall hindurch das Schlürfen und
Schmatzen der Leichenzehrer zu vernehmen.

Er ging seines Weges.

In seinem »kleinen, aber feinen Heim« – wie er seinen
Unterschlupf für sich selbst nannte – öffnete er ein metal-

lenes Fass, das annähernd so groß war wie er selbst. Darin ringelte, kroch und wimmelte allerlei käferartiges, wurmhaftes Getier.

Er gab den abgetrennten Schädel in die lebende Masse und setzte dann rasch den Deckel auf die Öffnung zurück. Kaum hatte er es getan, begann das Fass zu zittern und zu beben, als sei es zum Leben erwacht.

Das Getier darin stürzte sich jetzt auf den Kopf, fraß Fell und Fleisch von den Knochen, die Augen aus den Höhlen.

Er hatte es oft genug mit angesehen und war des Schauspiels müde geworden. Die Genugtuung, die es ihm bescherte, war nicht mehr dieselbe wie bei den ersten Malen.

Er trat zurück, ließ sich auf ein weiches Lager nieder und wartete mit hinter dem Kopf verschränkten Händen, dass das Rumpeln des Fasses wieder verebbte; das Zeichen, dass die Zehrer darin ihr Werk verrichtet hatten.

Er schloss die Augen, balancierte auf dem Grat zwischen Wachsein und Schlaf dahin, lugte nur hinüber ins Reich der Träume. Richtig zu schlafen, das hatte er sich irgendwann abgewöhnt. Weil er nicht mehr träumen wollte. Nicht mehr von all den Dingen, die ihn heimsuchten wie Gespenster und ihn daran erinnerten, was einmal gewesen war – und wie furchtbar es geendet hatte ... so kurz vor dem Ziel.

Manchmal wunderte er sich, dass er selbst noch am Leben war. Dass sie seiner noch nicht habhaft geworden waren.

Zugegeben, er hatte sich gut verschanzt, sein kleines, aber feines Heim in eine Festung verwandelt, die nur schwer einzunehmen war. Sicherungen wie jenes Schott, das dem jüngsten Jäger zum Verhängnis geworden war, gab es zuhauf. Jeder Weg, der hierher führte, war dutzendfach gesichert.

Aber die Gegner waren so zahlreich, dass sie allein diese gewaltige Zahl als Vorteil nutzen könnten – wenn sie nur *wollten*!

War das der Grund?, fragte er sich, beileibe nicht zum ersten Mal. *Wollten* sie ihn am Ende gar nicht? Verschmähten sie ihn?

Einen Moment lang empfand er diese Idee ganz ernsthaft als Affront! Was gab es denn nicht zu mögen an ihm?

Der Gedanke entglitt ihm. Wie so viele andere zuvor...

Das Rütteln des Fasses nahm ab. Dann stand es still.

Er ging hin, nahm den Deckel ab und holte den nun knöchernen Schädel heraus, streifte ein paar Käfer und Würmer ab, die noch darauf und darin umherkrochen und schloss das Fass dann wieder.

Den Kopf trug er auf beiden Händen vor sich her. Das zähnestarrende Maul grinste ihn an.

»Ha!«, machte er. »Grins du nur, fünfmal Verfluchter! Aber wer zuletzt lacht, lacht am besten, das sag ich dir!«

Er reihte den Schädel in seine Sammlung ein, die eine der Wände seines kleinen, aber feinen Heimes zierte. Drei oder vier Dutzend solcher Knochenhäupter prangten schon daran.

Aber er wusste, dass für jeden Kopf, den er abgeschlagen hatte, drei, vier oder mehr neue der Ungeheuer die Dunkelheit dieser Unterwelt erblickten. Die elenden Biester vermehrten sich rasend schnell. Sie mussten es ärger miteinander treiben, als selbst er es sich vorstellen konnte. Und *ihn* hatte man schließlich nicht von ungefähr den »Hengst von Arba« genannt, sein »Schweif« so mächtig wie der des *Kristofluu*...

Wie beiläufig fasste er sich in den Schritt. Vielleicht war es an der Zeit, wieder einmal in süßen Erinnerungen zu schwelgen und –

Aus den Augenwinkeln nahm er ein Flirren aus dem Zimmer nebenan wahr. Rasch befestigte er den Schädel an einer der leeren Vorrichtungen an der Wand, dann eilte er hinüber in den anderen Raum, den er den »Saal der tausend Augen« nannte.

Die Wände waren mit Spiegelscherben bedeckt. Die Luft selbst schien grünlich und gelblich zu glimmen.

Ein ausgeklügeltes System hatte er hier eingerichtet. In Ritzen, Spalten und Gängen hatte er Spiegel angebracht und durch das Pflanzen von Moosen und Pilzen für die rechte Beleuchtung gesorgt. So war es ihm möglich, weite Teile des Tunnels unter sich zu überblicken und zu sehen, was sich dort tat – und wer sich dort tummelte...

Zwei Fremde.

Ein Mann und eine Frau.

Und was für eine Frau! Diese Brüste...! Sie erinnerte ihn, ein bisschen zumindest, an Samia.

Das Ziehen in seinen Lenden wurde zum Pochen. Seine Hand wanderte wieder hinab. Dabei ließ er das Spiegelbild dieses herrlichen Weibes nicht aus den Augen...

Zeit war zur Bedeutungslosigkeit verkommen.

Matt Drax wusste nicht, wie lange sie schon durch den Tunnel stapften. Zwei, drei Stunden? Mochte sein.

»Müde?«, fragte er Aruula.

Die Barbarin schüttelte den Kopf. »Geht noch. Du?«

»Ich bin okay.« Matt wies nach vorne, wo in einiger Entfernung die Oberfläche eines weiteren Tümpels schimmerte, der den Tunnel in ganzer Breite einnahm. »Aber wir könnten auf der anderen Seite eine kurze Rast einlegen und etwas essen.«

Aruula nickte. »Wenn wir nicht vorher gefressen werden.«

»Ha-ha«, machte Matt. »So pessimistisch kenne ich dich gar nicht. Bist du immer noch sauer auf mich?«

»Pessi-was?« Aruula zog die Stirn kraus. »Ich verstehe nicht…«

Meistens sprachen sie Englisch miteinander. Aruula hatte sich als echtes Sprachtalent erwiesen, wobei ihr die telepathische Begabung zugute kam. Matt im Gegenzug wusste sich mittlerweile auch ganz gut im Idiom dieser Zeit zu verständigen; dabei handelte es sich nicht um eine völlig neue Sprache, sondern eine Verquickung der europäischen Dialekte mit phonetischen Abwandlungen.

Manchmal allerdings musste Aruula passen; immer dann, wenn Matt englische Worte gebrauchte, die ihr nicht geläufig waren. Wie jetzt zum Beispiel.

Matt umschrieb mit anderen Worten, was er gerade gesagt hatte. Seine Frage, ob sie ihm noch böse sei, überging Aruula geflissentlich.

»Dieser Tunnel ist mir nicht geheuer«, meinte Aruula stattdessen. »Er atmet…«, sie hob die Schultern, »…Boshaftigkeit. Ist erfüllt von Unheil.«

»Ich kann auch nicht unbedingt behaupten, dass ich mich hier wohl fühle«, räumte Matt ein. »Deshalb sollten wir uns nicht länger als nötig aufhalten, sondern zusehen, dass wir hier rauskommen.«

Es war ihm natürlich klar, dass das leichter gesagt als getan war. Fünfzig Kilometer waren schließlich kein

Spaziergang. In Gedanken überschlug er die voraussichtliche Marschzeit. Wenn sie pro Stunde fünf Kilometer schafften, machte das zehn Stunden. Pausen nicht eingerechnet.

Trotzdem wollte er tunlichst keine Minute unnütz vergeuden. Er vertraute Aruulas Gespür. Wenn sie Unheil witterte, dann war etwas dran. Das hatte ihn die Erfahrung während der vergangenen Monate gelehrt.

»Komm«, sagte er und setzte sich wieder in Bewegung.

Sie langten am Rande des Tümpels an. Aus der Nähe betrachtet, war es eher ein kleiner See, der sich gute zweihundert Meter weit erstrecken mochte und von einer Tunnelwand zur anderen reichte.

»Na dann mal rein ins kühle Nass!«, meinte Matt und watete ins Wasser.

Seine Armeestiefel waren längst nicht mehr imprägniert, sondern nur noch ramponiert. Das Gleiche galt für seine Fliegermontur, die mittlerweile eher einem Flickenteppich ähnelte denn einer Uniform der US Air Force. Trotzdem wollte Matt auf beides nicht verzichten, hatte es sich doch schon mehr als einmal als überaus praktisch erwiesen.

Das Wasser war kalt und reichte ihm schon nach ein paar Schritten bis über die Knie. Und der Boden senkte sich weiter. Bald war er fast bis zur Brust im Wasser versunken.

Aruula, die etwas kleiner war als er, stand das Wasser buchstäblich bis zum Hals.

»Kommst du klar?«, fragte er mit einem Blick zurück, ihr Gepäck in der einen Hand, die Fackel in der hoch erhobenen anderen.

Die Barbarin nickte knapp.

Nach wie vor hallte jeder Laut von den Wänden

wider. Das Schwappen des Wassers wurde dadurch zum Brandungsrauschen.

Der Grund des Tunnelsees senkte sich nicht nur, er war auch mit allerlei Geröll übersät, über das Matt ein ums andere Mal stolperte.

Dann endlich wurde das Wasser wieder flacher, und schließlich stieg er hinauf ans jenseitige Ufer und wandte sich nach Aruula um, die Hand schon ausgestreckt, um ihr aus dem Wasser zu helfen, ganz Kavalier der ganz, ganz alten Schule.

Das war es jedenfalls, was er tun *wollte*.

Aber er konnte es nicht.

Denn Aruula war verschwunden!

»Aruula!«

. . . uulaaa . . . uulaaa . . . ulaa . . . laa . . . aa . . . ha . . . ha . . .

Hundert Stimmen schienen erst mit einzufallen und ihn dann zu verlachen, als Matt den Namen seiner Gefährtin rief.

Aruula selbst antwortete nicht und blieb verschwunden.

Vielleicht erlaubte sie sich einen Scherz, schoss es Matt durch den Kopf. Vielleicht war sie untergetaucht, um ihm Angst einzujagen . . .

O Gott, wie sehr er daran glauben wollte! Aber es gelang ihm keine Sekunde lang.

Was war nur geschehen? Wann war Aruula verschwunden? Und –

Da!

Etwa dreißig Meter vom Ufer entfernt begann die Wasseroberfläche Wellen zu schlagen. Zu schäumen. Dann brach ein schwarzer Haarschopf an die Oberfläche, wie ein Korken.

Matt starrte in Aruulas verzerrtes Gesicht. Ihr Mund klaffte auf, sie rang um Atem. Ihr Blick fand den seinen. Aber kein Laut drang über ihre Lippen. Das graue Ding, das um ihren Hals lag, erstickte jeden Ton und schnürte ihr die Luft ab.

Und dann zog es die Barbarin auch schon wieder unter Wasser!

Matt reagierte. Er warf Ausrüstung und Fackel auf trockenen Grund, die Beretta dazu. Er würde es nicht wagen können, auf das Ding – was es auch war – zu schießen. Wenn es Aruula im Würgegriff hielt, war die Gefahr zu groß, dass er sie mit einem Schuss verletzen würde.

Stattdessen zog er sein Army-Messer, rannte zurück ins Wasser und warf sich nach vorn. Mit kräftigen Zügen kraulte er auf die Stelle zu, wo Aruula abermals untergegangen war.

Irgendetwas berührte sein Bein. Streifte es. Zog sich zurück. Dann kam es wieder. Matt spürte, wie sich ein Tentakel oder mochte der Teufel wissen was darum schlingen wollte.

Er krümmte sich, zog die Knie hoch, rammte den Messerarm blindlings ins Wasser. Traf auf Widerstand.

Das Ding schnellte förmlich fort von ihm.

Matt holte tief Luft, dann tauchte er ab.

Zu sehen war kaum etwas. Aufgewühlter Bodenschlamm trübte das Wasser. Aber inmitten der Schemen war Bewegung. Darauf hielt Matt zu.

Für einen Moment berührte er Aruula, dann fand seine tastende Hand die schlangenhafte Kreatur. Ein widerwärtiges Gefühl, dieses Biest zu berühren, aber Matt ließ nicht los und stieß mit der rechten Faust, aus der die Klinge ragte, zu. Das Messer drang in den schwammigen Leib des Ungeheuers ein. Dunkles Blut wölkte aus der Wunde.

Matt brachte zwei, drei weitere Treffer an.

Dann legte sich etwas wie ein knochenloser Arm auch um seine Kehle. Gleichzeitig schlang sich etwas um seinen rechten Arm. Und eine gewaltige Kraft presste ihn zu Boden, hinein in den Schlamm.

Etwas wie ein Saugnapf berührte sein Gesicht und blieb dort.

Matt sammelte Kraft, versuchte die Hand, in der er das Messer hielt, aus dem Griff des monströsen Gegners zu befreien.

Zwecklos...

Irgendwie gelang es ihm zwar, sich umzudrehen, sein Gesicht aus dem Schlick des Bodens zu lösen. Er konnte die Oberfläche sehen. Sie schien zum Greifen nah. Aber er konnte sich nicht rühren, nicht den geringsten Versuch unternehmen, sie zu erreichen.

Das Ding – was war das? Ein mutierter Regenwurm? Der Gedanke schien ihm nicht einmal abwegig – hielt ihn fest, hatte ihn regelrecht verschnürt. Und jetzt kam noch das Gefühl dazu, als würden sich Dornen durch den Stoff seiner Kleidung und in seine Haut bohren.

Vielleicht doch kein Riesenregenwurm, dachte Matt entsetzt. *Wohl eher ein titanischer Blutegel...*

Die Luft war ihm längst knapp geworden. Seine Lungen brannten. Der Reflex, den Mund zu öffnen und zu atmen, war kaum noch zu bezwingen.

Er bewegte die rechte Hand im Griff der Bestie, hin und her. Schabte mit der Klinge über die Haut des tentakelartigen Gliedes. Aber alles was er damit erreichte, war, dass der Feind den Druck noch verstärkte. Matt spürte, dass ihm diese Kraft gleich das Handgelenk brechen musste.

Aber vielleicht würde er es nicht mehr miterleben, nicht mehr bewusst zumindest.

Aus dem Grau um ihn her wurde Schwarz. Seine Sinne schwanden. Seine Bewegungen erlahmten.

Und dann – geschah etwas höchst Merkwürdiges.

Der Boden ... erzitterte. Das Wasser selbst schien zu vibrieren. Ein dumpfes Rumpeln.

Und urplötzlich löste sich der furchtbare Griff um Matt. Das Ding, das ihn festgehalten hatte, verschwand so schnell, als habe es sich im Wasser aufgelöst.

Matt schnellte nach oben. Brach durch die Oberfläche und saugte Luft in seine Lungen. Keuchte, hustete und spie. Neben ihm erging es Aruula nicht anders.

Das Rumpeln verklang, das Zittern und Beben verebbte. Nur die Echos hallten noch nach.

»Was war das?«, krächzte Aruula.

»Scheißegal!«, gab Matt zurück. »Los, raus hier!«

Sie schwammen und hetzten ans Ufer des Tunnelsees. Matt holte ihre Sachen, dann brachten sie noch etwas Distanz zwischen sich und das Gewässer, das ihnen ums Haar zur Todesfalle geworden war, und ließen sich endlich nieder, um wieder zu Kräften zu kommen.

Dabei ruhte Matts Blick unverwandt auf der Wasseroberfläche hinter ihnen. Aber dort rührte sich nichts mehr.

»Wer oder was –?«, setzte er an, verstummte aber, als sein Blick flüchtig Aruula streifte.

Ob absichtlich oder unbewusst, ihre Hand hatte sich um das goldene Kruzifix geschlossen.

Und in Gedanken formulierte Matt: *Gott, wenn es dich gibt und wenn du da gerade deine Hand im Spiel hattest – dann danke ich dir ...*

Aber irgendwie hatten selbst diese stummen Worte einen schalen Geschmack.

Der Gedanke als solcher war *falsch*. Und die Wahrheit – das spürte Matt mit einem Sinn, für den es keinen Namen gab, lag ganz anders ...

Gar nicht weit entfernt ...

Das war knapp gewesen!

Aufatmend wischte er sich den Schweiß von der Stirn. Er war durch die Gänge geflitzt wie selten zuvor. Der Weg von seinem kleinen, aber feinen Heim aus war weit – dann jedenfalls, wenn man sich auf doch recht kurze Beine verlassen musste ...

Keuchend lehnte er sich gegen den Hebel, mit dem er die Weichen umgestellt hatte, wieder und wieder. Die Vibration hatte sich durch die Schienen fortgepflanzt, den Boden und das Wasser des gefährlichen kleinen Sees dort hinten erzittern lassen.

Das mochten diese Blut saugenden *Eeg* ganz und gar nicht.

Eines der vielen Dinge, die er herausgefunden hatte, seit er hier war ... oder vielmehr: festsaß. Weil er es so geschworen hatte. Er würde nicht gehen, ehe ...

Er winkte ab.

Müßig, darüber nachzudenken. Zumal es ja womöglich bald so weit war!

Diese beiden – dieser Mann und die Frau, die ihn an Samia erinnerte – hatten sich zwar nicht sonderlich gut geschlagen gegen die Eeg, aber immerhin waren sie von den Biestern ja überrascht worden. Wenn die Überraschung allerdings auf *ihrer* Seite lag, dann mochten sie ganz ordentliche Kämpfer abgeben.

Nun ja ... das hatte er von anderen auch schon gedacht, die ihn dann doch allesamt enttäuscht hatten.

Aber vielleicht waren ja diese Zwei genau die, auf die

er gewartet hatte! Vielleicht konnten *sie* den Schwur erfüllen, den er geleistet hatte.

Er widerstand der Versuchung, sich den beiden jetzt schon zu zeigen. Erst wollte er sie noch ein bisschen beobachten. Sehen, was sie taten, wie sie sich verhielten...

Und zudem war das Ziehen und Pochen in seinen Lenden noch nicht vergangen. Der »Hengst von Arba« hatte nicht ganz beenden können, was er begonnen hatte. Die verdammten Eeg waren ihm dazwischengekommen!

Er grinste. Kicherte.

Aber aufgeschoben war nicht aufgehoben.

Und Zeit, so fremd sie ihm auch geworden sein mochte, hatte er doch im Überfluss.

»Eeg!«

Aruula spuckte angewidert aus.

Matt Drax nickte. Er hatte Recht gehabt. Bei den Biestern hatte es sich um mutierte Blutegel gehandelt. Die charakteristischen Biss-Spuren, die sie sowohl auf Aruulas als auch auf seiner Haut hinterlassen hatten, waren eindeutig – nur eben ungleich größer als die der Vorfahren dieser Ungetüme.

Matt erinnerte sich, wie er als Junge mit Freunden in einem Waldtümpel gebadet hatte. Hinterher hatten sie sich gegenseitig Blutegel von der Haut pflücken müssen. Noch jetzt schauderte er, wenn er daran zurückdachte...

»War *das* die Gefahr, die du gespürt hast?«, fragte er.

Aruula hob die Schultern. »Möglich. Aber das Gefühl ist nicht verschwunden.«

Matt nickte nur. Es wäre töricht gewesen zu glauben,

dass diese Eeg die einzige Gefahr waren, die ihnen in diesem Tunnel drohte.

Er kramte etwas Trockenfleisch aus ihrem Vorratsbeutel und reichte Aruula ein paar Streifen. Schweigend kauten sie ihre karge Mahlzeit.

Aruula drängte zum Aufbruch. Matt war einverstanden und packte ihre Habseligkeiten zu einem Bündel zusammen, dann brachen sie auf.

Sie kamen nicht weit.

Der Saal der tausend Augen zeigte ihm das Paar dutzendfach. Aus verschiedenen Perspektiven, in unterschiedlichen Größen – hier ungleich größer, als sie es tatsächlich waren, dort winzig klein. Manche Spiegel waren so trüb, dass es aussah, als liefen der Mann und die Frau durch Nebel, andere waren so klar, dass man meinen konnte, sie befänden sich selbst hier in diesem Raum.

Er fühlte sich entspannt, erlöst von dem Druck. Jetzt beobachtete er die beiden nur noch, wie sie durch den Tunnel gingen.

Vermutlich hatte auch sie die Mär von der *Insel der Könige* gelockt. Wie damals ihn. Und wie andere vor und nach ihm.

Er glaubte nicht, dass je irgendjemand sie erreicht hatte, diese glückselige Insel, auf der der Legende nach alles besser war.

Seit er hier war, hatte es jedenfalls keiner geschafft. Alle waren gescheitert. An der Hürde, die *er* ihnen in den Weg gestellt hatte.

Und auch diese beiden würden sie überwinden müssen, wenn sie das Ende dieses Weges erreichen wollten. Er würde dafür sorgen, wenn es an der Zeit war, früher oder später –

Zum Beispiel...

...*jetzt!*

»Oh, oh!«, brummte er. Einer der Spiegel zeigte ihm die drohende Gefahr, noch ehe der Mann und die Frau dort unten ihrer gewahr wurden.

Sie lauerten in den Verbindungsgängen, zum Sprung bereit. Warteten nur darauf, dass sie das Pärchen in die Zange nehmen konnten.

Dann griffen sie an.

»Ach du Scheiße!«, entfuhr es Matthew Drax inbrünstig. »Das darf nicht wahr sein!«

Aruula drückte sich präziser und knapper aus: »Taratzen...«

Und es waren *viele* Taratzen, die da aus den Seitengängen strömten, vor und hinter Matt und Aruula. Zwei, drei Dutzend der mutierten Ratten, schätzte Matt auf den ersten Blick. Aber die pelzigen Riesennager erhielten immer mehr Nachschub.

Sie kamen näher. Krallen scharrten und kratzten über Beton, Stein und Dreck. Sie fletschten die Zähne. Fauchten und fiepten, zischelten einander zu.

Jedes der grauschwarzen Tiere war über zwei Meter groß. Eine Furcht einflößende, widerwärtig beeindruckende Armee bewegte sich auf Matt und Aruula zu.

Augen funkelten kalt wie Eis.

Diese Monster wollten nur eines – Beute schlagen!

Matt hatte bereits seine unliebsamen Erfahrungen mit dieser mutierten Spezies gesammelt. Schon kurz nach seiner Ankunft in der Zukunft war er in einen Taratzenbau verschleppt worden. Eines seiner unangenehmsten Erlebnisse, auch wenn er letztlich mit halbwegs heiler Haut davongekommen war – das aber nur, weil ihn der

Rattenkönig zunächst für einen mächtigen Gott gehalten hatte.*

Diese Viecher damals hatten sich lebende Beute in den Vorratskammern ihres Baus gehalten und sich daraus bedient. Die Taratzen hier würden sich in dieser Gewohnheit kaum von ihren Artgenossen unterscheiden. Und Matt hatte absolut keine Lust, das traumatische Erlebnis von damals zu wiederholen.

Er zog die Beretta, visierte wahllos eine der Taratzen in vorderster Front an und zog den Stecher durch.

Die Pistole ruckte in seiner Hand. Die Tunnelröhre verwandelte den Schuss in Donner. Die Kugel riss die Riesenratte von den Füßen und stieß sie gegen ihre Kumpane.

Die Vorwärtsbewegung der Taratzen geriet ins Stocken. Für Sekunden erstarrte die Szenerie.

Ein geradezu entsetzlich menschliches Raunen ging durch die Horde, als der Getroffene sein Leben aushauchte. Das heisere Zischeln und Murmeln wisperte geisterhaft von den Wänden wider.

Dann setzte sich die Meute abermals in Bewegung. Schneller diesmal. Die Taratzen stürmten heran!

Den Impuls, keine weitere Munition zu vergeuden, weil jede Kugel angesichts der Übermacht ohnehin nur ein Tropfen auf den heißen Stein war, überwand Matt Drax mühelos. Er feuerte, gab Schuss um Schuss ab. Jeder einzelne traf. Aber für jede Taratze, die er niederstreckte, rückten zwei, drei andere nach, um die Lücke mehr als nur zu schließen.

Aruula hatte längst ihr Schwert gezogen. Eine wesentlich effektivere Waffe in dieser Situation. Die Klinge zeichnete flirrende Blitze in die Luft. Blut spritzte.

---

* siehe Taschenbuch 1, Roman 1 »Der Gott aus dem Eis«

Quiekende Schreie wie in einem Schweinekoben gellten auf, brachen ab, wurde durch neue abgelöst.

Drei, vier der Biester erledigte Aruula bisweilen auf einen Streich.

Eine Kralle schlug nach Matts Kehle. Aruulas Klinge sauste dazwischen, trennte die Pfote vom Gelenk und schlitzte der Taratze noch in derselben Bewegung den pelzigen Wanst auf.

Matt revanchierte sich, jagte eine Kugel über Aruulas Schulter in den Schädel einer Ratte, die sich mit aufgerissenem Maul von hinten auf die Barbarin werfen wollte.

Er schwor sich, dass er sich selbst ein Schwert besorgen und bei Aruula Unterricht nehmen würde – wenn sie lebend hier heraus kamen!

Aber es sah nicht aus, als würde er in die Verlegenheit kommen, seinen Schwur halten zu müssen. Gegen die Übermacht hatten sie keine Chance, nicht auf Dauer. Die Taratzen brauchten im Grunde nichts anderes zu tun, als ihre Opfer schlichtweg zu überrennen.

Und genau diese »Taktik« wandten sie an.

Matt fiel zuerst. Ging unter der Woge aus Leibern zu Boden, sah nur noch Grau und Schwarz, roch den Gestank der Taratzen, spürte ihre Krallen und Zähne. Sein Glück war, dass sich die Monster gegenseitig behinderten; so gelang es keiner, einen gezielten Biss anzubringen – im Moment noch nicht ...

Aruula hielt sich nur wenig länger. Dann wurde auch sie begraben unter pelzigen Leibern.

Was sich aus der Tiefe des Tunnels näherte, konnten sie nicht mehr sehen.

Nur hören.

Doch was immer da kam, es kam mit dem Brüllen eines urzeitlichen Ungeheuers!

Und die Taratzen schienen es zu kennen – und zu fürchten!

Fiebrige Aufregung machte sich unter der Meute breit. Wie ein höchst ansteckendes Virus sprang es von einer Taratze zur nächsten, und binnen Sekunden war jedes der Tiere mit dieser Panik infiziert.

Die Horde ließ von ihren Opfern ab. Stob auseinander. Hastete davon in alle Richtungen. Verschwand in Ritzen und Löchern, die zu groß schienen für Ratten solches Kalibers. Aber binnen weniger Sekunden war auch die letzte Taratze verschwunden, als sei der ganze Angriff nur ein böser Traum gewesen.

Was blieb war ... das *Ding*.

Das näher kam und immer näher, brüllend und kreischend, Feuer speiend ...

»Meine Güte ...!«, keuchte Matt. Er rappelte sich hoch. »Was ist denn *das*? Ein ... Drache?!«

»Ein was?«, fragte Aruula.

Matt schüttelte nur den Kopf. Nein, es war kein Fabelwesen, das da heranrauschte.

Es ... fuhr. Auf den Schienen! Es war kein Wesen, keine Kreatur – sondern ein Fahrzeug!

Aber was für eines!

Es sah aus, als sei es dem Fiebertraum eines verrückten Erfinders entsprungen. Zusammengeschraubt, -gesteckt und -geklemmt aus allem möglichen Schrott, war ein monströses Unding entstanden. Vorn am Bug brannten Feuer in Kübeln. Der Fahrtwind wühlte in den Flammen. Und die »Stimme« des »Monsters« drang aus metallenen Trichtern, verzerrt und verstärkt.

Jetzt kam es kreischend zum Stehen, fünf, sechs Schritte von Matt und Aruula entfernt. Sie rührten sich nicht vom Fleck, richteten aber beide ihre Waffen auf das Gefährt.

Und auf den »Piloten«, der sich jetzt herauszwängte und zu Boden sprang.

Eine bizarre Gestalt. Und hässlich wie die Nacht. Ein kleinwüchsiges Männlein mit übergroßem Kopf, dünnem weißen Haar und einer Nase, die jeder Bauer gerne zur Kartoffel haben würde.

Er grinste und brachte damit das Kunststück fertig, noch eine Spur unansehnlicher zu wirken. Matt nickte er knapp zu, vor Aruula zelebrierte er eine Verbeugung.

Dann sagte er etwas, das Matt des grauenvollen Dialekts wegen nicht verstand, aber es musste wohl so viel bedeuten wie »Gestatten? Mein Name ist...«. Denn den Namen verstand Matt dann sehr wohl. Auch wenn er ihn sich unmöglich merken konnte:

»...Abn el Gurk Ben Amar Chat Ibn Lot Fuddel der Sechste.«

»Gurk.« Der komische Kauz nickte knapp. »Einfach nur Gurk genügt.«

Aruula hatte versucht, den Namen in voller Länge aufzusagen, und war gescheitert. Daraufhin gab Abn el Gurk Ben Amar Chat Ibn Lot Fuddel der Sechste sich mit der Kurzform zufrieden.

Matt Drax indes war weder an der Lang- noch an der Kurzfassung sonderlich interessiert. Er wollte vielmehr wissen: »Wer bist du? Und was tust du hier?«

»O bitte – gern geschehen!«

Auch wenn Matt immer noch Probleme mit Gurks Dialekt hatte, der beißende Sarkasmus in dessen Stimme war nicht misszuverstehen. Und tatsächlich hatte Matt es bislang versäumt, sich für Gurks Hilfe zu bedanken. Jetzt verbiss er es sich mit Absicht.

Bei dem Gefährt, mit dem Gurk zu ihrer Rettung angerauscht war wie einst die Kavallerie im Wilden Westen, handelte es sich um eine Draisine; eines jener von Hand betriebenen Fahrzeuge, die damals in erster Linie für Wartungsarbeiten an Eisenbahngleisen eingesetzt worden waren.

Woher Gurk diese Antiquität hatte, danach fragte Matt gar nicht erst. Er hatte sich daran gewöhnt, dass in dieser Welt mitunter Dinge auftauchten, die schon zu seiner eigenen Zeit praktisch »ausgestorben« gewesen waren. Was Gurk aus dem Fahrzeug allerdings gemacht hatte, glich tatsächlich einem mechanischem Monstrum aus Alteisen und nötigte Matt doch immerhin Respekt für dieses sonderbare Kerlchen ab, für das er ansonsten keinerlei Sympathie empfand.

Seltsamerweise ohne einen genauen Grund dafür benennen zu können, was eigentlich nicht Matts Art entsprach. Normalerweise vermied er es, über andere vorschnell zu urteilen.

Aber es gab nun mal Leute, die man auf den ersten Blick nicht mochte. Jacob Smythe, Professor der Astrophysik, Doktor der Medizin und vor fünfhundertvier Jahren Matts Kopilot bei dem verhängnisvollen Kometen-Flug, war ein solcher Typ gewesen. Und tatsächlich hatte sich Smythe recht schnell als Kotzbrocken reinsten Wassers entpuppt.

Nun war dieser Abn el Gurk keinesfalls mit Jacob Smythe zu vergleichen, aber Matt empfand eine ganz ähnliche Antipathie. Und indem Gurk den Blick seiner kleinen Augen ziemlich unverhohlen auf Aruulas Hügellandschaft weiden ließ, sammelte er ganz sicher keine Pluspunkte in Matts Gunst.

Nichtsdestotrotz half er dem hässlichen Kauz, die Draisine anzutreiben. Das geschah über eine Art Pumpe, über die sie die Räder des Gefährts in Bewegung setzten.

Bald hatten sie eine recht erstaunliche Geschwindigkeit erreicht. Das Ungeheuer aus Rost, Metall und gutem Willen rumpelte über die Schienen.

Das Innere des Fahrzeugs freilich war recht unkomfortabel. Zum einen war es auf Gurks Größe ausgelegt, zum anderen fehlte es an jeglicher Sitzgelegenheit. Die Sicht nach draußen war einzig durch ein paar Schlitze in der selbstgezimmerten Verkleidung möglich.

»Wohin geht unsere Reise?«, fragte Matt sein Gegenüber im Idiom dieser Zeit.

»Ich bringe euch in Sicherheit, wenns dir nichts ausmacht«, erwiderte Abn el Gurk, wiederum in diesem bissigen Ton, mit dem er sich Matt bestimmt nicht zum Freund machte. Dabei sah er Matthew nur kurz an, dann wandte er seinen Blick wieder Aruula zu, die sich im Schneidersitz auf dem harten Boden niedergelassen hatte und eine gute Aussicht auf ihre Anatomie gewährte. Ihr ohnedies knapper Schurz war beim Angriff der Taratzen arg in Mitleidenschaft gezogen worden und bestand nur noch aus ein paar Fetzen, die ihr neckisch um die Hüften hingen.

Gurk zog an einem seitlich angebrachten Hebel, über den die Räder abgebremst wurden. Die Draisine wurde langsamer, dennoch verlor Matt ums Haar das Gleichgewicht, als das Gefährt eine Kurve nahm, die es im Originalverlauf der Schienen unmöglich gegeben haben konnte. Durch eine der Sichtluken sah er, wie die Draisine in einen Seitentunnel rollte und dort vollends zum Stillstand kam.

»Aussteigen!«, ordnete Gurk an.

Matt zwängte sich ins Freie. Als Aruula ihm folgte, war Gurk zur Stelle und half ihr so galant wie unnötigerweise. Zweifelsohne nutzte er nur die Gelegenheit, die Barbarin zu betatschen.

Draußen betätigte Gurk einen Mechanismus, der diesen Seitentunnel mit einem Schott verriegelte. Das andere Ende war durch Trümmer verschlossen.

»Und jetzt?«, wollte Matt wissen.

»Da hinauf«, sagte Gurk und wies auf improvisierte Steighilfen, die wenig Vertrauen erweckend in der Wand verankert waren. Sie führten zu einer Deckenöffnung empor.

Matt machte den Anfang, gefolgt von Aruula; Abn el Gurk bildete das Schlusslicht und folgte der Barbarin so dichtauf, dass seine Knollennase beinahe ihre Kehrseite berührte.

Oben angelangt, übernahm dann Gurk die Führung durch ein Labyrinth aus ehemaligen Kabel- und sonstigen Versorgungsschächten sowie Gängen, die ganz sicher nicht von den Erbauern des Euro-Tunnels eingerichtet worden waren. Dabei ging es stetig aufwärts, teils über Steigleitern, teils über Stufen, die Gurk wohl selbst angelegt hatte. Wenn dem so war, dann musste der Kleine schon seit einiger Zeit hier hausen ...

Ein weiteres Zeichen dafür sah Matt auch in den Sicherheitsvorkehrungen, die sie passierten, mitunter erst dann, wenn Gurk sie zuvor deaktiviert hatte.

Fallen war vielleicht der treffendere Ausdruck dafür. Teils regelrecht perfide Konstruktionen, die jeden, der sie auslöste, buchstäblich den Kopf kosten mussten. Und es gab hinreichend Spuren, dass genau dies schon mehrfach geschehen war.

Gurk hatte Matts Blicke bemerkt, und es war wohl nicht schwer zu erraten, was hinter seiner Stirn vorging.

»Fressen und gefressen werden«, sagte der Zwerg leichthin. »Das ist hier unten die erste und einzige Regel.«

Dann endlich langten sie in Abn el Gurk Ben Amar Chat Ibn Lot Fuddels kleinem, aber feinem Heim an.

Und Matthew Drax kam endgültig aus dem Staunen nicht mehr heraus.

Matt glaubte sich auf einen orientalischen Basar versetzt. Der höhlenartige Raum quoll schier über von ... Dingen aller möglichen und auch unmöglichen Art. Er schien den grundlegendsten Regeln der Physik zu trotzen, denn er barg ganz offensichtlich mehr Sachen, als tatsächlich Platz dafür vorhanden war – allerlei Tand, aber auch Waffen und Gebrauchsgegenstände. Und so weit Matt von hier aus in die angrenzenden Kammern blicken konnte, sah es dort kaum anders aus.

Mit einer wedelnden Geste bedeutete Gurk seinen Besuchern, ihm zu folgen. Er führte sie durch eine Reihe weiterer Räumlichkeiten, die auf Schwindel erregende Weise ineinander verschachtelt waren, bis zu einer Kuhle, die mit Fellen und anderen weichen Materialien ausgelegt war und an ein Vogelnest erinnerte.

Ein Vergleich, den Matt zutreffend fand. Schließlich war dieser Gurk ein verdammt schräger Vogel ...

»Seid ihr hungrig?«, fragte ihr Gastgeber und winkte noch im selben Atemzug ab. »Ach, was frag ich denn da? Ihr *müsst* hungrig sein.« Damit verschwand er auf seinen krummen und doch wieselflinken Beinen. Matt und Aruula konnten ihn irgendwo hantieren und vor sich hin brabbeln hören.

»Du magst ihn nicht«, befand Aruula rundheraus.

Matt schüttelte den Kopf. »Mehr noch, ich traue ihm nicht.«

Aruula zog die Stirn kraus. »Ach? Er hat uns immerhin gerettet, schon vergessen?«

»Und ich frage mich, warum.«

»Warum nicht?«, entgegnete Aruula. »Meinst du, er will uns bei den Taratzen gegen irgendwas eintauschen?« Mit dem Kinn wies sie in die Richtung, in die Gurk verschwunden war. »Und jetzt mästet er uns erst einmal?«

Matt verzog die Lippen. »Wer weiß ...«

»*Mir* gefällt er.« Aruula lächelte.

»Er ... gefällt dir?«, echote Matt ungläubig.

»Er ist nett.«

»Er ist *seltsam*, das ist alles«, meinte Matt. »Der Kerl lebt hier unten weiß Gott wie lange schon. Seine Nachbarn sind Taratzen und Riesenblutegel. Das finde ich alles andere als nett. Warum lässt sich jemand auf so ein Leben ein?«

Aruula zuckte die Achseln. »Er wird seine Gründe haben.«

Matt nickte. »Genau das befürchte ich ja. Und ich bin nicht sicher, ob ich sie wissen will.«

Abn el Gurk kam zurück. Auf den Armen balancierte er ein blechernes Tablett, darauf türmte sich ... etwas. Und nicht alles davon war tot und reglos ...

Er stellte das Blech zwischen Matt und Aruula ab, dann ließ er sich neben ihnen nieder und griff als Erster beherzt zu. Genüsslich schlürfend sog er drei, vier wurmartige Tierchen in den Mund und kaute schmatzend. Aruula bediente sich ebenfalls, Matt verzichtete, nicht einmal dankend.

»Erzählt mir von euch«, forderte der Gnom sie schließlich auf. »Wer seid ihr, woher kommt ihr, und wohin wollt ihr?«

Matt nannte ihre Namen und sagte: »Wir kommen vom Festland, sind unterwegs zur Insel und wollen keine Zeit verlieren.«

»Zeit, Zeit, Zeit«, äffte Gurk. »Zeit ist eure geringste Sorge, glaubt mir.«

»Warum sollten wir das?«, fragte Matt provozierend.

»Weil ich schon vielen wie euch begegnet bin.«

»Wanderern, die du um ihr Hab und Gut gebracht hast?« Matt gab sich keine Mühe, sein Misstrauen Gurk gegenüber zu verhehlen. Er konnte sich nur zu gut vorstellen, wie der komische Kauz an all die Sachen gekommen war, die er hier hortete.

»Du irrst dich«, behauptete Gurk.

Verdammt, konnte der Kerl Gedanken lesen?

Der Zwerg lächelte dünn.

»Ach ja? Dann klär mich auf«, verlangte Matt.

»Tote legen keinen Wert auf Besitztümer. Und die Taratzen sind nur an ihrem Fleisch interessiert«, erklärte Gurk frank und frei.

»Dann machst du also doch gemeinsame Sache mit diesen Ungeheuern!«

»Aber nein! Ich *hasse* sie.« Gurk schlürfte zwei, drei weitere Würmer ein.

»Warum hast du dich dann hier niedergelassen?«

»Weil ich ein Gelübde abgelegt habe.«

»Ein . . . Gelübde?«, mischte sich jetzt auch Aruula ein. »Was meinst du damit?«

Gurk winkte ab. »Das ist eine lange Geschichte«, er grinste, »und ihr habt ja keine Zeit. – Deshalb sollten wir gleich zum Geschäft kommen.«

»Zum . . . Geschäft?«, fragte Matt verwundert.

Gurk nickte. »Wie schon gesagt – vor euch haben sich schon viele auf diesen Weg ins gelobte Land gemacht. Nur dort angekommen ist keiner von denen.«

»Du sprichst in Rätseln, Gurk«, sagte Aruula.

»Ich weiß.« Sein Grinsen wurde so breit, als wolle es

seinen überdimensionierten Kopf in zwei ungleich große Hälften spalten. Die Zähne, die er dadurch entblößte, harmonierten mit der Hässlichkeit seiner Resterscheinung.

»Die anderen sind also den Taratzen zum Opfer gefallen«, vermutete Matt, dem das Spielchen längst schon zu dumm geworden war. »Und du hast die Sachen der Toten gestohlen und hierher geschafft.«

»Wenn du es so nennen willst.« Gurk klang beinahe ein wenig beleidigt.

»Darin kann ich kein Geschäft sehen«, fuhr Matt fort, »noch nicht mal ein schlechtes.«

In Gurks Miene stahl sich etwas Lauerndes. »Ich kann euch helfen, das andere Ende des Tunnels zu erreichen.«

Ah, jetzt kommen wir der Sache näher, dachte Matt und sagte: »Aber das wirst du nicht umsonst tun, wie?«

»So ist es.«

»Was verlangst du dafür?«

»Eure Hilfe.«

»Wobei?«

»Befreit meinen Sohn und bringt ihn mir zurück.«

Yrral hatte die Jäger angeführt. Und er hatte versagt. Die sicher geglaubte Beute war ihnen entkommen. Wieder einmal …

König Tarman würde toben! Oder Schlimmeres.

Dennoch war Yrral auf dem Weg zu ihm, um Bericht zu erstatten, wie es seine Pflicht war als Truppführer.

Flackernder Feuerschein erfüllte die weitläufige Höhle, das Herzstück des unterirdischen und -seeischen Taratzenreiches. Einige Teile blieben im Dunkeln, doch Yrral wusste, dass ihm auch von dort etliche Blicke aus glühenden Augen folgten. Ein Großteil des Volkes hauste in dieser Höhle, und Yrral spürte den Blick einer jeden einzelnen Taratze auf sich.

Einige seiner Artgenossen waren wütend, weil ihnen einmal mehr Menschenfleisch versagt blieb, andere schienen Mitleid mit Yrral zu haben, wieder andere machten keinen Hehl aus ihrer Häme.

Wisperndes Fiepen geisterte durch den weiten Raum, hallte gespenstisch von den Wänden wider. Hier und da wurde ein schauriges Kreischen laut, wenn sich zwei oder mehr Taratzen um mochten die Götter wissen was stritten und balgten.

Tarman residierte im *Tschuuk*, umgeben nur von seinen engsten Vertrauten. Der Tschuuk war ein seltsames Gebilde, einem schlangenhaften Tier ähnlich, aber sehr groß und sehr lang und mit einer Haut, die unzerstörbar schien. Es war leicht sich vorzustellen, dass derlei Geschöpfe diese Welt unter dem Meer einmal beherrscht hatten. Die Röhren jedenfalls waren von der Größe her wie geschaffen für die Tschuuks. Aber der Letzte dieser Art musste vor sehr, sehr langer Zeit verendet sein. Weder Yrral noch eine der anderen Taratzen war je einem lebenden Exemplar begegnet.

Das hieß, wenn man nicht willens war, dieses andere Ungeheuer als Abkömmling der Tschuuks zu betrachten; dieses Ding, das ihnen ein ums andere Mal die Beute abjagte. Das kreischend und brüllend und Feuer speiend heranraste und Taratzen mit seiner bloßen Präsenz in die Flucht zu schlagen vermochte.

Yrral und sein Trupp hatten eine solche Begegnung gerade hinter sich. Und er war mehr denn je davon überzeugt, dass es sich bei dieser monströsen Kreatur um einen Ableger der Tschuuks handelte.

Tarman würde nicht erfreut sein. Denn der König

zählte zu den wenigen, die diesen Glauben nicht teilten.

Pah!, dachte Yrral, und der Laut zischelte in seinem Schädel wie die Stimmen in der Höhle. *Dann soll er sich doch selbst mit diesem Ungeheuer anlegen!*

Er jedenfalls ertrug lieber die Strafe des Königs, anstatt sein Leben im Kampf gegen diese Tschuuk-Abart wegzuwerfen! Denn Tarmans Strafen waren erträglich – meistens, und in aller Regel überlebte man sie ...

Das Loch in der Flanke des Tschuuks wurde von zwei Taratzen bewacht. Sie ließen Yrral passieren, aber der Blick ihrer schwarzen Augen und ihre hämisch verzogenen Mäuler verrieten dem erfolglosen Truppführer, dass der König schlechter Laune sein musste. Man erhoffte sich offenbar ein Schauspiel, das Tarman an Yrral zelebrieren würde.

Er trat ein.

Das Innere des Tschuuks wurde von Leuchtpilzen in diffuses Licht getaucht. Die anwesenden Taratzen wichen vor Yrral zurück, bildeten ein Spalier, und während er dem Schwanzende des Tschuuks zuging, spürte Yrral abermals die Blicke der anderen wie die Berührung feuriger Eisen im Rücken.

Wenn er Glück hatte, würde ihm der König nichts Schlimmeres antun ...

Tarman hockte ganz hinten im Tschuuk. Zwei Taratzenweibchen umsorgten ihn – eines massierte ihm den Schädel, das andere küsste und leckte ihm die Füße.

Etwas abseits befand sich Amoog, die größte und stärkste Taratze des Volkes – und Tarmans Vollstrecker. Er war ebenfalls mit einem Weibchen zugange. Über ihren Rücken hinweg grinste er Yrral an, ohne in seinem Tun innezuhalten.

»Ah, Yrral ...«, sagte Tarman, als er des Jägers ansichtig wurde. Mit einer knappen Geste verscheuchte er die beiden Dienerinnen. Auch Amoog scheuchte sein Weibchen davon. Dass er seine Erregung noch offen zur Schau trug, kümmerte ihn nicht.

Yrral sank auf alle Viere nieder und senkte demütig den Schädel. »Herr, ich –«, setzte er an, doch Tarman winkte ab.

»Lass den Unsinn!«, fauchte er. »Die Kunde wurde mir bereits zugetragen, wie du ja wohl weißt. Ihr habt die Beute entwischen lassen!«

Yrrals bepelzte Flanken bebten vor Aufregung.

»Das … das ist nicht ganz richtig«, wagte er dann zaghaft Widerworte.

»Ach nein? Dann hat man mich belogen, wie?« Tarmans sanfter Tonfall täuschte.

»Nun … nein, das nicht …«, schränkte Yrral rasch ein. »Aber – der junge Tschuuk …!«

Tarman kreischte ungehalten auf. »Verschon mich mit diesem Blödsinn! Ich will nichts mehr davon hören! Ihr habt euch zum Narren halten lassen – wieder einmal!«

»Ihr könnt die anderen fragen …«, sagte Yrral, viel kleinlauter als zuvor. Tarmans Zorn hing wie etwas Greifbares, Erstickendes über ihm. Yrral glaubte darunter zu schrumpfen. Er wollte sich in sich selbst verkriechen und gab dabei das jämmerlichste Bild seines Lebens ab. »… es ist groß und schrecklich«, fuhr Yrral trotzdem fort. Er zitterte jetzt am ganzen Leibe. Sein schmutzig graues Fell sträubte sich bei der Erinnerung an das Untier und den ohrenbetäubenden Lärm, den es verursacht hatte. »… und es hätte uns alle in seinem Feuer verbrannt, wenn –«

»Sssei ssstill!«, zischte Tarman gefährlich leise und ruhig.

Yrral verstummte augenblicklich.

»Ich werde das Wort verbreiten lassen, dass jeder, der mir noch einmal mit solchen Ausflüchten kommt, in Stücke gerissen und an unsere Brut verfüttert wird!«, erklärte König Tarman. »Und damit man mir auch glaubt –« Tarman gab Amoog ein Zeichen und wies auf Yrral. »Schlag ihn tot! Zerfetz ihn!«

Amoog grunzte und knurrte, als er auf Yrral zuging. Der Tschuuk wankte leicht unter Amoogs Gewicht und der Gewalt seiner Schritte. Er bewegte die Klauen. Seine Gelenke knackten vernehmlich.

Sein erster Hieb kam fast ansatzlos! Die langen spitzen Krallen seiner linken Pfote gruben sich tief in Yrrals Nacken. Blut spritzte. Yrral heulte auf.

Amoog zerrte ihn scheinbar ohne sonderliche Anstrengung hoch und holte mit der anderen Klaue zum nächsten Schlag aus.

»Nein!«, rief Tarman.

Amoog hielt inmitten der Bewegung inne.

»Nicht hier, du Idiot! Willst du mir hier alles versauen?« Der König deutete auf die Blutspritzer an den Wänden und auf dem Boden. »Schaff ihn raus und erledige ihn dort!«, ordnete er an. »Und sorge dafür, dass jeder mitbekommt, was mit diesem Versager passiert.« Er rieb sich die Hände. »Und dann bring mir seinen Schädel. Ich möchte sehen, ob sein Hirn wenigstens schmeckt, wenn es schon nicht zum Denken taugt.«

Yrral fiepte und heulte wie ein getretenes Junges, als Amoog ihn fortschleifte.

Tarman wies die Weibchen an, das Blut zu beseitigen. Beflissen machten sie sich daran, die feuchten Flecken aufzulecken.

Durch die lang gestreckte Öffnung in der Wand des Tschuuks konnte Tarman nach draußen sehen. Die Taratzen sammelten sich zu einem großen Pulk, in dessen Zentrum sich Amoog und Yrral befanden.

Yrral setzte sich kaum zur Wehr, um seine Qualen nicht unnötig hinauszuzögern. Doch Amoog ließ sich Zeit. Er dosierte seine Schläge und wusste, welche Verletzungen er anzurichten hatte, um seinem Opfer größtmöglichen Schmerz zu bereiten, ohne es gleich zu töten.

Das Schlachtfest zog sich hin.

Nach einer kleinen Ewigkeit kehrte Amoog zurück, Yrrals aufgebrochenen Schädel in beiden Pfoten.

Tarman warf einen Blick auf das feuchtglänzende Hirn darin und grinste hämisch.

»Sieh an – es ist noch kleiner, als ich dachte!«

Dann machte er seine Ankündigung wahr – und fraß.

Dabei dachte Tarman nach.

Es wurde Zeit, dem Spuk – der nur sein Gefolge zu schrecken vermochte – ein Ende zu bereiten.

Und dazu würde es unumgänglich sein, dass er, der König, selbst Hand anlegte.

Derweil er Yrrals Hirnschale ausfraß, ersann er einen Plan.

Oder eben das, was er dafür hielt...

Die Historie wiederholt sich also doch, dachte Matthew Drax bei sich. Gurks Geschichte war das beste Beispiel dafür. Wenn sie denn stimmte! Zumindest an Teilen davon hegte Matt doch einige Zweifel...

Es war die klassische Geschichte von der Suche nach dem *promised land*, dem gelobten oder verheißenen Land also.

Abn el Gurk Ben Amar Chat Ibn Lot Fuddel der

Sechste war in seiner Heimat – einem Land, das er Arba nannte und das wohl dem früheren Arabien entsprach – angeblich kein unbedeutender Mann gewesen. Ein Bruderstreit, über den Gurk keine großen Worte verlor, bewog ihn schließlich, nicht nur das Weite, sondern auch jene »Insel der Könige« zu suchen, von der es in den Geschichten der Reisenden hieß, dass dort alles besser, größer und schöner sei. Eine ähnliche Suche wie die der westlichen Völker nach Ethera also.

Gurk hatte sich nicht allein auf den weiten Weg gemacht. In seinem Gefolge waren Diener und vor allem die zwölf »Weibchen« gewesen, die er im Laufe seines Lebens um sich geschart hatte.

Ihre Reise war nicht ohne Zwischenfälle verlaufen, woran Matt nicht zweifelte, aber die Art und Weise, *wie* Gurk seinen eigenen blumigen Worten zufolge jeder Gefahr getrotzt hatte, kaufte er ihm dann doch nicht ganz ab.

Ebenso wenig, dass sich die halbe Portion in Caalaj schließlich den angreifenden Taratzen mit Todesverachtung entgegengeworfen habe. Vor Matt Drax' geistigem Auge tauchte eine ganz andere Vorstellung auf: Darin kauerte der Zwerg in einem Versteck und sah mit an, wie seine Begleiter samt und sonders zerrissen oder verschleppt wurden.

In Gurks kleinen Augen schimmerte ein Grauen, das so frisch schien, als sei das entsetzliche Massaker gerade erst geschehen.

»Sie haben meinen Sohn. Und ich schwor diesen Ort nicht eher zu verlassen, bis er wieder bei mir ist«, schloss er seine Erzählung.

»Du erwartest also ernsthaft von uns, dass wir uns mit diesen Viechern anlegen, um deinen Sohn zu finden?«, fragte Matt kopfschüttelnd. Seine Abneigung gegen den

Gnom war noch gewachsen, obwohl er jetzt auch etwas Mitleid mit ihm empfand. Aber ganz offenbar war Abn el Gurk vor allem eines – geistig verwirrt.

»Eine Hand wäscht die andere«, antwortete Gurk.

»Was lässt dich glauben, dass wir das Ende des Tunnels nicht auf eigene Faust erreichen können?«

Gurk zuckte die Schultern. »Die anderen haben es auch nicht geschafft.«

»Hast du ihnen denselben Handel angeboten?«

»Ja. Und einige sind darauf eingegangen. Aber sie waren nicht im Stande, ihren Teil zu erfüllen.«

»Das heißt, sie wurden von den Taratzen gefressen?«

»Ist wohl anzunehmen.«

»Du bist völlig verrückt!«

»Das geht dich überhaupt nichts an!«

Matt seufzte. Die Unterhaltung war so absurd wie fruchtlos. Trotzdem unternahm er einen letzten Versuch, an Gurks Vernunft zu appellieren, falls sich irgendwo in dessen unförmiger Rübe noch ein Rest davon versteckte.

»Wie kommst du überhaupt auf die Idee, dass dein Sohn noch leben könnte? Die Taratzen werden ihn ja wohl kaum verschont haben, oder?«

Gurk sah Matt beinahe mitleidig an. »Das Band des Blutes ist stark zwischen mir und den meinen. Ein Glück, dass du keinen Sohn hast. Du würdest ihn zu leicht aufgeben.«

Matt hielt dem Blick des Gnoms stand, musste sich aber eingestehen, dass ihn Gurks Worte ein klein wenig betroffen machten. Er wollte das Thema nicht weiter vertiefen. Aber Aruula fiel ihm in den Rücken.

»Hoffnung ist etwas Gutes, Gurk«, sagte sie. Und: »Ich kann dich verstehen.«

Mochte sein, dass Aruula dabei an ihr eigenes Schicksal dachte. Sie war als kleines Kind aus ihrer Heimat entführt worden.

Matt erhob sich; kein leichtes Unterfangen in dem Gewühl aus Polstern und Pelzen. Die Decke war so niedrig, dass er nur gebückt stehen konnte. »Wie auch immer«, grummelte er. »Ich werfe meine Leben nicht weg für eine Hoffnung, die ich nicht teilen kann.«

»Ich kann euch zu eurem Glück nicht zwingen«, seufzte Gurk, und dann wandelte sich seine Stimmung fast schlagartig: »Aber vielleicht kann ich euch ja etwas mitgeben?«

Er eilte in den Nebenraum, einen derjenigen, die mit den Habseligkeiten der Taratzenopfer voll gestopft waren. »Seht euch um. Wenn euch etwas gefällt, können wir vielleicht doch noch ein Geschäft machen, wer weiß?«

»Krämerseele«, brummte Matt. Dass der kleine Kerl aus dem Orient stammte, daran immerhin zweifelte er inzwischen nicht mehr ...

Aber es konnte auch nicht schaden, sich ein bisschen umzusehen.

Aruula trat zu ihm. Leise sagte sie: »Du bist ungerecht.«

»Nein, nur vernünftig. Glaubst du denn ernsthaft, dass dieser ominöse Sohn noch lebt?«

»Wir könnten ihm zumindest darüber Gewissheit verschaffen«, meinte Aruula.

Matt lachte freudlos auf. »Und nur deshalb soll ich mich freiwillig den Taratzen zum Fraß vorwerfen?«

»Er würde uns helfen, den Rest des Weges schadlos zu überstehen«, erinnerte Aruula.

»Das sagt er jedenfalls. Aber wie will er das anstellen? Und wahrscheinlich käme er ja gar nicht in die Verlegenheit, seinen Teil des Handels einhalten zu müssen. Ganz einfach deshalb nicht, weil wir nicht zurückkehren würden.«

»Wir haben schon andere Gefahren gemeistert.«

»Da wo ich herkomme, gibt es ein Sprichwort: Wer sich in Gefahr begibt, kommt darin um.«

»Vielleicht war ja doch nicht alles gut dort, wo du herkommst...«

Aruula rückte von Matt ab, zwei, drei Schritte nur, aber er empfand eine Kluft, die viel weiter war und tiefer reichte.

Ein öliges Lumpenbündel weckte Matt Drax' Interesse.

»Das gibts doch nicht...«, murmelte er und zog das Bündel unter anderen Gegenständen hervor. Er wusste, worum es sich dabei handelte, kaum dass er es in Händen hielt. Hastig schlug er die fettigen Tücher auseinander und sah seine Vermutung bestätigt.

Ein Gewehr!

Eine Waffe, wie sie nach der Jahrtausendwende vom deutschen Militär eingesetzt worden war.

Mit raschen Griffen überprüfte Matt das Gewehr. Alle Teile waren gängig, und im Magazin steckten sogar noch ein paar Patronen. Er bestaunte es beinahe so wie die Barbaren den »Feuervogel«, mit dem er in ihrer Welt gelandet war.

Abn el Gurk tauchte wie ein Geist neben ihm auf.

»Schönes Stück, wunderschön, nicht wahr? Interessiert?«

»Weißt du, was das ist?«, fragte Matt zurück.

Der Kurze zuckte die Schultern. »Ist für viele Zwecke zu gebrauchen.«

Gurk wusste offenbar nicht, was ein Gewehr war und was man damit tat. Vielleicht konnte er von Glück reden, dass er sich damit nicht selbst verletzt oder gar umgebracht hatte.

»Woher hast du es?«, wollte Matt wissen.

Gurk setzte umschweifig zu einer langen Geschichte an, die er sich hundertprozentig gerade erst aus den Fingern sog.

»Machs kurz«, verlangte Matt ungeduldig.

»Gefunden.«

»Wo?«

»Drunten.«

»Im Tunnel?«

»Fast.«

»Mann, rede!« Matt riss der Geduldsfaden.

»Tu ich, tu ich, tu ich«, versicherte Gurk eilig und verriet, dass er über »das Ding« gestolpert war, als er auf der Suche nach einem Unterschlupf gewesen war, in einem der früheren Versorgungsschächte.

Matt machte sich seinen eigenen Reim darauf. Er konnte sich vorstellen, dass beim Absturz des Kometen damals oder in der Zeit danach Überlebende Zuflucht im Euro-Tunnel gesucht hatten. Sie mochten hierher geflüchtet sein mit ein paar Habseligkeiten. Und was auch aus ihnen geworden war, ein paar ihrer Sachen hatten die Jahre überdauert. Das erklärte denn auch die Menge der Dinge, die Gurk hier angehäuft hatte. Sicher, einen Teil davon mochte er sich durchaus in seiner Eigenschaft als Leichenfledderer beschafft haben, aber andere waren sicher schon hier gewesen und von Gurk lediglich zusammengetragen worden.

»Also?«, hakte Gurk nach. »Willst du es haben?«

»Was verlangst du dafür?«

Der Gnom streckte den Finger aus. »Das da!« Er zeigte auf Aruula.

Sie lachte amüsiert auf.

Matt fand die Anmaßung weniger komisch. »Du bist wirklich irre!«

Abn el Gurk stieß ein Lachen aus. Es klang wie das Meckern eines Ziegenbocks. »Nicht doch, nicht doch!«, sagte er dann. »Ich rede nicht von deinem Weibchen –«

Er trat zu Aruula und fasste nach dem Kruzifix, der zwischen ihren Brüsten hing. Dabei berührte er selbstredend die prallen Rundungen und verzog das Gesicht zu etwas, das er für eine Kennermiene halten mochte.

»– sondern davon!« Er betrachtete das goldene Kreuz. »Es gehörte der Mutter meines Sohnes ...«

Aruula streifte die Kette über den Kopf und reichte sie Gurk. »Dann soll es dir gehören.«

»Das Geschäft gilt«, ließ sich Matt Drax vernehmen und lud die Waffe durch.

»Ich habs ihm geschenkt!«, protestierte Aruula.

»Schon gut«, meinte Gurk. Versonnen betrachtete er das goldene Kreuz. »Das war ein Geschäft zu meinen Gunsten. Etwas Wertvolleres als das –«, er ließ das Kruzifix an der Kette schaukeln und folgte der Pendelbewegung wie hypnotisiert, »– habe ich lange nicht mehr besessen.«

Dann sprach er kein Wort mehr und versank ganz in den Scherben seiner Erinnerungen.

Matt Drax hatte Gurks umgebaute Draisine für den weiteren Weg benutzen wollen. Und Aruula hatte deutlich gemacht, dass sie ihn keinesfalls begleiten würde, wenn er dem Gnom das Gefährt stahl.

Nun waren sie wieder zu Fuß unterwegs. Schweigsamer noch als zuvor.

Nach dem Angriff der Taratzen waren sie mit der Draisine in nordwestlicher Richtung gefahren, also dem englischen Tunnelende zu. Matt wusste nicht, wie viele Meilen sie dabei zurückgelegt hatten, aber sie mussten ihrem Ziel ein beträchtliches Stück näher gekommen sein. Er schätzte, dass sie mittlerweile etwa die Hälfte der Gesamtstrecke hinter sich haben mussten.

Und er konnte es kaum erwarten, den Rest hinter sich zu bringen.

Nicht nur, weil es ihn drängte, die Insel zu erreichen, um die Communities ausfindig zu machen. Und nicht nur, weil er weitere Attacken der Taratzen oder anderer Mutationen erwartete.

Nein, der Tunnel selbst flößte ihm zunehmend mehr Unbehagen ein. Mehr und mehr wurde er sich der Tatsache bewusst, dass über ihnen Megatonnen von Wasser und Meeresboden lasteten. Und immer öfter überkam es ihn wie eine Vision, was geschehen würde, wenn die Tunneldecke brach, aus welchem Grunde auch immer – vor seinem geistigen Auge sah Matt, wie Unmengen von Salzwasser den »Chunnel« fluteten. Wie die Gewalt des Wassers die Röhre schier sprengte – und wie er und Aruula darin um ihr Leben rangen und schließlich doch ersoffen ...

... wie Ratten.

Er verscheuchte die Vorstellung ein ums andere Mal. Aber sie kehrte zurück, wieder und wieder, hartnäckig ... wie eine hungrige Ratte.

Verdammt, er dachte zu viel an Ratten! Was daran liegen mochte, dass es hier unten eindeutig zu viele davon gab – und viel zu große!

Wahrscheinlich war die Stille daran schuld, dass seine Fantasie solche Kapriolen schlug, dass seine Gedanken sich selbstständig machten und auf Abwege gerieten.

Das Schweigen, das wie eine Mauer zwischen ihm und Aruula aufragte, vermittelte Matt ein Gefühl der

Einsamkeit, wie er es kaum einmal zuvor erfahren hatte – und vor allem seit langem nicht mehr.

Seit er mit Aruula zusammen war, hatte er sich nicht mehr wirklich allein gefühlt, obwohl er in dieser unwirtlichen Welt gestrandet war, ein Fremdkörper aus einer Vergangenheit, die in dieser Zeit nicht einmal mehr Geschichte war.

Jetzt allerdings ...

Matt kam sich vor, als sei er der einzige Mensch auf diesem Planeten. Und er fühlte sich schlicht und ergreifend beschissen.

»Aruula ...?«

Es war Matt kaum bewusst, dass er den Namen seiner Gefährtin, seiner Geliebten aussprach. Die Tunnelwände splitteten ihn auf, warfen ihn zurück.

Sie antwortete nicht.

»Was ich auch getan habe, um dich zu verärgern, es ... es tut mir Leid. Okay?«

Es dauerte eine Weile, bis Aruula etwas erwiderte.

»Okay«, sagte sie einfach.

Wieder schwiegen sie. Bis Aruula die Stille brach. »Du hast dich verändert, Maddrax.«

Diesmal sagte er nichts darauf.

»Du bist besessen.«

»Wie kommst du darauf?«, fragte Matt verwundert.

»Besessen von der Idee, dieser Welt alle Geheimnisse entreißen zu wollen.«

»Das ist –«

»– die Wahrheit«, unterbrach ihn Aruula. »Und diese Vorstellung gefällt mir nicht. Ganz gleich, ob du an unsere Götter glaubst oder nicht, es tut nichts zur Sache. Du willst an Dingen rühren, die zu groß für Menschen sind. Und damit bringst du diese ganze Welt in Gefahr.«

Matt schluckte schwer. Er war nicht sicher, ob er Aruula

ganz verstand. Aber er hatte eine Ahnung davon, was sie meinte. Und diese Ahnung behagte ihm nicht.

Er rührte an Dingen, die Menschen nicht bestimmt waren ...

Vielleicht hatte Aruula Recht. Es gab Dinge, die man besser unangetastet ließ. Nicht nur in dieser Zeit. Solche Dinge hatte es immer gegeben. Menschen hatten stets irgendwelche Geheimnisse gelüftet und ihre Erkenntnisse in der Folge genutzt. Und nicht immer war dies zum Segen der Menschheit gewesen.

Welches Recht also hatte er, Air Force Commander Matthew Drax, die Menschen dieser Zeit solcherlei Gefahren auszusetzen?

Bislang hatte er die Angelegenheit, seine Suche nach Wahrheiten, nie aus diesem Blickwinkel betrachtet. Er hatte nie etwaige Konsequenzen bedacht. Genau genommen wusste er nicht einmal wirklich, wonach er suchte. Was er zu finden hoffte.

Eigentlich trieb ihn nur eine Art innere Unruhe an und immer weiter, immer neuen Zielen entgegen, und doch konnte jedes dieser Ziele nicht mehr sein als eine Zwischenetappe – auf dem Weg *wohin*?

Und wenn er dieses Endziel erreicht, wenn er die Rätsel dieser Zeit und Welt gelöst hatte – was dann?

Fragen, auf die Matt keine Antworten fand. Nicht jetzt, nicht hier. Sein Verstand kapitulierte vor ihrer Größe – oder vielleicht weigerte sich Matt auch nur, weiter darüber nachzudenken. Aus instinktiver Furcht davor, dass ihn diese Antworten ernüchtern könnten. Dass ihm alles sinnlos erscheinen würde.

Dass ihn aller Mut verlassen würde.

Aber genau das war es wohl, worüber er mit Aruula sprechen sollte. Und warum nicht jetzt und hier? Sie hatten Zeit – und sie hatten Ablenkung bitter nötig.

Doch die Ablenkung kam von ganz anderer Seite – und völlig überraschend! Buchstäblich aus dem Nichts!

Matt registrierte, dass etwas auf ihn zuflog. Etwas Dunkles, nicht einmal Großes, aber es kam rasend schnell heran. Und als ihn der Stein, aus dem Dunkeln eines Seitentunnels geschleudert, traf, glaubte er, sein Kopf würde explodieren.

Dem grellen Licht, das hinter seinen Augen aufflammte, folgte tiefe Finsternis.

Matt merkte noch, wie er stürzte. Er meinte, in diese Lichtlosigkeit hineinzufallen. Und der Aufprall löschte seine Sinne schließlich vollends aus.

Doch im allerletzten Moment entsann er sich noch des flüchtigen Eindrucks, den er eine Sekunde zuvor inmitten der blendenden Helligkeit gehabt hatte.

Ein Gesicht . . . Markant. Hässlich.

Abn el Gurk?

Die Attacke erfolgte mit erschreckender Schnelligkeit.

Aruula sah Maddrax fallen. Blut lief ihm übers Gesicht. Ein faustgroßer Stein hatte ihn an der Stirn getroffen. Wie ein Sack kippte er zu Boden.

Und augenblicklich drängte sich ein gutes Dutzend Taratzen zwischen sie und ihren bewusstlosen Gefährten.

Bevor die Barbarin nach ihrem Schwert in der Rückenscheide greifen konnte, hatte sie etliche Kratzer davongetragen. Mit Fäusten und Tritten wehrte sie die Angreifer ab, verschaffte sich so zumindest genug Luft, um endlich ihre Waffe ziehen zu können.

Ein Rundschlag trieb die Taratzen zurück, schlitzte zweien oder dreien den Wanst auf. Blut und Gedärm quoll hervor.

Aruula setzte nach. Erschlug eine weitere Riesenratte und wehrte ein Tier ab, das sich ihr von hinten näherte.

Ihr Trachten war, sich zu Matt durchzuschlagen. Sie hieb eine regelrechte Bresche in die Wand aus pelzigen Leibern. Warmes Blut spritzte ihr auf die Haut. Die Luft war erfüllt vom Fiepen und Kreischen der hässlichen Biester.

Zwei Taratzen hatten Matt gepackt und wollten ihn wegzerren.

Aruula setzte ihnen nach. Tötete eines der Tiere. Zwei andere rückten an seine Stelle nach, brachten den Bewusstlosen weiter fort. Vier, fünf, sechs Taratzen verstellten der Barbarin den Weg. Zwei bezahlten ihre Kühnheit sogleich mit dem Leben.

Mit der Fußspitze stieß Aruula gegen etwas, das am Boden lag, geriet beinahe ins Straucheln.

Ein rascher Blick nach unten.

Die Waffe, die Matt aus Gurks Sammlung mitgenommen hatte!

Aruula sackte in die Hocke – und entging damit einem Krallenhieb, der dicht über sie hinwegfuhr.

In der Bewegung wechselte sie das Schwert in die linke Hand, fasste mit der rechten nach dem Gewehr. Den Kolben stützte sie in die Beuge des Ellbogens, ihr Zeigefinger legte sich um den Abzug und zog ihn durch. Sie hatte sich genau eingeprägt, wie Maddrax die Waffe handhabe.

Das Gewehr spie Feuer und Blei. Ruckte und tanzte in Aruulas Griff, aber sie hielt eisern fest. Drückte wieder ab.

Die Taratzen wurden von den Treffern zurückgeschleudert. Abermals spritzte und sprühte Blut, senkte sich wie roter Nieselregen auf Aruula herab.

Sie kam hoch, kreiselte herum, feuerte wieder.

Tack-tack-tack!

Vier, fünf Taratzen gingen unter ihren Treffern zu Boden. Andere wichen zurück, setzten sich ab. Ein paar wagten sich dennoch vor.

Tack-tack-KLACK!

Nichts mehr.

»Meerdu!«, fluchte Aruula, ließ das leer geschossene Gewehr in der Hand wirbeln, packte es am Lauf und nutzte es als Prügel, mit dem sie einer vorwitzigen Taratze den Schädel einschlug. Der Kolben der Waffe verkantete sich im Knochen. Aruula stieß sie von sich. Das tote Tier prallte gegen zwei Artgenossen und riss sie von den Pfoten.

Mit beiden Händen fasste Aruula ihr Schwert, ließ die Klinge kreisen. Schädel flogen, Glieder wurden abgetrennt.

Aber der Übermacht der Taratzen war sie nicht gewachsen. Die Biester schienen über unbegrenzten Nachschub zu verfügen.

Und Aruulas Kräfte begannen zu erlahmen.

Ihr blieben nur zwei Möglichkeiten. Sie konnte sich den Ungeheuern ergeben – oder ihr Heil in der Flucht suchen, um Maddrax später irgendwie zu helfen.

Sie entschied sich für Letzteres.

Und kam sich dabei hundeelend vor.

Ich habe ihn im Stich gelassen!

Der Vorwurf echote in Aruula, so laut, als könne sie die Worte tatsächlich hören, als würden sie von den Tunnelwänden zurückgeworfen und auf sie einstürmen, Steinen gleich, mit denen eine unsichtbare Meute sie zu erschlagen versuchte.

Der Gedanke, dass sie nichts für Matt hätte tun können, wenn sie sich den Taratzen ergeben hätte, wollte nicht recht fruchten. Weil grässliche Bilder sie im Geiste quälten. Ihre Fantasie malte sich grauenhafte Dinge aus. Sie »sah«, wie die Taratzen Matt folterten und schließlich töteten, und die Flut dieser Bilder wollte nicht verebben. Fortwährend bekam sie neue Nahrung, und jede neue Vision übertraf die vorherige noch an Entsetzlichkeit.

Und das Schlimmste daran war, dass Aruula sehr wohl wusste, wie grausam Taratzen sein konnten. Sie hatte im Laufe ihres Lebens unzählige Male mit diesen Ungeheuern zu tun gehabt. Deren Lust am Schrecken kannte so wenig Grenzen wie ihr unstillbarer Hunger.

Umso erstaunlicher fand es Aruula, dass ihr die Flucht tatsächlich gelungen war. Mehr noch, die Taratzen schienen damit zufrieden, ihre Gegnerin vertrieben zu haben. Matt schien ihnen Beute genug gewesen zu sein.

Wieder und wieder blieb Aruula stehen, hielt Ausschau nach Verfolgern, lauschte. Aber sie sah und hörte nichts.

Dann geschah das zweite Wunder – sie fand den Weg zurück in Abn el Gurks Versteck.

Vorsichtig umging sie die Fallen, mit denen Gurk den Zugang zu seinem Unterschlupf abgesichert hatte, einige davon schaltete sie auch aus, oder sie löste sie mit der Schwertspitze aus, um die Stellen dann gefahrlos passieren zu können.

So dauerte es eine ganze Weile, bis sie Gurks höhlenartige Wohnkammern erreichte. Doch der komische Vogel schien ausgeflogen zu sein.

»Gurk?«, rief Aruula und ging von einem Raum zum anderen.

In der Tat, es war faszinierend, was der Zwerg hier angesammelt und wie er sich eingerichtet hatte. In gewisser Hinsicht konnte Aruula verstehen, dass Maddrax dem komischen kleinen Mann misstraute. Es war zweifelsohne merkwürdig, dass Gurk hier unten hauste. Aber Aruula konnte seine Beweggründe offenbar besser nachvollziehen als ihr Freund und Geliebter aus einer fernen Zeit. Was daran liegen mochte, dass diese Welt seit jeher ihr Zuhause war und die Bewohner, die Matt sonderbar anmuten mussten, für sie gang und gäbe waren.

Bei den Göttern, sie hatte seltsamere Wesen kennen gelernt als diesen Abn el Gurk Ben Amar Chat Ibn Lot Fuddel den Sechsten! Und wenn sie sich selbst gegenüber ehrlich war, dann musste Aruula zugeben, dass Maddrax zu eben diesen »Sonderfällen« zählte ...

Immer noch.

Auch wenn sie ihn ... liebte. Wenn er längst schon Teil ihres Lebens geworden war. Wenn sie sich ein Leben ohne ihn nicht mehr vorstellen konnte und wollte.

Vielleicht, dachte die Barbarin, *wärs keine schlechte Idee, ihm das einmal zu sagen ...*

... wenn sie noch Gelegenheit dazu bekam.

Einen Moment lang spielte sie mit dem Gedanken, nach Maddrax zu »lauschen«; ihre telepathische Gabe einzusetzen, um herauszufinden, ob sie noch ein »Signal« von ihm auffangen konnte. Aber sollte ihr das nicht gelingen, dann stand zu befürchten, dass Maddrax –

Aruula verfolgte den Gedanken nicht weiter und verwarf die Idee. Sie wollte gar keine Gewissheit haben! Nein, die Hoffnung war ihr lieber.

»Gurk? Wo bist du?«

Die Behausung des Gnoms schien tatsächlich verwaist. Wo steckte er bloß?

War er ihnen am Ende doch gefolgt?, überlegte Aruula. Aber warum hatte er sich ihr dann nicht gezeigt, als sie vor den Taratzen floh? Oder vielmehr: Warum hatte er ihnen nicht geholfen?

Ein Rumoren riss sie aus den Gedanken. Sie wirbelte herum, das Schwert zum Stoß bereit in der Hand – und ließ es sinken, als Gurk aus einem Loch in einer Ecke herauskroch, vor sich hin brabbelnd und fluchend.

»Jessasmariaundjosef!«, grummelte er (so in etwa klang es jedenfalls für Aruula). »Kann ein alter Mann denn nicht einmal in Ruhe schei-?«

Als Abn el Gurk der Barbarin ansichtig wurde, verflog seine schlechte Laune, und sein Gesicht erhellte sich. Eilig ordnete er seine Kleidung, die aus einer grob gewebten Kutte und irgendetwas Undefinierbarem bestand, das er darunter trug; eine Art Ganzkörperanzug mit einer Klappe auf der Kehrseite.

»Hoi!«, machte er. »Was sehen meine trüben Äuglein da? Du bist wieder da? Das kann nur bedeuten, dass der andere von den Taratzen gefressen wurde!«

Über diese Möglichkeit zeigte sich Gurk nicht die Spur betrübt oder gar entsetzt.

»Das will ich nicht hoffen!«, meinte Aruula. Dann erzählte sie dem Kurzen von ihrer neuerlichen Begegnung mit den Taratzen, wozu es nicht vieler Worte bedurfte.

»Und jetzt?«, fragte Gurk harmlos, als sie zum Ende gekommen war.

»Will ich versuchen, Maddrax zu befreien«, erklärte Aruula knapp.

Gurk lachte trocken auf. »Da bist du aber in die verkehrte Richtung gelaufen.«

Sie schüttelte den Kopf. »Nein, ich bin zu dir gekommen, um dich zu bitten, mir zu helfen.«

»Ach? Trügt mich meine Erinnerung, oder habt ihr mein Angebot, euch zu helfen, nicht abgelehnt?«

»Maddrax hat es abgelehnt.«

»Warum sollte ich dann ausgerechnet diesem Maddrax helfen?«, fragte Gurk schnippisch.

»Weil ich dich darum bitte?« Aruula zauberte allen Charme in ihren Tonfall.

»Hmm«, machte der Gnom, »hmmhmmm.« Er rieb sich das Kinn, die Knollennase, die hohe Stirn. Dann meinte er: »Ohne Gegenleistung wird aber nichts aus unserem Geschäft.«

»Ich habe nichts, das ich dir anbieten könnte«, erwiderte Aruula. »Nur mein Schwert, und das –«

Gurk winkte ab. »Ach, behalt dein Schwert! Schwerter hab ich selbst mehr als genug!« Er wies auf seinen »Privatbasar«. »Nein, nein, nein – aber ich wüsste schon, wie wir ins Geschäft kommen könnten...« In sein Gesicht schlich sich ein beunruhigender Ausdruck.

»Ach ja?«, meinte Aruula. Ihr dämmerte freilich, was dem Gnom vorschwebte. Eine wenig erbauliche Vorstellung – für sie...

Sie behielt Recht.

Und willigte ein.

Matthew Drax erwachte. Oder zumindest glaubte er das...

...denn was er um sich her sah, mochte ebenso gut ein Albtraum sein.

Und er wünschte sich, es wäre einer.

Ein ohrenbetäubendes Fauch- und Kreischkonzert. Taratzen, so weit das Auge reichte. Und jede Einzelne dieser Riesenratten starrte ihn an. Selbst aus dem Dunkeln noch konnte er die stieren Blicke aus tückischen Augen auf sich spüren. Ebenso ihre Gier, die sie allesamt teilten – die Lust, sich auf ihn zu stürzen, um ihn bei lebendigem Leibe zu fressen.

Aber das taten sie nicht. Oder *noch* nicht ...

Matt war an Händen und Füßen gefesselt, mit Seilen, die aus irgendwelchen Naturfasern geflochten und verdammt strapazierfähig waren. Zudem saßen die Fesseln so fest, dass er sich schon bei den eher halbherzigen Versuchen, sich daraus zu befreien, die Gelenke blutig scheuerte. Winzige Dornen waren in die Seile eingearbeitet, die ihm wie Zähne in die Haut bissen.

Zwei Taratzen schleiften ihn durch eine weitläufige Halle. Wie auch der Tunnel wurde dieser Saal von phosphoreszierenden Pilzgewächsen und Moosen in diffuses, unwirkliches Licht getaucht, dazu brannten weit verstreut ein paar Feuer. Teile dieser offensichtlich nicht natürlichen Höhle blieben im Finstern, aber ihr Herzstück erkannte Matt doch.

Es war ein – *Zug*.

Das Wrack eines jener Züge, die dereinst zwischen der britischen Insel und dem Festland verkehrt waren. *Bullet Trains* hatte man diese Züge damals genannt, ihrer Geschwindigkeit wegen.

Dieser Zug sah eher aus, als sei er unter massivsten »Bullet«-Beschuss geraten – verbeult, die Fenster zum Großteil zersplittert, die Räder aus der Schienenführung geraten, lag er gekrümmt wie eine tote Riesenschlange aus Metall da.

Die beiden Taratzen trugen ihren Gefangenen zum Zug und bugsierten ihn unsanft durch eine der offen stehenden Türen ins Innere, dann schleppten sie ihn weiter in Richtung des hinteren Endes der Wagonschlange.

Matt musste sich zusammenreißen, um sich nicht zu übergeben. Es stank bestialisch. Nach Kot und Urin und noch übler.

Im letzten Abteil des Zuges ließ man ihn kurzerhand zu Boden fallen. Der Aufprall fachte den pochenden

Schmerz hinter seiner Stirn zu neuer Gewalt an und brachte seine Gedanken sekundenlang aus ihrer Bahn.

Mit geschlossenen Augen konzentrierte sich Matt darauf, den Schmerz zu bezwingen, was ihm leidlich gelang. Dann öffnete er die Lider und sah sich um, so gut es in seiner bescheidenen Lage eben ging.

Dieses Abteil des Zugwracks war – wenn man seine Fantasie spielen ließ – durchaus wohnlich eingerichtet. Es gab eine zusammengeschusterte sesselartige Sitzgelegenheit, die etwas erhöht stand; vermutlich ein Thron. Matt schloss daraus, dass hier der König dieser Taratzenhorde residierte.

Er kannte sich ein klein wenig aus, was soziale Ordnung und sonstige Gepflogenheiten der Riesenratten anging. Zum einen aus eigener Erfahrung mit dem Taratzenkönig Rraar*, zum anderen hatte ihm Aruula manches erzählt.

Diese Ungeheuer waren keine bloßen Tiere. Sie verfügten über eine primitive Art von Intelligenz, und Einzelne waren sogar in der Lage, sich in der menschlichen Sprache zu verständigen, wenn auch nur gebrochen.

Matt schaute auf und die größere der beiden Taratzen, die ihn hergebracht hatten, an.

»Du«, sagte er in der Sprache der Wandernden Völker, »bist du der König?«

Die Taratze, die ihren Kompagnon um gute Haupteslänge überragte, beugte sich etwas vor. Funkelte Matt aus schwarzen Knopfaugen an. Fletschte die Zähne. Geifer troff auf ihn herab. Das Biest fauchte etwas, das ganz sicher Worte in der Taratzensprache waren. Matt verstand kein Wort. Es klang wie: »Aamoog!«, durchsetzt mit heiseren, kehligen Lauten.

---

* siehe Taschenbuch 1, Roman 1 »Der Gott aus dem Eis«

Unmissverständlich war dagegen der Hieb, den er kassierte. Wie eine Peitsche fuhr der dünn behaarte Taratzenschwanz auf ihn nieder und schlug ihm klatschend gegen die Brust. Es brannte wie Feuer. Matt krümmte sich, biss die Zähne zusammen, bis der Schmerz verebbte.

Er verkniff sich jeden weiteren Kommunikationsversuch. Stattdessen ließ er den Blick weiter schweifen, vermied aber tunlichst jede hastige Bewegung, um die Taratze nicht zu einer weiteren Reaktion solcher Art hinzureißen.

Was bewog diese Horde, sich ausgerechnet hier unten einzunisten, tief unter dem Meer, abseits der Welt – und damit fern von ergiebigeren Jagdgründen?, überlegte Matt.

Sicher, es gab Beutetiere hier unten. Eine Art davon hatte Matt schließlich selbst kennen gelernt, die Eeg. Aber ihre Zahl musste begrenzt sein. Außerhalb des Tunnels hätten die Taratzen es gewiss leichter gehabt, Nahrung zu finden – Menschen zum Beispiel, die bekanntermaßen ganz oben auf dem Speiseplan dieser Spezies standen...

Irgendetwas stimmte nicht mit dieser Meute. Das spürte Matt ganz einfach, mit einem Sinn vielleicht, den er früher nicht besessen hatte. Der sich erst in den vergangenen Monaten nach und nach zu entwickeln begonnen hatte. Eine Art Instinkt, auf den die Menschen in der zivilisierten Welt des 20. und 21. Jahrhunderts hatten verzichten können, der in dieser Welt jedoch so etwas wie eine natürliche Lebensversicherung sein konnte.

Was hielt die Ungeheuer in dieser Tiefe und Dunkelheit?

Matt Drax sah sich vorsichtig weiter um. Blickte zu

den Fenstern des Zugs hinaus, nach allen Seiten und nach oben.

Und da ging ihm ein Licht auf.

Ein – *grünes* Licht ...

Allen ursprünglichen Vorbehalten zum Trotz bereute Aruula nicht, sich auf Gurks anstößiges Geschäft eingelassen zu haben – o nein, ganz im Gegenteil!

Denn der seltsame Kauz verstand sich auf das, was er tat! Er wusste, was einer Frau gefiel. Und er wendete sein Wissen an, als stünde ihm alle Zeit der Welt zur Verfügung.

»Vorspiel« hatte Maddrax das einmal genannt. Mit Abn el Gurk erreichte Aruula ihr Ziel schon während dieser ersten Phase zwei Mal!

Und dabei war der Zwerg noch nicht einmal auf direkte Tuchfühlung gegangen. Er hatte nur seine Hände eingesetzt, seine Zunge, seine dicke Nase und sogar seinen Atem, der wie warmer Wind über Aruulas nackte Haut strich.

Matt hatte ihr auch einmal etwas von »erogenen Zonen« erzählt und ihr gezeigt, was darunter zu verstehen war.

Gurk nannte diese besonders sensiblen Punkte an ihrem Körper zwar nicht bei diesem Namen, aber er fand viel mehr davon als Matt!

Justament befasste er sich mit ihren Füßen. Aruula stöhnte und räkelte sich in den Fellen.

Mochte Gurk auch hässlich sein, sie sehnte sich danach, dass endlich auch er sich seiner Kleider entledigte ...

Doch dazu kam es nicht.

Und im ersten Augenblick wog Aruulas Enttäuschung

darüber ungleich schwerer als ihr Schrecken darüber, was geschah.

Es war viel einfacher gewesen, als Tarman angenommen hatte. Sein Plan war aufgegangen.

Das Weibchen hatte sich abgesetzt, nachdem Amoog und die anderen das Männchen fortgeschafft hatten. Zusammen mit einem kleinen Trupp war er der Frau – wie die Menschen ihre Weibchen nannten – gefolgt, in sicherem Abstand. Und wie er es sich gedacht hatte, war sie zurückgekehrt zu jenem Wesen, vor dem seine Horde solch widersinnigen Respekt hatte.

Das Weibchen hatte Tarman und seinem Gefolge den Weg bereitet, hatte die Fallen lahm gelegt, die schon vielen Taratzen den Kopf gekostet hatten, oder ihnen zumindest gezeigt, wie man sie umging.

Und hilfloser als in der Situation, in der sie die Frau und den anderen fanden, konnten die beiden gar nicht sein: Sie paarten sich – oder waren zumindest im Begriff, es zu tun. Was sie doch für seltsame Wesen waren, diese Menschen ...

Einen Moment lang überlegte Tarman, ob er den zweien ihren Spaß lassen sollte, ehe er den Befehl zum Zuschlagen gab. Doch er entschied sich dagegen. Vielleicht würde er sich später ja selbst mit der Frau vergnügen. Die Menschenweibchen waren so anders als die der Taratzen. So weich, so zerbrechlich, so duftend wie –

Der Gedanke entglitt Tarman.

Er fauchte die Order.

Und die Taratzen stürmten die Kammer.

Sowohl der Mann als auch das Weibchen setzten sich zur Wehr, doch die Überraschung lag auf Seiten der

Angreifer. Der tumultartige Kampf war nur von kurzer Dauer. Dann war das ungleiche Pärchen überwältigt und gefesselt.

Tarman trat vor sie hin. Das Weibchen starrte ihn aus großen Augen an, fassungslos. Als könne es nicht begreifen, was sie sah.

Und die Fassungslosigkeit des Männchens war noch ungleich größer. Sein Mund bewegte sich lange, ohne einen Laut abzusondern.

Dann endlich stieß er einen einzelnen Ton hervor, voller Unglaube, hoch und schrill, jubilierend und zutiefst entsetzt in einem.

»Du ...?!«

Ein grünes Leuchten ... Eigentlich nur ein Schimmer, der wie dünner Nebel unter einer Stelle der Decke hing.

Matthew Drax hatte es trotzdem entdeckt. Und die Entdeckung hatte seinen Gedankenapparat in Bewegung gesetzt, ohne sein Zutun.

Er sah dieses besondere, widernatürliche Licht nicht zum ersten Mal. Er erinnerte sich an das grüne Leuchten in einer Quelle unter einem Alpengipfel, in den Katakomben des Olympia-Stadions in München, zwischen den Türmen der gotischen Kathedrale zu Köln und unter dem Aachener Dom – und jedes Mal war ein Splitter jenes Kometen, der vor über fünfhundert Jahren auf der Erde eingeschlagen war, involviert gewesen!

Sollte sich ein solches Trümmerstück auch hier in der Nähe befinden? Irgendwo über dieser Halle?

Aber wie hing dieser Splitter, wenn es ihn denn gab, mit den Gepflogenheiten dieser Taratzenhorde zusammen? Wie hatte sich seine Strahlung auf diese Mutationen ausgewirkt?

Matts Gedanken kreisten schneller, unkontrollierter. Sein Kopf begann von neuem zu schmerzen.

Er schloss die Augen, öffnete sie aber nach ein paar Sekunden wieder, als von draußen Lärm hereindrang. Die Taratzen waren in Unruhe geraten, in Aufregung, die in Panik umzuschlagen drohte.

Auch die beiden Riesenratten, die Matt bewachten, traten ans Zugfenster, um hinauszusehen.

Matt nutzte ihre Unaufmerksamkeit, um sich aufzurichten, damit er ebenfalls mehr von dem erkennen konnte, was die Taratzen in Aufruhr versetzte.

Jetzt endlich gelang es ihm auch herauszufinden, was es mit dieser Halle auf sich hatte. Es musste sich um eine Art Wartungsstation des Eurotunnels handeln – beziehungsweise gehandelt haben. Es gab mehrere Gleisstränge und Weichen. Die Halle war vermutlich eingerichtet worden, um Züge umleiten oder reparieren zu können. Dass sie einmal zum Hauptquartier von Riesenratten werden würde, hatten sich die Erbauer sicher nicht träumen lassen...

Die größere der beiden Taratzen, die sich mit Matt im Abteil befanden, streckte eine Pfote aus und zischte etwas. Die andere fauchte und fiepte aufgeregt.

Matt folgte der gewiesenen Richtung mit seinen Augen und sah, was die Taratzen aufscheuchte.

Abn el Gurks Draisine!

Das Gefährt rollte langsam auf einer Gleisbahn in die Halle. Die Taratzen draußen wichen davor zurück, nur ein paar Neugierige oder Wagemutige trauten sich näher heran.

Im ersten Moment wollte Matt bei dem Anblick Hoffnung schöpfen. Aber es gelang ihm nicht recht. Er hatte kein gutes Gefühl bei der Sache. Es war doch eher unwahrscheinlich, dass sich Aruula das Fahrzeug geschnappt hatte, um dann in derart gemächlicher Ruhe in die Höhle des Löwen einzurollen, ganz gleich ob nun mit oder ohne Gurk.

Unweit des Zugwracks wurde die Draisine gestoppt. Ein halbes Dutzend Taratzen kletterte heraus.

Gefolgt von Abn el Gurk Ben Amar Chat Ibn Lot Fuddel dem Sechsten.

Hinter ihm tauchte Aruula auf.

Und das Schlusslicht bildete ... ein *zweiter* Abn el Gurk Ben Amar Chat Ibn Lot Fuddel?!

Der Apfel fällt nicht weit vom Stamm – dieses Sprichwort galt auch in dieser Zeit noch!

Sie hatten Gurks Sohn gefunden. Oder vielmehr: *Er* hatte *sie* gefunden. Nur hatte er ganz offensichtlich keinerlei Erinnerung mehr daran, dass Gurk sein Erzeuger war. Obwohl sie einander wahrlich wie aus dem Gesicht geschnitten waren. Einzig der Kopf des Filius war noch etwas größer als der des Vaters, dafür war sein Gesicht nicht ganz so runzelig. Was seiner Hässlichkeit indes keinen Abbruch tat. In dieser Hinsicht konnte er es locker mit seinem alten Herrn aufnehmen!

Die Situation hatte etwas Irreales, geradezu Absurdes, fand Matt. Und Aruula teilte diese Empfindung zweifellos. Wie Matthews Blick ging auch der ihre unentwegt zwischen Gurk senior und Gurk junior, der auf seinem Thron Platz genommen hatte, hin und her.

Abn el Gurk redete unentwegt auf seinen Sohn ein, der offenbar und irgendwie zum König dieser Taratzenhorde aufgestiegen war. Dabei befleißigte er sich eines Dialekts, den nicht einmal Aruula verstand, geschweige denn Matt. Ein orientalischer Kameltreiber konnte, einmal ins Fluchen geraten, kein wüsteres Kauderwelsch reden...

Die Taratzen, die sich nicht nur hier im Innern des Zugs eingefunden, sondern auch vor den Fenstern versammelt hatten, spitzten zwar die Ohren, aber Matt war ziemlich sicher, dass auch sie kein Wort dessen verstanden, was Gurk da von sich gab.

Nichtsdestotrotz konnte sich Matt zumindest denken, worüber Gurk der Ältere sprach. Sicher versuchte er in seinem Sohn verschüttete Erinnerungen wachzurufen. Ihn sozusagen an die guten alten Zeiten zu gemahnen, zur Vernunft zu bringen..

Die entscheidende Frage dabei war wohl, wie alt der Junior gewesen war, als er unter die Taratzen geriet. Womöglich besaß er gar keine Erinnerungen mehr an jene Zeit, weil er damals noch zu jung gewesen war.

Matt beäugte den jüngeren Gnom. Mit stoischer Miene nahm der jedes Wort hin, das ihm sein Vater an den viel zu großen Kopf warf.

Als Gurk sich an Matt wandte, erschrak dieser über die Plötzlichkeit.

»Das Ding, das Ding, das Ding!«, geckerte der Zwerg aufgeregt.

Matt blinzelte verwirrt. »Was für ein Ding...?«

Gurk stöhnte geplagt, vollführte eine nickende Kopfbewegung, versuchte mit dem Kinn auf seine Brust zu deuten.

Matt verstand noch immer nicht.

Aruula schon. Sie richtete sich mühsam, weil immer noch gefesselt auf. Als die große Taratze auf sie zutreten wollte, um sie wieder zu Boden zu stoßen, ließ Tarman – so wurde Gurk junior von seinen Untertanen genannt; der Name stellte wohl eine Mischung aus »Taratze« und »Mann« dar – ein knappes Fauchen und den Namen

»Amoog!« hören. Darauf wich das kräftige Biest wieder zurück, sichtlich widerwillig jedoch. Aus geschmälten Augen funkelte es seinen König an und wagte sogar aufzumucken; so jedenfalls deutete Matt die heiseren Laute, die dieser Amoog ausstieß.

Tarman schien sie nicht einmal wirklich wahrzunehmen. Seine ganze Aufmerksamkeit galt Aruula und Gurk. Die Barbarin stand vor dem Gnom, hatte ihm den Rücken zugewandt. Die Hände waren ihr nach hinten gebunden worden, und jetzt nestelte sie blind und entsprechend mühsam am Ausschnitt von Gurks Mantel herum, bis sie endlich mit spitzen Fingern das goldene Kruzifix hervorgezerrt hatte, das der Gnom um den Hals trug.

Matt verstand, was Gurk damit bezweckte.

Weiß Gott ein verzweifelter Versuch. Unglücklicherweise aber wohl auch der letzte Strohhalm, der ihnen noch blieb ...

Gespannt beobachteten er und Aruula, wie Tarman auf den Anblick reagierte.

Wie ein – Tier ...

Er rutschte von seinem Thron aus zerschlissenen Zugpolstern, ließ sich auf alle Viere nieder und kroch auf seinen Vater zu. Langsam und vorsichtig, mit schief gelegtem Kopf. Schnüffelte wie ein Hund, der Witterung aufnahm.

Dann nahm er das goldene Kreuz genauer in Augenschein. Bewegte den Kopf nach links, nach rechts. Schnüffelte wieder.

Und schließlich hob er den Blick, sah Gurk ins Gesicht und brachte stockend ein einzelnes Wort hervor.

»Ma ... ma ...?«

Die Situation hätte komisch sein können. Unter anderen Umständen. Und hätten sie, Matt und Aruula, nicht mittendrin gesteckt!

Unter den Taratzen ringsum breitete sich fiebrige Unruhe aus. Ein zischelndes Raunen hob an.

Gurk begann von neuem, auf seinen Sohn einzureden. Und diesmal hörte ihm sein entarteter Sprössling zu, mit wachsender Aufmerksamkeit.

Tarman spürte, wie etwas in ihm bröckelte. Wie die Last langer Zeit mürbe wurde. Wie sich Risse zeigten in dem, was sein Leben gewesen war. Risse, die breiter und tiefer wurden.

Seine Gedanken eilten zurück, immer weiter, immer schneller. Sein Leben zog an ihm vorüber, rasend schnell, und doch sah er jedes Bild klar und deutlich.

Er entsann sich der Tage, da er unter den Taratzen aufwuchs und sie überflügelte mit seinen Fähigkeiten. Wie sie sich seiner Führung anvertraut hatten ...

Und dann war ihm, als bräche eine uralte Wunde auf. Und daraus strömte –

– die Wahrheit ...

Etwas geschah. Änderte sich. Unsichtbar. Die Spannung, die über ihnen allen lag, wurde eine andere, und niemand blieb davon ausgenommen; jeder spürte es.

Tarman erhob sich und wandte sich an Amoog. Er zischte etwas, in eindeutig befehlendem Ton. Dabei wies er auf die drei Gefangenen.

Matt vermutete, dass Gurk junior der Taratze befahl, die Fesseln zu lösen.

Amoog schüttelte den Kopf. Fauchte. Speichel flog von seinen Lefzen.

Tarman wiederholte seine Weisung. Amoog protestierte lauter und machte nach wie vor keine Anstalten zu tun, was sein König von ihm verlangte.

Auch um sie her wurde das Fauchen und Fiepen lauter.

Tarman knurrte etwas. Ballte die Fäuste, stand aber ansonsten reglos. An seinen Schläfen schwollen die Adern zu beinahe fingerdicken und dunklen Strängen.

Und dann merkte Matt, wie die Seile um seine Hand- und Fußgelenke kurzerhand zerrissen! Auch Gurk und Aruula kamen auf die gleiche unerklärliche Weise frei.

Amoog und der andere Wächter rückten unvermittelt näher. Die Taratzen draußen drängten gegen das Zugwrack und brachten es zum Wanken.

Mit lauter Stimme befahl Tarman seiner Horde zurückzuweichen. Einige gehorchten ihm, nur ein paar. Die anderen hielten inne. Und aller Augen richteten sich auf Amoog.

Matt konnte sich die Hintergründe nur zusammenreimen. Aber er nahm an, dass er mit seinen Vermutungen richtig lag.

Dieser Amoog hegte wohl schon seit längerem einen Groll gegen Tarman. Vielleicht gab es dafür einen expliziten Grund, vielleicht lag es einfach nur daran, dass Tarman keine Taratze war und dennoch zum Führer der Horde aufgestiegen war.

Wie auch immer – jetzt hielt Amoog seine Stunde offenbar für gekommen! Jetzt konnte er das Ruder herumreißen, die Macht ergreifen, die Meute auf seine Seite ziehen und gegen den König aufhetzen.

Eine Revolution unter den Taratzen stand an!

Matt Drax seufzte innerlich und wünschte sich ganz weit weg. Vergebens natürlich.

Noch kippte die Stimmung nicht, weder zu Tarmans noch zu Amoogs Gunsten. Aber es konnte nur noch eine Frage kürzester Zeit sein, bis es so weit war.

Matt legte keinen Wert darauf, dann im Brennpunkt des Geschehens zu stehen. Nur – wohin sollten sie fliehen? Sie befanden sich inmitten einer Heerschar von Taratzen, die jeden Fluchtversuch vereiteln würden.

Amoog und Tarman fauchten, keiften und kreischten einander an. Wie Tiere, die um ein Weibchen balzten.

Nicht komisch, gar nicht komisch . . ., mahnte sich Matt in Gedanken. Fieberhaft sann er nach einem Ausweg.

Gurks Sohn verstummte. Abermals zeichneten sich seine Schläfenadern dick ab – und plötzlich flog Amoog zurück, wie von einem unsichtbaren Vorschlaghammer getroffen! Er prallte gegen die Wandung des Zugabteils und stürzte benommen zu Boden.

Tarman geriet in hektische Aufregung, schrie in der Taratzensprache und bedeutete seinem Vater sowie Matt und Aruula, zum Fenster hinauszuklettern.

Sie taten, was er ihnen hieß.

Draußen wollten sich weitere Taratzen auf sie stürzen. Doch wieder setzte Tarman seine geheimnisvollen Fähigkeiten ein, diesmal um die anstürmende Horde abzudrängen.

Dann deutete er in Richtung des grünen Lichts, das unter der Hallendecke fahlgrün gloste.

In der Höhlenkuppel klaffte ein Loch, aus dem das Schimmern drang. Eine Wendeltreppe aus Schrott und Schutt schmiegte sich an die Wand des Tunnels und führte in engen Windungen hinauf, wo ein schmaler Steg das obere Ende mit der Öffnung verband. Ohne Zweifel stammte dieser Aufstieg *nicht* aus dem 21. Jahrhundert.

Tarman bedeutete ihnen, die Treppe hinaufzusteigen.

Matt musste schlucken, als er die gewagte Konstruktion betrat. Die Stufen schienen bei jedem Schritt nachzugeben, und das Metall ächzte vernehmlich. Doch sie hatten keine andere Wahl. Der rostige *Bullet Train* blieb hinter ihnen zurück...

Abn el Gurk der Siebte wartete, bis Matt, Aruula und Gurk die Hälfte der Distanz überwunden hatten, dann folgte er ihnen wieselflink auf krummen Beinen.

Oben erwartete sie ... eine andere Welt.

Der Gefahr, die hinter ihnen lauerte, zum Trotz gaben sie sich sekundenlang ihrer Überraschung hin.

Jules Verne würde vor Begeisterung im Grab rotieren, dachte Matt Drax und sah sich offenen Mundes um.

Sie befanden sich in einer riesigen Höhle. Riesenpilze, doppelt und dreifach mannshoch, sprossen aus Boden und Wänden. In der feuchten Erde ringelten sich armlange Würmer; kopfgroße Käfer und anderes Getier krochen umher.

Was ist das? Die Speisekammer der Taratzen?, fragte sich Matt.

Tarman nickte. Konnte das Kerlchen etwa Gedanken lesen?

Wieder nickte er. Und Gurk der Ältere grinste: »Wie der Vater, so der Sohn.«

»Sieht aber so aus, als hätte der Sohn in diesem Fall etwas mehr drauf als der Vater«, erinnerte Matt an das, was Tarman drunten in der Halle mit Amoog getan hatte. Für ihn sah das nach Telekinese aus, der Fähigkeit, Gegenstände mit purer Geisteskraft zu bewegen. Wenn er auch noch nie von einer Telekinese dieser Stärke gehört hatte. Aber das lag immerhin über fünfhundert Jahre zurück...

Matts Interesse richtete sich auf das Kernstück dieser gewaltigen Höhle – einer mächtigen Felsnase, die aus der Decke ragte.

Nein, berichtigte sich Matt im stillen, *kein Fels ... sondern ein Kometensplitter!*

Das Trümmerstück »Christopher-Floyds« musste in den Kanal zwischen Dover und Calais gestürzt sein, war im Wasser abgebremst worden und hatte sich dann tief in den Meeresboden gebohrt. Und an der Spitze des Brockens lugte ein eiförmiger Kristall hervor und tauchte die Höhle in grünes Licht!

Vermutlich hatten die Taratzen den Kristall nachträglich freigelegt, denn Matt erkannte deutliche Spuren am Kometenstück, das offensichtlich mit Keiläxten bearbeitet worden war. Dafür, dass man sich dort oben betätigt hatte, sprach auch die schwarze Substanz rund um den Brocken herum – Teer? Wasser rann an dem Splitter herab, brach das Licht, ließ den Kristall geheimnisvoll funkeln. Also bestand noch eine Verbindung zum Meer über ihnen. Matt schauderte, als er an den ungeheuren Druck dachte, der auf dem Bruchstück lasten musste.

Dann war es vorbei mit der Ruhe. Von unten drängten die Taratzen herauf, an ihrer Spitze Amoog. Und sie kamen nicht in friedlicher Absicht.

Tarman bedeutete seinen drei Begleitern, nach hinten zurückzuweichen. Er selbst erwartete die Horde. Mit ausgebreiteten Armen, als könne er sie mit bloßen Händen aufhalten.

Aber das hatte er nicht vor...

Matt sah sich nach einem zweiten Ausgang aus dieser Höhle um, ohne einen zu finden. Verdammt, warum hatte Gurks Sohn sie hier heraufgeführt, wenn sie doch in der Falle saßen?

»Weil er hier oben ... stärker ist«, sagte Aruula.

Matt warf ihr einen Blick zu. Sie nickte nur in Beantwortung seiner stummen Frage. Ja, sie nutzte ihre Gabe des »Lauschens«, um Tarmans Gedanken aufzufangen. Und sie wusste, was er vorhatte.

»Stärker?«, echote Matt.

»Wovon redest du?«, wollte auch Abn el Gurk wissen.

Aruula warf einen flüchtigen Blick zum Kometensplitter hin. »Er teilt die Kraft des Steins.«

»Du meinst, dieser Kristall hat ihn zu dem gemacht, was er heute ist?«, fragte Gurk ungläubig.

Aruula nickte abermals. »Ja. Die Kraft darin ist ... nicht von dieser Welt.«

»Trotzdem wird ers wohl kaum schaffen, die ganze Horde im Alleingang zu besiegen«, meinte Matt.

»Das hat er auch nicht vor«, erklärte Aruula.

»Sondern?«

»Er fordert Amoog zum Zweikampf heraus.«

Matt stöhnte auf. »Na toll! Als ob das eine bessere Idee wäre...«

Das Ganze kam Matt vor wie eine Neuauflage des biblischen Duells zwischen David und Goliath.

Sie hatten nicht verstanden, was Tarman und Amoog einander zugefaucht hatten. Aber die kräftige Taratze hatte allem Anschein nach die Herausforderung angenommen. Zwischen vier Riesenpilzen standen sich die beiden Kontrahenten nun wie in einer natürlich gewachsenen Arena gegenüber. Hinter Amoog drängte sich die Taratzenhorde, hinter Tarman standen nur Matt, Aruula und Abn el Gurk.

Ziemlich mickrige Fankurve, dachte Matt launisch in

einem müden und erfolglosen Versuch, seine innere Anspannung zu lösen.

Tarman kämpfte nicht nur um seinen Herrschaftsanspruch und sein Leben, sondern auch um das ihre. Und Matt hätte sein Schicksal gern auf breiteren Schultern gewusst als auf denen eines Gnoms ...

»Du warst auch schon mal hoffnungsfroher«, meinte Aruula und fügte gleich hinzu: »Dazu musste ich nicht mal deine Gedanken lesen – dein Gesichtsausdruck reicht vollauf.«

Matt hob nur die Schultern.

»Es geht los«, zischte Gurk unnötigerweise. Denn Amoogs Attacke war nun wirklich nicht zu übersehen.

Die Taratze griff ihren Gegner ungestüm an und machte sich dabei ihre Überlegenheit an Größe und Kraft zu Nutze.

Amoog warf sich mit einem Satz auf Tarman.

Der Zwerg reagierte gedankenschnell, ließ sich nach hinten fallen und rollte zur Seite. Wo er eben noch gelegen hatte, prallte Amoog schwer zu Boden. Hätte er Tarman erwischt, hätte er Gurks Sohn wahrscheinlich sämtliche Knochen im Leib gebrochen.

Zwei Klauenhieben entging Tarman dank seiner Gewandtheit. Dabei wich er nach hinten weg, ließ Amoog ein weiteres Mal herankommen und unterlief ihn dann, zerrte dabei an einem Hinterlauf der Taratze und brachte das Ungetüm zu Fall.

Augenblicklich ging der kleine König wieder auf Distanz. Und abermals erstarrte er. Die Adern schwollen ihm auf Schläfen und Stirn – und dann zeigte er, was *wirklich* in ihm steckte. Und was vermutlich auch der Grund war, weshalb die Taratzen ihn als Führer akzeptiert hatten.

Wie von unsichtbaren Händen wurde ein Wurm aus

dem Erdboden gerissen, flog auf Amoog zu und schlang sich um seinen Hals.

Das Maul der Taratze klaffte auf. Amoog schnappte nach Luft. Mit beiden Krallen schlug er nach dem Wurm, und es gelang ihm, das Tier zu zerfetzen.

Unterdessen war Tarman nicht untätig. Erde wurde in die Höhe und zielsicher in Amoogs Rachen geschleudert. Die Taratze keuchte, hustete, spie Dreck, war abgelenkt.

Tarman stand noch immer reglos da, die Fäuste geballt. Sein Blick heftete sich auf Amoog – und dann hob die Taratze ab! Wurde hochgewirbelt wie von einem Katapult geschleudert. Schlug hart gegen die Höhlendecke und stürzte wieder herab, wo sie benommen liegen blieb.

Matt war ehrlich beeindruckt. Tarman hatte sein Talent zur Perfektion entwickelt – und »schuld« daran war, davon ging Matt aus, die Strahlung des Kristallsplitters.

Doch warum hatte sich diese Strahlung nicht auch auf die Taratzen ausgewirkt? Lag es daran, dass Ratten als besonders anpassungsfähig galten? Vielleicht hatten sie sich evolutionär an die Wirkung der Kometenstrahlung angepasst. Oder konnte es sein, dass dieser mysteriöse Kristall ganz zielgerichtet...?

Matts Überlegungen wurden von Amoogs wütendem Brüllen unterbrochen. Tarman war noch nicht fertig mit seinem Widersacher. Er gab Amoog Zeit, wieder auf die Pfoten zu kommen. Dann ergriff er den Schwanz der Taratze und schlang ihn um deren Hals. Dabei grinste der Zwerg geradezu diabolisch.

Immer fester zog er die Schlinge zu. Amoog zwängte die Krallen dazwischen. Zerfleischte seinen eigenen Schwanz und befreite sich schließlich aus dem Würgegriff. Er war deutlich angeschlagen, doch keinesfalls bereit, sich geschlagen zu geben! Wie ein Stier stürmte er heran, auf Tarman zu.

Von irgendwo löste Tarman einen Felsbrocken, halb so groß wie er selbst. Der Stein flog heran, zielte auf Amoogs Kopf – und kam doch nie dort an.

Denn in diesem Moment wendete sich das Blatt.

Die Horde griff ins Geschehen ein!

Wie eine Woge aus Fell, Klauen und Zähnen brandeten die Taratzen heran, um Tarman unter sich zu begraben. Sie wussten, dass etliche von ihnen dieses Wagnis mit dem Leben bezahlen würden, aber allen würde Tarman nicht den Garaus machen können.

Abn el Gurk Ben Amar Chat Ibn Lot Fuddel schrie auf.

»Nein!«

Dann stürmte er vor, noch ehe Matt oder Aruula auch nur daran denken konnten, ihn zurückzuhalten.

Der Fels, mit dem Tarman seinen Gegner hatte erschlagen wollen, fiel zu Boden, weil der Gnom durch den Angriff der anderen abgelenkt wurde.

Auch Amoog sprang vor, bereit, sich auf Tarman zu werfen.

Gurk ging dazwischen, blindlings um sich schlagend – und ohne Erfolg. Er kam nicht einmal mehr dazu, sich seinen Schmerz aus dem Leibe zu brüllen. Amoog packte und zerfetzte ihn buchstäblich in der Luft – und damit unterzeichnete er zugleich das Todesurteil für die Horde!

Gurks abgetrennter Kopf rollte seinem Sohn vor die Füße.

Eine Sekunde lang schien die Welt selbst ins Stocken zu geraten. Tarman starrte in die toten Augen seines Vaters.

Dann stieß er einen Schrei aus, der allein schon genügte, die Höhle erbeben zu lassen.

Doch dabei ließ es der Telekinet nicht bewenden. Er entfesselte seine Kräfte, ließ ihnen freien Lauf.

Eine fühlbare Druckwelle lief durch die Höhle. Die Riesenpilze ringsum zerplatzten. Knisternd und knackend fraßen sich Risse in die Wände und die Decke.

Die Rinnsale, die am Kometensplitter herabliefen, wurden stärker, verwandelten sich in Ströme. Das Bruchstück bewegte sich, zitterte in seiner Fassung aus Fels und Teer.

Und immer mehr Wasser drang ein. Schon standen Matt und Aruula bis zu den Knöcheln in Pfützen.

Die Taratzen schienen nur langsam zu begreifen, was hier geschah.

»Jetzt oder nie!«, zischte Matt und fasste Aruula bei der Hand, um sie mit sich zu zerren. Mit der anderen Hand zog er die Beretta, um sich etwaige Angreifer vom Leib zu halten.

Doch Aruula stand wie auf dem Fleck gebannt.

»Was ist –?«, fuhr er sie an, verstummte aber mitten im Satz.

Aruula ... *lauschte*. Dann nickte sie und flüsterte: »Dank dir, Sohn des Gurk.«

Und endlich lief sie los, nun Matt hinter sich herziehend.

Schwerfällig setzte sich die Draisine in Bewegung. Matt und Aruula »pumpten«, was das Zeug hielt. Allmählich gewann das Gefährt an Tempo, rollte auf eines der dunklen Löcher zu, die zurück in den Tunnel führten, in nordwestlicher Richtung.

Drei, vier Taratzen hatte Matt auf dem Weg zur Draisine noch erschossen, darunter Amoog, dem er die Kugel zwischen die Augen gesetzt hatte.

Ein paar versuchten jetzt noch, zu ihnen in die Draisine zu klettern. Mit Fußtritten wehrten sie die ungebetenen Passagiere ab.

Aus der Deckenöffnung, die in die Höhle führte, ergoss sich mittlerweile ein Sturzbach aus Salzwasser, der den Steg zur Wendeltreppe fortgerissen hatte. Die restlichen Taratzen saßen oben in der Falle. Und der Strom nahm immer mehr zu!

Matt wusste, dass sie sich auf einen Wettlauf einließen, den sie nicht gewinnen konnten! Wenn sich der Kometensplitter erst vollends gelöst hatte, würde das Wasser mit unvorstellbarer Gewalt hereinschießen und den Tunnel fluten.

Es war Wahnsinn, was sie vorhatten – und doch kam es unter gar keinen Umständen infrage, einfach aufzugeben!

Wir müssen es versuchen ... versuchen ... versuchen ...!, keuchte Matt still im Rhythmus der Bewegungen, mit denen sie die Draisine antrieben.

Unmittelbar hinter der Tunnelzufahrt sprang Aruula ab!

»Verdammt!«, brüllte Matt. »Bist du verrückt? Komm zurück!«

»Gleich!«, erwiderte Aruula. Sie suchte etwas und fand es: einen Hebel neben der Öffnung. Sie zog daran. Das Ding saß fest. Sie hängte sich mit ihrem ganzen Gewicht daran, und endlich gab der Hebel knirschend nach, ließ sich nach unten ziehen.

Rumpelnd und knirschend setzte sich etwas in Bewegung. Ein Schott.

Ein Brandschutztor!, vermutete Matt. Damit ließ sich

der Tunnel absichern, für den Fall, dass Feuer ausbrach. Und es wurde mechanisch in Gang gesetzt, um gegen einen Energieausfall gewappnet zu sein.

Im Stillen dankte Matt den Konstrukteuren des Eurotunnels. Und Tarman, der Aruula dieses Wissen im letzten Moment noch übermittelt haben musste.

Das Tor würde den Wassermassen sicher nicht auf Dauer standhalten. Aber vielleicht verschaffte es ihnen einen Vorsprung, so viel Zeit, wie sie brauchten, um das Ende des Tunnels zu erreichen.

Matt trieb die Draisine weiter an. Aruula schloss auf, sprang zurück an Bord und half ihm.

Verdammt, es konnte nicht mehr weit sein! Ein paar Meilen nur bis zur Insel!

Ein monströses Donnern hob an. Ein Geräusch, wie weder Matt noch Aruula es je gehört hatten. Durchdringender als jedes Sturmdonnern. Denn es rührte von unzähligen Tonnen Meerwasser her, die in diesem Moment in die unterseeische Höhle stürzten und das ganze Tunnelsystem zum Erbeben brachten.

»Weiter! Nicht aufhören!«, trieb Matt seine Gefährtin an. »Schneller!«

Er keuchte. Schweiß lief ihm in breiten Bahnen übers Gesicht. Seine Muskeln schienen zu brüllen unter der Anstrengung, die er ihnen aufzwang.

Die Draisine raste über die Schienen. Und war doch nicht schnell genug. Alles Bemühen reichte nicht.

Das Dröhnen, mit dem das Brandschutztor weit hinter ihnen nachgab, schmerzte Matt und Aruula in den Ohren. Dann erklang ein Rauschen und Brüllen, das lauter und immer lauter wurde.

Das Wasser tobte heran, weiß schäumend, kochend, rasend schnell. Teile des Zuges wirbelten darin herum. Und tote pelzige Körper.

Matt und Aruula gaben nicht auf.

Auf und ab, auf und ab, auf und ab ...

Beide spürten sie ihre Arme kaum noch.

Die Draisine gewann noch einmal an Fahrt.

Die Wassermassen, die den Tunnel füllten, holten sie ein. Hoben das Gefährt aus den Schienen. Stießen es vor sich her. Umspülten es mit Gischt.

Die Wassermassen zerrten an Matt, raubten ihm den Atem. Salzwasser drang in seine Lungen.

Das war die Hölle! Davon war Matt überzeugt, mit dem letzten Rest seines klaren Verstandes.

Fast wünschte er, ihm würden endlich die Sinne schwinden, damit er das Ende nicht miterleben musste. Und kämpfte doch mit jeder Faser seines Körper um sein bisschen Leben ...

Dann, ganz plötzlich, war die Höllenfahrt vorüber. Matt Drax glaubte seinen Sinnen nicht zu trauen. Fürchtete, das Schicksal würde ihn nur zum Narren halten, um ihn dann noch härter zu treffen.

Aber er irrte sich. Das Wunder geschah.

Licht! Und – vor allem – Luft!

Matt fand sich im Freien wieder, regelrecht schwerelos, die Welt ein wirbelndes Chaos um ihn herum. Er schien dem Himmel entgegenzufliegen – bis er realisierte, dass es tatsächlich so war!

Mit ungeheurem Druck schoss das Wasser aus dem Tunnel, hunderte Meter weit, einem gewaltigen Geysir gleich. Und es trug Matt mit sich, wirbelte ihn haltlos weiter.

Bis die unsichtbaren Hände ihn mit einem Mal losließen.

Matt stürzte.

Wie tief? Wie weit war der Boden entfernt?

Er reagierte instinktiv, krümmte sich im Sturz, rollte sich zusammen und versuchte seinen Kopf mit den Armen zu schützen, wie er es in seiner Ausbildung gelernt hatte.

Der Aufschlag war trotzdem mörderisch, obwohl das Wasser bereits kniehoch über dem Boden stand. Matt hatte das Gefühl, als würde ihm jeder Knochen im Leib gestaucht.

Dann war es vorbei.

Rasselnd sog Matthew Drax Luft in seine malträtierten Lungen, hustete und spie Wasser aus. Er steckte sich den Finger in den Hals, um auch wirklich alles loszuwerden, was er geschluckt hatte.

Neben ihm, drei, vier Meter entfernt, trieb etwas Weißes im schlammigen Wasser.

»A-Aruula?«

Es war nicht mehr als ein Krächzen, das Matt hervorbrachte. Auf allen Vieren kroch er hinüber.

Es *war* Aruula. Matt zog sie eine Böschung hinauf und bettete ihren Kopf im Gras. Mit geschlossenen Augen lag sie da, weiß wie Muschelkalk.

Matt fühlte nach ihrem Puls.

Nichts.

»Aruula . . . ?«, flüsterte er mit erstickter Stimme.

Doch das Mädchen, das er liebte, antwortete nicht.

Aruula war tot.

Ein plötzlicher Schwindel wollte Matt von den Beinen holen. Die Welt wankte, als triebe sie in der Brandung eines gewaltigen Ozeans.

Aber er gab nicht auf!

Mund-zu-Mund-Beatmung. Herzmassage. Matt ließ

nichts aus von dem, was ihm beim Erste-Hilfe-Kursus der Army eingetrichtert worden war.

Und der Drill, den er damals so oft verflucht hatte, zahlte sich aus. Ein schnappender Atemzug entrang sich Aruulas Lippen. Wie ein Fisch auf dem Trockenen.

Matt drehte sie rasch auf die Seite, half ihr, das Salzwasser auszuspeien. Brachte sie mit ruhiger Stimme dazu, gleichmäßig zu atmen.

Geschafft!

Aus müden Augen sah sich Aruula um. »Wo sind wir?«, fragte sie mit belegter Stimme. »In Wudans Reich...?«

Matt schüttelte den Kopf. »Nein, das glaube ich nicht.« Er grinste jungenhaft. »Sieht mir viel mehr nach England aus.«

Aruula zog die Stirn kraus. »Ach ja...? Aber ... man sieht doch gar nichts.«

Und damit hatte sie Recht. Die Welt um sie her lag hinter wattigem Grau verborgen, so dicht, dass man kaum die Hand vor Augen sehen konnte, geschweige denn, was ein paar Schritte weiter lag.

»Eben drum«, sagte Matt aufgekratzter, als er sich tatsächlich fühlte. »Nebel so dick wie Erbsensuppe – typisch England!«

ENDE

JO ZYBELL

BLICK IN DIE VERGANGEN-HEIT

London, 18. November 2011

Scheinwerferlicht tauchte das Bild in grelle Helligkeit. Richard Jagger trat näher an die Kopie des Wandgemäldes heran. Auf der obersten Stufe waren Figuren zu sehen, in Umhängen, Jaguarfellen und mit exotischen Kopfbedeckungen – Federn, Tierköpfe und unheimliche, fast dämonisch wirkende Masken. Auf den beiden Stufen darunter sah man etwa ein Dutzend halbnackte Menschen, sitzend oder kniend. Viel mehr als einen Lendenschurz trugen die meisten nicht. Einer, ganz links, warf zwei Bälle in die Luft.

Ein uraltes Bild. Weit über tausend Jahre alt.

Richard Jagger führte das Diktiergerät zum Mund: »Sehen Sie den Ballspieler ganz links auf der untersten Stufe, Ladies und Gentlemen? Schauen Sie, wie leichthändig er die Bälle wirft. Wirkt er nicht gelöst, fast heiter? Dabei war er eben noch ein Todeskandidat. Ja, Sie hören richtig, Ladies und Gentlemen: ein Todeskandidat...«

Leise Musik erfüllte den Ausstellungsraum. Alte Musik. Nicht ganz so alt wie das maßstabsgetreu kopierte Wandgemälde aus dem neunten nachchristlichen Jahrhundert mit dem knienden Maya-Ballspieler. »*She's a rainbow*« von den Rolling Stones. Einer der Musiker war ein entfernter Verwandter Richard Jaggers.

»... einer von sechs bis acht Spielern, die in zwei Mannschaften gegeneinander antraten. Eine Mannschaft verlor das Spiel – und damit auch das Leben. Der Mann, den Sie hier auf dem Bild sehen, gehörte zu den Siegern. Man sieht es ihm an, oder?«

Ein Bild aus einer Reihe von Exponaten, die Jagger aus zahlreichen Museen der Welt zusammengetragen hatte. Oder noch zusammentragen würde. Siebenhundertfünfundachtzig ganz genau. Skulpturen, Tücher, Wandteppiche, Keramik, Fotografien, Modelle von Pyramiden und Festungsanlagen, Dokumente der spanischen Eroberer und so weiter.

Jagger sprach den Text in sein Diktiergerät, den die Besucher der Ausstellung aus den Lautsprechern hören würden, wenn sie vor dem Bild standen. Oder über Kopfhörer in ihrer eigenen Sprache, falls sie Ausländer waren. Später. Am elften Februar des kommenden Jahres. An diesem Samstag sollte die Ausstellung eröffnet werden. Genug Zeit, die noch fehlenden Exponate aus den verschiedenen Metropolen herbeizuschaffen. Genug Zeit, dem Ausstellungskonzept den letzten Schliff zu verpassen. Genug Zeit für Texte, Übersetzungen und Öffentlichkeitsarbeit. Und vor allem für das Buch, an dem Richard Jagger seit dem Sommer arbeitete. Fast drei Monate Zeit noch.

»Vielleicht wissen Sie, Ladies und Gentlemen, dass der Sport bei den Griechen und Etruskern seine Wurzeln in religiösen Kulthandlungen hatte. Genau so verhält es sich bei den mesoamerikanischen Hochkulturen . . .«

»Spuren im Sand« hieß die Ausstellung. Ein etwas reißerischer Titel, wie Jagger fand. Es ging um untergegangene Zivilisationen. Um die Mayas, Tolteken und Azteken, um genau zu sein. Untergegangene Kulturen waren im Trend. Seit dem Sommer. Seit dieser Komet nicht mehr aus den Schlagzeilen weichen wollte.

Das Britische Museum hatte Richard Jagger einen Zweijahresvertrag für dieses Projekt gegeben. Der promovierte Historiker und Kunstgeschichtler betrachtete den Job als Sprungbrett. Ein Buch hatte er bereits veröffentlicht. Seine Arbeit über die nordamerikanischen Indianer hatte international Beachtung gefunden. Im Sommer nächsten Jahres wollte er seine Forschungsergebnisse über die Mayas veröffentlichen. Jagger zweifelte nicht daran, dass ihn dieser zweite Wurf an das vorläufige Ziel seiner vorläufigen Träume bringen würde: auf einen Lehrstuhl in Cambridge.

»... besonders die Mayas pflegten das Ballspiel...« Jagger drückte die Pausentaste. Er drehte sich zu dem Klapptisch hinter sich um, auf dem er seine Unterlagen ausgebreitet hatte. Eine kleine tragbare Stereoanlage stand dort inmitten von Papieren, Kaffeebechern, Stiften und Disc-Hüllen und einem über die Tischecke gehängten Mantel. Jagger wechselte die Mini-Disc. Wilde Rhythmen aus Zeiten vor seiner Geburt ertönten: »*Jumping Jack Flash*« ...

Er richtete sich auf, löste den Pausenknopf seines Diktiergerätes und konzentrierte sich wieder auf das Bild. »Eine Mannschaft bestand aus drei bis fünf Spielern. Der vier Kilogramm schwere Ball war aus Naturkautschuk. Er durfte weder mit den Händen noch mit den Füßen berührt werden.« Seine Hüften wiegten sich im Rhythmus der Musik. Jagger arbeitete am besten mit Musik. Schon als Schüler hatte er sich während der Hausaufgaben immer die Kopfhörer übergestülpt. »Allein durch ihre Körperarbeit versuchten die Spieler den Ball in der Luft zu halten. Durch den fliegenden Ball sollte der Lauf der Sonne symbolisiert werden.«

Ursprünglich wollte die Museumsdirektion die Ausstellung auf die Mexican Gallery beschränken, eine relativ kleine Abteilung im Zentrum des Britischen Museums. Jagger hatte eine nicht unerhebliche Erweiterung der Ausstellung durchgesetzt. Tatsächlich wurden ihm Räume der angrenzenden Münzsammlung und der *British Library* zur Verfügung gestellt. Sogar das zentrale Kuppelgebäude des Lesesaals der *British Library* hatte ihm die Museumsleitung schließlich bewilligt. Dort wollte Jagger die zahlreichen Dokumente der spanischen Eroberer ausstellen.

»Fiel der Ball zu Boden, so hieß das: Der Lauf der Sonne ist unterbrochen. Er konnte nach Vorstellung der Mayas nur dadurch wieder in Gang gesetzt werden, dass die Mannschaft, die den Ball hatte fallen lassen, ihn treffsicher durch einen Steinring schleuderte. Wenn der Werfer den Ring verfehlte, hatte seine Mannschaft verloren. Und wurde dem Sonnengott geopfert, um ihn durch ihr Blut wieder zu stärken.«

Jagger schüttelte sich. Für Sekunden glaubte er zu fühlen, was diese Ballspieler vor über elfhundert Jahren gefühlt hatten – ihre fast schmerzhafte Anspannung, den stillen Ernst, mit dem sie das Spielfeld betraten, die äußerste Konzentration, mit der sie den schweren Ball im Auge behielten, und den eisigen Schauer, wenn sie den Ball verfehlten, wenn die Kautschuk-Kugel auf den Boden prallte.

Kein Ball mehr in diesem Augenblick – sondern ein Himmelskörper, die abgestürzte Sonne. Eine Sonne war auf die Erde gestürzt – und sie hatten die Schuld...

»Uuh...«, seufzte Jagger. Wieder schüttelte er sich. »Stellen Sie sich ein Champions-League-Finale vor, Ladies und Gentlemen. Es kommt zum Elfmeterschießen, Archer Lionel verschießt den Ball, und Arsenal London verliert das Finale...« Lionel war zurzeit der absolute Fußballstar in Großbritannien. »Und stellen Sie sich vor, man würde ihn nach dem Spiel in die Westminster Abbey bringen und ihm dort auf dem Altar das Herz aus der Brust...« Eine Vibration über seinem Herzen kühlte seine überschäumende Phantasie ab. Er zog sein Telefon aus der Brusttasche des Hemdes. »Jagger?«

»Wann kommst du, Richie?« Die Stimme seiner Frau. Dünn und ein wenig heiser. Die Sache mit dem Kometen nahm Ruth mehr mit, als es nach Jaggers Meinung gesund war.

Alle paar Jahrzehnte zog so ein Dreckklumpen an der guten alten Erde vorbei. Und alle paar Jahrzehnte schrien die Boulevardpresse und ein paar Fernsehsender: »Apokalypse now!« Und rieben sich heimlich die Hände, wenn Auflagen und Einschaltquoten stiegen.

»Bin unterwegs...« Jagger sah auf die Uhr. »Hey, Baby – schon nach halb zehn! Jemand muss die Stunden verkürzt haben! Wahrscheinlich dieser kuriose Komet...«

»Mach dich nicht lustig, Richie.« Ruth' Stimme klang jetzt trotzig und vorwurfsvoll. »In den Abendnachrichten hieß es, er wird mit der Erde kollidieren. Mit einer Wahrscheinlichkeit von einundachtzig Prozent...«

»Was für einen Sender hast du denn gesehen, Baby?« Er tat heiterer, als ihm plötzlich zu Mute war.

Ruth ging nicht darauf ein. »Wann kommst du?«

»Ich mach Schluss für heute. In einer halben Stunde bin ich zu Hause.«

»Viel zu spät«, nörgelte sie. »Die Kinder schlafen schon.«

»John auch?«, fragte Jagger verwundert. Der neunjährige John war das älteste seiner drei Kinder. »Morgen ist doch Samstag!«

»Er hat sich nach den Abendnachrichten ins Bett verzogen...« Unsicher klang Ruth jetzt. »Was hätte ich ihm sagen sollen?«

Jagger schluckte. »Bin schon unterwegs.« Er klemmte das Telefon in seiner Hemdtasche fest, bückte sich und drückte die Stopptaste des MicroDisc-Players. Hastig räumte er die Unterlagen zusammen, legte sie in seinen Aluminiumkoffer und schlüpfte in den schwarzen Trenchcoat. Seine gute Stimmung war plötzlich dahin. Die Worte seiner Frau hallten in seinem Hirn nach. ... *mit einer Wahrscheinlichkeit von einundachtzig Prozent* ... Er versuchte nicht daran zu denken.

Durch den Mittelraum der *British Library* lief er zur Treppe. Ein kniehohes Podest nahm einen Großteil des Raumes ein – weiß, leer und fast zwanzig Quadratmeter groß. Auf ihm wollte Jagger mit seinen Studenten im Laufe des Monats ein Bauwerk der Mayas errichten. Die Pyramide von Chichén Itzá. Im Maßstab eins zu fünf.

Mit einer Wahrscheinlichkeit von einundachtzig Prozent . . .

Sein Schritt stockte, als er an großen Wandtafeln am Ende des Raumes vorbeikam. Teilweise fertige Abbildungen des Maya-Jahreslaufes. Die achtzehn Monatszeichen des Sonnenjahres konnte man schon bewundern. Auch der Maya-Kalender kannte ein Jahr mit dreihundertfünfundsechzig Tagen. Und war genauer als der gregorianische Kalender. Sogar die Umlaufzeit der Venus hatten sie berechnet. Mit einer Fehlerquote von nur vierzehn Sekunden! Genauer als einst Galilei. Kein Forscher konnte erklären, wie sie das angestellt hatten.

Jagger riss seinen Blick von den Abbildungen los und lief zur Haupttreppe. Das Museum war menschenleer. Auf dem Weg hinunter ins Erdgeschoss fiel ihm ein Aufsatz ein, den er vor ein paar Tagen in einem kulturhistorischen Standardwerk gelesen hatte. Nach ihm hatten die Mayas ihren Kalender auf viele hundert Jahre im Voraus berechnet. Bis zum Jahre 2012, um genau zu sein.

Hab ich das Buch wieder in die Bibliothek gebracht? Vorbei an Glasvitrinen mit Münzen und Medaillen strebte Jagger dem Ausgang zu. *Egal, nur eine Theorie, nur Zufall . . .*

Er schloss den Haupteingang auf, trat hinaus unter das mächtige Säulenportal und schloss hinter sich ab. Es war dunkel und kalt. Regen klatschte auf die Vortreppe. Wenig Verkehr auf der Great Russell Street. Den Koffer schützend über dem Kopf, rannte er über die Straße und eilte im Laufschritt die Museum Street hinunter. Am

Ende der kurzen Straße lag links St. George's Bloomsbury und gegenüber der Kirche ein Parkhaus.

Sirenen näherten sich, als Jagger das Parkhaus betrat.
Und kurz darauf, als er in seinen Toyota Van stieg, donnerte ein Helikopter über das Parkhaus hinweg.

Er steuerte den Wagen über das Deck die Rampe hinunter und dann auf die Straße hinaus. Über die Theobald's
Road fuhr er Richtung Westen. Der Regen prasselte gegen
die Windschutzscheibe. Eine merkwürdige Stimmung
schien über der Stadt zu liegen.

Wieder näherten sich Sirenen. Er ging vom Gas. Blau-
lichtgefunkel im Rückspiegel. Er fuhr an den Straßenrand. Ein Löschzug der Feuerwehr überholte ihn; vier
Fahrzeuge. Zwei Rettungswagen folgten. Wahrscheinlich ein Unfall irgendwo. Vielleicht auch ein Brand. Hoffentlich nicht auf seiner Strecke.

Jagger fuhr weiter. Die Gray's Inn Gardens zogen
rechts an ihm vorbei. Eigenartig viele Menschen auf dem
abendlichen Bürgersteig. Sie bewegten sich hektisch, als
wären sie auf dem Weg ins Büro.

Dann die Kreuzung Gray's Inn Road. Die Ampel
sprang gerade auf Grün. Hinein in die Clerkenwell
Road. Der Verkehr wurde dichter. Ungewöhnlich dicht
für diese Nachtzeit. Ein Blick auf die Borduhr: zweiundzwanzig Uhr. Jagger schaltete das Autoradio ein: »... *die
neuesten Erkenntnisse über die Flugbahn des Kometen ›Christopher-Floyd‹ haben in vielen europäischen Großstädten Mas-
senpaniken ausgelöst. Angeblich soll der Komet mit hoher
Wahrscheinlichkeit nun doch mit der Erde kollidieren ...*«

Jagger ging vom Gas und drehte lauter.

»... *aus Paris, Hamburg und Warschau melden die großen
Kliniken einen springflutartigen Anstieg der Selbstmordrate.
In Rom und Wien kam es zu gewalttätigen Auseinandersetzun-
gen zwischen meist jugendlichen Randalierern und Sicher-*

heitskräften. Vor dem Reichstag in Berlin haben sich hundert-
tausende versammelt und verlangen eine Stellungnahme des
Bundeskanzlers. In London . . .«

Plötzlich Rücklichter direkt vor ihm. Jagger trat auf die Bremse. Menschen rannten links und rechts an ihm vorbei. Verwirrt blickte er nach beiden Seiten. Ihm fiel auf, dass es keinen Gegenverkehr mehr gab. Er stieg aus. Wieder das Gehämmer von Rotoren im Nachthimmel. Er schaute nach oben – drei, vier Positionslichter von Helikoptern schwebten heran. Grelle Scheinwerferkegel strichen über Dächer und Straßen. Und dann hörte Jagger den Lärm . . .

Er kam aus der entgegengesetzten Fahrtrichtung – Geschrei, viele Schritte. Glas klirrte, Schüsse peitschten über die Clerkenwell Road. Die Wagentüren in den Fahrzeugen vor seinem Van sprangen auf. Männer und Frauen stiegen aus, hielten sich an der oberen Türkante fest und starrten an der Autoschlange entlang dem Geschrei entgegen.

Es näherte sich rasch. Jagger erkannte Menschen. Viele Menschen, hunderte, tausende. Ihre Schuhsohlen klangen wie Trommelschläge auf dem Asphalt. Ein Gebrüll wie im Fußballstadion schwoll an. Dazwischen dröhnende Stimmen, blechern und leicht verzerrt, wie aus Polizeilautsprechern. Wieder Schüsse, wieder Glasbruch.

Auf die Kühlerhaube des Mercedes drei Wagen vor Jaggers Van knallte ein Stein. Schlagartig zogen sich die Autofahrer in ihre Fahrzeuge zurück. Ohne nachzudenken, hechtete auch Jagger wieder hinters Steuer. Motoren heulten auf, Reifen quietschten. Fast gleichzeitig versuchten Dutzende von Fahrzeugen aus der Blechschlange auszuscheren und zu wenden. Die Wagen behinderten sich gegenseitig. Vor und hinter Jagger kollidierten Autos. Drei heranrasende Mannschaftswagen der Polizei versperrten zusätzlich den Weg. Sie hielten mit quietschenden Reifen und spuckten Sicherheitskräfte in Kampfanzügen, mit Helmen, Schutzschildern und Gummiknüppeln aus. Jagger erkannte Gewehre in den Händen einiger.

Er hielt den Atem an. Sein Hirn war wie leer gefegt. Er merkte kaum, wie er um sich griff, den Wagen verriegelte. Plötzlich sah er, wie eine Menschentraube sich um die Fahrzeuge vor seinem Van bildete. Vorschlaghämmer und Baseballschläger erschienen über teilweise verhüllten Gesichtern. Windschutzscheiben splitterten. Fahrer und Beifahrer wurden herausgezerrt, verprügelt und auf den Gehsteig gestoßen. Die Menge schaukelte den Mercedes hin und her, bis er umstürzte.

Jagger griff nach seinem Koffer und sprang aus dem Wagen. Schüsse fielen, Polizisten schrien: »Seien Sie vernünftig! Gehen Sie nach Hause! Geben Sie auf! Wir schießen scharf!«

Jagger sah Gummiknüppel durch die Luft sausen, hörte Aufschläge, Schmerzensschreie und Schüsse. *Nur weg hier, weg...!* Ein einziger Gedanke jagte durch seine Hirnwindungen, durch seine Glieder. *Weg, weg, weg...*

Vor ihm stürzte sich die Menschenmenge auf die Männer in den Kampfanzügen. Arme legten sich von hinten unter Jaggers Kinn und rissen ihn auf den Asphalt herunter. Jemand wollte ihm seinen Koffer entreißen. Er hielt ihn fest, als würde er sein Leben bedeuten. Ein zweiter Mann kniete plötzlich auf seiner Brust. Ein junger Bursche mit kahlem Schädel. Beiläufig registrierte Jagger das Tattoo auf der Glatze – ein Ziegenbock-Gesicht – und den schmierigen Overall. Benzingeruch ging von dem Mann aus.

»Was bist du für einer?!«, schrie der Kerl. Er fletschte die Zähne wie ein Hund. Hass stand in seinen Augen.

Hass und Angst. Jagger riss seinen Koffer zu sich heran. Eine Schuhspitze traf ihn an der Schulter. Er spürte es kaum.

»Was bist du für einer!?« Der Kerl auf seiner Brust packte die Kragenaufschläge seines Trenchcoats und schüttelte ihn. Überall Gebrüll, überall knallten Schlagstöcke auf Körper. »Hast du einen Bunkerplatz?! He? He?! Hast du einen? Sag es! Gib es zu!«

Eine Hitzewelle fauchte Jagger von links hinten über das Gesicht. Es stank plötzlich nach Öl und Ruß. Der Zug an seinem Koffer ließ von einer Sekunde zur anderen nach.

»Von was redest du?!«, schrie Jagger. »Was redest du da, du verdammter Idiot!?« Er rammte dem Burschen den Koffer ins Gesicht. Einmal, zweimal, immer wieder. Der Mann rollte sich von ihm herunter.

Jagger sprang auf. Sein Atem flog keuchend. Das Herz schien ihm in der Kehle zu flattern. Er suchte seinen Wagen. Und blickte auf einen Unterboden. Flammen schlugen aus dem umgestürzten Van. Auch der Mercedes brannte. Und andere Wagen ebenfalls. Schüsse peitschten, Steine flogen. Jagger duckte sich, presste den Koffer gegen die Brust und rannte los. Die Clerkenwell Road zurück bis zum Gray's Inn Garden, hinein in den Park und durch den südlichen Ausgang wieder hinaus.

Drei Stunden irrte er durch die City. Vermied große Straßen und Plätze, das Themseufer und die Nähe öffentlicher Gebäude. Aus allen Richtungen hörte er Geschrei, Sirenen und Schüsse. Und immer wieder Helikopter.

Es war, als wäre ein Damm gebrochen. Auch in ihm selbst.

Natürlich hatte Jagger die Nachrichten über den nahenden Kometen seit dem Sommer verfolgt, sich aber keine übermäßigen Sorgen gemacht. Die Hoffnung hatte sein Urteil getrübt. Der Wunsch, dass alles beim Alten bleiben möge. Jetzt sah er klar. Schmerzhaft klar. Und die böse Wahrheit hatte die Stadt getroffen wie der Faustschlag eines Gottes. Wie der Vorschatten des Kometen.

Kurz nach eins erreichte er endlich Spitalfield und die Artillery Row. Die kleine Straße an der Liverpool Street Station, in der sein Einfamilienhaus stand. Der flache Klinkerbau erschien ihm wie das Haus eines Fremden.

Er wankte über den kurzen Weg durch den Vorgarten und schloss die Haustür auf. Alles so fremd, alles so anders. Licht brannte im Wohnzimmer und im Flur. Er drehte sich um, bevor er die Haustür schloss. Auch in den Häusern auf der anderen Straßenseite brannte Licht hinter den Fenstern. In jedem Haus. Schlief denn noch niemand in dieser Nacht?

Dann die Stimme seiner Frau: »Ja – Gott weiß es ... ja, Gott kennt die Zukunft...« Sie telefonierte. Jagger sah sie an wie eine Fremde. War das seine Frau? Blass sah Ruth aus. Ringe lagen unter ihren Augen. Schweißnasse blonde Haarsträhnen klebten auf ihrer Stirn. Jagger hatte sie bisher nur selten das Wort »Gott« in den Mund nehmen hören.

Den Aluminiumkoffer in der Hand, blieb er an der Haustür stehen und sah sie an. Ihre Blicke trafen sich für einen Moment. Sie wandte sich ab. »Dich auch, Francis, Gott segne dich auch...« Sie legte auf und wandte sich zu ihm um. »Wo warst du?«

»Mit wem hast du telefoniert?« Jagger stellte den Koffer ab. Er spürte, wie seine Knie zitterten.

»Mit Freunden.«

»Mit was für Freunden?«

»Mit guten.«

»Ich kenne sie also nicht.«

Ruth antwortete nicht. Sie kam auf ihn zu und umarmte ihn.

»Ich kenne sie also nicht«, wiederholte er.

»O Gott, Richie«, flüsterte sie. »Es ist vorbei. Ich glaub, es ist vorbei.« Sie löste sich von ihm und hob den Kopf. »In drei Monaten, sagen sie, ist es vorbei.« Ihre Augen waren die einer Fieberkranken. Und einer Fremden.

»Unsinn, Ruth!« Seine Stimme vibrierte, und das erschreckte ihn. »In drei Monaten kann noch viel passieren.« Er küsste sie flüchtig auf die Stirn und ging zur Tür des Kinderzimmers seiner beiden Jüngsten.

Mit einer Wahrscheinlichkeit von einundachtzig Prozent...

Leise drückte er die Klinke hinunter. Linda schlief in ihrem Gitterbett. Wie ein kleiner Engel lag sie da, die Vierjährige. Wusste von nichts, ahnte nichts, schlief selig und tief. Jaggers Herz krampfte sich zusammen, während er ihr stupsnasiges Profil in den Kissen betrachtete.

Er wandte sich dem Hochbett an der gegenüberliegenden Wand zu. Das Bett seines Zweitgeborenen. Percy. Der Siebenjährige stöhnte im Schlaf auf. Er träumte schlecht, wie so oft in letzter Zeit. Jagger nahm an, dass er die Anspannung mitbekam, unter der seine Mutter stand.

Percy sah Ruth ähnlich – mit seinen blonden glatten Haaren, mit seinem feinen schmalen Gesicht. Er hatte sich freigestrampelt. Jagger deckte ihn zu. »Mein Söhnchen«, flüsterte er. »Mein kleines Söhnchen...« Eine Träne lief ihm über das Gesicht. Er spürte sie und erschrak. *Was ist los mit dir...? Glaubst du jetzt auch schon an das Ende...?*

Auf Zehenspitzen verließ er das Zimmer. Leise schloss er die Tür. Ruth lehnte neben dem Telefontisch an der Wand, die Augen geschlossen, den Kopf in den Nacken gelegt. Wie ein Gespenst sah sie aus.

Jagger lauschte an der Tür zum Zimmer seines Ältesten. Nichts zu hören. Vorsichtig drückte er die Klinke und spähte hinein. Ein regloser Schatten ragte aus dem Bett. Jagger knipste das Licht an. John saß auf seinem Kissen und starrte vor sich hin. Er hatte schwarze Locken und ein rundes weiches Gesicht. Genau wie sein Vater.

»Johnny?«, flüsterte Jagger. Der Junge rührte sich nicht. Jagger ging zu ihm und setzte sich neben ihn aufs Bett. »Kannst du nicht schlafen, Johnny?«

Der Neunjährige wandte ihm das Gesicht zu. Große Augen sahen ihn an. Braune Augen. Auch die hatte der Junge von ihm. Ruth, Linda und Percy hatten blaue Augen. Die Trauer im Blick seines Sohnes schnürte Jagger die Kehle zu. »Kommst du jetzt erst von der Arbeit?«, flüsterte John.

»Wie kommst du denn darauf...?« Jagger versuchte zu lächeln. Er war sich unsicher, ob sein Sohn tatsächlich wach war oder nur in einer Art Wachtraum mit ihm sprach.

»Warum schwindelst du? Du hast deinen Mantel noch an... und du riechst nach Benzin und Ruß...«

»Komm, leg dich hin und schlaf.« Jagger wollte ihn sanft in das Kissen hinunterdrücken.

Der Junge wehrte seinen Arm ab. »Ich kann mir schon vorstellen, nicht mehr zur Schule zu müssen – aber werden wir noch Fußball spielen können? Wird es noch Straßen geben, auf denen wir hinauf nach Schottland in den Urlaub fahren können?«

Ein stachliger Kloß schwoll in Jagger, Hals. Er schluckte und schluckte wieder. Der Kloß wurde nur noch größer. »Was redest du da? Du träumst ja – komm, leg dich hin...«

»Ich überleg mir die ganze Zeit, was ich mit den drei Monaten anfange«, sagte der Junge nachdenklich.

»Wie? Ich verstehe nicht...« Jagger verstand genau.

Johnny sah ihn überrascht an. »Wir haben nur noch drei Monate Zeit, Dad. Weißt du das nicht? Da muss man gut überlegen, wie man die verbringt. In den Nachrichten haben sie gesagt, dass fast alle Menschen sterben werden, wenn er kommt...«

»So ein Unsinn!« Jagger versuchte zu lachen. Es klang wie das krächzende Stöhnen eines Kranken. Die Worte des Neunjährigen hatten sich tief in sein Herz gebohrt. »Komm, leg dich hin und schlaf.« Er wollte seinen Sohn an sich drücken, um ihm einen Gute-Nacht-Kuss zu geben. Doch Johns Körper widerstand ihm. Starr wie Stein fühlte er sich an...

Später lag Jagger in seinem Bett und starrte in die Dunkelheit. Seine Frau neben ihm warf sich unruhig hin und her. Gedanken, Bilder und Gefühle jagten einander durch seine Hirnwindungen. *Nicht mal drei Monate Zeit... Mit einer Wahrscheinlichkeit von einundachtzig Prozent... Was fang ich mit drei Monaten an? Eine Ausstellung über untergegangene Kulturen auf die Beine stellen?*

Der Titel der Ausstellung kam ihm plötzlich zynisch vor – »Spuren im Sand«...

Südost-England, Mitte September 2516

Die feuchte Hitze trieb Matthew Drax den Schweiß aus den Poren. Dichter Dunst hing über dem Unterholz. Der Regen hatte aufgehört. Fast vermisste Matt das monotone Trommeln der Tropfen auf das Blätterdach des Laubwaldes. In den zurückliegenden drei Tagen hatte die Geräuschkulisse etwas Beruhigendes gehabt. Wohltuend für Matts und Aruulas aufgepeitschte Nerven.

Die halsbrecherische Durchquerung des Eurotunnels hatte gewaltig an ihren Kraftreserven gezehrt – weiß

Gott! Matt konnte sich kaum erklären, wie seine blei-schweren Beine ihn zwei Tage lang durch den verregne-ten sumpfigen Wald getragen hatten. Von den unbe-wohnten Ruinen Folkestones bis hierher in die sanften Hügelhänge seitlich der zugewucherten Autobahntras-se. Aruula war es nicht anders gegangen. Halb betäubt war sie zum Schluss hinter ihm hergewankt.

Anders als Matthew schien sie sich nicht recht erholt zu haben während der zurückliegenden drei Rasttage. Sie schlief unruhig, redete wenig und wirkte vollkom-men erschöpft. Matt machte sich Sorgen um seine Part-nerin. Wahrscheinlich litt sie unter den Spätfolgen der Blutvergiftung, die sie sich in Paris zugezogen und die er in Brüssel medikamentös geheilt hatte.*

Nach der militärischen Europakarte, die er bei sich trug, glaubte Matt, dass es die M 20 war, deren Überres-ten sie gefolgt waren. Vielleicht auch die M 2. So genau ließ sich das bei der veränderten Topografie nicht bestimmen. Und er schätzte, dass sie knapp die Hälfte der Strecke Folkestone – London zurückgelegt hatten. Es mussten also noch etwa vierzig oder fünfzig Kilometer zur Hauptstadt des Empires sein. Zur *ehemaligen* Haupt-stadt des *ehemaligen* Empires.

Matt richtete sich auf und schälte sich aus seinem Pilo-tenanzug. Seine Haut war feucht. Vom Schweiß, nicht vom Regen der vergangenen Tage. Er hängte den klam-men Anzug an das Dach des Unterschlupfs. Sie hatten zwei lange Astgabeln tief in den feuchten Boden gerammt, mit einem geraden Querstock verbunden, viele lange Äste vom Querstock aus in den Waldboden gesteckt und mit einigen Lagen der riesigen Ahornblät-

---

* siehe Taschenbuch 3, Roman 4 »Der Tod über Paris« und 5 »Die Heiler«

ter abgedichtet – ein passabler Schutz gegen den Regen. Aber nicht gegen die Feuchtigkeit.

Matthew brummte missmutig, als er den ehemals olivgrünen Stoff betrachtete – schmierig und verdreckt von oben bis unten. Wurde höchste Zeit, dass sie einen See oder einen Fluss erreichten. Wie lange war es eigentlich her, dass er praktizierender Anhänger zivilisierter Hygienevorstellungen gewesen war? Tatsächlich erst sieben Monate? Oder doch schon fünfhundertvier Jahre?

Es raschelte im Unterholz. Matt blickte alarmiert auf, doch weiter als fünf Schritte konnte er nicht sehen. Wie feiner Schleier hing der Dunst im fast mannshohen Gebüsch zwischen den Baumstämmen und in den weiten Kronen der Mammut-Ahornbäume. Matt konnte sich nicht erinnern, je in seinem Leben derart ausgedehnte Ahornwälder gesehen zu haben.

Ein Busch teilte sich, Aruula erschien neben einem Baumstamm. Wieder fielen ihm ihre hängenden Schultern und ihre leicht gebeugte Haltung auf. Himmel, wie müde sie aussah!

In ihrer Rechten trug sie ein großes Ahornblatt, auf dem sich schwarzblaue Beeren häuften. »Ich habe Brabeelen-Hecken gefunden ...«

Fast zwei Stunden war Aruula unterwegs gewesen. Sie hatte die Überreste eines Kamaulers entsorgt. Am Abend nach ihrem Aufbruch von der Küste ins Landesinnere hatten sie das Tier erlegt. Und seitdem von seinem rohen, nur mit ein paar Kräutern gewürzten Fleisch gelebt. An Feuer war nicht zu denken gewesen bei dem Regen und dem nassen Holz. In der vergangenen Nacht hatte der Kadaver des restlichen Kamaulers zu stinken begonnen.

»Brabeelen?« Das, was Aruula Matt entgegenstreckte,

erinnerte ihn an Brombeeren. Pflaumengroße Brombeeren allerdings.

Sie ließen sich vor dem Unterschlupf nieder und aßen. Saftig waren sie, diese Brabeelen, und sie schmeckten säuerlich. Und machten Lust auf mehr.

»Wir sollten uns noch ein paar Hände voll davon holen«, sagte Matt. »Wer weiß, wann wir wieder auf essbares Wild stoßen.« Er blickte nach oben in die Baumkronen. Das Blätterdach war so dicht und hing so voller Dunst, dass kaum ein Stück Himmel zu sehen war. »Es regnet schon seit dem Morgen nicht mehr. Wir brechen auf.«

Aruula seufzte und lehnte sich an ihn. »Ich will nicht...«

»Du *willst* nicht?« Matt nahm ihren Kopf zwischen seine Hände und sah sie an. Ihre Augen wirkten matt. Ein wenig traurig fast. Das energische Lodern, das er so liebte an diesen Augen, hatte sich aus ihnen zurückgezogen. »Hey, was ist los? Deine Lebensgeister machen wohl ein Nickerchen! Oder geht es dir nicht gut?« Sofort war wieder die Sorge da, sie könne ihre Krankheit noch nicht überwunden haben.

Aruula schlang ihre Arme um seinen nackten Oberkörper. »Meine Seele ist müde, Maddrax. Sehr müde. All das Kämpfen, all die Gefahren...«

Sie ist fix und fertig, dachte Matt. *Kein Wunder...* Er küsste sie auf die Stirn. »Was schlägst du also vor?«

»Lass uns hier bleiben, Maddrax. Wir roden ein Stück Wald, wir bauen uns eine Hütte, wir jagen und fischen...«

»Urlaub also«, brummte Matt. Er versuchte zu verstehen, was seine Gefährtin bewegte, auch wenn es ihn nicht eben begeisterte. »Und für wie lange?«

»Was ist ›Urlaub‹?« Wissbegierig sah Aruula auf. Die

Neugier war eine ihrer hervorstechendsten Charakter-
merkmale. Neben ihrer Hartnäckigkeit.

»So hat man in meiner Welt eine Zeit genannt, in der
man sich ausruht statt zu arbeiten.«

»Nicht arbeiten?« Aruula lächelte müde. »Nicht jagen,
nicht fischen, nicht wandern, nicht kämpfen? Wenn man
tot ist, kann man aufhören damit. Vorher ist das viel zu
gefährlich – man verhungert doch.«

»Nicht wenn man ein gut gefülltes Bankkonto hat«,
brummte Matt mehr zu sich selbst. Und musste unwillkürlich zurückdenken an die Nüssli-Sippe in Zürich.
Was wohl aus ihrem kleptomanischen Freund Sepp
geworden war ...?*

»Ein *was*?«, fragte Aruula.

»Eine Art Vorratshöhle.« Matt drückte ihren Kopf an
seine Brust und streichelte ihr dichtes Haar. Es fühlte sich
drahtig und feucht an. »Also – wie lange?«

»Lange, ganz lange«, sagte sie leise.

Er blickte auf ihre Stirn hinunter. Sie hob den Kopf ein
wenig, sodass ihre Blicke sich trafen. War das Verlegenheit, was er in ihren Augen sah? Matt ahnte plötzlich,
was nun kommen würde. Und es kam.

»Wir könnten Kinder haben ...« Sie sprach es fast flüsternd aus. Und lächelte dabei wie ein beim Tagträumen
ertappter Teenie. »Wir könnten ihnen alles beibringen,
was du weißt!«

Matt räusperte sich. Dieses Thema war ihm schon bei
seiner Ex-Frau unangenehm gewesen. In einer Welt und
Zeit wie dieser gewann die Frage noch an Brisanz. Er
konnte nicht einfach mit einer flapsigen Bemerkung
darüber hinweggehen, wie er es bei Liz oft getan hatte.

Matt fasste Aruulas Kinn und versuchte ihren Kopf zu

---

* siehe Taschenbuch 2, Roman 3 »Der schlafende König«

heben. Aber sie wollte nicht. Als fürchtete sie, ihn anzuschauen.

»Hör mir zu, Aruula«, sagte er schließlich, »du weißt, dass du mehr für mich bist als nur eine Weggefährtin. Du weißt, was ich für dich empfinde, und du sollst wissen, dass ich deinen Wunsch verstehe. Sehr gut sogar. Aber du musst auch mich verstehen...«

Sie drückte sich ein Stück von Matt weg, um ihm ins Gesicht blicken zu können.

»Ich bin von einer Sekunde auf die andere in diese fremde Welt hineingeworfen worden«, fuhr er fort. »Begreifst du, was das heißt? Ich war zweiunddreißig Jahre in einer Welt zu Hause, die mit dieser hier nicht mehr viel gemein hat. Mein Leben wurde von einem Augenblick auf den anderen zertrümmert, so wie das *Kristofluu* unsere Erde einst zertrümmert hat.«

Sie nickte langsam. Mitgefühl stand auf einmal in ihrer Miene. Zärtlich streichelte sie Matts Wangen.

»Stell dir vor, du fällst in ein Loch, Aruula – und plötzlich bist du in einer anderen Welt, in einem anderen Leben. Es gibt keinen Weg zurück, deine Freunde und deine Familie sind längst tot, die Städte, Straßen, Wälder, Wiesen...nichts ist mehr so, wie es war. Nur noch in deinem Kopf. Und solange diese Erinnerung da ist und dich quält ... solange nachts die Träume kommen...« Er geriet ins Stocken. »Verdammt, Aruula, ich ... ich weiß ja selbst nicht, was mich treibt. Vielleicht die Hoffnung, irgendwo doch noch auf die verlorene Zeit zu stoßen – obwohl ich doch genau weiß...«

»Schhhh. Es ist gut, Maddrax.« Sie schlang die Arme um seinen Hals und drängte sich wieder an ihn. »Es ist gut...«

»Deswegen musste ich meine Kameraden finden. Sie schienen mir das einzig Vertraute, was mir geblieben war. Und deswegen muss ich jetzt diese Bunkermenschen finden – die letzten Reste der untergegangenen Welt, aus der ich stamme. Ich kann einfach nicht...«

Ihre Lippen verschlossen ihm den Mund. Sie küsste ihn lange und leidenschaftlich. »Es ist gut, Matt«, sagte sie dann. »Ich verstehe dich...« Sie verstummte. Ihre Augen wanderten aufmerksam über sein Gesicht. Ihre schönen braunen Augen, in denen Matts Blick versank. Ihm wurde warm hinter dem Brustbein, und er begriff, dass diese Frau ihm in der kurzen Zeit, die er durch diese Albtraumwelt stolperte, ebenfalls so etwas wie ein Zuhause geworden war.

»Werden wir dann nie...?« Wieder unterbrach sie sich. Die unausgesprochene Frage stand deutlich genug in ihren Augen.

»Doch.« Matt nickte. »Irgendwann. Lass uns darüber reden, wenn wir die Bunker dieser Technos gefunden haben. Vielleicht kommen wir dann ein wenig zur Ruhe.«

Zur Ruhe... Matt konnte sich nicht vorstellen, in dieser fremden Welt jemals zur Ruhe zu kommen. Er sprach es nicht aus.

Später, als Aruula schlief, stand Matt leise auf und schlüpfte in seinen schmutzigen Pilotenanzug. Sein Magen knurrte; etwas Essbares musste her. Er versenkte Messer, Taschenlampe und Pistole in den Taschen und hängte sich seinen Feldstecher um den Hals. Dann drang er in den dunstigen Wald ein.

Knapp vierhundert Schritte vom Unterschlupf entfernt, auf der anderen Seite der *Otowajii*, stieß er auf lange Wälle von Dornengestrüpp – Brabeelen-Hecken. Sie hingen voller schwarzroter Früchte.

Matt schlug sich den Bauch voll. Danach improvisierte er eine Schale aus Blättern, um Beeren für seine Gefährtin zu sammeln. Er stellte sich auf die Zehenspitzen, griff in das Gestrüpp und zog einen dornigen Ast voller Beeren zu sich herunter ...

... und pflückte keine einzige.

Der Schreck lähmte ihn für Bruchteile von Sekunden. Wo eben noch der dichte Ast den Blick auf die andere Seite der Hecke verdeckt hatte, sah Matt ein Gesicht: schmale hellblaue Augen, gelbliche zerfurchte Haut, grauer struppiger Bart, der die ganze untere Gesichtshälfte bedeckte. Dicke graue Zöpfe, die unter einer wildledernen braunen Kappe hervorquollen.

Der Mann musterte ihn ohne sichtbare Regung. Diese Selbstsicherheit konnte nur eines bedeuten ...

Matts Nackenhaare richteten sich auf. Er fuhr herum.

Sieben Männer standen hinter ihm. Auch sie vollkommen reglos, auch sie von gelblicher Hautfarbe, mit struppigen Bärten, langen Haaren, in Wildlederkappen und -mänteln. Einige trugen Äxte, andere Speere, zwei waren mit Pfeil und Bogen bewaffnet. Matt stockte der Atem. Hatte der Waldboden sie ausgespuckt?

Coellen, Anfang September 2516

Der Mann stand im engen düsteren Gewölbe eines Turms. Er war fast sechs Ellen groß. Seine weiße Haut war glatt wie die eines sehr jungen Mannes. Niemand sah ihm an, dass er schon auf mehr als ein halbes Menschenalter zurückblickte. Manche seiner Gefährten wollten gehört haben, dass er über fünfzig Winter gesehen hatte. Das graue Langhaar hatte er sich mit einem roten Tuch aus dem Gesicht gebunden. Er trug graue Schnürstiefel aus weichem Leder, hellbraune Wildlederhosen und ein dunkelgraues Hemd aus grobem Leinen. Sein Name war Rulfan.

»Vorsicht!« Rulfan lehnte sich aus dem kleinen Fenster des Domturmes. »Lasst es ganz langsam herunter!« Tief unter ihm, auf dem schwarzen Steindach des Mittelbaus lagen acht Männer. Sie hatten sich Taue um Hüften, Handgelenke und Knöchel gebunden. Die Taue waren an Gesteinsvorsprüngen und verwitterten Statuen auf den Dachfirsten befestigt. Es war gefährlich, auf dem Dach des Schwarzen Domes zu arbeiten. Aber die Arbeit musste getan werden.

Einer der Männer winkte zu Rulfan hinauf. Der blonde Ulfis. Einer der drei jungen Hauptleute unter Rulfans Kämpfern. Zusammen mit Willer, dem zweiten der drei Hauptleute, war er für die heikle Aufgabe auf dem Dach verantwortlich.

Noch immer hing der Kristall an der Wand des Westturmes. Etwa fünf Schritte über dem Dach. Ein fast armdickes Tau verband ihn mit einem Vierkantholz vor einem der steinernen Fensterrahmen hier oben.

Gleich nach Ende der Kämpfe gegen die Bruderschaft der Scheußlichen Drei hatten sie begonnen, das rätselhafte, grün leuchtende Ding zu bergen. Mit acht doppelt geflochtenen Lederseilen hatten sie es gesichert. Das knapp einen Meter große tränenförmige Gebilde sah von hier oben aus, als hätte man ein weitmaschiges Netz über seine Oberfläche gezogen. Jeder der Männer auf dem Dach hielt eines der Seilenden in den Fäusten.

Juppis stand neben Rulfan. Sein ältester Mitstreiter. Er trug sein langes weißes Haar zu einem dicken Zopf geflochten. Rulfan wusste, dass Juppis mehr als siebzig Winter gesehen hatte. Er trug dunkle weite Hosen aus grobem Leinen und eine lose zusammengebundene Felljacke darüber. Ein Beil lag in seiner Rechten. Die frisch geschärfte Klinge glänzte.

Rulfan hörte, wie Ulfis einen lang gezogenen Schrei ausstieß. Er nickte Juppis zu. Der Alte hob das Beil, holte weit aus und hieb die Klinge in das um den Balken geschlungene Tau. Dreimal musste er zuschlagen. Dann rissen die letzten brüchigen Fasern.

»Er kommt!«, brüllte Rulfan nach unten. Der Kristall scheuerte an der Turmwand entlang. Gesteinssplitter wurden abgehobelt und prasselten auf das Dach. Dann krachte der Kristall in den Fellhaufen, den sie unter ihm aufgeschichtet hatten.

Ulfis, Willer und die anderen sechs stemmten sich mit den Füßen in die Gesteinsvorsprünge und Rillen auf dem Dach. Ihre Lederseile strafften sich, als der Kristall seitlich an der Turmmauer vorbei auf den ausgespannten Fellen über das Dach rutschte. »Wir haben ihn!«, brüllte Ulfis. »Wir haben ihn!«

»Und eins – und zwei!«, tönte es kurz darauf aus acht rauen Kehlen. »Und eins – und zwei!« Handbreit um Handbreit gaben die Männer die Lederseile frei, Handbreit um Handbreit rutschte der Kristall an den Dachrand. Unten, vor dem Westtor, standen Honnes und zehn Coelleni bereit, um ihn in Empfang zu nehmen.

»Ich gehe hinunter.« Juppis stieg in die schmale Wendeltreppe hinein. Rulfan wartete, bis das verschnürte Gebilde unter ihm hinter der Dachkante verschwand.

»Niemand soll es länger als unbedingt nötig berühren!«, rief er Juppis hinterher. Sein Blick schweifte über den Domplatz vor dem Südtor. Einige Leute richteten einen Reisighaufen auf. Und zwei Männer schleppten einen Holzklotz auf ein Bretterpodest. Zimmerleute hatten es gestern gebaut. Auf ihm würden die Coelleni noch an diesem Nachmittag das düsterste Kapitel ihrer

Geschichte beenden. Ein für alle Mal. Aus den Gassen zwischen den angrenzenden Häusern strömten Menschen auf den Platz. Schon an die hundertfünfzig hatten sich dort unten versammelt.

Lautes Krächzen ließ Rulfan nach oben blicken.

Ein großer Kolkrabe – ein Kolk, wie die Menschen hier ihn nannten – kreiste über dem Domplatz. Wie gebannt beobachtete Rulfan, wie die Kreise des Vogels sich dem zweiten Turm näherten, bis er sich schließlich auf dessen Spitze niederließ. Rulfan stieß sich vom Fenster ab und lief die Wendeltreppe hinunter.

Als er aus dem Westtor ins Freie trat, lag der Kristall bereits auf einer schwarzen Decke aus Wakudaleder. Eine zweilagige Decke, zusammengenäht und mit Kohlenschotter gefüllt. Rulfan war nicht sicher, ob diese Isolierung den Kristall weniger gefährlich machte. Man hatte ihm diese Vorsichtsmaßnahme empfohlen. Keiner der Männer, die um den Kristall herumstanden, begriff sie. Dennoch befolgten sie jede Anweisung ihres Führers. Sie waren gewohnt, dass Rulfan unverständliche Dinge tat.

»Sollen wir diese verfluchte Orguudoo-Kacke im Großen Fluss versenken?«, knurrte Honnes. Er stand auf der anderen Seite des Kristalls. Ein dürrer kahlköpfiger Mann mit dicken wulstigen Lippen und einem zerknautschten Gesicht. Neben dem alten Juppis Rulfans engster Vertrauter. Viele Winter lang hatten sie Seite an Seite gegen die Bruderschaft der Scheußlichen Drei gekämpft.

Honnes hatte sich Rulfans *Laserbeamer* auf den Rücken geschnallt. Rulfan konnte sich kaum einen Platz vorstellen, an dem die gefährliche Waffe besser aufgehoben wäre.

Ein großer wolfsartiger Hund lag neben Honnes auf dem Boden. Ein Lupa mit weißem Zottelfell. Lange spitze Reißzähne ragten in zwei Reihen über die schwarzen Lefzen aus seinem Maul. Aus eisblauen Augen blinzelte er hinüber zu Rulfan, seinem Herrn.

Der ging am Rand der Lederdecke in die Hocke und betrachtete den Kristall. Durch die festgezurrten Lederriemen hindurch schimmerte seine vollkommen glatte Oberfläche. Ein grünes Licht schien in seinem Inneren zu pulsieren. Fast oval war das fremdartige Ding. Mit einem breiteren und einem spitz zulaufenden Pol. Wie eine große Träne. Etwas Kaltes, Bedrohliches ging von ihm aus.

Rulfan richtete sich auf. »Schlagt es in die Decke ein und verschnürt es. Wir lassen es hier liegen, bis die Hinrichtungen vorüber sind.« Er wandte sich ab und schritt in Richtung Südportal davon. Sofort war Wulf neben ihm.

Die Menschen standen in kleinen Gruppen beieinander und betrachteten den Scheiterhaufen und das Holzpodest. Auch um den Kristall herum hatte sich eine Menschentraube gebildet. Es ging nicht laut zu. Seit dem Ende der Kämpfe gegen die Bruderschaft und ihre Soldaten lag eine gedämpfte Stimmung über der Stadt. Zu viel Blut war geflossen. Und zu lange Zeit hatten die Scheußlichen Drei die Stadt tyrannisiert. Über viele Generationen, wenn Rulfan recht sah. Die Coelleni standen noch unter Schock. Und sie mussten sich erst an die Freiheit gewöhnen.*

Rulfan blickte zu den Turmspitzen hinauf. Noch immer saß der Kolkrabe dort oben. »Kolk!«, rief Rulfan laut. Wulf knurrte. Der Kolk aber schwang sich in die Luft. »Kraahkraa«, krächzte er. Er flog einmal um die Türme des Schwarzen Domes herum und schraubte sich dann in immer enger werdenden Kreisen auf den Dom-

---

* siehe Taschenbuch 3, Roman 2 »Die Sekte des Lichts«

platz herunter. Rulfan streckte den Arm aus. Der Kolk landete darauf.

Fast anderthalb Ellen maß der Vogel. Sein schwarzes Gefieder schimmerte bläulich. Schwarzer Flaum wucherte an der Unterseite seines klobigen schwarzen Schnabels. »Kraahkraa...« Er hüpfte auf Rulfans Arm auf und ab. »Kraahkraa, Lionaar, Lionaar...« Über Unterarm und Ellenbogen hüpfte er auf Rulfans Oberarm. »Kraah, Lionaar, kraah...«

Rulfan löste den wulstigen Lederriemen von seinem linken Fuß. Der Kolkrabe spreizte die Flügel und schwang sich auf den Boden. Wulf kläffte ihn an. Der Vogel flatterte auf und flog in die Archivolte des mittleren Portals. Dort landete er auf einer schwarzen Steinfigur.

Rulfan wickelte den Lederriemen auseinander. Er enthielt ein hauchdünnes, durchsichtiges Stück Kunststoff. Darauf eine Botschaft in englischer Sprache. Rulfan las sie zweimal und steckte sie in die Tasche seiner Wildlederhose.

Kurze Zeit später hatten sich fast vierhundert Menschen auf dem Platz vor dem Schwarzen Dom versammelt. In einem großen Halbkreis standen sie um den Scheiterhaufen und das Holzpodest herum. Angespannte Stille lag über den Menschen. Die Coelleni flüsterten nicht einmal miteinander.

Trommelwirbel erklang. Juppis entzündete den Reisighaufen. Honnes und ein weiterer Coelleni, ein Greis namens Jannes Attenau, trugen ein zusammengerolltes Stück Stoff an das Feuer. Dort entfalteten sie es. Es war die Flagge der Coelleni-Bruderschaft: der Doppelturm des Schwarzen Doms auf violettem Grund, zwischen den Türmen der Strahlenkranz des *Lebenslichtes* und über den beiden Turmspitzen drei gelbe Kronen.

Rulfan trat auf das Podest. »Die Herrschaft der Scheußlichen Drei ist vorüber, Bürger von Coellen!«, rief er laut. »Die Bestien sind tot. Maddrax hat sie vernichtet. Die Bruderschaft ist entmachtet!« Juppis und Attenau warfen die Flagge in die Flammen. Die Menschenmenge brach in Jubelgeschrei aus.

Danach traten Willer und Ulfis auf das Podest. Sie schulterten langstielige Äxte. Rechts und links des Holzklotzes nahmen sie Aufstellung. Es wurde still auf dem Platz. Das mittlere Portal des Südeingangs öffnete sich. Wieder Trommelwirbel. Kaadinarl Joosev XVII. trat ins Freie. Wütende Rufe erhoben sich aus der Menschenmenge. Der in ein schwarzes Gewand gehüllte Kaadinarl war gefesselt. Genau wie die mit grauen Umhängen bekleideten Räte, die nach ihm den Dom verließen. Fünfzehn gebeugte Gestalten. Die restlichen neun und die beiden Suprapas waren tot oder vermisst. Einige hatten die Verfolgung Maddrax' und seiner Gefährtin aufgenommen. Und waren nicht zurückgekehrt. Rulfan vermutete, dass sie tot waren.

Seine Streiter führten den Kaadinarl zum Podest. Er winselte um Gnade. Doch niemand achtete darauf. Das nach den Kämpfen eingesetzte Bürgergericht von Coellen hatte ihn zum Tode verurteilt. Ihn und seine mörderischen Räte. Alle verloren ihre Köpfe unter den Axthieben Willers und Ulfis'.

Im Dom, den man zwei Tage zuvor Wudan geweiht hatte, wurde am Abend der Bürgerrat vereidigt. Er bestand aus zwölf Coelleni. Der greise Patriarch der Familie Attenau wurde als Kanzler eingesetzt. Und der alte Juppis als sein Stellvertreter.

Nach den Feierlichkeiten schrieb Rulfan eine Botschaft auf ein Stück Leder und befestigte es am Fuß des Kolks. Der Vogel erhob sich in die Lüfte und flog davon.

Am nächsten Morgen ließ Rulfan den Kristall in einer Holzkiste vernageln und mit einem Wakuda-Karren zum Hafen schaffen. Dort verluden seine Männer die Kiste auf Rulfans *Steamer*.

»Feuerboot« nannten seine Streiter das dreißig Schritt lange Schiff. Sie begriffen nicht, warum Kohlenglut in einem eisernen Kasten das Schaufelrad am Heck des Bootes antreiben konnte. Sie verstanden es genauso wenig, wie sie Rulfans entsetzlichen *Laserbeamer* begriffen. Oder sein *Binocular*, durch das er ferne Dinge und Menschen so deutlich sehen konnte, als würde er direkt vor ihnen stehen. Sie nannten es »Götterauge«.

Es gab so vieles an Rulfan, was sie nicht begriffen. Allein sein Äußeres flößte vielen seiner Streiter Ehrfurcht und Befremden ein – seine mächtige Statur, seine weiße Haut, sein helles aschgraues Haar und seine roten Augen, seine Fähigkeit, mehrere Dinge gleichzeitig wahrzunehmen und zu bedenken. Auch gab es niemanden in den Siedlungen am Großen Fluss, der es je gewagt hatte, einen wilden Lupa zu zähmen. Nur Rulfan tat solche ungewöhnlichen Dinge.

Gegen Mittag waren auch Proviant und Ausrüstung verladen. Fast die gesamte Einwohnerschaft Coellens versammelte sich am Hafen, als der Steamer ablegte. Honnes, Ulfis, Willer und zwei weitere Kampfgefährten begleiteten Rulfan. Er müsse nach Britana, hatte er ihnen erklärt. Dort habe er Freunde, die das Rätsel des Kristalls lösen könnten. Und dort seien auch Maddrax und seine Gefährtin, die seine Unterstützung bräuchten. Niemand stellte weitere Fragen. Rulfan hatte sein Leben für Coellen riskiert. Sie würden ihres für ihn riskieren. Jederzeit.

Nur Honnes und Juppis kannten Rulfans Geschichte und wussten von den sehr persönlichen Motiven, die

Rulfan in den Kampf gegen die Bruderschaft getrieben hatten.

Bald stieß der lange Schornstein des Steamers dichte Qualmwolken aus. Das Schaufelrad am Heck des Schiffes quietschte und ratterte. Endlich begann es sich zu drehen. Behäbig zunächst, dann immer rascher. Der Steamer setzte sich in Bewegung. Rulfan und Honnes standen an der hölzernen Reling und winkten. Die Coelleni winkten mit bunten Tüchern zurück. »Wudan segne euch! Wudan sei mit euch! Wudan bringe euch gesund zurück nach Coellen!«

Wenige Stunden später passierten sie die Ufersiedlungen von Dysdoor. Fast ausschließlich lange Flachbauten aus Holz, kaum Steingebäude. In Ufernähe standen viele der Hütten auf Pfählen.

Vom Bug des Steamers aus beobachteten Rulfan und Honnes, wie ein langes Ruderboot etwa drei Speerwürfe flussabwärts vom linken Ufer ablegte. Von einer Landungsstelle vor einem lang gezogenen Gebäudekomplex aus, dessen Zentrum aus einem klobigen zweistöckigen Steinhaus bestand. Ein etwa hundert Fuß hoher Turm mit quadratischem Grundriss ragte aus der Mitte des Gebäudes. Auf seiner Spitze flatterte eine Flagge mit den Farben des Hauptmanns von Dysdoor: Grün und Schwarz. Es war der Palast von Haynz, dem derzeitigen Herrscher der Flusssiedlung. Jedenfalls beliebte Haynz seine Behausung als Palast und sich selbst als Herrscher zu bezeichnen.

»Sieh dir das an, mein Freund.« Honnes streckte den Arm aus und deutete auf ein knapp fünfzehn Ellen hohes Holzgerüst direkt vor dem zentralen Steingebäude des so genannten Palastes. Rulfan erkannte den blauen Stahlvogel auf dem Holzgerüst. Der Jet, mit dem Maddrax und seine Gefährtin in Coellen gelandet waren. Haynz hatte ihn als Trophäe mit nach Dysdoor genommen.

Rulfan gab Anweisung, die Fahrt zu verlangsamen. Unter Deck, im Maschinenraum öffnete Ulfis das Dampfventil. Der Steamer verlor an Fahrt. Mitten auf dem Fluss glitten sie an dem ebenfalls flussabwärts schwimmenden Ruderboot der Dysdoorer vorbei. Acht in gelbe Umhänge gehüllte Männer schwitzten auf den Ruderbänken und bemühten sich, ihren Kahn wenigstens vorübergehend mit dem Steamer gleichauf zu halten. Haynz, ihr Hauptmann, stand aufrecht am Bug.

»Ich grüße euch, Rulfan und Honnes von Coellen«, rief er zu den Männern auf dem Steamer hinauf. »Jawoll, ich grüße euch! Macht sich der Eisenvogel in meinem Garten nicht hübsch? Sagt selbst!«

Er trug seine offizielle Hauptmanns-Uniform – einen grünen Umhang und grüne Hosen. Sein Gesicht und sein fassartiger Oberkörper waren mit roter Farbe beschmiert. Die Farbe legte er nur im Krieg oder bei offiziellen Verhandlungen an. Seine Späher mussten ihm den Steamer angekündigt haben. Wie sonst hätte er noch die Zeit finden können, sich derart in Schale zu werfen?

»Prächtig macht er sich«, krächzte Honnes. »Ganz prächtig. Bist du schon geflogen mit dem Ding?«

»Bald!« Haynz warf sich in die Brust. »Ganz bald wird der gute Haynz mit dem Eisenvogel fliegen. Ich studiere ihn jeden Tag, o ja, das tu ich! Was soll ich anderes machen? Ist ja niemand mehr da, mit dem man sich prügeln könnte.« Er stieß ein meckerndes Lachen aus. »Niemand mehr da zum Prügeln, seit wir euch Coelleni von der abscheulichen Bruderschaft befreit haben! Habt ihr den verflixten Kaadinarl und seine Rotte wenigstens gepflegt zu Orguudoo geschickt?«

Rulfan überhörte die Anspielung und nickte schweigend. Man konnte von Haynz halten, was man wollte –

an Eitelkeit war er nicht leicht zu übertreffen. Rulfan vermutete, dass er seine Bildhauer längst angewiesen hatte, ein Denkmal aus dem Stein zu hauen, das ihn, den ruhmreichen Hauptmann Haynz von Dysdoor, als Befreier von Coellen verewigte. An fast jeder Ecke der Flusssiedlung stand ein Denkmal, das Haynz' Ruhmestaten verkündete.

»Und wohin des Weges?« Der feiste Mann in Grün setzte ein gönnerhaftes Lächeln auf. »Man darf doch neugierig sein, oder?«

Es war nicht einfach gewesen, das Bündnis mit dem Dysdoorer Hauptmann zu erneuern. Haynz war stinkwütend gewesen, weil ihm Maddrax und seine Gefährtin durch die Lappen gegangen waren. Rulfan und die Coelleni hatten ein ganzes Schiff voller Geschenke aufbieten müssen, bis er endlich besänftigt war und den Friedensvertrag unterschrieb. Ein paar Andronen und Frekkeuscher hatten sie ihm überlassen, den Thronsessel des Kaadinarls und die Stühle seiner Räte und dutzende von Fässern voller Coelsch. Wenn auch seine Behauptung, der Befreier von Coellen zu sein, maßlos übertrieben war – ganz ohne einen Wahrheitskern war sie dennoch nicht: Ohne die Dysdoorer hätten Rulfans Streiter die wochenlangen Kämpfe gegen die Bruderschaft wohl nicht gewinnen können.

»Nach Britana«, antwortete Rulfan knapp.

»Wudan halt mich fest!« Haynz machte große Augen. »Ein weiter Weg! Ganz elend weit, möcht ich sagen! Dann nehmt die besten Wünsche des guten Haynz mit. Und kommt gesund zurück!«

»Wir danken dir, Hauptmann!« Rulfan hob die Hand zum Gruß. »Man weiß nie, ob man zurückkommt!«. Die Falten auf Honnes' zerknautschter Stirn verdoppelten sich schlagartig. Seine Brauen zuckten nach oben, seine

Augen verengten sich – nachdenklich musterte er seinen Kampfgefährten.

Südost-England, Mitte September 2516

»Gansalleine hie?« Der Waldschrat, oder was auch immer der Bursche sein mochte, war hinter seinem Busch hervorgekommen und hatte sich vor Matt aufgepflanzt. »Gansalleine Blagbewy flügge?« Er war der Boss der struppigen Truppe, ohne Zweifel – die anderen sieben standen noch immer abwartend und in einer Reihe. »Isse nich deine Wald.« Der Bärtige schüttelte den Kopf, dass seine grauen Zöpfe hin und her flogen. »Sinne nich deine Blagbewy ...!« Als wollte er drohen, hob er den Zeigefinger. »Sinne Wald und Blagbewy vonne Gwanload, yea?!«

Matt war sprachlos. Zum einen, weil der Kerl redete, guckte und sich bewegte, als würde dieser Teil der Welt ihm gehören. Und zum anderen, weil ihn das verwaschene Englisch faszinierte, das der Bursche durch seinen von Speiseresten verklebten Bart quetschte. Seine Lippen waren nur undeutlich in dem grauen Gestrüpp zu erkennen.

Der Mann fixierte den Feldstecher auf Matts Brust. Etwas blitzte in seinen wässrigen Augen auf. Er trat einen Schritt näher. »Was machse hie?« Matt widerstand dem Impuls zurückzuweichen – der Kerl stank fürchterlich aus dem Mund. »Wohe kommse? Plymeth? Amedam?« Lässig griff der Waldschrat nach dem Feldstecher und hob ihn hoch.

Matt unterdrückte seinen aufkommenden Ärger. Ohne Hast, aber bestimmt nahm er dem Mann den Feldstecher aus der Hand. »Wem sollen die Blackberries gehören?«, erkundigte er sich höflich. »Dem Grandlord?

Nie gehört, Sir.« Er drehte sich um und pflückte Beeren aus der Hecke. Seelenruhig, als wäre nichts geschehen. Gewagt, aber seine innere Stimme empfahl ihm, dem Rauschebart Stärke statt Unterwürfigkeit zu demonstrieren.

»Alles hie gehöwe Gwanloads von Landán – Wälde, Flüsse, Viechä, Blagbewys«, erklärte Waldschrat entrüstet.

»Und wer hat ihm diese hübsche Gegend geschenkt, wenn man fragen darf?«

»De gwoße Owguudoo, wea sons?«

Matt stutzte und wandte sich um. »Dann grüß den Gentleman von mir und richte ihm meinen herzlichen Dank aus. Sag ihm, seine Blackberries hätten mich vor dem sicheren Hungertod gerettet. Wenn er wirklich ein Grandlord ist, wird ihn das sicher freuen.«

Die Männer hinter ihm tuschelten plötzlich miteinander. Als würde irgendetwas sie in Erstaunen versetzen. Matt konnte sich keinen Reim darauf machen. So gelassen er auch nach den Beeren in der Hecke griff – seine Nerven waren angespannt, seine Gedanken kreisten um die Waffen in seiner Tasche.

»Heymän!«, rief Waldschrat. »Du spwichse Spwache vonne Maulwöafe. Bisse einä vondeene?«

Matt drehte sich um. Das bärtige Gelbgesicht hinter ihm lächelte. Und dennoch entging Matt das Misstrauen in seinen Augen nicht. »Maulwürfe? Keine Ahnung, wovon du sprichst. Ich bin Commander Matthew Drax, meine Freunde nennen mich Maddrax.« *Seit neuestem*, fügte er in Gedanken hinzu. »Und wer bist du, Sir?«

Der Mann reckte das Kinn nach vorn. »Bigload Milla«, erklärte er stolz. Es klang wie eine Offenbarung.

»Freut mich.« Matt nahm das Blatt mit den Beeren in die linke Hand, um dem Mann die Rechte zu reichen.

»Un dassin meine Männe.« Bigload Milla wandte sich um und schritt die Reihe der sieben verwegenen Gestalten ab. »Simpload Bäika, Simpload Henwy, Littload Winston, Littload Juudsch...« Nacheinander stellte er die bärtigen Burschen vor.

Die plötzliche Höflichkeit machte Matt stutzig. »Freut mich«, knurrte er. Natürlich merkte er sich die Namen nur zum Teil. Aber er verstand, dass er Vertreter einer streng hierarchisch geordneten Gesellschaft vor sich hatte. Da gab es also kleine Lords, einfache Lords und große Lords, wie diesen Milla. Und an der Spitze stand ein besonders großer Lord, wenn er recht verstanden hatte. Oder hatte Biglord Milla sogar von mehreren Grandlords gesprochen?

»Vonwo kommse?«, wollte Milla wissen.

»Von weit her«, sagte Matt. »Verdammt weit her.«

»Von Euwee?«

Matt verstand erst, als er sich klar machte, dass diese Nachkommen der Briten kein »R« aussprechen konnten. Sie ersetzten es durch ein kurzes »A« oder ein angedeutetes »W«. Milla sprach von Euree. Dass man in einigen »modernen« Sprachen Europa so nannte, hatte Matt inzwischen gelernt. »Viel weiter noch.«

Der Biglord hätte gern mehr gewusst. Die Neugier sprang ihm aus den Augen. Aber er gab sich vorerst zufrieden. »Unwas wille hie?« Sein lauernder Blick flog zwischen Matts Gesicht und dem Feldstecher auf dessen Brust hin und her.

Matt zögerte mit der Antwort. Natürlich kannten diese bezopften Bartgesichter die Communities. Die Rede von den »Maulwürfen« und die Bemerkung, er würde ihre Sprache sprechen – Matt konnte eins und eins zusammenzählen. Trotzdem war er weit davon entfernt, diesen Waldschrat und seinen Anhang für vertrauenswürdig zu halten. Andererseits hatte er ein Ziel. Ein Ziel, das er um jeden Preis erreichen wollte. Je schneller, desto besser.

»Ich suche nach hellhäutigen Menschen«, sagte er schließlich. »Menschen mit Helmen wie schwarze Kugeln. Sie tragen ...« Er suchte nach Worten, mit denen diese Waldschrate etwas anfangen konnten. »... eine künstliche Haut, die silbern schimmert. Sie leben in großen Höhlen unter der Erde. Ich bin sicher, dass es in Britana mindestens zwei solcher Höhlen gibt. Eine liegt irgendwo bei London ... bei Landán.«

Biglord Milla neigte erst den Kopf, dann lächelte er geheimnisvoll und drehte sich zu seiner Truppe um. Einer der beiden Simplords nickte langsam. »Hasseglück, heymän!« Milla wandte sich wieder an Matt. »Yea! Wikenne dileut, nennese Maulwöafe. Wi bwingedi zudeena, okä?«

»Okay«, nickte Matt. »Nett von euch.« Er war erleichtert und beunruhigt zugleich.

Endlich rührten sich die sieben anderen Lords. Sie umringten ihn, bewunderten seinen Piloten-Overall und bestaunten den Feldstecher. Matt ließ zuerst den Biglord einen Blick durch das Glas werfen. Der verstummte vor Staunen. Und reichte das Gerät an Henwy, einen der beiden Simplords, ein untersetzter junger Kerl mit dicken rötlichen Zöpfen. Ungeduldig drängten sich die anderen um ihn, während er die Baumkronen durch den Feldstecher betrachtete und dabei schier aus dem Häuschen geriet.

Matt ließ ihnen ihren Spaß und pflückte noch ein paar Riesenbrombeeren für Aruula. Danach ließ er sich seinen Feldstecher zurückgeben. »Ich bin nicht allein. Ich gehe zu unserem Lager und hole meine Gefährtin.«

Hartnäckig bestanden die Lords darauf, ihn zu begleiten.

Sie überquerten gemeinsam die alte Autobahntrasse und stiegen den Hang hinauf. Biglord Milla redete ununterbrochen. Matt erfuhr, dass etwa tausend Lords im Gebiet der einstigen britischen Metropole lebten. Die Lords schienen in vier Stämmen organisiert zu sein, die von je einem Grandlord regiert wurden. Milla sprach auffällig respektvoll von diesen Häuptlingen – *Gwanloads* nannte er sie. Beiläufig erwähnte er auch Frauen und Kinder. Einige tausend. Die Frauen nannte Milla *wooms*, die Kinder *sheilds*.

Matt verstand längst nicht alles, was der Waldschrat ihm erzählte. Doch ihm dämmerte, dass unter diesen Barbaren nur Männer ab einem bestimmten Alter das Recht hatten, sich »Lord« zu nennen.

Kurz bevor sie das Lager erreichten, gebot Matt seinen Begleitern Einhalt. Es würde besser sein, wenn er allein Aruula weckte. »Wartet hier. Ich rufe euch, wenn ihr kommen könnt.«

Er ließ die Lords zurück. Durch die Büsche arbeitete er sich zu dem gut getarnten Lager vor. Aruula schlief tatsächlich noch. Matt beugte sich über sie. »Wach auf! Wir haben Besuch.« Er legte die Beeren neben sie.

»Besuch?« Aruula fuhr hoch. »Was für Besuch?«

»Eigenartige Burschen. Sie gehören zu Stämmen, die in der Gegend von London leben. Nennen sich Lords und wollen uns zu den Bunkermenschen führen.«

Matt stand auf und rief die Männer. Dabei fiel sein Blick auf das Dach des Unterschlupfes. Für Sekunden stockte ihm der Atem: Ein schwarzer Vogel von mindestens vierzig Zentimetern Höhe hockte dort. Ein gewaltiger Rabe. Den Kopf leicht zur Seite geneigt, beäugte ihn das Tier.

Hinter Matt raschelte das Laub. Die Lords brachen durchs Gebüsch. Augenblicklich erhob sich wütendes

Geschrei. »Kolkkolkkolk...!« Milla vor allem brüllte stakkatoartig. Der Rabe schwang sich in die Luft. »Kolk-kolkkolk...« Littlord Juudsch tauchte neben Matt auf. Den Bogen schon in der Faust, spannte er einen Pfeil ein. Der schwarze Vogel flatterte in die Ahornkrone und ver-schwand im dichtbelaubten Geäst. Der Pfeil verfehlte ihn nur knapp. »Kraahkraa«, kam es von oben. »Sstink-sstiefel, Sstinksstiefel, kraah...«

Biglord Milla schlug Littlord Juudsch mit der flachen Hand in den Nacken. »Aasch! Bässe ziele!« Dann an Matt gewandt: »Sinn Scheißviechä sinnit!«

»Gefährlich?«

»Yeamän! Vollefählich, Scheißviechä!«

Aruula schob sich aus dem Unterschlupf. Kauend und die Riesenbeeren in der Rechten, musterte sie die Fremden. Die Lords bedachten sie nur mit flüchtigen Blicken.

»Das sind die Lords von Landán«, erklärte Matthew seiner Gefährtin. »Und das ist Aruula.«

Zwei der Männer nickten kurz. Die anderen reagierten überhaupt nicht. Milla brummte nur: »Lange Name fünne woom.« Matt konnte die Bemerkung nicht recht einord-nen und antwortete nicht. Aruula band sich die Scheide mit ihrem Langschwert auf den Rücken. Aus hellwachen Augen belauerte sie dabei die struppigen Gestalten. Keine Spur mehr von Erschöpfung. Matt registrierte es erleich-tert. Der Schlaf hatte ihr gut getan.

Sie brachen auf. Im Gänsemarsch ging es den Hügel hinunter. Simplord Bäika, ein kleiner drahtiger Bursche mit krummen Beinen, übernahm die Spitze. Hinter ihm Biglord Milla, dann Matt und Aruula vor den anderen Lords. Statt der *Otowajii* zu folgen, überquerte Bäika die alte Trasse und drang auf der anderen Seite in den dich-ten Wald ein.

»Ihr nehmt nicht die Otowajii?«, fragte Matt erstaunt.

Milla drehte sich nach ihm um. »Otowajii? Dumeins Motowäi. Yeamän – wemmanäme. Müsse vohä nochäbbes inne Wald elädige ...«

Schweigend marschierten sie durchs Unterholz. Nicht lange, zehn, fünfzehn Minuten vielleicht. Matt entdeckte einige mächtige Eichen inmitten der Ahornbäume. Achtzig, neunzig Meter hohe Baumgiganten. In ihrer Umgebung standen die anderen Bäume lichter. Fast nur Sträucher und Farne wucherten in einem Radius von vielleicht vierzig Schritten um die Eichen. Als würden die Ahornbäume respektvoll Abstand von ihnen halten.

Durch das teilweise mannshohe Gebüsch arbeiteten sie sich an einen der Baumriesen heran. Sein mächtiger Stamm war fast vollständig von Kletterpflanzen umrankt. Simplord Bäika erreichte ihn als erster. Er griff in das Rankengestrüpp und hantierte darin herum. Matt, der mit Aruula, dem Biglord und seiner Truppe am Rand des Buschwerkes stehen geblieben war, konnte nicht erkennen, was der drahtige Bursche am Baumstamm zu schaffen hatte. Und als Bäikas Fäuste mit dem Tau aus den Ranken auftauchten, ging alles sehr schnell:

Er ließ das Seil durch seine Fäuste laufen. Oben in der dichten Eichenkrone raschelte es. Die Männer legten die Köpfe in die Nacken und starrten hinauf. Das Rascheln verstärkte sich, Blätter taumelten herab, Eicheln prasselten ins Gebüsch, das Wimmern einer hohen Stimme wurde laut – und dann erschien ein in ein weitmaschiges Netz geschnürtes Bündel an der Unterseite der Baumkrone! Matts Augen wurden schmal, als er den menschlichen Körper in dem Netz erkannte.

Langsam senkte sich das Netz auf die Büsche herab. Etwa zwei Meter über deren Spitze ließ Simplord Bäika das Seil los. Das Bündel rauschte ins Gebüsch – Laub raschelte, Äste brachen, ein spitzer Schrei gellte aus den Büschen, die Männer lachten. Während sie das Netz aus dem Unterholz zerrten, löste Simplord Bäika ein zweites Seil vom Eichenstamm. Wieder brach ein Netz mit einem Menschen aus der Baumkrone und krachte ins Buschwerk. Biglord Milla ließ Matt und Aruula stehen und stapfte zu seinen Leuten. Die wickelten schon die ersten der beiden Gestalten aus dem Netz.

»Vorsicht«, zischte Aruula von der Seite in Matts Ohr. »Es sind falsche Hunde – gerissen und erbarmungslos!«

Die Lords zerrten zwei Frauen aus dem Gebüsch. Ausgehungerte, schmutzige Gestalten mit Kratz- und Schürfwunden auf Gesichtern, Armen und Beinen. Sie trugen sackartige, bis knapp über die Knie reichende Wildlederkleider – abgescheuert, dreckig und blutverschmiert. Ihre Haut hatte einen auffälligen Gelbstich. Beide waren blond. Die eine – Matt schätzte sie auf höchstens siebzehn oder achtzehn Jahre – hatte glattes strähniges, die andere, nur wenig Ältere wirres lockiges Haar.

Die Fäuste in die Hüften gestemmt, pflanzte Biglord Milla sich vor den Frauen auf. Von Littlord Juudsch, Simplord Henwy und zwei anderen an Haaren und Armen festgehalten, starrten sie den Biglord an. Die Ältere ängstlich, die Jüngere verächtlich und voller Hass. Noch bevor der Grauzopf ausholte, zuckten sie zusammen, um die Köpfe einzuziehen. Doch die Lords hielten sie fest, und Millas Schläge trafen sie mitten ins Gesicht. »Fesselen de Dweckstöcke!«, befahl der Biglord. Er drehte sich um und kam zurück zu Aruula und Matt.

»Wer sind die beiden?« Matt beobachtete, wie die Lords die Frauen auf den Waldboden stießen, um ihnen die Hände auf den Rücken zu fesseln. Die Brutalität der Männer widerte ihn an; Mitleid mit den Frauen presste ihm das Herz zusammen.

Biglord Milla winkte ab und knurrte verächtlich. »Wooms, siessedoch. Wooms vonne Gwanload Paacival...« Matt und Aruula erfuhren, dass die jungen Frauen Schwestern waren. Millas Grandlord hatte seinen Harem mit ihnen aufstocken wollen. In der Nacht vor der offiziellen Hochzeitsfeier war ihnen jedoch die Flucht geglückt. Grandlord Paacival hatte Milla und seine Männer losgeschickt, um sie einzufangen.

»Gwanload Paacival stinkewutig. Wi bwingense zuwück nach Landán, undangibs Stwafe.« Der Biglord zog sich die rechte Handinnenkante über den Kehlkopf.

Matt zuckte zusammen. Neben sich hörte er Aruula scharf die Luft einziehen. *Diese Kerle wollen die Mädchen hinrichten!*

Plötzlich brüllte einer der Lords laut auf. Simpload Henwy krümmte sich vor Schmerzen und hielt sich den linken Unterarm. Blut sickerte durch seine Finger. Die jüngere der beiden Gefangenen hatte dem Waldschrat ein Stück Fleisch aus dem Arm gebissen. Jetzt keifte sie und trat um sich. Vier Lords stürzten sich auf sie und hielten sie fest.

Biglord Milla rannte zu ihnen. Er traktierte den ausgemergelten Körper des Mädchens mit den Füßen. Ein Schwall von Flüchen und Beschimpfungen ergoss sich über die Wehrlose. Doch statt Angst stand der blanke Hass in ihren Augen. Sie warf den Kopf nach vorn und spuckte Milla ins Gesicht.

Der verstummte. Alle waren plötzlich still, auch das Mädchen. Milla trat einen Schritt zurück und wischte sich den Speichel aus dem Bart. Dann stand er ein paar Atemzüge lang wie festgewachsen.

Matt beobachtete die zweite Frau. Sie kniete im Gestrüpp. Die Lords hatten ihr die Hände auf den Rücken gefesselt und ein Seil um den Hals gelegt. Sie zitterte am ganzen Körper. Simplord Bäika und Littlord Juudsch standen hinter ihr.

Langsam streckte Milla den Arm aus. Er deutete auf das Mädchen, das ihn angespuckt hatte. »Weg mit deada...« Und dann brüllte er auf einmal los: »Wegschaffe, wegmachewegmache...!« Seine Männer rissen die junge Frau hoch und zerrten sie in die Büsche. Matt sah, wie einer von ihnen ein Messer zog und ihr das Lederkleid aufschlitzte. Zorn überkam ihn. Er wollte den Männern hinterherstürmen, doch bevor er den ersten Schritt gemacht hatte, fuhr der Biglord herum und blitzte ihn an.

Hat der Bursche Augen im Hinterkopf?, dachte Matt.

»Dassis deinewoom!«, zischte Milla und deutete auf Aruula. »Dassis unsewoom!« Er zeigte auf den Busch, hinter dem die Kerle mit der Frau verschwunden waren. »Du machs middeina wassewills, wimache mitunsa waswiwolle ... so isse Gesetz...«

Gequälte Schreie drangen aus dem dichten Buschwerk. Eine Gänsehaut zog sich über Matts Rücken. Selbst wenn er es gewollt hätte – er konnte der Stimme seiner Vernunft nicht gehorchen: Er stürmte los.

Als hätte Milla geahnt, an welcher Seite Matt an ihm vorbeiwollte, stellte er sich ihm in den Weg. Matt griff in die Beintasche seines Pilotenanzuges, um seine Beretta zu ziehen. Doch ehe er sich versah, hing Simplord Bäika an seinem rechten Arm. *Sie können Gedanken lesen*, schoss es Matt durch den Kopf. *Die verdammten Kerle können Gedanken lesen ...!*

Aus den Augenwinkeln sah er, wie Aruula mit einer blitzschnellen Bewegung über ihre Schulter griff und ihr

Schwert aus der Scheide zog – um es dann langsam sinken zu lassen. Über die zweite gefangene Frau im Gestrüpp wanderte Matts Blick zu Littlord Juudsch – ein Pfeil lag auf der gespannten Sehne seines Bogens. Er zielte auf Aruula. *Sie reagieren schneller, als du denken kannst...*

»Wawum mischedichein?!«, brüllte Milla. »Isseblöde! Owguudoo stinkewutich!« Zwei der Lords brachen mit aufgepflanzten Speeren aus dem Gebüsch. Sie hoben die Waffen mit beiden Fäusten über die Schultern und kamen langsam auf Matt zu. »Hea midde woom!«, brüllte Milla.

Seine Männer zerrten die junge Frau aus dem Gebüsch. Sie war vollkommen nackt. Ein Stoß, und ihr entkräfteter Körper stürzte vor Milla ins Gestrüpp. Noch klammerte Bäika sich an Matts Arm fest, noch immer zielte Juudsch auf Aruula, und die beiden Speerträger standen nur zwei Schritte vor Matthew und bedrohten ihn mit den Spießen.

»Wennse dia so wichtich is, machema Tausch.« Milla zog ein Messer, ging vor der stöhnenden Frau in die Hocke, packte ihr Haar und bog ihren Kopf in den Nacken zurück. »Gibse mia de Ding, wasse umme Hals twägst, und de Ding in deine Tasch, kwiegste Lebe vonne woom.« Er drückte das Messer an die Kehle der Frau.

Ohnmächtige Wut tobte in Matt. Und gleichzeitig packte ihn das kalte Entsetzen. Er zweifelte keinen Augenblick daran, dass der barbarische Graubart die Frau töten würde, wenn er ihm nicht Feldstecher und Beretta überließ. Simplord Bäika versuchte schon Matts Hand mit der umklammerten Waffe aus der Tasche zu ziehen. Ein Gedankenkarussell rotierte unter Matts Schädeldecke. Was, wenn diese unberechenbaren Bestien als nächstes über Aruula und ihn herfielen?

Er zögerte einen Augenblick zu lang. Milla zog die Klinge durch. Der Schmerzensschrei der Frau ging in einem gurgelnden Röcheln unter, ihr Körper fiel leblos ins Gestrüpp.

»Du verdammtes Schwein!«, brüllte Matt. Er wollte sich auf ihn stürzen.

Die Speerträger versperrten ihm den Weg. Bäikas Hände schlossen sich wie Schraubstöcke um Matts Unterarme. Milla packte die zweite Frau an den Haaren. Schon saß die blutige Klinge an ihrer Kehle. »Hea midde Dinga!«, brüllte er.

»Ist gut, ist gut«, krächzte Matt. Sein Atem flog. Es kostete ihn alle Selbstbeherrschung, einen klaren Gedanken zu fassen. Da er annahm, dass die Lords telepathisch begabt waren, versuchte er an Kapitulation zu denken, sich vorzustellen, wie er Fernglas und Beretta kampflos ablieferte. »Nimm erst das Messer von ihrem Hals.« Er zog den Riemen des Feldstechers über seinen Kopf.

Bäikas Griff um seinen Unterarm lockerte sich, Milla ließ die Klinge sinken, triumphierendes Feixen auf seinem bärtigen Hepatitisgesicht.

»Hier.« Matt hielt den Speerträgern den Feldstecher hin. Das Gerät baumelte am schmalen Riemen. Die Männer zögerten und blickten sich nach ihrem Biglord um.

Der nickte. Gier funkelte in seinen wasserblauen Augen. »Heamit, heamit ...« Die Speerträger senkten die Speere. Der Linke griff nach dem Feldstecher. Matt ließ den Riemen los und zog gleichzeitig die Beretta aus der Tasche. Bäika hielt seinen Arm fest und griff nach der Waffe. Matt legte den Sicherungshebel um und drückte fast gleichzeitig ab. Simplord Bäika fuhr mit einem Steckschuss im Bein zurück.

Die Männer schrien auf vor Schreck. Der Biglord stand wie festgewachsen, statt Feixen Verblüffung in seinem struppigen Gesicht. Littlord Juudschs Pfeil zielte plötzlich auf Matt. Blitzschnell riss der die Waffe hoch. Im Fallen feuerte er auf Milla ...

London, 23. Dezember 2011

»Morgen ist Heiligabend. Es spricht viel dafür, dass wir es zum letzten Mal feiern ...« Jagger sprach leise. Er flüsterte beinahe. »Die meisten Menschen hier in London glauben das. Und nicht nur in London ...«

Er hatte sich in den kaum sieben Quadratmeter großen Raum zurückgezogen, den er notdürftig durch Regale und Stellwände von dem großen Gewölbekeller abgetrennt hatte. Mehr als Improvisation kam nicht infrage – Zeit war kostbar in diesen Tagen. Unter einem fadenscheinigen Vorwand hatte er der Museumsleitung das Kellergewölbe unter dem Kuppelbau der *British Library* abgeschwatzt.

Durch die nur teilweise mit Büchern, Zeitschriftenstapeln und DVD-Cases vollgestellten Regale hindurch konnte er seine Söhne beobachten. Percy holte Konservendosen aus einem Umzugskarton und reichte sie seinem großen Bruder an. John räumte die Dosen in Regalfächer entlang der Gewölbewand ein. Leise Musik drang aus den schwarzen Boxen, die Jagger im Zentrum des Gewölbes aufgestellt hatte.

»Heute war es bemerkenswert ruhig in London. Kaum Straßenkämpfe, nur wenige Plünderungen – die Armee scheint die Stadt einigermaßen zu kontrollieren. Oder es ist die Ruhe vor dem Sturm ...« Jagger hing in seinem bequemen Ledersessel vor der Tischplatte, auf der er seine Gerätschaften aufgebaut hatte. Das Mikro hatte er sich an den Kragenaufschlag seines Mantels geklemmt. Drahtlos übertrug es das Diktat in das Empfangsmodul des Multiplex-Medien-players.

Der MMP stand in der Mitte der großen Kunststoff-Tischplatte. Das Gerät war etwa vier Finger hoch, nicht breiter als ein durchschnittliches Buch und auch nicht viel länger. Von stumpfem Anthrazit, mit abgerundeten Kanten und leicht konvexer Oberfläche wirkte er mehr wie ein überdimensionaler Wecker denn wie ein Hoch-leistungs-Datenspeicher. Fast zwei Monatsgehälter hatte Jagger dafür investiert. Mehr als achttausend Euro.

»Meine persönliche Situation ist nicht leichter oder schwerer als die zahlloser anderer Menschen auf diesem todgeweihten Planeten. Angst vor dem Sterben, Angst um die Familie, schlaflose Nächte, Anfälle von Entsetzen oder Apathie – und die mehr oder weniger erfolgreichen Versuche, all das zu betäuben. Im Klartext: Arbeit, Drogen, Alkohol. Orgien feiere ich im Unterschied zu andern Leuten nicht.« Er lächelte. »Ich habe keine Zeit dafür...«

Aus der schmalen Rückfront des MMPs und aus seiner linken Seite führten etliche Kabel, die den Medienplayer mit anderen Geräten verbanden. Mit dem Empfangsmo-dul für das Mikro zum Beispiel, mit dem DVD-Player, mit dem Scanner, dem Pocket Reader, dem Computer und so weiter. Den externen MicroDisc-Player nicht zu vergessen. Selbstverständlich wollte Jagger den Nachge-borenen auch ein paar Musikdokumente hinterlassen.

»...Sorgen macht mir meine Frau. Sie ist schwer depressiv. Der Psychiater hat ihr ein starkes Antidepres-sivum verordnet. Ich kann nicht kontrollieren, ob sie es einnimmt. Bin kaum zu Hause. Sie klammert sich an die Kleine und verschlingt die Bibel geradezu. Ruth hat sich zum christlichen Glauben bekehrt. Zu einer nach mei-nem Geschmack extremen Form des christlichen Glaubens. Aber auch so was ist wohl normal in diesen extremen Zeiten...«

Neben dem Scanner stapelten sich zwei Jahrgänge von *Nature* und drei Jahrgänge von *Science*. Und die Tageszeitungen der zurückliegenden zwei Wochen. Jede Seite wollte Jagger in den MMP einscannen. Zeit für eine sorgfältige Selektion blieb nicht.

Der Pocket Reader überspielte gerade Texte, die eher zufällig Jaggers Weg gekreuzt hatten: Briefe, Flugblätter, Tagebuchpassagen, Matheaufgaben aus dem Schulheft seines Ältesten, zufällige Lesefrüchte aus Magazinen und Fachbüchern, Gedichte von Kalenderblättern oder kluge Sprüche vom Deckkarton der Zigarettenpapiere, die Jagger benutzte. Er trug den Pocket Reader immer bei sich. Und zog ihn über alles, was ihm einigermaßen speicherwürdig erschien.

Im DVD-Player lag eine Disc mit Aufzeichnungen von Nachrichtensendungen der letzten Tage, der MicroDisc-Player fütterte den MMP seit einer halben Stunde mit den *Greatest Hits* der Rolling Stones, der Computer übertrug gerade die *Encyclopedia Britannica* auf den Multiplex-Medienplayer. Das Gerät konnte synchron Daten von mehreren Datenträgern speichern.

Nicht nur deswegen hatte Jagger den MMP einem Quantencomputer und auch einem auf Magnetwiderstands-Basis arbeitenden Datenspeicher vorgezogen. Diese Systeme hatten nach seriösen Schätzungen eine Lebensdauer von achtzig bis höchstens hundertfünfzig Jahren. Die synthetischen Kristalle hingegen, auf denen der MMP Daten in Form von Hologrammen speicherte, standen im Ruf, auch mehrere Jahrhunderte überdauern zu können. Außerdem besaß das holographische System eine geradezu unglaubliche Speicherkapazität: Sagenhafte hundertzwanzig Terabytes konnte man auf dem

MMP der neuesten Generation ablegen. Aber Jagger würde es kaum schaffen, diese Kapazität auszuschöpfen. Die Zeit war einfach zu knapp.

»...Sagte ich gerade, meine persönliche Situation sei nicht leichter oder schwerer als die zahlloser anderer Menschen? Das stimmt nur teilweise. Sie ist leichter. Seit ich mich in die Aufgabe verbissen habe. Seit dem zwanzigsten November ganz genau. Das habe ich einer Bemerkung meines Ältesten zu verdanken. An dem Tag, als die Wahrscheinlichkeit, dass der Komet mit der Erde kollidieren wird, auf über achtzig Prozent wuchs, sagte er ungefähr Folgendes: ›Wir haben nur noch drei Monate Zeit, Dad, da muss man gut überlegen, wie man die verbringt...‹ Ich *habe* es mir gut überlegt. Und Sie, wer auch immer Sie sind, der hoffentlich meine Stimme eines Tages hören wird, Sie werden mir zugestehen, dass ich diese verflucht kurze Zeit sinnvoll verbracht habe. In der Datei *Biographical Facts* finden Sie übrigens ein paar Fotos von mir – nur für den Fall, dass man mir ein Denkmal errichten will...«

Seit Wochen arbeitete er wie ein Besessener. Seit er der Wahrheit ins Auge geschaut hatte. Aber nicht für die Ausstellung – für die tat er kaum noch etwas. Diese Arbeit hatte er weitgehend seinen Mitarbeitern überlassen, soweit sie nicht gekündigt hatten oder einfach zu Hause geblieben waren.

Um die Hälfte war sein Mitarbeiterstab geschrumpft. Die Ausländer unter ihnen hatten sich von heute auf morgen entschlossen, in ihre Heimat zurückzukehren. Zwei waren einfach nicht mehr zur Arbeit erschienen. Von einem Assistenten hieß es, er habe sich das Leben genommen. Jagger glaubte nicht, dass nach dem Jahreswechsel überhaupt noch jemand den Weg ins Britische Museum finden würde, um am Ausstellungsprojekt zu arbeiten.

Jagger arbeitete derweil an einem Projekt, für das ihm keiner einen Auftrag erteilt hatte. Keiner außer ihm selbst.

Die ersten Tage nach der bitteren Erkenntnis des wahrscheinlichen Endes waren hart gewesen. Jagger hatte sich mit hohem Fieber ins Bett legen müssen, so sehr hatte ihn die Aussicht auf den Untergang erschüttert. Vier Tage im Bett, vier Tage gegrübelt. Dann wusste er, wie er die letzten Wochen verbringen würde.

Das Projekt musste Stückwerk bleiben. Viel zu wenig Zeit. Er nannte es »Mehr als nur Spuren im Sand«. Nicht nur die Wochen vor der Kollision mit »Christopher-Floyd« wollte er dokumentarisch festhalten – und wenn das Schicksal ihm günstig gesonnen war, auch die Wochen *nach* dem Einschlag – sondern auch so viel Gegenwartswissen wie nur irgend möglich. Falls es Überlebende geben sollte. Überlebende, die noch in der Lage sein würden, Kinder zu zeugen. Deren Nachfahren würden hoffentlich eines fernen Tages die Ruinen des Britischen Museums ausgraben und im Kellergewölbe der *British Library* auf den Multiplex-Mediaplayer stoßen.

So leidenschaftlich widmete Jagger sich seit knapp vier Wochen seiner selbstgewählten Aufgabe, dass die endgültige Gewissheit der Kollision ihn kaum noch berührt hatte. Vor zehn Tagen erst hatten die NATO-Regierungen die Nachricht freigegeben: »Christopher-Floyd« würde mit hundertprozentiger Sicherheit die Erde treffen. Am 8. Februar 2012. Die vielen Maßnahmen, die man angekündigt hatte und die seitdem die ersten Seiten der Zeitungen füllten, interessierten ihn nur beiläufig. Er tat seine Arbeit im Hinblick auf den *worse case*.

Jagger schwang sich aus seinem Sessel. Das Empfängermodul schaltete sich automatisch aus. Er beugte sich über den Schreibtisch, um die Disc des DVD-Players zu wechseln. Raus mit den Nachrichten, hinein mit Charlie Chaplins »Moderne Zeiten«.

Jagger stöhnte, als er die Stapel von Musik-CDs und CD-ROMs betrachtete, die noch auf den MMP übertragen werden mussten: Bachs Orgelfugen, Beethovens Sinfonien, Mozarts Opern, Gregorianische Gesänge, Stockhausens Zwölfton-Kompositionen, die Werke von Pink Floyd, Bob Dylan, den Beatles, Queen, den LCDs und so weiter. Dann Kompendien der Mathematik und der Physik, Standardwerke der Wissenschafts- und Kunstgeschichte, bedeutende Romane, Dichtungen und Dramen, Aristoteles, Shakespeare natürlich, Bücher über Spezialthemen der Chemie, der Molekularbiologie, der Astronomie, der Nanoelektronik et cetera.

Jagger rauchte der Kopf. Jeden Tag fiel ihm ein halbes Dutzend weiterer Werke ein, die er *unbedingt* noch in den MMP einspeisen musste. Ihn trieb die Angst um, der Nachwelt durch seine subjektive Auswahl ein verzerrtes Bild seiner untergehenden Welt zu überliefern.

Auch ein Stapel aktueller Veröffentlichungen über den Kalender der Maya lag zwischen Scanner und PC. Nicht der Ausstellung wegen wollte Jagger sie noch durcharbeiten – nein. Vielmehr hatte er sich inzwischen vergewissert, dass der alte Kalender tatsächlich mit dem Jahr 2012 endete. Allerdings erst im Dezember. Jagger plante der Sache auf den Grund zu gehen. Wenn er Zeit dafür fand. Vielleicht war dieses merkwürdige Detail ja überlieferungswürdig.

John und Percy drängten sich zwischen Regal und Blendwand in das improvisierte Arbeitszimmer. John setzte sich vor den PC. Percy wartete, bis »*You can always get what you want*« verklungen war und schob dann Paganinis *Capricen* in den MicroDisc-Player. Jagger hatte seine Söhne eingearbeitet.

»Wenn er kommt, wird es keinen Strom mehr geben«, sagte John unvermittelt.

Das Problem hatte Jagger schon schlaflose Nächte gekostet. Unmöglich konnte er seine Aufgabe bis Anfang Februar erledigen. Eine Energiequelle musste her, damit er, sollte er nach dem 8. Februar noch leben, weiter arbeiten konnte. »Wenn du eine Idee hast, lass sie mich wissen, Johnny.« Er strich dem Jungen über die dunklen Locken. *Wie sieht die Zukunft aus, die vor dir liegt, mein Sohn?*, dachte er. *Wird es für dich überhaupt eine Zukunft geben...?* Das Herz wurde ihm schwer.

»Wann ziehen wir hier ein, Dad? Wenn der Komet alles platt gemacht hat oder vorher schon?« Percy redete über die bevorstehende Katastrophe so selbstverständlich wie über einen geplanten Schulausflug. Einerseits. Andererseits merkte Jagger an dieser Frage, dass der Siebenjährige nicht in der Lage war, die Folgen eines Kometeneinschlags wirklich zu erfassen. *Wer ist das schon*, dachte Jagger bitter.

»Du Idiot!«, blaffte Johnny. »Vorher natürlich. Wenn der Komet alles platt gemacht hat, sind wir auch platt. Und wer platt gemacht ist, zieht nirgendwo mehr hin!«

»Mum und Linda gehen doch mit, oder?« Percy ignorierte seinen etwas altklugen Bruder.

Jagger nahm seinen Jüngsten auf den Arm. »Aber was denkst du denn?!« Die Frage verwirrte ihn. *Wie kommt er auf die Idee, seine Mutter und seine Schwester würden nicht mit uns gehen?*

Spät am Abend fuhren sie durch die City nach Spitalfield. Es war kalt, aber es schneite nicht. Jagger hatte sich Anfang des Monats einen alten Rover 60 gekauft. Mit einem Kredit. Es war die letzte Woche gewesen, in der die Banken Kredite ausgegeben hatten. Nachdem die Erkenntnis des wahrscheinlichen Untergangs durchgesickert war, hatten die Geldhäuser erst einmal die Zinsen erhöht, dann Kredite von ihrer Dienstleistungsliste gestrichen und dann noch einmal die Zinsen erhöht. Kredite gab es seit drei Wochen nur noch von Wucherern, die auf einen gnädigen Gott spekulierten und Zinsen von fünfundzwanzig bis fünfunddreißig Prozent nahmen.

Schwer bewaffnete Armeeeinheiten patrouillierten auf den abendlichen Straßen. An den Kreuzungen standen Schützenpanzer. An der Kreuzung Clerkenwell Road, Farringdon Road sogar zwei schwere Kampfpanzer. Aber nirgends größere Massenaufläufe. Die bevorstehenden Festtage hatten die Panik und die Verzweiflung der Massen gedämpft. Und ihre Wut. Sentimentalität war angesagt, Wehmut und Hoffnung. Vermutlich würden die Kirchen voll sein in den kommenden Tagen. Vermutlich würden sich selbst Leute zu Fasten- und Gebetsgottesdiensten verirren, die eine Bibel nicht von einer Koranausgabe oder einem Märchenbuch unterscheiden konnten.

Aber nach Weihnachten... Jagger war sicher: Dann würde sich ganz Europa in einen Hexenkessel verwandeln. Zu hartnäckig hielten sich die Gerüchte von unterirdischen Bunkern, die nur sorgfältig ausgewählten Männern und Frauen Zuflucht bieten sollten. Zu hartnäckig die immer gleich lautenden Dementis der europäischen Regierungen.

»Morgen ist Heiligabend«, sagte John hinter Jagger auf der Rückbank. »Ich glaub, ich war noch nie so traurig einen Tag vor Heiligabend.«

»Du hast doch schon neun Mal Weihnachten erlebt«, verkündete Percy neben ihm. »Da kanns doch ruhig mal weniger lustig sein.«

Jaggers Hände verkrampften sich um das Lenkrad. Das Wasser strömte ihm aus den Augen. Er konnte nichts dagegen tun.

Sirenen heulten von fern. Die Clerkenwell Road ging in die Old Street unter. Zwischen Postamt und Underground-Station Old Street stand eine Straßensperre aus schweren Kampfpanzern. Irgendwo hinter ihnen leuchtete der Nachthimmel rötlich. Ein Brand. Soldaten mit automatischen Gewehren im Anschlag liefen aufgeregt zwischen den Panzern herum. Einige standen mitten auf der Straße und fuchtelten mit ihren Waffen herum. Sie leiteten den Verkehr in die City Road um.

Also fuhr Jagger nach Süden Richtung Themse. Alle Abbiegungen nach Osten waren gesperrt. Spitalfield lag im Osten. An der Bank von England sah er dutzende von Panzern und unzählige Soldaten. Jagger erkannte Maschinengewehrnester hinter Sandsäcken. Aber ohne Schwierigkeiten passierten sie den Kontrollpunkt. Dann ging es endlich über die Cornhill Street in den Bishopsgate hinein und hoch nach Spitalfield.

An der Liverpool Street Station brannten Lagerfeuer auf dem Bürgersteig. Männer und Frauen in dicken Mänteln standen um die Flammen. Einige spielten auf Gitarren oder Akkordeons, viele hielten Flaschen oder Bierdosen in den Händen.

In der Artillery Row war es ruhig. Jagger fand einen Parkplatz direkt vor dem Haus. Als sie eintraten, hörte er fremde Stimmen. »Es ist der Herr!«, rief ein rollender Bass. »Er kommt wieder, wie er es verheißen hat!« Die Männerstimme predigte so laut, als müsste sie sich ohne Mikrofon dem Auditorium eines Vorlesungssaales verständlich machen.

Jagger lief ins Wohnzimmer. Seine Jungens folgten ihm ängstlich. »*Ich komme wie ein Dieb in der Nacht – seid wachsam!* Hat er das nicht gesagt ...?« Ein hagerer Mann in dunklem Anzug und mit gepflegtem Graubart hockte in Jaggers Fernsehsessel. Auf seinen Schenkeln lag die aufgeschlagene Bibel. Ein siebenarmiger Kerzenleuchter brannte auf dem niedrigen Glastisch vor der Couch. Drei Frauen saßen dort. Jagger kannte sie nicht. Rechts und links des Predigers zwei Männer, ebenfalls Fremde. In einem Sessel Ruth – zusammengesunken und das Gesicht in beide Hände gestützt. Fassungslos blieb Jagger im Türrahmen stehen.

»Der Herr kommt, Brüder und Schwestern«, grollte der Bärtige. »Lasst uns ihm entgegengehen! Lass uns ...« Endlich bemerkte er Jagger und die beiden Buben. »Guten Abend, Dr. Jagger.« Ruth fuhr erschrocken herum. Der Prediger stand auf, entblößte ein Reihe großer gelblicher Zähne, ohne wirklich zu lächeln, und streckte Jagger die Rechte hin. »Mein·Name ist Reverend Hugh Miller. Ich bin hier, um Ihrem Haus eine wirklich gute Botschaft zu überbringen, Dr. Jagger – der Teufel will uns weismachen, dass ein Komet auf die Erde zurast. So aber spricht der Herr: *Wahrlich! Ich komme eingehüllt in einem Kleid aus Feuer und Glut! Wahrlich, nur die Auserwählten werden mich ...!*«

»Verschwinden Sie!«, schnauzte Jagger ihn an. Dem Reverend fiel die Kinnlade herunter. Hilflos blickte er zu Ruth.

Die stand auf und hob flehend die Hände. »Bitte, Richie ...«

»Verlassen Sie sofort mein Haus! Alle!«, brüllte Jagger.

Südost-England, September 2516

Der Schuss hallte aus dem knorrigen Gewölbe der Baumkronen wider. Matts Hirn registrierte das Geschrei, den kalten Blick des blonden Bogenschützen, die blitzschnellen Bewegungen der Lords. Einige flohen schreiend in den Wald, andere griffen ihn an. Ihm blieb kaum eine Chance, angemessen zu reagieren: Biglord Milla warf die Arme hoch, schrie auf und stürzte rücklings in die Büsche, die gefesselte Frau ließ sich gegen Littlord Juudschs Beine fallen, dessen Pfeil sirrte an Matt vorbei ins Unterholz, und gleichzeitig warfen sich der verletzte Bäika und ein zweiter Lord auf Matt und versuchten ihm die Beretta zu entreißen. Das Chaos war perfekt.

Matt rammte seinen linken Ellenbogen gegen einen der Körper über ihm. Seine Rechte klammerte sich an der Beretta fest, und Bäika drosch brüllend auf seinen Arm ein, um an die Waffe zu kommen. Matt sah das dunkle Metall einer Axt über sich, sah die Klinge eines Schwertes durch die Luft schwirren, hörte ihr tödliches Fauchen, dann ein dumpfes, widerliches Geräusch. Bäikas Körper erschlaffte. Matt rollte sich ab und zielte auf den zweiten Angreifer. Der robbte auf allen Vieren ins Gestrüpp, sprang auf und lief hakenschlagend in den Wald.

Matt richtete die Waffe auf Littlord Juudsch. Der blonde Bursche hatte schon wieder seinen Bogen in der Hand und legte eben einen Pfeil in die Sehne. »Fallen lassen«, keuchte Matt. »Lass das Ding los und hau ab...« Der junge Waldschrat rührte sich nicht. Die gefesselte Frau kauerte drei Schritte entfernt von Juudsch im Wurzelwerk der Eiche. Matt hob die Waffe. »Dann stirb eben...« Der Littlord ließ den Bogen fallen und verschwand zwischen den Büschen.

Matt sah sich um. Drei reglose Körper lagen im Gestrüpp: Milla, Bäika und die junge Frau. Hinter ihm stand Aruula – breitbeinig, geduckt und mit blutiger Klinge. »Sie sind alle weg...«, flüsterte sie atemlos. Matt konnte es kaum glauben. Der Tod ihres Biglords schien die wilde Truppe ausgehebelt zu haben. Oder war es der Schuss, der sie derart in Panik versetzt hatte?

Aruula schritt von einem der Körper zum anderen. »Tot«, sagte sie leise. Sie ging vor der Frau zwischen den mächtigen Eichenwurzeln in die Hocke und befreite sie von ihren Fesseln. Matt stand auf. Den Pistolenkolben mit beiden Händen umklammert, sicherte er nach allen Seiten. Der Kampf hatte nur wenige Augenblicke gewährt. Er konnte nicht fassen, dass er schon vorbei war. Und dass sie diese wieselflinken, gerissenen Burschen in die Flucht geschlagen hatten.

»Wie heißt du?«, sprach Aruula die junge Frau auf Englisch an.

»Lu«, flüsterte die Frau. Traurig betrachtete sie den Leichnam ihrer Schwester. Ihr Körper zuckte, ihre Unterlippe verzerrte sich, dann begann sie zu schluchzen. Aruula nahm sie in die Arme und streichelte sie.

Mit Bäikas Axt scharrte Matt eine Kuhle in den Waldboden. Darin bestatteten sie die Tote. Sie hieß Mi, und ihre ältere Schwester sang ein Klagelied für sie, während sie zwischen Matt und Aruula an ihrem Grab stand.

Die Leichen Millas und Bäikas zerrten sie ins Unterholz und bedeckten sie notdürftig mit Ästen und Gestrüpp.

Aruula hängte sich den zurückgelassenen Bogen des Littlords um die Schultern, und Matt griff sich das Beil des toten Simplords. Eine kurzstielige Waffe, ziemlich schwer. Lederriemen um den Stiel machten sie griffig. Die Klinge war kurz, ihre Rückseite lief dick und hammerartig aus, die Schneide war hoch und geschwungen. Und gut geschärft. Die Waldschrate schienen etwas von Metallbearbeitung zu verstehen.

»Iahabt mia de Lebe gewettet«, sagte Lu irgendwann. »Dankdank...« Sie trat zu den beiden und legte ihnen

nacheinander die Hände auf die Brust. »Dankdankdank – Owguudoo gäbeuch imme Esseun Twinke...«

»Orguudoo?« Matt machte ein erstauntes Gesicht.

»Oja! Gwoße Gott Owguudoo – nichkenne?«

»Wudan ist der größte aller Götter!« Abscheu und Verblüffung mischten sich in Aruulas Miene. »Orguudoo ist
böse und grausam!«

Erschrocken legte Lu die Hände auf den Mund. Sie
blickte sich um, als fürchtete sie, jemand könnte Aruulas
Statement mitgehört haben. »Ninie!«, flüsterte sie.
»Ninie! Sowas dafse nichsage – Gwanload Paacival töte-
jede, desowas sacht. Owguudoo isse Gwangod, amächti-
ge God...«

Matt konnte sehen, wie es in seiner Gefährtin arbeitete.
Aruulas Gesicht hatte jenen kantigen Zug angenommen –
seit Matt sie kannte, signalisierte dieser Zug ihm Zorn und
Angriffslust. In ihren dunkelbraunen Augen blitzte es.
Natürlich – in den Ohren einer gläubigen Wudan-An-
hängerin musste Lus Bekenntnis haarsträubend klingen.
Er legte seine Hand auf Aruulas Rücken. »Lass gut sein –
et fa comu fa.« Und dann zu Lu: »Dein Glaube in Ehren,
aber lass uns ein andermal darüber reden. Kennst du
den Weg, auf dem die Lords zurück nach Landán gehen
werden?«

Sie nickte hastig. Fast ehrfürchtig beäugte sie dabei
Matts Beintasche. Die Pistole beulte den Stoff aus. »De
Schitloads füächte de Feuawohwe«, sagte sie zaghaft.

Matt zog die Beretta heraus. »Kennen sie denn solche
Waffen?«

»Vonne Maulwöafe. Doch denneia Feuawohwe
machenit so viel Kwach wideine. Sinabafählicha – könne
gwoße Feua anzünne...«

»Dann kennst du auch den Eingang zu ihrer Höhle?«

»Niman kennede genau. Nua unnefäa...«

»Wirst du uns hinführen?«

Die junge Frau zögerte.

»Du hast gesehen – wir können dich beschützen.« Matt klopfte auf die Pistole in seiner Tasche. Dass darin nur noch wenige Patronen steckten, verriet er nicht. »Führst du uns nach Landán?« Matt dachte nicht daran, seinen Feldstecher schon abzuschreiben. »Bringst du uns in die Nähe der Menschen, die ihr ›Maulwürfe‹ nennt?«

Noch immer zögerte sie. Angst flackerte in ihrem Blick.

»Wir haben dir das Leben gerettet.« Aruula schlug einen fordernden Ton an. »Du bist uns also etwas schuldig.«

Endlich nickte Lu.

Auf dem Weg zurück zur alten Autobahntrasse kamen sie an Brabeelensträuchern vorbei. Lu stürzte sich auf die Hecke und stopfte die Beeren in sich hinein. Auch Matt und Aruula stillten ihren größten Hunger. Danach führte Lu sie über die *Otowajii* Richtung Nordwesten.

Nach etwa zwei Stunden verließen sie die alte Trasse. Lu führte sie auf einen Trampelpfad. Sie legten eine Rast ein. Aruula kniete sich hin, legte den Oberkörper auf die Schenkel und die Stirn zwischen die Knie. Sie versuchte zu *lauschen*. Doch es waren keine Gedanken menschlicher Wesen zu empfangen.

»Du konntest die Lords belauschen auf dem Marsch vom Unterschlupf zu den Eichen?«, fragte Matt.

Aruula nickte. »Ihr Geist ist habgierig und kalt. Wenn sie können, werden sie uns töten.«

»Warum sind sie so schnell? Sie reagieren auf Bewegungen, noch bevor man sie ausführt. Können sie Gedanken lesen wie du?«

»Ich sah das Bild deiner Pistole im Geist des Biglords, bevor du sie aus der Tasche gezogen hast.«

»Also sind sie telepathisch begabt.«

»Nein«, sagte Aruula bestimmt.

»Was dann?«

»Ich weiß es nicht . . .«

Eine Zeit lang ging es nach Westen, bis der Pfad sich serpentinenartig eine steile Flussböschung hinabschlängelte. »Mätwäi«, sagte Lu und meinte damit wohl den Namen des Flusses. Kaum erreichten sie das Ufer, riss sie sich das verdreckte Wildlederkleid vom Leib und sprang in das seichte Wasser. Ihre Rippen zeichneten sich überdeutlich unter ihrer gelblichen Haut ab. Sie kniete im Wasser und trank gierig. Danach wusch sie sich gründlich. Matt und Aruula lagen im Ufergras und ruhten sich aus.

Als Lu aus dem Fluss stieg, streifte sie sich das Wasser von der nackten Haut. Matts Gegenwart schien sie nicht zu stören. Sie war schön – ohne Zweifel – jetzt, wo das Wasser Dreck und Blut von ihrem Körper gespült hatte, war es nicht mehr zu leugnen: lange Beine, straffes rundes Gesäß, schmale Taille und kleine feste Brüste, die Lu ungeniert trockenrieb. Natürlich sah man ihr an, dass eine Hungerzeit hinter ihr lag – Rippen und Hüftknochen standen hervor, und tiefe Grübchen senkten sich zwischen ihren knochigen Schlüsselbeinen und ihren Schultern.

Matt war ganz in ihren Anblick versunken. Er zuckte zusammen, als Aruulas Ellenbogen ihn am Oberarm traf. Drohend blitzte sie ihn an. Er schämte sich ein bisschen. Aber nur ein bisschen.

Die Frauen fingen ein paar Fische. Aruula spießte sie mit der Schwertspitze auf, Lu fing sie mit bloßen Händen. Sie verzehrten die ausgenommenen Tiere roh nach Sushi-Art, nur mit ein paar zerriebenen Blättern gewürzt, die Lu von den Gräsern der Uferböschung zupfte. Matt musste sich zwingen, das glasige Fleisch hinunterzuwürgen. Die Frauen dagegen schmatzten und mampften wie Raubtiere.

Hin und wieder warf Aruula der anderen lauernde

Blicke zu. Matt entging es nicht. Es lag auf der Hand: Seine Gefährtin mochte die Jüngere nicht.

Nach dem barbarischen Mahl wateten sie ans andere Ufer des Flusses und folgten weiter dem Trampelpfad. Er führte jetzt in nordwestliche Richtung über drei Hügelzüge. Noch immer hing Dunst in den Baumkronen. Die feuchte Luft roch modrig. Vogelgezwitscher erscholl aus dem Laubdach und aus den Büschen. Doch keiner der gefiederten Genossen zeigte sich ihnen. Manchmal krächzte es über den Baumkronen, manchmal schrie ein Tier, immer wieder raschelte es rechts und links des Pfades im Unterholz.

Dann wurde der Wald lichter. Matt sah rötlichen Hochnebel zwischen den Baumkronen – der Abendhimmel. Zwischen den Stämmen entwurzelter Baumriesen errichteten sie ein Dach aus Ästen, belaubten Zweigen und Moos. Matt wollte nicht während der Nacht vom Regen überrascht werden. Sie krochen zu dritt unter das Dach. Aruula drängte sich an Matt und schlang ihre Arme um seinen Oberkörper. Ihre Zärtlichkeit hatte etwas Demonstratives. Als wollte sie der anderen zeigen, wer hier wem gehörte.

Atlantisches Meer, zwischen den Amerdaam-Inseln und der Südküste von Britana, Mitte September 2516

Nebel lag auf den Wellen, dicht und grau. Vom Heck des Steamers aus konnte Rulfan kaum den Bug erkennen. Es war, als würde der Ozean kochen.

Der dreizehnte Tag ihrer Reise brach an. Nach Rulfans Berechnungen müssten sie in weniger als zwei Stunden die Küste Britanas erreichen.

Rulfan beobachtete das Schaufelrad am Heck. Der Zustand des Holzes machte ihm Sorgen. Der Mann, der vor fast dreißig Jahren den Bau des Schiffes beaufsichtigte, hatte ihm damals prophezeit, dass man das Schaufelrad nach fünfundzwanzig Jahren würde auswechseln müssen. Es war der gleiche Mann, der den Kolk mit der Botschaft geschickt hatte. Leonard hieß er, Leonard Gabriel. Rulfans Vater ...

Unter Deck stampfte die Dampfmaschine. Auch deren Funktion hatte sein Vater ihm erklärt. Rulfan begriff die Maschine so gut, dass er in der Lage gewesen wäre, mit dem nötigen Material selbst eine zu bauen. Er hoffte, sein Vater würde ihm ein paar Ersatzteile beschaffen.

Honnes trat neben ihn. »Der Nebel lichtet sich. Mit ein bisschen Glück werden wir bald Britanas Steilküste sehen. Wie solls dann weitergehen?« Der Lupa tauchte aus dem Dunst auf. Er hockte sich neben Rulfan und leckte ihm die Hand.

»Wir fahren Richtung Sonnenaufgang an der Küste entlang, bis wir die Mündung eines großen Flusses finden. Über ihn gelangen wir leicht nach London.«

»London?« Honnes war nie weiter als bis Dysdoor oder das Umland von Aarachne gekommen.*

»So nannten die Alten die Stadt. Die Stämme, die heute in ihren Ruinen leben, nennen sie Landán.«

»Nie gehört.« Honnes deutete auf das Schaufelrad. »Das Holz beginnt zu faulen.«

Rulfan nickte. »Bevor wir die Rückreise antreten, müssen wir ein neues Rad bauen.«

Ulfis erschien in der Kajütentür. Er lief an die Holzreling und beugte sich darüber. Eine steile Falte zwischen den Brauen, spähte er in den sich lichtenden Nebel. »Seht euch das an ...!«

---

* Kleine Städtekunde: Amerdaam = Amsterdam, Dysdoor = Düsseldorf, Aarachne = Aachen. Und Britana ist natürlich England.

»Was ist los, Junge?«, krächzte Honnes. Er und Rulfan gingen zu ihm. Ihre Blicke folgten seinem ausgestreckten Arm. »Schiffe«, sagte Honnes heiser.

Tatsächlich schälten sich rechteckige Konturen aus dem Nebel, nicht viel weiter als vier oder fünf Speerwürfe entfernt. Rulfan lauschte. Das Stampfen der eigenen Maschine überlagerte ein undeutliches Geräusch. Es klang wie dumpfer Paukenschlag. Rulfan stieß sich von der Reling ab und beugte sich in die Kajüte hinein. »Schürt das Feuer in den Kesseln!«, rief er in den Maschinenraum hinunter. »Volle Kraft voraus!«

Zurück bei Honnes und Ulfis, setzte er seine *Binocular* an die Augen. Er sah Rauchfahnen über den rechteckigen Konturen hängen. Dampfschiffe. Mindestens zehn.

»Schiffe! Viele Schiffe!«, schrie Willer von der anderen Seite des Steamers. Sie liefen um die Kajüte herum. Willer stand an der Reling und deutete in den Nebel. Das gleiche Bild – zehn oder mehr klotzige Dampfschiffe. Immer deutlicher schälten sich ihre Konturen aus dem Nebel. Sie schienen in die gleiche Richtung zu fahren wie der kleine Steamer.

»Wer mag das sein?«, krächzte Honnes. Rulfan glaubte es zu wissen. Er kannte nur ein Volk, das Dampfmaschinen bauen konnte. Aber er schwieg. Er lief in den Maschinenraum hinunter und half den beiden Männern dort, Kohle in den Heizkessel zu schaufeln.

Ein donnernder Schuss explodierte. Und gleich darauf viele Schüsse auf einmal. Rulfan ließ die Schaufel fallen und kletterte über die schmale Holzstiege an Deck.

Die Nebelwand war aufgerissen. Deutlich war die Steilküste Britanas zu erkennen. Und zahllose kastenartige Dampfschiffe, so viele, dass Rulfan gar nicht erst anfing, sie zu zählen. Rechts und links des Steamers und hinter ihm – eine riesige Flotte.

Neben den seitlichen Schaufelrädern einiger Schiffe blitzte es auf. Wieder donnerndes Krachen. Kanonenkugeln pfiffen heran und klatschten zwei Speerwürfe hinter dem Heck des Steamers ins Meer. Rulfan rannte in die Kajüte und holte seinen *Laserbeamer*.

»Wer sind diese Taratzenärsche!?«, brüllte Honnes, als Rulfan wieder an Deck erschien. »Wer bei Orguudoo sind die?«

»Ein kriegerisches Volk aus dem Norden!« Rulfan legte die kurze dunkelgraue Waffe an und zielte auf den Dampfer, der den letzten Kanonenschuss abgegeben hatte. Der dünne rote Strahl des Ziellasers aus dem oberen Lauf bohrte sich in das seitliche Schaufelrad des feindlichen Dampfers. Dann ein kaum sichtbarer Blitz aus dem größeren unteren Lauf der Waffe – und das Mitteldeck des gegnerischen Schiffes stand in Flammen. »Sie nennen sich ›Disuuslachter‹ – Götterschlächter.« Er schoss das nächste Schiff in Flammen.

»Halten uns diese Wakudaschädel etwa für Götter?!«, krächzte Honnes.

»Uns nicht.« Laserkaskade um Laserkaskade zuckte über das Wasser. Rulfan visierte die Schiffe an, die dem Steamer am nächsten waren und über denen Pulverdampf stand. Er wollte vermeiden, dass sie sich einschießen konnten.

»Wen dann?«, knurrte Honnes.

»Freunde von mir.« Rulfan beobachtete die brennenden Schiffe durch sein *Binocular*. »Sie leben in Britana.«

Die Schiffe verloren an Fahrt, doch Rulfan machte sich nichts vor. Eine derart große Flotte der Nordmänner konnte nur eines bedeuten: Krieg. Dass sie Britana zufällig als Ziel eines Raubzuges ausgesucht hatten, mochte er nicht glauben. Horden der Wandernden Völker, die in den letzten Jahren am Großen Fluss entlang nach Süden gezogen waren, hatten berichtet, die Nordmänner würden Jagd auf »Götter« machen, die unter der Erde lebten. Auf Leute wie Rulfans Vater also.

»Sie haben Schaufelräder auf beiden Seiten!«, brüllte Ulfis. »Sie sind schneller als wir! Und es sind fast hundert Schiffe!« Rulfan drehte sich um und spähte bugwärts auf die Küste. Sie war noch mindestens zwei Kilometer entfernt.

Wieder richtete sich der Ziellaser auf eines der Schiffe, wieder der Kaskadenblitz, wieder Flammen auf einem gegnerischen Schiff. Rulfan drückte den Abzugshebel – eine leere Galliumpatrone fiel auf die Deckplanken. Mit leisem Klicken rutschte ein neuer Galliumspeicher aus dem Magazin in den Mikroreaktor der Waffe.

»Sie feuern nicht mehr!«, jubelte Willer. »Die Scheiße kocht ihnen im Arsch! Das hat dein Todesrohr fertiggebracht!« Er stand am Heck – am Schaufelrad vorbei spähte er auf die lange Reihe der Verfolgerschiffe. »Gibs ihnen, Rulfan! Heiz ihnen ein! Bis sie abdrehen!«

Rulfan glaubte nicht, dass die Nordmänner abdrehen würden. Er hatte schon gegen sie gekämpft. Sie verachteten den Tod und das Leben. Er zielte jetzt vor allem auf die feindlichen Dampfer, die parallel zum Steamer fuhren. Ihr Manöver war durchsichtig – sie wollten das kleine Schiff überholen und ihm den Weg abschneiden. Rulfan betätigte den *Laserbeamer* im Sekundentakt. Unter keinen Umständen durfte es den Nordmännern gelingen, seinen Steamer einzukesseln! Das würde unwiderruflich das Ende bedeuten.

Bald blieben dreizehn brennende Dampfer zurück. Honnes, Ulfis und die anderen jubelten.

Plötzlich dröhnte ohrenbetäubendes Donnern. An den Seiten etlicher Dampfer blitzte Mündungsfeuer auf. Kanonenkugeln rauschten heran und schlugen bedrohlich nah neben dem Steamer ein. Einige so nahe, dass die Männer an der Reling nass wurden. Der Lupa lief winselnd und mit eingeklemmtem Schwanz zwischen Honnes und Rulfan hin und her.

Kurz darauf erfolgte die nächste Salve – eine Kanonenkugel schlug durchs Kajütendach in den Maschinenraum und explodierte dort. Eine zweite donnerte ins Heck. Sie detonierte zwischen Schaufelrad und Heckreling. Dort wo Ulfis und Willer gestanden hatten!

Rulfan stürzte seitlich gegen die Reling. Er sah Gliedmaßen, Holzsplitter und Köpfe durch die Luft fliegen. Das Schiff neigte sich ...

Frühmorgens wachte Matt auf. Er rappelte sich hoch. Draußen dämmerte es. Zwei Schritte vor dem Unterschlupf kniete Aruula zwischen den umgestürzten Stämmen. Geduldig wartete er, bis sie aufhörte zu *lauschen* und den Kopf hob.

»Ich kann ihre Geister spüren«, flüsterte sie. »Sie sind aufgeregt. Ich fühle Wut und Angst zugleich. Und ich sehe einen großen Fluss und viele Ruinen.«

Die Themse, dachte Matt. »Dann haben sie London erreicht«, sagte er leise. Die Nähe der ehemaligen Weltstadt elektrisierte ihn. Er weckte Lu, und sie brachen auf.

Nach fast vier Stunden erreichten sie die ersten Ruinen. Zunächst nur Mauerreste zwischen Büschen und von Farn und Dornenhecken überwucherte Schutthügel. Bald aber wurde das Unterholz niedriger, und die Bäume standen so licht, dass sie den Blick nicht mehr einengen konnten – Andeutungen ehemaliger Straßenzüge wurden erkennbar. Immer öfter entdeckte Matt auch die aus anderen Ruinenstädten schon vertrauten Gestrüpphaufen. Er machte sich nicht die Mühe, die Pflanzendecke zur Seite zu biegen – er wusste ja, was er darunter entdecken würde: vom Rost zerfressene Autowracks.

Ihre Zahl nahm zu, je tiefer sie in die Ruinen eindrangen. Die Konturen der Straßenzüge wurden deutlicher, an manchen Stellen sah man löchrigen, von tausend Furchen durchzogenen Asphalt; schwarzer Stein oder rostiges Metall gähnten durch Lücken in der Efeudecke über den Fassaden links und rechts. Vor allem Birken wuchsen hier, aber auch Ahorn und Haselnuss. Und jede Menge Farn und buschige Stauden, die Matt an Brennnesseln erinnerten.

Schilder und Ampelpfeiler tauchten auf. Kletterpflanzen rankten an ihnen empor. Ein einsamer Laternenmast bog sich über die ehemalige Straße. Ein Blätterknäuel mit großen weißen Blüten hing von seiner Spitze herab. Eine mutierte Windenart, vermutete Matt. Wie schon so oft in den vergangenen Monaten erschütterte ihn der Eindruck einer gestorbenen Stadt – und faszinierte ihn zugleich: ein Zeugnis des langen Atems der Natur. Und der Überflüssigkeit des Menschen. Vermutlich würde es in New York, Moskau und Sidney nicht wesentlich anders aussehen. Nirgends würde es anders aussehen. Nirgends, wo aufrecht gehende Primaten mit knapp fünfzehnhundert Gramm Hirn unter der Schädeldecke sich einst für die Krone der Schöpfung hielten. Es war zum Heulen und zum Lachen zugleich.

Dann das Stahlskelett eines Hochhauses, auf den grün verkleideten Stahlträgern verkrüppelte Sträucher, die Matt nicht identifizieren konnte. Im Inneren des Skeletts ein einzelner Laubbaum, eine Platane. Wie selbstverständlich breitete sie ihre mächtige Krone in dem Raum aus, den vor Jahrhunderten emsige Sachbearbeiter, Bankangestellte oder Finanzbeamte mit Tastaturgeklapper, Kaffeeduft und Telefongeschnatter gefüllt hatten.

Aus Matts Perspektive war das gerade mal acht Monate her ...

Es wurde Mittag. Tiefer und tiefer drangen sie in die verlassene Geisterstadt vor. Der Dunst über den Ruinen verdichtete sich. Es roch nach Wasser. Mehr und mehr fast unversehrte Häuser tauchten auf. Hohe Steinkästen, von der Natur zurückerobert. Vor einem quadratischen Pflanzenturm blieb Matt stehen. Das Hochhaus überragte die Platanen, die es flankierten, um gut zwanzig Meter.

»Wo wohnen deine Leute, Lu?«, wollte Matt wissen.

Die Frau zeigte nach Nordwesten. »Zwa Sippe in Sonneuntegang.« Sie deutete nach Südosten. »Zwa in Sonneaufgang. Alle aufanere Seite vonne Tamms.«

»Tamms« nannten sie also die ehrwürdige Themse. Matt nickte langsam. »Und deine Sippe?«

»Gwandlowd Paacival gehöat Landán-Tschelsi unde Wälde, aus dennewi komme. Gwanload Paacival isse mächdigste Gwanload von Landán.«

»So, so.« Matt blickte zur Spitze der pflanzenumrankten Hochhausruine hinauf. »Ich will da hoch. Ich möchte mir aus der Vogelperspektive anschauen, was von London übrig geblieben ist.«

Mit der Axt hieb er sich eine Schneise ins Efeugestrüpp. Nacheinander kletterten sie in die Ruine. Sie gelangten in einen großen Raum. Im Halbdunkel erkannte Matt Überreste von Tischen und Sesselskelette. Reste von Bürosesseln, vermutete er, denn auf den moosüberwucherten Tischen standen rechteckige, schmalkantige Kästen, ebenfalls von Moos überzogen. Matt identifizierte sie unschwer als Flatscreens.

Sie betraten eine Zimmerflucht. Dicke Spinnennetze

überall, Staub, knöchelhoher Dreck – große Käfer schossen in alle Richtungen davon. Die Pflanzendecke an der Fassade der Ruine ließ hier unten im Erdgeschoss kaum Licht ins Gebäude. Trotzdem fanden sie den Zugang ins Treppenhaus.

Moos und niedriges Gestrüpp bedeckten die Stufen und das Geländer. Je höher sie stiegen, desto heller wurde es. Matt zählte die Stockwerke. Durch einen glaslosen Türrahmen betraten sie im zwanzigsten wieder eine Zimmerflucht und dann einen der Räume, die an der Nordseite des Hauses lagen. Wieder ein ehemaliger Büroraum. Nicht so groß wie der im Erdgeschoss. Und nur ein Schreibtisch. Vermutlich die Chefetage.

Gemeinsam hieben sie eine Bresche in die Außenranken – Aruula mit dem Schwert, Matt mit Simplord Bäikas Beil. Lu zog die abgeschlagenen Zweige in den Raum hinein. Der kleine Ausschnitt des dunstig-grauen Himmels vergrößerte sich langsam. Lautes Krächzen drang aus dem Gestrüpp. Dann Flügelschlagen – die Silhouette eines großen blauschwarzen Vogels erschien für einen Moment in dem sichtbaren Stück Himmel. Die gleiche Vogelart, die Matt am Tag zuvor auf dem Unterschlupf gesehen hatte.

»Kolkkolk...!« Lu stieß einen Schrei aus, wich in den Raum zurück und stolperte über ein umgestürztes Sesselskelett.

»Keine Angst«, sagte Matt. »Er ist weg.« Die Furcht der Lords vor den Rabenvögeln kam ihm übertrieben vor.

Sie arbeiteten weiter. Allmählich wurde der Blick auf die Ruinen Londons frei. Ein niederschmetterndes Bild bot sich Matt.

Etwa drei Steinwürfe entfernt und knapp achtzig Meter unter ihm zog die Themse vorbei, gesäumt von

Buschland, Ruinen, Laubbaumgruppen und bewachsenen Schutthügeln. Matts Augen blieben an dem ehemaligen Wahrzeichen der Stadt hängen – an der Tower Bridge. Oder besser: an ihren traurigen Überresten. Beide Türme standen noch, doch die Fahrbrücke war teilweise eingerissen. Drahtseilträger hingen schlaff ins Wasser. In der Fußgängerbrücke, die einst die beiden oberen Stockwerke der Türme verbunden hatte, klaffte eine große Lücke. Wie zwei einsame Riesen, die vergeblich versuchten, sich ihre zersplitterten Hände zu reichen, sahen die Brückentürme von hier oben aus.

Vom Tower selbst stand noch ein Rundturm und ein langes Stück der vorderen Mauer. Dahinter weiter nichts als eine Trümmerlandschaft, in der nicht einmal ein Baum wuchs. Links des Trümmerfeldes schloss sich ein gewaltiger Krater von mindestens zwei Kilometern Durchmesser an. Er war mit Wasser gefüllt. Matt stockte der Atem – *ein Splitter von »Christopher-Floyd« musste hier eingeschlagen sein ...!*

Aus der Mitte des Kratersees erhob sich ein kleiner, teilweise bewaldeter Hügel. Aus den Bäumen ragte ein klotziges Steingemäuer, quadratisch und gut zwanzig Meter hoch.

Matt rief sich seinen Londonbesuch vor ein paar Jahren – vor ein paar Jahrhunderten – ins Gedächtnis. Er versuchte sich zu orientieren, während er die Trümmerlandschaft um den Krater herum betrachtete. Sein Mund wurde trocken, und ihn fröstelte – der Krater schien die gesamte frühere City zu umfassen ...! Ungefähr da, wo sich jetzt die kleine Insel aus dem Kratersee erhob, musste einst die *Bank of England* gestanden haben.

Die an den Krater grenzende Trümmerwüste breitete sich weit nach Norden, Osten und Westen aus. Matt wunderte sich, weil diesseits des Flusses deutlich mehr

Ruinen zu erkennen waren als am anderen Ufer. Selbst Brückenreste spannten sich flussabwärts noch über die Themse.

Der Fluss selbst schien weitgehend in seinem ehemaligen Bett zu fließen. Allerdings schlängelten sich zahlreiche Seitenarme durch Waldstücke und Ruinen. Nicht weit von ihrem Durchguck entfernt zog der große Rabe seine Kreise.

»Was ist das für ein Gebäude?« Matt deutete auf die Insel im Kratersee.

»Tembel vonne Gwangod Owguudoo.« Ehrfurcht schwang in Lus Stimme. »Alle Gwanloads und Bigloads vesammele sich da einmal inne Jah.«

»Warum?«

»Se feiewe de Tach, wo Owguudoo seine Kwistofluu aufe Eade schiggt hat. De Tach, wo de Loads de Heascha von Landán wuade. Und se feiewe de Adschload.«

»Welcher Tag ist das?« Überflüssige Frage. Trotzdem sprang sie Matt von den Lippen.

»De achde Tach vonne zwade Mond...«

Matt atmete tief durch. »Und dieser Archlord? Wer ist das?«

»War easte Load von Landán – de gwoße Dschon Dschägga.«

John Jagger, der erste Lord von London... Matt vergaß seine vielen Fragen. Er war fassungslos.

»Da!« Aruula deutete hinunter auf das Buschland des diesseitigen Ufers. »Die Lords!«

Matt spähte ans Ufer. Zwischen niedrigen Büschen und Ruinen erkannte er sechs Gestalten. Sie bewegten sich nach Westen. »Ist eine der Brücken begehbar?« Lu nickte. »Sie wollen den Fluss überqueren.« Matt drehte sich um. »Wenn wir uns beeilen, erwischen wir sie noch...«

Strahlend blauer Himmel spannte sich über glitzernde Schneegipfel. Sattgrüne Wiesenmatten überzogen die niedriger gelegenen Berghänge, ergossen sich ins Tal und gingen dort sanft in die Uferböschung eines Gebirgsflusses über. Vieh weidete zwischen Baumgruppen und Büschen entlang des kristallklaren Wassers. Im Hintergrund rückten die Berghänge zusammen und stiegen steil an. Dort schäumte ein mächtiger Wasserfall ins Tal. Kein Rauschen war zu hören, keine Kuhglocken, kein Geblöke von Vieh – majestätische Stille lag über der idyllischen Landschaft. Die leise, wie aus weiter Ferne erklingende Musik unterstrich die Stille eher noch – Walzerklänge von Johann Strauß.

Inmitten des sommerlichen Alpenpanoramas stand ein Mann. Er schien keine Augen für die Landschaft zu haben. Ein Buch unter den Arm geklemmt, stand er unter der blauen Himmelskuppel vor einem Tisch mit breiten geschwungenen Beinen aus grünlichem Glas. Auf dem Tisch – ein großer Tisch, sechs Meter lang und zwei Meter breit – befand sich eine Ansammlung von Miniaturgebäuden aus rotbraunem Glas. Ein blaues Band schlängelte sich durch das Stadtmodell. An einigen Stellen sah man Grünflächen mit Bäumen, blauen Flächen – Teiche – und Pavillons. Der Mann schien vollkommen versunken in den Anblick der Spielzeugstadt.

Nachdenklich begann er an dem langen Tisch entlangzuschreiten. Er griff in das Modell hinein, nahm ein gläsernes Gebäude vom blauen Band und setzte es an einer anderen Stelle wieder darüber. Das blaue Band sollte die Themse darstellen, das gläserne Bauwerk war eine maßstabsgetreue Nachbildung der Tower Bridge.

Der Mann war nicht besonders groß. Er trug weite cremefarbene Beinkleidung und eine frackartige Jacke in derselben Farbe, die ihm bis fast an die Kniekehlen reichte.

Darunter ein eng anliegendes roséfarbenes Hemd aus dünnem Kunststoff mit einem von kleinen Rüschen gesäumten Kragen. Seine kräftige Brustmuskulatur zeichnete sich unter dem Stoff ab. Im breiten Kragenaufschlag der Jacke steckte eine Chrysanthemen-Blüte, roséfarben und ebenfalls aus Kunststoff. Auch das dichte, über die Schultern wallende Haar des Mannes war rosa und in zahllose kleine Zöpfchen geflochten. Die weichen Kunstlederstiefel unter den breiten Hosenaufschlägen liefen in nach oben gebogenen Spitzen zu, auch sie roséfarben.

Langsam umrundete er den Tisch, ohne seine leicht hervortretenden dunkelblauen Augen von der Modellstadt zu wenden. Sein langes schmales Gesicht wirkte konzentriert. Es war tiefbraun, genau wie seine kräftigen Hände. Am Ringfinger der Linken glitzerte ein ovaler, in Weißgold gefasster Rubin. Braun war auch die Haut seiner haarlosen Brust zwischen dem weit aufgeknöpften Hemdkragen.

Seine eher zierliche, gerade Nase, das leicht nach vorn geschobene Kinn und der kleine Schmollmund verliehen dem Gesicht des Mannes einen trotzigen Zug. Sein Alter war schwer zu schätzen. Sicher war er nicht jünger als vierzig Jahre. Vielleicht aber auch schon älter als sechzig.

Vogelgezwitscher wurde laut. Es schien aus der Flussböschung zu kommen. Und tatsächlich erhob sich dort zwischen Pappeln und weidendem Vieh eine Lerche in den Sommerhimmel. Das Gezwitscher riss den Mann aus seinen Gedanken. Er sah auf, beobachtete den aufgeregt tschilpenden Vogel über den Wipfeln der Pappeln.

»Octavian Jefferson Winter kann eintreten«, sagte er dann mit rauer Stimme, die nicht recht zu seinem weichen Gesicht passen wollte.

Mitten im Fluss bildete sich ein mehr als mannshoher Spalt. Er schimmerte hell und vergrößerte sich langsam.

Eine ovale Pforte entstand mitten im kristallklaren Wasser. Helles Licht fiel heraus; die Uferlandschaft um die Öffnung verblasste. Eine schwarz gekleidete Gestalt trat durch die Pforte – bleich, kahlköpfig, hager. Ein Mann. »Ich wünsche Eurer Majestät Frieden.« Er deutete eine Verbeugung an. »Ich habe Neuigkeiten für Euch, König Roger. Unsere Späher –«

»Kommen Sie, Jefferson – ich will Ihnen etwas zeigen«, unterbrach ihn der König. Die Kuppelwand hinter dem Octavian schloss sich geräuschlos. Das Landschaftspanorama erstrahlte wieder vollständig in sommerlichem Glanz. Die Lerche war verstummt und im Gras zwischen den Pappeln verschwunden.

King Roger III. winkte seinen engsten Berater zu sich an den Tisch. »Was halten Sie davon, die Tower Bridge an einem anderen Ort wieder aufzubauen?« Er deutete auf die Modellstadt. »Zum Beispiel in unmittelbarer Nähe der Westminster Hall. Dann hätten wir sie quasi vor der Haustür.«

»Tja, Sire – ich weiß nicht recht...«

»...wir können sie unmöglich in der Nähe des Kraters lassen! Die Strahlung ist noch zu intensiv. Außerdem würden die *Socks* ein derartiges Projekt in der Nähe ihres Tempels mit allen Mitteln bekämpfen.«

»Mit Verlaub, Eure Majestät, gleichgültig an welchem Punkt wir mit dem Wiederaufbau der Stadt beginnen würden – überall müssen wir mit Widerstand der *Socks* rechnen. Die Verluste wären einfach zu hoch.« Wieder deutete Jefferson Winter eine Verbeugung an. »Aber eigentlich bin ich hier, um –«

»Verdammte Stinkstiefel*!« King Roger III. zog eine

---

* In der englischen Aristokratie gibt es für das gemeine Volk tatsächlich den Terminus technicus *smelly socks brigade*

angewiderte Miene. »Kommen Sie, Jefferson, setzen Sie sich.« Der König legte das Buch auf den Tisch. »Einen Sessel bitte!«, rief er in den Raum hinein. Vor dem Tisch öffnete sich ein quadratisches Stück Boden. Wie von Geisterhand bewegt, wurde ein Sessel aus der Öffnung geschoben; seine Podestplatte füllte den Schacht fugenlos aus. Die geschwungenen Beine und Armlehnen waren aus grünem Glas, die Sitzfläche und die kurze Lehnenschale aus moosgrünem Kunstleder.

Der Octavian nahm Platz. Er trug ähnlich geschnittene, weite Kleider wie der König. Nur eben Schwarz, wie gesagt. King Roger III. legte die Fingerspitzen auf Winters kahlen Schädel und begann die Kopfhaut zu massieren. »Ich habe die Projektgruppe ›London‹ natürlich auch beauftragt, darüber nachzudenken, wie wir uns ohne Schutzanzüge auf der Erdoberfläche bewegen können.«

Octavian Winter nickte. Er war ein Mann von ungefähr hundertdreißig Jahren. Die weiße Haut seines Gesichtes, seines Schädels und seiner Hände wirkte wie brüchiges Pergament. Feines dunkelblaues Venengeflecht durchzog sie. Seine Augen waren tiefrot. Winter galt als bester Redner der Community und als ihr beliebtester Dichter. Kaum jemand in der Community, der nicht wenigstens ein Dutzend seiner virtuellen Geschichten erlebt hatte. Außerdem war Winter seit Jahren der engste Berater König Rogers.

»Micky!«, rief der König. Winter schloss die Augen und genoss die Massage. Er kannte den König – bevor er nicht alles ausgesprochen hatte, was ihm durch seinen träumerischen Schädel tanzte, kam man kaum zu Wort. Also fasste sich der Octavian in Geduld.

In der Berglandschaft entfärbte sich eine große quadratische Fläche. Warmes Grün füllte sie aus. Der E-Butler erschien darauf. »Hallo Roger, wie gehts so?«

Der E-Butler des Königs trug weiße Handschuhe, große gelbe Schuhe und rote Pumphosen. Ein dünner schwarzer Schwanz ragte hinten aus seiner Hose. Schwarz auch seine riesigen Ohren und ein Teil seines Schädels. Das Gesicht war weiß – große eierförmige Augen blickten listig über einer leicht nach oben gebogenen Schnauze. Kurz: Der E-Butler des Königs war eine Mickymaus.

»Danke der Nachfrage«, lächelte King Roger. »Es geht mir hervorragend. Und wie geht es dir, Micky?«

»Bestens. Was liegt an?«

»Eine dunklere Kulisse bitte.« Flusstal, Weiden und Bergpanorama verblassten. Die Glaskuppelwand des königlichen Arbeitszimmers wurde dunkel. Bald funkelten Sterne auf ihr, über den Köpfen der Männer schimmerte das Band der Milchstraße. »Und nun bitte die Simulation, die wir heute Morgen ausgeknobelt haben.«

Feine Strahlen bohrten sich aus dem Zenit der Kuppeldecke und tauchten die Modellstadt in schimmerndes Licht. Über der Stelle, an der das Modell der Tower Bridge über die Themse führte, wuchs eine Kuppel. Sie wurde größer und größer und wölbte sich schließlich vom Hyde Park im Westen bis zum Archbishop's Park im Osten und vom Battersea Park im Süden bis zum Britischen Museum im Norden. Viele symmetrische Waben zogen sich über die Kuppel.

»Toll, was?«, piepste der E-Butler.

»Fantastisch«, sagte Winter wenig begeistert. »Aber nicht zu verwirklichen.«

Der König schnitt eine säuerliche Grimasse.

»Spielverderber«, piepste der E-Butler.

»Wie wollt Ihr eine sterile Atmosphäre in der Kuppel errichten, Sire? Wie wollt Ihr dem Stinkstiefel Paacival erklären, dass wir ein Stück seines Territoriums abzwacken?« Unbeirrt schoss der Octavian seine Fragen ab. »Und wie wollt Ihr die Kuppel im Fluss verankern, Sire?«

»Sie reden wie ein Greis, Octavian!« King Roger III. hob die Hände flehend zur Milchstraße. »Haben Sie denn als Dichter nicht genug Fantasie, sich vorzustellen, dass so eine Kuppel nicht notwendigerweise aus festem Material bestehen muss?!«

»Miesepeter«, piepste der E-Butler.

»Halt dich raus, Micky!«, schimpfte der König in seine Richtung. Und dann wieder an Winter gewandt: »Es ist eine Utopie, Jefferson, eine *Utopie*, verstehen Sie . . . ?«

»Der Militär-Octavian hat keinen Sinn für Utopien, Sire. Und der Octavian für Bauwesen verlangt ein gründlich durchgerechnetes Datengebäude, bevor er sich mit so einer Idee überhaupt nur befasst. Die Mehrheit des Octaviats wird es als Zumutung empfinden, unter einem hässlichen Grauhimmel in Sichtweite ungenießbarer Pflanzen, deprimierender Ruinen, wilder Tiere und barbarischer Stinkstiefel leben zu sollen. Allen voran der *Prime*.«

»Am Anfang jedes großen Werkes stand eine Vision, Jefferson!« Aufgeregt fuchtelnd tänzelte der König um den Tisch mit der Modellstadt herum. »Nichts von dem, was heute ist, wäre entstanden, wenn nicht irgendjemand zuvor eine Utopie entworfen hätte . . .«

»Wie viele Utopien haben die Generationen vor uns nicht schon ersponnen«, sagte Winter düster. »Denkt nur an das Flugzeugbauprojekt unter Roger dem Ersten –«

»Denken Sie an das Weltreich, das Alexander der Große innerhalb kürzester Zeit aus dem Nichts schuf –«

»Zerronnen! Denkt an das Landwirtschaftsprojekt, das William der Neunte in Zusammenarbeit mit den *Socks* verwirklichen wollte –«

»Denken Sie an Hannibal, der mit achtunddreißigtausend Mann, achttausend Reitern und siebenunddreißig Elefanten die Alpen überquerte und die Römer schlug –«

»Letztendlich vergebens. Denkt an die Glasburg, die William der Zwölfte über den Ruinen der Westminster Hall bauen wollte. Es gibt nichts Neues unter der Sonne.«

»Doch keine dieser Utopien war umsonst!«

»Wie oft hat Sisyphos mit einer Utopie im Kopf den Stein den Berg hinaufgerollt?« Winter lachte sarkastisch. »Und auch wir leben noch immer unter der Erde wie die . . .« Er verstummte.

»Sprechen Sie es ruhig aus, Jefferson – wie die Maulwürfe.« King Roger III. sprach jetzt sehr ruhig und ernst. Auf der anderen Seite des Stadtmodells war er stehen geblieben und musterte den Octavian. »Ist nicht so das Leben? Das Leben der *Socks* genau wie unseres? Wieder und wieder rollt man den Stein den Berg hinauf – wer es nicht wenigstens versucht, verdient es nicht, ›Mensch‹ genannt zu werden.« Er schlug auf den Tisch. Die Glasmodelle klirrten. »Ich will, dass mein Volk wieder unter freiem Himmel leben kann! Das ist meine Utopie! Basta!« Er wandte sich um. »Danke, Micky. Schaff die Berge wieder herbei. Und dann die Sonnenbank, bitte.«

»Alles roger, Roger.« Die Kuppel über der Modellstadt erlosch, der Bildschirm verblasste, es wurde hell. So täuschend echt umgab das sommerliche Hochgebirge wieder den Raum, als würde man direkt am Ufer des Gebirgsflusses stehen.

Der König zog seine Perücke herunter und legte die Kleider ab. Winter stand nachdenklich vor dem Modelltisch. »Generationen wären nötig, um ein solches Werk zu verwirklichen«, murmelte er.

»Wusste ich's doch!«, rief der König triumphierend. »Tief in Ihrem Herzen mögen Sie meine Utopie!«

Eine horizontale Öffnung bildete sich in der Viehweide am Flussufer. Orangenes Licht leuchtete in ihr. Die private Sonnenbank des Königs.

»Allzu oft pflegt Eure Fantasie ins Schwärmen zu geraten, Sire«, sagte Winter. »Da ist es als Euer Berater geradezu meine Pflicht, den Advocatus Diaboli zu mimen.«

Der König nahm sein Buch vom Tisch. Splitternackt schritt er zur Sonnenbank und streckte seinen braunen Körper in ihr aus. Auch sein Schambereich war vollkommen unbehaart. Der weißhäutige Octavian folgte ihm und blieb neben der Öffnung in der Kuppelwand stehen. Wieder setzte er an, um sein eigentliches Anliegen loszuwerden. »Sire...«

Der König schlug sein Buch auf – eine Farbkopie auf hauchdünnem Kunststoff. »Ich lese gerade einen Comic aus den Achtzigerjahren des zwanzigsten Jahrhunderts...«

Winter seufzte.

»...Onkel Dagobert reist mit Donald um die Welt. Mit achtzig Talern in der Tasche. Und keinen einzigen gibt er aus.« King Roger III. war glühender Walt-Disney-Verehrer. »Und stellen Sie sich vor, Jefferson: Im Laufe der Reise kommt er sogar in eine unterirdische Stadt...!«

»Verzeiht, Sire.« Winter blieb nichts anderes übrig, als den König zu unterbrechen. »Das Octaviat schickt mich in einer dringenden Sache.«

»Ach ja?« Roger machte Anstalten, sich in seinen Comic zu vertiefen.

»Unsere Späher haben einen Fremden in den Wäldern von Kent entdeckt.«

»Und?« Roger sah von seinem Buch auf.

»Er ist in Begleitung einer Barbarin. Mittlerweile hat sich eine Frau der *Socks* zu ihnen gesellt. Es spricht viel dafür, dass es der Mann ist, den uns die Community Hamburg angekündigt hat und den die Community Salisbury erwartet. Inzwischen hat er London erreicht.«

King Roger III. schlug das Buch zu. »Wie aufregend!«

Winter schritt ein Stück in den Raum hinein. »Sokrates!«, rief er laut.

Wieder eine grüne Fläche im Bergpanorama. Ein virtueller Mann erschien – stämmig, weißlockig, grobschlächtiges rundes Gesicht mit Stupsnase und in ein weißes Gewand gehüllt: der persönliche E-Butler des Octavians. »Ich hoffe, es ist wichtig, Jeff«, blaffte er.

»Verlass dich drauf. Ich brauche die aktuellsten Bilder unserer Späher aus der Zentrale.«

Sokrates schüttelte den Kopf. »Und das nennst du ›wichtig‹?« Er trat an den Rand des Monitors. »Na, von mir aus...« Seine Gestalt löste sich auf, dafür sah man jetzt die Ruinen Londons aus der Vogelperspektive, im Hintergrund die Themse. Im Vordergrund hasteten sechs Männer in Wildlederkluft durch das Gestrüpp eines zerstörten Straßenzuges.

»Die *Socks* haben schon vor einer halben Stunde die Themse überquert. Der Fremde ist ihnen gefolgt. Er soll sich ›Maddrax‹ nennen...«

»Ungewöhnlicher Name...« Der König streckte ein Bein aus der Sonnenkabine. »Eine Sitzgelegenheit!« Eine Sitzfläche schob sich aus der Flusslandschaft.

»...der Name seiner Begleiterin ist nicht bekannt. Sie scheint aber weiter nichts als eine primitive Barbarin zu sein.«

Die Bildperspektive wechselte. Deutlich konnte man jetzt einen Mann und zwei Frauen erkennen. Sie waren nicht mehr weit von den Flüchtlingen entfernt.

»Was für eine süße Stinkstiefelin seh ich denn da?!«, rief der König entzückt.

»Ich bitte Euch, Sire! Es ist eine schmutzige Wilde!« Entrüstung und Abscheu klang aus Winters Stimme. »Beachtet bitte den Mann.«

»Sieh dir sein blondes Haar an!«, sagte der König mit Neid in der Stimme. »Aber dieser grüne Arbeitsanzug steht ja vor Dreck!« Er schüttelte sich.

»Commander Marylbone hat das Kleidungsstück identifiziert. Es handelt sich um einen Anzug, wie ihn die Piloten der amerikanischen Luftwaffe in den Jahren vor ›Christopher-Floyd‹ trugen.«

»Ach…!« So abrupt richtete Roger III. sich auf, dass ihm der Comic von der Brust rutschte und auf den Boden fiel. »Wie kann das sein?«

»Wir wissen es nicht. Er ist zudem mit einer uralten Faustfeuerwaffe ausgerüstet. Damit hat er die Socks in die Flucht geschlagen. Zwei konnte er sogar töten, darunter der berüchtigte Biglord Milla.«

»Unglaublich!«, staunte der König.

»Offenbar haben die Stinkstiefel ihm ein altes Fernglas entwendet. Auch dieses Modell stammt allem Anschein nach aus der Zeit vor ›Christopher-Floyd‹.«

Gemeinsam beobachteten sie, wie die Verfolgergruppe sich den sechs Männern näherte. »Es ist reiner Selbstmord, was er da macht.« Roger schüttelte fassungslos den Kopf. »Weiß der Mann denn nicht, mit wem er sich anlegt?«

»Ich fürchte, nein«, entgegnete der Octavian. »Und ich frage mich, warum die Socks vor ihm fliehen. Nur weil die antike Waffe einen solchen Lärm macht?« Er machte ein skeptisches Gesicht. »Sie planen einen Hinterhalt, wenn Ihr mich fragt, Sire.«

Das Bild erlosch. »Was ist passiert, Sokrates?«, rief

Winter. Plötzlich erschien der blonde Mann in Großaufnahme; er beugte sich dem Betrachter entgegen. Dann wurde auch dieses Bild undeutlich und erlosch. »Was soll das, Sokrates!?«

Der weiß gewandete E-Butler zeigte sich wieder. Er trug Schnürsandalen. »Woher soll ich das wissen? Wahrscheinlich war einer der Späher dämlich genug, sich erwischen zu lassen. Schalt ich eben auf einen anderen um.«

Ein neues Bild erschien. Diesmal sah man den Mann namens Maddrax und seine beiden Begleiterinnen von hinten. Nicht weit vor ihnen waren Teile einer zerfallenen Säulenfassade zu erkennen. Dahinter, zwischen mächtigen Baumkronen, eine Kuppel.

»Um Himmels willen«, flüsterte Winter. »Die verfluchten Stinkstiefel führen sie zur *British Library* . . .«

Der König sprang aus der Sonnenbank. »Eine Falle!«, rief er erregt. »Sie locken sie in eine Falle! Wir müssen etwas unternehmen . . .!«

Es waren ohne Zweifel Ruinen einer Kirche, was sich da über ihnen erhob. Man konnte zwar kein Gemäuer sehen und auch das Kreuz auf dem Turm nicht – aber die Formen der Pflanzenhülle waren eindeutig: Das klobige Vorder- und das lange Mittelschiff, die beiden spitz zulaufenden Türme – nur eine Kirche konnte sich unter diesem Teppich aus Kletterpflanzen verbergen.

Den Rücken ins Laub gedrückt, halb zwischen den Ranken verborgen, schob sich Matt auf den schmalen Streifen zu, der unschwer als ehemalige Straße zu erkennen war. Die Beretta lag entsichert in seiner Hand. Dicht neben ihm Aruula, und dann Lu. Die junge Frau hielt den gespannten Bogen in den Händen. Ein Pfeil lag auf der Sehne.

Brennnesseln und Disteln wucherten auf der Straße. Auf der anderen Seite erhob sich ein halb zerfallenes, kastenartiges Gebilde, ziemlich hoch. In den Zwischenetagen lagen Autowracks. Der Kasten musste einmal ein Parkhaus gewesen sein.

Neben sich hörte Matt die raschen Atemzüge seiner Gefährtin. Seit einer starken Stunde jagten sie hinter den Lords her. Jetzt waren sie ihnen dicht auf den Fersen. Er schob sich an die Ecke der Pflanzenfassade und lugte in den Straßenzug hinein.

Da waren sie!

Vier liefen voraus, angeführt von Simplord Henwy. Matt erkannte ihn an den roten Zöpfen und der gedrungenen Gestalt. Littlord Juudsch und Littlord Winston standen nicht einmal zweihundert Schritte von Matt entfernt. Der blonde Juudsch deutete zum First der zugewucherten Häuserfront hinauf, Winston hielt den gespannten Bogen in den Händen. Sein Pfeil zielte nach oben.

Matt sah zunächst nicht, worauf er schießen wollte. Doch plötzlich ertönte ein lang gezogenes »Kraahkraa«, und die Silhouette eines großen Rabenvogels löste sich vom Ruinendach und segelte über den Straßenzug hinweg. Der Vogel entdeckte den Schützen, versuchte in einer engen Kurve zurück aufs Dach zu fliegen – doch Winstons Pfeil traf ihn an der Unterseite. Der Rabe überschlug sich in der Luft. Wie ein Stein stürzte er in das weite Brennnesselfeld.

Matt stand starr vor Staunen in den Efeuranken an der Kirchenmauer. *Sie können ihn vorher nicht gesehen haben – und doch war der Kerl bereit zum Schuss, als der Rabe auftauchte! Wie ist das möglich...?*

Und dann blickten die beiden Lords in seine Richtung. Sie fingen an zu schreien und rannten ihren Kumpanen hinterher. Auch die fielen übergangslos in den Laufschritt.

»Bullshit!« Matt sprang aus der Deckung. »Sie haben uns entdeckt!« Quer durch Brennnesseln und Disteln jagte er der Horde nach.

»Vorsicht, Maddrax!« Aruulas Stimme hinter ihm. »Sie sind gefährlich!« Er kniete sich ins Gestrüpp und jagte den Lords einen Schuss hinterher. Sie stieben auseinander, warfen sich in die Brennnesseln und robbten bäuchlings durchs Kraut. Matt gab nicht auf. Er sprang hoch und rannte weiter. Bis er zu der Stelle kam, wo der Rabe abgestürzt war. Mit gespreizten Flügeln und verkrümmtem Hals lag er in den Disteln.

Matt trat das Stachelgestrüpp beiseite und beugte sich über den toten Vogel. Etwas schimmerte im schwarzen Brustgefieder des Kadavers. Ein leicht konvexer, undurchsichtiger Kristall, nicht größer als eine Ein-Euro-Münze und von graublauer Färbung.

Matt blickte hoch. Die Lords rannten auf eine teilweise zerstörte Säulenfassade zu. Wie ein Tempel sah die Ruine aus. Simplord Henwy verschwand als Erster darin. Die anderen folgten ihm nacheinander. Die Gebäudefront mit den Säulen musste einmal sehr lang gewesen sein; jetzt war sie durch große Lücken unterbrochen. Ihre linke Seite bestand praktisch nur aus einem Trümmerhaufen und einzelnen, verschieden hohen Säulenresten.

Das Britische Museum...! Schlagartig erschien das Bild des monumentalen Prachtbaus in Matts Gedächtnis. *Es ist das Britische Museum... Da war ich drin und hab mir eine Orientausstellung angesehen...!*

Aruula und Lu tauchten neben ihm auf. »Vebotene House. House vonne Tod«, flüsterte Lu. »Gwanloads bwinge nua Veruateilte hinain.«

»Was ist in der Ruine?«, fragte Matt. »Warum nennt ihr sie ›Haus des Todes‹?«

Lu zog die Schultern ein. »Weißnit.« Angst stand in ihren Augen. »Mansacht, inne House vonne Tod issede Geheimnis vonne lätzde Tache.«

»Das Geheimnis der letzten Tage?« Matt betrachtete das schöne gelbhäutige Gesicht. Die hellblauen Augen der jungen Frau waren zu Schlitzen zusammengekniffen. Ein verschwörerischer Zug lag um ihren großen schmalen Mund. Was konnte er ihr glauben? Was nicht? Und verfügte sie über dieselben Fähigkeiten wie die anderen ihres Volkes? Diese unglaubliche Reaktionsgabe?

Wieder blickte er auf den konvexen Kristall in der Brust des Raben. Diese Stadt schien noch mehr Geheimnisse zu bergen als das der letzten Tage...

Aruula richtete sich auf. Sie hatte gelauscht. »Sie wollen uns hineinlocken«, flüsterte sie. »Ich spüre es deutlich. Es muss etwas Gefährliches hinter den Säulen sein!«

Geduckt schlichen sie durch die Brennnesseln und Disteln auf die Ruinen des Museums zu. Matts Hände und Gesicht brannten. Er biss die Zähne zusammen. Die breite Treppe des Haupteingangs war nur noch eine Geröllhalde. Hinter den Säulen klafften große Löcher. Durch sie hindurch sah man Mauerreste, aber auch Himmel und Bäume. Offenbar war das Gebäude hinter der Fassade teilweise in sich zusammengebrochen.

Zwanzig Schritte vor der Ruine verhielt Matt. Er wusste jetzt, wie sie vorgehen konnten.

»Sie werden uns von vorn erwarten, also gehen wir seitlich über den zerstörten Flügel«, erklärte er. »Lu bleibt dicht neben mir; Aruula, du übernimmst die Nachhut.« Als ihn die junge Barbarin verblüfft ansah, raunte Matt ihr zu: »Wenn Lu die gleichen Reaktionen hat wie die Lords, kann sie uns rechtzeitig warnen.«

Aruula nickte. Ihr Blick traf Lu. Unverhohlenes Misstrauen lag darin. Aber sie sagte nichts.

Seite an Seite mit Lu schlich Matt durch das Gestrüpp. Aruula blieb zwanzig Schritte hinter ihnen. Sie arbeiteten sich über Geröllhalden in den vollkommen zerstörten linken Flügel des ehemaligen Museums vor. Und Matts Rechnung ging auf: Plötzlich zog Lu ihn in die Büsche hinunter, und Sekunden später tauchte Simplord Winstons rundes Bartgesicht hinter einem Mauerrest auf.

Sie warteten, bis es wieder abgetaucht war, dann huschten sie zur Mauer und spähten hinüber. Zwischen Trümmern und Gestrüpp sahen sie die hellen Haare der Lords – ihre Zöpfe flogen. Sie liefen ins Innere der Ruine.

Matt sah eine Kuppel, die sich hinter den Trümmern erhob. Hohe Bäume flankierten das auffällige Gebäude.

»Da«, flüsterte Lu. Sie deutete auf die von Klettergewächsen eingesponnene Kuppel. »Dadwin isse Geheimnis vonne lätzde Tache.«

Die Kuppel zog Matt wie magisch an. Sie schlichen tiefer in die Museumsruine hinein. Das überwucherte Gebäude war jetzt gut zu sehen. Es stand fast vollständig frei. Nur ein paar Fassaden und ein teilweise zertrümmerter Gang verband es mit den Ruinen des Museums.

Und dann geschah es: Peitschendes Fauchen erfüllte mit einem Mal die Luft, und aus der Pflanzenkuppel schoss etwas Dünnes, Weißes über die zertrümmerten Gemäuer und klatschte in die Ruinen und Büsche. Matt sah die Lords hakenschlagend zurückkommen. Sie mussten auf etwas gestoßen sein, das selbst ihre unheimlichen Reaktionen überforderte!

Als der erste der Lords schreiend zusammenbrach und gleich darauf der zweite und dritte, bemerkte Matt endlich die feinen Fäden, die sich vom Kuppelgebäude aus in die Ruinen spannten. Die Efeuranken unterhalb der Kuppel teilten sich blitzartig, und eine riesige Spinne schoss in die Ruinen hinein.

Matt hielt den Atem an. Das Monstrum war schwarzbraun und massig wie eine Tonne, aber schnell wie ein Raubfisch. Ein Todesschrei gellte durch die Ruine. Lu schrie ebenfalls auf.

Dann schmatzende, knirschende Geräusche. Der pelzige Leib der Riesenspinne ruckte hin und her, ihr kleineres vorderes Körpersegment zuckte auf und ab. Zwei spitze Stacheln ragten ganz vorn aus der Unterseite – blutige Fetzen hingen daran. Das Monstrum zerriss sein Opfer buchstäblich!

Matt wurde übel. Er konnte einen der Lords erkennen. Nur wenige Schritte vor der Spinne und ihrem Opfer strampelte er, um sich aus den feinen Fäden zu befreien, in die er geraten war. Er verstrickte sich nur noch mehr. Und schrie, als würde man ihm das Herz bei lebendigem Leib herausschneiden. Es war kaum zu ertragen.

Schritte hinter Matt. Er fuhr herum. Aruula brach durch das Gestrüpp. »Lords!«, rief sie. »Viele! Und sie kommen hierher!«

Matt stockte der Atem. »Können wir uns noch zurückziehen?«

Aruula schüttelte den Kopf. »Sie sind schon zu nah. In ein paar Sekunden sind sie hier!«

Matthew Drax musste nicht lange überlegen. Wenn sie hier in Stellung blieben, hatten sie schon verloren. Eine andere Möglichkeit war kaum weniger gefährlich, bot aber immerhin noch Chancen.

Er deutete auf die Pflanzenkuppel. »Dort hinein!«

»Neinein!«, kreischte Lu. Ihr panischer Blick flog zwischen Kuppelgebäude und Riesenspinne hin und her.

»Es gibt keine andere Möglichkeit! Komm mit oder bleib hier.« Matt nickte Aruula zu, und gemeinsam liefen sie los.

»Wadewade!«, schrie Lu ihnen nach...

London, 8. Februar 2012

Gedämpftes Licht erfüllte das Kellergewölbe. »*Ruby Tuesday*« klang aus den großen Boxen. Es war sechs Uhr morgens. Jagger hatte die ganze Nacht durchgearbeitet.

Kopfschüttelnd stand er vor dem Produkt seiner Arbeit. Eine altertümliche Konstruktion. Ihr Herz stand in einer Glasvitrine, die luftdicht verschlossen werden konnte – der Elektromotor eines Rasenmähers. Der Elektriker aus Jaggers Nachbarschaft hatte ihn in ein uraltes 21-Zoll-Monitorgehäuse eingebaut, angemessene Kollektoren installiert, die Magneten erneuert, Widerstände ausgewechselt und die Rotationsachse der Spule verlängert. Sie ragte an der Bildschirmseite aus dem Monitorgehäuse und war mit einem Zahnrad versehen, das über eine Umsetzung mit einer Handkurbel verbunden war.

Die Mechanik hatte ihm ein befreundeter Ingenieur aus Soho geliefert. Sie sorgte für die kinetische Energie, die man dem zum Generator umfunktionierten Elektromotor zuführte. Das primitive System produzierte genug Strom, um Computer, Multiplex-Medienplayer, einen kleinen Monitor und Diktat-Modul mit Energie zu versorgen. So lange jedenfalls, wie jemand die Kurbel betätigte. Ein Akku war nicht zweckmäßig, weil dessen Speicherkapazität mit den Jahren verloren gegangen wäre.

Jagger wünschte sich, er hätte einen dieser neuartigen Trilithium-Kristalle in die Finger bekommen. Aber das war illusorisch; die wenigen bislang synthetisch hergestellten Energiekristalle hatte natürlich die Regierung für die Stromversorgung ihrer Bunker vereinnahmt.

Dem Ingenieur und dem Elektriker hatte Jagger je fünfzehn Flaschen Bordeaux aus seinem Weinkeller überlassen. Symbolisch für alle Flaschen, die sie in den letzten Jahren gemeinsam zu leeren versäumt hatten. Die restlichen vierzig lagerten jetzt nebenan in den Regalen des Gewölbekellers.

Die Vitrine hatte Jagger aus der Münzgalerie gestohlen. Genau wie eine zweite, kleinere, in der er später den MMP aufbewahren wollte. Wer würde morgen noch Münzen aus der römischen Kaiserzeit oder aus der Blütezeit des *British Empire* betrachten wollen...?

Er sah sich noch einmal in seinem improvisierten Arbeitsraum um. Die Zeitschriften- und CD-Stapel neben dem Computer waren deutlich kleiner geworden. Nicht dass Jagger fertig war mit der Arbeit. Aber seine Schufterei hatte sich doch gelohnt: Eine Datenflut von fast vierundachtzig Terabyte hatte er in den MMP eingefüttert.

Zwei digitale Camcorder lagen auf der Schreibtischplatte. Daneben ein Schuhkarton voller Batterien. Jagger fröstelte, als er die Camcorder betrachtete. Sie standen für den Teil der Arbeit, der noch auf ihn zukommen würde. Er wollte selbstverständlich Filmaufnahmen machen. In den Wochen und Monaten nach dem Einschlag. »Wenn wir dann noch leben«, murmelte er.

Ein Blick auf die Uhr: kurz vor halb sieben. Zeit, nach Hause zu gehen und die Familie abzuholen. Zeit für ein letztes gemeinsames Frühstück in den vertrauten vier Wänden. Zeit, einen letzten Spaziergang zur Tower zu unternehmen und ein vorläufig letztes Mal auf die Themse herabzublicken.

Er schaltete die Musikanlage aus. Dann löschte er das Licht und trat in das geräumige Kellergewölbe. Fünf Feldbetten waren dort neben Tischen und Stühlen aufgebaut. Alte Schränke und meterweise Regale standen an der Wand. Für zwei Jahre Proviant hatten er und seine kleinen Söhne herbeigeschafft. In einem Nebenraum hatte er eine Destillationsanlage installiert, mit der man aus Urin Trinkwasser gewinnen konnte. Für alle Fälle.

Er legte den Lichtschalter um; es wurde dunkel im Kellergewölbe. »Ich komm bald wieder«, murmelte er. »Um zwanzig vor fünf soll er aufschlagen...« Er sprach viel mit sich selbst in den letzten Wochen. Vielleicht ein Zeichen seiner grenzenlosen Erschöpfung. Und wenn er mit sich selbst von dem großen Auslöscher namens »Christopher-Floyd« sprach, nannte er ihn immer nur *er*.

Fünf Minuten später fuhr er in seinem gebrauchten Rover 60 auf der Monmouth Street Richtung Süden. Er nahm nicht den gewohnten Weg über die Clerkenwell Road und die Old Street. Noch ein Stück an der Themse entlangfahren, noch ein paar Brücken überqueren, noch einmal den Buckingham Palace, die Westminster Hall und St. Paul's Cathedral sehen.

London wirkte wie ausgestorben. Nicht einmal hunderttausend Menschen wohnten noch in der Stadt. Die meisten von ihnen waren Underdogs aus tristen Arbeiter- oder Schwarzenvierteln. Millionen hatten sich über die Luftbrücken der NATO in die USA, nach Kanada oder Australien abgesetzt, Millionen den Flüchtlingstrecks angeschlossen, die seit dem Spätherbst in die Gebirgszüge Mittelenglands und Wales' und ins schottische Hochland strömten oder per Schiff nach Skandinavien in die norwegischen und schwedischen Berge. Den Berechnungen der NATO zufolge würde »Christopher-Floyd« in der russischen Steppe einschlagen. Aber niemand wollte garantieren, dass »Christopher-Floyd« beim Eintritt in die Erdatmosphäre oder durch den Raketenbeschuss nicht zerbrach und ein Trümmerstück in den Atlantik einschlug. In diesem Fall war mit einer gewaltigen Flutwelle zu rechnen.

Er weinte nicht, während er zwei Stunden lang durch das wie ausgestorben wirkende London fuhr. Mit dem Kopf begriff er, was geschehen würde. Sein Gefühl konnte es nicht fassen. Die meiste Zeit, während er den Rover durch die fast menschenleeren Straßen fuhr, kam er sich vor, als würde er eine Rolle in einem Film spielen. In einem Film, der mit seinem wirklichen Leben nichts zu tun hatte.

Erst als er sein Haus in der Artillery Row betrat, holte ihn die Realität aus seinem tranceähnlichen Zustand. Das Haus war leer, seine Familie weg!

Unfähig, einen klaren Gedanken zu fassen, stürmte Jagger von Zimmer zu Zimmer. Er rief die Namen seiner Kinder, den Namen seiner Frau. Nirgends eine schriftliche Nachricht.

Die wenigen Freunde und Bekannten, die sich noch in London aufhielten, waren schnell durchtelefoniert. Es waren nur noch vier Familien. Und nur unter zwei Nummern meldete sich jemand. Niemand wusste, wo Ruth und die Kinder waren.

Jagger tigerte völlig aufgelöst durch die Wohnung. *Es war doch verabredet, dass ich euch abhole, es war doch verabredet...* Er ahnte, dass sich ein Unglück zusammenbraute. Doch was konnte man angesichts eines mit fünfzig Kilometern pro Sekunde auf die Erde zurasenden Kometen noch wirklich als Unglück bezeichnen? Der Gedanke tröstete ihn nicht.

Die Sekte, dieser verdammte Reverend ... Ruth war in letzter Zeit fast zweimal wöchentlich zu den Gottesdiensten der Gruppe gegangen. *Wie hieß er gleich? Miller, Hugh Miller genau ...*

Er schlug das Telefonbuch auf. Seitenweise Millers. Zwei Dutzend davon hießen »Hugh«. Er wählte die Nummern durch; nur unter vieren erreichte er jemanden. Aber keinen Reverend Hugh Miller. Es war gegen halb zwölf, als er es aufgab.

Zitternd vor Erschöpfung und Verzweiflung stand er in der Küche und starrte zum Fenster hinaus auf die Straße. Der Himmel war strahlend blau. Kein Mensch auf dem Bürgersteig. Eine halbvolle Weinflasche stand auf der Anrichte. Rotwein. Er entkorkte die Flasche und setzte sie an die Lippen. Der Alkohol machte ihn ruhiger.

Er nahm die Flasche mit ins Kinderzimmer seines ältesten Sohnes. Eine halbe Stunde hockte er auf Johns Bett und stierte grübelnd vor sich hin. Dann piepste das Handy in seiner Manteltasche los. Er ließ die Flasche fallen und riss es heraus. »Ja?!«

»Dad, schnell – du musst kommen ...« Johns Stimme, leise und hastig. »Die Leute vom Reverend haben uns abgeholt ... Ich hab Angst, dass was Schlimmes passiert ... Ich hab mich heimlich ans Telefon geschlichen ...«

Jagger sprang auf. »Wo seid ihr?«

»In Chelsea, in der Royal Hospital Road, gegenüber vom Krankenhaus ...« Der Junge beschrieb ihm das Gebäude.

»Ich komme!« Jagger rannte aus der Wohnung. Mit hoher Geschwindigkeit fegte er durch die fast leeren Straßen. Chelsea lag am anderen Ende der Stadt. Um zehn Minuten nach zwölf erreichte er das Royal Hospital.

Auffällig viele Fahrzeuge parkten vor dem Haus, das

John ihm beschrieben hatte. Die Haustür stand offen. Jagger betrat das Treppenhaus und lauschte. Von weit oben wehten Stimmen herab. Stimmen, die sangen. Er nahm drei Stufen auf einmal. Im fünften Stock hörte er es deutlich – sie sangen ein Kirchenlied: »*Näher, mein Gott, zu dir*...« Er drückte den Klingelknopf. Schritte hinter der Tür. Sie wurde aufgezogen. Ein Frauengesicht – alt, aufgequollen, rot verweinte Augen. »Ja?«

»Ich will dem Herrn entgegengehen«, sagte Jagger. Kommentarlos ließ die Frau ihn vorbei. Er betrat einen weiten, langen Flur. Lauter Gesang drang aus einer doppelflügligen Tür. Durch sie ging er in einen kleinen Saal. In eng gestellten Stuhlreihen hockten zahllose Menschen. An die zweihundert Männer, Frauen und Kinder. Mittendrin Ruth, John, Percy und Linda.

Drei Männer bewegten sich durch die vordersten Reihen. Jeder trug zwei große silberne Kelche und reichte sie nach links und rechts. Alles sah nach einer Abendmahlsfeier aus. Aber es war keine.

In der ersten Reihe sah Matt ein kleines Kind, das seitlich gegen seine Mutter fiel. Die Mutter hob ihren Arm so langsam, als wäre er aus Blei. Noch bevor sie ihn um ihr Kind gelegt hatte, kippte sie nach vorn weg und stürzte auf den Boden. Auch die Menschen neben ihr sackten plötzlich zusammen und fielen von den Stühlen. Einer nach dem anderen. Innerhalb kürzester Zeit saß in der ersten Reihe niemand mehr auf seinem Platz. Und nun begannen in der zweiten Reihe die ersten Menschen zusammenzubrechen...

»*Dem Herrn entgegengehen*« – Richard Jagger hatte es für eine religiöse Floskel gehalten, jetzt sah er, wie buchstäblich sie zu verstehen war. Er sah es, aber es dauerte Sekunden, bis sein Hirn bereit war, die Wahrheit zu akzeptieren.

Mehr und mehr Menschen fielen tot von den Stühlen. Trotzdem schien der Gesang eher noch lauter zu werden. Die Kelchträger arbeiteten sich bereits durch die vierte bis sechste Reihe. Jaggers Familie saß in der achten. Er unterdrückte den Impuls zu brüllen. Seine Knie zitterten. Er schob sein Entsetzen zur Seite und drängte sich entschlossen in die achte Stuhlreihe. John sah ihn zuerst. Dann Ruth. Sie machte ein erschrockenes Gesicht.

»Ihr kommt mit«, zischte Jagger. Sie schüttelte den Kopf und schlang die Arme um Linda, die auf ihrem Schoß saß.

Jagger fasste Percys Hand. John stand auf und schob sich an seiner Mutter vorbei. »Komm, Mum – bitte...«

Die Sänger wurden auf sie aufmerksam.

Jagger packte Ruth am Ärmel ihres Mantels. »Ich bitte dich, Ruth, komm jetzt.« Sie schüttelte energisch den Kopf. Er wollte sie vom Stuhl ziehen. Sie wehrte sich.

Die Kelchträger beobachteten sie. Der Gesang riss nicht ab. »*Näher, mein Gott, zu dir*...«

»Lassen Sie die Frau in Ruhe«, zischte jemand.

»Komm endlich!«, platzte es aus Jagger heraus. Er brüllte.

Männer erhoben sich von ihren Stühlen, stellten sich in drohender Pose vor ihm auf, drängten ihn und die Jungs aus der Stuhlreihe. »Sie ist meine Frau!«, schrie Jagger. Der Gesang kam ins Stocken

»Sie kann frei entscheiden, was sie tut.« Der Kerl vor ihm packte Jagger am Mantelkragen und stieß ihn gegen die Wand.

»Aber das Kind nicht!«, schrie Jagger. »Meine Tochter! Lasst mich zu meiner Tochter!« Er sah, wie einer der Kelchträger einen Kelch über zwei Stuhlreihen reichte und Ruth ihn entgegennahm. »Nein!«, brüllte Jagger. »Tu das nicht, Ruth! Ich hab alles vorbereitet! Ich hab...«

Aus den Augenwinkeln nahm er Miller wahr. Mit gezogener Pistole kam er von der Seite. »Verschwinden Sie, Jagger!«

Ruth trank aus dem Kelch und gab Linda zu trinken. »Nein!« Ein Schuss fiel. Percy und John klammerten sich an ihn. Eine Menschentraube bildete sich um Jagger und seine Söhne. Sie drängten ihn zur Tür ab. Hände griffen nach Percy. Jagger schrie und schlug um sich. Sechs, sieben Männer stemmten sich gegen ihn und schoben ihn ins Treppenhaus.

Die Tür fiel ins Schloss. Jagger starrte sie an, als hätte sich eben die Pforte des Himmels vor ihm geschlossen. Die vernichtende Wirklichkeit prallte mit solcher Plötzlichkeit in sein Hirn, dass ihm das Wasser aus den Augen stürzte. Er zitterte am ganzen Körper. Percy heulte krähend, John stammelte immer nur: »Mum, Linda, Mum, Linda...« Ein Albtraum.

Ein Albtraum, der zu Ende geträumt werden musste. An jeder Hand einen Jungen, stolperte er die Treppe hinunter. Der Komet schien schon längst eingeschlagen zu haben – in seinem Hirn. So zertrümmert fühlte er sich.

Er raste durch London. Die Jungs hinter ihm auf der Rückbank schrien nach ihrer Mutter. Als sie auf der Sloane Street waren, schoss ein Armeelaster aus der Pont Street. Jagger riss das Steuer herum – der Rover kam ins Schleudern, drehte sich einmal um sich selbst und prallte mit der Fahrerseite gegen die Hauswand. Das Kindergeheule verstummte. Jagger stieg aus und holte John und Percy aus dem Font und drückte sie an sich. Sie standen unter Schock, John blutete aus einer Platzwunde an der Schläfe.

Der Wagen sprang nicht mehr an. Sie mussten zu Fuß zum Britischen Museum laufen. Es war kurz nach halb zwei Uhr Mittags. Betrunkene Horden von Jugendlichen zogen durch die Straßen, plündernd und grölend. Sie stürzten Autos um und warfen Fensterscheiben ein. Ihre Art, mit der Verzweiflung umzugehen.

Jagger versuchte solchen Rotten auszuweichen. Um halb vier erst erreichten sie den Soho Square. *In einer Stunde geht die Welt unter*, dachte Jagger. Es waren noch etwa zwölf Fußminuten zum Museum. Percy konnte nicht mehr, Jagger musste ihn tragen.

An der West Central Station brannten Feuer. Auch hier betrunkene Jugendliche. Eine Frau schrie. Matt sah, wie vier Männer sie in die Untergrundstation hinabzerrten. Struppige Burschen in Lederkluft und Jeanswesten.

John blieb plötzlich stehen. »Ich will zu Mum.« Jagger wusste nicht gleich, was er sagen sollte. Motoren brüllten. Spät erst registrierte Jagger die Motorradfahrer, die über den Platz gerast kamen und vor ihm und seinen Söhnen hielten.

»Mum ist tot«, sagte Jagger leise.

»Ich will zu Mum!« John drehte sich um und rannte davon. In die Richtung, aus der sie gekommen waren. Percy begann zu weinen.

»John!« Jagger wollte seinem Sohn hinterherlaufen. Hände auf seiner Schulter hielten ihn fest.

»Hey Mann, haste mal 'n paar Zigaretten?« Aus dem offenen Visier eines Motorradhelms glotzten ihn trübe Augen an.

»Lassen Sie mich los!«, brüllte Jagger. »Ich muss meinen Sohn...!«

Eine zweite Hand packte ihn. »Lassn laufn, hey, Mann!« Der Bursche, der sich vor ihm aufbaute, war einen Kopf größer und hatte einen Körperbau wie ein Sumo-Ringer. »Yea – lassen laufn. Is doch eh alles vorbei jetzt, oda? Raus mitte Kippen.«

»John!« Der Junge war schon in der Denmark Street verschwunden. Jagger wollte sich an dem Hünen vorbeidrücken. Ein Magenhaken schickte ihn auf den Asphalt. Fußtritte in Schläfen und Rippen raubten ihm die Besinnung. Die Schläger zogen ihm den Mantel aus, plünderten seine Hosentaschen und schlugen ihm das Gesicht blutig. Mit dem Mantel zogen sie ab.

Der Schlüssel! Ohne den Schlüssel war alles vergeblich...! Jagger kratzte seine letzten Kraftreserven zusammen, rappelte sich auf und torkelte den Motorradfahrern hinterher. Eine rote Teufelsfratze zierte die Rücken ihrer Westen. Schwarze, spitz zulaufende Buchstaben verkündeten den Namen der Gang: »THE LORDS«. Jagger stürzte sich auf seinen Mantel, während der Dieb gerade seine Maschine bestieg. Er riss ihn dem überraschten Burschen aus der Hand, rollte sich über den Bürgersteig, fummelte den Schlüssel zum Museum aus der Manteltasche und ließ dann erst den Mantel los. Ein Tritt schleuderte ihn gegen die Hauswand. Er verlor die Besinnung.

Als er wieder zu sich kam, saß Percy neben ihm. Blass und zitternd. Seine kleine Hand hielt die seine. Jaggers Blick fiel auf die große Uhr an der U-Bahn-Station. Elf nach vier. Er stand auf, nahm Percy hoch und wankte in die Bloomsbury Street Richtung Britisches Museum ...

Landán, Mitte September 2516
Es roch nach Aas. Der Raum lag im Halbdunkel. Als Matts Augen sich an die Lichtverhältnisse gewöhnt hatten, sah er, dass die hintere Seite des Kuppelgebäudes vollständig zerstört war. Wie ein dunkelgrüner Vorhang hingen die dichtbelaubten Efeuranken von der zersplitterten Kuppeldachseite herab. Spärliches Tageslicht drang durch einzelne Lücken in der Pflanzendecke.

Matt zog seine kleine Stablampe aus der Beintasche. Ihr Strahl wanderte durch den großen Raum. Über Geröll, umgestürzte Regale, staubbedeckte Tische und zahllose Bücher – und ein Skelett...!

Neben sich spürte Matt Aruulas Körperwärme. Mit ausgestreckten Armen hielt sie ihr Schwert. »Lass uns gehen, Maddrax«, flüsterte sie. Weitere Skelette wurden sichtbar, skelettierte Schädel und einzelne Knochen. »Wenn die Spinne zurückkommt...«

»Die ist noch mit ihrer Beute beschäftigt«, entgegnete Matt und bemühte sich, überzeugter zu klingen als er es tatsächlich war. Er leuchtete den Eingangsbereich des Raumes ab. Dort stolperte Lu über Bücher und Schutt. »Außerdem hält sie uns die Lords vom Leib.« Der Lichtkegel fiel auf eine Tür. Undeutliche Zeichen wurden sichtbar. Ein großes Kreuz unter anderem.

Matt stieg über Überreste von Möbeln und Vitrinen. Die Schriftzeichen an der Tür fesselten seine Aufmerksamkeit. Er erreichte die Tür. Moos bedeckte die Schrift und das Kreuz teilweise. Matt kratzte es ab. Englische Worte wurden sichtbar. Jemand musste sie mit einem scharfen Gegenstand in das harte Holz gemeißelt haben. Sie lauteten:

Hier ruhen unser Vater
Richard Jagger, geb. 4. 12. 1977, gest. 17. 6. 2033,
und die Arbeit, für die er sich in den
Monaten vor und nach C. F. aufgeopfert hat.
John & Percy Jagger

»Wie sagtest du, heißt euer Urlord?« Seine Stimme hallte dumpf durch den Kuppelraum.

»De gwoße Adschload Dschon Dschägga«, antwortete Lus vor Angst und Erschöpfung heisere Stimme aus dem Halbdunkel.

Matt bückte sich nach einem Stapel Bücher, der sorgfältig vor der Tür aufgeschichtet war. Er nahm das oberste auf und beleuchtete den Buchdeckel: »Der Kalender der Mayas«. Es war in durchsichtigen Kunststoff eingeschweißt.

Etwas raschelte über ihm. Lu schrie kreischend.

»Über dir, Maddrax!«, rief Aruula. Im selbem Moment klatschte ihm etwas Klebriges an Hals und Brust. Er riss die Lampe hoch: Über ihm hing eine monströse Spinne in einem gigantischen Netz! Sie verschoss klebrige Fäden. Matt stockte der Atem, ein Schrei blieb ihm in der Kehle stecken.

Blitzschnell ließ die Spinne sich aus dem Netz herab. Instinktiv griff Matt nach der Türklinke hinter sich, doch seine Beine verfingen sich in den klebrigen Fäden – er stürzte gegen das Türblatt und rutschte zwischen Bücher und Steine. Schon spürte er den Druck eines Spinnenbeines auf der Brust, ein schwarzes pelziges Ding, so dick wie der Oberschenkel eines Mannes.

Der Lampenstrahl streifte den Kopf des gigantischen Tieres. Schwarze Knopfaugen reflektierten das Licht – die Spinne wich geblendet zurück. Doch schon im nächsten Moment öffnete sich ein Spalt an der Unterseite ihres Kopfes – der Rachen! Zwei stachelartige Gebilde fuhren heraus, direkt über Matts Gesicht...

Er stieß das Buch zwischen die Beißstachel. Im gleichen Augenblick bäumte die Spinne sich auf. Schleim troff aus ihrem Rachenspalt und klatschte neben Matt in den Dreck. Für Sekunden verharrte das Biest mit weit nach oben gebogenem Kopf. Ein Zittern lief durch den ballonartigen Hinterkörper, dann sackte der Kopfteil nach unten. Die Spinne war tot.

»Maddrax!« Aruulas Stimme. Sie beugte sich zu ihm herab. Ihr Schwert war mit einer schleimigen schwarzen

Flüssigkeit benetzt – das Blut der Spinne! »Maddrax! Du lebst...!«

»Dank dir...« Matt befreite sich mit dem Messer von den klebrigen Fäden.

Das Efeu vor den Fenstern über ihnen raschelte – er richtete die Lampe auf die Stelle. Spinnenbeine schoben sich ins Gewölbe. Das Spinnenmonster, das die Lords angegriffen hatte!

»Raus hier! Durch die Tür!«

Aruula war als Erste bei der Klinke – sie rammte die Tür auf und stürzte eine breite Treppe hinab in die Dunkelheit. Matt stieß Lu hinterher. Klebrige Fäden klatschten gegen seinen Rücken und wollten ihn festhalten. Da tauchte Aruula aus der Finsternis auf, packte seine ausgestreckte Hand und zog ihn hinein. Lu drückte die Tür zu. Schwer atmend lehnten sie nebeneinander gegen das Türblatt. Es war stockfinster. Feuchte Kühle umfing sie.

Matt knipste die Lampe an. Während Aruula ihn mit seinem Messer von den fingerdicken Spinnenfäden befreite, leuchtete er die Treppe aus. Moosbedeckte breite Stufen führten steil nach unten.

Sie folgten ihnen und gelangten in einen weitläufigen Gewölbekeller. Der Lichtkegel der Lampe wanderte über metallene Bettgestelle, Regale, Tische und Schränke. Eine Zentimeter hohe Dreckschicht bedeckte alles. Die Mauersteine des Gewölbes waren von Moos überzogen. Auf einem der Bettgestelle lag ein Skelett. Sie traten näher. Zerbröselnder Stoff bedeckte die Knochen. Kein Kreuz, keine Inschrift war zu entdecken. Wenn man die Tür oben als Grabstein verstand, hatte der Tote, vor dem sie standen, einst Richard Jagger geheißen.

Der Lichtstrahl fiel durch einen schmalen Durchgang in einen kleinen Nebenraum. Sie betraten ihn. Eine große

Tischplatte, staubbedeckt. Darauf zwei Glasvitrinen, eingeschweißt in Plastikfolie und von einer Dreckschicht undurchsichtig gemacht. Daneben, ebenfalls in Folie verpackt, ein sperriges Gebilde, das Matt an einen Computermonitor mit einigen Applikationen erinnerte.

Ratlos stand er davor. Lu zog die Schultern hoch und blickte sich ängstlich um. Ihre Miene spiegelte Ehrfurcht und Schrecken. Aruula dagegen war neugierig. Sie lehnte sich über den Tisch, um die folienverhüllten Geheimnisse näher zu betrachten. Dabei fuhr sie mit dem Unterarm über die Tischplatte. Die Staubschicht riss auf; eingekerbte Schriftzeichen wurden sichtbar. Matt richtete die Lampe darauf, während Aruula den Staub vom Tisch wischte. »Was steht da, Maddrax?«, fragte sie gespannt.

Matt las vor: »*Wer auch immer du bist, der das liest: Du stehst vor meinem Vermächtnis. Ich kann nur hoffen, dass du stark genug bist, zu ertragen, was du finden wirst.*«

Seine Finger suchten Halt im zerklüfteten nassen Fels. Er zog sich aus dem Wasser, robbte über das schroffe Gestein und blieb keuchend liegen. Hinter ihm rauschte die Brandung, neben ihm schüttelte der Lupa sein nasses Fell aus. Ohne das Tier hätte er die fast zwei Kilometer lange Strecke bis ans rettende Ufer kaum bewältigt – auf dem letzten Drittel hatte Wulf ihn durch das Wasser geschleppt. Der Lupa war ein ausdauernder Schwimmer.

Rulfan richtete sich auf und blickte zurück aufs Meer. Ein Dampfer der Nordmänner trieb dicht neben seinem schwer beschädigten Steamer. Nicht einmal zweihundert Meter entfernt pflügte ein langes Ruderboot durch die Wogen. Es war mit mindestens fünfzehn Nordmännern besetzt. Die Zeit, die sie gebraucht hatten, um ihn in den Wellen zu entdecken und das Boot zu Wasser zu lassen, hatte ihm einen lebensrettenden Vorsprung verschafft.

Rulfan stemmte sich hoch und schleppte seinen ausgepumpten Körper über den Kieselsteinstrand. Vor ihm stiegen schroffe Felswände an, mehr oder weniger steil. Er würde einen Weg nach oben finden müssen, wenn er den kriegerischen Männern nicht in die Hände fallen wollte. Rulfan wusste, dass sie keine Gefangenen machten. Jedenfalls keine männlichen.

Kanonendonner brach sich an den Felswänden. Rulfan warf sich bäuchlings auf die Steine. Wulf sprang winselnd davon. Eine Kugel traf die Felswand, Gesteinssplitter wirbelten durch die Luft. Rulfan zog seinen *Laserbeamer* vom Rücken, warf sich herum und drückte den Knopf für die Zielstrahloptik. Noch bevor der feine Strahl das Ruderboot anvisierte, sprangen die ersten Nordmänner über Bord. Sie kannten inzwischen die Wirkung der Waffe. Aus diesem Grund waren sie ja auch hinter ihm her.

Dann spuckte der dicke Lauf eine Energiekaskade aus. Flammen loderten aus dem Boot.

Rulfan sprang auf und eilte an der Felswand entlang. Er fand einen kaminartigen Spalt, nicht besonders steil und mit vielen Felsvorsprüngen. Den Lupa jagte er zuerst hinein. So gut das Tier schwamm, so unbeholfen stellte es sich beim Klettern an. Rulfan musste ihn ständig mit seinem eigenen Körper Halt geben. Stückweise schob er den Lupa durch den Kamin hinauf. Immer wieder legte er eine Rast ein, um Atem zu schöpfen.

Sie brauchten lange, bis sie endlich die Felskante erreichten. Rulfan nahm sich keine Zeit zu verschnaufen – er setzte sein *Binocular* an und spähte aufs Meer hinaus. Mit einem Flaschenzug zogen die Nordmänner eine große Holzkiste vom Oberdeck des Steamers an Bord ihres Dampfers. Sie hatten den Kristall gefunden.

Er versuchte Honnes zu entdecken. Und die beiden Gefährten, die im Maschinenraum gearbeitet hatten. Sie waren nirgends zu sehen. Wahrscheinlich tot. Genau wie Ulfis und Willer. Deren Tod hatte Rulfan mit eigenen Augen miterleben müssen.

Er stand auf und lief mit seinem Lupa in das Gras- und Buschland hinein, das sich von der Küste aus bis zu den dichten Wäldern hin ausdehnte. Am Waldrand entzündete er mit dem *Laserbeamer* ein Feuer, um seine Sachen zu trocknen. Rulfan starrte ins Feuer und fragte sich, ob die Nordmänner eine der beiden Communities lokalisiert hatten. Und wenn ja, welche.

Am Morgen schlüpfte er in sein steif getrocknetes Lederzeug und brach auf. Nach Nordosten in den Wald hinein. Sein Kompass und sein ausgeprägter Orientierungssinn wiesen ihm die Richtung. Er musste so schnell wie möglich eine der beiden Communities erreichen. Salisbury lag viel zu weit im Südwesten. Sechs bis acht Tagesmärsche schätzte er. Also blieb nur London. Wenn er schnell genug war, konnte er in zwei Tagen da sein. Vielleicht schon in anderthalb.

Am Mittag des nächsten Tages erreichte er das Flussdelta der Themse. Zwei große Kolks kreisten über ihm. Er folgte ihnen Richtung London ...

Der Bildschirm flackerte, aber das Gesicht war deutlich zu erkennen. Ein erschöpftes blasses Gesicht mit hohlen Wangen und dunklen Schatten unter den Augen. Das linke war blau und geschwollen, die Lippen aufgeplatzt. Durch die Daten an der Tür kannte Matt sein Alter – fünfunddreißig Jahre zur Zeit der Aufnahme. Er sprach langsam und schleppend. Seine Stimme klang monoton. Er machte ganz den Eindruck eines gebrochenen Mannes.

»Mein Name ist Richard Jagger«, sagte der Mann auf dem kleinen Monitor, »ich bin Kunsthistoriker...« In der rechten oberen Ecke das Bildschirms sah man ein Datum und eine Uhrzeit – 8. Februar 2012, 16:39 Uhr. »Ich weiß nicht, welches Jahr man jetzt schreibt, da Sie diese Aufzeichnung abrufen. Wie viele Jahre zwischen Ihnen und der Katastrophe liegen...«

Auch die Tonqualität war besser, als Matt erwartet hatte. Die halbe Nacht hatte er gebraucht, um die Geräte auszupacken – den Medienplayer, den Monitor und den primitiven Generator – ihre Funktionsweise zu studieren und zu installieren.

»...wir haben sie noch vor uns – in wenigen Minuten wird ›Christopher-Floyd‹ mit unserer guten alten Erde kollidieren. BBC meldete soeben, dass die auf den Kometen abgeschossenen Interkontinentalraketen keine nennenswerte Wirkung hatten...«

Matt durchlief ein Schauer. Der Mann sprach von Informationen, die *er selbst* an die Leitzentrale durchgegeben hatte, hoch droben in der Stratosphäre der Erde. Als seine Staffel den Kometen beobachtet hatte.

Aruula bediente die Handkurbel des Generators. In gleichmäßigem Rhythmus bewegte sie das Schwungrad. Leises Rasseln drang aus dem Kunststoffgehäuse des Generators.

»...ich habe heute fast meine gesamte Familie verloren. Meine Frau Ruth und mein Töchterchen Linda sind dem Massenselbstmord einer Sekte zum Opfer gefallen. Mein Sohn John ging mir erst vor einer Stunde verloren. Auf der Straße, als plündernde Rowdies mich ausraubten. Nur mein zweiter Sohn Percy ist mir geblieben...«

Die Stimme des Mannes brach. Er schlug die Hände vors Gesicht und schluchzte. Matt war zum Heulen zu Mute. Der Unbekannte namens Jagger zwang sich, weiter zu sprechen. »Es ist jetzt 16:41 Uhr. In wenigen Augenblicken ist er da.« Er beugte sich aus dem Bild heraus. Man hörte einen Schalter klicken. Musik ertönte. Musik, die Matt kannte. Eine akustische Gitarre spielte eine orientalisch klingende Melodie. Dann setzte hämmernd eine Basstrommel ein – »*Paint it black*«.

Ich glaub es nicht... Die Welt geht unter, und er legt die Stones auf...

»Ich habe eine Außenkamera auf der Kuppel des Lesesaals installiert. Vielleicht gelingt es mir, die Apokalypse zu filmen. Ich schalte jetzt auf die Kamera um. Ob wir in zwei Minuten noch leben, weiß ich nicht...«

Der Monitor flimmerte, das Bild wechselte – ein wolkenverhangener Himmel wurde sichtbar. Am unteren Bildrand Dachgiebel und Zinnen eines klassischen Gebäudekomplexes. Dahinter weitere Dächer, Fassaden und Hochhäuser.

Die Musik wurde lauter. Noch immer stand die Zeitangabe auf 16:41 Uhr. »Schau es dir an.« Matt löste Aruula am Kurbelrad ab. »Sieh hin – das ist der Augenblick Kristofluus.«

Mit weit aufgerissenen Augen starrte seine Gefährtin auf den Bildschirm. Lu hielt sich im Hintergrund. Der redende Mann im Monitor machte ihr Angst. Ihrer Miene war anzusehen, dass sie nicht einmal die Hälfte von dem verstand, was sich hier abspielte.

Die Zeitangabe sprang auf 16:42 Uhr. Sekundenlang veränderte sich das Bild nicht. Dann begann die Wolkendecke rötlich zu leuchten, färbte sich langsam orange, und ein Rauschen wurde hörbar. Das Orange der Wolken wurde intensiver, das Rauschen schwoll an. Schlagartig zerriss die Wolkendecke – als würde ein Orkan über der Stadt toben, jagten die Wolken in alle Richtungen davon. Das Rauschen wurde zu tosendem Gebrüll. Und für eine Sekunde sah man ihn – »Christopher-Floyd«: ein glutroter Feuerball mit einem weißen Kern. Er zog einen schwarzen Schweif hinter sich her, zischte über den Himmel und verwandelte ihn in eine glühende Kuppel. Die Lautsprecher des Monitors knisterten, das Bild flimmerte. Das Dröhnen und Tosen nahm ab, die Glut loderte still und majestätisch am Himmel.

Für Sekunden sah alles nach einem prachtvollen Sonnenuntergang aus. Und dann zitterte das Bild, die Dächer und Fassaden schienen zu tanzen, ein urgewaltiges Donnern erklang. Dunkelheit saugte das glühende Orangerot aus dem Himmel. Bäume, Autos, Trümmer wirbelten durch die Luft. Schlagartig wurde es finster. Ein gewaltiger Explosionsdonner ertönte. Dann nichts mehr. Der Bildschirm war dunkel. Die Außenkamera hatte aufgehört zu existieren...

Schwarze Gemäuer schoben sich rechts und links der Sichtkuppel vorbei. Die Scheinwerfer des EWATs tauchten Säulen, Rundbögen und die silbrig schimmernde Schleuse in grelles Licht. Der ehemalige Ausgang für Parlamentsmitglieder. In jener Zeit, als es noch ein Parlament in London gegeben hatte. Die Community hatte ihn befestigt und mit einer Schleuse versehen. Den ganzen Weg durch die gigantische Ruine der *Houses of Parliament* hatte man schon vor hundertachtzig Jahren durch Panzerglastunnel und Metallschleusen gesichert. Vom Bunkerausgang bis hierher zum alten Portal.

»Identifizierung«, schnarrte eine Stimme aus der Steuereinheit. Der für den Ausgang verantwortliche E-But-ler.

»Captain Cinderella Loomer«, sagte die Frau auf dem Pilotensitz, eine hoch gewachsene, erstaunlich dunkelhäutige Endsiebzigerin. Die erfahrenste Tank-Pilotin der Community.

»Roger der Dritte, Prinz von Kent und König der Britannischen Inseln.« King Roger stand mit Winter und dem Militär-Octavian hinter der Pilotin. Wie alle in der Kommandozentrale trug er einen schlichten eng anliegenden Anzug aus dünnem weichen Kunstfaserstoff. Jefferson Winter identifizierte sich mit Namen, Titel und Funktion. Dann der Militär-Octavian, ein gedrungener Albino, der selbst bei gefährlichsten Einsätzen seine blaue Zopf-Perücke nicht ablegen wollte.

»General Charles Draken Yoshiro, leitender Kommandant der Community-Force und Mitglied des Octaviats«, sagte er mit seiner hohen Stimme, die den König hin und wieder zu einem spöttischen Schmunzeln veranlasste. General Yoshiros Vorfahren waren Japaner gewesen.

Dann nannte der Mann auf dem Navigationssitz hinter King Roger Rang und Namen. Commander Curd Merylbone. Er befehligte den EWAT, den der König benutzte, wenn er von Zeit zu Zeit den Bunker verließ. Die Community London besaß fünf Earth-Water-Air-Tanks der neuesten Generation.

Dann die Stimmen der beiden Waffentechniker aus dem mittleren Segment des EWATs. Auch sie mussten sich identifizieren. Abschließend meldeten sich die vier Infanteristen aus Segment 3.

»Identifikation abgeschlossen.« Der E-Butler, der den Ausgang überwachte, benutzte eine Stimmanalyse, um die Individuen zu identifizieren, die das Haupttor passierten.

Das Titanglastor hob sich. Ein Schwarm Raben flatterte über die Sichtkuppel und flog vor dem Tank aus der Schleuse. Der EWAT glitt ins Freie.

»Ist dieser bleigraue Himmel nicht ein fürchterlicher Anblick?«, seufzte der König.

»Ich hätte Euch den Anblick für heute gern erspart, Sire«, schnarrte General Charles Draken Yoshiro. Der Militär-Octavian hatte bis zuletzt versucht, den König von seiner persönlichen Teilnahme an dem Einsatz abzuhalten. Er fand es einfach lächerlich, dass ein Monarch seine Sicherheit für einen Mann gefährdete, von dem nicht sicher war, ob er der Community je von Nutzen sein würde. Von der halbnackten Wilden ganz zu schweigen.

Stundenlang hatte das Octaviat getagt. Das achtköpfige Regierungsgremium hatte das Für und Wider einer militärischen Rettungsaktion erwogen. Wertvolle Zeit war verloren gegangen. Octavian Jefferson Winter hatte dem König schließlich die dringende Bitte des Octaviats und des *Prime* vorgetragen, von einer persönlichen Teilnahme abzusehen. Der König hatte abgelehnt und das Octaviat zähneknirschend nachgegeben. King Roger III. hatte Vetorecht gegenüber der Community-Regierung. Wenn es hart auf hart ging, wurde getan, was *er* anordnete. Meistens jedenfalls.

Links zog ein mit niedrigen Sträuchern bewachsenes Feld vorbei, das allmählich in die Trümmerfelder ehemaliger Regierungsgebäude überging. Rechts sah man das schwarze Gemäuer eines Säulengangs, teilweise in Efeu eingesponnen, und dann die traurigen Überreste Big Bens. Danach tauchte die Themse auf der rechten Seite der Sichtkuppel auf. An ihrem Ufer ging es durch Ruinenhalden eine Zeit lang in Richtung Norden.

Das gleichmäßige Sirren der Teflonketten drang von

außen in die Kommandozentrale. Sie arbeiteten sich durch Gestrüpp, walzten Büsche und kleine Bäume nieder. Hin und wieder knirschte Gestein. Von fern war das beruhigende Summen des Reaktors zu hören.

»Wenn die Community Hamburg den Mann wirklich für so wichtig hielte, hätte sie selbst Kontakt zu ihm aufgenommen«, schnarrte Yoshiro.

»Sie haben seine Spur kurz vor Berlin verloren, General«, sagte der König. »Wie oft wollen Sie das noch hören?«

»Bis ich es glaube, Sire.« Das Gesicht des Militär-Octavians färbte sich rot. Yoshiro war nicht nur ein Panzerkopf, sondern zu allem Überfluss auch noch ein Choleriker. »Auch die Nachrichten aus der Community Salisbury kommen mir, gelinde gesagt, märchenhaft vor – ein Mann, der mit einem Düsenjet in Köln landet…!« Er schnaubte verächtlich. »Einfach lächerlich!«

»Sie haben einen verlässlichen V-Mann in Salisbury«, bemerkte Jefferson Winter.

»Vermutlich Gabriels Bastard!« Der General reckte sein kurzes Kinn hoch, verschränkte die Arme auf dem Rücken und wippte nervös auf den Stiefelspitzen auf und ab.

»Ich muss doch sehr bitten, General!« Die Stimme des Königs klang kühl und tadelnd. »Leonard Gabriel hat sich wie kaum ein anderer um die Sache der Communities verdient gemacht. Ohne ihn wären die Verträge zwischen Salisbury und London heute noch nicht unterschrieben!«

»Er ist aus dem Octaviat geflogen, weil er sich mit einer Barbarin gepaart hat! Ein einmaliger Vorgang, dass ein Regierungsmitglied seine Berufung verliert!« Yoshiro war ein sturer Hund – wenn er sich einmal festgebissen hatte, ließ er nicht locker. Ein Charakterzug, der seine militärische Laufbahn beschleunigt hatte. Menschlich aber war er kaum zu ertragen.

Mit dieser Meinung stand Roger III. nicht allein. Er wäre den Militär-Octavian längst gern losgeworden. Doch die Berufung ins Octaviat galt auf Lebenszeit.

»In unserer Community hätte er sein Amt nicht verloren!«, blaffte der König. »Nicht unter meiner Regierung!«

»Seid Ihr Euch da ganz sicher, Sire?!«

Die Themse machte eine Biegung nach Westen. Der EWAT hielt Kurs. Das Flussufer entfernte sich. Ruinenfassaden wuchsen in Fahrtrichtung empor. »Ketten einfahren, Magnetfeld aufbauen, Gleitschwingen spreizen.« Captain Cinderella Loomers ruhige Altstimme. Sie sprach in das Mikro der Steuereinheit. Wie alle Rechner der Community wurde auch der Bordcomputer sprachlich gesteuert. Der EWAT hob ab und schwebte durch eine Mauerlücke in die Ruinen der ehemaligen *National Gallery* hinein. Ihre Trümmer füllten einen halben Straßenzug aus.

»Ich hole die Bilder der Späher aufs Panorama-Display«, sagte Commander Merylbone. Der schmächtige Mann war bekannt für seine Schweigsamkeit. Er war sehr klein, und seine Haut hatte einen leichten Bronzestich.

Im Frontbogen der Sichtkuppel erschienen Luftaufnahmen aus der Umgebung der Museumsruinen. Die Kolks zogen ihre Kreise über Bloomsbury, einer direkt über dem ehemaligen Lesesaal der *British Library*. Zwischen der Efeukuppel und der Säulenfassade des zerstörten Eingangsbereiches waren zerfetzte Leichen zu erkennen.

Winter und der König wandten sich angewidert ab. »Abscheulich!«, flüsterte Octavian Winter.

»So viel also zu dem ach so interessanten Exoten und seinen Weibern«, höhnte der General.

»Der Mann namens Maddrax ist nicht unter den Toten«, mischte Merylbone sich ein. »Wir haben ein Bild, auf dem man ihn vor dem Eingang des alten Lesesaals sieht.«

»Dann hat ihn eben da drin eine Spinne gefressen.«

»Wofür ich Sie verantwortlich machen würde.« Der König blitzte den General an.

»Wie darf ich das verstehen, Sire?«

»Ohne Ihren Widerstand wären wir schon vor zwanzig Stunden ausgerückt.«

»*Socks*, Sire.« Jefferson Winter deutete auf das Display. Man erkannte langhaarige, in braune Jacken und Hosen gekleidete Gestalten in den Brennnesselfeldern vor dem Museum.

»Auch das noch«, seufzte der König.

Wenige Minuten später schwebte der EWAT etwa sechzig Fuß über den *Socks* – so die offizielle Bezeichnung für die Bevölkerung in den Ruinen Londons. Sie selbst nannte sich »Lords«. Auf dem Panorama-Display war zu erkennen, dass sie die Hälse reckten und geballte Fäuste über ihren Lederkappen schwangen. Die Flüche, die sie zum EWAT hinaufschleuderten, waren nicht zu hören.

Der Tank schwebte über die Säulenfassade der Museumsruine hinweg und begann über der eingebrochenen Kuppel zu kreisen. »Untersuchen Sie das Innere des Trümmerhaufens«, blaffte Yoshiro über die Schulter in Richtung Merylbone. Dessen Finger flogen über die kleine Tastatur seiner Navigationseinheit.

»Wärmeabstrahlungen«, sagte er knapp. »Eine direkt unter dem Kuppeldach, drei etwas tiefer.« Sein Bildschirm zeigte vier dunkle Schemen. »Die obere ist wahrscheinlich eine der Spinnen. Drei Wärmequellen haben eindeutig menschliche Formen. Außerdem registriert der Rechner den Fluss elektrischer Ladungsträger . . .«

»Völlig ausgeschlossen!«, blaffte Octavian Yoshiro.

»Es ist so, Sir«, beharrte Merylbone. »Der Rechner zeigt mir ein schwingendes elektrisches Feld. Dort unten hantiert jemand mit Wechselstrom . . .«

»Landen«, wies König Roger an.

»Ich rate ab, Sire!« Wieder lief Yoshiro rot an.

»Landen!« Roger kümmerte sich nicht um den General. »In den Trümmern vor der Kuppel. Halten Sie dreihundert Fuß Abstand von dem Gebäude.«

»Und dann?« Winter schlug den für ihn typischen, leicht sarkastischen Ton an. »Die Spinne sitzt unter dem Kuppeldach – wie wollt Ihr diesen Maddrax und die Frauen da rausholen, Sire?«

»Abwarten.«

In engen Spiralen schraubte sich der EWAT in die Ruinenlandschaft hinab. Kein Ruck ging durch das Fahrzeug, als es aufsetzte. Das Magnetfeld ließ es etwa einen Fuß hoch über dem Geröll schweben.

Schweigend blickten sie durch die Sichtkuppel hinaus. Minuten verstrichen. Dann hörte man lautes Gebrüll. Auf Mauerresten, zwischen Gestrüpp und auf Schutthalden tauchten die *Socks* auf. Sie schwangen Schwerter und Beile über den Köpfen, Bogenschützen spannten die Sehnen, Speerträger schleuderten ihre Spieße. Ein Hagel ging auf der Außenhaut des EWATs nieder.

»General an Gefechtsstand!«, blaffte Yoshiro. »Geschütztürme ausfahren!«

»Wir geben nur einen Warnschuss ab«, sagte der König kühl.

»Ich bitte Euch, Sire!« Der General tat entrüstet. »Je weniger Stinkstiefel die Ruinen verunreinigen, desto . . .!«

»Wir geben nur einen Warnschuss ab!«, wiederholte der König. »Wollen Sie schon wieder einen Krieg gegen die *Socks* provozieren?!«

»Leben wir denn in Frieden mit ihnen?« Trotz seines Unwillens beugte sich der General dem Befehl des Königs. Er gab entsprechende Anweisungen an den Gefechtsstand. Die Strahler der Gefechtstürme feuerten mit reduzierter Energie. Noch bevor der Glutball sich hoch über ihnen aufblähte, rannten die *Socks* Hals über Kopf davon. Ein zweiter Feuerball explodierte vor den Mauerresten, von denen aus sie den EWAT beschossen hatten.

»Was jetzt?«, wollte Jefferson wissen.

»Ich warte auf Ihre Vorschläge, Gentlemen«, sagte König Roger III ...

»... zumindest die befürchtete Flutwelle ist ausgeblieben. Aber es ist entsetzlich heiß geworden. Staub dringt durch alle Fugen in den Keller ein. Ich vermute, dass Brände in der Stadt wüten. Noch wage ich nicht den Schutzraum zu verlassen ...«

Der Mann auf dem kleinen Bildschirm sprach schnell und hektisch. Immer wieder unterbrachen ihn Hustenanfälle. »13. Februar 2012, 20:34 Uhr« lautete die Datumsanzeige am oberen Bildschirmrand. Im Hintergrund war der Generator zu erkennen. Ein kleiner blonder Junge kurbelte das Schwungrad.

Der Mann hatte eine Schwindel erregende Menge von Daten auf dem Medienplayer gespeichert. Die Verzeichnis- und Dateilisten erschienen Matt endlos. Stichworte aus allen Bereichen des Lebens fanden sich auf ihr – Technik, Wissenschaft, Musik, Literatur, Geschichte, Kunst. Vermutlich würde es Jahre dauern, die Dateien auszuwerten.

Ein Verzeichnis hieß »*Chronik vor C. F.*«. Es enthielt Mitschnitte von Nachrichtensendungen, Politikerreden, Filmaufnahmen des nahenden Kometen, Interviews mit Wissenschaftlern – auch ein Interview mit Jacob Smythe fand Matt – Zeitungsberichte, sechsundsiebzig vollständige Ausgaben der TIMES und dreiundfünfzig der SUN, Notizen aus dem persönlichen Alltag Jaggers und so weiter. Etwa zweieinhalb Monate hatte der Historiker auf diese Weise dokumentiert. Die elf Wochen vor der Katastrophe. Elf Wochen, die Matt selbst erlebt hatte. Wenn auch an einem anderen Ort, aus einer anderen Perspektive, in einem anderen Leben.*

Das nächste Verzeichnis interessierte ihn weit mehr; »*Chronik nach C. F.*« hieß es. Es enthielt bedeutend weniger Dateien als die »*Chronik vor C. F.*«. Meist Diktate und Filmdokumente. Die Dateien waren chronologisch geordnet. Matt lud die erste.

Eine Filmaufnahme von sehr schlechter Qualität. Sie trug das Datum vom 17. Februar 2012. Man sah einen weitgehend dunklen Himmel, an dessen unterem Rand ein rötlicher Streifen glühte. Undeutliche Konturen von zerfransten Mauern, weit entfernte Flammen und Qualmwolken waren mehr zu ahnen, als zu erkennen. Das Bild zitterte. Dazu Jaggers atemlose Stimme: »Der Sturm hat nachgelassen. Zum ersten Mal wage ich mich aus dem Keller. Ich stehe vor dem Lesesaal der *British Library*. Es ist 11:23 Uhr und finsterste Nacht. Vermutlich hat sich die Atmosphäre in einen einzigen Staub- und Rußschleier verwandelt. Viele Gebäude in London scheinen noch zu brennen. Ich entsinne mich, dass Wissenschaftler einen ›heißen Orkan‹ angekündigt hatten, der nach dem Einschlag über die Erdoberfläche toben wür-

---

* siehe MADDRAX-Hardcover 1 »Apokalypse«

de. Die Brände scheinen auf sein Konto zu gehen. Bis zu den Knöcheln stehe ich im Wasser. Ich habe den Verdacht, dass die Themse über die Ufer getreten ist und die ufernahen Stadtteile überschwemmt hat...«

Das nächste Filmdokument stammte vom 3. März 2012. Ein Lichtkegel huschte über Ruinen und strich über ausgedehnte Wasserflächen. Gesteinsbrocken ragten aus dem Wasser. Und ein Ampelmast. Nur stichwortartig kommentierte Jagger die kurze Sequenz. Er hatte sich aus dem teilweise zerstörten Museum bis auf die Straße hinausgewagt. Dort sah er seinen Verdacht bestätigt: Ein Teil Londons stand unter Wasser.

Das nächste Dokument war auf den 17. Mai datiert – eine Diktataufzeichnung. Jaggers Stimme klang erschöpft und schwermütig: »Es ist kalt geworden. Noch immer finsterste Nacht über London. Über der ganzen Erde, fürchte ich. Kreislaufprobleme und Übelkeit plagen Percy und mich. Ich bete zu Gott, dass dies kein Symptom radioaktiver Verstrahlung ist. Der Junge wirkt schwach und krank. Ich muss ihn zum Essen zwingen. Ich habe ein kleines Feuer an der Treppe zum Lesesaal entfacht und die Tür geöffnet, damit der Rauch abziehen kann. Viel Brennmaterial habe ich nicht...«

Dann wieder eine Bilddatei. Das Datum am oberen Bildrand zeigte den 3. Juli 2012 an. Man sah Jagger und seinen kleinen Sohn am Feuer sitzen. Beide dick vermummt und in Decken gehüllt. Hinter den Rauchschwaden war der Treppenaufgang zu erkennen. Viele Bücher stapelten sich hinter Jagger. Ab und zu griff er in den Stapel und warf eines der Bücher ins Feuer. Vermutlich war ihm das Holz ausgegangen. Ein langes dünnes Metallstück hielt Jagger über das Feuer. Zwei kleine enthäutete Tierkörper brutzelten daran. Kaninchen? Oder Katzen? Jagger sprach keinen Kommentar zu der Aufnahme.

Matt kniff die Augen zusammen und versuchte zu erkennen, was Jagger über dem Feuer briet. »Was ist das?«

Aruula kurbelte den Generator weiter an. »Kleine Taratzen«, sagte sie. »Sehr kleine...«

Dann eine Außenaufnahme vom 31. August 2012. Zeit: 13:12 Uhr. Schneeflocken trieben durch den Lichtkegel einer Stablampe. Diesmal kommentierte Jagger seinen Film: »Percy und ich arbeiten uns durch die Trümmer auf der Museum Street.« Der Junge erschien auf dem Bildschirm. Er leuchtete sich ins schmale Gesicht. Es war rot. Von der Kälte wahrscheinlich. Und es lächelte. Ein Kinderlächeln zwischen den Ruinen einer untergegangenen Stadt! Die Szene rührte Matt.

»Dichtes Schneetreiben. Die Hausfassaden stehen hier noch zum Teil. Die Fenster sind alle zerbrochen.« Der Lichtkegel glitt über schwärzliche Hausfassaden. Auf den Fenstersimsen häufte sich der Schnee. »Keine Menschenseele weit und breit. Man kommt sich vor, als wäre man allein übrig geblieben.« Man hörte Schnee unter Schuhsohlen knirschen. Der Lichtkegel wanderte an der Mauer eines Kirchturms hinauf. »Merkwürdig – St. George's ist nahezu unversehrt. Das Parkhaus auf der anderen Straßenseite dagegen ist auf halber Länge zusammengebrochen.« Das Bild begann zu zittern. »Wir gehen zurück. Es ist unerträglich kalt. Wie lange wird diese Nacht noch dauern? Und dieser Winter? Bis in alle Ewigkeit?«

Die Pilotin, der Commander und Jefferson Winter blieben im EWAT. Und die beiden Waffentechniker. Ihre Aufgabe war es, die Umgebung zu kontrollieren. Der König, General Yoshiro und die vier Infanteristen stiegen in ihre Schutzanzüge, stülpten sich die Helme über und verließen den Tank.

Flankiert von den Infanteristen, kletterten sie über die Trümmer und näherten sich dem zugewucherten Kuppelgebäude. Der General und die Soldaten trugen LP-Gewehre. Auf den Helmen der Infanteristen waren kleine Scheinwerfer befestigt. Roger III., über dessen Schutzkleidung zu beiden Seiten ein roter Streifen verlief, war unbewaffnet. Yoshiro wich nicht von seiner Seite. So sehr er den Monarchen als Person ablehnte – Roger III. war sein König. Er war verantwortlich für seine Sicherheit. Und würde sein Leben für ihn lassen, wenn es sein musste.

»Los«, befahl Yoshiro. »Geht hinein und tötet das Biest!« Über Helmfunk standen sie untereinander und mit dem EWAT in Verbindung. Zwei Infanteristen näherten sich dem zerbrochenen Durchgang, der einst den Lesesaal mit dem Museumskomplex verbunden hatte. Verkrüppelte Birken wuchsen auf dem teilweise eingestürzten Gang.

»Die *Socks* wagen sich wieder vor.« Winters Stimme im Helmfunk.

»Jagt sie davon, wenn sie sich dem Museum nähern!«, befahl Yoshiro.

»Verstanden«, bestätigte Commander Merylbone.

Der erste Infanterist verschwand im Halbdunkel des Durchgangs. Auf einer Länge von zehn Schritten führte er ins Innere des zugewachsenen Kuppelbaus. Der zweite Mann wollte ihm folgen, doch plötzlich ging ein Zucken durch seinen Körper. Er riss die Arme hoch und ließ das LP-Gewehr fallen. Ein Pfeil zitterte in seinem Rücken!

»Deckung!«, brüllte Yoshiro. Er zog den König hinter einen Schutthügel. »EWAT – warum habt ihr uns nicht gewarnt?!« Er war außer sich vor Wut.

Die Antwort ließ auf sich warten. Aber sie kam: »Eine paar der *Socks* haben sich um die Museumsruine herumgeschlichen. Sie verschanzen sich auf der Schutthalde dreihundert Fuß östlich der Kuppelruine. Etwa ein Dutzend Bogenschützen.«

General Yoshiro lugte aus der Deckung. Ein Pfeilhagel schwirrte heran. Er zuckte zurück und deckte den Körper des Königs. Die Pfeile gingen hinter ihnen in den Trümmern nieder. Keiner traf.

»Manövriert den EWAT in die Schusslinie!«, brüllte Yoshiro. »Kommt und holt uns ab!«

Etwas klatschte auf seinen Schutzanzug. Heißer Schreck durchzuckte ihn, weil er zunächst an einen Pfeil dachte.

Aber es war schlimmer als ein Pfeil, was ihn da getroffen hatte. Ihn und den König. Ein fingerdicker Faden klebte auf König Rogers Brust...

15. Februar 2014. Das dritte Jahr nach »Christopher-Floyd« hat begonnen. Aus kurzen Brettern habe ich mir ein Paar Schneeschuhe improvisiert und mich heute bis ans Themseufer gewagt. Der Fluss ist zugefroren. Eine Schneedecke liegt auf ihm und auf der ganzen Stadt. Drei Meter hoch schätzungsweise. Hab mich durch den Schnee bis zur Tower Bridge vorgekämpft. Die City ist vollständig zerstört. Ein Kraterwall umgibt sie. Ich vermute, dass ein Kometensplitter hier eingeschlagen ist. Eine bedrückende Atmosphäre lastet auf dieser Gegend. Auf dem Rückweg fand ich Spuren im Schnee. Und einen erfrorenen Menschen...

Matt schloss die Datei. Die Einsamkeit und Verzweiflung, die aus den schriftlichen Aufzeichnungen Richard Jaggers sprachen, erschütterten ihn. Lu lag unter dem Tisch und schlief. Aruula kurbelte wacker den Generator an. Matt lud die nächste Datei. Wieder ein kurzer Film.

»Dies wird wohl eine meiner letzten Aufnahmen sein.

Batterien für den Camcorder habe ich noch genug, aber keine frischen mehr für die Stablampe. Und die Nacht will und will nicht enden...«

Oben rechts am Bildschirmrand Datum und Uhrzeit: 12. Dezember 2016. Ein Spinnennetz schimmerte im Lichtkegel der Lampe. Mitten im Netz hockte eine schwarzbraune pelzige Spinne. Eine Kinderhand erschien auf dem Bildschirm. Sie war nur wenig größer als die Spinne. »Betrachten Sie bitte dieses Tier. Falls Sie keine Kenntnisse über Spinnen zu Beginn des 21. Jahrhunderts haben: In Südamerika gibt es Vogelspinnen, die nur wenig kleiner sind als dieses Exemplar hier. In unseren Breitengraden dürfte es so etwas nicht geben. Schon vor zwei Jahren fiel mir oben im zerstörten Lesesaal eine ungewöhnlich große Spinne auf. Ein Evolutionssprung? Ich habe keine Erklärung für dieses Phänomen. Nur eine dunkle Ahnung: Es hat irgendwas mit dem Kometensplitter zu tun...«

Matt öffnete eine Datei mit dem rätselhaften Namen »Maya«, eine schriftliche Notiz:

21. März 2017. Ich kam nicht mehr dazu, folgender Frage in gewohnter Gründlichkeit nachzugehen. Ich will sie wenigstens festhalten. Wann endet der Maya-Kalender?

Die Mayas benutzten drei Zählungen – einen rituellen Kalender, einen Sonnenkalender und die so genannte Große Zählung. Letztere ist recht abstrakt. Sonnenjahr, Venusjahr und kosmische Perioden sind in ihr miteinander verzahnt. Die Mayas waren, nebenbei bemerkt, erstaunlich exakte Astronomen. Der letzte Zyklus ihres Kalenders endet nun tatsächlich – in der Großen Zählung – mit dem Jahr 2012.

Das Jahr Eins der Mayas – in ihrer Mythologie das Jahr der Geburt ihrer Gottheiten – beginnt nach übereinstimmender Meinung vieler Forscher mit dem Jahr 3114 vor Christus, wenn man unseren gregorianischen Kalender zu Grunde legt. Das letzte Jahr des letzten Zyklus im Maya-Kalender – das

Jahr 2012 nach dem gregorianischen Kalender, genauer: der 21. Dezember dieses Jahres – fällt nun mit einer seltenen Konstellation am Sternenhimmel zusammen: Im Westen geht die Venus auf, im Osten die Plejaden unter. Und gleichzeitig bilden Sonnenbahn und das dunkle Zentrum des Milchstraßenbandes einen Schnittpunkt im Sternbild des Schützen.

In der Mythologie der Mayas steht dieser Schnittpunkt für die Pforte in die Unterwelt. Die Gottheit geht unter, wenn sie diese Pforte betritt: 2012 hat sie diese dunkle Pforte betreten. Allerdings erst zurzeit der Wintersonnenwende, am 21. Dezember. Das Ende eines kosmischen Äons ist gekommen.

Man muss sich dabei vor Augen halten, dass Tod und Leben im Denken der Mayas genauso unlösbar miteinander verwoben waren wie Kosmos und Erde.

Was soll man davon halten? Ich bekomme eine Gänsehaut, wenn ich über solche Fragen nachdenke. Und ob man nun glauben will, dass eine Gottheit oder sonstwas eine dunkle Pforte betreten hat oder nicht – eines ist sicher: Die Menschheit hat im Jahre 2012 eine dunkle Pforte betreten. Und hinter der Schwelle gähnte ein tödlicher Abgrund ...

Die letzte Datei, die Matt lud, war noch einmal eine Bilddatei. Man sah Jagger am Feuer vor der Treppe zum Kuppelsaal sitzen. Seine Augen lagen tief in den Höhlen, sein von einem dichten Bart bedecktes Gesicht wirkte hohlwangig, seine Stimme klang noch schwermütiger als sonst. Neben ihm ein blonder junger Mann, in Decken gehüllt wie sein Vater und bärtig wie er. Die Aufnahme stammte vom 2. Juli 2021.

»Wir werden morgen den Gewölbekeller verlassen«, sagte Jagger. »Menschen zogen vor ein paar Tagen in der Nähe der Museumsruine durch den Schnee. Wir wollen sie suchen. Vielleicht finden wir ja sogar eine Spur von John. Ich werde jetzt die Geräte verpacken und luftdicht versiegeln, in der Hoffnung, dass irgendwann einmal jemand meine Aufzeichnungen findet. Wenn Sie uns jetzt hier am Feuer sitzen sehen, ist unser bedeutungsloses Leben wenigstens der Vergessenheit entrissen. Wer immer Sie sind – leben Sie wohl.« Die beiden Männer am Feuer winkten in die Kamera.

Aruula hörte auf, den Generator anzukurbeln. Der Monitor erlosch. Schweigend sahen sie sich an. *Zwölf Jahre später haben ihn seine Söhne hier im Kellergewölbe bestattet*, dachte Matt. *Was passierte in diesen zwölf Jahren?*

»Wenigstens hat er seinen zweiten Sohn wieder gefunden«, seufzte Aruula.

Ein Tür knarrte. Schritte wurden laut. Matt griff sich die Beretta und die Taschenlampe und lief ins Kellergewölbe. Im Lichtschein seiner Lampe sah er eine Gestalt in silbernem Schutzanzug die Kellertreppe heruntersteigen.

Ein ... Bunkermensch! Ein Techno!

Schnell senkte Matt die Pistole, als er in den Händen des Fremden die teleskopartige Röhre eines Laser-Phasen-Gewehrs erkannte.

»Mister Maddrax?«, kam es dumpf aus dem schwarzen kugelförmigen Helm.

»Der bin ich.« Matt nickte. »Commander Matthew Drax von der US Air Force, um genau zu sein. Wer sind Sie?«

»Lieutenant Samuel Armadie. Folgen Sie mir bitte. Es eilt – wir werden angegriffen.«

Aruula und Lu standen im Durchgang zu Jaggers ehemaligem Arbeitsraum. Wie eine Erscheinung starrten sie den Mann im Schutzanzug an. Lu stieß einen Schrei aus. »Issen schlimme Maulwuaf«, zeterte sie. »Weg middem!«

Matt und Aruula hatten Mühe, die junge Frau zu beruhigen. Aruula musste sie überreden, mit ihnen zu kommen. Sie packten ihre Sachen zusammen und stiegen hinter dem Fremden her die Treppe hinauf. Jaggers Medienplayer nahmen sie mit.

Ein starker Lichtstrahl aus dem Helmscheinwerfer des Techno-Lieutenants zerschnitt das Halbdunkel oben im ehemaligen Lesesaal. Keine Spur von dem Spinnenmonster. Sie kletterten über die Trümmer und huschten in den teilweise erhaltenen Gang, der nach draußen führte.

Geschrei und Explosionslärm schlugen ihnen entgegen. Instinktiv griff Matt zu seiner Waffe. Dann Tageslicht. Struppige Gestalten in Wildlederzeug tauchten zwischen Büschen und Mauerresten auf. Lieutenant Armadie zuckte zurück und drückte sich ans Gemäuer. Mit einer Handbewegung bedeutete er Matt und den Frauen, Deckung zu suchen.

Die Lords! Matt vermutete, dass Armadie nicht allein gekommen war und dass seine Begleiter im Visier des Angriffs standen. Er hörte, wie der Lieutenant mit jemandem über Funk sprach.

Über den Ruinen des Museums blähte sich ein Glutball auf. Der Explosionslärm hallte über die Trümmer. Irgendwer schien einen Warnschuss abgegeben zu haben.

Matt wollte ins Freie treten, doch der Techno hielt ihn fest. »Vorsicht! Die *Socks* verfügen über einen posttemporären Sehsinn!«

»Was?« Matt begriff nur, dass mit den *Socks* die Lords gemeint waren.

»Sie können Bruchteile von Sekunden in die Zukunft sehen«, antwortete die dumpfe Stimme aus dem Helm. »Manche sogar bis zu zwei Sekunden.«

Matt stand wie erstarrt. Das also war das Geheimnis ihrer Reaktionsschnelligkeit! Unglaublich, zu welchen Mutationen die Natur fähig war! Oder vielmehr das, was die Natur vergewaltigt hatte...

Der Lieutenant schob sich an ihm vorbei, hob sein LP-Gewehr und jagte einen gleißenden Strahl in die Ruinen. »Los!«

Sie stürmten aus dem Durchgang – und prallten nach ein paar Schritten entsetzt zurück. Ein toter Techno hing seitlich in den Trümmern. Sein Schutzanzug war zerfetzt und blutbesudelt, sein Bauch aufgerissen. In seinem Rücken steckte ein Pfeil. Kein schöner Anblick...

»Weiter!«, drängte der Lieutenant.

Sie kletterten eine Schutthalde hinauf. Dort schwebte das dunkelgrüne Fahrzeug der Technos. Ein Anblick, der Matt aus Leipzig vertraut war.

Dann sah er die Spinne. Sie zerriss eben eine Gestalt in silberner Schutzkleidung. Drei weitere Technos hingen in ihren Fäden, ein weiterer, über dessen Anzug zwei rote Streifen liefen, lag direkt unter der Spinne.

Matt schaute zur Seite, wartete darauf, dass der Lieutenant schießen würde. Doch der stand da wie paralysiert. »O Gott, der König!« Panik schwang in der dumpfen Stimme aus dem Helm.

Matt wusste nicht, wen er mit »König« meinte. Dem Verhalten des Mannes entnahm er, dass es jemand eminent Wichtiges sein musste. Womöglich ein wirklicher König – das würde den Engländern ähnlich sehen.

Matt überlegte nicht lange, sondern handelte. Er entriss dem Lieutenant das LP-Gewehr, zielte auf den Kopf des Ungetüms und drückte ab. Das Kopfsegment der Spinne explodierte in einer schwarzen Fontäne, ihre Beine streckten sich, sie hob ihr massiges Hinterteil. Für einen Augenblick verharrte sie reglos und steif. Dann knickten die haarigen Beine ein, und der Körper des Monstrums sackte in die Trümmer.

Aruula und der Lieutenant rannten an Matt vorbei. Die Barbarin zog ihr Langschwert aus der Rückenscheide und löste damit die klebrigen Fäden von den Schutzanzügen der Menschen, die sich in den Fäden verstrickt hatten. Lieutenant Armadie kümmerte sich um die Gestalt am Boden.

Matt sah sich nach Lu um. Sie kauerte zwischen einem Distelgestrüpp und einem Gesteinsblock. Halb misstrauisch, halb ängstlich spähte sie zu dem Raupenfahrzeug der Technos hinüber. Er winkte sie zu sich. »Komm, Lu!« Sie rührte sich nicht.

»Maddrax!« Aruulas Stimme rief ihn. Er sah sie mit den vier Technos auf das viergliedrige Fahrzeug zueilen. Drei von ihnen torkelten mehr, als dass sie gingen. Aruula bedeutete Matt, endlich zu folgen.

Matthew wandte sich wieder zu Lu um. Reglos kauerte sie in den Trümmern. Der Wind spielte mit den blonden Locken in ihrem ängstlichen Gesicht. »Entscheide dich!«, rief er. »Für die Lords oder für uns!«

Keine Reaktion. Schließlich bückte er sich nach dem Medienplayer, drehte sich um und rannte in Richtung der Techno-Raupe. Man konnte niemanden zu seinem Glück zwingen.

Aruula und die Gestalten in den Schutzanzügen kletterten über eine kurze Leiter in das Fahrzeug hinein. Zwei Technos ins dritte Segment, die beiden anderen mit Aruula ins erste. Als Matt das LP-Gewehr nach oben reichte und die Leiterholme fasste, blickte er sich noch einmal um. Lu sprang über die Trümmer und näherte sich dem Fahrzeug. Sie hatte ihre Abscheu vor den Technos überwunden und sich für das Leben entschieden. Matt wartete, bis sie zu ihm aufgeschlossen hatte.

Dann schloss sich das Schott hinter ihnen. Eng aneinander gepresst standen Lu und Matt in der winzigen Schleuse, die die anderen schon verlassen hatten. Ein violetter Schein erfüllte die kleine Kammer, UV-Licht, schätzte Matt. Vermutlich um Erreger abzutöten.

Ein Fach öffnete sich in der Schleusenwand: Zwei

Helme und silbergrauer Stoff von Schutzanzügen wurde sichtbar. »Bitte legen Sie die Schutzanzüge an«, schnarrte eine Stimme aus dem Off.

Matt stieg in den Schutzanzug. Die Stimme gab genaue Anweisungen, wie er ihn zu verschließen hatte und wie der Helm aufzusetzen sei. Als er sich in den unbequemen Anzug gezwängt hatte, half er Lu, den zweiten anzuziehen. Durch den Stoff seines Pilotenanzugs hindurch spürte Matt die Körperwärme der jungen Frau. Und ihren schnellen Herzschlag. Sie hatte Angst vor den Technos, ohne Zweifel.

Endlich schob sich über ihnen die innere Schleusentür auseinander. Matt kletterte voraus. Über eine kurze Leiter gelangte er in die Kommandozentrale des Fahrzeugs. Das Material, aus dem die Leiter bestand, fühlte sich rau und warm an. Ein wenig wie Teflon.

Als er sich aus der engen Bodenöffnung in den Kommandostand stemmte, blickten ihm erwartungsvolle Gesichter entgegen. Zwei davon wurden von roten Augen beherrscht. Ein Teil der Bunkermenschen waren offenbar Albinos, wie schon Commander Eve Carlyle, die Matt in Leipzig getroffen hatte. Und sie waren alle haarlos bis auf einen gedrungenen Albino mit asiatischem Einschlag im strengen Gesicht. Der Mann hatte langes geflochtenes Haar von hellblauer Farbe. Matt vermutete, dass es sich um eine Perücke handelte.

Vor ihm stand der Techno mit den roten Streifen am Anzug. Ein mittelgroßer Mann mit rundem Gesicht mit weichen Zügen – zierliche Nase, kleiner Schmollmund, vorgeschobenes Kinn, blaue Augen. Etwas Jungenhaftes, Verträumtes lag in diesem Gesicht, das offensichtlich künstlich gebräunt war.

»Willkommen in der Community London«, sagte der Mann. Er reichte Matt die Hand. »Ich bin Roger der Dritte, König der Britannischen Inseln. Und ich habe Ihnen zu danken.«

Matt war für einen Moment sprachlos. Einen wahrhaftigen König hätte er hier wirklich nicht erwartet. Hinter ihm schob sich Lu aus der Schleusenröhre.

»Und ich bin Commander Matthew Drax, US Air Force«, sagte er endlich. Die anderen Technos musterten ihn schweigend und mit meist ausdruckslosen Gesichtern. Der Mann mit den asiatischen Zügen wandte sich mit einem Schnauben ab.

»General Yoshiro an Zentrale«, schnarrte er. »Wir haben den Fremden und die beiden Wilden aufgenommen.« Matt sah eine steile Falte zwischen Aruulas Brauen. Blauhaars Ausdrucksweise ärgerte sie. »Zwei Mann Verlust«, schnarrte er. »Lieutenant Saxon und Sergeant Beller sind tot.«

Bedrücktes Schweigen herrschte plötzlich in der Kommandozentrale. Die Pilotin wandte sich ihrer Steuereinheit zu. Die Finger des Navigators flogen über eine kleine Tastatur.

Das Fahrzeug hob ab; die Landschaft aus Trümmern und Gestrüpp fiel langsam nach unten weg. Dann meldete sich eine Frauenstimme. »Das ist furchtbar, Octavian Yoshiro. Das ist ganz furchtbar. Bitte erstatten Sie nach Ihrer Rückkehr gleich dem *Prime* Bericht.«

»Verstanden.«

Matt betrachtete staunend ein Panoramadisplay im Frontbogen der Sichtkuppel. Weit unten konnte man die Ruinenstraße erkennen, darauf die Lords, die drohend ihre Fäuste schüttelten.

»Wir haben Bilder fremder Späher empfangen«, meldete sich die Frauenstimme erneut. »Vermutlich aus Salisbury.«

»Bitte einblenden«, sagte der König.

Ein Waldgebiet aus der Vogelperspektive wurde auf dem Display sichtbar. Flussarme durchzogen es. Ruinen waren zu sehen. Ein Mann arbeitete sich im Uferbereich eines Flusses durchs Gestrüpp. Ein weißes Tier bewegte sich neben ihm.

»Position?«, wollte Blauhaar wissen.

»Höhe Bexley«, lautete die Antwort. Der Mann auf dem Display wurde herangezoomt. Matt sah hellgraues langes Haar und ein kantiges bleiches Gesicht. Das Tier mit dem weißen Pelz war ein Wolf. »Rulfan!«, entfuhr es Aruula.

»Ja.« Matt legte den Arm um sie. »Er ist es tatsächlich. Warum ist er hier?«

»Er hatte den Auftrag, Sie sicher zu uns zu führen«, sagte der Mann, der sich mit »König Roger« vorgestellt hatte. »Das hat sich ja nun erledigt.«

»Von wem hatte er den Auftrag?«

»Vom Octaviat der Community Salisbury. Eigentlich ging man davon aus, dass Sie Britannien erst viel später erreichen würden.«

»Was hat Rulfan mit der Community Salisbury zu tun?«

»Sein Vater lebt dort – Leonard Gabriel«, erklärte der König. »Er ist ein Octavian.«

»Ein ehemaliger Octavian«, schnarrte Blauhaar.

»Und was ist ein ›Octavian‹?«, wollte Matt wissen.

»Geduld, Commander, Geduld.« Der König klopfte ihm auf die Schulter. Matt konnte sich nicht erinnern, schon einmal mit dem Schulterklopfen eines Monarchen geehrt worden zu sein. »Wir werden über vieles miteinander reden müssen. Über sehr vieles...«

ENDE
des 1. Teils

JO ZYBELL

DIE ERBEN DER MENSCHHEIT

Ein Tier schrie anders. Nicht so gellend, nicht so lang anhaltend. Das waren die Schreie eines Menschen in Todesnot!

Im Laufschritt pflügte Rulfan durch das Schilf. Bis über die Knöchel versanken seine Stiefel im sumpfigen Boden. Wulf setzte in weiten Sprüngen an ihm vorbei. Bald sah Rulfan nicht einmal mehr den weißen Schweif seines Lupas vor sich.

Schlagartig lichtete sich das mannshohe Schilf, und Rulfan stand bis zu den Knien im Uferwasser. Am anderen Ufer der Themse ragten Ruinentürme auf, und mitten im Fluss erhob sich das Skelett eines Brückenfragments. Gut dreißig Schritte vom Ufer entfernt sah er Wulfs weißes Fell – er schwamm auf ein Kanu in der Flussmitte zu. Einer der drei Menschen darin war es, der so panisch schrie.

Rulfan setzte sein *Binocular* an die Augen. Der Schreihals war ein Junge, fünf oder sechs Jahre alt. Und er hatte Grund zu schreien: Der Fluß entlang des Bootsrandes schien zu brodeln. Wasser spritzte, Fontänen schossen in die Luft, massige dunkle Körper wurden für Augenblicke sichtbar; Reptilien, Fische – Rulfan konnte es nicht erkennen, zu blitzartig tauchten sie aus den Fluten auf, zu schnell verschwanden sie wieder darin. Zwei Männer versuchten den Angriff abzuwehren. Der eine stand aufrecht am Bug und stach mit einem Speer ins Wasser, der andere kniete im Kanu und schwang ein kurzstieliges Beil.

»Zurück!«, brüllte Rulfan dem Lupa hinterher. Er zoomte die Szene heran. Der Junge kauerte im Heck des Kanus, die Schultern hochgezogen, Knie und Schenkel gegen die Brust gepresst, die Hände auf den Wangen, als wollte er seine verzweifelten Schreie festhalten.

Die Männer waren in hellbraune Wildlederwesten

gehüllt. Ihr zu Zöpfen geflochtenes Langhaar flatterte um bärtige Gesichter, während sie nach den rätselhaften Angreifern stachen oder hieben.

Etwas schoss aus dem Wasser, schlang sich um die Hand des Beilkämpfers und riss ihn auf den Bootsrand herab. Vergeblich versuchte er seinen Arm von der Schlinge zu befreien – das klebrige rote, riemenartige Ding zog sich nur noch fester zusammen. Dann schnellten zwei Hände aus dem Fluß – schmutzig grün und Schwimmhäute zwischen den langen Fingern –, fuhren in die Haare des armen Kerls und zerrten ihn ins Wasser. Das Kanu drohte zu kentern. Die Schreie des Jungen schraubten sich in höchste Tonlagen.

Dann eine Wasserfontäne, ein schmutzig grüner Körper sprang mitten ins Kanu, groß wie Rulfans Lupa – eine Riesenkröte! Rulfan ließ das *Binocular* los und riss seinen *Laserbeamer* von der Schulter. Der Lupa war noch etwas mehr als einen Speerwurf weit vom Boot entfernt. Gleißend weiß schoss der Zielstrahl über das Wasser und erfasste die Kröte. Dann der Blitz der Energiekaskade aus dem unteren Lauf. Eine zweite, glühende Haut schien um das Tier zu wachsen; es schwoll an, sein Körper warf Blasen, und endlich zerplatzte es. Teile seines kochenden Gewebes zischten, eine Rauchwolke hinter sich herziehend, durch die Luft und klatschten ins Wasser.

Der Junge verstummte. Der Schock schien ihm den Atem zu rauben; wie erfroren hockte er im Heck des Kanus. Sein Begleiter stieß den Speer rechts und links des Bootes ins brodelnde Wasser. Hinter ihm klammerten sich amphibische Pranken am Bootsrand fest, ein platter schwarzgrüner Krötenkopf schnellte aus dem Fluss, etwas Rotes, Schmales schoss aus seinem Maul – eine Zunge. Rulfan drückte den Knopf für die Laseroptik, doch bevor der dünne Zielstrahl den Kopf der Kröte erfasste, tauchte die Bestie wieder unter – und zog den zweiten Mann in den Fluss. So schnell, dass er kaum zum Schreien kam.

»Wulf! Bleib dem Boot fern!«, brüllte Rulfan. Doch der Lupa schien ihn nicht zu hören. Zielstrebig schwamm er dem Kanu entgegen. Der Jagdtrieb beherrschte ihn, und die Gewohnheit, kleine und geschwächte Menschen zu beschützen. Das hatte Rulfan ihm antrainiert – jetzt würde es den Lupa womöglich das Leben kosten.

Wieder begann der Junge zu schreien. Das Kanu schaukelte hin und her. Einen Wasserschleier mit sich reißend, sprang eine besonders große Kröte ins Boot. Sie überragte den Jungen um mehr als eine Elle. Rulfan reagierte blitzschnell: Zielstrahl, Abzugstaste, Energieblitz – die Kröte quoll auf und zerplatzte.

Doch sofort griffen zwei Paar Schwimmklauen aus den Fluten nach dem Bootsrand. Sie rüttelten an dem Kanu

Sind sie intelligent…?, schoss es Rulfan durch den Kopf. Es sah tatsächlich so aus, als wollten sie gezielt das Kanu zum Kentern bringen. Er legte die Waffe an und schätzte gleichzeitig die Entfernung zwischen Wulf und dem Boot – weniger als zwanzig Meter. Außer den beiden Kröten am Bootsrand waren keine weiteren Angreifer mehr zu sehen.

Der Ziellaser bohrte sich ins Wasser, eine der Kröten glühte auf und platzte. Die zweite ließ los und tauchte ab.

»Nimm das Paddel!«, rief Rulfan. »Nimm das Paddel, und versuch hierher ins Schilf zu kommen!« Der Junge reagierte nicht, Obwohl Rulfan die englische Sprache benutzte. Er wusste, dass die Stämme in den Ruinen Londons Hochenglisch zumindest teilweise verstanden.

Er verlegte sich auf Gesten und winkte den Jungen heran. Endlich beugte sich dessen kleiner Körper ins Kanu hinein und tauchte mit einem Paddel wieder auf. Es war fast doppelt so lang wie er selbst. Kaum konnte er es halten – trotzdem gelang es ihm, das Kanu zu drehen. Bug voran nahm es Fahrt auf. Wulf schwamm noch dreißig Schritte entfernt und näherte sich dem Jungen rasch.

Plötzlich begann das Kanu zu schwanken. Rulfan musste das *Binocular* ansetzen, um die Krötenpfoten hinter dem Jungen am Heckrand zu entdecken. Als wollte sie das Kanu zwischen sich und Rulfan bringen, griff die Bestie von hinten an. Rulfan ließ den *Laserbeamer* sinken – zu gefährlich; der Junge befand sich direkt in der Schussbahn.

Das Boot neigte sich gefährlich zur Seite. Der Junge ließ das Paddel los. Schreiend stürzte er in den Fluss, tauchte unter, tauchte auf, verschwand erneut unter Wasser, und dann war der Lupa bei ihm. Er schwamm an seiner Seite, und der Junge griff in sein langes Zottelfell. Die Wasseroberfläche wölbte sich, untertassengroße Augen wurden sichtbar, ein flacher Kopf, ein breites Maul, das sich öffnete und dem Lupa die rote Zunge entgegenschleuderte.

Rulfan riss den *Laserbeamer* hoch – doch zu spät: Die Zunge schlang sich um Wulfs Nacken. Wieder erklangen die Schreie des Jungen, kläglicher diesmal und unterbrochen von Prusten und Keuchen – es gelang ihm kaum noch, sich über Wasser zu halten.

Wulfs Kopf fuhr herum, und sein Raubtiergebiss schnappte nach der Zunge. Er biss sie glatt durch. Wulf setzte nach, erwischte das Biest im kurzen Nacken. Er und die Kröte versanken in den Fluten. Der Junge schlug mit den Armen um sich und drohte jeden Moment abzusaufen. Rulfan war zum Zuschauen verurteilt – er konnte weiter nichts tun, als den Ziellaser um den zappelnden Jungen kreisen zu lassen – für den Fall, dass Wulf den Kampf verlor oder dass sich weitere Kröten näherten.

Doch die Fänge des Lupas gaben die Kröte nicht mehr frei. Ihr großer Körper hüpfte im Wasser auf und ab – Rulfan konnte die langen dunkelgrünen Beine und die flossenförmigen Füße sehen. Sie zerrte an Wulfs Fell, stemmte sich mit den Flossen gegen seine Flanken, ihr breites Maul öffnete und schloss sich, schnappend zunächst, und dann immer träger und seltener, und ihre Bewegungen wurden schwächer und schwächer. Schließlich erschlaffte sie ganz.

Der Lupa ließ den Kadaver los und schwamm zu dem Jungen. Der schlang beide Arme um Wulfs Hals. Nach ein paar vergeblichen Versuchen schaffte er es, sich halb auf den Rücken des mutierten Wolfs zu schieben. Viel mehr als Ohren und Schnauzenspitze sah Rulfan nicht von seinem Gefährten, als der den Jungen in Richtung Schilf trug.

Rulfan schulterte den *Laserbeamer* und watete durchs seichte Uferwasser, bis es ihm bis zu den Hüften reichte. Fast doppelt so lange brauchte der Lupa für den Rückweg. Aber Rulfan wusste, dass er es schaffen würde.

Auch ihn selbst hatte der Lupa drei Tage zuvor an ein rettendes Ufer gezogen. An die Südküste Britanas. Eine gewaltige Flotte der Nordmänner hatte seinen Steamer beschossen und vermutlich versenkt. Rulfan war überzeugt davon, dass seine Gefährten längst tot waren. Zwei waren vor seinen Augen von detonierenden Kanonenkugeln zerfetzt worden. Von der Steilküste aus hatte Rulfan gesehen, wie die Nordmänner den havarierten Steamer geentert hatten. Er kannte das Mordvolk aus dem Norden: Sie pflegten keine Gefangenen zu

machen. Sie nannten sich selbst *Disuuslachter* – Götterschlächter.

Der Lupa näherte sich seinem Herrn. »Tapfer, mein
Freund«, lobte Rulfan. Er griff nach dem Jungen und
nahm Wulf die Last ab. In großen Sprüngen legte der
Lupa die letzten Schritte zurück. Sein langes Fell war
schwer von Wasser. An Land schüttelte er es aus.

Rulfan trug den entkräfteten Körper des Jungen bis
zum Waldrand. Dort legte er ihn ins Gras. »Wie heißt
du?«, fragte er ihn. Nur ein undeutliches Krächzen
drang aus dem kleinen Mund.

Rulfan ließ ihm Zeit. Er setzte sich neben ihn und zog
ihm die nasse Lederkutte aus. Der schmächtige Körper
bibberte. Rulfan streifte seine braune Lederweste ab, zog
sein graues Hemd aus und hüllte das Kerlchen in den
trockenen Leinenstoff. »Verschnauf erst einmal.«

Es dauerte seine Zeit, aber bald kam der Junge wieder
zu Kräften. Zaghaft streckte sich sein Ärmchen aus, um
Rulfans *Laserbeamer* zu betasten. »'n Feuawoa«, krächzte
er ehrfürchtig. »Bisse vonne Maulwöafe?«

»Gibts hier Maulwürfe mit Feuerrohren?«, lächelte
Rulfan. Dann begriff er: Der Junge sprach von den Technos. »Ich bin ein Freund von ihnen«, sagte er schließlich.
Keine leicht verdauliche Auskunft für den Knaben. Er
machte ängstliche Augen und rückte sogar ein Stück von
dem großen weißhäutigen Mann mit dem langen Grauhaar ab.

Rulfan wusste, dass der Junge zu den Barbaren gehörte, die in den Ruinen Landáns lebten. Allein die Tatsache,
ihn und seine Begleiter hier an der Themse zu finden,
sprach dafür. Und dann noch die gelbliche Haut und das
verwaschene Englisch des Kerlchens – es war die Sprache der *Socks*. Oder der »Lords«, wie die Barbaren von
Landán sich selbst nannten. Oder nein – »Loads« nann-

ten sie sich, um ganz genau zu sein: Sie konnten kein »R« aussprechen.

Rulfan hatte seine Kindheit in Britana verbracht. Vier Tagesmärsche weiter südwestlich zwar, aber er war in jenen Jahren zweimal in den Ruinen von Landán gewesen.

»Dankdankdank«, murmelte der Junge. Er richtete sich auf und legte seine Händchen auf Rulfans Brust.

»Wie heißt du, mein Junge?«

»Djeff.« Wieder hingen seine Augen am *Laserbeamer*. »Kwötschis sinne volle platzt.«

»Kwötschis?« Rulfan kannte den Begriff nicht. »Nennt ihr die Riesenkröten so?« Der Junge nickte. »Die Männer, die von den Kwötschis getötet wurden – war dein Vater dabei?«

Der Junge schüttelte den Kopf. »Wa'ne Littload unne Simpload. Mein Vadde hätte Kwötschis plattemacht.« Er richtete sich auf. Stolz drückte er seine schmächtige Brust heraus und hob den Kopf. »Mein Vadde isse Gwanload Paacival.« Erwartungsvoll blickte er in die roten Augen des weißhäutigen Mannes mit den langen weißgrauen Haaren.

»Was du nicht sagst...« Rulfans weiße Brauen wanderten nach oben. Von seinem eigenen Vater wusste er ein wenig Bescheid über die Lords. Ihre Stämme – drei oder vier lebten in der großen Ruinenregion Landáns – waren streng hierarchisch geordnet. Ein Grandlord führte den Stamm, unter ihm ein paar so genannte Biglords, und dann eben die Simplords und Littlords, die der Kleine erwähnt hatte. Frauen rangierten knapp über Frekkeuschern und Wakudas.

»Ein Sohn des Grandlords also«, murmelte Rulfan. »Und darauf bist du mächtig stolz, was?« Der Junge nickte heftig. Rulfan schmunzelte. Die *Socks* waren nicht nur rohe und gefährliche, sondern auch mächtig stolze Burschen. Schon ihre Knirpse infizierten sie mit ihrem Dünkel. Vermutlich hielten sie sich für die Krone der Schöpfung. »Und wo lebt deine Sippe?«

»Landán-Tschelsi«, sagte der Junge.

Rulfan stand auf. »Dann los, Djeff – ich bringe dich zu deinem Vater.« Er deutete auf Wulf. »Du darfst auf meinem Lupa reiten.«

Ein Strahlen ging über das erschöpfte Jungengesicht. Er stand auf und klammerte sich im Zottelfell des Wolfes fest. Sie hatten annähernd gleiche Schulterhöhe, und Djeff benötigte zwei Anläufe, bis er endlich auf dem Rücken des Lupas saß. Sie brachen auf. Rulfan ging voraus. »Mein Vadde wiadia gwoße Schenke mache, weile mich gewettet has«, krähte Djeff hinter ihm.

»Da bin ich mir nicht so sicher.« Rulfan folgte einem ausgetretenen Uferpfad. »Einem Boten, der schlechte Nachrichten bringt, macht man keine Geschenke.«

»Schlächde Nachichde?«

»Ja.« Das Schilf lichtete sich, der Blick auf die Brückenruine wurde frei. Ein schwarzgrüner Schleier von Schlingpflanzen hing von überwucherten Stahlträgern ins Wasser hinab. »Ich komme von der Küste – dort sah ich viele Schiffe eines grausamen Volkes.« Zwei große Rabenvögel kreisten in Ufernähe über der Themse. Kolks – sie begleiteten Rulfan, seit er sich vor drei Tagen auf die Steilküste gerettet hatte. »Es wird Krieg geben...«

Wellen bäumten sich auf und warfen sich auf den weißen Strand. Das Meer glitzerte türkisfarben. Hoch im Zenit des blauen Himmels glühte die Sonne. Ihr Lichtschimmer funkelte in der Brandung. In der Ferne war ein Korallenriff zu erkennen, das sich weit in den Ozean hineinstreckte. Gischt schäumte, wenn die Wogen sich dagegen warfen.

Links des Sandstrandes lag eine Düne. Und hinter ihr der Hang eines bewaldeten Bergrückens. Erst sanft, dann immer steiler stieg er an und gipfelte schließlich, weit entfernt, in einen Vulkankegel.

Rechts säumten lange Palmen mit gebogenen Stämmen den Strand. Die Büsche zwischen ihnen hingen voll mit trichterförmigen roten und weißen Blüten. Wenn man den Blick vom Strand weg ins Innere der Insel richtete, sah man auf die weit ausladende Krone eines Baumes. Blaue und grüne Papageien flatterten im Geäst herum. Leise Musik perlte von irgendwoher – Harfenakkorde und eine Flöte. Sonst war nichts zu hören – kein Papageiengeschrei, nicht das Rauschen des Windes in den Palmen, keine Brandung.

Nur die Stimme eines Mannes noch. Eine tiefe, volltönende Stimme. Gesicht und Oberkörper waren inmitten der Palmenkronen zu sehen, umgeben von einem hellgrünen Rechteck und übergroß. Ein hartes, ernstes Gesicht. Der Mann, dem es gehörte, trug ein bordeauxrotes weites Jackett und darunter ein schwarzes Hemd.

Inmitten des Strandpanoramas stand ein runder gläserner Tisch, hellblau und mit sechs breiten S-förmigen Beinen. Drei Männer und drei Frauen saßen um ihn herum auf Stühlen aus ebenfalls blauem Glas. Das Kunstleder der runden Sitzflächen und Lehnen glänzte in einer Farbe, die dem Türkis des Meeres entsprach. Drei Stühle waren unbesetzt. Einer davon hatte eine höhere Rückenlehne und war größer als die anderen.

Die sechs Männer und Frauen trugen weite Jacken und Hosen, cremefarben zumeist, nur eine der Frauen hatte sich in einen schneeweißen langen Mantel mit rüschenbesetzten Kragenaufschläge gehüllt. Alle blickten sie auf den Monitor in der Glaswand des Kuppelsaales.

»Ich habe die Bilder gesehen«, sagte der Mann auf dem Monitor. Sein kantiges Gesicht war schneeweiß. Tiefe Furchen querten die Stirn und durchzogen es von den Nasenflügeln bis zu den herabgezogenen Mundwinkeln. Dicke tiefblaue Adern überzogen seinen perückenlosen Schädel. »Ja, es ist mein Sohn, den unsere Späher entdeckt haben. Aber ich kann nicht verstehen, dass er zu Fuß am Themseufer entlangmarschiert.« Die stechenden roten Augen lagen tief in ihren Höhlen. Augen, die viel gesehen hatten. »Er hatte mir angekündigt, mit einem Schiff kommen zu wollen.«

Hin und wieder zitterte das Bild ein wenig. Manchmal entfärbte es sich, und die tiefe Männerstimme verwandelte sich kurzzeitig in verzerrte Vibrationen, als würde man eine Stahlsaite anschlagen. Die Funkverbindung zwischen der Community London und der Community Salisbury litt unter der CF-Strahlung. Eine weltweite Strahlung, wie die Ingenieure der Communities annahmen. Ihre Hauptquelle lag in den Weiten Asiens. Doch viel mehr noch litt die externe Kommunikation der Community London unter der Störstrahlung aus dem Einschlagskrater in der ehemaligen City, wo ein Trümmerstück »Christopher-Floyds« niedergegangen war.

»Er wollte mit einem Schiff kommen?« Eine der Frauen am runden Tisch machte ein erstauntes Gesicht. »Woher wissen Sie das, Sir Leonard?«

Mit ihren achtundsiebzig Jahren war Valery Heath die Jüngste im Kuppelsaal. Die Mehrzahl der Octaviatsmitglieder hatte die Hundertzwanzig längst überschritten. Sie trug eine Perücke aus langem blonden Haar. Ihre Haut war bleich, aber nicht weiß, ihre Augen von einem samtenen Braun. Valery Heath war Octavian für Außenbeziehungen. Deswegen leitete sie das Gespräch mit dem Botschafter von Salisbury.

»Ich stehe durch einen Späher in Kontakt mit ihm«, sagte Leonard Gabriel. »Nachdem er mir auf diesem Wege von jenem rätselhaften Jetpiloten berichtet hatte, bat ich ihn, nach Britana zu kommen, um diesen Maddrax mit einer unserer Communities in Kontakt zu bringen.«

»Das hatten wir miteinander beschlossen«, bestätigte Valery Heath. »Nicht zuletzt weil wir uns Sorgen um den Mann machten – der *Socks* wegen. Eine berechtigte Sorge, wie sich gezeigt hat. Aber dass Ihr Sohn mit einem Schiff kommen wollte, ist mir neu.«

»Ein Segelschiff?«, erkundigte sich ein kleiner rundlicher Mann mit schwarzer Hautfarbe. Ibrahim Fahkas Vorfahren stammten aus Ostafrika. Er vertrat als Octavian die Interessen der Ingenieurskaste in der Community-Regierung.

»Rulfan besitzt einen kleinen Raddampfer, ein sehr altes Fahrzeug allerdings. Ich hoffe sehr, es hat keinen Schiffbruch erlitten ...«

»Selbst wenn, Sir Leonard«, ergriff Valery Heath wieder das Wort. »Sie haben die Aufnahmen gesehen – Ihr Sohn ist wohlauf.«

»Ja, dem Himmel sei Dank. Nur ...« Leonard Gabriel zögerte und senkte den Blick.

Heath runzelte die Stirn. Sie kannte Gabriel gut. Schon als sie noch ein kleines Mädchen und er noch Octavian gewesen war, hatte sie mit ihm zu tun gehabt. Manchmal glaubte sie seine Gedanken lesen zu können. Schlagartig wurde ihr klar, dass er den wahren Grund seiner heutigen Kontaktaufnahme noch gar nicht genannt hatte.

Gabriel hob den Kopf. Seine Stimme klang leiser, als er fortfuhr. »Er wollte uns etwas mitbringen, Ladies und Gentlemen. Etwas sehr Wichtiges.«

»Werden Sie deutlicher, Botschafter!« Eine schroffe Frauenstimme meldete sich zu Wort. Die Frau in dem weißen Mantelkleid. Josephine Warrington, die *Prime* der Community London, die Vorsitzende des Octaviats. Blauschwarzes steifes Haar rahmte ihr breites Gesicht ein, eine Perücke natürlich. Ihre Haut wirkte grau. Ein unwilliger Zug lag um ihre dunklen Augen. »Was hatte Ihr Sohn so Wichtiges an Bord?!«

»Darüber Auskunft zu geben, überschreitet die Grenzen meines Mandats, Lady Prime«, sagte Gabriel steif. »Ich erlaube mir, unseren Prime um das Wort zu bitten.«

Das Bild verblasste und baute sich gleich darauf wieder auf. Ein anderer Mann erschien vor der Kulisse sattgrüner Weiden, auf denen Vieh graste. Die Landschaft war unschwer als eine irische Flußebene zu erkennen. Der Mann, der diese Kulisse bevorzugte, hieß James Dubliner – er war der *Prime* der Community Salisbury. »Ich begrüße Sie, Ladies und Gentlemen!« Er sprach schnell und mit hoher Stimme. Von kleiner drahtiger Gestalt und mit hellwachen grauen Augen, wirkte er straff und kraftvoll. Obwohl sein gelbliches, lederhäutiges Gesicht alt aussah. Fast so alt, wie er tatsächlich war: einhundertdreiundsiebzig Jahre. Er war in einen schwarzen Umhang gehüllt. »Ich mache es kurz: Sir Leonards Sohn hatte einen CF-Kristall an Bord.«

»Waas?!«, schrie der Wissenschafts-Octavian und schlug auf den Tisch. Bis auf die *Prime* sprang das gesamte anwesende Octaviat Londons von den Stühlen.

»Wir hätten Sie zu gegebener Zeit informiert«, schnarrte Dubliner. Anders als in London, wo der König ein Vetorecht hatte und Octaviats-Sitzungen leiten konnte, verkörperte der *Prime* im wesentlich hierarchischer organisierten Salisbury die oberste Regierungsinstanz.

Dubliner war der Chef der kleinen Community. Seine Pläne und Anordnungen konnten nur durch eindeutige Mehrheiten in geheimen Octaviats-Abstimmungen blockiert werden. Dubliner, ein mit allen Wassern gewaschener Fuchs, wusste solche Abstimmungen in der Regel zu verhindern. »Wir wollten das Objekt erst einmal in unserem Speziallabor untersuchen, um ganz sicherzugehen, dass es sich wirklich um einen CF-Kristall handelt.«

»Unsere Verträge sehen vor, dass schon bei Verdacht auf einen CF-Kristall Informationspflicht besteht!«, protestierte Valery Heath.

»Über die Feinheiten der Vertragsinterpretation verständigen Sie sich bitte mit meinem Octavian für externe Angelegenheiten und mit Botschafter Gabriel, Lady Valery«, sagte der *Prime* kühl. »Mir scheint, dass wir im Moment dringendere Probleme haben. Wenn unser V-Mann wirklich einen CF-Kristall an Bord hatte, sollten wir wissen, wo er geblieben ist. Ich beantrage hiermit in aller Form Nachbarschaftshilfe. Nehmen Sie Kontakt mit dem Sohn unseres Botschafters auf, und sorgen Sie dafür, dass er möglichst schnell nach Salisbury gebracht wird.«

»Wir werden darüber beraten, Sir James«, sagte Josephine Warrington schroff.

»Ich habe vollstes Vertrauen zu Ihnen, Lady Prime.« James Dubliner deutete eine Verbeugung an, der Bildschirm verblasste, das Rechteck in der Glaskuppelwand füllte sich mit blauem Himmel.

Nacheinander setzten sich die Octaviane wieder. »Ungeheuerlich!« Noch einmal schlug Anthony Hawkins, der Octavian für Wissenschaft und Forschung, mit der flachen Hand auf den Glastisch. »Hat einen Kristall gefunden und informiert uns nicht!«

»Er hätte uns noch informiert – ich glaube ihm«, meldete sich die dritte Frau im Kuppelsaal zu Wort. »Dubliner ist zuverlässig. Das hat er in den fünfundfünfzig Jahren, in denen er Prime ist, bewiesen.« Die Frau trug eine rote Perücke und war auffällig dünn und groß. Rose McMillan – die Verantwortung für Frauen, Kinder und Fortpflanzung lag in ihren Händen. »Er pflegt sich an Vereinbarungen zu halten.«

»Ich schließe mich Ihrer Meinung an, Rose – Dubliner hätte uns vertragsgemäß an den Untersuchungen des Kristalls teilhaben lassen.« Josephine Warrington lehnte sich zurück und faltete ihre grauen Hände vor sich auf dem Tisch. »Was machen wir mit seinem Antrag?«

»Vorschlag«, sagte Heath. »Wir schicken dem V-Mann einen EWAT entgegen, bringen ihn in einen der septischen Außenräume der Westminster Hall und vernehmen ihn dort. Danach entscheiden wir, ob wir ihn nach Salisbury bringen oder allein seiner Wege ziehen lassen.«

»Hat jemand ein Argument gegen diesen Vorschlag?« Warrington blickte sich in der Runde um. Niemand meldete sich zu Wort. »Dann warten wir, bis der General zurück ist – ich will, dass er den Einsatz persönlich leitet.«

Der Großbildmonitor in den Palmen flammte auf. Ein braun gebrannter, nur mit einem weißen Lendentuch bekleideter Mann wurde sichtbar. Kräftige Muskelstränge überzogen seinen Körper. Schwarze drahtige Locken wucherten auf seinem Quadratschädel. Der persönliche E-Butler der *Prime*.

»Was gibt es, Herkules?«, fragte Warrington.

»Entschuldige die Störung, Josey, aber das Hauptportal meldet eben die Rückkehr des königlichen EWATs.«

»Dann sei so freundlich und verbinde uns mit dem Pforten-Butler. Und mach die Musik aus.«

Der halbnackte Adonis trat zurück und verschwand hinter dem rechten Bildschirmrand. Der Außenbereich vor dem Hauptportal wurde eingeblendet.

»Und nun, Ladies und Gentlemen, wird es spannend.« Die Stimme der *Prime* klang jetzt verschwörerisch. »Sehen Sie sich den Mann gut an. Wenn sich die Gerüchte bestätigen, die Gabriel aus Köln hörte, dann könnte dieser Maddrax unser Mann sein.«

»Ich werde ihn mit Argusaugen betrachten«, sagte Hawkins. »Verlassen Sie sich darauf, Lady Prime.«

»Ich halte diese Geschichten nach wie vor für Märchen!« Ibrahim Fahka blies verächtlich die Wangen auf. »Ein Jet des 21. Jahrhunderts! Eine Faustfeuerwaffe! Ich kanns nicht glauben!«

»Lassen wir uns überraschen.« Josephine Warrington wandte sich dem Monitor im Südsee-Panorama zu. Alle taten das. Gespannte Stille hing über dem runden Tisch unter der Glaskuppel. Die Musik verstummte.

Ein weitgehend freies, mit niedrigen Sträuchern bewachsenes Feld wurde auf dem Monitor sichtbar. Links dahinter die Trümmer ehemaliger Ministerien. Rechts ein leidlich von Gestrüpp freigehaltener Säulengang, darüber das schwarze Gemäuer einer eingebrochenen Fassade, und dann die jämmerlichen Reste Big Bens, über und über mit Efeu bedeckt.

Ein EWAT rollte den Betrachtern entgegen. Er passierte die Ruine Big Bens und den Säulengang. Das viergliedrige Fahrzeug bestand größtenteils aus einer molekularverdichteten Teflon-Carbonat-Legierung. Ein mattes dunkles Grün überzog die Raupe – nur die Ketten und die Frontkuppel waren tiefschwarz. Man konnte keine Personen in der Kommandozentrale erkennen; nur von innen war die Kuppel durchsichtig.

Die Maße des königlichen EWATs wichen von denen

der restlichen Flotte ab: Das Steuersegment des Tanks war zwei Meter länger, was dem Earth-Water-Air-Tank eine Gesamtlänge von zweiundzwanzig Metern verlieh. Auch war König Rogers Tank nicht drei, sondern dreieinhalb Meter breit und mit seinen drei Metern Höhe um einen halben Meter höher als die Standardmodelle.

Das gleichmäßige Sirren der Teflonketten war deutlich zu hören. Langsam glitt der EWAT aus dem Bild. Dann die Stimme des E-Butlers, der für das Hauptportal zuständig war: »Bitte identifizieren Sie sich!« Das Bild wechselte, das Innere der Kommandozentrale des EWATs wurde sichtbar. Und das Menschengedränge darin.

Valery Heath und Rose McMillan standen auf und näherten sich dem Bildschirm, die anderen reckten die Hälse. Nicht den fünf helmlosen Besatzungsmitgliedern in der Kommandozentrale galt ihre ganze Aufmerksamkeit, sondern den drei Menschen in silbergrauen Schutzanzügen und durchsichtigen Helmen. Vor allem dem großen breitschultrigen Mann unter ihnen. Neugierig betrachteten die Octaviane sein kantiges Gesicht. Ein junges Gesicht, aber gezeichnet von Entbehrung und Kampf. Maddrax – der Mann, den das Octaviat so gespannt erwartete. Der Mann, der nach Einschätzung der Community Salisbury für den großen Auftrag geeignet sein könnte. Unter den anderen beiden Helmen sah man Frauenköpfe, einen dunkelhaarigen und einen blonden.

»Sie sind zu dritt!«, entfuhr es McMillan. Empörung spiegelte sich auf der Miene der Octavian. »Zwei Personen waren uns angekündigt! Wer ist die dritte?!« Niemand reagierte; die *Prime* winkte mit herrischer Geste ab.

»Captain Cinderella Loomer«, sagte die dunkelhäutige Frau auf dem Pilotensitz. Der E-Butler identifizierte Personen, die das Portal passierten, anhand einer Stimmanalyse.

»Roger der Dritte, Prinz von Kent und König der Britannischen Inseln.« Ein schmales tiefbraunes Gesicht blickte von der Leinwand. Die kleine Nase hätte man noch als aristokratisch bezeichnen können – das leicht vorgeschobene Kinn jedoch und der kleine Schmollmund zerstörten diesen Eindruck. Sie verliehen dem Gesicht des Königs einen eher kindlichen Zug. Und einen sehr eigensinnigen. Josephine Warrington hatte ihre Mühe mit dem trotzigen Wesen des sehr viel jüngeren Monarchen. King Roger III. war gerade mal neunundfünfzig Jahre alt.

Die anderen Besatzungsmitglieder identifizierten sich: Jefferson Winter – Berater des Königs, Dichter und Octavian für Kultur und Unterhaltung, ein Albino. General Charles Draken Yoshiro, der leitende Kommandant der Community-Force und Militär-Octavian, japanischer Abstammung und ebenfalls ein Albino. Wie immer trug der stämmige Mann eine blaue Zopfperücke. Und schließlich Commander Curd Merylbone, ein auffallend kleiner und schmächtiger Mann, der irgendwie unauffällig hinter der Navigationseinheit saß. Nach ihm meldeten sich die Waffentechniker und Infanteristen aus den hinteren Segmenten des EWATs mit Rang und Namen.

Die reguläre Besatzung – also die Besatzung, mit welcher der Tank Stunden zuvor die Community verlassen hatte – trug den bei solchen Einsätzen üblichen eng anliegenden Anzug aus dünnem weichen Kunstfaserstoff. Den drei Fremden hatte die Besatzung nach Betreten des EWATs Schutzanzüge verpasst. Ein reiner Selbstschutz – schon die natürlichen und für die Fremden harmlosen

Erreger auf ihrer Haut konnten für ein Community-Mitglied zu lebensgefährlichen Infektionen führen. Die fatale Immunschwäche bei allen bisher bekannten Communities hatte sich als schier unüberwindliches Handicap erwiesen. Seit Generationen verdammte es die Communities zu einem von der Welt abgeschotteten Leben unter der Erdoberfläche.

Der blonde Mann im Schutzanzug trat in den Vordergrund. »Mein Name ist Commander Matthew Drax.« Ein Lächeln huschte über sein Gesicht. »Oder auch Maddrax; so nennen mich die Wandernden Völker.«

Getuschel unter den Octaviats-Mitgliedern. Aufmerksam betrachtete die *Prime* den Fremden. Entschlossenheit sprach aus seinen Zügen, Geradlinigkeit aus seinen Augen – der Mann gefiel ihr.

»Den Namen verdanke ich meiner Partnerin.« Commander Matthew Drax wandte sich um und wies auf eine der Barbarinnen hinter sich. Eine Frau mit einem schönen ebenmäßigen Gesicht und braunen Augen. Ihre drahtige Lockenmähne füllte fast den gesamten Helm aus.

»Aruula«, stellte sie sich mit rauchiger Stimme vor. Die zweite Frau sprach kein Wort.

»Das ist Lu«, sagte der Mann, der sich als Commander Drax vorgestellt hatte. »Die Lords wollten sie töten; wir haben sie unter unsere Fittiche genommen.«

Entrüstetes Zischen im Kuppelsaal. »Eine *Socks*!«, fauchte McMillan. »Das muss man sich einmal vorstellen!«

Die Stimme des E-Butlers tönte aus dem Off. »Für zwei Individuen liegt keine Passage-Genehmigung vor.«

Jetzt erhob sich die *Prime* von ihrem Stuhl. »Verzeiht, Eure Majestät –« Sie näherte sich den Palmen mit dem

Bildschirm. »Da Ihr mit an Bord seid, nehme ich an, dass Ihr die Aufnahme der Wilden zu verantworten habt, Sire. Ich muss um eine Erklärung bitten!«

»Hätte ich sie dem Tod überlassen sollen, Lady Prime? Wir mussten uns mit den Riesenspinnen auseinander setzen – beinahe hätten sie mich übrigens getötet und den General ebenfalls. Die *Socks* formierten sich gerade zu einem neuen Angriff – die ...« Er unterbrach sich und musterte die verängstigte Frau hinter sich, als würde er eine Bezeichnung für sie suchen. »...das Mädchen sollte hingerichtet werden und wäre jetzt nicht mehr am Leben, wenn wir sie nicht aufgenommen hätten.«

»Eure humanistischen Erwägungen in Ehren, Sire, aber die sind in diesem Falle absoluter Luxus!« Die *Prime* wurde heftig. »Wisst Ihr denn, welche Keime die Wilde in den EWAT eingeschleppt hat?! Euer Verantwortungsgefühl für Eure Community scheint mir noch ausbaufähig, Sire!« Den letzten Satz stieß sie mit scharfer, zischender Stimme aus.

»Wir hatten keine Wahl«, schaltete sich der General ein. Er machte einen zerknirschten Eindruck. Auch er wäre um ein Haar im Verdauungssystem einer mutierten Riesenspinne gelandet. »Wir *mussten* sie aufnehmen. Und Maddrax und seine Gefährtin haben sicher nicht weniger Keime mit in das Fahrzeug gebracht. Wir haben sie alle besonders ausgiebig in den UV-Schleusen bestrahlt und sofort mit Schutzanzügen versehen.«

Die dunklen Augen der *Prime* blitzten zornig. Dass der Militär-Octavian sich dem Standpunkt des Königs anschloss, verdross sie. Normalerweise widersprach Yoshiro dem Monarchen, wo immer er konnte. Er war Warringtons zuverlässigster Partner im Octaviat. »Durchfahrt verweigern!«, schnarrte sie. Die Vollmacht über das Panzerglastor der Außenpforte lag immer beim ranghöchsten Regierungsmitglied innerhalb des Bunkers. Und da der König sich außerhalb des Bunkers befand, lag sie im Augenblick bei der *Prime*.

»Das ist ungeheuerlich!«, mokierte sich König Roger. »Dann werde ich meinen Individual-Code einsetzen!« Natürlich verfügte Roger III. über einen persönlichen Code, der ihm den Zugang in die Community ermöglicht hätte. Alle Regierungsmitglieder hatten einen derartigen Individual-Code. Und die leitenden Offiziere spezieller Kommandos ebenfalls. Der Code wurde nach einmaligem Gebrauch ungültig, und sein Benutzer musste einen neuen beantragen. Das Gesetz der Community gebot, diesen Code nur im Notfall zu benutzen. Solange innerhalb des Bunkers mindestens zwei Octaviane eine beschlussfähige Regierung vertraten, war es bei Strafe verboten, die Außenpforte eigenmächtig zu öffnen. Dieses Gesetz und die Individual-Codes gab es erst seit etwa einhundertachtzig Jahren. Damals war ein externes Kommando der Community Birmingham vor verschlossener Außenpforte zu Grunde gegangen, weil innerhalb des Bunkers über neunzig Prozent der Bevölkerung einer Infektion zum Opfer gefallen waren. Darunter sämtliche Regierungsmitglieder. Die Community Birmingham existierte nicht mehr.

»Das werdet Ihr nicht wagen, Sire!«, blaffte die *Prime*. »Unterbrich die Verbindung, Herkules!« Wütend begann Josephine Warrington um den runden Tisch herumzutigern. »Ihre Meinung, Ladies und Gentlemen!« Es kam zu einer erregten Diskussion. Schließlich einigte man sich. Die Verbindung zum großen Portal wurde wieder hergestellt.

»Sie alle haben sich einer prophylaktischen Therapie zu unterziehen«, teilte sie der EWAT-Besatzung den Beschluss des Octaviats mit. »Commander Drax bleibt einen Tag zur Entkeimungsquarantäne im SEF. Morgen früh darf er die Community im Schutzanzug betreten. Die beiden Wilden dürfen die Community nicht betreten. Sie dürfen aber einen Raum im SEF benutzen.«

Das SEF war eine Art Vorhalle über dem eigentlichen Bunkerzugang. Es lag in der ehemaligen Westminster Hall.

In der Kommandozentrale des EWATs brach eine erregte Diskussion los. Vor allem die dunkelhaarige Barbarin gestikulierte wild. Commander Drax hatte sich zu ihr umgedreht. Ihre Gesichtszüge unter dem Helm signalisierten Widerwillen und Zorn. Sie stieß lautstarke Sätze in einer Sprache aus, die keiner der anwesenden Octaviane verstand. Der Mann, der sich Maddrax nannte, schien ihr nicht viel entgegnen zu können. Sie ließ ihn kaum zu Wort kommen. Beruhigend legte er den Arm um sie.

»Nichts für ungut, Ma'am.« Commander Drax wandte sich wieder um und blickte vom Bildschirm auf Josephine Warrington herab. »Aber ohne meine Partnerin werde ich Ihren Bunker nicht betreten.«

König Roger schaltete sich ein. Im Tonfall einer beleidigten Diva pochte er auf seine Befehlsgewalt und verlangte der Barbarin Aruula Einlass zu gewähren.

Die zeternde Einlassung des Königs ließ Warrington kalt. Aber diesen Maddrax wollte sie nicht vor den Kopf stoßen. Wenn ihre Intuition Recht behalten sollte, würden sie den Mann noch brauchen. Sie gab nach. Die Verbindung zum Portal wurde unterbrochen. Josephine Warrington wandte sich an ihre anwesenden Octaviane. »Ihr erster Eindruck, Ladies und Gentlemen – ist er der Mann, den wir suchen?«

»Ich kann es nicht glauben.« Ibrahim Fahka schüttelte den Kopf. »Wenn es auf dieser verkommenen Erde einen

Barbarenstamm geben sollte, dem es gelungen ist, einen Jet zu bauen, wüssten wir das!«

»Wenn Sie sich da mal nicht täuschen, Sir«, sagte Warrington kühl. »Unsere Expeditionen haben noch nicht einmal die Alpen überwunden, geschweige denn die Karpaten. Commander Carlyles Ostexpedition hat sich zuletzt vom Rhein aus gemeldet – das ist fast vier Monate her – und Commander Nashs Skandinavien-Kommando ist seit zwei Jahren überfällig. Wir wissen gar nichts.«

»Sein genetisches Profil könnte interessant für uns sein«, gab Octavian Hawkins zu bedenken. »Und natürlich das der Barbarin. Ob er allerdings der Mann für den großen Auftrag ist...?«

»Seine Anwesenheit wird eine Menge Unruhe in der Community auslösen«, meldete sich Rose McMillan zu Wort. »Ein junger potenter Mann – das wird Frühlingsgefühle bei unseren Frauen auslösen.« Die anwesenden Männer hüstelten verlegen in ihre Fäuste.

Die *Prime* grinste. »Die Angst vor einer Infektion wird sie hoffentlich vom Äußersten abhalten«, sagte sie mit ironischem Unterton.

»Nehmen wir den Mann doch einfach mal unter die Lupe.« Zum ersten Mal im Verlauf der Sitzung bequemte sich der Octavian für Infrastruktur und Logistik zu einem Statement. Der zwergenhafte Louis Blair hatte den Ruf eines notorischen Schweigers. »Außerdem fehlen uns die Meinungen der Octaviane Winter und Yoshiro.« Er räusperte sich. »Und natürlich die des Königs.«

»Korrekt.« Warrington nickte grimmig. »Schauen wir uns den Mann an. Und beten Sie, dass er sich als der Richtige erweist. Dann können wir diesen Tag in unsere Geschichtschronik eintragen...«

Das Ding war aus grauem Metall. Ein rundes Glas bedeckte seine Vorderseite. Unter dem Glas waren Zahlen und zwei Pfeile angebracht, ebenfalls aus grauem Metall. Ein kurzer und ein langer. Honnes hatte so ein Ding noch nie gesehen. Nicht einmal im Hauptquartier, in Rulfans Gemächern.

»Du hast Zeit, bis der große Zeiger auf die Zwölf vorgerückt ist«, sagte das dicke Männchen neben dem Tisch, auf dem das Ding stand. Es deutete auf den längeren Pfeil des Dings und auf die obere Zahl. Honnes begriff, dass seine Peiniger die Zeit mit dem Ding maßen. Der große Pfeil stand kurz vor der oberen Zahl.

Der kleine Fettwanst trug einen Anzug aus grauem schuppigen Leder. Die gegerbte Haut irgendwelchen Meeresviehzeugs, nahm Honnes an. Er hatte strohgelbes Haar, das ihm dicht und fettig über die Ohren und bis in den Nacken wucherte. Kleine Äuglein funkelten in seinem rötlichen fetten Gesicht, und er hatte sich mit »Olaaw« vorgestellt. Er sprach Honnes' Sprache mit hartem Akzent und dolmetschte die wenigen Worte, die der Coelleni zwischen zusammengebissenen Zähnen hervorstieß, für die anderen Männer im Raum.

Ein Frachtraum, vermutete Honnes. Er hockte auf dem Boden, angekettet an die Schiffswand. Dumpfes Stampfen drang aus dem Inneren des Schiffsrumpfes. Honnes hörte das Quietschen und Knarren der Schaufelräder. Ganz nah pflügten sie durchs Wasser, höchstens ein, zwei Schritte von ihm entfernt hinter der geteerten Wand.

Blutige Striemen bedeckten seinen nackten Oberkörper, blaue Flecken sein zerknautschtes Ledergesicht. Seine von Natur aus schon wulstigen Lippen glichen kleinen aufgeplatzten Lischetten-Larven. Er schielte zu den Männern mit den Peitschen, die sich auf die gegenüberliegende Seite des Frachtraums zurückgezogen hatten. Vier Kerle, jünger und größer als er. Zwei trugen Ledermasken, die nur Löcher für Mund und Augen freiließen. Die Gesichter der anderen beiden wirkten merkwürdig eingedrückt. Sie trugen sackartige braune Hemden, darüber erdfarbene Wildlederwesten, und Wildlederhosen, die an den Außenseiten geschnürt waren. Stundenlang hatten die Kerle auf ihn eingeprügelt.

Er beäugte den grimmig dreinblickenden Mann neben der offenen Kiste mit dem Kristall. Eine Art Führer, schloss Honnes aus seinem herrischen Benehmen und aus den schwarzen und roten Streifen, die seine gepanzerte Lederweste zierten. Auch der glatte Lederhelm, den er sich mit einer Schnalle unter dem fliehenden Kinn befestigt hatte, war mit solchen Streifen versehen. Er hatte nur vier Finger an jeder Hand, und statt einer Nase hing ihm ein gelblicher Hautlappen zwischen Augen und Oberlippe. Bei den anderen Soldaten hatte Honnes ähnliche Missbildungen bemerkt. Knorpelstummel statt Ohrmuscheln, gespaltene Lippen und Kiefer, missgebildete Nasen. Der Führer schoss zornige Blicke auf Honnes ab. Der aber fürchtete den immer wieder in wütendes Geschrei ausbrechenden Mann nicht.

Wenn er jemanden fürchtete, dann den schweigenden Alten, der mit vor der Brust verschränkten Armen auf der anderen Seite des Kristalls stand. Er trug ockergelbe Schnürhosen und ein Schnürhemd gleicher Farbe. Dazu schwarze Stiefel und einen Umhang aus schwarz glänzendem Leder, der auf den Brustteilen mit roten Ornamenten verziert war und auf dessen Rücken eine rote Götterfratze drohte. Jedenfalls ging Honnes davon aus, dass es eine Götterfratze war, denn er hielt diesen schweigsamen Mann für eine Art Priester. Sein Gesicht schien wie aus schmutzigem Kalkstein gemeißelt. Weder

Wut noch Genugtuung spiegelte sich in seiner Miene. Wie eine Statue stand er da. Nur seine gespaltene Oberlippe zuckte mitunter, und manchmal fuhr er sich mit der sechsfingrigen Rechten über die schwarze Lederkappe, die sein linkes Auge abdeckte. Das rechte Auge fixierte Honnes unablässig. Als könnte es durch seinen Schädelknochen hindurch in sein Hirn blicken.

Auf der rechten Schulter des Priesters hockte ein kleiner, offensichtlich gezähmter Gerul. Das schwarze Vieh mit dem gemaserten Brustfell klammerte sich mit seinen Greifhänden am Kragen des Umhangs fest. Ständig entblößte es seine messerscharfen Nagezähne, als wollte es Honnes auslachen.

»Von mir erfahrt ihr nichts«, krächzte Honnes erschöpft. Seine Haut brannte, sein Schädel schmerzte, sonst fühlte er nichts. »Sag ihnen, dass sie Taratzen-Ärsche sind, und von mir aus können sie mir die Kehle durchbeißen.« Er versuchte zu grinsen. »Da wo ich herkomme, ist man einiges gewöhnt.«

Sie wollten von ihm wissen, woher der Kristall stammte. Und sie wollten wissen, wer der Mann war, der sich mit seinem Lupa an die Küste hatte retten können. Da war für Honnes klar gewesen, dass Rulfan noch lebte. Allein diese Gewissheit hatte seine Widerstandskraft gestärkt.

Mit eigenen Augen hatte er gesehen, wie sie den Steamer seines langjährigen Kampfgefährten und Anführers versenkten. Und wie sie einem überlebenden Gefährten kochendes Öl in den Hals gegossen und ihm danach Augen und Zunge herausgeschnitten hatten. Nur er, Honnes, und Rulfan lebten jetzt noch. Honnes wünschte sich den Tod. Hauptsache, Rulfan hatte den Zusammenstoß mit der fremden Kriegsflotte überlebt.

Olaaw ging vor ihm in die Hocke. »Die Kehle durchbeißen? Das wäre ein schöner Tod, was?« Ein bitteres Grinsen flog über sein Fettgesicht. »Glaub mir, Honnes – sie werden dir nicht die Kehle durchbeißen. Ich bin schon in ihrer Gefangenschaft groß geworden, ich weiß, wie fantasievoll Nordmänner sind, wenn es ums Töten geht...«

»Du sollst ihnen sagen, dass sie Taratzen-Ärsche sind«, knurrte Honnes.

»...vielleicht werden sie dir die Haut abziehen und dich danach an einem Seil ins salzige Meerwasser tunken. Vielleicht wird Hakuun auch seinem Gerul erlauben, dir die Eier anzunagen, wer weiß?« Er schwieg ein Weilchen, um seine Worte wirken zu lassen. »Wenn du sprichst, stehst du auf der Siegerseite«, fuhr er dann fort und schlug einen schmeichelnden Ton an. »Die Nordmänner werden die Insel erobern und mächtige Waffen erbeuten. Und bald werden sie die Herren von Euree sein. Und viele Dolmetscher brauchen.«

Honnes schaute das Ding an, mit dem man offensichtlich die Zeit messen konnte. Der große Pfeil würde jeden Moment auf die oberste Zahl vorrücken. Verächtlich musterte er die vier Folterknechte und ihre Peitschen. Dicke Fischgräten waren in die Lederriemen eingeflochten. Er blickte dem ungeduldigen Anführer ins nasenlose Gesicht, und er betrachtete mit einem Frösteln den Priester und den Gerul auf seiner Schulter. Alles in ihm sträubte sich bei der Vorstellung, diese mörderischen Barbaren würden über sein geliebtes und gerade erst befreites Coellen herfallen. Nicht einmal den Dysdoorern würde er diesen Feind gönnen.

»Ich habe vergessen, wo ich herkomme«, krächzte Honnes schließlich. »Und von einem Mann, der angeblich mit einem Feuerrohr durch die Gegend schießen soll, habe ich nie gehört.«

Olaaw erhob sich, der große Pfeil rückte auf die obere Zahl des Zeitmess-Dings, und der Kriegsführer namens Kaikaan brüllte einen Befehl. Die vier Folterknechte stellten sich breitbeinig um Honnes herum auf und hoben ihre Peitschen...

Das Gefühl, ein Gast zu sein, den man erwartete und auf den man sich vorbereitet hatte, verstärkte sich. Matthew Drax fragte sich immer öfter, warum die Technos Interesse an ihm zeigten. So viel Interesse, dass ihr König und ihr militärischer Führer persönlich aus der Bunkerstadt aufgebrochen waren, um ihn mitten in den Ruinen zu treffen. Die Bedrohung durch die hinterlistigen Lords hatten sie dabei genauso in Kauf genommen wie das Risiko, den mörderischen Riesenspinnen zum Opfer zu fallen.

Der Mann, der sie durch die unwirkliche Welt unter den ehemaligen *Houses of Parliament* führte, nannte sich Octavian Jefferson Winter. Er sei der Berater des Königs, hatte er gesagt. Unter einem Berater konnte Matt sich zumindest etwas vorstellen. Was ein »Octavian« war, blieb ihm schleierhaft. Zunächst.

»Ihr Gastgeschenk habe ich heute aus dem Sterilisator geholt und persönlich unseren Historikern übergeben«, sagte er. »Sie werden die alte Datenbank auswerten.« Matt hatte den Technos Richard Jaggers Medienplayer überlassen.

Statt der hellen engen Kleidung, in der Matt ihn kennen gelernt hatte, trug der hoch gewachsene kahlköpfige Mann jetzt eine lange weite Jacke und eine weite Hose. Beides schwarz und beides aus dünnem weichen Stoff. Ein Albino, ohne Zweifel, und ein ziemlich alter dazu – seine Haut sah aus wie gebleichtes Pergament. Ein

Geflecht von blauen Adern durchzog sie. Die roten Augen blickten kritisch und ernst aus dem knochigen Gesicht. Matt versuchte sich dieses Gesicht lachend vorzustellen – es gelang ihm nicht.

Sie durchschritten eine kreisrunde Gewölbehalle, so weiträumig wie eine Sportarena. Menschen in weiten bunten Jacken und Hosen verlangsamten ihren Schritt, wenn sie Matt und Aruula entdeckten, und beäugten sie neugierig. Beide trugen Schutzanzüge mit durchsichtigen Kugelhelmen. Einen Tag hatten sie zusammen mit Lu in einem Schott vor dem zentralen Tunneleingang verbracht. Ärzte in Schutzanzügen hatten sie untersucht, und sie waren mit UV-Licht bestrahlt worden.

Am Morgen nach einer unruhigen Nacht hatte sich General Yoshiro auf dem Monitor ihrer Schlafkuppel gezeigt. Jetzt stand eine Audienz in den Privatgemächern des Königs auf dem Programm und danach ein Gespräch mit der Regierung dieser unterirdischen Welt.

Fasziniert bewunderten Matt und Aruula die Wasserbögen eines Springbrunnens im Zentrum der Kuppel. Eine bunte Figur thronte über dem Wasserspiel. Matt betrachtete sie kopfschüttelnd – sie trug deutlich die Züge von Queen Elisabeth II...

Unter der höchsten Stelle der Kuppel blieb Matt stehen und legte den Kopf in den Nacken. Er traute seinen Augen kaum. Blauer Sommerhimmel wölbte sich hoch über der Halle. Sternförmig zweigten Gänge in alle Richtungen ab. Zwischen den bogenförmigen Eingängen in die Abzweigungen glaubte Matt zunächst Bäume und ein Bergpanorama zu sehen. Entsprechend überrascht blieb er stehen und starrte in die Kronen der Gingkos und Akazien. Ihre Zweige und Blätter bewegten sich, als würde der Wind durch die Bäume wehen. Doch schnell merkte Matt, dass die Naturkulisse weiter nichts als eine idyllische Täuschung war – eine Computeranimation, die auf die Kuppelwände projiziert wurde.

Aruula neben ihm machte große Augen und bekam den Mund nicht mehr zu. Fassungslosigkeit spiegelte sich auf ihrem Gesicht.

Nirgends konnte Matt Winkel entdecken, nirgends Kanten – alles war rund, bogenförmig, gewölbt und geschwungen. Bevor sie einen der hohen Gänge betraten, legte er seine Hände auf die Gewölbewand. Trotz der Handschuhe, die er und Aruula tragen mussten, fühlte er die glatte warme Fläche. »Was ist das für ein Material?«, wollte er wissen.

»Titanglas«, sagte Winter. »Es hat sich schon vor über dreihundert Jahren als Baustoff durchgesetzt. Man braucht keine großen Rohstoffressourcen, keine großflächigen Produktionsanlagen, und es hält Jahrtausende.«

»Sie verfügen über keine industriellen Produktionsstätten?«, erkundigte sich Matt. Die Bilder rechts und links des Ganges gaukelten die Illusion vor, durch ein Flusstal zu spazieren.

»Es gibt vier solcher Hallen, wie wir sie eben durchschritten haben«, gab der Albino bereitwillig Auskunft. »Um jede gruppiert sich ein spezielles Bunkersegment, ein anderer Stadtteil, wenn Sie so wollen. Gerade befinden wir uns im Wohnbereich. Hier findet der größte Teil des sozialen Lebens statt. Von einer zweiten Halle aus gelangt man in die Laboratorien der Genetiker, Biotechniker und Ingenieure. Über dreißig Prozent der Community-Mitglieder widmen sich dort der Wissenschaft und der Forschung. In einem dritten Segment wird ausschließlich produziert. Viele Gebrauchsgegenstände wie Kleider und Nahrungsmittel stellen wir natürlich synthetisch her. Doch wir betreiben auch ertragreiche Gewächshäuser. Die vierte Halle schließlich nennen wir ›Octaviats-Arena‹. Dort finden Community-Versammlungen statt, dort werden öffentliche Feste gefeiert, dort pflegt der König zur Community zu sprechen. Der um die Octaviats-Arena gruppierte Bunkerbereich wird ausschließlich von der Regierung und vom Militär genutzt...«

Matt nutzte die unverhoffte Redseligkeit ihres Begleiters aus und schoss eine Frage nach der anderen auf ihn ab. So erfuhr er, dass genau fünfhundertdreiundneunzig Menschen in der Community London lebten. Die durchschnittliche Lebenserwartung lag bei erstaunlichen einhundertsiebzig Jahren. Die Regierung bestand aus acht Köpfen – fünf Männern und drei Frauen. »Octaviane« nannte Winter die Regierungsmitglieder, das gesamte Gremium hieß »Octaviat«, der oder die Vorsitzende wurde *Prime* genannt.

Was Matt über das Regierungssystem zu hören bekam, klang nicht besonders demokratisch. Die einzelnen Octaviane wurden von bestimmten Gruppen innerhalb der Community gewählt. Die Ingenieure, die Wissenschaftler, die Militärs, die Künstler, und so weiter – alle Gruppen wählten einen Mann oder eine Frau, die sie im Octaviat vertreten sollte. Das Amt hatte der oder die Gewählte dann auf Lebenszeit inne. Das Octaviat wählte aus seiner Mitte den Regierungschef, den *Prime*. Auch dessen Sessel wurde in der Regel erst mit seinem Tod wieder frei.

Über dem *Prime* allerdings – seit Jahrzehnten wurde London von einem weiblichen *Prime* regiert – stand der König. Mit seinem Vetorecht konnte er jeden Entschluss des Octaviats zu Fall bringen. Er hatte auch das Recht, eigene Gesetzesentwürfe einzubringen und Octaviats-

Sitzungen anzuordnen. Der König schien zweifellos der mächtigste Mann der Community London zu sein.

Octavian Jefferson Winter blieb stehen. »Hier ist der Eingang zu den Privatgemächern König Rogers des Dritten.«

Matt hatte das Gefühl, im kniehohen Gras einer Frühlingswiese zu stehen. Er sah Farnsträucher und Brombeerhecken und dahinter die Stämme von Buchen und Eschen, aber keine Tür. »Aha«, brummte er. Der Albino lächelte. Zum ersten Mal. »Ich kann mir vorstellen, wie Ihnen zu Mute ist, Commander Drax – die vielen Eindrücke müssen Sie geradezu erschlagen.«

»Tja . . .«, Matt seufzte, ». . . könnte man so sagen.« Er blickte um sich und hob ratlos die Hände. »Diese unterirdische Stadt, diese Naturkulissen, diese ganze . . .« Er unterbrach sich und suchte nach Worten . . . diese ganze fantastische Welt – wie haben Sie das nur zu Stande gebracht?«

»Die Generationen nach ›Christopher-Floyd‹ haben hart gearbeitet, Commander Drax. Ohne die großartigen Leistungen vor allem unserer Bioinformatiker wäre unser Dasein noch weit entbehrungsreicher. Vielleicht würde die Community ohne sie schon nicht mehr existieren. Aber das ist ein weites Feld.« Winter wandte sich dem Waldrand zu – beziehungsweise der gewölbten Titan-Glaswand des Ganges.

»Die Bioinformatiker?«, staunte Matt.

»Ja.« Der Octavian nickte. »Ende des zweiten Jahrhunderts haben sich unsere Computerfachleute fast vollständig von den Computersystemen verabschiedet, die Sie kennen.« Er blickte Matt prüfend an. »Falls es wirklich wahr ist, dass Sie aus dem einundzwanzigsten Jahrhundert stammen.«

Matt ging nicht auf die indirekte Frage ein. »Ihre Computer arbeiten nicht mehr mit elektronischen Schaltkreisen?«

Der Octavian schüttelte den Kopf.

»Sie haben den Quanten-Computer weiter entwickelt?«

»Auch nicht. Vor etwas mehr als dreihundert Jahren haben unsere Vorfahren begonnen, fast ausschließlich mit Helix-Computern zu arbeiten.« Matt machte ein begriffsstutziges Gesicht. »Der Begriff ›Helix‹ müsste Ihnen etwas sagen, Commander Drax. Er stammt aus der Genetik und der Molekularbiologie.«

Zahllose Begriffe schossen Matt durch den Kopf – Molekülstruktur, Eiweißketten, Nukleinsäure... »Sprechen Sie von der Doppelhelix der DNS?«

»Ganz genau«, sagte Winter. »Die Doppelspirale, auf der die Gene eines Organismus gespeichert sind. Natürlich verwenden wir nur menschliche DNS. Schon zu Ihrer Zeit hat man versucht, die immanente Intelligenz der Körperzellen für ein Computermodell auszuwerten. DNS-Computer nannte man das damals, wenn ich mich recht entsinne. Der Helix-Computer basiert schlicht auf der Fähigkeit des Zellkerns, Informationen in Eiweißcodes zu speichern und sie bei seiner Teilung zu kopieren. Unsere Wissenschaftler haben dieses Modell bis zur Perfektion weiterentwickelt.« Er legte seine Hand auf die leicht gewölbte Glaswand, oder auf eine Brombeerhecke – je nachdem, was man sehen wollte. »Aber ich bin Dichter und kein Bioinformatiker. Fragen Sie einen unserer Wissenschaftler. Der wird ihre Neugier besser befriedigen können als ich.« Eine Lerche schwirrte tschilpend aus dem hohen Gras und schwang sich über die Baumwipfel. Ein bogenförmiger Durchgang öffnete sich in der Glaswand – oder im Waldrand, je nachdem. Der Albino trat durch ihn hindurch, Matt und Aruula folgten...

Niemand wagte es, sich in seine unmittelbare Nähe zu setzen. Nur Wulf lag neben ihm und beäugte misstrauisch die wilden Gestalten, die Rulfan gegenüber in einem Halbkreis um das Feuer hockten. Die zwölf Biglords des Stammes hatten sich eingefunden, um Rulfan zu verabschieden. Und natürlich Grandlord Paacival. Der saß sechs Schritte von Rulfan entfernt auf der anderen Seite des Feuers. Fünf seiner vielen Söhne hatten sich um den graubärtigen Hünen geschart. Djeff, sein Jüngster, kuschelte sich in seinen Schoß. Dahinter, in respektvollem Abstand, standen etwa sechzig Simplords und Littlords. Und zwischen den kleinen schiefen Steinhäusern zahllose Frauen und Kinder.

Rulfan registrierte feindselige Blicke aus der Menge. Die Lords trauten ihm genauso wenig, wie er ihnen traute. Der *Laserbeamer* lag über seinen gekreuzten Beinen. Seine großen weißen Hände lagen entspannt auf dem Waffenkolben.

Dampf stieg aus einem verrußten Kessel, der an einer Kette über dem Feuer zwischen zwei schwarzen Metallböcken eingespannt war. Zwei Frauen in langen Wildlederkutten schöpften eine klare bräunliche Flüssigkeit aus dem Kessel in kleine Tongefäße und verteilten sie unter den Männern – Tee. Fünfzig Schritte weiter links, auf einem von schwärzlichen Steinhütten umgebenen dreieckigen Platz schichteten ein paar Männer Holz aufeinander.

»Sinne scheiß Tach«, knurrte Grandlord Paacival. Er trug einen knöchellangen Mantel aus braunem Wildleder, darunter ein schwarzes Lederhemd und schwarze, seitlich geschnürte Lederhosen. »East laufemia zwei wooms wäch, dann weed mia dweizänte Bigload abemuakst, dann wollede Kwötschis minne Jüngste vapudze, unnu onoch Kwiech…« Er schüttelte sein zu zwei Zöpfen geflochtenes Grauhaar. Eine schwarze Lederkappe saß auf seinem Quadratschädel.

In aller Ausführlichkeit hatte der hünenhafte Patriarch Rulfan schon am Abend zuvor von seinem Pech erzählt. Am meisten schien ihn der Verlust zweier blutjunger Frauen – *wooms* nannten die Lord das andere Geschlecht – zu schmerzen. Auf seine alten Tage wollte er seinen vielköpfigen Harem mit ihnen verjüngen. Und vermutlich sich selbst. »Owguudoo müsse stinkewutig sein.« Er riss sich die Lederkappe vom Kopf und zerwühlte sein Lockengestrüpp. »Wäan ihm heute'n obfa bwingen ...«

Auch dass die Lords Verehrer des finsteren Orguudoos waren, hatte Rulfan inzwischen mitbekommen. Davon hatte sein Vater nie erzählt. Religion hatte während seiner Kindheit in der Community Salisbury so gut wie keine Rolle gespielt. Deswegen begegnete Rulfan den religiösen Anschauungen und Sitten der Menschen, deren Wege er kreuzte, immer mit einer respektvollen Gleichgültigkeit.

Rulfan beobachtete die bärtigen Biglords rechts und links ihres Patriarchen. Fast alle waren in Wildleder gekleidet: Schnürhosen, lange Hemden und Westen darüber. Die meisten der verwegen aus ihrem Bartgestrüpp lauernden Burschen waren blond, einige grau. Kaum einer trug das Haar offen. Rulfan konnte sich nicht erinnern, dass ihm die kranke Hautfarbe in seiner Kindheit schon aufgefallen war: Die Haut der Lords hatte durchweg einen Gelbstich.

Rulfan merkte, dass die Blicke einiger Biglords begehrlich an seinem *Laserbeamer* hingen. Der Grandlord hatte ihn zwar gestern Abend offiziell zum Freund seines Stammes erklärt – aus Dankbarkeit für die Rettung seines Sohnes –, aber Rulfans Instinkt warnte ihn davor, diesen gerissenen Burschen auch nur einen Moment zu trauen. Obwohl Grandlord Paacival zwei Wachen vor der Steinhütte postiert hatte, um ihm symbolisch Schutz zu demonstrieren, hatte Rulfan nicht geschlafen. Sicher hätte der Lupa ihn geweckt, wenn sie versucht hätten, ihn zu bestehlen – aber Rulfan verließ sich lieber auf sich selbst. Er konnte tagelang ohne Schlaf auskommen.

»Wieville Schiff vonne Noadmänne hasse gesään?« Mit den Wurstfingern seiner Rechten zerwühlte der Grandlord seinen struppigen Rauschebart.

»Achtzig oder neunzig.« Rulfan musste die Frage zum dritten Mal beantworten. Der Grandlord tat sich schwer, der Wahrheit ins Auge zu sehen.

»Un wieville Noadmänne schätze?«

»Ich weiß es nicht«, sagte Rulfan. »Fünfzig bis siebzig pro Schiff ganz bestimmt. Eher mehr.«

Der Grandlord stöhnte auf. »Sinne vafluch ville!«

Der Holzstoß auf dem Versammlungsplatz wuchs. Aus den Augenwinkeln beobachtete Rulfan zwei Lords, die vier Fackeln auf den Platz brachten. Sie stellten sich neben dem Holzstoß auf. Zwei weitere schleppten einen schwarzen Kessel heran.

Grandlord Paacival bellte Befehle nach links und rechts. Drei Biglords sprangen auf. Sie stürmten auf die Menge der Simplords und Littlords zu und brüllten ihrerseits Befehle. Rulfan verstand nicht alles. Aber so viel, dass sie Botschafterdelegationen an die anderen drei Stämme und Spähtrupps zusammenstellten, bekam er mit. Zwei Spähtrupps, wie es aussah. Einer sollte zur Themsemündung, ein zweiter an die Südküste vorstoßen.

Paacival widmete sich wieder seinem Gast. »Was machse jez? Wo gässe hin?« Er war nicht mal mehr mit halber Aufmerksamkeit bei Rulfan. Seine Gedanken kreisten um die drohenden Kämpfe mit den Nordmännern. Und um die bevorstehende Feier auf dem Versammlungsplatz. Ständig schweifte sein Blick dorthin ab.

Rulfan spielte für einen Moment mit dem Gedanken, um einen Scout zu bitten. Er hatte die Community London zwar zweimal besucht, aber das lag fünfzig Jahre und länger zurück. Seine Vorstellung von dem Weg zu ihrem Bunker war mehr als diffus. Aber er ließ den Gedanken fallen. Er wusste, wie sehr die Lords die Technos hassten. Wenn er von Tschelsi aus – so nannten die Lords ihre Fluss-Siedlung im ehemaligen Stadtteil Chelsea – dem Themseufer flussabwärts folgte, konnte er die schwarze Palastruine eigentlich nicht verfehlen.

»Wer kann seinen Weg wirklich beschreiben, bevor er ihn gegangen ist?«, orakelte er. Der Grandlord nickte schweigend. Er begriff, was Rulfan ihm sagen wollte: *Es geht dich nichts an, wohin ich gehe.*

Rulfan stand auf. Um den Holzstoß auf dem dreieckigen Platz versammelten sich mehr und mehr Menschen. Vermutlich das Opferfest für den dunklen Gott der Lords. Höchste Zeit zu verschwinden. Zwei scheue junge Frauen brachten ihm einen Lederschlauch mit Wasser und einen Brotfladen. Er bedankte sich höflich.

Als Erstes verabschiedete er sich von dem Knirps. »Kommse wieda?«, fragte Djeff. Seine Augen leuchteten, während er zu Rulfan aufsah. Eine Mischung aus Ehrfurcht und Bewunderung lag auf seinem Kindergesicht.

»Vielleicht.« Rulfan hob Paacivals Sohn hoch und stemmte ihn über den Kopf. »Vielleicht auch nicht. Geh den Kwötschis in Zukunft aus dem Weg.« Er verneigte sich vor dem Grandlord. Den Biglords nickte er flüchtig zu.

Der Lupa trottete neben ihm her, während er eine der engen Gassen zwischen den schiefen Häusern ansteuerte. Er musste den Versammlungsplatz überqueren. Die Leute beäugten ihn wie ein exotisches Tier.

Als er die Gasse erreichte, blickte er sich noch einmal um. An der Spitze seiner Biglords betrat Paacival den Platz. Irgendwo zwischen den kleinen Häusern wurden Schreie laut.

Geh weiter, raunte Rulfans innere Stimme. Seine Augen verengten sich, als er eine Gruppe Männer in der Gasse gegenüber auftauchen sah. Sie zerrten vier Frauen mit sich. Eine von ihnen schrie hysterisch und riss an dem Strick, mit dem man sie an Hals und Händen festgebunden hatte. Die anderen drei trotteten apathisch zwischen den Lords auf den Platz.

Die Fackelträger entzündeten den Holzstoß. Wulf knurrte und senkte den großen Schädel. Rulfans Brustkorb verengte sich. Gemurmel wurde laut unter den etwa dreihundert Menschen auf dem Platz. Es steigerte sich rasch zu einem monotonen Singsang. Der Grandlord hob die Hände gegen den bleigrauen Himmel. Sein dröhnender Bass übertönte den Gesang.

Eine Beschwörungsformel, dachte Rulfan. *Er ruft seinen Gott Orguudoo an...* Die Flammen auf dem Holzstoß loderten mannshoch. Und schlagartig verstand er, welche Art von Opfer die Lords ihrem grausamen Gott bringen wollten. *Geh jetzt,* forderte Rulfans innere Stimme. Wulf stimmte ein heiseres Gebell an.

Sie führten die Frauen zu dem großen Kessel. Er stand nur ein paar Schritte von den Flammen entfernt. Einer der Männer zog ein langes Messer unter der Lederweste heraus. Die Schreiende wurde über den Kesselrand gedrückt.

Rulfans Finger schlossen sich um den Kolben seines

Laserbeamers. Seine Kaumuskeln arbeiteten. *Du kannst ihre Welt nicht durch Schüsse verändern*, raunte seine innere Stimme. Die Frau kreischte wie von Sinnen. An den Haaren rissen sie ihr den Kopf in den Nacken. Der Mann mit dem Messer setzte ihr die Klinge an die Kehle.

Rulfan drehte sich um. Der Todesschrei der Frau verstummte. Im Laufschritt verließ er die Ansiedlung der Lords...

Wie nicht anders zu erwarten, war auch der Raum, in den Jefferson Winter sie führte, kuppelförmig. Leise Musik kam von irgendwo her; ein Walzer. Verwirrt blickte Aruula sich um, und Matt musste schmunzeln – statt in einer Feld-, Wald- und Wiesenlandschaft befanden sie sich plötzlich in einer alpinen Hochgebirgsregion: Schneegipfel, Gletscher, steil abfallende Hänge, sattgrüne Wiesenmatten und dort, wo eben noch eine Türöffnung gegähnt hatte, ein reizendes Flusstal und grasendes Rindvieh.

Matt machte sich klar, dass er dergleichen vermutlich nie mehr in natura zu sehen bekommen würde, und wusste nicht, ob er weinen sollte. Und gleichzeitig führte er sich vor Augen, dass die Erben der Menschheit hier die Illusion einer Idylle konservierten, die ihre Vorfahren selbst zu zerstören im Begriff gewesen waren, bevor der Komet diesen Job für sie erledigt hatte. Und er wusste nicht, ob er lachen sollte.

Er tat keines von beidem, ignorierte Winters kritischen Blick und ergriff die Hand, die sich ihm entgegenstreckte – die Hand König Rogers III.

»Freut mich außerordentlich, Sie in meinen Privatgemächern begrüßen zu können, Commander Drax.« Der Monarch wandte sich an Aruula und deutete eine Verbeugung an. »Und Sie natürlich auch, Lady...« Sein ratloser Blick traf Winter.

»Aruula«, raunte der.

»...Lady Aruula«, beeilte sich der König zu sagen. Etwas hilflos ergriff Aruula die Hand des ein wenig weibisch wirkenden Mannes. Sich die Hand zum Gruß zu reichen, war ihr vollkommen fremd. Vielleicht irritierte sie auch die äußere Erscheinung des Monarchen: Anders als gestern im EWAT trug er weite cremefarbene Kleider, roséfarbene Stiefel mit nach oben gebogenen Spitzen, ein Rüschenhemd gleicher Farbe und eine voluminöse Perücke aus zahllosen altrosa Zöpfchen.

»Bedauerlich natürlich, dass wir ständig durch einen Schutzanzug voneinander getrennt sein werden«, fuhr König Roger im Plauderton fort. »Wir müssen ihn tragen, wenn wir zu Ihnen hinaufkommen, und Sie, wenn Sie zu uns herunterkommen.« Er lächelte wehmütig. »Sonst erkälten wir uns unter Umständen ein wenig.« Bedauernd breitete er die Arme aus. »So ist das eben. Das Leben legt uns so manche Mängel auf, und wenn wir nicht mit ihnen leben lernen, vernachlässigen wir leicht die Stärken, mit denen es uns ausgestattet hat.«

Matt nickte nur. Er nahm sich vor, gelegentlich über diesen Satz nachzudenken. Jetzt aber fesselten der schillernde Mann und seine ungewöhnliche Umgebung seine ganze Aufmerksamkeit. Zum Beispiel der Großbildmonitor im Himmel über den alpinen Schneegipfeln. Die nackte Frau, die dort in einem gläsernen Badezuber zu sehen war, kannte Matt: Lu, die Lordfrau. Heute Morgen erst hatten sie sich von ihr verabschiedet. Die Erlaubnis zum Betreten der Community war ihr verweigert worden. Um sie nicht der Verfolgung durch ihre Sippe auszuliefern, hatte man ihr einen Raum außerhalb des Bunkers zur Verfügung gestellt. Im »septisch-externen

Foyer«, abgekürzt: SEF. So nannten die Technos den Teil der Westminster-Hall-Ruine, den sie durch Kuppelgewölbe abgestützt und durch Schleusen von der Außenwelt abgeschottet hatten.

Lu wollte sich ein paar Tage erholen und dann noch einmal die Flucht aus London wagen. Matt fragte sich, wohin eine Frau in dieser Gegend fliehen wollte.

»Ist sie nicht ein reizendes Geschöpf?« Verzückt blickte der König zum Monitor. Lu räkelte sich in der Wanne, streckte ein Bein in die Höhe und wusch es mit einem Tuch. »Ein bisschen abgemagert vielleicht, und die Haut hat einen ungesunden Gelbstich. Wir versorgen sie mit Aufbaunahrung.« Er wandte sich zu seinem Berater um und lächelte schalkhaft. »Schade, dass ich ihr nicht meine private Sonnenbank anbieten kann.« Wieder widmete er sich dem in der Tat appetitlichen Anblick der Badenden.

»Euer Majestät!« Winter setzte eine strenge Miene auf. »Ihr überspannt den Bogen ganz entschieden!«

Matt spürte plötzlich Aruulas wütenden Blick von der Seite. Sie schien ihm etwas Ähnliches sagen zu wollen. Taktvoll, wie Matt nun mal sein konnte, wenn er wollte, riss er seinen Blick von der blonden Lu los und schaute sich im königlichen Glasgewölbe um.

»Und das vor unseren Gästen…« Winter war noch immer damit beschäftigt, den König zu tadeln. »Sie ist eine schmutzige, primitive Wilde!« Der Octavian drohte die Fasson zu verlieren.

»Nun, schmutzig ist sie jetzt nicht mehr.« Seufzend ließen auch die Augen des Königs vom Monitor ab. »Micky!«, rief er laut. »Weg mit dem Bild, bitte!« Der Monitor verblasste; blauer Himmel strahlte an seiner Stelle.

Matt wusste nicht, wer »Micky« war, aber er hatte

längst verstanden, dass die Computersysteme dieser eigenartigen Menschen auf Zuruf reagierten.

»Warum war das hübsche Geschöpf auf der Flucht, Commander Drax?« Roger III. führte Matt und Aruula zu einem großen ovalen Tisch. Ein Stadtmodell war darauf aufgebaut. Unzählige Miniaturmodelle säumten das blaue Band der Themse – Spielzeughäuser aus gefärbtem Glas. Matt erkannte die Tower Brigde, die St. Paul's Cathedral und den Westminster Palace.

»Sie sollte den Harem eines gewissen Grandlord Paacival aufstocken und zog die Flucht vor«, erzählte Matt. »Gemeinsam mit ihrer jüngeren Schwester. Den Mord an ihr konnten wir leider nicht verhindern.«

»Paacival also, dieser verdammte Stinkstiefel«, zischte der König. »Ein blutdurstiger geiler Nimmersatt. Und der Mächtigste dieser Karikaturen von Menschen dort oben.« Er stieß einen tiefen Seufzer aus. »Ist es nicht erschütternd, was aus der Menschheit geworden ist, Commander Drax?«

»Es ist nichts aus ihr geworden, was sie nicht schon immer auch gewesen ist, Sire«, antwortete Jefferson Winter an seiner Stelle.

Matt war sich nicht sicher, wem er beipflichten sollte. Der König sog scharf die Luft durch die Nase ein. »Diese Dichter!« Er gab dem Albino mit einer Handbewegung zu verstehen, dass er schweigen möge. »Müssen immer ihren Kommentar loswerden.« Er wandte sich der Raummitte zu. »Stühle bitte!« Der Boden öffnete sich; zwei Stühle mit geschwungenem Glasrahmen und Kunstledersitzen schoben sich aus den Schächten. »Nehmen Sie Platz, Lady Aruula, bitte, Commander Drax.«

Neben dem Stadtmodell lag ein Buch. Matt glaubte seinen Augen nicht zu trauen: Es war ein in durchsichtigen Kunststoff eingeschweißter Walt-Disney-Comic ...

»Micky!« Erneut rief King Roger den Namen des Unsichtbaren.

Im Bergpanorama flammte der Monitor auf. Eine Mickymaus wurde sichtbar. Sie hob die Hand – eine vierfingrige Hand mit weißen Handschuhen. »Wie gehts so, Matt? Hi-ho, Aruula!«

So unerwartet einem seit Kindesbeinen vertrauten Bekannten zu begegnen, machte Matt erst einmal sprachlos.

»Was liegt an, Roger?«

»Beschaff uns was zu trinken, Micky.«

»Alles klar, Roger. Bin gleich zurück.« Micky zwinkerte Aruula zu, bevor er aus dem Monitor huschte. Der Bildschirm verblasste.

Matts Verblüffung machte sich in lautem Gelächter Luft. »Was um alles in der Welt war das? Sind Sie Disney-Fan?«

»Das war mein E-Butler«, erklärte der König seelenruhig. »Octavian Hawkins, unser Chef-Bioinformatiker, hat ihn für mich geschaffen. Micky ist nicht nur sehr intelligent, sondern auch äußerst sympathisch, finden Sie nicht?« Er warf seinem Berater einen spöttischen Blick zu. »Was man von Jeffersons E-Butler nicht sagen kann.«

Virtuelle Wesen also. »Sie sprechen von diesen Computer-Animationen, als hätten sie Persönlichkeit«, hakte Matt nach.

»Aber ja doch.« Die Bemerkung schien den König zu verwirren. »Sie sollten Micky mal erleben, wenn er einen Tobsuchtsanfall bekommt! Oder wenn er sich für mein utopisches London begeistert.« Ein verklärtes Lächeln huschte über die weichen Züge des Monarchen. »Micky!«, rief Roger III., »sei doch so freundlich und wechsle die Kulisse. Und danach bitte die Kuppel für das Stadtmodell.«

»Wird gemacht«, kam es zurück. »Aber zuerst wird serviert!« Eine Art Durchreiche öffnete sich in der Kuppelwand. Vier mit gelber Flüssigkeit gefüllte Gläser wurden sichtbar. Jefferson Winter holte das Tablett und verteilte die Gläser.

Als er sich bewusst wurde, dass Matt und Aruula Schutzanzüge trugen, wies er sie in das Procedere ein, wie die Flüssigkeit über einen dünnen Schlauch ins Innere des Helms und weiter in ihre Münder gelangen konnte. Matt probierte vorsichtig – ein Saft. Er schmeckte nach Grapefruit.

Es wurde dunkel. Die Bergwelt verblasste. Nachthimmel wölbte sich stattdessen über dem Raum. Sterne glitzerten, das Milchstraßenband zog sich über die Kuppeldecke.

Der Tisch mit dem Städtemodell wurde aus einer für Matt verborgenen Lichtquelle erleuchtet. Und wieder boten ihm die Technos Grund zum Staunen: Eine leuchtende Halbkugel wuchs plötzlich an der Stelle des Städtemodells, wo die *Houses of Parliament* am Themseufer standen.

»Meine Utopie.« Etwas Feierliches lag plötzlich in der Stimme des Königs. »Meine Vision für die Community der Zukunft – eine Projektgruppe arbeitet bereits seit zwei Jahren daran...«

Mit der Selbstvergessenheit eines in sein Spielzeug verliebten Kindes erzählte Roger III. von seinem Plan, London wieder aufzubauen. Eine energetische Kuppel sollte die neue Stadt von der feindlichen Umwelt abschotten und zu einer aseptischen Enklave inmitten von Ruinen machen.

Aruula schien aufmerksam zuzuhören. Ihrem konzentrierten Gesichtsausdruck merkte Matt an, dass sie den König belauschte, während er von seiner Vision schwärmte. Vermutlich ergänzte sie auf diese Weise englische Worte, die sie nicht verstehen konnte.

Aufgeregtes Gezwitscher unterbrach Roger III. Matt sah die Konturen der Lerche durch den Sternenhimmel flattern. »Victoria kann eintreten, Micky!« Die Lerche war also eine Art Türglocke. Woraus der König allerdings auf die Identität seines Gastes draußen vor dem Kuppelraum schließen konnte, blieb Matt verborgen. Vielleicht enthielt das Tschilpen eine Melodie für jeden potenziellen Gast, die man heraushören konnte.

Der bogenförmige Durchgang schob sich auf; eine in ein silbergraues Kostüm gekleidete Gestalt trat ein. Die Körperformen ließen an Deutlichkeit nichts zu wünschen übrig – eine Frau. Unter dem frackartigen Jackett trug sie ein weinrotes Hemd.

»Victoria!« Der König ging ihr entgegen und hauchte ihr einen Kuss auf die Wange. »Darf ich dir Commander Matthew Drax und seine Begleiterin vorstellen . . .«

Matt und Aruula erhoben sich. Die Frau gönnte ihnen die Andeutung eines Lächelns und reichte ihnen die Hand, als würde sie ihnen damit eine Ehre erweisen. Matt wunderte sich über ihren kräftigen Händedruck, verbreitete doch der ganze Habitus der Lady eine unirdische Aura.

Victoria stellte sich als Rogers Tochter heraus – die Kronprinzessin. Die junge Frau – jedenfalls schien sie Matt nicht älter als dreißig zu sein – hatte große grüne Augen, mit denen sie den Mann im Schutzanzug interessiert musterte. Sie trug keine Perücke; ihr kahler Schädel hatte etwas Ästhetisches, und ihr fein geschnittenes samtbraunes Gesicht konnte Matt im Stillen nur als schön bezeichnen. Eine äußerst attraktive haarlose Frau – eine neue Erfahrung.

Der König begann sich über das Geschlecht der Windsors zu verbreiten. Matt hatte längst gemerkt, dass Roger III. ein Vielredner war, ein geistreicher allerdings. Er schwärmte von seinen Vorfahren – von Königin Elisabeth II. und von König Charles III., der doch noch auf den Thron gelangt war, nachdem sein Sohn William diesen abgelehnt hatte ...

Die grünen Augen der edlen Frau ruhten unentwegt auf Matt, und er hörte nur mit halbem Ohr zu. Immerhin bekam er mit, dass noch immer das Haus Windsor den Monarchen stellte, dass Roger III. einige Nachkommen seines Geschlechts in Nordamerika wähnte und dass Victoria sein einziger Sprössling war und ihm einst auf dem Thron nachfolgen würde. Und dass Aruula neben ihm reichlich unruhig von einem Fuß auf den anderen tanzte, bekam er auch mit. Octavian Jefferson Winter stand die ganze Zeit schweigend dabei. Nur hin und wieder nippte er an seinem Fruchtsaft.

Irgendwann brach der königliche Redeschwall ab.

»Ich freue mich, dass Sie endlich gekommen sind.« Die ätherische Victoria schien ihrem Vater überhaupt nicht zugehört zu haben. Ihre Stimme klang überraschend dunkel.

»Endlich?« Matts prüfender Blick wanderte von einem Techno zum anderen. »Sie haben mich also erwartet?«

Sekundenlanges Schweigen. Winter war es, der schließlich antwortete. »Ja, Commander Drax, wir haben Sie erwartet. Die Community Salisbury hat uns über Ihre Landung in Köln informiert. Und über die Auseinandersetzungen, in die sie dort verwickelt wurden.«

»Woher wusste man in Salisbury von unserer Notlandung?« Kaum hatte Matt es ausgesprochen, blitzte ihm die Antwort durch den Kopf.

»Salisbury hat einen V-Mann im Rheinland«, erklärte Winter. »Rulfan, der Sohn von Leonard Gabriel.«

»Gibt es noch mehr Communities in Europa?«, wollte Matt wissen.

»Wir wissen nur von wenigen – Hamburg zum Beispiel, oder Oslo und Stockholm. Mit diesen Communities haben wir manchmal Funkkontakt. Leider nur sporadischen und sehr miserablen Funkkontakt.« Winter hob bedauernd die Schultern. »Die CF-Strahlung behindert ihn auf allen Frequenzen. Wir haben in den letzten Jahrzehnten hin und wieder undeutliche Signale empfangen, aber ihre Quellen lagen vermutlich alle diesseits der Alpen, der Karparten und der Pyrenäen.«

»Vor drei Jahren haben wir eine Expedition nach Skandinavien geschickt«, erzählte der König. »Um Kontakt mit der Community Oslo aufzunehmen und nach weiteren Communities zu suchen. Sie müsste längst zurück sein.«

»Wir haben zuletzt vor dreißig Monaten von ihr gehört«, sagte Victoria. »Da hatte sie gerade Hamburg erreicht.«

»Auch nach Osten haben wir eine Expedition losgeschickt, allerdings mit einem anderen Auftrag…« Winter verstummte, ohne näher auf diesen »anderen Auftrag« einzugehen.

»Ich weiß«, sagte Matt stattdessen. »Ein Gemeinschaftsprojekt der Communities London und Salisbury. Zwei EWATs unter dem Kommando von Eve Carlyle…«

In den Mienen seiner Gesprächspartner spiegelte sich mehr als nur Erstaunen. »Bei Gott!«, entfuhr es Roger III. »Woher wissen Sie das, Commander?!«

»Wir sind der Expedition begegnet.« Matt wurde es heiß und kalt. *O shit, sie wissen es noch gar nicht!* »Bei Leipzig.« Er räusperte sich und spürte, wie sein Körper sich straffte. »Ich habe Captain Dewlitt kennen gelernt. Und meine Partnerin und ich sind Commander Eve Carlyle begegnet.« Seine Stimme wurde heiser. »Sie war eine unglaublich tapfere Soldatin...«

»Sie *war* ...?«, flüsterte der König.

»Es tut mir Leid, der Hiobsbote sein zu müssen«, sagte Matt leise. »Aber die Besatzungen beider EWATs sind tot...«[*]

In einer langen Kette ankerten die Dampfer auf der Flussmitte. Dreiundsiebzig Schiffe aus geteertem Eichenholz und mit flachen Deckaufbauten. Sie lagen tief im Wasser. Anfang und Ende der Kette konnte Kaikaan vom erhöhten Befehlsstand seines Kriegsmeisterschiffes aus nicht erkennen. Es ankerte in der Mitte der Kette.

Er lehnte gegen die gedrechselte Säule, die das flache Dach des Befehlsstandes trug, und beobachtete hunderte von Ruderbooten und Frachtflößen, die zwischen dem Ufer und der Flotte hin und her über den Fluss schwammen. Sie transportierten Truppen, Kanonen und Material an Land. Die Flotte hatte die Ruinen einer einst großen Stadt hinter sich gelassen. Über einen Fluss waren sie etwa zweihundert Speerwürfe weit ins Landesinnere vorgedrungen. Kaikaan kannte den Namen der Stadt: *Southampton*. Ein Name, den er kaum aussprechen konnte. Auch den Namen des Flusses kannte er: *Test*. Der ging ihm leichter von der Zunge.

Der in hartes braunes Leder gekleidete Mann stieß sich von der Dachsäule des wandlosen Befehlsstandes ab. Er war missmutig. Dreizehn Kriegsschiffe hatte ihn die unverhoffte Gegenwehr des kleinen Dampfers vor der Küste Britanas gekostet. Dreizehn Schiffe und mehr als sechshundert Soldaten. Viel zu weit entfernt vom

---

[*] siehe Taschenbuch 2, Roman 5 »Götter und Barbaren«

Kampfgeschehen war sein Kriegsmeisterschiff gewesen, viel zu tief drinnen noch in der Nebelbank. Er hatte diesem Feuerrohrträger nicht die gebührende Antwort geben können. Am meisten deprimierte ihn, dass seine Soldaten den grauhaarigen Mann mit dem Lupa nicht hatten einfangen können.

Die Wut kochte in ihm hoch, als er an den Gefangenen unten im Lagerraum dachte. Wie hatten sie ihn gequält – aber der alte Mann schwieg wie ein Stein. Kaikaan hatte schon einen Kessel an Deck bringen und mit kochendem Wasser füllen lassen. Er war entschlossen, den aus hundert Wunden Blutenden langsam darin zu versenken. Doch der Lokiraa-Priester hatte es verboten. Er wollte den Gefangenen mit ins Nordland nehmen. Ein Lauscher sollte ihm dort seine Geheimnisse aus dem Kopf rauben. Der Lokiraa-Priester wollte wissen, aus welchem Land, aus welcher Stadt der kleine Dampfer gekommen war. Er wollte erfahren, wo das Pack den Götterstein gefunden hatte. Den Götterstein in der Kiste.

Kaikaan drehte sich zu dem Doppelsessel in der Mitte des Befehlsstandes um. Rücklehne an Rücklehne aus einem Stück geschnitzt, mit gedrechselten Beinen, ornamentierten Armlehnen und von schwarzem Wisaau-Leder überzogenen Polstern sah der Sessel aus wie ein Thron. Kaikaan starrte auf die leere Sitzfläche. Rauchschwaden stiegen hinter der hohen Lehne auf. Er ging um den Doppelsessel herum. Auf der anderen Seite saß Hakuun, der Lokiraa-Priester. Seine Linke lag entspannt auf der Armlehne; in den sechs Fingern seiner Rechten dampfte eine Pfeife aus geschwärztem Ton. Schwerer süßlicher Geruch umgab Hakuun. Immer wenn der Priester sich zum *Schauen* in sich selbst zurückzog, rauchte er getrocknetes Harz.

Ungeflochten hing ihm sein langes weißes Haar über

die Schultern. Auf dem schwarzen Leder seines Umhangs sah es aus wie Asche. In einer Lederkuhle auf seinem Schoß schlief zusammengerollt sein Gerul. Auch Hakuuns Auge war geschlossen. Aber er schlief nicht. Er *schaute*. In eine Welt, in die nur die Priester schauen konnten.

Scharf sog Kaikaan die Luft durch die kleinen Höcker unter seinem Nasenlappen ein. Die Versuchung, den Priester zu fragen, was er sah, überwältigte ihn schier. Aber es war streng verboten, einen schauenden Priester zu stören.

Seufzend wandte er sich ab und lehnte sich über die Brüstung des Befehlsstandes. Die ersten Zelte erhoben sich oberhalb der Uferböschung vor dem Waldrand – schwarze sechseckige Jurten. Aus dem Wald klangen Axthiebe. Vier Spähtrupps aus je sieben Soldaten kletterten eine steile Böschung hinauf. Sie waren mit Kurzschwertern bewaffnet. Zwei Spähtrupps würden nach Nordwesten ziehen und die Gegend um *London* auskundschaften. *London*, ja – so hatte der Gefangene im Nordland die große Ruinenstadt genannt. Der Name der zweiten Stadt, die der Lauscher dem Geist des gefangenen Erdstädtlers schon vor Monaten entrissen hatte, war unaussprechlich für Kaikaans an harte, kurze Töne gewöhnte Zunge – *Salisbury* hieß sie. Zwei Spähtrupps würden dem Lauf des Tests folgen, um die Gegend um die Ruinen dieser Stadt auszukundschaften. Und die Lage des Erdstadttores...

Leder knarrte hinter ihm; Kaikaan fuhr herum. Der Lokiraa-Priester hatte sich erhoben, kam zu Kaikaan an die Brüstung. Der Gerul hockte jetzt auf seiner Schulter. Kaikaan biss sich auf die Zunge. Es war nicht erlaubt, einen Priester zu fragen, was er geschaut hatte. Entweder sprach er, oder er schwieg.

Hakuun lehnte sich an die Brüstung und strich sich über die Lederkappe auf seinem linken Auge. Eine Zeit lang betrachtete er die emsig hin und her eilenden Ruderboote. Befehle schwirrten über das Wasser, aus dem Uferwald dröhnten Axthiebe, Rauch stieg von den neu errichteten Feuerstellen auf. Hakuun saugte an seiner Pfeife. Aber er atmete den Rauch nicht mehr tief ein.

»Es musste sein«, sagte er endlich. »Lokiraa wollte ein Opfer – sie hat dreizehn Schiffe und sechshundertdreiundvierzig Mann verschlungen. Jetzt ist sie satt.« Er sprach mit heiserer, fast flüsternder Stimme. »Ich sehe sie an deiner Seite stehen und diese Insel mit den Augen des Todes betrachten. Ich sehe unseren Meister des Erdkreises diese Insel in Besitz nehmen und die falschen Götter vor ihm auf die Knie fallen.«

Kaikaan atmete auf. Er kämpfte seit Tagen mit der Versuchung, den Verlust der dreizehn Schiffe als böses Omen zu verstehen. »Wir werden also die mächtigen Waffen für den Meister des Erdkreises erobern? Wir werden siegen?«

»Es ist Blutzeit, Kriegsmeister – ich habe Lokiraa über diese Insel schreiten sehen. Und wo sie hintrat, bildeten sich Tümpel aus Blut und erhoben sich Berge toten Fleisches und zersplitterter Gebeine. Und du folgtest ihr, Kriegsmeister – beschützt und leichtfüßig wie ein spielendes Kind.«

Kaikaan ballte die Fäuste. Seine wässrig blauen Augen funkelten. Der Nasenlappen zitterte. »Wudan wird sie nicht aufhalten?« Seine Stimme vibrierte.

»Wudan mag seine Schwester verstoßen haben, aber dennoch liebt er sie tief in seinem Geist. Sie hat uns auserwählt, die Meister dieser Erde zu sein. Und er achtet ihre Entscheidung.«

»Das hast du gesehen?« Kaikaan biss sich auf die Zunge. Mit einer solchen Frage bewegte er sich hart an der Grenze des Priestergesetzes. Doch Hakuun zeigte keinerlei Anzeichen von Zorn.

»Ich habe einen König gesehen«, flüsterte er. »Den König dieser Insel.« Sein rechtes Auge starrte über die Schornsteine der Dampfer hinweg in eine weite Ferne, die nur er kannte. »Ich habe deine Krieger den König fesseln sehen. Und ich habe dich gesehen, wie du ihm das Herz aus der Brust gerissen hast…«

Schnell hatte Lu sich an die fremde Umgebung gewöhnt. An das große Haus mit der gewölbten Decke. An die gläserne Schale, die sie an ein Schneckenhaus erinnerte und in der sie baden konnte. An die sauberen Kleider aus dem unbekannten, geruchlosen Stoff. Selbst die fremdartigen Speisen aß Lu am zweiten Tag, ohne sie vorher misstrauisch zwischen den Fingern zu zerbröseln und zu beschnuppern wie gestern noch. Nur an die Einsamkeit konnte sie sich nicht gewöhnen. Und daran nicht, dass das runde Glashaus keine Türen und Fenster besaß.

Der Gedanke, dass sie ja freiwillig hier war, hatte nichts Tröstliches. Im Gegenteil; er machte sie ärgerlich. Und außerdem war sie, genau betrachtet, ganz und gar nicht freiwillig hier. Sie war hier, weil sie nicht sterben wollte. Deswegen hatte sie sich dem Biglord Maddrax angeschlossen – er konnte in Lus Augen nichts anderes als ein Biglord sein – und seiner *woom* Aruula.

Langstielige Blumen bogen sich rund um das Haus im Wind. Blumen mit großen gelben Blüten. Und über ihnen spannte sich ein Himmel so hell und so blau, wie Lu ihn nie zuvor gesehen hatte. Fasziniert hatte sie stundenlang beobachtet, wie die großen Blüten dem Lauf der Sonne gefolgt waren. Als würden sie den gleißenden Feuerball betrachten.

Sie hatte die Blumen zu berühren versucht. Aber ihre Hand war gegen warmes Glas gestoßen. Es wölbte sich zwischen ihr und den Blumen. Und zwischen ihr und dem Himmel.

Lu erschrak nicht mehr, als plötzlich eine Blume verschwand, und dann noch eine und noch eine – schon gestern und heute nach dem Aufwachen hatte sie ein paar Mal erlebt, wie sich plötzlich eine kleine Tür in der Blumenwand auftat. Keine Tür allerdings, durch die hindurch man in das traumhafte Blumenfeld hätte kriechen können. Lu hatte es versucht – und war wieder gegen Glas gestoßen. Keine Tür also, nur eine Öffnung in der überraschend dicken Wand.

Ein blauer Glaskrug stand in der erleuchteten Öffnung, neben ihm ein Becher und ein Teller. Ein Stück Fleisch dampfte darauf, Gemüse und ein undefinierbarer Brei. Lu holte die Glasplatte mit ihrem Essen aus der Öffnung. Neben dem kleinen Tisch setzte sie sich auf den Boden und betrachtete die Speisen. Sie rochen köstlich. Gelber, süßsauer schmeckender Saft schwappte in dem Krug. Zwischen ihm und dem Teller fand Lu eine abgedeckte kleine Glasschüssel, blau gefärbt und deswegen undurchsichtig. Neugierig hob sie den Deckel ab. Grüne, gelbe und braune Kugeln türmten sich darin. Sie glänzten feucht und schwammen in einer roten Soße. Lu steckte den Finger zwischen die Kugeln und leckte ihn ab. Die unbekannte Speise schmeckte kalt und süß – Lu schloss die Augen und seufzte genüsslich.

»Lecker, was?«, krähte eine Stimme. Lu zuckte zusammen. Die blonden Locken flogen ihr um das schmale Gesicht, als sie herumwirbelte und aufsprang. Ein grüner Kasten gähnte plötzlich im Blumenfeld. Und in dem

Kasten saß ein Tier. »Schöne Grüße von Roger«, sagte das Tier. Es zwinkerte der Frau zu. »Von Ihrer Königlichen Hoheit Roger dem Dritten, wollte ich natürlich sagen.«

Das Tier erinnerte Lu an eine Taratze. Nur dass es lustiger aussah mit seinen eiförmigen Augen und den großen schwarzen Ohren.

»Ist echtes Eis«, sagte das lustige Tier in dem grünen Kasten. »Schmeckt tierisch gut und gibts nur selten. Aber der gute Roger wollte dir das Leben ein wenig versüßen...« Schon wieder zwinkerte es vergnügt; sein Schwanz tanzte auf und ab.

Lu starrte das Tier in dem grünen Kasten an. »Wää... wää bissdu... unwo kommse auffemal hää...?«

Das Tier zog die wie aufgemalt wirkenden Brauen hoch, schnalzte mit der Zunge und schüttelte seinen missglückten Taratzenkopf. »Ts, ts – du redest ja ein grausames Kauderwelsch... ›Wer bist du, und wo kommst du auf einmal her‹, heißt das.«

Mit weit offenem Mund starrte Lu das rätselhafte Vieh an.

»Ich war vor ein paar hundert Jahren mal so ziemlich der bekannteste Typ der Welt«, sagte es und warf sich in Pose. »Du kannst mich ›Micky‹ nennen.«

»Miggi...?«

»Fast korrekt. Und jetzt lass es dir schmecken, sonst schmilzt das Eis noch...« Das Tier namens Micky hüpfte hinter den äußeren Rand des grünen Kastens, und der Kasten verblasste. Als hätte es ihn nie gegeben, schwankten wieder Blumen hinter der Glaswand. Lu starrte sie eine Zeit lang an und fragte sich, ob der Große Orguudoo ihr eine Vision geschickt hatte.

Doch der Duft des Essens stieg ihr in die Nase, und sie beschloss, dass es Wichtigeres gab als eine Antwort auf diese Frage. Mit gekreuzten Beinen hockte sie schließlich vor dem Glastablett und steckte den Finger abwechselnd in das Eis und in ihren Mund.

Ein kühner, bisher nie gedachter Gedanke kroch ihr während des Essens durch den Kopf. Der Gedanke, dass die »Maulwürfe« – so nannte man unter ihresgleichen die Technos – dass diese Erdlochmenschen vielleicht doch nicht die bösartigen Miststücke waren, die Grandlord Paacival nicht müde wurde zu beschwören. Musste man sie nicht sogar ein bisschen nett finden?

Doch, das musste man, beschloss Lu, während sie die Glasschüssel ausleckte. Leute, die solche lustigen Haustiere hatten wie diesen Micky, und Leute, die derart leckere Dinge genossen wie dieses so genannte Eis – solche Leute konnten eigentlich keine bösen Miststücke sein ...

Eine perfekte Strandidylle umgab den großen Kuppelsaal – weißer Sand, Brandung, Palmen, blühendes Buschwerk, Papageien. Und Musik aus unsichtbaren Lautsprechern. *She's a rainbow* von den Stones. Der Uralt-Song ging Matt unter die Haut. Sein Herz schwoll an und schien keinen Platz mehr hinter seinem Brustbein zu haben. Sehnsucht packte ihn – Sehnsucht nach einer Welt, die es nicht mehr gab.

Zwei Historiker der Technos hatten angefangen, Richard Jaggers Medienplayer zu durchforsten, und schon eine Menge Material ausgegraben, das den Datenbanken der Community unbekannt war. Zum Beispiel die Musik der Rolling Stones. Jagger schien ein Fan dieser Gruppe gewesen zu sein. Matt fragte sich, ob die Namensgleichheit mit dem Frontmann der Stones Zufall war.

Obwohl der Song eher dezent im Hintergrund ertönte,

schien er in diesen Augenblicken doch den ganzen Saal auszufüllen. Denn keiner der anwesenden Männer und Frauen sprach ein Wort. Und Matt war vermutlich der Einzige, der ihm überhaupt zuhörte. Abgesehen vielleicht von Aruula, der man einen Platz links neben ihm am runden Tisch des Octaviats zugewiesen hatte. An seiner rechten Seite saß eine Frau namens Valery Heath. Jefferson Winter hatte sie ihm als Octavian für Außenangelegenheiten vorgestellt. Was immer das bedeuten mochte.

Der König und die Octaviane vermieden es, sich anzusehen. Sie starrten entweder mit traurigen Augen vor sich auf den blauen Glastisch oder pressten die Handflächen gegen ihre Gesichter oder hatten sich abgewandt und blickten in Palmen oder in die Brandung. Vermutlich um ihre Tränen zu verbergen. Gleich zu Beginn der Sitzung war Matt vom König aufgefordert worden, über seine Begegnung mit Captain Spencer Dewlitt und Commander Eve Carlyle zu berichten. Und jetzt herrschte drückendes Schweigen. Trauer und Verzweiflung waren mit Händen zu greifen. Matt wusste nichts Tröstliches zu sagen.

Minuten verstrichen. Die *Prime* fasste sich als Erste wieder, eine Walküre mit steifer schwarzer Perücke und in einem langen weißen Mantelkleid. Als Josephine Warrington hatte sie sich Matt und Aruula vorgestellt. Sie räusperte sich. »Mach die Musik aus, Herkules!«, rief sie. »Und halte dich bereit.« Ein Bildschirm flammte auf. Die Gestalt eines halbnackten Muskelpakets erschien vor dem grünen Hintergrund.

Die *Prime* wandte sich an Matt. »Sie merken, dass wir auf derart schlechte Nachrichten nicht gefasst waren, Commander Drax. Captain Dewlitt war ein hervorragender EWAT-Pilot und ein hoch angesehener Soldat.

Und der Verlust von Commander Carlyle wird für Salisbury äußerst schmerzlich sein – es gibt nicht viele Offiziere in der kleinen Community, denen man ein solches Kommando anvertrauen kann.« Sie wandte sich an die anderen Octaviane. »Hat jemand noch Fragen an Commander Drax?«

»Ich«, meldete sich ein kleiner, asiatisch wirkender Albino mit hoher Stimme zu Wort. General Charles Draken Yoshiro, der Mann mit der blauen Perücke. Matt und Aruula kannten ihn bereits aus dem EWAT, der sie aus den Ruinen des Britischen Museums geborgen hatte. Er vertrat das Militär der Community im Octaviat. »Ich wüsste gern noch ein paar Einzelheiten über die Armee, die unsere Expedition auf dem Gewissen hat. Doch eine Sekunde bitte.« Er drehte sich um. »Kyoko?«

Wieder flammte ein großer Monitor auf. Diesmal im Himmel über dem Strand. Eine schwarzhaarige Japanerin erschien darauf – jung, schlank, mit tief ausgeschnittenem engen Minikleid. »Hai?«, säuselte sie.

»Bitte folgende Fakten direkt an den Zentralrechner.«

»Wie Sie wünschen, Sir.«

Der General pflegte offensichtlich einen förmlicheren Umgang mit seinem E-Butler als der König und die *Prime* mit den ihren.

Yoshiro drehte sich wieder zu Matt um. »Berichten Sie bitte ausführlich über Bewaffnung und Flotte der Angreifer. Welche Taktik wandten sie an, um unsere EWATs in die Falle zu locken? Haben Sie etwas über ihre Kommandostruktur in Erfahrung bringen können...?« Der General stellte ein Unmenge Fragen zu militärischen Einzelheiten, und Matt versuchte sie so gut es ging zu beantworten. Statt mitzuschreiben, wie Matt es unsinnigerweise erwartet hatte, hörte der attraktive E-Butler des Militär-Octavians nur aufmerksam zu.

Falten türmten sich auf dem bleichen Gesicht des Generals, als Matt wiedergab, was er über Namen und Herkunft der kriegerischen Disuuslachter erfahren hatte. »Aus dem skandinavischen Raum also«, sagte Yoshiro leise. »Götterschlächter ... Dann müssen wir das Schlimmste auch für Commander Nashs Expedition befürchten ...«

Valery Heath, die Frau mit der blonden Perücke und den braunen Augen neben Matt, berichtete ihm und Aruula mit betretener Stimme von einem EWAT, den die Communities Salisbury und London drei Jahre zuvor aufs Festland geschickt hatten. Auch seine Besatzung bestand je zur Hälfte aus Mitgliedern beider Communities.

»Sonst noch Fragen?«, drängte die *Prime* mit schroffer Stimme. Die Ungeduld war der massigen Frau anzumerken. »Gut! Wir analysieren den Bericht und sehen dann weiter.« Ihre dunklen Augen richteten sich auf Matt. »Nun zu Ihnen, Commander Drax. Wir wollen Ihre Geschichte hören. Was war das für ein Jet, mit dem Sie angeblich in Köln notgelandet sind? Warum laufen Sie in einem Pilotenoverall der US Air Force herum? Woher haben Sie das antike Modell der Beretta?« Sie lehnte sich zurück und verschränkte die Arme vor dem Gebirge ihrer gewaltigen Brüste. »Mit einem Wort: Wo kommen Sie her, Commander Drax?«

Neun Augenpaare richteten sich auf Matt. Er nahm Neugier und Interesse wahr, aber auch Skepsis und Misstrauen. Vor allem ein kleiner dunkelhäutiger Mann, der sich als Ibrahim Fahka vorgestellt hatte, belauerte ihn mit unverhohlener Ablehnung. Die Spannung im Kuppelsaal stieg spürbar an. Jefferson Winter und ein Mann namens Anthony Hawkins – Vertreter der Wissenschaftler im Octaviat, wie Matt vom König wusste – flüsterten Namen über die Schultern in den Raum hinein. Zwei weitere Monitoren bildeten sich in den Palmenkronen. Auf einem erschien ein Mönch, auf dem anderen ein untersetzter Mann in heller fleckiger Tunika. »Man hat ja keine ruhige Minute mehr«, knurrte er.

»Bitte, Sokrates!« Halb tadelnd, halb beschwichtigend hob der Berater des Königs beide Arme. »Wir brauchen dich jetzt!« Der Unwille seines E-Butlers war ihm sichtlich peinlich.

Matt konnte seinen Blick kaum losreißen von dem alten stupsnasigen Griechen mit den grauen Locken. Schon der Anblick eines mittelalterlichen Mönchs auf einem Monitor inmitten einer Inselkulisse war absurd – jedoch Sokrates in der Palmkrone zu sehen, so lebensecht wie einen Menschen aus Fleisch und Blut, das verschlug Matt für Augenblicke den Atem. Er blickte wie Hilfe suchend zur Seite, wo seine Gefährtin breitbeinig auf ihrem Stuhl hockte und die Gestalten auf den Monitoren bestaunte. Aber natürlich kannte Aruula weder Mönche noch Sokrates.

Dann sammelte sich Matt und erzählte seine Story. Beim Start in Berlin Köpenick zur Beobachtung des Kometen »Christopher-Floyd« vor knapp acht Monaten – oder vielmehr fünfhundertvier Jahren – begann er. Er schilderte den vergeblichen Beschuss des Kometen von der Internationalen Raumstation aus, sein Eindringen in die Erdatmosphäre, die unerklärlichen physikalischen Kräfte, die in jenen Sekunden den Jet zu einem Blatt im Wind gemacht hatten, seine Notlandung in den Alpen.

Besonders ausführlich erzählte er von der Begegnung mit Sorbans Horde und mit Aruula. Er ließ die Technos um den runden Tisch teilhaben an den bohrenden Fragen, die ihm während der ersten Wochen in einer unbegreiflichen Welt das Hirn zermartert hatten. Matt ließ sich Zeit, sparte nicht mit Einzelheiten, beschrieb die Städte des Südlandes, die er gesehen hatte, beschrieb die Überquerung der Alpen, deutete die Abenteuer an, die in diesen Monaten zu bestehen waren, berichtete von dem unvergesslichen Sepp Nüssli und von München, Leipzig, Berlin und Köln. Wie ein Film zogen die Ereignisse noch einmal an seinem inneren Auge vorbei.

»Schon als ich die Uhr mit Datum und Uhrzeit des Einschlages im Amulett des Hordenführers entdeckte«, schloss er, »überfiel mich eine dunkle Ahnung. Die überwucherten Autobahnen dann, die von der Natur zurückeroberten Flughäfen, Bahnlinien und Städte machten mir schmerzhaft klar, dass Jahrhunderte vergangen sein mussten seit dem Einschlag »Christopher-Floyds«. Und spätestens seit der Begegnung mit Commander Carlyle weiß ich, dass rätselhafte Kräfte meine Staffel in die Zukunft geschleudert hatten...« Aufgewühlt und erschöpft zugleich fühlte er sich, als er seinen Bericht nach anderthalb Stunden beendete.

Schweigen zunächst. Die Leute am Tisch rieben sich das Kinn oder trommelten mit den Fingern gedankenverloren auf die Tischplatte. Es gab kaum noch Misstrauen in den Blicken. Die *Prime* und der König betrachteten Matt sogar mit einem Ausdruck des Mitgefühls. Der Walküre hätte er eine derartige Empfindung zuletzt zugetraut.

Der Mönch auf einem der Großbildmonitore war es schließlich, der als erster das Wort ergriff – Hawkins' E-Butler: »Nach meinen Berechnungen beträgt die Wahrscheinlichkeit für das Auftreten eines Zeitrisses unter achtunddreißig Prozent. Diese Angabe beruht allerdings ausschließlich auf astrophysikalischen Theorien. Unsere Datenbank weiß von keinem derartigen Ereignis...«

»Vermutlich hast du wieder einmal die Bibel in deine Wahrscheinlichkeitsrechnung mit einbezogen«, blaffte Winters E-Butler Sokrates den Mönch an. »Ich meine den Satz ›Es gibt nichts Neues unter der Sonne‹. Den habe ich natürlich nicht berücksichtigt und komme auf sechsundfünfzig Komma sieben Prozent.«

»Meine Wahrscheinlichkeitsrechnung beruht in erster Linie auf astrophysikalischen Theorien, auf dem Relativitätsgesetz und auf den Logarithmen zum Raum/Zeit-Problem, die –«

»Du bist und bleibst ein Klugscheißer, Francis«, schnauzte Sokrates. »Kein Schwein interessiert sich für dreihundert Jahre alte Logarithmen zum Raum/Zeit-Problem!«

»Bleib sachlich, Sokrates!«, flehte Jefferson Winter. »Bleib um Himmels willen sachlich, ich bitte dich!« Der König schmunzelte genüsslich, und die *Prime* verschoss giftige Blicke. Matt kam sich in diesem Augenblick vor wie in einer Comedy-Soap.

»Ist schon gut«, knurrte Sokrates. »Ich vergesse immer, dass ihr allergisch gegen jede Art von Emotionen seid. Also – ich habe Gestik, Mimik und Stimm-Modulation dieses Blonden – er zeigte auf Matt – analysiert, während er berichtete. Und natürlich die körperlichen Reaktionen seiner Partnerin. Ergebnis: Der Junge sagt die Wahrheit.«

»Wie hoch ist die Wahrscheinlichkeit?«, unterbrach der Mönch.

»Du nervst mich mit deinem statistisch fixierten Spatzenhirn ...«

»Die Wahrscheinlichkeit!« Josephine Warrington schlug erbost auf den Tisch.

»Zweiundneunzig Prozent«, sagte Sokrates beleidigt.

»Stimmt«, mischte sich der halbnackte E-Butler der *Prime* ein. »Ich gebe andererseits zu bedenken, dass bei den vielen Kämpfen, die der Commander nach eigenen Angaben zu bestehen hatte, seine Überlebenschancen bei einer Wahrscheinlichkeit von nicht über...«

»Wie willst du das überhaupt beurteilen, du Odysseus für Arme?«, wetterte Sokrates. »Surfst den ganzen Tag auf gesicherten Datenleitungen zwischen Monitoren und Datenbanken hin und her und sprichst von Überlebenschancen...«

»Ich habe das Material von Commander Drax noch einmal prüfen lassen.« General Charles Draken Yoshiros Japanerin lächelte höflich. »Es stammt ausnahmslos aus amerikanischen Luftwaffenbeständen des einundzwanzigsten Jahrhunderts. Auch die Taschenlampenbatterie. Das Alter des Materials allerdings beträgt nicht mehr als vier Jahre. Die Stiefel sind sogar erst zwei Jahre alt...«

»Logisch«, knurrte Sokrates, »der Zeitriss. Denkt doch mal nach, statt immer um euch selbst zu kreisen. Nur aus unserer Perspektive ist das Zeug fünfhundertvier Jahre alt und älter –«

»Das reicht!« Die schroffe Stimme der *Prime* brachte den bissigen E-Butler zum Verstummen. »Das reicht, um sich ein Urteil zu bilden!« Sie beugte sich über den Tisch und musterte Matt. »Ich glaube Ihnen, Commander Drax«, sagte sie.

»Ich auch!« Der König nickte energisch. »Ich glaube ihm sogar jedes Wort!«

»Ladies und Gentlemen?« Die *Prime* sah sich in der Runde um. Nacheinander nickten die Octaviane. Nur Ibrahim Fahka zuckte unentschlossen mit den Schultern. »Gut«, schnarrte Josephine Warrington. »Wir sind also fast einstimmig der Meinung, dass Commander Drax ein vertrauenswürdiger Mann ist. Dann sollten wir ihm jetzt unsere Situation . . .«

»Verzeih die Unterbrechung, Jossie.« Herkules schnitt ihr das Wort ab. »Aber der E-Butler des Hauptportals meldet einen Fremden in der Nähe der Westminster-Ruine.«

Die *Prime* schnitt eine unwillige Miene. »Also los, dann zeig ihn uns.«

Herkules zog sich hinter den linken Monitorrand zurück. Das Grün des Hintergrunds begann zu flimmern und verschwamm schließlich. Schwarze Ruinen wurden sichtbar – Big Bens zerklüftete Grundmauern. Daneben im Gestrüpp ein weißer Fleck – ein Tier. Matt erkannte den Lupa sofort. Auch den Mann erkannte er, der neben dem Tier am Gemäuer entlangging: Es war Rulfan.

Sein Bewusstsein tanzte auf den Wogen brennenden Schmerzes, wurde hin und her geworfen, tauchte unter, versank und tauchte wieder auf. Zeitweilig glaubte Honnes im finsteren Reich Orguudoos angekommen zu sein. Höhnische Fratzen glotzten ihn an. Dampfende Fontänen schossen aus einem Lavasee, drachenköpfige Riesen tauchten aus ihm auf, schleuderten dampfende Glut auf ihn oder griffen nach seinem geschundenen Körper. Fantasiegebilde seines Fiebers, seiner unterdrückten Angst und seiner Schmerzen.

Dann wieder sah er strahlendes Licht, spürte wohlige Wärme, Heimweh und Zärtlichkeit, und er meinte, ein Bote Wudans sei neben ihn getreten, um ihn in seine Arme zu nehmen und heimzuholen in eine Welt ohne Feinde und Kampf.

Schritte auf Holzdielen – eine Tür wurde aufgerissen, Honnes öffnete die verklebten Augen. Vier in braunes

Leder gekleidete Männer betraten die Kajüte – seine Folterknechte. Der kleine gelbhaarige Fettsack in dem grauen Lederzeug folgte ihnen. Die fünf Männer verschwammen vor Honnes' Augen zu einer ineinander fließenden braunen Wand. Er konnte zunächst nicht unterscheiden, ob sie in seine Fieberträume oder in die Wirklichkeit gehörten.

Eiserne Hände griffen nach ihm. Er schrie auf vor Schmerzen – sie gehörten zur Wirklichkeit, diese Männer, ohne Zweifel. Zwei von ihnen rissen seinen wunden Körper hoch und stießen ihn an dem Fettsack vorbei aus der Kajüte. Wieder jagten Schmerzwellen bis hinunter in die Zehenspitzen und hinauf bis unter die Schädeldecke.

Honnes taumelte gegen die Reling. Nicht weit unter ihm schaukelte ein Ruderboot im Wasser. Blicke musterten ihn aus dem Kahn, feixend und kalt. »Hinunter mit dir!« Der Fettsack namens Olaaw deutete auf eine Strickleiter. Honnes zwängte sich durch eine Lücke in der Reling. Seine Knie zitterten, als er sich bückte und seinen Fuß auf die erste Sprosse der Strickleiter zu setzen versuchte. Er glitt ab und schlidderte über Seile und ungehobelte Sprossen. Die aufgeplatzte Haut scheuerte über raues Holz. Er hielt sich fest, schrie, glitt erneut ab und schlug hart im Ruderboot auf. Die Männer lachten. Der dicke Dolmetscher und die vier Soldaten kletterten vom Deck des Dampfers. Das Ruderboot legte ab, die Ruderblätter tauchten ins Wasser, die Riemen knarrten.

Das Boot pflügte durch den Fluss in Richtung Ufer. Wie durch eine Nebelwand hindurch sah Honnes zahllose schwarze Zeltspitzen. Massen von Männern in erdfarbenen Lederanzügen bewegten sich in Zweierreihen entlang des Ufers. Sie marschierten in den Wald hinein. Große schwarze Vögel zogen ihre Kreise über den Baumwipfeln.

Am Ufer angekommen, zerrten sie ihn aus dem Boot. Bäuchlings stürzte er auf die Böschung, schrie, weil dorniges Gestrüpp sich in seine Wunden bohrte, schnellte hoch. Gnadenlose Hände packten ihn, schleiften ihn die Böschung hinauf, durch die Marschreihen hindurch und zwischen die Zelte. Auf einem Platz mitten im Lager hockten und standen Soldaten der Nordmänner, zweihundert, dreihundert und mehr. Sie lachten und grölten. Auch Kaikaan, ihren Anführer, erkannte er. Und den einäugigen Priester. *Sie werden mich töten*, dachte Honnes. *Endlich ist es vorbei...*

In der Mitte des Halbkreises, den die Disuuslachter bildeten, kauerten vier nackte Gestalten im Gras, gefesselt und mit blutenden Mündern und Nasen. Fäuste drückten Honnes nur fünf Schritte von dem elenden Häuflein entfernt ins niedrige Gras. *Ich soll mit ihnen sterben...*

Honnes entdeckte mehrere Männer, deren Lederharnische und Helme mit schwarzen Streifen verziert waren. Einer dieser Unterführer trat aus der Menge der Mordkrieger heraus. Zwei einfache Soldaten folgten ihm. Er drehte sich um, schnippte mit den Fingern und stieß ein hart klingendes Wort aus, das Honnes nicht verstand.

Irgendjemand warf ihm ein Beil zu; der Mann griff es lässig aus der Luft. Die vier Gefesselten zuckten zusammen und jammerten. Honnes sah, dass ihre schweißnasse Haut gelb schimmerte. Alle hatten sie blondes, zu Zöpfen geflochtenes Haar. Ihr Aussehen unterschied sich nicht sehr von dem der Nordmänner. Nur dass sie keine Missbildungen aufwiesen und eben gelbliche Haut hatten.

Der Unterführer pflanzte sich breitbeinig vor den Gefangenen auf. Honnes blickte auf seinen breiten Rücken.

Noch bevor er auf einen der Männer zu seinen Füßen deutete, stöhnte dieser laut auf und drängte sich zwischen seine Leidensgefährten. Als hätte er die tödliche Wahl des anderen geahnt.

Die beiden Soldaten griffen nach ihm, doch er wich aus – es war, als würde er ihre Bewegungen erkennen, bevor sie sie ausführten. Zwei weitere Nordmänner eilten herbei. Zu viert gelang es ihnen schließlich, den armen Hund zu packen. Sie zogen ihn hoch und schleppten ihn vor ihren Anführer. Der hob das Beil und holte aus. Er zielte auf den Kopf des Mannes. Honnes kniff die Augen zusammen. Ein Schrei, ein knirschendes Geräusch, als die Klinge die Schädeldecke spaltete, dann war es vorüber. Sie ließen den Leichnam ins Gras fallen. Die Halme färbten sich rot.

Jetzt trat der Mann mit dem Nasenlappen und den roten und schwarzen Streifen auf dem Lederzeug aus der Menge der Soldaten – Kaikaan, der Heerführer der Götterschlächter. Sein böser Blick traf Honnes. Doch er kümmerte sich nicht weiter um ihn, sondern deutete auf einen der drei Gefesselten im Gras. Und wieder schrie der Betroffene auf, bevor Kaikaans ausgestreckter Arm auf ihn deutete. Honnes war nun sicher, dass diese unbekannten Männer die Gedanken ihrer Gegner lesen konnten.

Zu viert überwältigten sie den strampelnden Mann und stellten ihn vor Kaikaan hin. Der zog ein Kurzschwert aus der Scheide an seinem Gürtel. Der festgehaltene Nackte brüllte aus Leibeskräften, trat aus, versuchte sich zur Seite zu drehen. Kaikaan näherte sich ihm. Er setzte die Schwertspitze auf den Bauch des Todgeweihten. Dem half kein Schreien, kein Strampeln – langsam drang die Schwertspitze in seinen Bauch. Der grausame Anblick, das herzzerreißende Gebrüll und die Ahnung, was ihm selbst bevorstand, trieb Honnes das Wasser in die entzündeten Augen. Er legte den Kopf in den Nacken und blickte in den grauen Himmel. *O Wudan, bist du wirklich allmächtig? Wie kannst du dann diese Bestien gewähren lassen . . . ?*

Ein großer schwarzer Vogel schwebte hoch über ihm.

Mit einer kurzen heftigen Bewegung riss Kaikaan das Schwert aus dem Leib des Mannes. Im gleichen Moment ließen seine Soldaten den Gequälten los. Der Nackte brach in die Knie und kippte tot vornüber. Die Szene verschwamm vor Honnes' Augen. Raues Gelächter drang an sein Ohr und von fern die Schritte der Marschierenden. Er wankte. Roter Nebel waberte vor seinen Augen. Er sehnte die Ohnmacht herbei. Aber sie kam nicht. Er musste mit ansehen, wie sie auch die anderen beiden Gefangenen abschlachteten.

Jetzt bist du an der Reihe, dachte er, als ihre Körper reglos vor ihm im Gras lagen. *Dich haben sie sich bis zum Schluss aufgehoben . . .*

Doch statt Kaikaan oder einer seiner Unterführer tauchte der blonde Fettsack vor ihm auf – Olaaw. Der kleine Mann beugte sich zu ihm herab. »Kaikaan hätte dich gern gar gekocht«, höhnte er. »Doch der Priester scheint einen Narren an dir gefressen zu haben. Angeblich hat seine Göttin ein Auge auf dich geworfen.« In einer Geste des Bedauerns breitete er die Handflächen aus. »Kaikaan wollte wenigstens, dass du mit eigenen Augen siehst, welches Schicksal dir erspart geblieben ist. Oder welches dir noch bevorstehen könnte, wenn du nicht spurst.« Olaaw feixte hämisch, stand auf und verschwand in der Menge.

Auch die löste sich nach und nach auf. Scheinbar allein gelassen mit den vier Leichen hockte Honnes im

Gras. Beiläufig registrierte er, wie die Nordmänner ihre Waffen aus den Zelten holten: Äxte, Spieße, Schwerter, Pfeile und Bögen. In geordneten Reihen marschierten sie zum Fluss hinab und schlossen sich dem Marschzug der anderen an. Aus allen Teilen des weit am Waldrand hingestreckten Lagers strömten die Soldaten. Die meisten marschierten mit dem Gros des Heeres in den Wald hinein. Andere liefen über die Böschung hinunter zum Fluss. Es mussten tausende sein.

Aus einem Zelt, an dessen Spitze eine Fahne mit der gleichen Götterfratze wehte, wie Honnes sie auf dem Rücken des schwarzen Lederumhangs des Priesters gesehen hatte, trugen sie eine Kiste ins Freie. Kaikaan, der Heerführer, stand dabei. Die Kiste wurde geöffnet. Kaikaan holte sechs fremdartige, dunkelgraue Gegenstände heraus und reichte sie an fünf Männer, alles Krieger mit den schwarzen Streifen der Unterführer an Harnischen und Helmen. Die letzte der rätselhaften Waffen hängte Kaikaan sich selbst um die Schulter.

Die Gegenstände sahen aus wie Keulen – eine kleine Kugel an einem sich verjüngendem Rohr. Eine Art Griff war unter der Kugel befestigt. Honnes ahnte, dass es keine Keulen sein konnten.

Unten am Fluss bestiegen hunderte von Nordmännern die Ruderboote oder wateten durchs Wasser, um auf die Flöße zu klettern. Auf einigen Flößen entdeckte Honnes lange schwarze Rohre, die zwischen Holzrädern befestigt waren. Er konnte sich keine Vorstellung von der Funktion dieser Rohre machen, aber er musste unwillkürlich an Rulfans Feuerrohr denken, an den *Laserbeamer* ...

Eine lange Reihe von Ruderbooten und Kanus glitt an der Kette der Dampfer vorbei flussaufwärts. Honnes schätzte, dass der Fluss zu schmal war, um ihn mit den klobigen Kriegsschiffen zu befahren. Irgendwann stapften vier Soldaten durch das Gras auf ihn zu. Sie packten ihn und schleppten ihn in eines der Zelte ...

»Es ist lange her, mein Sohn, so lange ...« Das kantige Gesicht des Mannes im blauen Südseehimmel über dem Strand zuckte – nur mühsam konnte der kahlköpfige Albino seine Ergriffenheit verbergen. Sein Gesicht und sein haarloser Schädel sahen aus wie aus Marmor geschnitten: weiß und von vielen blauen Adern bedeckt.

Von Octavian Valery Heath, die neben ihm saß, hatte Matt den Namen des Mannes erfahren, der sich von Salisbury aus in den Kuppelsaal des Londoner Octaviats zugeschaltet hatte: Leonard Gabriel, der Botschafter der Community Salisbury und Rulfans Vater. Äußerlich unbewegt, verfolgten die anderen Männer und Frauen im Kuppelsaal das Wiedersehen zwischen Vater und Sohn. Neun Menschen insgesamt – das Octaviat und der König. Matt fiel auf, dass sie hellere, weichere Farben trugen als der Mann auf dem Monitor – Leonard Gabriel hatte ein bordeauxrotes Jackett und ein schwarzes Hemd an. Beides unterstrich noch die extreme Blässe seiner Haut.

»Zweiundvierzig Winter.« Rulfan sprach mit tiefer rauer Stimme. Man hörte ihr die Tränen an, die der große Mann mit den weißgrauen Haaren unterdrückte. »Oder sind es schon dreiundvierzig?«

Zwei Stunden hatte er im SEF über dem Kuppelzugang verbracht. Eine Eskorte von Technos hatte ihm einen Schutzanzug gebracht und ihn abgeholt. Deutlich empfand Matt die starken Gefühle, die plötzlich die Atmosphäre im Raum prägten. Eine Hand schob sich in seine – eine Hand, die in einem Handschuh aus feiner Kunstfaser steckte. Er blickte zur Seite und in Aruulas braune Augen. Unter der durchsichtigen Kugel ihres Helms sah Matt Tränen über ihr Gesicht laufen. Er glaubte zu wissen, was in ihr vorging, und drückte ihre Hand. Vermutlich befand sie sich im Geiste in ihrer Heimat, irgendwo auf den »Dreizehn Inseln«, von denen sie nur in besonderen Stunden berichtete. Vermutlich sah sie die verschwommenen Bilder ihrer eigenen Eltern vor ihrem inneren Auge. Vermutlich zählte sie gerade die Jahre, die sie von ihnen getrennt war. Achtzehn oder neunzehn waren es; ganz genau wusste Matt das nicht.

»Ich bin sehr glücklich, dich zu sehen, Leonard.« Rulfans heisere Stimme festigte sich. »Leider bringe ich schlechte Nachrichten – sehr schlechte.« Rulfan stand zwischen dem Konferenztisch und dem Teil der Kuppelwand, auf der das Gesicht seines Vaters zu sehen war. Sein Lupa wartete oben in den Ruinen des Westminster Palace auf ihn. Außerhalb des SEFs. Matt hatte nichts anderes erwartet – Haustiere waren den Technos fremd. Und gefährlich wegen der Keime, die sie herumschleppten.

»Ich hörte davon; Lady Josephine hat mir berichtet.« Gabriels rote Augen glühten. Er sah bekümmert aus. »Doch schildere selbst, was du gesehen hast.«

»Nordmänner«, sagte Rulfan. »Etwa achtzig Schiffe, vielleicht mehr. Ein Dutzend konnte ich vernichten. Sie haben meinen Steamer versenkt, sie haben meine Gefährten getötet und den Kristall geraubt. Ohne meinen Lupa und ohne die Waffe, die du mir damals mitgegeben hast, würde ich jetzt nicht hier stehen.«

»Das klingt nach einem Feldzug.«

»Das *ist* ein Feldzug. Ich bin sicher, dass sie auf Britana gelandet sind.«

»Darauf können Sie Gift nehmen, Rulfan von Coellen.« Ein zweiter Mann schob sich neben Gabriel auf den Großbildmonitor, ein kleiner drahtiger Greis in schwarzem Umhang. »Die Bilder unserer Späher bestätigen es: Eine Flotte von etwa achtzig Raddampfern ist vierzehn Meilen nördlich von Southampton auf dem Test vor Anker gegangen.« Obwohl seine Haut wie altes brüchiges Leder aussah, strahlten seine Gesichtszüge und seine Augen Konzentration und Kraft aus.

»James Dubliner«, flüsterte die blonde Frau mit den braunen Samtaugen neben Matt. »Der Prime von Salisbury.«

»Ladies und Gentlemen«, sagte der Greis knapp. »Die Situation erfordert ein schnelles Handeln. Wir haben die Berichte Commander Drax' analysiert. Im Zusammenhang mit unserer verschollenen Expedition betrachtet, halten wir es für unwahrscheinlich, dass diese kriegerischen Menschen zufällig vor Englands Südküste aufgetaucht sind. Nach unserer Einschätzung müssen wir mit dem Schlimmsten rechnen. Die Armee der so genannten Nordmänner wird entweder Salisbury oder London angreifen.«

»Wenn sie es auf London abgesehen hätten, wären sie die Themse hinaufgefahren«, schnarrte die hohe Stimme General Yoshiros.

»Ich fürchte, Sie haben Recht«, sagte Dubliner. »Glücklicherweise regeln unsere Verträge auch einen derart unwahrscheinlichen Fall wie diesen Angriff. Sie sind uns zur Militärhilfe verpflichtet. Nicht dass wir etwas zu befürchten hätten – unsere Bunkerstädte sind uneinnehmbar. Trotzdem sollten wir unsere Communities unterrichten und uns danach beraten. Sagen wir in drei Stunden.«

»Bin ganz Ihrer Meinung, Prime.« Yoshiros hohe Stimme schien Matt irgendwie nicht zu seiner grimmigen Miene zu passen. »Eine unmittelbare Gefahr besteht nicht, aber wir sollten diese Wilden aus dem Norden im Auge behalten. Und selbstverständlich werden wir unsere Community-Force einsetzen, als würde unsere eigene Community angegriffen.«

»Wir sollten diese Skandinavier nach London locken«, knurrte Ibrahim Fahka. »Vielleicht schaffen sie uns ja die verdammten Stinkstiefel vom Hals.«

»Keine schlechte Idee, Sir Ibrahim«, grinste Hawkins, der Wissenschafts-Octavian.

»In drei Stunden.« Mit keinem weiteren Wort ging Dubliner auf die Kommentare ein.

»Einverstanden, Sir James«, schloss Warrington. Der Monitor über der Brandung verblasste. Die schwarzen Augen der Vorsitzenden hefteten sich an König Roger III. »Eine Vollversammlung, Eure Königliche Hoheit?«

Der König nickte. »Eine Vollversammlung. In einer Stunde in der Kuppelhalle des Octaviats.«

Matt konnte sich eines unguten Gefühls nicht erwehren. Täuschte er sich, oder nahmen die Technos den Anmarsch der Nordmänner ein wenig zu leicht?

»Verzeihen Sie, Ma'am«, meldete er sich zu Wort. Josephine Warrington blickte ihn neugierig an. Keine Spur von Unwillen in ihren Zügen; das anfängliche Misstrauen war verschwunden. »Meine Gefährtin und ich haben gegen die Nordmänner gekämpft. Sie sind gefährlich, sie sind gnadenlos. In Leipzig haben sie keine Opfer gescheut, um in den Besitz Ihrer Waffen zu kommen, Ma'am. Sie haben alles daran gesetzt, um Commander Carlyle die Waffencodes zu entreißen. Und sie haben eine telepathisch begabte Frau eingesetzt, die Eve den Zugangscode zur Community Salisbury ablauschen sollte.«

Für Augenblicke herrschte Totenstille. »Was wollen Sie damit sagen, Commander Drax?«, schnarrte der Militär-Octavian Charles Draken Yoshiro schließlich. Seine Schlitzaugen funkelten angriffslustig. Matt war sicher, dass der untersetzte Mann mit der blauen Perücke seine Andeutung ganz genau begriffen hatte.

»Muss ich wirklich noch deutlicher werden? Die Telepathin wich nicht von Eves Seite. Eve war todkrank. Im Fieber hat sie die Kontrolle über ihre Gedanken verloren. Und die Telepathin konnte den Code in ihrem erschöpften Geist lesen. Wir befreiten Eve, und das Erste, was sie tat: Sie tötete die Telepathin. Aber können Sie sicher sein, dass die Mitglieder Ihrer Skandinavien-Expedition genauso viel Glück hatten?« Matt sah die Octaviane der Reihe nach an. »Ich an Ihrer Stelle würde vorsichtshalber davon ausgehen, dass die Nordmänner den Zugangscode zu mindestens einer der beiden Communities kennen...«

Über grasendem Vieh auf sattgrünen Wiesen erschien die Vogelperspektive einer Flusslandschaft: Schiffe lagen mitten im Fluss vor Anker, in einer schier unübersehbaren Kette. Große Kästen aus schwarzem Holz und mit flachem Deckaufbau. Flöße und Kanus glitten an ihnen vorbei, beladen mit Soldaten, Waffen und Material. Und am Ufer bewegten sich hunderte, ja tausende von Kriegern in geordneten Linien von einem Zeltlager und vom Fluss weg in Richtung Wald.

»Schauen Sie sich die Kanonen an, Sir Leonard.« James Dubliner, der *Prime* von Salisbury, deutete auf den Großbildmonitor. »Oder wie würden Sie diese langen Rohre deuten, Ladies und Gentlemen?« Er drehte sich nach seinen Octavianen um. Die Männer und Frauen standen hinter ihm und beobachteten die Aufnahme der Späher-Kamera.

»Eindeutig Schusswaffen«, sagte eine zierliche Frau mit blauschwarzer Kurzhaarperücke. Sie hieß Emily Priden und war der Militär-Octavian der Community Salisbury.

»Sie kennen das Schwarzpulver, und sie verstehen es, Dampfmaschinen zu bauen.« Leonard Gabriel zuckte mit den Schultern. »Wir wissen nicht, was sie noch alles beherrschen, aber stellen wir uns darauf ein, dass sie etwa auf dem Entwicklungsstand des siebzehnten Jahrhunderts sind. Bald werden sie auch Gewehre und Pistolen haben!«

Gabriel hatte einen beratenden Sitz im Octaviat von Salisbury inne. Ohne Stimmrecht und ohne jede Befehls- gewalt. Aber die hatte in Salisbury ohnehin nur der *Prime*. Dubliner stand der Community-Regierung seit sechsundvierzig Jahren vor. Er war es gewesen, der Gabriel seinerzeit zurück in die direkte Umgebung des Octaviats geholt hatte – als militärischen und wissen- schaftlichen Berater.

Dubliners Vorgänger hatte den unbequemen Gabriel aus der Regierung verbannt. Weil er sich mit einer Barba- rin gepaart hatte. Disziplinlosigkeit und Gier warf man ihm damals vor. Er selbst verteidigte sich mit dem Hin- weis auf seine Liebe zu der Frau. Der Ausschluss aus dem Octaviat erfolgte erst, als sich zeigte, dass Gabriel sein Abenteuer überleben würde. Alle hatten damals mit einer tödlichen Infektion gerechnet. Dass sie ausblieb, verzieh man ihm noch weniger als die Beziehung selbst – sein Tod hätte wenigstens Nachahmungstäter abge- schreckt.

»Die Dampfschiffe sehen sogar nach neunzehntem Jahrhundert aus«, bemerkte Emily Priden. »Ich kann nicht glauben, dass diese Barbaren die Dampfmaschinen selbst erfunden haben. Vielleicht sind sie Kriegsbeute?«

»Ich rate dringend, dieses Kriegsvolk nicht näher als bis auf zwanzig Meilen an die Ruinen Salisburys heranzulassen«, sagte Leonard Gabriel. »Ich persönlich teile deinen und Yoshiros Optimismus nicht, James. Die Londoner haben uns Commander Drax' Bericht in die Zentral-Helix geschickt.« Er wandte sich an die sieben anderen Mitglieder des Octaviats. »Ich erspare Ihnen Einzelheiten, Ladies und Gentlemen, und beschränke mich auf meine Schlussfolgerung: Sollte Commander Nash diesen Horden über den Weg gelaufen sein...«, er unterbrach sich und deutete auf die Aufnahmen des Spähers, »...dann ist es wahrscheinlich, dass einzelne Expeditionsmitglieder in Gefangenschaft geraten sind. Daraus resultiert wiederum –«

»Genug, Leonard!«, schnitt ihm Dubliner das Wort ab. Geraune erhob sich unter den sieben Männern und Frauen. »Sprich es nicht aus, ich will es nicht hören!«

»Der Gedanke ist ungeheuerlich!«, empörte sich der Octavian für Forschung und Wissenschaft.

»Jeder einzelne Kämpfer unserer Community-Force verfügt über Techniken, sich selbst das Leben zu nehmen!« General Emily Pridens Stimme blieb emotionslos. »Und jeder würde eher das Reizleitungssystem seines Herzens blockieren, als seinen Individual-Code preiszugeben...«

»Ich will es nicht hören!«, brüllte der *Prime*. Die Octaviane verstummten. Dubliner verschoss giftige Blicke in Richtung seiner Generälin. Genauso grimmig wandte er sich schließlich an Gabriel. »Deine Vorschläge, Leonard.«

»Wir schicken drei EWATs nach oben. Ein Kommando

erwartet sie in den Ruinen von Salisbury. Ich würde es gern persönlich übernehmen. Ein zweites umfliegt sie weiträumig in nordöstlicher Richtung und greift ihre Flanke an. Ein drittes Kommando fliegt zu ihrem Lager und schießt möglichst viele ihrer Schiffe in Brand...«

»Wir sollten London zuvor informieren«, wandte Priden ein.

»Wir sollten keine Zeit mehr verlieren«, widersprach Gabriel. Dubliner nickte stumm...

»Warum bist du hier?«, fragte Matt an Rulfan gewandt. Sie liefen durch die Gänge der Glasstadt. Prinzessin Victoria persönlich begleitete sie durch die unterirdische Siedlung. Auf den Kuppelwänden war das Konterfei Kyokos zu sehen, der süßen Japanerin.

»Das hat verschiedene Gründe«, antwortete Rulfan. »Ein wichtiger seid ihr. Die Communities hörten von euren Problemen im Euro-Tunnel. Sie wussten nicht, in welchem körperlichen und seelischen Zustand ihr wart und fürchteten eure erste Begegnung mit den *Socks*.«

Der weibliche E-Butler General Yoshiros machte die bevorstehende Ansprache des Königs bekannt: »Um 14:30 Uhr wird König Roger III. in der Octaviats-Halle sprechen. Wir bitten alle Community-Mitglieder um ihr Erscheinen...«

»Die Lords?«, fragte Aruula. Sie lief zwischen den beiden Männern. Der Begriff *Socks* war ihr genauso neu wie Matt.

Rulfan nickte. »Sie sind gefährlich. Im Laufe der Generationen haben sie eine merkwürdige Fähigkeit entwickelt. Man nennt sie ›posttemporäres Sehen‹. Sie können in die Zukunft blicken. Wenn auch nur Bruchteile von Sekunden.«

Aruula dachte an die gefährliche Situation, als der üble Biglord Milla Matts Feldstecher erpresst und Lus Schwester eiskalt die Kehle durchschnitten hatte. »Wir haben sie kennen gelernt. Wir wissen, dass sie gefährlich sind …«

»Wie kamen die Technos darauf, dass wir unterwegs nach London sind?«, wollte Matt wissen.

»Ich stehe seit Jahren in Kontakt mit meinem Vater«, sagte Rulfan. »Über Späher.«

»Späher? Was für Späher?« Matt dachte zunächst an Menschen. Es wollte ihm nicht einleuchten, warum ein zweibeiniger Bote England schneller erreichen sollte als er und Aruula.

»Sind dir nicht die Kolks aufgefallen?«

Aruula und Matt machten begriffsstutzige Gesichter.

»Die großen Rabenvögel, die eure Wanderung nach London begleitet haben«, fuhr Rulfan fort. »Sie dienen den Technos als Späher und als Boten.«

Der getötete Rabe vor den Ruinen des Britischen Museums fiel Matt ein. Und der eigenartige Kristall in dessen Brustgefieder. *Eine Kamera also*, dachte er.

Menschen in meist hellen Hosenanzügen strömten aus Seitengängen, manche auch mit schwarzen Westen aus lederartigem Material. Nur wenige Technos trugen farbige Umhänge oder mantelartige Kleider, wie Matt sie an Josephine Warrington gesehen hatte. Und nur wenige zeigten ihre kahlen Schädel, so wie die schöne Victoria es tat. Die weitaus meisten Community-Mitglieder trugen Perücken in allen denkbaren Farben.

Neugierige Blicke trafen Aruula, Matt und Rulfan. Natürlich fielen deren Schutzanzüge sofort auf. Manchmal drehte Victoria sich um und gönnte Matt ein schwer zu deutendes Lächeln.

Wenig später erreichten sie die zentrale Kuppelhalle des Regierungs- und Militärtraktes. Das Panorama einer Wüstenlandschaft umgab die Halle – hohe Dünen, vereinzelte Kakteen, da und dort Palmengruppen. Ein gleißender Himmel wölbte sich über der Landschaft.

Über die Köpfe der Männer und Frauen hinweg sah Matt den König – er saß auf einem erhöhten runden Podest aus türkisfarbenem Glas im Zentrum der Halle. Er hatte sich tatsächlich eine Art Krone in seine roséfarbene Perücke gedrückt, ein kleiner Goldreif mit einem großen roten Edelstein über der Stirn. Und über seinem cremefarbenen Anzug trug er jetzt einen ebenfalls pinkfarbenen Umhang.

Irgendwann stand Roger III. auf und begann mit seiner Ansprache. Er berichtete von Rulfans Anwesenheit in der Community, gab dessen Nachrichten bekannt und räumte unumwunden ein, dass eine Flotte skandinavischer Krieger an der Südküste gelandet sei. »Es besteht nicht der geringste Grund zur Sorge«, beruhigte er die Anwesenden. »Das Sicherheitssystem unseres Community-Zugangs ist unüberwindlich, wie Sie alle wissen. Trotzdem nehmen wir die Landung der Kriegsflotte ernst . . .«

Etwa vierhundert Menschen hatten sich unter der Kuppel der großen Octaviats-Halle versammelt, schätzte Matt. Ein für Matt nicht sichtbares Mikrofon verstärkte die Stimme des Königs.

»Fällt dir etwas auf, Maddrax?«, raunte Aruula. Er wusste nicht, was sie meinte, und schüttelte den Kopf. »Kaum Kinder . . .« Matt sah sich um. Tatsächlich. Bis auf zwei Halbwüchsige und ein Kleinkind konnte er nur erwachsene Technos erkennen.

In die Wüstenlandschaft auf den Kuppelwänden wurden jetzt mehrere Monitore eingeblendet. Man sah Wälder, Küste und einen Fluss aus der Vogelperspektive. Dann eine lange Kette klobiger Schiffe. Und die Marsch- kolonnen fremdartiger Gestalten. Der E-Butler der *Prime* übertrug die Aufnahmen der Späher auf die Kuppel- fläche der Octaviats-Halle.

»Es ist ein Volk, das eine erbarmungslose Expansions- politik betreibt«, fuhr der König fort. »Auch wissen wir von seiner Feindschaft gegenüber Bunkerzivilisationen. Den Führern scheint es um unsere Waffentechnologie zu gehen, mit deren Hilfe sie ihre Eroberungsraubzüge noch ausweiten wollen...«

Zwischen Matt und Aruula stand Victoria, die Königs- tochter. Ihre ernsten Augen wanderten über die Bilder auf der Kuppelwand. »Und Sie haben dieses Mordvolk kennen gelernt?«, flüsterte sie.

»O ja.« Ein bitterer Zug erschien in Aruulas bronzefar- benem Gesicht. »Ich habe mit eigenen Augen gesehen, wie sie Gefangene abgeschlachtet haben. Ein Leben bedeutet ihnen nichts.«

Die Prinzessin wandte sich an Matt. Eine stumme Frage stand in ihren grünen Augen. Matt nickte nur.

»... wie Sie, verehrte Community-Mitglieder, an die- sen Übertragungen unschwer erkennen können, befin- den sich die Nordmänner auf einer Entwicklungsstufe, die allenfalls dem Spätmittelalter entspricht. Kurz: Wir haben absolut nichts zu befürchten. In etwa zwei Stun- den werden die Octaviate London und Salisbury über eine Strategie beraten. Es kann dabei nur darum gehen, ob wir diese Armee ignorieren und es den Socks überlas- sen, sich mit Ihnen auseinander zu setzen oder ob wir sie angreifen und ihnen eine nachhaltige Lektion erteilen. Alle Mitglieder der Community-Force begeben sich bis in spätestens drei Stunden in die Militärbasis. General Yoshiro wird Sie dort über die Beschlüsse der Regierung

und die daraus folgenden strategischen Schritte informieren...«

Später führte Victoria sie aus der Octaviats-Halle
zurück in den Sitzungssaal der Regierung. Sie liefen
durch einen Verbindungsgang, dessen Glaswände eine
Steppenlandschaft vorgaukelten, als zwei Gestalten im
Laufschritt um die Ecke bogen. Sie trugen schwarze Westen über beigen Hemden und Hosen. Eine von beiden
war eine Frau.

Als wäre sie überrascht, blieb Victoria stehen. Eine
steile Falte erschien zwischen ihren aufgemalten Brauen-
bögen.

»Stimmt etwas nicht?«, fragte Matt.

»Sicherheitskräfte«, sagte die Prinzessin. »Es gibt nur
sieben. Sie unterstehen Rose McMillan, der Octavian für
Soziales und Fortpflanzung. Man sieht sie selten im Einsatz.«

Dieses Paar *war* ganz offensichtlich im Einsatz, so eilig
wie sie es hatten. Zwanzig Schritte vor Victoria blieben
sie stehen. Die Frau legte ihre Handfläche auf die
gewölbte Wand; ein Durchgang schob sich auf. Die
Sicherheitskräfte stürmten in einen Raum hinein.

Victoria ging raschen Schrittes weiter; Matt, Rulfan
und Aruula folgten ihr. Durch eine bogenförmige Türöffnung sahen sie die Sicherheitsleute vor einem Bett
stehen. Ein unbekleidetes Pärchen blickte betreten zu
ihnen auf.

»Sie haben versucht, sich ohne Legitimation zu paaren!«, blaffte die Sicherheitsfrau den nackten Mann an.
»Und Sie sind im Begriff, sich mit einem Partner zu vereinen, der nicht ihrer Kategorie entspricht!«, wandte
sie sich an die Frau. »Nach Paragraf 77 Abschnitt 13
Absatz 48 und Absatz 51 darf eine Zwei sich nur mit Ein-
sern und Zweiern paaren, eine Vier jedoch nur nach

bewilligtem Antrag und Nachweis angemessener Vorsichtsmaßnahmen. Ich muss Sie bitten, uns zu folgen. Sie müssen sich vor Octavian McMillan verantworten...«

Victoria zog ihre drei Begleiter von der Tür weg. Sie setzten ihren Weg fort.

»Was hatte das zu bedeuten?«, wollte Matt wissen.

»Sie war eine Zwei und er eine Vier«, sagte Victoria knapp.

»Und das bedeutet?«

»Über jeden hier unten existiert eine Personaldatei in der Zentral-Helix. Darin ist eine genetische Qualifizierungsziffer zwischen eins und fünf enthalten. Wem aufgrund seiner Erbgut-Analyse eine zwei zugeteilt wird, darf sich zwar paaren und sogar fortpflanzen, aber nur mit einer Eins oder einer anderen Zwei. Ein Dreier-Geschlechtspartner wäre für die Frau eben schon antragspflichtig gewesen.«

»Das heißt, je nach Wert meines Erbgutes darf ich Kinder bekommen oder nicht?« Victorias Auskünfte waren Matt nicht ganz fremd. Er kannte sie aus Schwarzmalereien gewisser Wissenschaftler seiner eigenen Zeit.

»Richtig«, sagte Victoria. »Dreier dürfen sich nur nach komplizierten Antragsverfahren fortpflanzen. Vierer nur um Embryonen zu produzieren, die unsere Gentechniker für ihre Arbeit benötigen, und Fünfer werden schon im Kindesalter sterilisiert.«

Schweigend bogen sie in den langen Gang ein, der zum Sitzungssaal des Octaviats führte. »Ich weiß, woran Sie denken, Commander Drax«, fuhr Victoria fort. »An die Rassenlehre eines gewissen Diktators des zwanzigsten Jahrhunderts.« Sie stieß ein bitteres Lachen aus. »Glauben Sie mir: Unsere strikten Kontrollen in Sachen Fortpflanzung haben weder mit Größenwahn noch mit Rassismus zu tun. Es geht uns schlicht ums Überleben. In den ersten beiden Jahrhunderten nach »Christopher-Floyd« mehrten sich Missbildungen und Idiotie unter unseren Neugeborenen. Folgen der Strahlung, aber auch der Inzucht. Außerdem fasst unsere Glaskuppelsiedlung nur sechshundert Menschen. Unsere Genetiker waren einfach gezwungen, etwas zu unternehmen. Ich bin ziemlich sicher, dass es in allen Communities der Welt eine ähnliche Entwicklung gab.«

»Woher wussten die Polizisten, dass sich das Paar zum *fegaashaa* trifft?«, wollte Aruula wissen.

»Zu was?« Die Prinzessin runzelte die Stirn.

»*Fegaashaa* – ein Begriff aus der Sprache der Wandernden Völker«, erklärte Matt. »Bedeutet so viel wie ›körperliche Liebe machen‹. Er grinste und weidete sich an der Verlegenheit der Prinzessin.

Eine leichte Röte war unter das Sonnenbankbraun der königlichen Haut geschlüpft. »Das Wort werde ich ganz sicher nicht wieder vergessen«, sagte Victoria. »Aber zu Ihrer Frage, Aruula. Alle Community-Mitglieder mit den Gen-Ziffern zwei bis fünf tragen einen Sensor, entweder als Armband oder als Fußkettchen, der den Hormonspiegel misst.«

Aruula schaute fragend drein, und die Prinzessin versuchte das Verfahren in einfachere Worte zu fassen: »Sehen Sie, Aruula, wenn Sie ... *fegaashaa* machen, entstehen bestimmte Stoffe in Ihrem Körper. Die kann man mit dem Messgerät nachweisen.« Die Verlegenheit war längst aus ihren schönen Zügen verschwunden. Matt hatte plötzlich den Eindruck, dass die Prinzessin alles andere als prüde war und das Thema sogar genoss. »Sobald der Hormonspiegel einen kritischen Wert übersteigt, überträgt der Sensor ein Signal an die Zentral-Helix – und der Sicherheitsdienst schreitet ein.«

Matt schauderte. Was die Prinzessin da von sich gab,

überstieg noch die Horrorvisionen von faschistischen Diktaturen, wie sie zu Beginn des neuen Jahrtausends von technikfeindlichen Politikern beschworen wurden. Aber er verstand auch, dass die Technos unter diesen extremen Bedingungen ums Überleben kämpfen mussten. Also verkniff er sich eine kritische Bemerkung. »Mir ist aufgefallen, dass sich kaum Kinder in der Octaviats-Halle befanden«, sagte er stattdessen.

»Die Geburtenrate sinkt ständig«, erklärte Victoria. »Zur Zeit liegt sie bei zwei Neugeborenen im Jahr. »Allerdings steigt die Lebenserwartung seit Jahrzehnten an. Sie liegt zurzeit bei einem Schnitt von einhundertachtundsechzig Jahren. Auch das ein Triumph unserer Gentechniker. Eine vierzigjährige Frau wie ich gilt bei uns noch als jugendlich.« Sie blieb stehen, lächelte Matt an und legte ihre Handfläche auf die Glaswand. »Ich bin übrigens eine Eins . . .« Sie schob sich an Matt heran. Er spürte die Hitze ihres schlanken Körpers. ». . . und darf mir meinen Geschlechtspartner frei wählen.«

Drei Mann bewachten ihn. Sie hatten ihn nicht einmal gefesselt. Vermutlich hielten sie ihn für viel zu geschwächt, um einen Fluchtversuch zu unternehmen.

Honnes wankte zum Waldrand. Zwei Bewacher begleiteten ihn. Ein paar Schritte hinter ihm plauderten sie in ihrer harten, abgehackt klingenden Sprache miteinander. Honnes lehnte sich gegen einen Baum und schnürte die Hose auf. Seine Wunden brannten, das Fieber schien seine Gelenke eingeschmolzen zu haben. Er spürte seinen Körper nur wie im Coelsch-Rausch – dumpf und undeutlich. Während sein Wasser ins Laub des Gebüschs prasselte, hörte er von fern ein scharfes Zischen, dann einen trockenen kurzen Donner. Honnes fuhr herum – und blickte auf die ledernen Rücken seiner Bewacher. Die beiden Nordmänner starrten über die schwarzen Zeltspitzen zum Fluss hinunter.

Eines der Schiffe brannte! Wieder erklang das Zischen, und ein gleißender Blitz zuckte über den Fluss, so kurz, dass Honnes nicht wusste, ob er ihn wirklich gesehen hatte oder ob er einer Sinnestäuschung erlegen war. Ein Glutball blähte sich über einem der Schiffe und zerplatzte donnernd.

Über den Wipfeln des gegenüberliegenden Uferwaldes erschien ein grünliches Gebilde, lang und aus vier Gliedern bestehend, sicher so groß wie Rulfans Steamer. Auf dem Kopfteil prangte ein großes schwarzes Auge. Kleine Stacheln auf seinem Rücken verschleuderten die Blitze. Geschrei klang im Lager der Disuuslachter auf. Wieder ein Glutball, wieder ein Donner, wieder ein brennendes Schiff.

Seine Bewacher starrten das Ding auf der anderen Seite des Flusses an. Feuerrohre auf Rädern wurden aus dem Zeltlager gerollt. Honnes sah Ruderboote ablegen und der Schiffskette entgegenstreben. Das Ding über den Baumwipfeln erinnerte ihn plötzlich an Rulfans *Tank*, der im Hauptquartier stand, im Gestrüpp in der alten Sportarena.

Bewegung kam in seine Bewacher. Einer spurtete zurück zum Lager, der zweite griff nach Honnes und zerrte ihn hinter sich her den Zelten entgegen. Donner und Glutbälle lösten einander ab, ein Schiff nach dem anderen ging in Flammen auf. Kopflos hin und her rennende Soldaten überall, Schreie von allen Seiten.

In das Donnern mischte sich ein anderes, lauteres – Honnes sah Rauchschwaden von einem der hinteren Schiffe aufsteigen: Die Nordmänner schossen mit ihren Feuerkugeln nach dem Ding über den Baumwipfeln.

Plötzlich zischte es fünf-, sechsmal hintereinander: Glutkuppeln entstanden über zwei Schiffen und dem Zeltlager. Ein gewaltiger Donner folgte. Etwas riss Honnes von den Beinen. Zeltplanen, Stangen, Waffen und Soldaten wirbelten durch die Luft.

Honnes wusste nicht, ob ein Fiebertraum ihn narrte oder er die Wirklichkeit erlebte. Er sah seinen Bewacher neben sich im Gestrüpp liegen – und dessen Kurzschwert zwischen den Zweigen! Er ergriff es und schlug zu.

Der Nordmann war viel zu benommen vom Sturz, um sich wehren zu können, und Honnes wuchs angesichts der Fluchtmöglichkeit über sich hinaus. Der Schlag traf den Soldaten über dem verkrüppelten Ohr. Er kippte seufzend zur Seite. Honnes packte die Waffe mit beiden Händen und rammte die Klinge in die Kehle des Mannes. Ein Blutschwall ergoss sich über Gestrüpp und Gras.

Es zischte und donnerte überall. Honnes zwang seine weichen Knie Richtung Waldrand zu laufen. Dort drehte er sich noch einmal um.

Kein Zelt stand mehr. Feuersbrünste wüteten auf dem einstigen Lagerplatz. Nordmänner rannten schreiend umher. Auf dem Fluss brannten zwölf Schiffe oder mehr. Das Ding über dem Wald spuckte Blitze. Aber auch einige der Schiffe schleuderten tödliche Kugeln. Eine traf das Ding über dem Wald. Ein roter Blitz loderte hinter seinem schwarzen Auge auf. Das Ding wurde zur Seite geschleudert und taumelte zwischen die Baumkronen.

Honnes wandte sich ab und lief in den Wald hinein ...

Die Ereignisse überschlugen sich. Zunächst sorgte die Nachricht von Salisburys eigenmächtigem Angriff auf die Nordmänner für Empörung im Octaviat der Londoner Community.

»Wir hatten vereinbart, eine gemeinsame Strategie abzustimmen!« General Yoshiro keifte wie ein altes Weib. Zum wiederholten Mal wunderte sich Matt, wie wenig Männliches dieser Exot an sich hatte, der doch für die äußere Sicherheit der Community zuständig war. »So ein Alleingang ist vertragswidrig, absolut vertragswidrig. Unsere Vereinbarungen sehen gemeinsame militärische Operationen bei einer Bedrohung vor!«

»Eine unmittelbare Bedrohung einer einzelnen Community gestattet laut Vertragstext auch unabgestimmte Operationen.« James Dubliner, der *Prime* von Salisbury, zeigte keine Gemütsbewegung. »Und nach unseren Analysen lag eine direkte Bedrohung vor ...«

Sie stritten ein Weilchen herum. Die anderen Londoner Octaviane hielten sich weitgehend heraus. Die *Prime* schnitt eine missmutige Miene und gab auf diese Weise zu verstehen, was sie von Dubliners Alleingang hielt.

Es war Kyoko, Yoshiros E-Butler, die den Streit schließlich beilegte. »Nach den neuesten Berechnungen der Zentral-Helix ist Salisbury ungleich gefährdeter als London, Sir«, meldete sie sich zu Wort. Sie bemühte sich sichtbar um Höflichkeit. »Wenn London angegriffen werden sollte, hätten die Nordmänner die Themse benutzt, um ins Landesinnere vorzudringen.«

Diese Auskunft motivierte Yoshiro endlich zu einem sachlichen Gespräch. Anthony Hawkins und Jefferson Winters E-Butler wurden genauso zu ihrer Einschätzung der Lage befragt wie die Militär-Octavian von Salisbury – eine gewisse Emily Priden – und Leonard Gabriel, der Botschafter von Salisbury. Rulfans Vater war aus der Kommandozentrale eines EWATs zugeschaltet.

»Ich habe wirklich die Schnauze voll, ständig bei euch Plaudertaschen anrücken und für euch nachdenken zu müssen«, beschwerte sich Sokrates, der E-Butler des königlichen Beraters. »Wozu habt ihr ein Hirn? Wozu Fußvolk wie Kyoko und Francis, die euch jederzeit mit der Zentral-Helix verbinden, wozu –«

»Reiß dich zusammen, Sokrates!«, donnerte Jefferson Winter los. Einige Octaviane zuckten zusammen. Die Unfreundlichkeiten des eigensinnigen E-Butlers waren sie gewohnt, heftige Gefühlsausbrüche seines Eigentümers nicht.

»Das ist der Grund, aus dem wir in Salisbury auf E-Butler verzichten«, knurrte James Dubliner vom Nachbarmonitor. »Sie entwickeln ein ungebührliches Eigenleben.«

»Was man wahrscheinlich von gewissen Körperteilen deines Greisenkadavers nicht mehr sagen kann«, schoß Sokrates seine Retourkutsche in Richtung des *Prime* ab. Geraune erhob sich im Kuppelsaal. Matt musste sich ein Grinsen verkneifen. Die Szene hatte in ihrer Unwirklichkeit etwas Satirisches.

»Ich wünsche, dass dieses Programm sofort aus unserer Konferenz ausgeklinkt wird.« James Dubliner deutete von seinem Monitor aus auf Sokrates. Seine Stimme klang wie reißendes Blech.

»Wir brauchen dich im Moment nicht mehr, Sokrates.« Jeffersons sonst so bleiches Gesicht hatte plötzlich einen deutlichen Rotstich. »Diese Sache wird natürlich ein Nachspiel haben. Melde dich nach der Sitzung bei mir.«

»Wie Sie meinen, Ladies und Gentlemen.« Sokrates schloss beleidigt die Augen und reckte seine Stupsnase in die Höhe. »Ich gehe. Sie werden es schnell bereuen, auf meine Kompetenz verzichtet zu haben ...« Er wandte sich ab und schritt auf den Monitorrand zu. Schon halb von ihm verdeckt, drehte er sich noch einmal um. »Eine Kleinigkeit noch. Nach meinen Berechnungen besteht eine Wahrscheinlichkeit von siebenundsechzig Komma

317

drei fünf Prozent dafür, dass diese Nordmänner den Individual-Code eines Mitglieds unserer Skandinavien-Expedition herausgefunden haben. Einen vergnügten Sitzungsverlauf noch...« Er verschwand hinter dem Bildschirmrand.

»Er spricht aus, was mir seit Stunden im Kopf herumgeht«, sagte Matt spontan.

»Diese Einschätzung entspricht in etwa unseren Analysen«, räumte Dubliner kleinlaut ein.

»Drei Community-Mitglieder aus London waren an Bord«, meldete Anthony Hawkins sich zu Wort. »Und drei aus Salisbury.«

»Die Wahrscheinlichkeit liegt für jede Community bei fünfzig Prozent«, sagte Valery Heath.

»Toll!«, giftete die *Prime*. »Und das ohne Zentral-Helix!« Sie wandte sich an Dubliner auf dem Monitor. »Nach Lage der Dinge müsste es ein Individual-Code aus Salisbury sein, der den Nordmännern in die Hände gefallen ist. Wenn überhaupt.« Sie blickte sich am runden Tisch um. »Ich kann daran nicht glauben.«

»Ich auch nicht«, bekräftigten Yoshiro, Heath und die anderen Octaviane.

»Auch bei uns vertritt nur ein Mann diese Theorie«, knurrte Dubliner. »Leonard Gabriel.«

»Und trotzdem glauben Sie ihr?«

»Ich vertraue dem Mann, der sie vertritt...« Dubliner wandte sich zur Seite, als würde er mit jemandem sprechen. Der Bildschirm erlosch. Fast gleichzeitig flammte ein anderer auf, und Herkules, der E-Butler der *Prime*, erschien. »Verzeihen Sie die Störung, Lady Josephine«, sagte er in unterwürfiger Pose, die seinem ganzen Erscheinungsbild Hohn sprach und Matt ein Grinsen abnötigte, »aber es liegen Bilder von der Hauptpforte vor, die Sie sich anschauen sollten.«

»Her damit«, blaffte die *Prime*.

Herkules trat zurück. Man sah das schwärzliche Gemäuer zwischen der Big-Ben-Ruine und der Pforte. Drei Männer saßen dort im Gras. Ein vierter, ein massiger Bursche mit langen grauen Zöpfen, stand etwas abseits. Er trug einen braunen Wildledermantel und ein schwarzes Hemd und schwarze Hosen darunter. Auf seinem grauen Haar saß eine helmartige Kappe.

»*Socks*!«, zischte Rose McMillan, die Octavian für Soziales und Fortpflanzung.

»Was fällt den verdammten Stinkstiefeln ein, sich so nah an unseren Bunker zu wagen?«, schimpfte Yoshiro.

»Ignorieren wir sie«, blaffte Josephine Warrington. »Wenn sie bis Sonnenuntergang nicht verschwunden sind, soll der Pfortenbutler ein kleines Feuerwerk veranstalten. Vielleicht hilft ihnen das auf die Sprünge.«

»Es ist Grandlord Paacival.« Rulfan war aufgestanden und vor den Monitor getreten. Der hünenhafte Mann mit den grauen Zöpfen blickte abwartend und suchend in die Kamera. Ab und zu drehte er sich um und wechselte unverständliche Worte mit seinen hinter ihm sitzenden Begleitern. »Ich habe ihn persönlich kennen gelernt. Ich glaube, er weiß, dass ich hier bin.«

»Ein Grandlord kommt persönlich vor unser Hauptportal?«, wunderte sich Valery Heath. »Und in Begleitung von nur drei Männern? Das ist ungewöhnlich.«

»Sie haben Angst!«, freute sich Yoshiro. »Die Stinkstiefel haben Angst vor den Nordmännern!« Erregt und feixend deutete er auf den Monitor. »Wetten, sie wollen verhandeln?!«

Wieder wurden Matt und Aruula Zeugen einer erregten Diskussion. Schließlich bat der König Rulfan, nach oben zu gehen und mit dem Grandlord zu sprechen. Allein verließ Rulfan den Sitzungssaal.

Weitere Diskussionen folgten. Es wurde beschlossen, den Nordmännern zwei EWATs mit je zehn Mann Besatzung entgegenzuschicken.

Ohne Anmeldung blendete Salisbury sich ein. Dubliner persönlich erschien auf dem flimmernden Monitor. Sein Gesicht wirkte noch grauer als zuvor. »Keine großen Vorreden, Ladies und Gentleman – einer unserer EWATs hat Heerlager und Flotte der Nordmänner angegriffen. Er wurde von Kanonenkugeln getroffen und liegt manövrierunfähig im Uferwald des Tests. Ein zweiter EWAT wurde in den Ruinen von Salisbury von den Nordmännern entdeckt. Es ist die Maschine, die unter Leonard Gabriels Kommando steht. Sie greifen ihn ohne Rücksicht auf eigene Verluste an...«

»Sinne Tawatzenäasche, sinnit!« Grandlord Paacival stampfte wütend mit den Füßen auf. Er schüttelte die geballten Fäuste über seinem großen Schädel. »Hamwa sechzän Späha losschiggt, sinne zwa zuwückkomme!« Er hielt Rulfan Zeige- und Mittelfinger seiner Rechten vor die Augen. »Zwa vonne sechzän! Annere...«, mit der Handkante fuhr er sich über seinen fetten Hals, »... abbemurkst.«

Rulfan hörte ihm schweigend zu. Neben ihm leckte der Lupa ihm die Hand. Das Tier freute sich, seinen menschlichen Gefährten wieder zu sehen. »Und was wollt ihr hier?«, fragte er den Grandlord. »Was wollt ihr von den Technos?«

Grandlord Paacival sah sich nach seinen Begleitern um. Die senkten stumm die Blicke. Etwas wie Verlegenheit zeigte sich plötzlich auf der groben Miene des Grandlords. »Komm vonne Vasammlung vonne Gwanloads und Bigloads von alle Stämme. Gwanload Meawin, Gwanload Wudie und Gwanload Sülvesta schiggen mich. Ich soll Maulwöafe fagen, wasse vonne Waffestillstan halte ... un vonne Bündnis ...«

»Wir werden siegen«, krächzte Hakuun. »Noch schleudern sie Blitze auf uns, aber schon tritt Lokiraa in ihre Ruine.« Er zog an seiner Pfeife. Süßlicher Duft verbreitete sich um ihn. Zu seinen Füßen kauerte der kleine blonde Sprachsklave im Gestrüpp zwischen den Steinen.

»Ja«, zischte Kaikaan. »Wir werden siegen ...« Lichtreflexe spiegelten sich in den Ruinen und im tiefhängenden grauen Abendhimmel. Glutbälle blähten sich über den Bäumen und zwischen den alten Gemäuern. Und immer wieder Kanonendonner und aufspritzendes Gestein in einem mittlerweile engen Kreis rund um die Ruinen eines zerklüfteten Götterhauses. Kaikaan beobachtete den Kampf von einer Trümmerhalde am ehemaligen Stadtrand aus.

Zweitausendfünfhundert Kämpfer hatte Kaikaan nach Nordosten geschickt. Er rechnete damit, dass die Erdstädtler aus London den Erdstädtlern von Salisbury zur Hilfe kommen würden. Sein Heer sollte sie aufhalten.

Er selbst war südwestlich gezogen. Mit fast viertausend Mann und vielen Kanonen. Nicht einmal hundertsechzig Speerwürfe vom Fluss entfernt, in den Ruinen einer kleinen Stadt, hatten seine Soldaten den Kriegswagen der Erdstädtler entdeckt. Durch einen dummen Zufall – drei Männer jagten einem Kamauler hinterher, schossen ihm eine Kugel ins Fell und folgten dem waidwunden Tier in die Ruine des Götterhauses. Dort entdeckten sie den Kriegswagen. Alle drei starben in einem der fürchterlichen Blitze, die der Kriegswagen verschießen konnte, aber andere aus der Marschkolonne sahen das Licht. Mit Flinten und Steinwürfen hatten sie den Wagen angegriffen, während Kaikaan in Windeseile Kanonen um die Ruinen postieren ließ. Unter dem Trommelfeuer der Kanonen war ein Ruinenflügel zusammengebrochen und hatte den Kriegswagen teilweise unter sich begraben. Offensichtlich war er manövrierunfähig, aber er verschoss noch immer Glut und Feuer. Der Ring der Kanonen zog sich enger und enger um ihn.

»Bedenke die Nachrichten, die Hairiks Unterführer an den Hof des Erdmeisters brachten«, krächzte der Priester. »Wenn sie verloren sind, verwandeln sie sich in eine Sonne. Sie sterben freiwillig und vernichten viele ihrer Feinde dabei.« Erschrocken blickte Olaaw, der Sprachsklave, zum Kriegsmeister auf.

»Ich weiß es«, knurrte Kaikaan. Er winkte zwei seiner Unterführer heran. Sie trugen Rohre auf dem Rücken, die man sonst nicht sah unter den Waffen der Nordmänner. Dunkelgraue Rohre aus Material, dass man sonst nicht fand unter der Ausrüstung der Nordmänner. Die Rohre mündeten in kleine Kugeln, und aus den Kugeln ragte eine Art Keil. Auch Kaikaan trug so ein Rohr auf dem Rücken.

Die Unterführer kletterten die Schutthalde hinauf. Es waren junge Männer. In ihren wässrigen Augen glühte die Kriegsbegeisterung. »Sie sind eingekesselt«, sagte Kaikaan. »Schleicht euch an. Wer von euch beiden den Kriegswagen aufbricht, der soll einer meiner stellvertretenden Kriegsmeister werden...« Die Männer drehten sich um, sprangen die Halde herunter und huschten zwischen Gestrüpp, Bäumen und Steinhaufen in die Ruinen hinein...

»General Priden an scout III, kommen.« Durch die Sicht-kuppel des EWATs konnte Emily Priden die Baumstämme vorbeigleiten sehen. Dem Piloten war es gelungen, die Maschine wieder manövrierfähig zu machen.

»Scout III an scout I, wir hören.«

»Unser Magnetfeld lässt sich nur noch teilweise auf-bauen, die Schwenkflügel scheinen zu klemmen.« Emily Priden spähte auf das Panorama-Display im Frontbogen der Sichtkuppel. Wärmequellen wurden sichtbar. Sie hatten die Umrisse menschlicher Körper. »Möglicher-weise haben wir unsere Flugfähigkeit eingebüßt. Wir versuchen das Flussufer zu erreichen. Kommen.«

»Scout III an scout I, verstanden – wir haben bisher keinerlei Feindberührung. Kommen.«

»Verstanden, scout III, bleiben sie auf Ihrer Position. Ende.« Priden starrte auf das Panorama-Display. Von allen Seiten jetzt Wärmequellen.

»Sie nähern sich rasch«, flüsterte der Pilot, ein junger Captain. »Sie werden es doch nicht wagen, uns den Weg abzuschneiden?«

»Scout I an scout II, kommen.«

»Scout II hört.« Gabriels dumpfer Bass.

»Ihre Lage, Sir Leonard.«

»Dauerbeschuss, sind manövrierunfähig. Sie schieben ihre verdammten Kanonen immer näher an die Reste dieser Kirche...!«

General Pridens spitzes Gesicht nahm plötzlich die Konturen eines Kieselsteines an – glatt, hart und unbeweg-lich wurde es. Die tiefe Stimme aus dem Empfänger klang hastig, erregt und nicht besonders deutlich. »Verletzte?«

»Keiner verletzt, Lady General«, keuchte Gabriels Bass aus dem Empfänger. »Aber es liegen tonnenweise Trümmer auf Segment drei und vier unseres EWATs! Der Pilot kann die Maschine nicht befreien!«

Auf dem Panorama-Display blähten sich Glutbälle auf. Die Waffentechniker nahmen die Wärmequellen unter Beschuss. Die Militär-Octavian starrte in die Flammen zwischen den Baumstämmen. »Es sieht so aus, als müssten wir den EWAT aufgeben, General. Was meinen Sie? Kommen!«

Navigator und Pilot drehten sich nach Priden um. Fragende Blicke trafen sie. Niemand, bei dem sie sich vergewissern konnte. Sie hatte das Kommando. Sie war der General. Sie musste die Entscheidung treffen. Ihr Mund und ihr Hals fühlten sich plötzlich an, als hätte sie geraspeltes Kunstleder geschluckt. »General an scout II, stellen Sie die Selbstzerstörung der Gefechtstürme auf dreißig Minuten ein und verlassen Sie den EWAT.«

Ihre Kaumuskulatur pulsierte, während sie lauschte. Es dauerte ein paar Sekunden, bis die Antwort kam. »Verstanden, General.« Gabriels Stimme klang jetzt weder laut noch besonders hastig. Im Gegenteil – sie klang wie die Stimme eines Mannes, der alle Zeit der Welt hatte. »Wir stellen die Zerstörungsautomatik auf dreißig Minuten ein und verlassen den EWAT. Ende.«

»Viel Glück, Sir Leonard«, murmelte der Pilot.

»Allah sei euch gnädig«, flüsterte der Navigator.

General Emily Priden schluckte endlich den Stachelkloß in ihrem Hals hinunter. »General an scout III, kommen.«

»Scout III hört.«

»Geben Sie Ihre Position auf, und nehmen Sie Kurs auf die Ruinen von Salisbury. Steuern Sie die Kathedrale an, und versuchen Sie so viele Besatzungsmitglieder von scout II aufzunehmen wie möglich. Kommen.«

»Scout III an scout I – soll das heißen, dass scout II zerstört wurde? Kommen!«

»General an scout III. Ich habe scout II das Kommando

für die Selbstzerstörung gegeben. Fliegen Sie nach Salisbury. Retten Sie Gabriel und seine Leute. Ende.« Pridens Augen wurden schmal, als ein schwacher Lichtstreifen hinter den Baumstämmen sichtbar wurde. Der Waldrand!

»Scout III an General – wir erfassen Wärmequellen etwa fünf Meilen entfernt in südwestlicher Richtung. Es müssen Truppen der Nordmänner sein! Sie bewegen sich auf London zu. Es sind tausende!«

»Verständigen Sie London, und nehmen Sie Kurs auf Salisbury«, sagte Priden knapp.

»Sie verlassen eben einen Wald und durchqueren Buschland!« Dem Kommandanten von scout III war die Begeisterung anzuhören. »Wir könnten sie unter Feuer nehmen! Sie hätten keine Chance –!«

»General an scout III!«, sagte Priden scharf. »Sie verständigen London und nehmen Kurs auf Salisbury! Ende!«

»Verstanden. Ende.«

Die letzten Baumstämme glitten an ihnen vorbei. Dann der Blick auf den Fluss. Mehr als ein Dutzend Schiffe brannten. Schwarze Qualmwolken schraubten sich in den Abendhimmel. Zwei Boote hatten bereits Schlagseite. Am anderen Ufer brannte das Lager der Nordmänner. Etwa zweihundert Soldaten liefen kopflos am Ufer entlang oder arbeiteten sich die Böschung hinauf zum Waldrand. Sie schwangen Äxte und Schwerter.

»General an Gefechtsstand – nehmen Sie unter Feuer, was Ihnen in den Ziellaser gerät.« Kalte Wut packte die Octavian.

»Verstanden!«, kam es zurück. Pfeile und Armbrust-Bolzen prasselten gegen die Außenhülle des EWATs. Priden beachtete das hässliche Geräusch kaum. Die molekularverdichtete Titan-Carbonat-Legierung hielt mehr aus als das. So lange keine Kanonenkugeln die Sichtkuppel trafen, hatten sie nichts zu befürchten.

Gegen Abend kehrte Rulfan in den Sitzungssaal der Regierung zurück. Auf einer Digitaluhr, die im Glas des Tisches eingelassen war, sah Matt die Uhrzeit: 18:34. Sie diskutierten das Bündnisbegehren der Lords. Eine hitzige, äußerst kontroverse Diskussion. Um 19:10 Uhr brach die *Prime* sie ab und ließ abstimmen. Fahka, Yoshiro und die Warrington selbst waren gegen das Bündnis. Winter enthielt sich. Der König und die restlichen vier Octaviane stimmten dem Bündnis zu.

»Aber nur unter einer Bedingung«, sagte Roger III. »Sie müssen Lu begnadigen. Das will ich schriftlich.«

Die *Prime* musterte ihn mit kritischer Miene. »Wer ist Lu, wenn ich fragen darf, Eure königliche Hoheit?«

»Eine gute Bekannte«, antwortete der König kurz angebunden.

Man beschloss einen konkreten Einsatzplan: Rulfan, Aruula und Matt sollten am kommenden Tag gemeinsam mit Paacivals Kämpfern nach Salisbury aufbrechen. Es war 19:54 Uhr – Rulfan wollte gerade den Kuppelsaal verlassen, um den Lords den Beschluss des Octaviats mitzuteilen –, als Nachrichten aus Salisbury eintrafen:

In den Ruinen um die alte Kathedrale von Salisbury hatten die Disuuslachter einen manövrierunfähigen EWAT eingekreist. Am Lauf des Tests nördlich von Southampton hatte ein zweiter EWAT die Flotte und das Lager der Nordmänner angegriffen und war ebenfalls beschädigt worden. Und schließlich die Nachricht, die für helles Entsetzen im Octaviat sorgten: Etwa dreißig Meilen südlich der Außenruinen Londons hatte ein dritter EWAT der Community Salisbury eine etwa zweitausendfünfhundert Mann starke Truppe der Skandinavier geortet. Mehr als die Hälfte davon bewegte sich in erstaunlichem Tempo auf London zu. Die Nachhut führte schwere Geschütze mit sich.

Sofort wurde der Plan verändert. Matt, Aruula und Rulfan wurden beauftragt, zusammen mit Paacival eine kleine Armee aufzustellen. Sieben mit LP-Gewehren ausgerüstete Kampftrios der Community-Force erhielten den Befehl, im Laufe der Nacht in die südlichen Außenbezirke vorzudringen. Zehn der zwölf EWAT-Einheiten der Community ließ General Yoshiro gefechtsklar machen. Drei sollten unter dem Kommando von Curd Merylbone und gemeinsam mit den Lords und den Kampftrios nach Süden vorstoßen. Die anderen sieben wollte der General persönlich nach Salisbury führen. Der Aufbruch war für 0:13 Uhr geplant.

Sie hatten Schutzanzüge angelegt und hielten die Laser-Phasen-Gewehre an die Brust gedrückt. Das Schott hinter ihnen schloss sich. Detonationen ließen die Maschine erzittern. Leonard Gabriel sah auf die Uhr: 20:03 zeigte das Display auf der Reaktorkugel seines LP-Gewehres. Um 19:58 hatte er die Selbstzerstörung des EWATs auf dreißig Minuten eingestellt. Dreißig Minuten, um den Geschützring zu durchbrechen und aus dem Explosionsradius zu gelangen. Dreißig Minuten zwischen Leben und Tod. Jetzt sogar nur noch sechsundzwanzig Minuten.

Das Außenschott schob sich auf. Staubwolken hingen über Trümmern. Leonard Gabriel sprang in die Ruine hinein. Pilot und Navigator folgten ihm. Aus dem Mittelsegment des EWATs stiegen zeitgleich die Waffentechniker und der Schütze. Zwei davon weibliche Offiziere. Der Schütze war ein Enkel Dubliners. Mit einer Handbewegung winkte Gabriel die Besatzung hinter sich her. Ihnen voran stürmte er einen Trümmerberg hinauf.

Von dort hatte er einen guten Überblick. Einen Überblick über die Hölle: Nur noch hohe Mauerreste der Ruine standen, teilweise über hundert Fuß hoch. Sie schwankten verdächtig. Detonationen erschütterten die Ruine, Feuerblitze zuckten durch die Dämmerung, Rauchwolken stiegen durch Mauerlücken und Fensterhöhlen.

Plötzlich ein Zischen – ein gleißender Feuerstrahl jagte aus den Mauerresten des Kirchenschiffs an Gabriel vorbei.

Der Pilot warf die Arme hoch. Im Brustbereich seines Schutzanzuges wuchs ein schwarzer Fleck, das silbergraue Material schmolz, ein Schrei gellte aus Gabriels Helmfunk. Alle huschten sie in Deckung, während der Pilot rücklings den Trümmerberg hinunterstürzte. Flammen züngelten aus der Vorderseite seines Schutzanzuges.

»Sie haben einen Strahler!«, schrie eine der Waffentechnikerinnen. »Sie haben ein LP-Gewehr!«

Eiskalt wurde es unter Gabriels Schädeldecke. Ein Blick auf das Reaktor-Display: 20:07 Uhr. Noch einundzwanzig Minuten. Gabriel bückte sich nach dem LP-Gewehr des toten Piloten und warf es dem Navigator zu. »Sie übernehmen das Kommando, Lieutenant Muzawi!« Der Navigator hatte persische Vorfahren. Als einer der wenigen Technos huldigte er einer Religion. »Führen Sie die Gruppe hier raus, und versuchen Sie den Belagerungsring zu durchbrechen. Scout III ist unterwegs und wird Sie aufnehmen.«

»Und Sie, Sir Leonard? Was machen Sie?«, schrie Lieutenant Muzawi.

»Niemand weiß, dass die Nordmänner Strahler haben! Ich muss die anderen EWATs verständigen! Und Salisbury! Unser Helmfunk ist zu schwach, also muss ich zurück in den EWAT.« Er blickte aufs Display. »Ich habe noch achtzehn Minuten Zeit! Verschwinden Sie, ich gebe Ihnen Feuerschutz!«

Der Navigator und die beiden Waffentechnikerinnen kletterten den Trümmerberg hinab. Gabriel schoss in die Deckung der Angreifer hinein. Er wusste nicht, ob er traf. Als er sich umdrehte, um zum EWAT zurückzuklettern, sah er den Schützen seines Kommandos – Dubliners Enkelsohn – eben durch das Schott in das Fahrzeug klettern.

»Was tun Sie da, Dubliner?«, brüllte Gabriel.

»Ich erledige das für Sie, Sir!«, kam es über Helmfunk zurück. Gabriel schluckte einen Hals voller Flüche hinunter. Es nutzte nichts – der junge Mann war schon im Inneren des Fahrzeugs. Ein Heißsporn von der gefährlichsten Sorte. Gabriel wusste, dass Dubliner junior ihn verehrte wie ein Idol. Er drückte sich zwischen die Steine und zog die Abzugstaste seines LP-Gewehres. Er konnte die Nordmänner mit den Strahlern zwischen Mauerresten und zerbrochenen Säulen nicht genau ausmachen.

Knapp zweihundert Schritte vom EWAT entfernt, mitten in den Trümmern der Ruine, schlug eine Kanonenkugel ein. Die Detonation ließ die Restmauern erzittern. Steine und Steinsplitter wirbelten durch die Luft und prasselten gegen die Außenhülle des EWATs; eine Staubwolke verhüllte für Sekunden die Deckung der Strahlerschützen.

20:11 Uhr zeigte das Display in Gabriels LP-Gewehr. Minuten später erklang die junge Stimme des Schützen in Gabriels Helmfunk: »Scout II an alle, scout II an alle, wir wurden mit Strahlern angegriffen. Ich wiederhole: Die Nordmänner sind in Besitz von LP-Gewehren! Bestätigen!« Gabriel staunte über die ruhige Stimme des jungen Mannes. Er behielt die Staubwolke über dem Einschlagtrichter im Auge. Die Bestätigungen von scout I und scout III gingen ein. Salisbury ließ nichts von sich hören.

»Kommen Sie jetzt raus, Dubliner!«, brüllte Gabriel. Sein Display zeigte 20:15 Uhr, als sich endlich das Außenschott öffnete.

Aus der Staubwolke über den Trümmern löste sich ein gleißender Strahl. Er traf die Hülle des EWATs oberhalb des Schotts. Dubliner jr. warf sich zwischen die Steine und erwiderte das Feuer. »Hoch mit Ihnen!«, schrie Gabriel. »Ich geb Ihnen Feuerschutz!« Im sich senkenden Staub über dem Granatentrichter erkannte er die Konturen eines menschlichen Körpers. Sein Strahl bohrte sich hinein – der Körper krümmte sich und begann zu brennen. Etwas von der Form eines LP-Gewehres fiel zwischen die Steine.

Statt zu Gabriel hinaufzuklettern, spurtete Dubliner jr. dorthin, wo der Angreifer verbrannte. »Wahnsinniger!«, brüllte Gabriel. Er schoß in Staub und Trümmer hinein, um dem Mann Feuerschutz zu geben. »Dafür stelle ich Sie vor eine Disziplinar-Jury!«

Tatsächlich gelang es Dubliner jr., das LP-Gewehr zu erbeuten. Unverletzt erreichte er seinen Kommandanten.

»Raus hier!«, brüllte Gabriel. 20:18 Uhr zeigte das Display des Strahlers. »Wir haben noch zehn Minuten, mindestens anderthalb Kilometer zwischen uns und den EWAT zu bringen!«

Lu schob das Tablett beiseite. Lauter leere Schüsseln standen darauf. Sie rülpste. »Wars okay?«, grinste das Mäusegesicht aus dem Blumenfeld.

»Okä.« Lu wischte sich den Mund ab. »Wundebaa.« Sie winkte Micky zu und lachte. »Sag Gwuß anne König – sein Eis isse wundebaa, issit.« Es war bereits die dritte Portion, die sie an diesem Tag vertilgt hatte. Die verunglückte Taratze auf dem Monitor wurde ihr immer sympathischer. Und der König auch.

»Mach ich glatt.« Micky verschränkte die Arme vor seiner Mäusebrust und musterte die junge Frau aus listigen Augen. »Roger hätte da übrigens eine Bitte an dich.« Lu blickte fragend zum Monitor hinauf. »Ob du heute Abend nicht wieder ein Bad nehmen würdest.«

»Aba gäan«, sagte Lu. Froh, sich für das Eis revanchieren zu können, strahlte sie Micky an.

»Ich meine gleich, wenn es sich irgendwie machen lässt.«

»Glaich?« Lu lauschte in den Raum hinein. Ein Rauschen drang aus der gläsernen Muschelschale. Wasser sprudelte hinein. Sie stand auf und zog sich aus. Stück für Stück ließ sie die weiten cremefarbenen Kunstfaserhüllen fallen, die sie anstelle ihrer verdreckten Wildlederkutte erhalten hatte. Nackt tänzelte sie durch den Raum und stieg in die Muschelwanne. »Isse gut so?«, strahlte sie Micky von der Wanne aus an.

»Isse wundebaa so, issit«, sagte Micky. Eine Tür schob sich im Blumenfeld auf, und eine Gestalt in einem silbergrauen Schutzanzug betrat den Raum. Lu erschrak und presste die Hand auf den Mund. »Nicht erschrecken!«, rief Micky, »Is nur der Eismann!«

Langes roséfarbenes Haar war unter dem durchsichtigen Helm zu erkennen. Und ein weiches schmales Gesicht mit kleiner Nase und kleinem Schmollmund. »Verschwinde, Micky, und schäm dich!«, blaffte der König in Richtung E-Butler.

»Klar doch, mach ich beides.« Der Bildschirm verblasste. Roger III. ließ sich neben der Muschelwanne nieder.

»Du musst entschuldigen, Lu«, lächelte der König. »Ich konnte nicht widerstehen.« Seine Augen glitten über ihren nackten Körper. »Ich musste dich leibhaftig sehen.« Dass er sie bereits beim Baden und auch sonst schon beobachtet hatte, verschwieg er. Wie auch hätte er ihr erklären sollen, was eine Kamera und was ein Monitor ist?

Lu betrachtete ihn verwundert. »Könich Rodscha...?« Sie deutete auf ihn.

»O ja, der bin ich.« Er nahm eine Strähne ihrer blonden Locken zwischen die Finger und betrachtete sie mit verklärtem Blick. »Roger der Dritte, Prinz von Kent und König der Britannischen Inseln...« Er führte die Locke an die Sichtkugel seines Helmes und drückte sie auf der Höhe seines Mundes dagegen. Gleichzeitig spitzte er die Lippen wie zum Kuss. »Viele Frauen unserer Community würden ein Vermögen bezahlen für solches Haar.« Er seufzte. »Und ich ein Königreich, um es riechen und küssen zu können...«

Lu machte ein sorgenvolles Gesicht. »Was isse mitdia, Könich Rodscha?« Mit ihren nassen nackten Armen griff sie nach seiner Schulter. »Bisse kwank?«

»Nein.« Ein wehmütiges Lächeln huschte über die feinen Züge des Monarchen. »Mir scheint allerdings, dass ich mich ein wenig in dich verliebt habe – wenn du das als Krankheit bezeichnen willst...?

»Valiebt? Wasis valiebt?«

»Ihr kennt das Wort gar nicht?«, staunte der König.

»Verliebt heißt: Ich würde alles dafür geben, ohne Schutzanzug zu dir in die Wanne klettern zu können...«

Ein gewaltiger Glutball wuchs an der Stelle, wo eben
noch die Ruine der uralten Kathedrale gestanden hatte.
Gabriel und Dubliner jr. warfen sich flach zu Boden. Bis
zum Geschützring schob sich der Glutball. Die Rohre der
Kanonen leuchteten rötlich auf und zerfielen. Menschliche Gestalten, die davonrennen wollten, verwandelten
sich in glühende Asche und lösten sich in Nichts auf.

Alles unter der Glutkuppel löste sich in Nichts auf –
Trümmer, Büsche, Waffen, Bäume, Menschen. Sogar das
Erdreich wurde bis zur Grundwassertiefe eliminiert,
dann reflektierte die molekulare Beschaffenheit des Was-
sers den Effekt. Ansonsten wäre ein halbkugelförmiger
Krater entstanden.

Gabriel hoffte, dass die Explosion des EWATs auch das
zweite LP-Gewehr vernichtet hatte. Sie waren einfach
aus der Ruine gespurtet, hatten dabei auf die Geschützstellungen gefeuert und durch ihren unverhofften Ausbruch so viel Verwirrung gestiftet, dass sie drei Geschütze ausschalten und den Belagerungsring um die alte
Kathedrale durchbrechen konnten. Danach waren sie
gerannt wie nie zuvor in ihrem Leben.

Vorsichtig blickte Gabriel sich um. Von Muzawi und
den Waffentechnikern keine Spur. Der Helm seines
Gefährten war ihm zugewandt. Unter der schwarzen
Isolierschicht konnte er das Bulldoggengesicht des jungen Dubliner nicht erkennen. Aber Gabriel spürte seinen
erwartungsvollen Blick.

»Gabriel an Muzawi, hören Sie mich?« Keine Antwort. Also waren die drei nicht in unmittelbarer Nähe.
Oder sie waren tot. Es hätte Gabriel nicht gewundert.

Natürlich waren die Soldaten der Community-Force auch für Kampfeinsätze ausgebildet. Für Einsätze gegen Taratzen und *Socks* und Mutantenhorden. Aber nicht für Situationen wie diese hier. Nicht für einen regelrechten Krieg. Den kannte man in Salisbury und London nur aus den Datenbanken der Zentral-Helix.

»Los, Dubliner«, flüsterte Gabriel schließlich. »Sie sind doch so ein Draufgänger. Schlagen wir uns also zum Nordostrand der Ruinen durch. Vielleicht treffen wir auf scout III . . .«

Es war längst dunkel geworden. Matt schritt neben Aruula und Rulfan durch die nächtliche Trümmerlandschaft. Sie hatten die Themse hinter sich gelassen und den südwestlichsten Rand der ehemaligen Metropole erreicht. Rechts und links von sich die Truppen der Lords, rückten sie auf breiter Front tiefer in die buschbestandene Ebene vor, die am Westrand der Ruinenstadt begann. Grandlord Paacival marschierte neben Rulfan und seinem Lupa. Hin und wieder zischte er leise Befehle, die dann unter seinen Leuten verbreitet wurden. Die drei anderen Grandlords wollten mit ihren Kämpfern von Nordosten her zu ihnen stoßen.

Zwei Kampftrios bildeten die Spitze der Front, zwei weitere flankierten sie. Drei weitere Dreiergruppen hatten ungefähr eine halbe Stunde Vorsprung. Diese neun Kampfspezialisten der Londoner Community-Force standen in ständiger Funkverbindung mit den drei EWATs, die unter Commander Curd Merylbone Kurs auf die anrückenden Truppen der Götterschlächter hielten.

Insgesamt würden sie mit knapp tausend Mann auf die Truppen von zweitausendfünfhundert Nordmännern treffen. Eine Aussicht, die Matt nicht besonders beruhigend fand. Zuversichtlich stimmten ihn dabei weniger die Horden der Lords als die Waffen der Technos. Ihnen würden die Nordmänner auf die Dauer nichts entgegensetzen können.

Sie hatten ihm und Aruula LP-Gewehre in die Hände gedrückt. Über einen kleinen Empfänger im Ohr konnte Matt den Funkverkehr zwischen Stoßtrupps und EWATs mithören. Er hatte keine Ahnung, wie viele Meilen sie noch von den Marschkolonnen der Nordmänner trennten. Matt wusste nur, dass sie nicht mehr weit von ihnen entfernt sein konnten.

Die Nachricht traf sie alle unvorbereitet. Matt schnappte einen Funkspruch aus der Community London an den EWAT von Commander Curd Merylbone auf. »Vorsicht! Die Angreifer verfügen über LP-Gewehre! Vermutlich die sechs Strahler unserer Skandinavien-Expedition ...«

Der Boden schien unter Kaikaans Stiefeln dahinzugleiten. Es war, als würde die Göttin persönlich ihn auf Händen tragen. Ja – es war genau so, wie Hakuun es gesehen hatte! Lokiraa ging vor ihm her, und ihre Schritte hinterließen Spuren der Verwüstung und des Todes. Kaikaan fühlte sich im Siegestaumel, als er auf einem Floß über einen Fluss setzte. Er erinnerte sich an den Namen des Flusses – *Avon*. Der Lauscher im Palast des Erdmeisters hatte ihn dem Geist des Gefangenen entrissen. Genau wie all die anderen Namen. Genau wie die Bilder vom Eingang in die Erdstadt und von den Zeichen, mit denen man das Tor öffnen konnte.

Durch ein weiteres Waldstück gelangten Kaikaans Truppen schließlich auf eine Ebene. Über dreitausend

Mann hatte Kaikaan mit hierher genommen. Etwas mehr als fünfhundert belagerten die Ruinen der Stadt, in der Stunden zuvor der Kriegswagen der Erdstädtler zur Sonne geworden war. Kaikaan hätte ihn lieber erobert. Aber er tröstete sich mit der erneuten Bestätigung, dass sie verwundbar waren – diese Menschen, die von allen Barbaren für Götter gehalten wurden. Einige Scheingötter hielten sich noch in den Ruinen der Stadt mit dem unaussprechlichen Namen auf. Kaikaan hatte seinen Unterführern strikte Befehle erteilt, sie auf keinen Fall entkommen zu lassen.

Inzwischen war es dunkel geworden. Kaikaan ließ Fackeln und Öllampen entzünden. Fackelträger mussten dem Heer voran auf die sanften Hügel steigen. Kaikaans Ungeduld wuchs mit jeder Hügelkette, die er mit seinen Truppen hinter sich ließ. Der Lokiraa-Priester und Olaaw, der Sprachsklave, marschierten rechts und links von ihm.

Trotz der Dunkelheit erkannte Kaikaan die Gegend, die ihm der Lauscher-Sklave im Palast des Erdmeisters beschrieben hatte. Hier irgendwo musste es sein! Hier irgendwo verbarg sich das Tor zur unterirdischen Stadt ...

Flackernde Lichter bewegten sich aus dem Wald und die Hügel hinauf. In der nächsten Umgebung ihres Scheins glitzerte Metall, und die Umrisse von Menschen waren undeutlich zu erkennen.

James Dubliner, der *Prime* der Community Salisbury, riss seinen Blick von der Übertragung der Späherkamera los. Sechs Augenpaare musterten ihn. Angst stand in den meisten von ihnen. Die vier Männer und zwei Frauen saßen an dem ovalen Konferenztisch oder standen hinter

Dubliner, um mit ihm das heranrückende Heer zu betrachten. Auf einem anderen Monitor erschien eine Tabelle. Sie enthielt Zahlenangaben über Stärke, Bewaffnung, Geschwindigkeit und Entfernung der feindlichen Truppen.

»Dreitausendfünfundachtzig Mann«, las der Octavian für Forschung und Wissenschaft. »Dreiundneunzig Kanonen. Sie sind nur noch drei Meilen von Stonehenge entfernt...«

»Verbindung mit London«, sagte Dubliner kurz angebunden. Es dauerte ein paar Minuten, bis das breite Gesicht der Londoner *Prime* auf dem Monitor erschien. »Sie haben gehört, dass die Skandinavier über LP-Gewehre verfügen?«

Josephine Warrington nickte stumm.

»Sie können diese Waffen sogar bedienen, Lady Prime. Das bedeutet: Die Mitglieder unserer Skandinavien-Expedition haben ihren persönlichen Waffencode nicht geheim halten können. Daraus wiederum ergibt sich eine schmerzhafte, aber zwingende Schlussfolgerung...«

»Sie befürchten, dass eines der Expeditionsmitglieder auch seinen Individual-Code für den Bunkerzugang nicht geheim halten konnte. Was gedenken Sie zu tun, Sir Prime?«

»Wie ist die Lage bei Ihnen, Lady Prime?«

»Commander Curd Merylbone hatte vor wenigen Minuten den ersten Feindkontakt.«

»Und die zu unserer Unterstützung entsandten EWATs?«

»Sind unterwegs. General Yoshiro persönlich kommandiert sie. In etwa zwei Stunden –«

»Zu spät. In weniger als einer Stunde steht das Mordvolk über unseren Köpfen! Sie werden das Haupttor öffnen und mit ihrem ganzen tödlichen Dreck zu uns hineinkommen.«

»Dann werfen Sie ihnen alles entgegen, was Ihnen zur Verfügung steht.«

»Sie wissen, dass unsere Community nicht einmal halb so groß ist wie Ihre, Lady Prime«, entgegnete Dubliner. »Die Salisbury-Community-Force verfügt nur über sechs EWATs und achtundvierzig ausgebildete Soldaten. Achtzehn von ihnen haben wir bereits mit drei EWATs ausgeschickt. Es scheint ihnen nicht gelungen zu sein, die Nordmänner aufzuhalten.«

»General Yoshiro braucht noch zwei Stunden, bis er Stonehenge erreicht, Sir Prime. Sie müssen irgendwie versuchen diese Zeit zu überbrücken. Sie müssen diese Schlächter wenigstens eine Stunde lang aufhalten! Irgendwie!« Das harte Gesicht der *Prime* verblasste. Der Monitor erlosch.

James Dubliner drehte sich zu seinen Octavianen um. »Ich brauche einen EWAT mit Besatzung und vier Kampftrios. Und ein LP-Gewehr und einen Schutzanzug für mich selbst . . .«

Grelle Blitze zuckten über den Nachthimmel. Explosionslärm dröhnte aus dem Wald. Matt hörte tausend Kehlen auf einmal schreien. Kanonendonner mischte sich in das Gebrüll. »Feindberührung«, sagte eine Stimme in seinem Ohr. Und dann Koordinaten, mit denen er nichts anfangen konnte. Einer der Schutzanzug-Träger an der Marschspitze drehte sich um und bedeutete Grandlord Paacival, ihm zu folgen. Danach beschleunigte das Kampftrio seine Schritte und korrigierte den Kurs.

Hinter Aruula, Rulfan und dem Lupa her spurtete Matt durch das Grasland. Neben ihm schaukelte die massige Gestalt Grandlord Paacivals durch die Dunkelheit. Und überall die Schatten der leichtfüßigen Lords. Der Schusslärm rückte näher. Blendend weiße Strahlen schossen aus dem Himmel oder aus dem Gestrüpp darunter. Glutbälle zerplatzten weit entfernt, und in ihrem Licht sah Matt jedesmal für wenige Augenblicke Köpfe und Arme der heranstürmenden Gegner.

Aus dem Funkverkehr zwischen der Basis und Commander Curd Merylbones EWAT erfuhr Matt, dass die drei Grandlords aus dem Osten und Norden der ehemaligen Metropole ihre Truppen in die Ostflanke des Gegners geworfen hatten.

Die Schlacht war entbrannt. Es gab kein Zurück mehr. Von allen Seiten hörte Matt Kampfgeschrei, Schüsse, Detonationen und metallenes Klirren aufeinander prallender Klingen. Die Nordmänner griffen mit unglaublicher Wucht und mit einer Todesverachtung an, mit der nicht einmal die Lords gerechnet hatten.

Die EWATs konnten nur direkt über den feindlichen Truppen operieren. Andernfalls würden ihre Strahler die eigenen Soldaten und Verbündeten gefährden. Die Kampftrios der Technos versuchten sich entlang der Front in Stellung zu bringen und den todesverachtenden Sturm der Götterschlächter aufzuhalten. Die Lords verstrickten sich in Einzelkämpfe mit durchbrechenden Gegnern. In diesen Augenblicken war der Ausgang der Schlacht vollkommen offen.

»Sieben Kriegswagen fliegen heran.« Die drei Kundschafter atmeten keuchend. Sie waren schweißnass. Kaikaan versuchte seine Erregung im Zaum zu halten und sich auf ihren Bericht zu konzentrieren. »Sie bewegen sich schneller als Dampfschiffe«, krächzte einer der Männer. Sie bildeten das letzte Glied einer Kundschafterkette, die sich weit nach Nordosten vorgeschoben hatte und ihre Nachrichten staffellaufartig nach Südwesten trug, bis zu Kaikaan, dem Kriegsmeister. »Noch ein Uhrenumlauf und ein halber, dann werden sie hier sein.«

Kaikaan entschied schnell wie immer. »Nehmt sechzig Kanonen«, herrschte er seine Unterführer an. »Und dreizehn Männer für jedes Geschütz. Dann rückt ihnen zehn Speerwürfe entgegen und lasst sie in euer Feuer fliegen!«

Die Unterführer verneigten sich flüchtig und huschten davon. Aus der Dunkelheit hörte Kaikaan sie ihre Befehle brüllen. Er wusste, dass er ihnen einen tödlichen Auftrag gegeben hatte. Kaum einer von ihnen und ihren Soldaten würde den Kampf gegen die Kriegswagen der Erdstädtler überleben. Aber die Geschützeinheiten würden sie aufhalten. Ihr Untergang würde Zeit bringen. Zeit, um das Tor zur Erdstadt zu öffnen.

Der kleine dicke Sprachsklave beobachtete ihn. Kaikaan sah die Angst in seinen Augen. »Halt dich bereit!«, zischte er. Olaaw nickte hastig. Er beherrschte die Sprache der haarlosen Scheingötter nur bruchstückhaft. Aber es würde reichen, sich mit ihnen zu verständigen. Viel zu sagen hatte der Kriegsmeister ihnen ohnehin nicht.

Kaikaan blickte den Hügel hinauf. Im Schein der Fackeln und Öllampen waren die Konturen mannshoher Steine zu erkennen. Steine, die seltsam verloren auf der Hügelkuppe standen. Triumphierend sah Kaikaan den Priester an. »Sie bilden einen großen Kreis!«, rief er laut.

Hakuun nickte langsam. »Wie im Geist des Gefangenen«, krächzte er. »Das Tor zur Erdstadt der Scheingötter liegt vor dir, Kaikaan. Lokiraa bietet es dir dar. Öffne es, du Auserwählter der Göttin!«

Kaikaan griff unter seinen Lederharnisch. Er zog ein Stück dünnes Leder heraus und entrollte es. Mit ausgestrecktem Arm hielt er es in den Nachthimmel. »Die Schlüsselsymbole des Tores!« Er stieß einen gellenden Kriegsruf aus und stürmte den Hügel hinauf. Dutzende von Unterführern winkten ihre Hundertschaften hinter sich her und folgten ihrem Kriegsmeister ...

Infrarotsensoren und Laser machten die Nacht außerhalb des EWATs zum Tag. Mit einer Geschwindigkeit von fast zwanzig Meilen pro Stunde bewegte sich die Titan-Carbonat-Raupe flussaufwärts. Dicht über Ufergras und Gestrüpp – an Schwebeflug war nicht mehr zu denken. Einen brennenden Dampfer nach dem anderen ließ das Fahrzeug hinter sich zurück. Als es die Spitze der feindlichen Flotte erreichte, ließ General Priden das Fahrzeug den Fluss überqueren.

»Scout III an scout I, kommen!«

Emily Priden neigte den Kopf und runzelte die Stirn. Die tiefe, grollende Stimme war ihr sehr vertraut. »Scout I hört – mein Gott, Leonard ...«

»Scout III hat den Geschützring in Salisbury durchbrochen und uns aufgenommen«, sagte die Stimme Leonard Gabriels. »Den jungen Dubliner und mich ...« Seine Stimme wurde noch dunkler und rauer. »Von den anderen Vieren fehlt jede Spur. Der Pilot ist gefallen. Muzawi und die Waffentechnikerinnen müssen vorläufig als verschollen gelten.«

»Setzen Sie Himmel und Erde in Bewegung, um die drei zu retten!«

»Es gibt schlimme Nachrichten aus der Community, Lady General«, meldete sich die Stimme des Commanders von scout III. »Die Hauptmacht der Nordmänner steht vor Stonehenge. Der Prime ist überzeugt davon, dass sie einen Individual-Code des Hauptportals kennen...«

Die Worte blieben der Militär-Octavian im Hals stecken. Eine Eisschicht schien unter ihrer Perücke zu wachsen. Sie sah, wie ihr Pilot sein Gesicht in den Händen barg. Hörte, wie ihr Navigator laut aufstöhnte.

»Sie wissen, dass auch ich davon überzeugt bin, Lady Emily.« Wieder die tiefe Stimme Gabriels. »Scout III steht der Community am nächsten. Lassen Sie uns Kurs auf Stonehenge nehmen. Die Existenz einer ganzen Community gegen das Leben von drei ihrer Mitglieder – es klingt hart, Emily, aber ist dieser Preis nicht selbstverständlich?«

Priden biss die Zähne zusammen. Die Blicke des Piloten und des Navigators schienen sich in ihr Gesicht zu bohren.

»Wenn Sie keine Entscheidung treffen, treffe *ich* eine«, grollte die Bassstimme Gabriels durch die Kommandozentrale. »Wir lassen die Ruinen Salisburys hinter uns und...«

»Nehmen Sie Kurs auf die Community!«, schnitt Priden ihm das Wort ab. »General an scout I – ich wiederhole: Nehmen Sie Kurs auf die Community Salisbury. Wir versuchen ebenfalls Stonehenge so schnell wie möglich zu erreichen...!«

Micky schüttelte die Hand, als hätte er sie sich verbrüht. Sein Mäusegesicht wirkte reichlich zerknirscht. »Was soll ich machen, Roger?«, flüsterte er. »Die Prime sucht dich überall...«

Der König zog seine Rechte aus dem Wasser, löste die Linke aus den Locken der jungen Frau und erhob sich vom Rand der Muschelwanne. »Ich habe nichts zu verbergen, Micky.« Er zog ein Tuch von einem Wandständer und trocknete die Handschuhe seines Schutzanzugs ab. »Absolut nichts.«

»Wie schade für dich...« Micky zwinkerte ihm zu. »Dann kann ich Lady Josephine also besten Gewissens hereinführen, wenn ich mich mal so ausdrücken darf.«

»Nur zu, Micky, nur zu.«

Über dem Sonnenblumenfeld bildete sich ein grünlich unterlegtes Rechteck, auf dem das Gesicht der *Prime* erschien. An Roger III. vorbei traf ihr Blick die nackte Frau in der Muschelwanne.

»Guten Abend, Lady Josephine.« Der König verschränkte die noch immer nassen Handschuhe mit dem Tuch hinter dem Rücken. »Sie wollen mir Bericht erstatten, nehme ich an.« Breitbeinig und erhobenen Hauptes stand er unter dem Monitor. Es störte ihn in diesem Augenblick außerordentlich, zur *Prime* aufblicken zu müssen.

»Ich gestehe, dass ich mehr als erstaunt bin, Eure Majestät in den Räumen des SEFs zu finden...«, sagte Warrington in ihrer unnachahmlich sarkastischen Art.

»Sie werden im Laufe des Abends sicher jemanden finden, der an Ihren Geständnissen interessiert ist, Lady Prime. Ihren Bericht bitte.«

Warringtons Augen verengten sich zu Schlitzen. »Unsere Community-Force kämpft mit fremden Okkupatoren, und Eure Majestät belieben sich mit einer Barbarin zu vergnügen?«, zischte Josephine Warrington.

»Wenn Sie auch nur ein wenig bewandert wären in Militärgeschichte, dann wüssten Sie, dass bedeutende Feldherren sich am Vorabend großer Entscheidungen mit ganz banalen Dingen beschäftigten. Oder einfach nur mit schönen.« Herablassend musterte King Roger seine Regierungschefin. »Ihren Bericht!«

Die Warrington schnaubte verächtlich. »Die Nordmänner stehen vor Stonehenge. Alles spricht dafür, dass sie einen Individual-Code kennen, mit dem sie sich Einlass verschaffen werden.«

»Wo steht General Yoshiro?« Leise und heiser klang die Stimme des Monarchen plötzlich.

»Dreißig Meilen nordöstlich. Seine Flotte wird noch eine Stunde benötigen. Bis dahin kann es zu spät sein.«

»Micky?« Roger III. wandte sich an seinen E-Butler. »Lass den königlichen EWAT startklar machen.«

»So war das nicht gemeint, Sire«, knurrte die Prime. »Außerdem ist es sinnlos...«

»Ich werde ausrücken!«, unterbrach sie der König. »Wenn die Existenz einer Community auf dem Spiel steht, wird der König der Britischen Inseln seinen Truppen selbstverständlich zur Seite stehen...!«

»Wir sind nur eine kleine Community, Ladies und Gentlemen.« Die Wände der Titanglasröhre schoben sich langsam vorüber. »Wir wissen nicht, wie viele Communities unserer Art auf diesem Planeten noch existieren...«

James Dubliner blickte zur Sichtkuppel des EWATs hinaus. Die zwölf Spezialisten der vier Kampftrios rechts und links des EWATs trugen schwarze Helme; er konnte ihre Gesichter nicht erkennen. Auch die Mienen seiner Pilotin und des Navigators sah er nicht. Alle trugen sie Schutzanzüge und Helme. Ihre LP-Gewehre hingen über den Lehnen ihrer Sessel. Auch der *Prime* selbst trug seinen Schutzanzug und war mit einem Strahler bewaffnet. Die Magnetplattform schob den Kampfverband langsam die Tunnelröhre hinauf dem Ausgang entgegen.

»Wir wissen nicht, wie viele Kleinstzivilisationen die Katastrophe in ihren Bunkern überlebt haben. Wir wissen nicht, wie viele Erben der Menschheit es tatsächlich gibt. Vielleicht nur ganz wenige...« Er blickte nach oben. Das Gewölbe des Außenschotts näherte sich.

»... und deswegen, Ladies und Gentlemen, erwarte ich von Ihnen, dass Sie in dieser Nacht ihr Leben in die Waagschale werfen. Es geht nicht um die knapp zweihundertfünfzig Individuen unserer Community. Es geht nicht um die Existenz unserer Minigesellschaft. Es geht um das unersetzliche Erbe, dessen Bewahrung und Weiterentwicklung uns ein höheres Schicksal aufgetragen hat. Dafür opfern wir heute Nacht möglicherweise unser Leben. Ein angemessenes Opfer...« Das Außenschott schob sich langsam auseinander. »Mehr habe ich Ihnen nicht zu sagen, Ladies und Gentlemen. Viel Glück.«

Die kreisrunde Plattform erreichte das Niveau des Außenschotts. Dubliner blickte in dunklen Nachthimmel. Dem Pilot entfuhr ein Schrei. Er deutete auf das Panorama-Display der Frontkuppel – unzählige Lichter stürmten hügelan und tausende menschlicher Körper.

»Dubliner an Gefechtstürme – Streufeuer eröffnen. Dubliner an Kampftrios – bilden Sie Kampfbasen an allen vier Seiten des Hügels. Dubliner an Besatzung – ich steige aus, folgen Sie mir...!«

Flammen schlugen aus hohen Büschen. Auch einzelne, allein stehende Bäume brannten. Der Feuerschein spiegelte sich in Schwert- und Axtklingen wider. Eine Axt fuhr krachend in einen schwarzen Kugelhelm. Das Material hielt, aber der Techno taumelte und verschwand in der Dunkelheit zwischen den Büschen.

Aruula schrie, riss ihr Schwert aus der Rückenscheide

und stürmte auf die Menschentraube los, die sich zwanzig Schritte entfernt um eines der Kampftrios geschart hatte. Schwerter, Beile und Messer fuhren auf die drei Technos nieder.

Matt schob das LP-Gewehr auf den Rücken und zog seine Beretta. Solange noch Patronen im Magazin waren, traute er sich damit präzisere Schüsse zu als mit dem ungewohnten Lasergewehr. Rechts und links brachen Nordmänner aus den Büschen. Matt zielte auf die dunklen Schemen und drückte ab. Sie fielen oder zuckten vor dem Schusslärm zurück.

Aruulas Langschwert fuhr zwischen die Barbaren, die auf die Technos eindroschen. Verwegene Gestalten lösten sich aus der Dunkelheit und kamen Aruula zur Hilfe – Lords. Paacival stand zu seinem Bündnis, und die anderen drei Grandlords ebenfalls. Ihre Kämpfer erwiesen sich als äußerst effizient: Die Manöver der Nordmänner mit ihrer besonderen Gabe voraussehend, richteten sie eine Menge Schaden an.

Gemeinsam holten sie das Kampftrio aus der Umklammerung der Angreifer. Doch es war vergeblich – einer der Technos war tödlich getroffen, und in den Schutzanzügen der anderen beiden klafften Risse: für jeden ein Todesurteil.

Die nächste Angriffswelle warf sich Matt, Aruula und Rulfan entgegen. Es hatte sich schnell gezeigt, dass sie und die Kampftrios der Technos bevorzugte Ziele der Disuuslachter waren. Sie hatten es auf die LP-Gewehre abgesehen. Keine Angst vor dem Tod hemmte ihre wütenden Angriffe.

Von Süden und Osten durch die Lords bedrängt, von Westen und aus der Luft durch die drei EWATs unter Dauerfeuer, schoben sich Massen von Soldaten aus der von den Flammen erhellten Nacht.

Die Schlacht tobte schon Stunden, als Matt hinter sich die Positionslichter eines vierten EWATs über den Ruinen der ehemaligen Londoner Westside entdeckte. Das Fahrzeug kam ihm größer vor als die anderen. Der Earth-Water-Air-Tank verharrte neben einem Fluggerät von Commander Curd Merylbones kleinem Geschwader etwa sechzig Fuß über dem Boden. Matt konnte das Scheuern der Außenhüllen hören, als die Fahrzeuge sich in der Luft berührten. Minutenlang schwebten die Positionslichter der EWATs nebeneinander über dem Schlachtfeld.

»Rückzug!«, bellte plötzlich eine Stimme in Matts Ohrmuschelmikro. Einige Technos machten auf der Stelle kehrt und spurteten zurück in die Ruinen. Auch die Lords flohen plötzlich Hals über Kopf.

»Warum geben wir auf?!«, schrie Aruula. Auch Matt verstand den Sinn dieses Befehls nicht.

»Lauft!«, schrie Rulfan. »Das ist keine Kapitulation, sondern – ah!« Ein Stöhnen erstickte das Wort auf seinen Lippen. Seine Knie gaben nach; er stürzte kopfüber ins Gestrüpp. Der Lupa sprang bellend und winselnd um ihn herum.

Während Aruula Feuerschutz gab, lief Matt zu Rulfan. Ein Speerschaft zitterte in dessen Rücken. Matt riss den Strahler hoch, drückte einen Knopf, um die Energie zu verringern, und brannte das Holz eine Handbreit über der Spitze ab. Dann lud er sich den schweren Mann auf den Rücken und schleppte ihn zwischen die ersten Ruinen. Rückwärts ging Aruula hinter ihm her, jagte dabei einen Strahl nach dem anderen in die Menge der Verfolger.

Ein kreischendes Geräusch ließ Matt nach oben sehen. Was er sah, jagte ihm einen Schauer über den Rücken. In einer engen Kreisbahn fiel einer der beiden parallel über dem nächtlichen Buschland schwebenden EWATs plötzlich vom Himmel und schlug am Boden auf. Der andere, größere flog über Matt und Aruula hinweg und landete in den Ruinen.

Jubelgeschrei erklang aus der Dunkelheit. Die Nordmänner triumphierten. Ihre Angriffswellen verebbten schlagartig. Sie sammelten sich um den abgestürzten EWAT, um ihre Beute zu sichern. Niemand machte sie ihnen streitig.

Nach wenigen Minuten langten Aruula und Matt mit dem verletzten Rulfan bei den Ruinen an, wo der große EWAT gelandet war. Zwei Technos übernahmen den bewusstlosen Rulfan und schleppten ihn zum Tank. Ein Mann im Schutzanzug zerrte ihn durch eine Schleuse im vorderen Teil der Maschine.

Dann wurden Matt und Aruula wie auch die anderen Soldaten der Community, die sich hier eingefunden hatten, zu den Schotten der hinteren Segmente dirigiert. Rasch stiegen sie ein. Nur als Rulfans Lupa, der ihnen gefolgt war, in die Maschine springen wollte, verwehrte ihm einer der Technos den Zutritt. »Das geht nicht! Für dich haben wir keinen Schutzanzug!«

Aruula beugte sich zu dem Tier hinunter. »Lauf, Wulf!«, herrschte sie ihn an. »Mach dass du hier wegkommst!«

Als hätte Wulf sie verstanden, setzte er in großen Sprüngen in die nächtlichen Ruinen hinein. Das Schott schloss sich, die Maschine hob ab und schwebte Richtung Themse davon.

In der Schleuse fanden Matt und Aruula Schutzanzüge. Sie zogen sie an und stülpten die Helme über. Nach der üblichen Bestrahlung öffnete sich der Zugang ins Innere des EWATs. Sie gingen mit den anderen geretteten Soldaten zur Kommandozentrale.

Commander Curd Merylbone begrüßte sie. »Willkommen im EWAT des Königs. Suchen Sie sich bitte einen Halt; es wird gleich etwas turbulent werden...«

Noch bevor Matt nachhaken konnte, beantwortete das Bild auf dem Panorama-Display seine Frage.

Wo das EWAT abgestürzt war, blähte sich in gespenstischer Lautlosigkeit ein gewaltiger Feuerball auf, strahlend weiß wie ein junger Stern.

»Der König hat den EWAT geopfert«, erklärte Merylbone, »und einen Teil der Stadt. Die Selbstzerstörung war auf acht Minuten eingestellt.« Die Feuerkuppel wuchs und wuchs, dann brach sie zusammen, und finsteres Nichts gähnte, wo eben noch über tausend angreifende Nordmänner gewesen waren. »Im Umkreis von zwei Meilen blieb kein Atom auf dem anderen«, sagte der Commander mit einem erstickten Ton in der Stimme. »Gott sei denen gnädig, die nicht rechtzeitig –«

»Es war notwendig!« König Rogers Stimme. Matt sah sich um und entdeckte den silbergrauen Schutzanzug mit den roten Streifen hinter dem Navigator. »Anders war der Feind nicht zu schlagen.« Roger III. sah in die Runde. Einige der Technos senkten die Köpfe, andere nickten. Matt beneidete den König nicht um seine Entscheidung.

»Und jetzt fliegen wir nach Salisbury«, fuhr Roger III. fort. »Die Community dort kämpft um ihre Existenz...«

Kaikaan schlug mit der flachen Schwertklinge auf die an ihm vorbeistürmenden Soldaten ein. In immer neuen Angriffswellen jagte er sie den Hügel hinauf. Hinein in die vernichtenden Strahlen aus den Waffen der Verteidiger, hinein in die detonierenden Kanonenkugeln aus den Geschützen seiner eigenen Truppen. Eine Hand voll Verteidiger hielt die Hügelkuppe. Die verfluchten Scheingötter kämpften, als sehnten sie sich nach dem Tod. Kaikaan brüllte vor Wut und Enttäuschung.

Fast zweitausend seiner Soldaten lagen tot oder verwundet im hohen Gras rund um den Hügel. Der Kriegswagen der Erdstädtler hatte sich dort oben, wo die Tasten mit den Symbolen des Pfortenschlüssels lagen, zwischen den Steinen niedergelassen. Kaikaans Geschütze hatten ihn manövrierunfähig geschossen. Acht oder neun Scheingötter waren den ersten Anläufen von Kaikaans Truppen zum Opfer gefallen.

Dann aber erschienen unverhofft zwei weitere Kriegswagen im Rücken seines Heeres. Und wenig später noch einmal sieben. Ihrer vereinten Feuerkraft hatte Kaikaan nichts entgegenzusetzen. Trotzdem jagte er seine Soldaten den Hügel hinauf. Sie starben wie Fleggen, die gegen das Netz einer Siragippe anflogen.

Erst als ein elfter Kriegswagen zwischen den nächtlichen Hügeln landete – er war größer als die anderen – ließ Kaikaan den Gedanken an Rückzug zu. Wie schon die anderen, spuckte auch der große Kriegswagen Gestalten in silbergrauen Anzügen aus. Sie schossen aus jenen Kugelrohren, die Kaikaan den Scheingöttern im Nordland geraubt hatte und von denen ihm nur noch drei geblieben waren.

»Wir müssen uns retten«, raunte der Lokiraa-Priester ihm zu.

Kaikaan schickte Boten an seine Unterführer aus. Nur wenig mehr als tausend Soldaten waren noch am Leben. Er befahl, dass sechshundert von ihnen seinen eigenen Rückzug deckten und sich den Scheingöttern und ihren Kriegswagen entgegenstellten. Er selbst umgab sich mit den restlichen vierhundertachtzig Kämpfern und schlug sich unter dem Feuerschutz seiner untergehenden Haupttruppe zum Fluss durch.

Neun Erdstädtler verfolgten sie. Ihre Strahler brachten Tod und Vernichtung über Kaikaans Truppe. Aber auch der Kriegsmeister aus dem Norden verfügte noch über drei dieser schrecklichen Waffen. Vier Verfolger konnten Kaikaans Soldaten töten, einen nahmen sie gefangen.

Mit zweihundertsiebzehn Nordmännern erreichte er im Morgengrauen das zerstörte Lager. Nicht mehr als sechsundsiebzig zerknirschte Soldaten fand er zwischen den verkohlten Zelten und in Erdlöchern am Flussufer. Auf dem Fluss rauchten über vierzig Schiffswracks. Von einigen Dampfern ragten nur noch die Bugspitzen aus dem Wasser.

Mit einer stolzen Flotte von sechsundachtzig Schiffen war er vor zwei Monden von der Küste des Nordlandes in See gestochen. Mit einem einzigen Schiff fuhr er am Morgen des folgenden Tages flussabwärts und ins Meer hinaus. An Bord außer ihm selbst, Hakuun und dem Sprachsklaven dreihundertdrei Soldaten. Und der Gefangene...

Türkisfarbenes Meer, so weit das Auge reichte. Darüber spannte sich ein blauer Himmel. Dezente Musik erklang von irgendwo her. Ein Streichkonzert. Vielleicht ein Fundstück aus Richard Jaggers Medienplayer.

Ihre Schutzanzüge hatten Matt und Aruula abgelegt. Bleischwer fühlten Arme und Beine sich an, und in Matts Schädel schien ein Klumpen nasser Watte statt eines Gehirns zu schwimmen. Er lehnte gegen Aruula und hatte seinen Kopf auf ihre Schulter gelegt. Beide waren vollkommen erschöpft. Nach zehn Stunden in Salisbury hatte ein EWAT sie nach London geflogen, zusammen mit einem Kontingent Soldaten, das an der Front von frischen Truppen abgelöst wurde. Obwohl sich die beiden kaum noch auf den Beinen halten konnten, hatten sie Rulfan zu sehen verlangt.

Und nun saßen sie auf dem Boden am Rand eines hell erleuchteten Kuppelraums und starrten auf eine tischhohe ovale Glaswanne im Zentrum. Die Wanne war mit dickflüssigem gelblichen Humanplasma gefüllt. Rulfans nackter Körper schwamm bäuchlings in ihr. Vier Technos in silbergrauen Schutzanzügen und mit durchsichtigen Helmen standen um die Wanne herum und machten sich am verletzten Rücken des Bewusstlosen zu schaffen. Sie hatten einen Raum im SEF oberhalb des Tunneleingangs zu einem Operationssaal umfunktioniert. Seit Stunden operierten sie Rulfan. Der Speer war seitlich der Wirbelsäule in Lunge und Leber eingedrungen.

Verschwommen war Rulfans Gesicht durch die Glaswand der Wanne zu erkennen. Ein dünner blauer Schlauch ragte aus seinem Mund, führte aus der Wanne heraus und verschwand in einer kleinen Kugel, die auf Teleskopbeinen daneben stand. Er musste künstlich beatmet werden.

Alle halbe Stunde bildete sich ein grünes Rechteck im Himmel über dem Meer. Kyoko, General Yoshiros E-Butler, erschien darauf und verkündete mit beherrschter Miene und in sachlichem Tonfall die neuesten Meldungen von der Schlacht um Salisbury. So erfuhren sie nach und nach die neuesten Einzelheiten vom Kampfgeschehen.

Obwohl ein Teil der Angreifer abgezogen war – man vermutete, dass sich der Heerführer ob der drohenden Niederlage in Sicherheit brachte –, nahm die Wildheit der verbliebenen Nordmänner nicht ab. Obwohl klar war, dass sie ihr Ziel nicht mehr erreichen konnten, warfen sie sich mit Todesverachtung nach vorn und fügten den Technos noch schwere Verluste zu.

Als dann aber Leonard Gabriel und General Emily Priden mit zwei EWATs im Rücken der Angreifer auftauchten und schließlich General Yoshiro deren Geschützstellungen ausschalten konnte, waren die Würfel gefallen. Kyokos Nachrichten besserten sich, Matt und Aruula und die drei Ärzte atmeten auf.

Eine Tür im Meerespanorama öffnete sich. Zwei Technos in Schutzanzügen rollten ein kugelförmiges Gerät auf Teleskopbeinen in den Raum hinein. Sie stellten es neben die Plasmawanne. Sonden und Schläuche wurden aus der basketballgroßen Kugel gezogen, in das Plasma versenkt oder mit Rulfans Körper verbunden. Einer der Ärzte kam zu Matt und Aruula.

»Die Zentral-Helix übernimmt jetzt die Kontrolle über seinen Organismus«, erklärte er. »Seine Wunde war tief, und lebenswichtige Organe sind verletzt worden. Wir haben sie mit Embryonalgewebe verschlossen.«

»Wird er überleben?«, fragte Aruula.

Skeptische Falten erschienen auf der bleichen Stirn des Mediziners. »Er ist vital, er könnte es schaffen. Aber er wird Zeit brauchen. Vielleicht viel Zeit.«

Wieder flammte der Monitor über dem Meer auf. Matt erschrak, denn Kyokos schönes Gesicht wirkte bedrückt. »Ladies und Gentlemen«, sagte sie. »Ich muss eine traurige Botschaft übermitteln. Prime James Dubliner ist gefallen. Gemeinsam mit dreizehn anderen Kämpfern. Sie starben für unsere Zukunft.«

Matt stand auf und deutete auf Rulfan. »Halten Sie uns bitte über seinen Zustand auf dem Laufenden«, bat er den leitenden Arzt. Der nickte und legte seine Hand auf die Kuppelwand; die Tür schob sich auf. Nach einem letzten Blick auf die Wanne verließen sie den Raum. Durch eine Schleuse gelangten sie in die Ruine der Westminster Hall. Graues Morgenlicht sickerte durch Lücken im Gestrüpp des teilweise zerstörten Daches. Überall an den schwarzen brüchigen Wänden der großen Halle standen einfache Kunststoffpritschen. Verletzte Lords lagen darauf. Technos in Schutzanzügen liefen umher und versorgten die Verwundeten.

Lu hockte im Schneidersitz vor einer der Pritschen. Matt und Aruula gingen zu ihr. Sie tupfte das Gesicht eines großen massigen Mannes mit einem feuchten Lappen ab. »Issede Gwanload Paacival«, sagte sie leise.

Der Axthieb eines Nordmanns hatte ihm den rechten Arm von der Schulter getrennt. Ein ovales, ballonartiges Ding hing an seinem Schultergelenk.

»Wir haben Zellkerne aus dem Armstumpf entnommen«, erklärte ein Techno, der neben sie trat. »Vielleicht gelingt es uns, aus ihnen einen neuen Arm aufzubauen.«

Matt hatte keine Kraft mehr, über diese Auskunft zu staunen. Er sah sich in der riesigen Hallenruine um. Etwa hundertfünfzig Lords lagen auf Pritschen oder hockten entkräftet im Gestrüpp. Ein Mann fiel ihm auf, weil er anders als die Lords weder Bart noch langes Haar trug. Sein Schädel war kahl, und sein Gesicht sah aus, als wäre es aus zerknautschtem Leder geformt.

»Honnes aus Coellen!«, rief Matt verblüfft. »Wie kommst du hierher?«

»Maddrax!? Schön dich zu sehen, auch wenn die Umstände nicht die Besten sind«, krächzte Honnes. »Ich war in Gefangenschaft. Aber Wudans Götter haben mich dem Schlund des Todes entrissen.« Sein Gesicht war blau und grün geschwollen, und seine Lippen waren eine einzige Blutkruste. Aus müden Augen blickte er Matt an. »Ist mein Freund Rulfan nicht hier?«

»Er ist verwundet ...« Plötzlich fiel Matt auf, dass die Technos, die zwischen den Pritschen hin und her hasteten, wie auf ein Kommando stehen geblieben waren.

»Was ist passiert?«, fragte er einen, der in seiner Nähe stand.

»Der König...«, sagte der Mann im Schutzanzug mit brüchiger Stimme. »König Roger wird vermisst...«

Der Helm lag zertrümmert neben ihm auf den Schiffsplanken. Sein Schutzanzug hing in Fetzen von seinem Leib. Roger spürte die Peitschenhiebe kaum noch.

Dicht gedrängt standen sie im Kreis um ihn herum. Er lag am Boden. Wenn er die Augen öffnete, sah er die Rauchfahne aus dem Schornstein des Dampfers in den Morgenhimmel steigen. Der Mann, der seinen Hass mit einer Peitsche an ihm austobte, hatte einen Hautlappen statt einer Nase im Gesicht. Bei jedem Hieb stieß er einen wütenden Schrei aus. Manchmal zischte eine unheimlich wirkende Gestalt ihm etwas ins Ohr, ein Priester, vermutete der Monarch. Er trug einen schwarzen Umhang, und ein mutiertes Nagetier hockte auf seiner Schulter.

Ein kleiner Blonder beugte sich zu Roger herab. »Löcher«, feixte er und deutete auf den zerfetzten Schutzanzug. »Löcher im Anzug nicht gut für Gesundheit.« Der Mann sprach ein gebrochenes Englisch. »Schlüsselsymbole für deine Haustür – sag sie.« Der König schwieg.

»Du musst eh sterben – du sprichst und erträglicher Tod, du sprichst nicht, und er kocht dich in Öl.« Wieder das feiste Grinsen. Der dickliche Bursche deutete auf den Schläger.

»Hilf mir hoch«, krächzte der König.

Der Dolmetscher griff ihm unter die Achseln und zog ihn auf die Beine. Schwankend stand der König vor seinem Peiniger. Hass und Verachtung loderten in dessen wässrigen Blauaugen.

»Ich bin Roger der Dritte, Prinz von Kent und König der Britannischen Inseln. Sag ihm das.«

Der Dolmetscher übersetzte.

»Und er ist ein stinkender Barbar, ein minderbemittelter Kater Karlo.« Roger stützte seinen schwankenden Körper auf den Dolmetscher. »Sag ihm das.«

»Ich versteh nur halb.« Der Blonde sah ihn erschrocken an. »Und was ich versteh, lieber nicht übersetzen...«

»Sag ihm das!«, herrschte der König den Dolmetscher an.

Zögernd begann der Blonde zu übersetzen. Der Anführer der Götterschlächter brüllte auf und schlug Roger III. die Faust ins Gesicht. Der schlug rücklings auf den Decksplanken auf.

Befehle wurden geschrien; Männer liefen in alle Richtungen davon. Sie bauten eine Art Rost auf, häuften Kohlenschotter darauf und entzündeten ein Feuer. Dann schleiften sie einen großen gusseisernen Kessel herbei und hievten ihn auf die Kohlen. Anschließend gossen sie Öl in den Kessel. Es roch nach verdorbenem Fisch.

König Roger III. schloss die Augen. Es war so weit. Nun fand er die Ruhe zu tun, was ihm als Einziges blieb...

Mit dem Geist tastete er nach seinem Herz, umschloss es langsam, spürte sich in jeden Schlag hinein, wurde eins mit dem Strömen des Blutes und den Kontraktionen des Herzmuskels. Immer schwerer und wärmer fühlte sich sein Körper an. Als er vollkommen entspannt war und kaum noch die Planken unter seinem Rücken spürte, sammelte er alle Willenskraft – und gab den Befehl.

Das Herz des Königs blieb stehen.

Irgendwann packten sie ihn, um ihn kopfüber in das siedende Öl zu tauchen. Und wieder erhob sich wütendes Gebrüll – König Roger III. war längst tot.

Nach drei Tagen lag die Verlustbilanz vor. Francis Bacon, Warringtons E-Butler-Mönch, trug sie mit dünner zitternder Stimme vor. Matt und Aruula saßen, in Schutzanzüge gekleidet, am runden Tisch des Sitzungssaales. Das Octaviat von London hatte sich versammelt. Auf dem Stuhl des Königs saß eine Frau – Prinzessin Victoria, die designierte Queen der Britannischen Inseln. Auf einem Monitor im Südseeinsel-Panorama war das ernste, zerfurchte Gesicht Leonard Gabriels zu sehen. Das Octaviat der Community Salisbury hatte ihn einstimmig zum neuen *Prime* berufen.

Die Community Salisbury hatte siebzehn Mitglieder verloren, die Community London dreiundzwanzig. Fast dreihundert Lords waren während der Kämpfe getötet worden. Auf dem Grund des Tests im Wrack eines zerstörten Nordmann-Schiffes hatte man den CF-Kristall aus Köln geortet. Ein Kommando war ausgerückt, um ihn zu bergen.

Schweigend und mit betretenen Mienen nahmen die Octaviane die Bilanz des Schreckens zur Kenntnis. Der Mönch auf dem Monitor beendete seinen knappen Bericht, und Josephine Warrington, die *Prime*, räusperte sich. »Ladies und Gentlemen – dies war das erste Mal, dass wir uns gegen einen organisierten Angriff wehren mussten. Wir haben durch den aufopferungsvollen Einsatz unserer Community-Forces die Feuerprobe bestanden. Wir werden diese schreckliche Erfahrung genau analysieren und aus ihr lernen. Hoffentlich müssen wir solch einen Krieg nie wieder erleben.« Sie wandte sich an Matt und Aruula. »Lady Aruula, Commander Drax – im Namen der Community danke ich Ihnen für Ihre Hilfe.« Matt nickte.

Durch einen Blick bedeutete die Prime der zukünftigen Queen, das Wort zu ergreifen. Victoria lehnte sich in ihrem Glassessel zurück und musterte Matt. »Es wird Zeit, dass wir Ihnen reinen Wein einschenken, Commander Drax. Sie wissen natürlich längst, dass wir Sie erwartet, ja sogar herbeigesehnt haben. Jetzt, nachdem wir Sie in den gemeinsamen Kämpfen näher kennen gelernt haben, wissen wir, dass unsere Hoffnungen nicht zu hochgeschraubt waren.«

Matts Körper straffte sich. Er warf seiner Gefährtin einen Blick zu und beugte sich über den Glastisch. »Hoffnungen?« Misstrauisch sah er sich in der Octaviatsrunde um. »Sagen Sie es klar heraus, Ma'am. Was wollen Sie von mir?«

»Wir brauchen Ihre Hilfe, Commander Drax«, sagte die Prinzessin. »Wir bitten Sie, eine Reise für uns zu unternehmen.«

»Wohin?«

»Wir sind überzeugt davon, dass es noch viele Communities wie unsere gibt«, fuhr Victoria fort. »Mit wenigen europäischen haben wir manchmal Funkkontakt, aber nur sehr unbefriedigenden. Die CF-Emission erweist sich seit Jahrhunderten als unüberwindliche Störstrahlung. Wir sind aber auf die Zusammenarbeit mit den Bunkerzivilisationen in der ganzen Welt angewiesen, um unsere Ziele zu erreichen.«

»Was genau sind Ihre Ziele, wenn ich fragen darf.« Die Blicke sämtlicher Octaviane klebten an Matt, und er fühlte sich nicht besonders wohl in seiner Haut.

»Erstens: Wiederaufbau. Nicht nur von London. Die ganze von ›Christopher-Floyd‹ zerstörte Welt soll eines Tages wieder neu erstehen. Zweitens: Forschung. Seit der Komet niederging, beschäftigten sich Generationen unserer Wissenschaftler mit seinen Rätseln. Diese unnatürlich beschleunigte Mutation der Flora und vor allem Fauna, der unerklärliche Rückfall der Menschen an der

Erdoberfläche in primitivste Entwicklungsstufen und ihre seltsamen übersinnlichen Begabungen, die sie mit der Zeit entwickelten – all das muss mit ›Christopher-Floyd‹ zusammenhängen. Ein dunkles Rätsel kam mit ihm auf unsere Erde. Wir glauben, dass die Kristalle Träger dieses Rätsels sind. Wir erforschen sie seit langem, aber ohne Hilfe kommen wir nicht weiter. Und unser drittes Ziel: die Überwindung unserer fatalen Immunschwäche. Vielleicht gibt es irgendwo auf der Erde Communities, die nicht davon betroffen sind oder die sie überwinden konnten. Das müssen wir herausfinden.«

»Und in welche Ecke der Welt würden Sie mich schicken?«, fragte Matt.

»Wir möchten Sie bitten, nach Nordamerika zu gehen«, sagte Victoria. »Wir wissen nicht, wie das Leben dort aussieht und ob es dort Communities gibt. Aber die Wahrscheinlichkeit ist groß.«

Matt blieb skeptisch. »Seit wir bei Ihnen sind, präsentieren Sie mir jeden Tag neue technische Wunderwerke. Ich komme aus dem Staunen gar nicht mehr heraus. Sie sind wissenschaftlich und technisch Schwindel erregend hoch entwickelt. Warum haben Sie nicht längst Schiffe und Flugzeuge gebaut, um selbst dorthin zu kommen?«

Betretene Gesichter in der Runde. Ibrahim Fahka, der Ingenieur unter den Octavianen, übernahm es zu antworten. »Wir sind nicht in der Lage, große Industrieanlagen zu bauen – von Werften und Flughäfen ganz zu schweigen. Obwohl wir über die Energieressourcen verfügen, fehlt uns schlicht das Personal. Und die Rohstoffe. Wie sollen ein paar hundert Menschen Bodenschätze ausbeuten, eine Metall verarbeitende Industrie aufziehen und Werkshallen bauen, wenn sie nicht einmal den Bunker verlassen können, ohne Gefahr zu laufen, sich durch den kleinsten Riss im Schutzanzug eine todbringende Infektion zuzuziehen? Zumal die Welt da draußen uns nicht gerade freundlich gesonnen ist.«

»Natürlich haben wir uns schon im Flugzeugbau versucht«, schaltete die *Prime* sich ein. »Unter Roger dem Ersten. Das Projekt scheiterte damals an den von Sir Ibrahim genannten Gründen. Auch ein kleines Schiff haben unsere Vorfahren gebaut, ein U-Boot. Die Expedition ist verschollen. – Unsere einzige Chance sind Menschen mit ausreichender Intelligenz, mit Verständnis für unsere Situation und mit einem intakten Immunsystem. Und natürlich mit genug Mumm, sich auf ein solches Wagnis einzulassen.«

»Also ein Mensch wie Sie, Commander Drax«, sagte Jefferson Winter feierlich.

»Sie sind unser Mann!«, dröhnte Leonard Gabriels Bass vom Monitor.

Matt seufzte innerlich. Auch wenn er die Beweggründe der Technos verstand – ihm gefiel es nicht, wie sie ihm Honig ums Maul schmierten. Aber war das Grund genug, sie im Stich zu lassen ...?

»Bitte, Commander Drax ...« Zum ersten Mal ließ Victoria die Maske der Aristokratin fallen. »Ich bitte Sie im Namen der Communities London und Salisbury – machen Sie sich als unser Botschafter auf die Reise nach Amerika. Bitte!«

Matt lehnte sich zurück. Niemals hätte er ein solches Ansinnen erwartet. Er war hier, um Antworten zu finden – und nun sollte auf einem anderen Kontinent nach Verbündeten suchen. Er fühlte sich überrumpelt.

Langes Schweigen entstand. Die Spannung war mit Händen zu greifen. Irgendwann räusperte sich General Charles Draken Yoshiro. Er strich sich eine blaue Strähne seiner Perücke aus der Stirn und sagte scheinbar beiläufig: »In Plymouth gibt es Leute, die seetüchtige Schiffe bauen. Natürlich haben sie nie von Amerika gehört, wissen vermutlich nicht einmal, dass die Erde eine Kugel ist.«

Matt begriff. Plymouth hieß die nächste Station – wenn es nach den Technos ging. »Ich brauche Bedenkzeit«, sagte er.

Zwei Tage Zeit nahm er sich, in denen er stundenlange Gespräche mit Aruula führte. Seine Gefährtin machte kein Geheimnis daraus, wie *ihre* Zukunftsträume aussahen: Schluss mit den Kämpfen, Schluss mit der aufreibenden Odyssee – stattdessen eine Hütte voller Kinder in den Wäldern Südenglands.

»Ich habe noch nie etwas von dieser fremden Welt hinter den Meeren gehört«, sagte sie. »Ich dachte immer, dort beginnt das Reich der Götter. Doch wenn du glaubst, diesen Bunkermenschen helfen zu müssen, dann gehen wir in Wudans Namen. Ich werde nicht von deiner Seite weichen.«

In der Nacht vor seiner Entscheidung träumte Matt von Riverside, Kalifornien. Seiner Heimatstadt. Auch dort würde nichts mehr sein, wie er es kannte. Und doch war es sein Zuhause, ein kleines Stück Heimat in einer fremden, feindlichen Welt. Vielleicht hatte er die Chance, eines Tages dorthin zurückzukehren. Als Matt aufwachte, hatte er Heimweh nach Riverside.

Am frühen Vormittag dieses Tages trat das Octaviat zusammen. Victoria war inzwischen zur Queen gekrönt worden. Alle Augen richteten sich auf Matt, als er und Aruula den Sitzungssaal betraten. Matt blieb hinter seinem Stuhl stehen.

»Ladies und Gentlemen«, sagte er. »Ich komme aus

einer anderen Zeit, aus einer anderen Welt. Ein seltsames Schicksal hat mich hierher verschlagen. Die Erde von heute und ihre Menschen sind mir fremd und unheimlich. Bis auf wenige Ausnahmen.« Er blickte zur Seite, wo Aruula stand, und schenkte ihr ein Lächeln. »Und doch – dies ist die Erde, auf der ich geboren wurde und für die ein jeder von uns verantwortlich ist. Ich kann und will mich dieser Verantwortung nicht entziehen. Darum habe ich … haben *wir* uns entschlossen, uns nach Amerika durchzuschlagen. In der Hoffnung, damit eine Brücke zu bauen, die einst in eine bessere Zukunft führt…«

Die Queen und die Octaviane erhoben sich von ihren Stühlen und applaudierten. Und Matthew Drax konnte nicht anders, als Haltung anzunehmen. Er würde seine Pflicht nach bestem Gewissen erfüllen. Vielleicht war *das* ja der Grund, warum er hier in der Zukunft gelandet war.

ENDE

BERND FRENZ

DAS SKLAVENSPIEL

Ein schmaler Pfad führte durch kniehohe Schlingpflanzen bergan. Keuchend kämpften sich Matt und Aruula den steilen Hang empor, bis sie einen verkrüppelten Baum erreichten, dessen Stamm ihnen Schutz vor den sengenden Strahlen der Sonne bot. Sie verschnauften im Schatten und ließen ihren Blick über das Land ringsum schweifen. Ein Land, das Matthew Drax vor Urzeiten als Südengland gekannt hatte.

Matt tastete nach Aruulas Hand, um mit ihr die Ruhe zu genießen, doch ehe er sich an der Seite seiner Gefährtin entspannen konnte, zerriss ein schrilles Fiepen die Stille.

Die Barbarin sprang auf und griff instinktiv nach ihrem Schwert. Dieses Geräusch war ihr von Kindesbeinen an vertraut. »Taratzen!«, zischte sie.

Sie und Matt spähten in die Richtung, aus der die grellen Töne kamen.

In knapp anderthalb Kilometern Entfernung befand sich ein violett schimmernder Wald, aus dem sich jetzt einige Schatten lösten. Matt griff nach dem Feldstecher, der um seinen Hals baumelte, um zu sehen, was dort vor sich ging. Der Gleitfokus zoomte stufenlos heran, bis die Gestalten in zwanzigfacher Vergrößerung sichtbar wurden. Was sich in den fein geschliffenen Linsen abzeichnete, ließ Matt das Blut in den Adern gefrieren.

Drei junge Männer in Wildlederkleidung verfolgten johlend eine pechschwarze Taratze, aus deren Rücken zwei Pfeilschäfte ragten. Offensichtlich hatten sie der Ratte im Wald aufgelauert, denn die fiepende Kreatur brach zwischen den ungewöhnlich gefärbten Gewächsen hervor, um über die Lichtung zu fliehen. Die Bogenschützen folgten dem fast zwei Meter großen Nager in einer weit gefächerten Linie. Sie wollten verhindern, dass er zur Seite ausbrach.

Einer der Jäger trug einen Lederwams, der mit Perlenstickereien und Taratzenfellstreifen besetzt war. Während er der großen Ratte mit gleichmäßigen Schritten hinterherrannte, zog er einen neuen Pfeil aus dem Köcher an seiner Seite. Ohne den Lauf zu verlangsamen, legte er den Schaft auf den Bogen, spannte die Sehne – und schoss.

Ein gefiederter Blitz sauste durch die Luft und bohrte sich zitternd in einen dicht behaarten Hinterlauf. Fiepend sprang die Zweimeter-Ratte in die Luft, bevor sie gehetzt weiterhumpelte. Nur wenige Schritte später wurde sie von weiteren Pfeilen gespickt, die sie zielsicher in Schulter und Hinterpartie trafen.

Die Bogenschützen johlten bei jedem Schrei des Nagers begeistert auf, ohne die geringsten Anstalten zu machen, ihm den Gnadenstoß zu versetzen. Den Kerlen schien vielmehr daran gelegen, ihr Opfer langsam zu Tode zu hetzen – als ob sie sich möglichst lange an seinen Qualen ergötzen wollten.

Die Taratze spürte genau, dass sie gegen die weit reichenden Waffen keine Chance hatte. Wenn sie sich zum Kampf stellte, würden die Gegner sie mit tödlichen Treffern eindecken, bevor sie nah genug heran war, um ihr gefährliches Raubtiergebiss einzusetzen. Die Taratze musste ihr Heil also weiter in der Flucht suchen. Getrieben von der Hoffnung, rechtzeitig Deckung zu finden, bevor der Blutverlust sie so weit schwächte, dass sie ihren Jägern nicht mehr entkommen konnte.

Ein schrilles Fiepen ausstoßend, ließ sie sich aus dem aufrechten Gang nach vorne fallen, um die Flucht auf allen Vieren fortzusetzen. Auf diese Weise verkleinerte sie das Ziel für die heransausenden Pfeile.

Prompt zischten zwei gefiederte Schäfte über sie hinweg, aber ihre Verfolger stellten sich schnell auf die neue

Situation ein. Bereits der nächste Pfeil bohrte sich wieder tief in ihr Fleisch.

Matthew schnürte es bei diesem grausamen Schauspiel die Kehle zu. Das, was die drei Bogenschützen dort veranstalteten, war keine Jagd, sondern pure Quälerei!

Während er den Feldstecher zurück auf die Brust sinken ließ, glitt seine Rechte instinktiv zur Seitentasche der Tarnhose, in der die Beretta 98 G steckte. Mit einem Warnschuss konnte er die Jäger vielleicht so lange ablenken, bis die Taratze in den nahen Wald geflüchtet war.

Nach seinem Besuch in der Community London hatte er gehofft, eins von den LP-Gewehren mitnehmen zu können, doch die Octaviane hatten sich letztlich dagegen entschieden. Nach dem Angriff der Nordmänner waren sie noch vorsichtiger geworden, wenn es darum ging, moderne Waffentechnik aus den Händen zu geben. Und wenn Matthew die Beweggründe auch nachvollziehen konnte – glücklich machte ihn die Entscheidung nicht. Zumal er schließlich im Auftrag der Community unterwegs war, um Kontakt mit den Bunker-Überlebenden von Nordamerika aufzunehmen – von denen niemand wusste, ob sie überhaupt existierten. Eine undurchdringliche Strahlung ließ seit dem Kometeneinschlag vor fünfhundertvier Jahren Funkverkehr nur auf kurze Distanzen zu.

Matts Fingerkuppen spürten bereits das harte Metall der Beretta unter dem olivgrünen Stoff, doch ehe er die Klettverschlüsse öffnen konnte, packte Aruula sein Handgelenk und hielt ihn mit hartem Griff zurück. Dank ihrer mentalen Fähigkeiten spürte sie genau, was er vorhatte.

»Die Taratze erhält nur, was sie verdient!«, knurrte sie ohne eine Spur von Mitleid.

Matthew wusste, wie viele Angehörige ihres Stammes schon unter den Krallen und Zähnen der grausamen Riesenratten gestorben waren. In Aruulas Augen war eine Taratze nicht mehr als ein Monster, das sie möglichst schnell töten musste, bevor es gefährlich wurde. Das einzig Gute, was sie ihm abgewinnen konnte, war sein Fleisch, das ihren hungrigen Magen füllte.

Matt sah seine Gefährtin traurig an. Obwohl sie schon so viele Monate zusammen waren, gab es immer wieder Momente wie diesen, in denen ihn Aruulas barbarische Mentalität erschauern ließ. Matt wusste natürlich, dass sie unter unbarmherzigen Bedingungen aufgewachsen war. Doch der grausame Glanz, der nun in Aruulas Augen schimmerte, gehörte nicht zu der Frau, die er liebte, sondern zu einer Wilden, die stärker von ihren Instinkten geprägt wurde als von zivilisierten Werten.

Natürlich konnte Matt ihre Abneigung gegen die Taratzen verstehen. Er selbst hatte in den vergangenen neun Monaten so manchen Kampf mit diesen aggressiven, aber durchaus intelligenten Kreaturen ausgetragen. Doch wenn er Taratzen getötet hatte, war es stets in Notwehr geschehen. Matt glaubte nicht daran, dass eine Rasse von Natur aus böse war. Im Prinzip war der Grund des Dilemmas ganz einfach: Die Taratzen betrachteten die Menschen genauso als natürliche Feinde und Beutetiere wie umgekehrt.

Und wenn Matt sah, was für ein grausames Spiel die drei Bogenschützen trieben, konnte er keinen großen Unterschied zu dem oft unmenschlichen Verhalten der Riesenratten sehen. Mochten die Jäger auch glauben, dass sie ein Recht für ihre Tat hatten – Matt wollte nicht schweigend zusehen, wie durch Unrecht neuer Hass geschürt wurde. Entschlossen befreite er sich aus Aruulas Griff und zog die Beretta hervor.

Gewiss war er nicht in der Lage, Frieden zwischen Taratzen und Menschen zu stiften, aber er würde zumindest verhindern, dass ein Lebewesen vor seinen Augen zu Tode gequält wurde.

»Ich muss tun, was mein Gewissen von mir verlangt«, erklärte Matthew Drax der Barbarin, die ihn wütend anstarrte. Als er die Lichtung absuchte, konnte er gerade noch beobachten, wie die Taratze im Dickicht des dschungelartigen Waldes verschwand.

Hastig blickte Matt durchs Fernglas. War sein Eingreifen überflüssig geworden?

Durch die Vergrößerungslinsen des Feldstechers konnte er deutlich sehen, dass das weitläufige Waldgebiet an drei Seiten von hohen Steilwänden begrenzt wurde; eine Art Tal also. Die Bogenschützen näherten sich der Baumgrenze. Wie es schien, wollten sie der Taratze ins Dickicht folgen.

Ein gefährliches Unterfangen. Im Nahkampf war ihnen die Riesenratte, die einen Menschen glatt um zwei Hauptlängen überragte, überlegen. Die bisherigen Verletzungen machten die Kreatur sogar noch gefährlicher.

Die Jäger schienen das Risiko nicht sonderlich zu schrecken. Mit gespannten Bögen eilten sie zu der Stelle, an der die Taratze ins Unterholz getaucht war.

Matt spielte mit dem Gedanken, ihnen eine Warnung hinüberzurufen, doch auf diese Entfernung war eine Verständigung unmöglich. Entschlossen schob er den Sicherungshebel der Automatik mit dem Daumen zur Seite. Wenn er einen Schuss in die Luft abgab, konnte er die Jäger vielleicht von ihrem Vorhaben abhalten – und rettete so der Taratze und ihnen das Leben.

Matt reckte die Pistole in die Höhe, doch bevor er den Zeigefinger krümmen konnte, fiel ihm Aruula erneut in den Arm. »Das gibt nur Ärger!«, zischte sie wütend. »Wir sollten lieber an unseren Auftrag denken.«

Matt zögerte. Die Barbarin hatte vielleicht Recht. Ihr momentanes Ziel hieß Plymouth, oder *Plymeth*, wie die Hafenstadt nun genannt wurde. Dort sollte es angeblich Schiffswerften geben. Wenn ein Weg nach Amerika führte, dann der über Plymeth.

Ehe Matt sich zum Handeln entscheiden konnte, ertönte ein schrilles Kreischen aus dem Wald, das alle bisherigen Schmerzenslaute der Taratze übertraf. Einen Lidschlag später brach das geschundene Tier aus dem Dickicht hervor – doch es war nicht mehr allein. Sein blutüberströmter Körper war fast vollständig mit unterarmlangen Fledermäusen bedeckt, die sich in seinem schwarzen Fell festgekrallt hatten.

Fiepend stürzte die Taratze auf die Bogenschützen zu, als erhoffte sie einen schnellen Tod durch deren Pfeilspitzen. Doch anstatt zu schießen, sprangen die Männer entsetzt zur Seite.

Die grotesken Fledermäuse hatten sich mit ihren nadelscharfen Zähnen in der Taratze festgebissen, um das Blut zu trinken, das aus ihren Wunden sprudelte.

Vampire, schoss es Matt durch den Kopf. Kein Zweifel, die blutsaufenden Kreaturen erinnerten an die südamerikanischen Vampirfledermäuse seiner Zeit. Die mutierten Nachkommen, die jetzt über die Taratze herfielen, waren aber nicht nur weitaus größer, sie wirkten auch viel aggressiver.

Auch Aruula warf einen Blick durch das Glas, das Matt ihr reichte. »Bateras«, stellte sie fest. Das Schicksal der Taratze schien sie noch immer nicht sonderlich zu interessieren.

Kreischend brach die Riesenratte in die Knie und wälzte sich auf dem Boden, um die Bateras abzustreifen.

Doch die blutgierigen Bestien ließen sich durch das Gewicht nicht beeindrucken. Flügelschlagend pressten sie sich noch fester an ihr Opfer.

Und immer neue kamen aus dem Dickicht! Nicht nur flatternd, sondern auch geschickt auf ihren Flügelspitzen laufend. Eines der Tiere hielt auf einen der Verfolger zu. Der schwarzhaarige Jäger stolperte hastig zurück, doch schon nach wenigen Schritten hielt er plötzlich inne und presste seine Hände mit verzerrter Miene auf die Ohren. Stöhnend sackte er zu Boden, als würde er von einer unsichtbaren Macht in die Knie gezwungen.

Auf dem letzten Meter sprang der Batera mit ausgebreiteten Flügeln vom weichen Untergrund ab, um sich in einer Mischung aus Hechtsprung und Gleitflug auf den Wehrlosen zu stürzen.

Aber dort kam sie nie an. Ein Pfeil durchschlug ihren Körper und schleuderte ihn aus der Bahn. Einer der Jäger hatte geschossen und seinen Kameraden gerettet. Nun zog er ihn hoch und weiter zurück.

Mit letzter Kraft bäumte sich die Taratze gegen ihre Peiniger auf. Dann brach ihr Widerstand. Ein letztes Fiepen ausstoßend, sank sie zurück ins Pflanzengestrüpp, um sich ihrem Schicksal zu ergeben. Die Batera-Meute zerfetzte ihr waidwundes Opfer bei lebendigem Leib.

Matt konnte den unmenschlichen Anblick nicht länger ertragen. Doch es hätte keinen Sinn gehabt, jetzt die Deckung zu verlassen. Die Taratze war tot, und die Jäger hatten gute Chancen, aus eigener Kraft zu entkommen. Sie hatten sich schon gut dreihundert Meter abgesetzt –

– als plötzlich weitere Männer auftauchten, wie aus dem Boden gewachsen! Zuerst sah es so aus, als würden die Bogenschützen Hilfe erhalten, stattdessen wurden sie eingekreist und bedroht. Mit . . . Feuerwaffen?

Matt riss den Feldstecher an die Augen. Tatsächlich! Die schlanken Waffen, die die Unbekannten mit sich führten, waren Gewehre – Thomson-Sturmgewehre mit aufgepflanzten Bajonetts! Und die Männer selbst trugen Uniformen! Sie wirkten wie ein Trupp britischer Infanteristen!

Matt spürte, wie das Blut in seinen Adern vor Aufregung brodelte. Wie zur Hölle kamen moderne Soldaten hierher? Waren sie ebenfalls durch einen Zeitriss in die Zukunft geschleudert worden?

Doch bei näherer Betrachtung relativierte sich sein erster Eindruck. Die Soldaten trugen tatsächlich Uniformen der britischen Streitkräfte, allerdings erinnerte der zerschlissene Stoff, der von zahlreichen Flicken zusammengehalten wurde, nur noch entfernt an eine korrekte Dienstkleidung. Unwillkürlich musste Matt an seine eigene Kombination denken, die bis vor kurzem auch nicht mehr der Kleiderordnung entsprochen hatte. Bis er von den Technos der Community London zum Abschied eine exakte Replik erhalten hatte, die er seitdem trug.

Seltsam auch, dass die Soldaten ihre Gewehre mehr als Hieb- und Stichwaffen einzusetzen schienen. Wild mit dem Sturmgewehr gestikulierend, sprang ein rothaariger Soldat, dem die verfilzte Mähne unter dem Stahlhelm hervorquoll, auf die Bogenschützen zu. Erschrocken ließen die Drei ihre Bögen fallen und ergaben sich der Übermacht.

Während der Taratzenkadaver noch unter den Attacken der Bateras erzitterte, trieb der Trupp Soldaten die Gefangenen zum Waldrand. Ein schallendes Hornsignal ertönte. Und gleich darauf tauchten Militärfahrzeuge auf.

Matthew kam aus dem Staunen nicht mehr heraus, als er einen Jeep und zwei Militärtransporter identifizierte.

Die ramponierten Fahrzeuge hatten aber schon vor Jahrhunderten ihren eigenen Antrieb eingebüßt; sie wurden nun von Wakudas gezogen. Die rinderartigen Tiere kamen mit ihren Anhängern erstaunlich schnell voran; offensichtlich wurden die Achsen und Räder tadellos in Schuss gehalten. Anscheinend hatten diese Kerle ein altes Militärdepot geknackt und sich mit den am besten erhaltenen Sachen ausgerüstet.

Rabiat zwangen die Soldaten ihre Gefangenen auf die Knie, banden ihnen die Hände auf den Rücken und verfrachteten sie auf die Fahrzeuge.

Auch der Trupp saß auf. Gleich darauf wendeten die Wakudas und trotteten den gleichen Weg zurück, auf dem sie gekommen waren. Innerhalb von fünf Minuten war der ganze Spuk vorbei. Danach wirkte die Lichtung genauso friedlich wie zuvor.

Nur die zerfetzte Taratze erinnerte noch an die Treibjagd, die sich kurz zuvor hier abgespielt hatte.

Nachdem die Gefahr vorüber war, erhoben sich Matt und Aruula vorsichtig aus ihrer Deckung. Die Barbarin schlug vor, die Lichtung weiträumig zu umgehen, damit sie den Marsch nach Plymeth ohne weitere Unterbrechungen fortsetzen konnten. Matt aber bestand darauf, sich den Ort der dramatischen Auseinandersetzungen näher anzusehen. Er wollte mehr über die seltsamen Uniformträger erfahren, die sich so auffällig mit Artefakten aus der Vergangenheit schmückten. Früher oder später würden sie bestimmt auf weitere Angehörige dieser archaischen Armee treffen, dann wollte er gewappnet sein.

Aruula folgte ihrem Gefährten missmutig. Sie war der Meinung, dass Maddrax ein unnötiges Risiko einging. Wachsam spähte die barbusige Barbarin zur Waldgrenze hinüber, jederzeit bereit, nach dem Schwert zu greifen, das sie in einer Scheide auf dem Rücken trug. Mit ihren mentalen Sinnen konzentrierte sie sich ganz auf die Waldregion. Sie er*lauschte* unzählige tierische Lebenszeichen. Zu viele, als dass sie aus dem animalischen Chaos menschliche Gedanken herausfiltern konnte.

Matt und Aruula umgingen den Taratzenkadaver weiträumig, um die Bateras nicht zu einem Angriff zu provozieren. Einige Vampire hatten ihren Durst bereits gestillt; sie ließen von der Taratze ab und flatterten in den Wald zurück.

Während Matthew dem Waldrand näher kam, ließ er seinen Blick unablässig über das grüne Dickicht wandern. Es lag dunkel und geheimnisvoll vor ihm, wie die Büchse der Pandora, die nicht geöffnet werden sollte.

Als sie die Stelle erreichten, an der die Bogenschützen aufgegriffen worden waren, stieß Matt auf eine breite Schneise, die durch das Schlingpflanzenmeer führte. Der Weg war mit Reifenspuren und Hufabdrücken übersät – ein deutliches Zeichen dafür, dass hier öfters Fahrzeuge mit »Wakuda-Antrieb« entlangkamen. Offensichtlich gab es im Wald eine Stellung, die regelmäßig angefahren wurde.

Matt umfasste den Griff seiner Beretta fester, während er langsam weiterging. Er spürte, wie sich kalter Schweiß in seinem Nacken bildete und den Hemdkragen durchnässte. Ein schleifendes Geräusch hinter ihm signalisierte, dass Aruula ihr Schwert zog.

Nach allen Seiten sichernd, schlich das eingespielte Team näher an den Wald heran. Gleich darauf entdeckte Matt, wie die Soldaten so plötzlich hatten auftauchen können.

Kurz vor der Baumgrenze verlief ein Schützengraben, in dem sich die Truppe verborgen hatte. Der drei Meter tiefe Gang war durch einen Wall aus Blättern und Ästen so gut getarnt, dass Matt ihn erst entdeckte, als er direkt davor stand. Der Pilot ließ seinen Blick zu beiden Seiten des Grabens hinabwandern. Zum Glück hielten sich dort keine weiteren Soldaten versteckt.

Die Vertiefung zog sich hunderte von Metern weit an der Baumgrenze entlang, bis sie links und rechts an die Felswände stieß, die das Areal an den Seiten begrenzten. Fast schien es, als sollte der künstliche Einschnitt verhindern, dass etwas aus dem Dickicht des Waldes entkommen konnte. Dafür sprach auch der Natodraht, der auf der anderen Seite verlegt worden war.

Bei genauem Hinsehen entpuppten sich die Stacheldrahtrollen als lange Dornenranken, die wohl speziell für diesen Zweck gezüchtet worden waren. Gegen Fledermäuse nutzten sie natürlich nichts. Also mussten sie gegen andere Wesen angelegt worden sein – und Matt hatte kein gesteigertes Interesse daran, deren Bekanntschaft zu machen.

Jenseits des Grabens waren einige Bretter an einen dicken Baumstamm genagelt. Matthew musste grinsen, als er die krakligen Buchstaben entzifferte, die jemand mit dunkler Farbe auf das rohe Holz gemalt hatte:

Militärisch Sicherheitbereich der Rojaals
Vorsicht, Schutzwaffengebrauch!

Immerhin wusste Matt nun, wie die Kerle hießen, die diesen Landstrich kontrollierten. Wer auch immer diese *Rojaals* waren: Sie sprachen Englisch – und hatten offensichtlich nicht die geringste Ahnung, was das Wort *Schusswaffe* bedeutete. Wahrscheinlich hatte ihnen ein altes Warnschild als Vorlage gedient.

Kopfschüttelnd betrachtete er die Sicherungsanlage,

die einer Stellung aus dem ersten Weltkrieg ähnelte. Die Uniformierten hatten nicht nur Ausrüstung und Waffen der britischen Armee übernommen, sondern versuchten auch deren Strategien zu imitieren.

Matt zuckte zusammen, als sich eine Hand auf seine Schulter legte – doch es war nur Aruula.

»Wir werden beobachtet«, zischte die mental begabte Barbarin. »Jemand denkt an *Angriff*.«

Matt hob reflexartig die Waffe und suchte das vor ihm liegende Dickicht ab. Doch er konnte nichts Verdächtiges ausmachen. Auch neben und hinter ihnen war kein Mensch. Erst als ein Schatten über ihn fiel, erkannte Matt, dass er eine wichtige Richtung übersehen hatte: den Luftraum über ihm!

Hastig blickte er in die Höhe.

Gerade noch rechtzeitig, um die Sohlen zweier Kampfstiefel zu sehen, die gegen seine Stirn hämmerten. Ein Feuerwerk von bunten Sternen explodierte vor seinen Augen. Aufschreiend taumelte er nach hinten. Während er zu Boden ging, konnte er einen Blick auf vier weitere Springer erhaschen, die sich aus den Baumwipfeln herabstürzten. Über ihren Köpfen blähten sich Minifallschirme, mit denen sie lautlos ihre Opfer ansteuerten.

Zwei Soldaten landeten auf Aruula. Die Barbarin wurde von der Attacke so überrascht, dass sie nicht einmal ihr Schwert in die Höhe reißen konnte.

Matt wollte aufspringen – doch ein scharfer Gegenstand, der sich in seinen Hals bohrte, ließ ihn mitten in der Bewegung erstarren. Tränen des Schmerzes traten ihm in die Augen.

Als sich sein Blick wieder klärte, starrte er auf ein Bajonett, dessen schmale Klinge unter seinem Kinn verschwand. An der Stelle, wo sich die Spitze gegen seine Kehle drückte, lief ein feuchtes Rinnsal hinab.

»Keine Bewegung, oder ich mache von meiner Schutzwaffe Gebrauch«, drohte der Rojaal in verwaschenem Englisch. Mit seinen blonden Locken und dem weißen Leinenschirm über den Schultern hatte er etwas Engelhaftes. Auf dem Ärmel der Tarnjacke prangte sogar ein Aufnäher mit einem stilisierten Fallschirm – ein Abzeichen der britischen Luftlandetruppen.

»Was wollt ihr von uns?«, stieß Matt hervor.

»Sie sind widerrechtlich in das Gebiet der Rojaals eingedrungen«, erklärte der Blonde grimmig. »Jeder Spion wird von uns als Kriegsgefangener behandelt.«

»Wir haben nicht gewusst, dass wir etwas Verbotenes tun«, verteidigte sich Matt, obwohl sich die Bajonettspitze bei jedem Wort tiefer in seine Haut drückte. Gleichzeitig tastete er mit der Rechten durch das Pflanzendickicht, um die Beretta zu finden, die ihm während des Sturzes aus der Hand geglitten war.

»Das können Sie alles unserem Gen'rel erzählen«, gab der Rojaal mit unbewegter Miene zurück. »Er wird über Ihr weiteres Schicksal entscheiden. Ich führe nur Befehle aus.«

Matt verzog missmutig das Gesicht. In Sachen blinder Gehorsam imitierten die Rojaals das Militär seiner Zeit geradezu perfekt.

Wenigstens ertasteten seine Fingerkuppen etwas Hartes, Metallisches, das sich wie der Lauf seiner Beretta anfühlte. Matt versuchte den Arm weiter auszustrecken, um die Waffe an sich zu bringen. Er hatte gerade einige Millimeter gewonnen, als sich ein Stiefelabsatz auf seinen Handrücken niedersenkte und ihn mitsamt des Pistolenlaufs auf den Boden nagelte. Der Rojaal bückte sich und zog die Beretta unter seinem Kampfstiefel hervor. Triumphierend hielt er seine Beute in die Höhe.

»Sehen Sie nur, May'jor«, wandte er sich ans Matts

Bewacher. »Diese Schutzwaffe ist äußerst gut erhalten!«
Er packte die Beretta am Lauf und schwang sie wie einen
Hammer durch die Luft.

Der May'jor wand die Beretta aus den Fingern seines
Untergebenen. »Diese Beute ist viel zu wertvoll für einen
Coop'ral«, knurrte der Blonde wütend. »Sie ist für den
Gen'rel bestimmt.«

Missmutig sah der Coop'ral zu, wie sein Fund im
Gürtel des Vorgesetzten verschwand. Doch damit nicht
genug, musste Matt über sich ergehen lassen, dass ihm
der Coop'ral auch noch Fernglas, Kampfmesser und den
Rest der Ausrüstung abnahm. Selbst die Verbandspäck-
chen wanderten in einen Stoffsack, den sich der Rojaal
über die Schulter schwang.

Im Nachhinein musste Matt eingestehen, dass die Entscheidung der Technos, ihm kein LP-Gewehr zu überlassen, richtig gewesen war. Die mächtige Waffe in den
Händen dieser Kerle – nicht auszudenken!

»Ihre Ausrüstung wird hiermit konfisziert«, erklärte
der May'jor, der das Kommando innehatte.

Bis auf die Uniform ausgeraubt, fühlte Matt sich nackt
und schutzlos. Ihm blieb aber kaum Zeit, um sich über
diesen Umstand lange zu grämen.

»Fesselt die beiden«, befahl der May'jor seinen Männer,
»und gebt das Signal, dass wir neue Gefangene haben!«

Mit routinierten Griffen wurden Matt und Aruula die
Arme auf den Rücken gedreht. Die Rojaals banden ihre
Hände mit Lederbändern so fest aneinander, dass die
schmalen Riemen tief in die Haut schnitten.

Die Coop'rals, die Aruula fesselten, berührten die
halbnackte Barbarin dabei an Stellen, wo es nicht unbedingt für eine Gefangennahme notwendig war. Nachdem sie zwei von den Sittenstrolchen gebissen hatte, ließ
man sie aber in Ruhe.

Fest verschnürt wie das frivole Geschenk für eine S/M-Party, wartete sie neben Matt auf ihren Abtransport.

Der Jeep, den ein Wakuda heranschleppte, war noch relativ gut erhalten. Auf den Seitentüren schimmerten sogar die Farbreste eines roten Kreuzes. Während der May'jor neben dem Fahrer Platz nahm, wurden die Gefangenen mit zwei Coop'rals auf die rückwärtige Fläche des ehemaligen Sanitätsfahrzeuges gepfercht. Schaukelnd ging es einer ungewissen Zukunft entgegen, die von einem Mann bestimmt wurde, der sich Gen'rel nannte.

Während der ganzen Fahrt starrte Aruula ihren Gefährten wütend an. Matt benötigte nicht die telepathischen Fähigkeiten der Barbarin, um zu ergründen, was sie gerade dachte.

Hab ich es nicht gleich gesagt!?

Die nächste Stunde ging es an dichten Wäldern vorbei. Matts Versuche, mehr über diese seltsame Armee zu erfahren, scheiterten kläglich. Die Rojaals erwiesen sich als wortkarge Krieger, die sich nicht in Gespräche verwickeln ließen.

Immerhin fand Matt heraus, dass ihre Dienstgrade gleichzeitig als Namen fungierten. Jede eigene Identität der Männer schien ausgelöscht zu sein. Um sie dennoch unterscheiden zu können, wurden sie zusätzlich mit Nummern auf den Stahlhelmen belegt, die einfach dem Rang angefügt wurden.

»Saamton!«, erklärte Coop'ral Seven kurz angebunden, als einige ausgebrannte Ruinen auftauchten.

Matt reckte neugierig den Kopf, denn er konnte bereits das salzige Seearoma der Luft schmecken. Vorläufig gab es an beiden Seiten des Weges nur alte Mauerreste zu sehen. Die meisten waren derart mit Schling-pflanzen zugewuchert, dass sie wie grüne Hügel wirk-ten. Hier musste früher eine Betonsiedlung gestanden haben, die nach der großen Katastrophe aufgegeben worden war.

Es dauerte noch fast zwanzig Minuten, bis sie be-wohnte Häuser erreichten. Matt hatte einige Mühe, in dem Zentrum von Southampton eine ehemalige briti-sche Stadt zu erkennen. Im Laufe der Jahrhunderte waren baufällige Mauern und Dächer mit primitiven Mitteln ausgebessert worden. Gleichzeitig hatten die Einwohner nach Lust und Laune angebaut und auf-gestockt, sodass die verwinkelten Gassen einen orienta-lischen Charakter erhielten.

Im krassen Gegensatz dazu standen die zahlreichen Wachtürme, die das Straßenbild prägten. Viele Dächer waren ebenfalls mit Sandsäcken und Stachelranken ge-sichert, als ob Bürgerkrieg herrschen würde. Dazu pass-ten auch die Rojaaltrupps, die im Gleichschritt durch die Straßen marschierten. Jeder Soldat trug sein Gewehr vorschriftsmäßig über der Schulter, doch längst nicht alle vertrauten allein auf die Bajonette. Viele waren zusätzlich mit Schwertern sowie Pfeil und Bogen be-waffnet.

Auf den Dächern standen Katapulte, die man aus altem Militärgerät zusammengezimmert hatte.

Das Gedränge in den Straßen wurde immer dichter, trotzdem machten die Zivilisten dem Militärjeep ehr-fürchtig Platz. Die Rojaals schienen unter der Bevöl-kerung hohes Ansehen zu genießen oder besser gesagt: gefürchtet zu sein. Die meisten Menschen trauten sich nicht einmal, den Soldaten ins Gesicht zu sehen. Nur wenige Mutige starrten zu dem Jeep herüber. Auf ihren Gesichtern zeichnete sich Mitleid für die Gefangenen ab.

»Schade um die Frau«, grunzte ein grobschlächtiger Hüne, der Aruulas blanke Brüste angaffte.

Coop'ral Eleven fixierte den Aufrührer mit stechendem Blick und hielt seine »Schutzwaffe« drohend in die Höhe. Der muskelbepackte Riese zuckte zusammen, obwohl er Eleven sicher am ausgestreckten Arm verhungern lassen konnte. Auf seinem Gesicht zeichnete sich die Erkenntnis ab, dass er trotz überlegener Körperkraft nicht gegen die straff organisierten Rojaals bestehen konnte. Demütig starrte der Hüne zu Boden.

Coop'ral Eleven drehte sich triumphierend zu Matthew um. Er wollte sichergehen, dass der Gefangene seine Machtdemonstration verfolgte.

Matt ließ das überhebliche Grinsen mit unbewegter Miene von sich abperlen, obwohl es in seinem Innersten brodelte. Bislang hatte er noch darauf gebaut, dass er sich vielleicht mit dem Gen'rel vernünftig verständigen konnte. Das einzig Gute an einer militärischen Hierarchie bestand schließlich darin, dass man nur den Mann an der Spitze von sich überzeugen musste. Je mehr Matt aber von dem Auftreten der Rojaals sah, desto klarer wurde ihm, dass diese Armee keineswegs im Auftrag der Bevölkerung arbeitete. Vielmehr schien es sich bei dem Gen'rel um einen despotischen Clanchef zu handeln.

Mit steinerner Miene verfolgte Matt, wie sich der Jeep dem breiten Badestrand näherte, der von einer doppelten Stachelrankenbarriere umgeben war. Zwischen den beiden natürlichen Zäunen rannten abgerichtete Hunde umher, wie Matt schon in Mailand welche gesehen hatte: schneeweiß, rotäugig und so groß wie ein Spitz, aber mit Zähnen, die an die Hauer eines Wildschweins erinnerten.*

---

* siehe Taschenbuch 1, Roman 5 »Festung des Blutes«

Der Jeep hielt direkt auf ein großes Tor zu, an dem zwei Rojaals auf Posten standen. Als sie den May'jor erkannten, salutierten sie mit ihren Schutzgewehren und ließen den Jeep ohne weitere Fragen passieren.

Das Wakuda lief nun immer schneller; offenbar witterte es den heimischen Stall. Der Fahrer zügelte das Tier mit der geflochtenen Führungsleine und lenkte es auf ein altes Strandhotel zu.

Das Hauptquartier der Rojaals war von einem mannshohen Erdwall umgeben, auf dem Posten entlangmarschierten. Vor der einzigen Durchfahrt lag eine Barriere aus beidseitig angespitzten Pfählen. Sie waren kreuzförmig an eine Mittelstange gebunden, sodass immer eine Pfahlreihe in die Höhe ragte, egal wie herum die Konstruktion lag.

Diesmal wurde der Jeep angehalten. Erst nachdem der May'jor die Übergabe von zwei Gefangenen gemeldet hatte, durfte er passieren.

»Euer Gen'rel scheint nicht sonderlich beliebt zu sein«, stellte Matt fest. »Sonst müsste er sich nicht so verstecken.«

Coop'ral Seven ließ seine Faust vorschnellen und schlug dem Gefesselten brutal ins Gesicht. Matthew riss seinen Kopf im letzten Moment zur Seite, sodass ihn der Schwinger nur mit halber Wucht am Kinn streifte. Trotzdem behielt er weitere Bemerkungen lieber für sich. Es hatte keinen Zweck, sich mit diesen verbohrten Befehlsempfängern herumzuärgern.

Der Jeep hielt vor der Empfangshalle eines alten Strandhotels, dessen Namenslettern sich längst aufgelöst hatten. Statt eines uniformierten Portiers, der ihnen das Gepäck abnahm, stürzten einige Rojaals aus dem Eingang. Sie zerrten Matt und Aruula unsanft von der Ladefläche.

Unter zahlreichen Stößen und Schlägen wurden sie in das Gebäude getrieben. Matt nahm die grobe Behandlung gleichmütig hin, während der Barbarin das Temperament durchging. Fluchend trat sie um sich, bis die Coop'rals sie mit vorgehaltenem Bajonett bändigten.

»Aber, aber«, tönte eine ölige Stimme durch die große Halle. »Ihr wollt doch wohl nicht diese wilde Schönheit verletzen!«

Erschrocken fuhren alle Rojaals herum und schlugen die Hacken ihrer zerfledderten Kampfstiefel aneinander.

»Achtung! Der Gen'rel!«, brüllte der May'jor. Gleichzeitig salutierte er einem untersetztem Mann, der eine weiße Marmortreppe hinunterstolziert kam.

In seinem sauberen Fleckentarnanzug wirkte der Gen'rel wie die zu kurz geratene Kopie eines bartlosen Fidel Castro. Trotzdem demonstrierte jede Faser seines Körpers, dass er Macht über andere Menschen besaß.

Sein schwarzes Haar war auf Streichholzlänge geschnitten und seine Kinnpartie glatt rasiert. Auf den ersten Blick ein unscheinbares Kindergesicht. Nur der grausame Zug um die zuckenden Mundwinkel deutete an, wie er zum Anführer der Rojaals geworden war.

Zufrieden ließ der Gen'rel seine Augen über Aruulas fast nackten Körper wandern. Es waren sicher nicht ihre gezackten Bemalungen aus einer Henna-artigen Farbe, die ihm ein lüsternes Grinsen entlockten.

»Ich melde die Arrestierung von zwei feindlichen Spionen, Sir!«, bellte der May'jor, obwohl ihn der Gen'rel völlig ignorierte. Sein Vorgesetzter war zu sehr damit beschäftigt, Aruulas pralle Brüste mit seinen Augäpfeln zu massieren, als dass er die Beutestücke beachten konnte, die zu seinen Füßen ausgebreitet wurden. Trotzdem fuhr der May'jor mit Blick auf Matts Rangabzeichen fort:

»Es ist ein fremder Com'der! Er besitzt Waffen, die nur den Rojaals zustehen!«

»Ich bin kein Spion«, verteidigte sich Matthew Drax mit unterdrücktem Zorn. Es wurmte ihn, wie schamlos seine Gefährtin angestarrt wurde. Immerhin schaffte er es, die Aufmerksamkeit des Rojaal-Führers zu erlangen. Der Gen'rel wandte sich betont langsam zu seinem Gefangenen um und legte den Kopf in einer nachdenklichen Pose auf die Seite.

»Kein Spion?«, fragte er mit ungläubigem Staunen. »Du trägst eine fremde Uniform, bist im Besitz einer neuen Schutzwaffe, schleichst dich auf unser Hoheitsgebiet – aber du willst kein feindlicher Soldat sein?«

»Nein«, beharrte Matthew, obwohl ihm klar war, dass aus der Sicht der Rojaals einiges gegen ihn sprach. »Mein Name ist Maddrax. Ich bin mit meiner Gefährtin Aruula auf Wanderschaft. Wir gehören keiner Armee an und wussten nicht, dass dieses Gebiet den Rojaals gehört. Sonst hätten wir es nie betreten.«

Der Gen'rel schüttelte tadelnd seinen Zeigefinger, als spräche er mit einem unartigen Sohn. Ein falsches Lächeln auf den Lippen, kam er näher und drückte seine Fingerkuppe wie einen Pistolenlauf gegen Matts Brustkorb. Genau an der Stelle, an der sich sein Abzeichen befand.

»US Air Force«, deklamierte der Gen'rel. »Wir haben schon von euch gehört. Ihr seid eine mächtige Armee, die über alle anderen bestimmen will – selbst über ihre Verbündeten.«

Matt unterdrückte den Fluch, der ihm fast über die Lippen geschlüpft wäre. Auf was für Aufzeichnungen die Rojaals auch gestoßen waren, es konnte nichts Schmeichelhaftes sein, was die Briten über die US Army zu berichten hatten.

»Meine Einheit existiert schon lange nicht mehr«, versuchte Matt zu erklären. »Ich bin praktisch ein Zivilist, der nur nach Hause w-«

Er konnte den Satz nicht beenden. Blitzschnell ließ der Gen'rel seine Rechte hochschnellen. Matt sah den Schlag nicht einmal kommen. Krachend flog sein Kopf zurück, als wäre eine Handgranate unter dem Kinn explodiert.

Benommen taumelte der Gefesselte zurück. Zwei Rojaals packten ihn am Kragen und drängten ihn wieder nach vorne. Genau in den Schwinger, der sich in seine ungeschützte Magenkuhle bohrte.

»Glaubst du verdammter Taratzenarsch etwa, du könntest mich mit deinen Lügen täuschen?!«, brüllte der Gen'rel aufgebracht. »Ich schlage dich so weich wie Wakudadung, wenn du nicht sofort die Wahrheit sagst!«

»Es gibt keine Air Force mehr«, bekräftigte Matt. »Ich bin ganz allein.«

»Ach wirklich?«, tobte der Gen'rel mit zornrotem Gesicht. Weißer Schaum bildete sich vor seinem Mund. Er nahm die Beretta auf und hielt sie Matt triumphierend vor die Nase. »Und woher hast du dann diese Schutzwaffe? Sie sieht aus wie neu! So etwas gibt man nur einem wirklich wichtigen Soldaten. Einem, der in das Gebiet der Rojaals eindringen soll, um ihren Gen'rel zu töten! Damit die Air Force gefahrlos angreifen kann.«

In die Miene des Kommandeurs schlichen sich Züge von Größenwahn, als er keifend über seine unersetzbare Führungsrolle dozierte. Einen Moment lang fürchtete Matt schon, der Irre wollte die Beretta entsichern und auf ihn richten. Dann stellte er fest, dass sich der Gen'rel den Möglichkeiten einer funktionstüchtigen Pistole gar nicht bewusst war. Statt zu schießen, packte er die Beretta am Lauf und schwang sie wie einen zu kurz geratenen Tomahawk.

Die Wachen, die Matt festhielten, zuckten erschrocken zurück. Es war nicht der erste Ausraster ihres Anführers, den sie miterlebten. Sie wussten, ab wann es gefährlich wurde.

Matt dagegen überkam im Angesicht der Gefahr eine unnatürliche Ruhe.

»Ich gehöre zu keiner Streitmacht«, wiederholte er mit fester, ruhiger Stimme. »Ich habe Uniform und Waffe in einem unterirdischen Betonhaus gefunden. Ich weiß nicht, wem sie vorher gehörten.« Die Lüge kam ihm leicht über die Lippen. Er hatte sich längst daran gewöhnt, dass seine Mitmenschen die Wahrheit nicht verstanden, selbst wenn er sie ausführlich erklärte.

Die Zuckungen des Gen'rels gefroren zu Eis. Ein Lächeln huschte über seine Lippen, als ob er in Matthew einen alten Freund erkannte.

»Du hast einen Bunker entdeckt?«, fasste der Kommandeur überraschend klar zusammen. Dann begann er zu nicken, als würde er endlich verstehen. »So ist es mir ebenfalls ergangen. Weil ich die Zeichen lesen kann. Weil Wudan mir im Traum erschien und mich anwies, diese Kunst zu erlernen«, erklärte er mit glühendem Pathos. »Die Bürger von Saamton haben mich verlacht, als ich die alten Schriftzeichen studierte. Doch als ich es schaffte, die Schätze im Tal des Todes zu bergen, da wusste ich, dass meine Stunde gekommen war. Ich fand dort die Bücher der Macht – die *Dienstvorschriften*! Sie eröffneten mir, wie ich ein mächtiges Heer schaffen kann, mit dem ich mir erst Saamton und dann Britana untertan mache.«

»Heute Saamton und morgen ganz Britana!«, brüllten die umstehenden Rojaals wie aus einem Mund.

»Du, Maddrax, wurdest mir von den Göttern gesandt, damit ich weitere Ausrüstung erhalte«, fuhr der Kommandant fort. »Mir wurde es bestimmt, der Gen'rel zu sein, der ganz Britana mit starker Hand regiert.«

Matt spürte, wie Übelkeit in ihm aufstieg. Diese Rede erinnerte ihn sehr an eine Reihe von Despoten, die bereits vor über fünfhundert Jahren die Geschichte der Menschheit überschattet hatten.

Die Lippen des Gen'rels spalteten sich zu einem wölfischen Grinsen, während er sich zu dem Gefangenen vorbeugte. Leise flüsterte er Matt ins Ohr: »Sag mir, wo ich den Bunker mit den Schätzen der Air Force finde, und ich werde dich reich belohnen.«

Nun saß Matthew in der Klemme. Er konnte dem Irren schlecht sagen, dass er in die Vergangenheit reisen musste, um an die Waffen- und Kleiderkammer seiner Basis zu kommen.

»Der Bunker befindet sich auf der anderen Seite des Kanals, in Doyzland«, erklärte Matt wahrheitsgemäß.

Krachend hämmerte der Berettagriff gegen seine Stirn. Durch die gefesselten Hände jeder Balance beraubt, kippte Matt rücklings zu Boden. Ein stechender Schmerz durchzuckte sein Steißbein, als er auf dem harten Marmorboden landete.

»Schlagt ihn tot, diesen Hund!«, dröhnte es hysterisch durch die Halle. »Er wagt es, den Gen'rel zu täuschen!«

Sofort rissen die Wachen ihre Gewehre in die Höhe. Matt erhielt einen schweren Kolbenschlag gegen den Hinterkopf. Noch bevor er benommen zur Seite sinken konnte, trafen ihn weitere Hiebe in Nacken- und Schulterbereich.

Keuchend ging er zu Boden, den weiteren Attacken hilflos ausgeliefert. Doch ehe die Gewehrkolben erneut auf ihn niederprasseln konnten, hielt der May'jor die Männer mit einer herrischen Geste zurück.

»Tot nutzt uns der Gefangene nichts«, beschwor er den Gen'rel.

Zitternd vor Wut blickte der Führer auf Matt nieder. Es war ihm deutlich anzusehen, dass er den Gefangenen am liebsten persönlich erschlagen hätte – doch er war klar genug im Kopf, um einzusehen, dass der May'jor Recht hatte.

»Dann zieht dem Kerl die Haut bei lebendigem Leib ab!«, bellte er in einem Speichelregen, der nicht nur die umstehenden Soldaten, sondern auch Matthew benetzte.

Die Rojaals wirkten einen Moment lang unentschlossen. War dieser Befehl ernst zu nehmen, oder war es wieder eine spontane Äußerung, die Sekunden später hinfällig wurde?

Aruula nutzte den Moment der Verwirrung, um sich aus der Umklammerung ihrer Bewacher zu lösen. Den Kopf nach vorne gesenkt wie ein Rugbyspieler, lief sie zwischen den Rojaals durch und rammte jeden zur Seite, der im Weg stand. Sie war nur noch drei Schritte davon entfernt, sich auf den Gen'rel zu stürzen, als sie von zwei starken Armen gebremst wurde.

»Nicht so schnell, kleine Lischette«, knurrte der May'jor, während er sie zur Seite riss. Dabei ging er nicht gröber vor, als es unbedingt nötig war. In seinen Augen schimmerte sogar Verständnis für die Barbarin – doch sein Mitgefühl ging nicht so weit, dass er ihr gegen seinen launischen Kommandanten beistehen wollte.

Aruula bedachte den Gen'rel mit einem vernichtenden Blick. »Tuu sa nac«, knurrte sie. Obwohl den Rojaals die Sprache der Wandernden Völker unbekannt war, verstanden sie die Todesdrohung genau.

»So, so, du möchtest deinen Com'der also unversehrt zurückhaben«, grinste der Gen'rel, dessen wankende

Stimmung erneut in scheinheilige Freundlichkeit umschlug. »Dann musst du mir aber erzählen, wo sich sein Bunker befindet.«

Aruula schüttelte ihre blauschwarze Mähne. »Ich weiß nicht, woher Maddrax' Sachen stammen. Er besitzt sie, so lange ich ihn kenne.« Die neue Uniform der Community London verschwieg sie geflissentlich.

»Das ist sehr schade«, bedauerte der Gen'rel mit geradezu trauriger Miene. »Aber vielleicht gibt es etwas anderes, mit dem du mich gnädig stimmen kannst?«

Bei diesen Worten umfasste er Aruulas linke Brust mit seiner schweißnassen Hand. Die Barbarin hatte damit gerechnet und vorsorglich Speichel in ihrem Mund gesammelt. Mit einem zischenden Geräusch spuckte sie dem Unhold die feuchte Ladung mitten ins Gesicht.

Die Rojaals hielten vor Schreck den Atem an. Bisher hatte es noch keiner gewagt, den Gen'rel derart zu reizen. In der Halle wurde es so ruhig, dass man eine Nadel zu Boden hätte fallen hören. Nur das Keuchen des Kommandeurs durchbrach die Stille.

Noch während ihm Aruulas Speichel am Kinn herabtropfte, stieß der Gen'rel einen unartikulierten Schrei aus. Mit seiner Rechten setzte er zu einer gewaltigen Ohrfeige an. Aruula war dem Schlag hilflos ausgeliefert, denn der May'jor hielt sie eisern umklammert. Trotzdem zeigte sie keine Spur von Angst. Sie hatte schon ganz anderen Gefahren getrotzt.

Eiskalt riss sie ihr Knie in die Höhe und rammte es mit voller Wucht zwischen die Beine des Mini-Diktators. Wimmernd und um Atem ringend, sackte der Gen'rel in sich zusammen.

Wütend schleuderte der May'jor Aruula den Wachen entgegen, die sie mit einem Hagel von Schlägen empfingen. Ihr Körper wurde von Schmerzwellen durchpulst.

Sie ging zu Boden. Dann stieß ein scharfes Bajonett auf sie nieder ...

»Halt!«, fuhr der Gen'rel dazwischen. »Tötet sie nicht!«

Der Rojaal bremste seinen Stoß in letzter Sekunde. Verwirrt blickte er zu seinem Anführer, der sich noch immer unter Schmerzen krümmte.

»Der Tod ist viel zu gut für diese Spione«, krächzte der Gen'rel. Seine Stimme klang plötzlich kalt und beherrscht, als hätte ihn Aruulas Tritt in die Normalität zurückgeholt. »Bringt sie beide zur Baracke einundfünfzig. Sie sollen am Sklavenspiel teilnehmen.«

Über die Gesichter der Wachen huschte ein gehässiges Grinsen, als sie den Befehl vernahmen. Brutal zerrten sie ihre Gefangenen auf die Beine.

»Jawohl, Sir. Zum Sklavenspiel, Sir!«, brüllte ein Rojaal, bevor er Matt den Gewehrkolben in die Nieren stieß. »Los, Com'der. Jetzt fängt der Spaß erst richtig an!«

Während Matt und Aruula nach draußen getrieben wurden, durchbrach ein Lächeln die schmerzverzerrte Miene des Gen'rels.

»Die beiden werden sich noch wünschen, dass sie hier auf dem Marmor verblutet wären«, prophezeite er.

Der May'jor an seiner Seite nickte, bevor er hinzufügte: »Ich werde dafür sorgen, dass wir all ihre Geheimnisse erfahren.«

Sobald die Rojaals außer Sichtweise des Gen'rels waren, stellten sie ihr ruppiges Verhalten ein. Matt und Aruula wurden von dem sechsköpfigen Wachtrupp zügig, aber ohne weitere Misshandlungen den Strand entlanggeführt. Der doppelte Stachelrankenzaun zog sich schier endlos hin, bis sie ein Nebentor erreichten, durch das es zurück in den Ortskern ging. Sofort flammte in Matthew der Gedanke an Flucht auf. Er begrub ihn Sekunden später, denn es wimmelte auf den Straßen nur so von patrouillierenden Rojaals, die ihnen mit misstrauischen Blicken begegneten.

Matt wurde schnell klar, dass sie sich in einem Viertel befanden, das völlig unter militärischer Kontrolle stand. Die umliegenden Häuser dienten alle entweder als Kaserne oder Kerker.

Die Zahl der Inhaftierten war so hoch, dass sie sogar unter freiem Himmel zusammengepfercht wurden. Es gab einen weitläufigen, mit Stachelranken eingezäunten Platz, der unablässig von patrouillierenden Streifengängern umrundet wurde. An den Eckpunkten des primitiven Camps wuchsen überdachte Wachtürme in die Höhe. Die ganze Szenerie erinnerte Matt an historische Fotos von Kriegsgefangenenlagern.

Wegen der hereinbrechenden Dämmerung wurde auf einem benachbarten Dach ein Holzhaufen entzündet. Hinter den flackernden Flammen hatten die Rojaals einen alten Suchscheinwerfer aufgebaut. Das Frontglas war zwar zersprungen, doch die innere Reflektorfläche befand sich in erstaunlich gutem Zustand. Der Feuerschein wurde in dem silbernen Hohlspiegel gebündelt und als heller Lichtkegel in die Tiefe geworfen.

Hektisch wanderte der Lichtfinger an den Zäunen entlang, als sichtbare Drohung, dass jeder Fluchtversuch zum Scheitern verurteilt war.

Viele Lagerinsassen drängten sich am inneren Zaun und starren zu Matt und Aruula herüber. Der Blick auf die Straße war vermutlich die einzige Abwechslung in ihrem öden Tagesablauf. Matt konnte sehen, dass unter den Neugierigen viele Frauen und Kinder waren. Um feindliche Krieger konnte es sich kaum handeln.

»Was haben diese Menschen verbrochen?«, fragte Matt.

»Sie wurden in Gewahrsam genommen, weil sie widerrechtlich auf das Gebiet der Rojaals vorgedrungen sind«, leierte Coop'ral Seven den bekannten Text herunter. »Nun sind sie unser Eigentum und werden an Sklavenhändler aus ganz Britana verkauft.«

Matt spürte, wie sein Nacken vereiste. Unter dem Deckmantel der Spionageabwehr verbarg sich also nichts anderes als ein Menschenhandel! Die Rojaals mussten völlig willkürliche Verhaftungen unter den Durchreisenden vornehmen, anders war die Masse an Gefangenen nicht zu erklären. Und das alles nur, um sich die Taschen mit dem Gold der Sklavenhändler zu füllen.

Was Matt jedoch am meisten irritierte, war die Tatsache, dass Aruula und er an dem Lager vorbeigeführt wurden.

»Wo bringt ihr uns hin?«, knurrte er. »Ich denke, wir sind nun ebenfalls eure Leibeigenen.«

Sevens Lippen spalteten sich zu einem verächtlichen Grinsen. »Ihr seid etwas Besonderes – für die Spieler gibt es ein spezielles Lager.«

Mehr war dem Rojaal nicht zu entlocken. Seine geringschätzige Miene ließ aber keinen Zweifel daran, dass den Com'der und seiner Gefährtin ein unerfreuliches Schicksal erwartete. Zum ersten Mal kam Matt der Gedanke, dass die traurigen Blicke der Sklaven nicht ihrem eigenen Schicksal galten. Vielleicht hatten sie nur Mitleid mit jenen, die es noch schlechter getroffen hatten.

Mit Matt und Aruula.

Schweigend gingen sie weiter, bis der Trupp einen flachen Betonkasten erreichte, der mit Stachelranken und Sandsäcken abgesichert wurde. Coop'ral Seven erstattete dem Wachposten vor der glaslosen Eingangstür eine knappe Meldung, dann führte er seine Gefangenen ins Innere.

Schon als sie den engen Eingangsflur betraten, lösten die Räumlichkeiten ein vertrautes Gefühl in Matthew aus. Er hatte sich von Kindesbeinen an auf Baseball-plätzen und in Turnhallen herumgetrieben. Obwohl von der ursprünglichen Einrichtung nichts mehr übrig war, erkannte er sofort, dass sie einen ehemaligen Umkleideraum betraten.

Die rückwärtige Tür, die zum Spielfeld führte, wurde durch eine Stahlplatte versperrt. Gegen die schwere Barriere war ein rostiger Eisenträger gestemmt, dessen unteres Ende in einem Erdloch verschwand. Die Konstruktion war zwar primitiv, aber genauso sicher wie der Tresorraum von Fort Knox. Von der Halle aus hatte niemand eine Chance, durch diese Tür zu verschwinden.

»Frischfleisch«, verkündete Coop'ral Seven den hier postierten Wachmännern. Die hatten den Spruch wohl schon zu oft gehört, um ihn noch mit einem Grinsen zu quittieren.

Murrend zog Seven ein Messer hervor und zerschnitt den Gefangenen die Fesseln.

Matt führte seine Arme nach vorne und rieb erleichtert über die schmerzenden Handgelenke, um das Blut wieder zum Zirkulieren zu bringen. Die Freude über die Bewegungsfreiheit wurde aber von dem Gedanken überschattet, was jenseits der Kabine auf sie lauern mochte.

Begann das *Sklavenspiel* etwa schon in der Turn-halle?

Fluchend räumten die Posten den Eisenträger zur Seite. Sie waren bereits schweißgebadet, als sie sich gemeinsam gegen die Panzerplatte stemmten, doch der schwere Stahl bewegte sich keinen Millimeter. Erst als zwei weitere Rojaals mit anpackten, kratzte die stählerne Barriere langsam über den Boden. Als sie so weit zur Seite geschoben war, dass ein Mensch durch die Lücke schlüpfen konnte, hielten sie keuchend inne.

Tosender Lärm drang ihnen aus der Halle entgegen.

Matts Herzschlag beschleunigte sich. Alles in ihm sträubte sich, dem bizarren Konzert aus Schmerz- und Jubelschreien zu folgen. Doch die Rojaals trieben sie unbarmherzig mit den Gewehrkolben an. Ehe sich Aruula und Matt versahen, wurden sie gewaltsam in die ehemalige Sporthalle gestoßen.

Quietschend schloss sich der Eingang hinter ihnen.

Von nun an waren sie auf sich allein gestellt.

Die frühere Turnhalle wirkte wie eine dunkle Felsenhöhle. Der Boden mit dem aufgezeichneten Spielfeld war im Laufe der Jahrhunderte durch festgestampften Lehm ersetzt worden. Die Außenwände waren dagegen noch erhalten. Selbst die Seitenfront aus Glasbausteinen, durch die gerade die letzten Strahlen der untergehenden Sonne einfielen.

Zwei große Feuerschalen, die an stählernen Ketten von der Decke baumelten, tauchten den weitläufigen Raum in schummriges Dämmerlicht. Die Flammen wurden von pflanzlichem Öl gespeist, das fast rauchlos verbrannte. Die wenigen Schwaden, die in die Höhe stiegen, entschwanden durch große Löcher des porösen Daches. Die gezackten Öffnungen dienten nicht nur zum Herablassen der Feuerbecken, sondern auch als Beobachtungsplatz für die Rojaals, die gelangweilt das Treiben unter sich verfolgten. Abgesehen von dieser Überwachung waren die Gefangenen völlig auf sich gestellt.

Etwa vierzig Personen hielten sich in der Halle auf. Es waren überwiegend junge Männer, die sich in großen und kleinen Gruppen zusammengefunden hatten. In einer Ecke lungerten sogar zwei Wulfanen und drei Taratzen herum.

Matt und Aruula schenkte niemand Beachtung, obwohl die Barbarin zu den wenigen Frauen in diesem finsteren Loch gehörte. Die Gefangenen verfolgten lieber den Tumult, der sich in der Hallenmitte abspielte.

Dort hatte sich etwa ein halbes Dutzend Sklaven ineinander verkeilt. Unter ihnen waren auch die drei Taratzenjäger. Die Gefangennahme schien ihre Aggressivität nicht gedämpft zu haben. Gemeinsam schlugen sie auf einen Mann ein, der mit einem Kapuzenmantel bekleidet war.

Der Vermummte wehrte sich verzweifelt gegen die Übermacht, doch den vielen Armen, die ihn zu Boden drückten, war er nicht gewachsen. Gnadenlos prasselten die Fäuste von allen Seiten auf ihn ein. Die Jäger schlugen mit aller Härte zu. Sie wollten ihr Opfer nicht einfach nur verprügeln, sie wollten es töten!

Ein durchschnittlicher Mann wäre längst unter den Treffern zusammengebrochen, doch der Kuttenträger besaß starke Nehmerqualitäten. Jetzt bäumte er sich auf und rammte seine verhüllte Stirn gegen eine gegnerische Nase. Keuchend ließ der Getroffene von ihm ab.

Der Vermummte nutzte die Gelegenheit, um seine behandschuhten Finger in die Kehle eines anderen Schlägers zu versenken, der unter dem harten Griff zurückwich. Einen Lidschlag später hatte sich der Kuttenträger auf die Knie gewälzt. Bevor er aber aufspringen konnte, hämmerte ihm der dritte Jäger eine Handkante in die Armbeuge und sprengte so die Umklammerung seines Kameraden. Dann warfen sich alle drei zusammen auf den Vermummten und rangen ihn erneut zu Boden.

Die Rojaals, die den Kampf vom Dach aus verfolgten, machten keine Anstalten einzugreifen. Im Gegenteil schienen sie sogar Wetten abzuschließen, wer bei dieser ungleichen Auseinandersetzung die Oberhand behielt.

Für die Mitgefangenen schien der Ausgang des Kampfes bereits klar zu sein. Begeistert feuerten sie die Kerle an, die den Kuttenträger mit ihren Fäusten bearbeiteten. Keiner der rohen Zuschauer kam auf den Gedanken, dem Unterlegenen zu helfen. Im Gegenteil, die Menge wollte Blut sehen! »Schlagt ihn tot! Schlagt ihn tot!«, schallte es von allen Seiten.

Ein bärtiger Koloss, der die zweifelhafte Show aus der ersten Zuschauerreihe beobachtete, verstand den Ruf als Aufforderung, zur Tat zu schreiten. Grimmig blickte er auf das verworrene Menschenknäuel zu seinen Füßen hinab und befahl: »Haltet den Kerl fest, dann gebe ich ihm den Rest!«

Neben ihm sprang ein schmächtiger Bursche heran, der den Kämpfenden zukeifte: »Hört ihr nicht, was Grath sagt? Er soll stillhalten!«

Gehorsam nagelten die Jäger den Vermummten mit ihrem Gewicht auf dem Boden fest.

Grath nickte zufrieden. Triumphierend streckte er seine geballte Rechte in die Höhe und drehte sich im Kreis. Alle Gaffer sollten die Pranke sehen, mit der er die vernichtenden Schläge ausführen wollte. Dann kniete er sich neben den Bewegungslosen und ließ seine Faust in die Tiefe sausen.

Krachend versenkte er sie in den Falten der Kapuze, die das Gesicht des Kuttenträgers verdeckte.

Jubel brandete auf, als ein dumpfes Klatschen durch die Halle dröhnte. Matts Nackenhaare sträubten sich, als der hilflose Mann unter dem Beifall der Menge misshandelt wurde. Er konnte diesem unfairen Kampf nicht länger zusehen.

Der Anflug von Furcht, der ihn beim Betreten der Halle erfasst hatte, wurde durch einen Adrenalinschub fortgeschwemmt. Ohne sich mit Aruula zu verständigen, stürzte Matt auf das Menschenknäuel zu. Nachdem er schon dem qualvollen Tod der Taratze tatenlos hatte zusehen müssen, wollte er nicht noch einmal zu spät kommen. Aus den Augenwinkeln sah er, dass die Barbarin wie ein Schatten hinter ihm blieb. Ob sie mit seiner Handlungsweise einverstanden war oder nicht, sie würde ihn auf keinen Fall im Stich lassen.

Ohne über die Gefahr für sein eigenes Leben nachzudenken, sprang Matt auf Grath zu, der seine Faust erneut in die Tiefe hämmern wollte. Matt fiel ihm in den Arm und riss ihn schwungvoll zurück.

»Lass den Mann zufrieden!«, brüllte der Pilot wütend. »Wir sollten zusammenhalten, statt uns gegenseitig fertig zu machen!«

Grath glotzte ihn ungläubig an, als könnte er nicht fassen, dass sich ihm jemand in den Weg stellte.

Der Koloss trug einen wild wuchernden schwarzen Vollbart, der wie nasses Gras von seinen Wangen herabhing. Die Narben in seinem Gesicht erzählten von vergangenen Kämpfen und seine kräftigen Hände davon, wie er sie gewonnen hatte. Am schlimmsten aber waren seine grauen Augen, die eiskalt funkelten, als hätten sie schon alle Gemeinheiten im Leben gesehen.

Die meisten dürften seine eigenen gewesen sein.

Als er die Uniform des Fremden registrierte, verengten sich Graths Augen zu schmalen Schlitzen. »Wie kommst du dazu, mir Vorschriften zu machen?«, schnaubte er. »Bist du ein verstoßener Rojaal?«

»Nein«, stellte Matt klar. »Ich bin ein Reisender, der zum Sklaven gemacht wurde. Hier ist allen dasselbe passiert, deshalb müssen wir zusammenhalten, statt uns an die Kehle zu gehen.«

In der Halle wurde es still. Alle Blicke richteten sich auf Matt und Grath. Selbst die Männer, die den Kuttenträger festhielten, sahen neugierig in die Höhe. Die Art und Weise, mit der Matt von allen Seiten gemustert wurde, machte deutlich, dass er sich mit dem Boss des Lagers angelegt hatte.

Grath spürte ebenfalls, dass sein Führungsanspruch in Gefahr war, wenn er den Herausforderer nicht sofort in die Schranken wies.

»Kümmere dich um deinen eigenen Dreck«, stieß er hervor. »Oder ich verpasse dir eine Tracht Prügel, dass du kriechend am Sklavenspiel teilnehmen musst!«

Ehe Matt darauf antworten konnte, drängte der dürre Bursche nach vorne, der sich schon die ganze Zeit im Fahrwasser des Hünen aufhielt.

»Mach den Kerl fertig«, hetzte er Grath auf. »Dann kannst du dir auch seine Kleine vornehmen.«

»Halts Maul, Nerk«, stauchte Grath den vorlauten Kerl zusammen. »Du quatschst schon wieder zu viel!«

Erschrocken zuckte der Dürre zurück, als fürchtete er eine Ohrfeige.

Grath würdigte seinen Lakaien keines zweiten Blickes. Er konzentrierte sich voll und ganz auf Matt, der eine unbekannte Größe für ihn darstellte. Das selbstbewusste Auftreten des Piloten machte ihn stutzig, doch er vertraute auf seine Körperkräfte, die ihn noch nie im Stich gelassen hatten. Drohend streckte er die muskelbepackten Arme, die sich unter den abgeschnittenen Ärmeln seines Lederwamses abzeichneten, als wollte er die Müdigkeit aus seinen Gliedern schütteln.

»Bist du noch nicht weg?«, knurrte er. »Los, verpiss dich, oder ich mache dich –«

Matt hatte sich längst entschlossen, kein weiteres Wort zu verlieren. Mit einem schnellen Schritt war er bei Grath und feuerte zwei harte Schwinger ab. Das Kinn des Hünen flog hin und her. Verwirrt schüttelte Grath den Kopf, ansonsten zeigten die Treffer aber keine Wirkung.

»Verdammter Taratzenarsch«, knurrte er, während er seine mächtigen Pranken in die Höhe hob. »Jetzt bist du dran!«

Matt ließ sich von der Drohung nicht einschüchtern, obwohl er wusste, dass er diesen Kampf schnell beenden musste. Wenn ihn der Muskelprotz erst mal zu fassen bekam, war es um ihm geschehen.

Da stürzte Grath auch schon mit einem wütenden Schrei auf ihn zu. Die Zuschauer feuerten den Schläger begeistert an.

Matt tauchte blitzschnell unter den kräftigen Armen hinweg und hämmerte eine Kombination in die gegnerische Magengrube. Links-rechts-links. Seine Fäuste trieben Grath die Luft aus den Lungen.

Röchelnd sackte der Hüne nach vorne. Die Arme, mit denen er Matt packen und zu Boden schleudern wollte, schwebten sekundenlang wie gelähmt in der Luft.

Matt nutzte die Situation sofort aus. Mit beiden Händen packte er Graths Kopf und zog ihn ruckartig in die Tiefe. Gleichzeitig ließ er sein angewinkeltes Bein in die Höhe schnellen. Krachend rammte er das Knie so fest ins Gesicht des Hünen, dass dessen breite Nase knackend zerbrach.

Grath taumelte zurück und schlug die Hände vors Gesicht. Er war nicht schnell genug, um die rote Fontäne aufzuhalten, die aus seinen Nasenlöchern schoss. Blut sickerte durch seine Finger und regnete in dicken Tropfen zu Boden.

Als er seine rot verschmierten Handflächen betrachtete, verengten sich seine Augenlider zu schmalen Schlitzen.

»Dafür bringe ich dich um«, grollte er.

Matt hob seine Fäuste und stellte sich zum Kampf, doch Grath hatte kein Interesse, sich auf einen neuen Schlagabtausch einzulassen. Blind vor Wut sprang er vor, um den Fremden niederzureißen und unter seiner Körpermasse zu begraben. Wenn sein Gegner erst einmal unter ihm lag, konnte er in Ruhe auf ihn einschlagen, bis er sich nicht mehr rührte.

Matt steppte zur Seite und ließ den Koloss ins Leere laufen. Nur sein ausgestrecktes Bein blieb an der alten Stelle stehen, sodass Grath darüber stolperte. Keuchend segelte der Hüne durch die Luft und schlug auf den harten Lehmboden. Sofort wollte er sich wieder in die Höhe stemmen. Es war nur eine Frage der Zeit, bis er seinen Gegner in die Hände bekam. Dann war er fällig.

»Haltet den Kerl«, rief er einigen Gaffern zu, »damit ich ihn zu fassen bekomme!«

Sofort traten einige der Umstehenden vor. Doch ehe sie in den Kampf eingreifen konnten, sprang Aruula fauchend zwischen sie und ihren Gefährten. Die Kerle verhielten überrascht.

Nur der flinke Nerk schaffte es, unbemerkt hinter Matt zu gelangen. Einen wilden Kampfschrei auf den Lippen, stürzte er sich auf ihn. Der Pilot fuhr herum, packte einen der ausgestreckten Arme, die auf ihn zuschossen, und schleuderte Nerk schwungvoll zu Boden.

»Bleib liegen«, warnte er grimmig, »sonst fängst du dir eine!«

Statt dem Burschen zu drohen, hätte er besser auf Grath achten sollen. Der Hüne nutzte den Moment der Unaufmerksamkeit, um sich von hinten auf Matt zu stürzen und ihn mit seinen riesigen Armen zu umschlingen. Mit einem harten Ruck riss er ihn in die Höhe und schleuderte ihn im Halbkreis durch die Luft.

»Halt den Taratzenarsch fest!«, kläffte Nerk wie ein zorniger Pinscher, während er in die Höhe sprang. »Ich will ihm die Fresse polieren!«

Tatsächlich stellte Grath den hilflos zappelnden Gefangenen ab. Direkt vor den schmächtigen Schläger, der sofort zu einem weiten Schwinger ausholte.

Nerks Kampftechnik war lausig. Normalerweise hätte Matt dem Schlag mit Leichtigkeit ausweichen können, doch Graths Umarmung nagelte ihn wie eine unbewegliche Statur auf der Stelle fest. So sehr er sich auch wand, es gelang ihm nicht, den eisenharten Griff zu sprengen. So blieb ihm nichts anderes übrig, als mit dem Schlag mitzugehen, den er auf sich zurasen sah.

Krachend explodierte die Faust in seinem Gesicht.

Matt konnte die Aufprallwucht mindern, indem er den Kopf zur Seite riss. Trotzdem jagte eine brennende Schmerzwelle seinen Hals hinab. Für einen Sekundenbruchteil blitzten kleine Lichtreflexe vor seinen Augen auf, dann war alles verschwommen. Als sich sein Blick wieder klärte, sah er, wie sich der dürre Schläger siegessicher vor ihm aufbaute.

»Jetzt bekommst du die Prügel deines Lebens«, höhnte Nerk, der seine Fäuste in Boxerpose vor der Brust kreisen ließ.

Erneut versuchte Matt aus Graths Umarmung auszubrechen, erntete dafür aber nur das hämische Gelächter des Hünen.

Nerk holte bereits zum nächsten Schlag aus, als Matt

die rettende Idee kam. Er riss die Beine in die Höhe und trat kraftvoll nach vorne aus. Seine Kampfstiefel schossen waagerecht durch die Luft, direkt über die Deckung des Schlägers hinweg.

Ehe Nerk wusste, wie ihm geschah, bohrten sich zwei Absätze in seine Brust und schleuderten ihn davon. Er fiel rücklings zu Boden und schlitterte noch ein paar Meter weiter, bis die Menge der Gaffer ihn bremste.

Grath stöhnte überrascht, hielt seinen Gefangenen aber weiter fest. Matt nutzte die Schrecksekunde, um seine Stiefel zurückzuschwingen und ihm kräftig vors Schienbein zu treten.

Der Hüne keuchte vor Schmerz auf, ließ aber nicht locker. Er wollte gerade zur Vergeltung schreiten, da warf Matt seinen Kopf mit voller Wucht in den Nacken. Sein Hinterkopf traf die lädierte Nase des Kolosses. Grath brüllte wie am Spieß und schlug die Hände vors Gesicht. Dafür musste er Matt zuvor natürlich loslassen.

Der Pilot ließ sich nach vorn fallen, rollte sich ab und kam, Grath zugewandt, wieder auf die Beine.

Drohend ragte der Hüne über ihm auf. Mit seinem blutverschmierten Gesicht wirkte er wie ein Nosfera nach einem üppigen Mahl.

Für Sekunden standen sich die beiden gegenüber. Auch Nerk war mittlerweile wieder auf die Beine gekommen. Aber keiner wagte den ersten Schritt. Die Situation war wie eingefroren.

»Schluss jetzt – lasst den Mann in Ruhe!«

Selbst Matt erschauerte bei den kehligen Worten, deren Klang unmöglich durch menschliche Stimmbänder erzeugt werden konnte. Verwirrt blinzelte er zur Seite.

Zu seiner Überraschung entdeckte er zwei Wulfanen, die sich drohend vor Graths Männern aufgebaut hatten.

Es waren bizarre Wesen mit langem dunkelbraunen Körperhaar. Ihre Schädelform war nur entfernt menschlich. Unterhalb der Augen klaffte kraterförmig ein Fischmaul mit schwarzen, an der Oberseite gespaltenen Lippen, dahinter schimmerte ein Raubtiergebiss. Obwohl die Wolfsmenschen wussten, dass sie sich auf die zahlenmäßig unterlegene Seite schlugen, blickten sie den Angreifern furchtlos entgegen. Neben ihnen stand Aruula, die zwar verwundert über die plötzliche Schützenhilfe war, aber keine überflüssigen Fragen stellte.

Aus den Augenwinkeln konnte Matt erkennen, dass sich auch die drei Taratzen näherten. Allerdings war nicht klar ersichtlich, ob sie nur die Neugier trieb oder sie sich in den Kampf einmischen wollten.

Hinter Grath rottete sich mittlerweile ein großer Pulk zusammen. Die Gruppe, die er anführte, umfasste beinahe alle der anwesenden Sklaven. Vielleicht solidarisierten sich viele aber auch nur mit ihm, weil sie eine Abneigung gegen die Wulfanen verspürten.

Über die Lippen des Hünen huschte ein zufriedenes Lächeln, als er die Streitmacht sah, die sich hinter ihm versammelte. Sein Führungsanspruch blieb also unangefochten.

»Ihr könnt froh sein, dass wir euch noch als Baterafutter brauchen«, knurrte er Matt und den Wulfanen zu. »Sonst würdet ihr schon hier und heute sterben.«

Zustimmendes Raunen wurde laut.

Mit einer herrischen Geste winkte Grath die drei Jäger in die Höhe, die auf dem Kuttenträger hockten. Kaum war das Gewicht von seinen Gliedern verschwunden, sprang der Schwarzgekleidete federnd in die Höhe. Seine Kapuze war durch den Kampf in den Nacken gerutscht, sodass Matt zum ersten Mal sein Gesicht sehen konnte.

Rissige Haut spannte über eingefallene Wangenknochen wie bei einem mumifizierten Totenschädel. Nur einige vereinzelte weiße Strähnen bedeckten den fast kahlen Schädel.

Kein Zweifel, Matt hatte sein Leben für einen Nosfera riskiert.

Von den Lippen des Nosferas tropfte Blut. Da sein Mund keine Verletzung aufwies, musste es von jemand anderem stammen. Erst jetzt fiel Matt auf, dass einer der Jäger am Hals verletzt war. Dicht neben seiner Hauptschlagader zeichneten sich zwei Zahnreihen ab, aus denen es rot hervorsickerte.

Offensichtlich hatte der Kuttenträger versucht, sein Blut zu trinken. Die Wunde war aber nicht lebensbedrohend. Obwohl die Nosfera eine Form von modernen Vampiren darstellten, waren sie nicht darin geübt, ihre Mahlzeiten in Dracula-Manier zu sich zu nehmen. Sie benötigten scharfe Klingen, um entsprechende Verletzungen zu schlagen. Der Kuttenträger war aber ebenso unbewaffnet wie alle anderen.

Die Nosfera waren Mutanten, deren rote Blutkörperchen sich so schnell abbauten, dass sie fortlaufend Nachschub in Form frischen Blutes benötigten. Normalerweise stillten sie diesen Bedarf durch die Jagd auf Gerule und Kamauler, doch das war hier in Gefangenschaft nicht möglich.

Matts Blick traf sich mit dem des Kuttenträgers. Beide Männer taxierten sich eine Weile, als wollten sie abschätzen, wie weit sie dem anderen über den Weg trauen konnten. Über die Lippen des Nosfera kam kein Wort des Dankes. Ihm war klar, dass Matt nicht gewusst hatte, *wem* er da half. Trotzdem nickte er dem Piloten in respektvoller Anerkennung zu.

»Das war ein guter Kampf. Wie ist dein Name?« Er sprach im Idiom der Wandernden Völker. Offensichtlich stammte er vom Kontinent.

»Matthew Drax«, antwortete der Pilot. Als er sah, wie sich die vertrocknete Stirn des Nosfera in Falten legte, fügte er den Namen hinzu, den ihm Aruula verpasst hatte: »Maddrax!« Dieses Wort konnten sich die meisten Menschen dieser Zeit viel besser merken, daran hatte er sich längst gewöhnt.

»Ich heiße Navok«, stellte sich der Nosfera im Gegenzug vor.

»Schön, dass ihr beiden euch so gut versteht«, fuhr Grath wütend dazwischen. Der primitive Schläger ärgerte sich, weil er das Gespräch nicht verfolgen konnte, deshalb knurrte er Matt in verwaschenem Englisch an: »Du kannst dich von nun an zu den *Freeks* gesellen. Kein normaler Mensch will etwas mit einem Nosfera-Freund zu tun haben.«

Ehe der Pilot richtig erfassen konnte, welche Folgen diese Drohung hatte, wandte sich Grath an die Jäger im Lederwams: »Ihr Drei habt euch gut bewährt. Ihr dürft euch meiner Gruppe anschließen. Morgen früh werden wir uns gemeinsam einen Weg durch das Tal des Todes schlagen.«

Als wäre damit alles gesagt, marschierte Grath wie ein Feldherr nach gewonnener Schlacht davon. Nerk folgte ihm schattengleich. Zögernd wandten sich auch die übrigen Zuschauer ab. Nach und nach verzogen sie sich in ihre angestammten Ecken.

Matt und Aruula blieben alleine mit den Wulfanen und dem Nosfera zurück. Graths Drohung zeigte Wirkung. Kein Mensch war bereit, sich mit dem neuen Pärchen zu unterhalten, geschweige denn Freundschaft mit ihnen zu schließen.

In einer Gemeinschaft, in der das Faustrecht herrschte, konnte die Zugehörigkeit zu einer Gruppe aber über Leben und Tod entscheiden. Matt kratzte sich nachdenklich über seine blonden Bartstoppeln, während er zu den beiden Wulfanen sah, die ihre breiten Schlundlippen zu einem bizarren Grinsen verzogen. Der größere von ihnen deutete auf seine Brust und erklärte: »Ich bin Arzak. Der Stinksack neben mir ist Drokar.«

Drokar ignorierte die Frotzelei seines Gefährten und nickte Matt und Aruula zu. Arzak war breitschultrig und rot behaart, sein Begleiter dagegen eher gedrungen und blond. Bis auf einen Lendenschurz aus weichem Leder waren sie nackt. Das dichte Fell, das ihre Körper bedeckte, machte jede weitere Kleidung überflüssig.

»Ohne eure Hilfe hätte es schlecht für mich ausgesehen«, bedankte sich Matt bei den Wolfsmenschen.

»Ein Mann sollte nicht allein gegen eine Übermacht stehen«, erklärte Arzak. Trotz der knurrenden Tonlage waren seine Worte gut zu verstehen. »Unsere Ehre gebietet uns, einem Mutigen beizustehen.«

Navoks eingefallenes Gesicht versteinerte bei diesen Worten. »Ach ja? Und warum habt ihr mir dann nicht geholfen?«

Drokar schnaubte verächtlich. »Eher friert das große Meer zu, als dass es einen Blutsäufer mit Ehre gibt.«

Die Miene des Nosferas blieb trotz der Beleidigung regungslos. Seine Stimme klang aber um einige Grade kühler, als er antwortete: »Ihr Wulfanen seid genauso arrogant wie die Menschen, die mir vor die Füße spucken. Trotzdem bin ich bereit, euch für die nächsten Tage wie Brüder zu behandeln. Denn in einem hat dieser Grath Recht: Gegen die Gefahren im Tal des Todes haben nur die eine Chance, die sich gegenseitig helfen. Und da sonst niemand etwas mit uns zu tun haben will, bleibt

uns gar nichts anderes übrig, als uns zusammenzu-
schließen.«

»Du suchst wohl noch Reiseproviant, über den du im
Schlaf herfallen kannst«, schnappte Arzak, dem das
Angebot nicht zu schmecken schien.

»Ich kann von der Pampe, die wir hier zu essen
bekommen, nicht leben«, gestand Navok ein. »Aber
draußen im Wald gibt es genügend Tiere, von denen ich
mich ernähren kann. Außerdem haben die drei Neulinge
Streit mit mir gesucht, nicht umgekehrt. Ich habe sie
dann nur verletzt, um meinen Durst zu stillen. Diese Kerle versuchten mich dagegen zu erschlagen, weil sie alles
hassen, was anders ist als sie. Wer von uns ist wohl das
größere Scheusal?«

»Navok hat Recht«, beschwichtigte Matt, bevor die
Wulfanen den Streit weiter anfachen konnten. »Wir soll-
ten uns überlegen, ob wir nicht eine Koalition schließen.
Aber das muss nicht unbedingt hier sein, wo wir auf dem
Präsentierteller stehen.«

Arzak nickte. »Stimmt, lasst uns auf unseren Platz
zurückkehren.«

Unter den lauernden Blicken der übrigen Gefangenen
gingen die Fünf zu dem Platz, auf dem Matt die Wulfanen
beim Betreten der Halle gesehen hatte. Dort hatten sich all
jene zusammengefunden, die von den übrigen Sklaven
nicht in ihrer Nähe geduldet wurden. Wulfanen, Taratzen,
Nosfera und einige üble menschliche Visagen, denen man
lieber nicht den Rücken zukehren wollte. Sie alle galten als
die *Freeks*, mit denen man lieber jeden Kontakt mied.

Matt war aber überzeugt, dass er den beiden Wolfsmenschen trauen konnte. Trotz ihrer für menschliche
Augen abstoßenden Gesichtsformen machten sie einen
ehrlichen Eindruck auf ihn. Außerdem brachten sie ihm
auch Vertrauen entgegen. Arzak und Drokar hatten sich

bestimmt nicht umsonst in die Schlägerei eingemischt. Sie waren in dieser feindseligen Umgebung auf Unterstützung angewiesen, und ein Kämpfer, der Grath fast in die Knie gezwungen hatte, kam ihnen da genauso recht wie seine mutige Begleiterin.

Die beiden kräftigen Wulfanen gaben ebenfalls gute Kampfgefährten ab. Matt wusste, dass sie einer kriegerischen Kultur angehörten, denn bei seiner ersten Begegnung mit ihnen war er mitten in eine Schlacht gestolpert, die sie gegen ein unheimliches Spinnenvolk führten.*

Damals hatten sich die Wulfanen recht heimtückisch verhalten und ihn als Köder benutzt, um ihre Feinde in eine Falle zu locken. Jetzt war die Situation grundlegend anders. Unter der Knute der Rojaals waren sie aufeinander angewiesen. Und die Not hatte schon manch ungewöhnliche Freundschaft zusammengeschweißt.

Mit Navok verhielt es sich ähnlich, trotzdem blieb Matt ihm gegenüber misstrauisch. Gerade weil der Nosfera sehr beherrscht und überlegt auftrat, war schwer zu durchschauen, was wirklich in ihm vorging.

Auf dem Weg zum Lagerplatz kam die bunt durcheinander gewürfelte Gruppe an den drei Taratzen vorbei, die lauernd zu ihnen herübersahen.

Ein grollender Laut drang aus Aruulas Kehle, während sie den Riesenratten einen vernichtenden Blick zuwarf. Die Taratzen ließen sich davon nicht beeindrucken. Jede von ihnen war über zwei Meter groß – und mit ihren Krallen und Zähnen waren sie den Menschen im waffenlosen Kampf weit überlegen. Das war auch der Grund, warum ihnen in der Halle alle aus dem Weg gingen. Selbst Grath und seine Leute hielten respektvollen Abstand.

Aruula und die Taratzen taxierten sich eine Weile

---

* siehe Taschenbuch 1, Roman 2 »Stadt der Verdammten«

schweigend, dann drängte die Barbarin an die Seite ihres Gefährten. Nach außen hin wirkte es, als würde sie Schutz bei ihm suchen, in Wirklichkeit rückte sie heran, um ihm heimlich ins Ohr zu flüstern: »Der Nosfera hat nicht gelogen. Die Bogenschützen sind auf Befehl von Grath über ihn hergefallen.«

Matt hatte sich schon so etwas gedacht. Wahrscheinlich war dieser Kampf eine Art Aufnahmeprüfung für die Truppe des Hünen gewesen.

»Konntest du Navoks Gedanken lesen?«, fragte er die Barbarin.

Aruula schüttelte ihre blauschwarze Mähne. »Von ihm kann ich nichts erlauschen. Es ist, als würde er seinen Geist vor mir verbergen. Arzak und Drokar quellen dagegen vor Gefühlen über. Sie halten sich für große Krieger, betrachten uns aber als fast ebenbürtig. Ich spüre, dass sie es ehrlich meinen.«

Matt strich seiner Gefährtin in einer vertrauten Geste über das Haar.

»Gut gemacht«, lobte er, bevor er hinzufügte: »Wir werden schon einen Weg hier herausfinden.«

Aruula verzog ihre Mundwinkel zu einem bittersüßen Lächeln. »Aber nur, wenn du in Zukunft auf meine Ratschläge hörst!«

»Jetzt mach mal halblang«, verteidigte sich der Pilot empört. »Auch wenn wir den Wald links liegen gelassen hätten, wären wir früher oder später nur in die Hände einer anderen Patrouille gelaufen.«

Aruula grinste spitzbübisch, während sich Matt verlegen vor ihr rechtfertigte. Auch ohne ihre telepathischen Fähigkeiten wusste sie, dass er schon seit Stunden über die negativen Auswirkungen seiner Entscheidung grübelte. Schnell hauchte sie ihm einen Kuss auf die Wange, um seine Selbstzweifel zu dämpfen.

Inzwischen hatten sie den Lagerplatz der Wulfanen erreicht, der durch zwei Holzteller markiert wurde, in denen sich Reste eines undefinierbaren Breis befanden. Gemeinsam ließ man sich im Kreis nieder.

»Hier, nimm meinen Teller«, bot Arzak dem neuen Verbündeten an. »Es wird nur einmal am Tag Essen ausgegeben.«

Beim Anblick der grobkörnigen Pampe, auf der sich bereits einige Fliegen niedergelassen hatten, verging Matt glatt der Appetit.

»Vielen Dank, aber das kann ich nicht annehmen«, wehrte er ab.

Sofort zog Navok einen unberührten Teller heran, der nur zwei Meter entfernt stand. »Hier, nimm meinen, ich kann das Zeug sowieso nicht essen.«

Als Matt zögerte, nahm Aruula die Portion entgegen. »Vielen Dank, dass ist *sehr freundlich* von dir!« So wie sie den letzten Teil des Satzes betonte, machte sie Matt darauf aufmerksam, dass es mehr als nur unhöflich war, angebotene Speisen abzulehnen. Angesichts der erbärmlichen Lebensumstände, unter denen die Gefangenen hausten, war ein schmutziger Löffel mehr wert als ein opulentes Mahl bei einem fürstlichen Empfang.

Verlegen nahm Matt den Teller in Empfang, den ihm Arzak entgegenhielt.

Während Aruula bereits den Brei in sich hineinschaufelte, packte der Pilot vorsichtig den Holzlöffel, an dem schon getrocknete Essenreste klebten. Der Gedanke, dass der Löffel bereits im breiten Fischmaul des Wulfanen gesteckt hatte, behagte Matt gar nicht. Trotzdem kratzte er einen Breiklumpen aus dem Teller und stopfte ihn hastig in den Mund.

Das pappige Mus war von langen Pflanzenfäden durchzogen und hatte einen bitteren Nussgeschmack.

Matt verdrängte tapfer jeden Gedanken an die Art und Weise, wie diese Mahlzeit zu Stande gekommen sein mochte, kaute den Brei dreimal durch und schluckte ihn hinunter.

»Schmeckts?«, erkundigte sich Arzak mit erwartungsvoller Stimme.

Matt rang sich ein Lächeln ab und nickte, während er die nächste Portion herauslöffelte.

Arzak und Drokar verzogen ihre wulstartigen Lippen so weit nach hinten, dass die gespaltene Oberseite bis unter die Augen reichte. Ein dröhnendes Lachen verließ ihre Kehlen, während sie ihre scharfen Zähne freilegten.

»Du bist ein guter Kämpfer, Maddrax«, knarzte Drokar, »aber ein verdammt schlechter Lügner.«

Aruula hielt sich glucksend die Hand vor den vollen Mund, um nicht laut loszuprusten. Selbst über Navoks stoisches Gesicht huschte ein Lächeln.

Matt zuckte entschuldigend mit den Schultern. »Hey, ich wollte nur höflich sein.«

Während sich die anderen über ihn amüsierten, stopfte er die nächsten Portion in den Mund. Diesmal war er auf den Geschmackskiller vorbereitet und kaute, ohne die geringste Miene zu verziehen.

»Der Fraß schmeckt zwar, als ob ihn schon jemand ausgespuckt hätte, aber er ist nahrhaft«, tröstete Arzak. »Drokar und ich hocken hier schon seit einer Woche – ohne diesen Brei wären wir verhungert.«

»Nicht jeder hat das Glück, erst einen Tag vor dem Sklavenspiel gefangen zu werden«, bestätigte Navok ironisch.

»Worum geht es dabei überhaupt?«, wollte Aruula schmatzend wissen.

»Nordwestlich von Saamton gibt es ein Areal – man

nennt es das Tal des Todes«, antwortete der Nosfera, der sich angesprochen fühlte. »Es ist eine Todesfalle, die von Bateras, Gerulen und anderem Getier bewohnt wird. Außerdem sollen dort unheimliche Geister hausen, die einen mit wildem Getöse in der Luft zerreißen, wenn man ihre alten Ruhestätten betritt. Die Sklaven müssen dieses *Spielfeld* von einer Seite zur anderen durchqueren. Wer durchkommt, erhält seine Freiheit – aber das sind nur die Wenigsten. Die Rojaals wetten große Summen auf die Überlebenden. Deshalb begaffen sie uns auch Tag für Tag, um ihre Favoriten herauszufinden.«

Navok deutete zur Hallendecke, durch dessen Löcher die Rojaals zu den Gefangenen herabstarrten. Dort am Rand hockten viel mehr Männer, als zur Bewachung nötig waren. Einen Moment lang meinte Matt sogar den May'jor zu erkennen, doch als er genauer hinsah, war er sich nicht mehr sicher. Kein Wunder; im schummrigen Halbdunkel wirkte ein Uniformträger wie der andere.

Kopfschüttelnd senkte Matt den Blick.

»Wird das Tal an drei Seiten von hohen Felswänden umstanden, während es nach vorne in eine Ebene ausläuft?«, fragte er.

»Du kennst es?« Arzak war verblüfft.

Aruula nickte. »Wir wurden dort gefangen genommen. Wir haben aber nur Bateras und keine Geister gesehen.«

»Wie es scheint, haben wir die richtigen Verbündeten gefunden«, grinste Drokar zufrieden. Als sein Blick zu Navok weiterwanderte, erstarb das Lächeln zu einer bizarren Grimasse. Nach einem Moment des Schweigens frotzelte er: »Hey, Nosfera. Warum setzt du deine Kapuze nicht wieder auf, damit uns der Anblick deines hässliches Schädels erspart bleibt?«

Navok ließ die Beleidigung regungslos über sich ergehen.

»Meine Haut verträgt keine Sonnenstrahlen«, erklärte er gleichmütig. »Tagsüber muss ich diesen Lederanzug und den Kapuzenumhang tragen, um mich zu schützen. Ich fühle mich darin aber sehr beengt, deshalb bin ich froh, wenn ich mich bei Dunkelheit etwas freier bewegen kann.«

Nachdenklich sahen Wulfanen und Menschen zu Navok herüber, dessen Gesicht keine Traurigkeit zeigte – doch wer wusste schon, was in einem Nosfera wirklich vorging? Matt fühlte sich jedenfalls berührt von den Worten.

In Mailand waren ihm die Nosfera nur als gesichtslose Monster erschienen, die von ihrem Blutdurst getrieben wurden. Navok offenbarte sich dagegen als bedauernswerte Kreatur, die dazu verdammt war, mit ihren angeborenen Defekten leben zu müssen.

Als sich der Nosfera des Mitleids bewusst wurde, das ihm entgegenschlug, fummelte er verlegen an einem der zahlreichen Schnallen herum, die seinen Lederanzug an Beinen, Armen und Taille zusammenhielten. Fast schien es, als ob er mit Ablehnung besser umgehen konnte.

Matt wollte gerne mehr über Navok erfahren. Je mehr er von der Lebensweise der Nosfera wusste, desto besser konnte er sich mit diesem Volk verständigen. Er wollte gerade eine Frage formulieren, als Aruula neben ihm wie von einem Batera gebissen in die Höhe sprang. Einen Lidschlag später fiel ein dreifacher Schatten über die am Boden sitzende Gruppe.

Er gehörte zu den drei Taratzen, die sich lautlos angeschlichen hatten.

»Verschwindet!«, zischte Aruula in der Sprache der Wandernden Völker. Instinktiv griff sie über ihre Schulter, zu der Stelle, wo normalerweise ihr Schwertgriff in die Höhe ragte. Als ihre Hände ins Leere griffen, fiel ihr wieder ein, dass sie entwaffnet war.

Die vorderste Taratze stieß eine Reihe von kehligen und fiependen Lauten aus, die in Matts Ohren schmerzten – bis er erkannte, dass sich daraus einige menschliche Worte formten.

»Kommen Frieden. Wollen anschließen!«

Aruulas Körper begann bei diesen Worten zu zittern. Von klein auf war sie dazu erzogen worden, die Taratzen als Todfeinde zu sehen – und nun kamen drei dieser monströsen Kreaturen angekrochen, um sich mit ihr zu verbünden?

Wütend spuckte sie den Taratzen vor die Füße. »Schert euch fort, ihr dreckigen Nager! Wir wollen nichts mit euch zu tun haben!«

Die hinteren Taratzen bleckten wütend die Zähne, doch ihr Anführer rief sie mit einer kurzen Geste zur Ruhe. Nachdenklich griff er an sein linkes Ohr, das zur Hälfte abgerissen war. Erneut drang ein fiepender Wortschwall aus seinem Maul.

Matt und die anderen hatten sich ebenfalls erhoben. Mühsam versuchten sie den Worten der Taratze zu folgen. Irgendwie erinnerte Matt der Sprachrhythmus an die Zeichentrickstimme eines bekannten Enterichs, weshalb er sie insgeheim Donald taufte.

Es dauerte eine Weile, bis Matt verstand, dass die einohrige Ratte der Sohn eines Taratzenkönigs war. Sein Rudel lebte im Landesinneren von Britana.

Donalds Familie schien etwas intelligenter als die meisten ihrer Artgenossen zu sein, denn sie lebten in selbstgebauten Hütten statt in Höhlen, und sie versuchten noch weitere Erfindungen der Menschen zu imitieren. Da ihnen aber das entsprechende Wissen fehlte, war Donald mit zwei Freunden in Richtung Südküste gewandert, um mit der dortigen Bevölkerung Kontakt aufzunehmen. Nach anfänglicher Ablehnung war es sogar zu einem ersten Gedankenaustausch gekommen, aber als sie weiter in Richtung Meer marschierten, gingen sie den Rojaals in die Falle.

Es dauerte fast zehn Minuten, bis Donald seine Geschichte vorgetragen hatte. Ihm fehlten einfach zu viele Vokabeln der menschlichen – in diesem Falle englischen – Sprache. Trotz ihrer Abneigung half Aruula schließlich bei der Übersetzung, denn sie konnte mit ihren mentalen Fähigkeiten die Bedeutung vieler Worte erahnen. Ihre feindselige Miene machte aber klar, dass sie nur wollte, dass das Gespräch möglichst schnell beendet wurde. Auch die Wulfanen und der Nosfera schienen nichts von den neuen Verbündeten zu halten.

»Wir zusammen kämpfen?«, fiepte Donald zum Schluss, während er sein verbliebenes Ohr erwartungsvoll aufstellte.

Matt sah sich zu seinen Verbündeten um. Er wollte die Frage der Taratze nicht alleine beantworten. Aruula zischte verächtlich, Arzak und Drokar schüttelten den Kopf. Navoks Miene war dagegen so unbeweglich wie die einer Skeletor-Sammlerpuppe aus der Serie *Masters of the Universe*.

»Seid nicht dumm!«, raunte Matt seinen Verbündeten zu. »Warum auf Hilfe verzichten?«

Er wandte sich wieder den Taratzen zu, ohne eine Antwort abzuwarten. »Wie heißt ihr eigentlich?«, fragte er sie, um Zeit zu gewinnen.

Die Taratzen stießen nacheinander unartikulierbare Geräusche aus, die wohl ihre Namen darstellen sollten. Matt schüttelte den Kopf. Eine menschliche Kehle konnte diese Laute unmöglich imitieren, deshalb erklärte er dem Einohr: »Am besten gebe ich euch Namen, die wir aussprechen können. Was hältst du von ›Donald‹?«

In den harten Augen der Taratze funkelte es einen Moment verwirrt. Dann richtete sie sich zur vollen Größe auf, als wäre sie stolz darauf, einen Menschennamen zu tragen. Sie nickte, um Zustimmung zu signalisieren.

»Und ihr beiden...« Matt sah nachdenklich zu den zwei anderen Ratten. Eine von ihnen hatte rötliches Fell, die andere war dunkelbraun. Wie sollte er sie nur nennen? Eine Sekunde später wusste er es. Da Walt Disney schon bei dem einohrigen Anführer Taufpate gestanden hatte, nannte er sie kurzerhand Chip und Dale, wie die beiden Chipmunks*, die Donald Duck immer zur Weißglut brachten.

Die beiden Taratzen zuckten nicht mit einem Schnauzhaar, als er ihnen die neuen Namen verpasste. Matt fasste das als Einverständnis auf. Danach erklärte er den dreien: »Wir können morgen früh erst mal beieinander bleiben. Es wird sich dann im Tal zeigen, ob wir zusammenpassen oder nicht.«

Donald schien mit der Antwort zufrieden zu sein. Ohne weitere Forderungen zu stellen, ließ er sich einige Meter entfernt mit seinen Artgenossen nieder.

Auch Matts Gruppe setzte sich wieder. Aruula machte ein versteinertes Gesicht. Ihr passte es nicht, dass er den Taratzen so weit entgegengekommen war, doch sie sagte kein Wort. Arzak platzte dagegen heraus: »Bist du wahnsinnig geworden, Maddrax? Diese Bestien fallen über uns her, sobald wir mit ihnen alleine sind!«

»Das könnten sie sowieso, auch ohne uns vorher ihre Partnerschaft anzubieten«, gab Matt zu bedenken. »Aber

---

* nordamerikanische Erdhörnchen

warum sollten sie sich der einzigen Unterstützung berauben, die ihnen dienlich sein könnte?«

»Ein voller Magen ist ihnen vielleicht wichtiger als strategische Überlegungen«, schnappte Drokar.

Matt nickte. »Sicher. Ich habe aber auch schon schlechte Erfahrungen mit Wulfanen gemacht. Mit euch gehe ich das gleiche Risiko ein.«

Der blonde Wolfsmensch wollte empört auffahren, doch Arzak hielt ihn mit einer beruhigenden Geste zurück.

»Du hast Recht, Maddrax«, gestand er, bevor er mit einem Seitenblick auf Aruula hinzufügte: »Es gibt allerdings auch Barbarenstämme, die nicht vor Taratzen- oder Wulfanenbraten zurückschrecken. Im Prinzip kann keiner von uns dem anderen trauen.«

Schweigen senkte sich über die Gruppe, die kurz zuvor noch so guter Dinge gewesen war.

»Vielleicht solltest du dich lieber an uns Menschen statt an diese wilden Bestien halten, Maddrax«, drang eine meckernde Stimme zu ihnen herüber.

Der Pilot sah überrascht auf. Einige Meter entfernt lehnten drei Männer an der Glassteinwand. Der Mittlere von ihnen trug Kopftuch und Augenklappe, womit er an einen Hollywood-Piraten erinnerte. Seine Lippen spalteten sich zu einem breiten Grinsen, das einige gelbbraune Zahnstummel freilegte.

»Halts Maul, Pagur«, schnauzte Arzak den Kerl an. »Mit einem Kindermörder wie dir wollen nicht mal die Menschen etwas zu tun haben.«

»Ich weiß gar nicht, was die Aufregung soll«, krächzte der Angesprochene beleidigt. »Es waren schließlich meine eigenen Blagen, die ich ruhig gestellt habe.«

Matt erschauerte bei diesem gefühllosen Geständnis. Die beiden Männer, die Pagur flankierten, ignorierten ihren Sprecher, als hätten sie nichts mit ihm zu tun. Links von Pagur saß ein bleicher hagerer Bursche, der scheu zu Boden starrte. Rechts ließ ein Mann sein Kinn auf den Knien ruhen. Sein Gesicht und die Unterarme waren durch einen großflächigen roten Ausschlag entstellt – Schuppenflechte.

Matt kannte diese Krankheit. Sie war erblich, also nicht ansteckend. Trotzdem hatte man den Unglücklichen aus der Gemeinschaft ausgeschlossen und zu den Mördern abgeschoben. *Falls* der scheue Bursche mit den fahrigen Bewegungen auch ein Mörder war.

»Diese Kerle sind Abschaum«, zischte Drokar. »Mit denen will keiner etwas zu tun haben.«

So wie mit uns, wollte Matt schon antworten, doch der Lärm von hart aufstampfenden Kampfstiefeln riss ihn aus seinen Gedanken.

Mindestens fünfzig Rojaals marschierten in einer Doppelreihe in die Halle ein. Die Sturmgewehre mit den aufgepflanzten Bajonetten stoßbereit in der Hand, ließen sie keinen Zweifel daran, dass sie jeden Widerstand sofort im Keim ersticken würden.

Überall sprangen die Sklaven vom Boden auf und drängten ängstlich zur Seite. Wurden sie etwa schon jetzt zum Spiel abgeholt?

Die Rojaals kümmerten sich nicht um die Fliehenden, sondern hielten direkt auf Matts Gruppe zu. Der Pilot seufzte innerlich, stellte aber nach außen hin eine harte Miene zur Schau. Was auch immer die Kerle von ihm wollten, er würde ihnen nicht den Triumph gönnen, ihn zittern zu sehen. Aus der Marschformation löste sich plötzlich ein Greiftrupp, der von Coop'ral Seven und Coop'ral Eleven angeführt wurde.

Statt Matt in Gewahrsam zu nehmen, stürzten sie auf Navok zu.

»Hey, was wollt ihr von mir?«, protestierte der Nosfera, der unsanft in die Höhe gerissen wurde.

»Du wirst beschuldigt, für Unruhe gesorgt zu haben«, erklärte Seven militärisch knapp. »Dafür wird man dich zur Verantwortung ziehen.«

»Das ist nicht fair«, stand Matt dem Beschuldigten bei. »Navok musste sich gegen einen Angriff zur Wehr setzen. Ihr solltet euch lieber um Grath kümmern, der den Kampf provoziert hat.«

»Irrelevant«, blockte Seven ab. »Unser Befehl lautet, den Nosfera festzunehmen.«

»Wie kann man nur so verbohrt sein«, schimpfte Matt empört. »Ihr seid ver-«

Ein gefiederter Schatten, der an seinem Gesicht vorbei abwärts rauschte, ließ ihn zurückschrecken. Noch während er den Luftzug an der Nase spürte, bohrte sich ein Pfeil zitternd zwischen seine Stiefel. Instinktiv blickte Matt in die Höhe. Rund um die Löcher im Dach hatten sich Bogenschützen postiert, die jede Bewegung der Gefangenen verfolgten.

»Misch dich besser nicht ein, Maddrax«, beschwichtigte Navok resigniert. »Du kannst mir nicht helfen.« Ohne ein weiteres Wort zu verlieren, ließ sich der Nosfera in die Mitte nehmen und hinausführen. Gleich darauf zog sich die Doppelreihe der Rojaals unter dem Beifall der Menge zurück.

»Seht ihr!«, übertönte Grath triumphierend den Applaus. »Der Gen'rel steht zu mir und nicht zu den Freeks!«

»Sieht so aus, als ob die Favoriten des Spiels schon feststünden«, knurrte Arzak. »Aber die Rojaals werden sich mit ihren Wetteinsätzen noch gewaltig verkalkulieren!«

Donnernd schloss sich das Tor. Matt und seine Mitstreiter starrten eine Weile auf die rostige Stahlplatte, hinter der Navok verschwunden war. Plötzlich fühlten sich alle, als hätten sie einen Freund verloren.

»Ich kann diesen Blutsäufer nicht ausstehen«, brummte Drokar. »Aber von den Rojaals in die Mangel genommen zu werden, wünsche ich selbst meinem schlimmsten Feind nicht.«

Einohr und seine Rudelbrüder fühlten sich unter den *Nackthäuten* unwohl, denn die Verachtung, die ihnen von allen Seiten entgegenschlug, war körperlich spürbar. Sicher, sie waren stärker als jeder andere in der Halle, doch wenn sich ihre Feinde zusammenschlossen, hatten sie gegen die menschliche Übermacht keine Chance. Sie waren nur zu dritt, inmitten von Kreaturen, die sie am liebsten aufgespießt und über dem offenen Feuer geröstet hätten.

Einohr haderte mit seinem Entdeckergeist, der ihn mitten in die Höhle des Eluus geführt hatte. Warum hatte er nur ein Volk besucht, das von den Göttern nackt geboren wurde? Menschen brauchten Waffen und Kleidung, weil sie von Natur aus wehrlos waren. Was sollten die Taratzen schon von einer derart minderwertigen Rasse lernen?

Kot, Kot, Kot. Verdammter Nacktarschkot! Einohr haderte mit seinem Schicksal. Am schlimmsten war für ihn, dass er seine Freunde Rotschwanz und Flinke Kralle mit ins Verderben gerissen hatte. Aus ihren Mäulern kam zwar nicht der geringste Vorwurf, aber er wusste, dass sie ihn für die Misere verantwortlich machten. Er, der Königssohn, wollte ständig etwas Besonderes vollbringen – und hatte sich dabei schon manches Mal übernommen. So hatte er letzten Sommer das linke Ohr eingebüßt, aber diesmal schien der Preis des Versagens noch viel höher zu sein.

»Die Barbarin sieht recht lecker aus«, kicherte Rotschwanz.

Natürlich, ihm geht es immer nur um sein körperliches Wohlbefinden.

»Wie meinst du das?«, fragte Flinke Kralle. »Möchtest du sie gerne essen oder lieber . . .«

»Schluss damit«, fuhr Einohr dazwischen. »Wir sind hier, um von den Menschen zu lernen. Benehmt euch also zivilisiert!«

»Zivilisiert?«, schnaubte Flinke Kralle verächtlich. »So wie die Menschen, die sich gegenseitig versklaven und an den Meistbietenden verschachern? Auf so eine Kultur kann ich verzichten.«

Einohr legte seinen haarigen Schädel auf die Seite, als müsste er die Worte des Begleiters abwägen.

»Nicht alle Menschen sind so barbarisch«, widersprach er schließlich. »Dieser Maddrax scheint anders zu sein. Ich glaube, wir können ihm vertrauen.«

Ein feines Kratzen signalisierte seinen empfindlichen Ohren, dass die Hallentür geöffnet wurde.

Kurz darauf wankte Navok herein. Der Nosfera zeigte Spuren von schweren Misshandlungen. Langsam schleppte er sich zu der Gruppe von Wulfanen und Menschen, die ihn erst wahrnahmen, als er sie fast erreicht hatte.

Maddrax sprang auf und stützte den Nosfera auf den letzten Schritten. »Was können wir für dich tun?«, fragte er in der Sprache der Menschen.

»Bluten«, antwortete Navok. Es sollte wohl ein Scherz sein, doch niemand lachte.

Rotschwanz spürte eine flüchtige Bewegung neben sich. Sofort schoss seine Vorderpfote in die Tiefe und packte den Hamstak, der an ihm vorbeiflitzen wollte. Die langen Krallen schlossen sich um den murmeltierartigen Körper, ohne ihm eine Verletzung beizubringen. Der Hamstak quiekte ängstlich, bis Rotschwanz den Druck auf sein Genick so weit erhöhte, dass es knackend zerbrach.

Einen Moment war er versucht, seine Zähne in den weichen Körper zu schlagen, um die Beute in einem Stück herunterzuschlingen. Doch Rotschwanz beherrschte sich. Stattdessen warf er den Hamstak im hohen Bogen zu Navok. Trotz seiner Erschöpfung fing der Nosfera das Tier reflexartig auf.

Erstaunt sah er zu Rotschwanz hinüber.

»Trink«, zischte die Taratze in der Menschensprache. »Dann ich esse.«

Der Nosfera nickte dankend, bevor er seine langen Knochenfinger in den Hamstak bohrte. Als das Blut zwischen den Fingernägeln hervorquoll, hob er das Tier an seinen Mund und saugte ihm den Lebenssaft aus.

Maddrax und seine Gefährtin wandten sich angewidert ab. Rotschwanz schnaufte verächtlich. Als ob das Breigeschlabbere der Menschen weniger Ekel erregend wäre! Außerdem war er sicher, dass die Barbarin schon mehr als einmal Taratzenfleisch gegessen hatte. *Eine Schlächterin, bah.*

Rotschwanz wartete geduldig, bis der Nosfera den letzten Tropfen aus dem Hamstak gesaugt hatte und ihm das blutleere Tier zurückwarf. Geschickt fing er es auf. Gierig wollte er sich den Hamstak ins Maul stopfen, dann zögerte er. Musste er dem Königssohn nicht den Vortritt lassen?

Einohr nickte wohlwollend. Es gefiel ihm, dass Rotschwanz die Nahrung mit dem Nosfera geteilt hatte. So machte man sich Freunde in der Zivilisation! Dafür hatte sich Rotschwanz die Mahlzeit verdient.

Rotschwanz verschlang den Hamstak mit Genuss. Endlich vernünftige Nahrung nach Tagen voller übel riechendem Brei. Das frische Fleisch würde ihm Kraft geben, für morgen, wenn es um Leben und Tod ging.

Für das Sklavenspiel.

Von der Felskuppe aus gesehen breitete sich der Wald wie ein grüner Teppich über dem Boden des Talkessels aus. Nur an wenigen Stellen war das Blätterdach von kleinen Lichtungen durchlöchert. Das ganze Areal umfasste knapp vierzig Quadratkilometer unzugänglicher Vegetation, die zu drei Vierteln von steilen Felswänden umgeben war. Einmal in diese lebensfeindliche Umgebung hinabgelassen, gab es nur einen Weg hinaus – sich bis zur offenen Seite des Kessels durchschlagen, um dort der Gewalt der Rojaals zu entfliehen.

Aus dem taufeuchten Buschwald stiegen Dunstschleier auf, die wie helle Rauchsäulen wirkten. Es sah aus, als ob zahlreiche Lagerfeuer brennen würden, doch der Anblick täuschte. Dort unten gab es keine einzige Menschenseele.

Noch nicht.

Bereits vor Anbruch der Dämmerung hatte man die Sklaven aus ihrem Schlaf geweckt. Sie wurden auf alte Lastwagen gepfercht und von Wakudas zum *Tal des Todes* gezogen. Nun standen die unfreiwilligen Spielteilnehmer auf einer flachen Felskuppe, von der aus das ganze Areal zu überblicken war. Am Horizont erkannte Matt die offene Talseite, die sie erreichen mussten. Es war genau die Stelle, an der man ihn tags zuvor mit Aruula gefangen hatte.

»Ihr habt bis morgen Abend Zeit, um dieses Gelände zu durchqueren«, verkündete der Gen'rel von der Motorhaube eines alten Jeeps herab.

Einige Schritte entfernt wohnten zahlreiche Schaulustige dem Spektakel bei. Atemlos lauschten sie den Worten des Rojaal-Führers, der die dürftigen Spielregeln erklärte: »Wer unsere Wachen lebend erreicht, hat es geschafft. Er ist frei und kann seines Weges gehen. Darüber hinaus erhält er eine fürstliche Belohnung, die ihm fortan ein angenehmes Leben ermöglichen wird. Aber macht euch keine Illusionen – die meisten von euch werden in diesem Tal sterben. Ich weiß, wovon ich spreche! Ich war schon oft dort unten, um Waffen und Uniformen für meine Rojaals zu holen. Viele Male bin ich nur mit knapper Not dem Tode entronnen – ihr müsst schon ausnehmend gute Krieger sein, um es mir gleichzutun. Versucht euer Bestes, und geht keinem Kampf aus dem Weg. Wir haben viele Gäste, die euren Weg beobachten – und sie wollen etwas sehen für ihr Geld.«

Damit war die Ansprache beendet.

Die letzten Worte waren kaum verklungen, da wurde die Gruppe um Matt und Aruula schon in Richtung des Förderkorbes getrieben, der an einem hölzernen Kran über dem Abgrund hing. Gut zehn Leute passten auf die schwankende Fläche, die mit einer geflochtenen Wandung umgeben war.

Mit der ersten Fuhre wurden die Freeks in die Tiefe befördert. Neben Matt und Aruula pferchte man noch Navok, die Wulfanen und die Taratzen in die Gondel sowie Pagur und seine Begleiter, die sich bei ihnen herumgedrückt hatten.

Matt nutzte den schwankenden Abstieg, um sich möglichst viel von dem zu bewältigenden Gelände einzuprägen. Sein Verdacht, dass es sich bei dem Areal um eine ehemalige Militäranlage handelte, bestätigte sich, als er einige alte Baracken ausmachte, die sich auf weit verstreuten Lichtungen befanden.

Diese Gebäude wollte er ansteuern. Dort gab es kein Unterholz, das im Wege stand, außerdem konnte man sich in den Gemäuern vor den Tieren verschanzen. Besonders als Nachtlager waren die Baracken gut geeignet. Außerdem ließ sich in den Resten der Zivilisation vielleicht etwas finden, das der Gen'rel und seine Männer auf ihren Expeditionen übersehen hatten.

Meter für Meter schwebten sie in die Tiefe hinab. Die Rollen des primitiven Flaschenzuges quietschten unter dem schweren Gewicht, nur noch übertönt vom Keuchen der Rojaals, die das Seil so langsam wie möglich durch ihre schmerzenden Hände gleiten ließen. Gut zwanzig Meter ging es die steil aufragenden Klippen hinab, dann setzte der Korb mit einem harten Schlag auf der Erde auf. Sofort sprangen die Insassen nach draußen, froh, endlich wieder festen Boden unter den Füßen zu spüren.

Während die Gondel hinter ihnen in die Höhe gezogen wurde, liefen sie auf einige Waffen zu, die im Grün der Schlingpflanzen glänzten. Ein buntes Sammelsurium aus Schwertern, Säbeln und Messern lag dort übereinander, als hätten die Rojaals sie achtlos hinabgeschüttet.

Aruula stieß einen wahren Freudenschrei aus, als sie ihr eigenes Schwert zwischen den Klingen wiederfand. Matt hielt dagegen vergeblich nach seiner Beretta Ausschau. Seufzend begnügte er sich mit einem handlichen Krummsäbel. Er ließ die scharfe Schneide einige Male prüfend durch die Luft pfeifen, dann steckte er sie hinter seinen Gürtel.

»Wenigstens müssen wir nicht waffenlos in den

Kampf ziehen«, knurrte Arzak. »So viel Fairness hätte ich dem Gen'rel gar nicht zugetraut.«

»Ohne Schwerter hätten wir doch gar keine Chance, durchs Dickicht zu kommen«, gab Navok zu bedenken. Wegen des Tageslichts hatte er seine Kapuze tief ins Gesicht gezogen, sodass seine Stimme durch den festen Stoff gedämpft wurde.

»Außerdem will man bestimmt verhindern, dass wir zu früh vor die Taratzen gehen«, verkündete Drokar düster. Sofort stieß Donald ein protestierendes Fiepen aus. »War nicht persönlich gemeint«, entschuldigte sich der Wulfane. »Ist nur so eine Redewendung. Auf jeden Fall haben wir eine Menge Zuschauer, die etwas für ihr Geld sehen wollen!« Er deutete auf einen nicht weit entfernten Steilhang.

Dort befand sich auf halber Höhe eine große Aussichtsplattform, die in einen natürlichen Felsvorsprung gebaut worden war. Eine Sklavengruppe war gerade bemüht, einen Korb herabzulassen, der normalerweise drei Personen Platz bot. Die geräumige Gondel wurde völlig von den schwabbelnden Fettmassen eines einzigen Zuschauers ausgefüllt, der berechtigterweise fürchtete, er könnte viel zu schwer für den Transport sein.

»Nicht so schnell, ihr Taratzenärsche!«, kreischte er mit hoher Fistelstimme, die darauf schließen ließ, dass bei ihm einige Körperteile, die den Hormonhaushalt beeinflussten, nicht mehr vorhanden waren. »Sollte ich auch nur eine einzige Schramme abkriegen, lasse ich euch meinen Zorn spüren!«

Matt grinste. Der glatzköpfige Eunuch war ihm schon auf der Felskuppe unangenehm aufgefallen. Vielleicht gab es ja doch so etwas wie ausgleichende Gerechtigkeit.

Unterhalb des tobenden Fettsacks hatten es sich andere Zuschauer bequem gemacht. Sie genossen bereits die gute Aussicht auf das weiträumige Amphitheater, in dem ein grausames Schauspiel für sie stattfinden sollte.

»Wo gehts denn jetzt lang?«, erkundigte sich Pagur mit Blick auf den herabschwebenden Förderkorb, in dem sich Grath und seine Spießgesellen befanden. Hinter dem Kindermörder standen seine beiden Begleiter, deren Mienen zwischen Angst, Scheu und Hoffnung schwankten.

»Welchen Weg *wir* nehmen, geht dich nichts an«, grollte Arzak abweisend.

»Wüsste nicht, wie du uns daran hindern willst, euch zu folgen«, konterte Pagur frech.

Arzak legte seine behaarte Pranke drohend auf den Schwertgriff an seiner Seite. »Das wirst du gleich sehen.«

»Schluss damit«, fuhr Matt dazwischen. »Spart eure Kräfte. Wir müssen bestimmt eher kämpfen, als uns allen lieb ist. Solange diese Männer keinen Ärger machen, können sie uns begleiten.«

Arzak zog seine buschigen Brauen zusammen, während er sich betont langsam zu Matt umdrehte. »Wer hat dich eigentlich zum Anführer gewählt?«

»Niemand«, mischte sich Navok ein. »Aber solange Maddrax' Vorschläge vernünftig sind, können wir sie ruhig annehmen.«

Arzak presste seine Schlundlippen eng aufeinander. Nur das Zittern seiner feinen Körperhaare zeigte, wie schwer es in ihm arbeitete. Drokar spannte unauffällig seine Muskeln, während er seine Gefährten aufmerksam beobachtete. Egal wie Arzak im nächsten Moment reagierte, er war bereit, ihm beizustehen.

Nach endlosen Sekunden stieß Arzak die Luft zwischen den wulstigen Lippen aus und nickte. »Von mir aus. Soll der Abschaum doch mitkommen. Hauptsache, es geht bald los. Ich habe keine Lust, den Gestank einzuatmen, den Grath verströmt.«

Tatsächlich hatte die Gondel fast den Boden erreicht.

»Lasst uns zum Ende der Lichtung gehen«, schlug Matthew vor.

Diesmal erhob sich kein Protest. Während sie dem Einschnitt folgten, der in den Wald führte, rannten Grath und seine Männer hinter ihnen auf den Waffenberg zu. Lautstark begannen sie sich um die Schwerter zu balgen – dabei waren genug Klingen für alle da. Es war unnötig, sich mehr als ein Schwert und ein Messer einzustecken – das zusätzliche Gewicht belastete nur beim schweren Marsch durch den Wald.

Die Taratzen hatten sogar völlig auf Waffen verzichtet; ihre Klauen und Zähne ersetzten derartige Hilfsmittel.

Gemeinsam schritten Matt und seine Begleiter die Lichtung entlang, die in südlicher Richtung wie eine schmale Landzunge in den Wald hineinragte. Aus irgendeinem Grund hatte sich hier in den letzten Jahrhunderten nur eine spärliche Vegetation aus Gräsern und Schlingpflanzen gebildet. Vielleicht hatten Chemikalien das Erdreich zu stark belastet, als dass darauf Bäume gedeihen konnten.

Matt war jedenfalls auf der Hut – besonders weil er von der Gondel aus einige Erdlöcher gesehen hatte, die verdammt nach Granattrichtern aussahen. Vom Boden aus waren sie in dem kniehohen Gras aber nicht auszumachen.

Plötzlich verlangsamten die Taratzen ihren Schritt und zogen die behaarten Schnauzen kraus. Sie mussten irgendetwas wittern.

»Tod«, fiepte Donald plötzlich. »Riecht nach Tod!«

Das Nackenhaar der Wulfanen stellte sich ebenfalls auf.

»Die verlausten Piepser haben Recht«, bestätigte Arzak. »Vor uns im Gras stinkt es überall nach Verwesung. Das ist der reinste Totenacker.«

»Wartet einen Moment«, empfahl Matt seinen Begleitern. »Ich will etwas überprüfen, bevor wir weiter gehen.« Ohne nähere Erklärungen abzugeben, zog er den Krummsäbel hervor und begann das Gestrüpp zu seinen Füßen zur Seite zu schlagen. Der Rest der Gruppe sah verwundert zu, wie er sich auf diese Weise langsam vorarbeitete, als würde er irgendetwas suchen.

»Was macht Maddrax da?«, ertönte es unter Navoks Kapuze.

Aruula zuckte mit den Schultern. »Ich weiß nicht. Warten wir ab.«

Matthew kämpfte sich schweigend Meter für Meter voran, bis er mit der Säbelklinge gegen etwas Hartes stieß. Vorsichtig drückte er einige Ranken zur Seite. Darunter kam ein verrosteter Stacheldraht zu Tage, der durch das Gestrüpp verlief. Matt schob die Klingenspitze unter den Metallstrang und folgte ihm nach links, bis er den vermoderten Überrest eines Kunststoff-Pfostens erreichte.

Was sich gleich daneben zwischen den Gräsern abzeichnete, bestätigte seine dunkelsten Vermutungen.

»Bis hierher ist es ungefährlich.« Matt winkte die anderen heran. Dann ging er in die Hocke, um das Blechstück, das er entdeckt hatte, aus dem Boden zu lösen. Nachdem er es von Moos und Dreck befreit hatte, ließ sich die darauf geprägte Warnung problemlos lesen.

Danger! Mines!

Es hätte nicht des Totenkopfs und der darunter

gekreuzten Knochen bedurft, um Matt einen kalten Schauer über den Rücken zu treiben. Auf diesem Gelände befanden sich Relikte der Vergangenheit, die auch nach Jahrhunderten nichts von ihrer Bedrohung eingebüßt hatten: Bodenminen, die durch Belastungszünder ausgelöst wurden.

Eine hinterhältige Waffe, die einen Menschen buchstäblich in der Luft zerriss. Das dürfte die Legenden von den Geistern erklären, die sich für ein Überschreiten ihrer Gräber rächten.

Eigentlich waren sämtliche Arten von Minen auf der Internationalen Ethikkonferenz von 2005 geächtet worden – was die Militärs aber an deren weiterer Verwendung in den seltensten Fällen gehindert hatte.

Die Sprengkörper im vorderen Bereich des Feldes waren vermutlich schon vor Jahren ausgelöst worden, denn hier war schon wieder alles überwuchert. Weiter hinten, wo sich die frischen Erdtrichter befanden, die Matt von der Gondel aus gesehen hatte, konnte es aber erst vor wenigen Monaten zu Explosionen gekommen sein.

Und niemand wusste, wo sich noch aktive Minen befanden.

»Was hat dieser Schrott zu bedeuten?«, erkundigte sich Pagur beim Anblick der Zaunreste.

»Wir müssen diesen Bereich umgehen«, erklärte Matthew. »Im Boden vor uns befinden sich Waffen, die einen Menschen zerreißen können.«

Der Einäugige lachte. »Du glaubst an diese Gespenstergeschichten? Das kann doch wohl nicht wahr sein! Vielleicht sollte ich lieber das Kommando übernehmen.«

»Du solltest höchstens die Klappe halten, wenn sich Erwachsene unterhalten«, drohte Arzak mit gebleckten

Zähnen. »Im Übrigen entscheidet jeder selbst, was er macht. Ich persönlich sehe auch keinen Grund, warum wir nicht den direkten Weg nehmen sollten.«

»Ich schon«, hielt Navok dagegen. Der Nosfera hatte den umgestürzten Zaun überschritten und war einige Meter tief ins Minenfeld gedrungen. Die Kapuze bewegte sich dicht über den Grashalmen entlang, als hätte er etwas im Dickicht ausgemacht. Plötzlich stieß seine ledergeschützte Rechte wie ein Greifvogel in die Tiefe und zerrte etwas Filigranes, Bleiches aus dem Gestrüpp.

Matt hatte vor Spannung die Luft in den Lungen behalten; nun stieß er sie laut hörbar zwischen den Zähnen aus. Obwohl er mit etwas Ähnlichem gerechnet hatte, lief ihm beim Anblick der Menschenknochen ein kalter Schauer über den Rücken.

Es war ein halber Brustkorb. Drei geschwungene Rippen, die noch an der linken Seite des Rückgrats hingen. Der Größe nach gehörten die Knochenreste zu einem Mann; genau ließ sich das für einen Laien nicht feststellen.

»Mehr ist hier nicht zu finden«, verkündete Navok. Sein Gesicht wurde vom Schatten der Kapuze geschluckt, deshalb war nicht zu erkennen, ob ihn der makabre Fund kalt ließ. Seine Stimme klang jedenfalls ruhig und beherrscht, als er fortfuhr: »Irgendetwas muss den Toten in Stücke gerissen haben. Seine Knochen sind in einem Umkreis von zehn Schritten verstreut. Sein Schädel liegt dort hinten.«

Pagur schnaufte abfällig. »Irgendwelche Aasfresser werden sich um die Leiche gebalgt und sie dabei verstreut haben.«

Schweigend richteten sich alle Blicke auf Matt Drax, der alle Antworten auf ihre Fragen zu kennen schien.

Der blonde Air-Force-Pilot schwieg. Er hatte seine Erklärung bereits abgegeben.

Navok ließ die Knochenreste achtlos ins Gestrüpp fallen und kehrte zur Gruppe zurück. »Ich verstehe zwar nicht, was hier los ist«, drang es dumpf unter seiner Kapuze hervor, »aber ich schließe mich dem Weg an, den Maddrax vorschlägt. Das erscheint mir am sichersten.«

Selbst Pagur signalisierte nun seine Zustimmung.

Matthew war froh, dass die Männer seinem Wort vertrauten. Er hätte wirklich nicht gewusst, wie er ihnen die Gefährlichkeit von Minen erklären sollte, wenn sie nicht einmal die Wirkungsweise von Schießpulver kannten.

»Wir müssen entlang dieser verdorrten Stachelranke gehen«, erklärte er, indem er auf den verrosteten Draht deutete, der zu ihren Füßen im Gestrüpp verlief. »Solange wir uns auf dieser Seite der Absperrung bewegen, kann uns nichts passieren.«

Matt wollte sich gerade an die Spitze der Gruppe setzen, als er sah, dass sich Grath neugierig näherte. Nerk folgte im Fahrwasser seines Bosses, doch der größte Teil der Gruppe befand sich noch bei dem Schwerthaufen am Felshang.

»Was steht ihr hier so dumm herum?«, grunzte Grath unfreundlich. »Ihr habt wohl Schiss alleine? Glaubt bloß nicht, dass ihr euch an uns ranhängen könnt. Eher schlagen wir euch die Birne ein.«

»Geht schon mal los«, schlug Matt seinen Gefährten vor, um eine Konfrontation zu vermeiden. Er selbst steckte demonstrativ den Säbel hinter sein olivgrünes Koppel. Mit sichtbar leeren Händen ging er auf die anderen Sklaven zu. Diese Geste, die seine friedlichen Absichten demonstrieren sollte, entlockte Grath ein spöttisches Lächeln.

»Ihr könnt hier nicht geradeaus gehen«, beschwor Matthew den Hünen. »Auf der Lichtung sind tödliche Fallen versteckt, die auf das Körpergewicht reagieren.«

»Fallgruben?«, krähte Nerk neugierig.

»Schlimmeres«, betonte der Pilot. »Es zerfetzt einen buchstäblich in der Luft. Ihr folgt am besten unseren Spuren.«

»Wir sollen einen Umweg machen, obwohl die Lichtung vollkommen frei ist?«, schnaubte Grath ungläubig. »Wir sind doch nicht bescheuert.«

Matt zuckte mit den Schultern. »Ich kann dich leider nur vor etwas warnen, das noch nicht zu sehen ist. Auch wenn du mir jetzt nicht glaubst, ihr stoßt bald auf die Überreste einiger Toter, die meine Worte bestätigen. Hoffentlich siehst du ein, dass ich Recht habe, bevor deine Leute ins Verderben rennen.«

»Tatsächlich?«, höhnte Grath. »Aber mir wünschst du den Tod, was? Am besten, wenn ich mir diese angeblichen Leichen ansehe. Das hast du dir ja fein ausgedacht.«

»Die Strecke bis zu den ersten Toten müsste ungefährlich sein«, widersprach Matt sachlich. »Die Waffen, die im Boden versteckt sind, funktionieren nur ein einziges Mal. Doch je weiter es Richtung Wald geht, desto größer ist die Gefahr, dass noch welche intakt sind.«

Nerk wurde bei der Warnung bleich um die Nase, Grath starrte seinen Gegner dagegen mit steinerner Miene an. »Verschwinde bloß, Maddrax. Bevor ich dir deine Lügen so tief zurück in den Rachen stopfe, dass du daran erstickst!«

Matt schüttelte traurig den Kopf. »Warum sollte ich dich anlügen? Wir sitzen im selben Boot! Wir alle wurden zu diesem unmenschlichen Spiel gezwungen.

Nur wenn wir zusammenhalten, haben wir eine Chance...«

»Verschwinde bloß, Taratzenfreund, bevor ich dir ein Messer zwischen die Rippen stoße«, unterbrach ihn der Hüne wütend. »Wir beide haben *nichts* miteinander gemein. Kümmere dich also um deinen eigenen Kram!«

Drohend legte Grath seine Hand auf den Dolchgriff in seinem Gürtel.

Matt wandte sich schweigend ab. Es hatte keinen Zweck, sich herumzustreiten. Grath und seine Männer mussten ihre eigenen Erfahrungen machen.

Während er auf seine Freunde zuging, die knapp fünfzig Meter entfernt warteten, fühlte Matt ein warnendes Kribbeln zwischen den Schulterblättern. Seine Sinne waren aufs Äußerste gespannt. Er rechnete jeden Moment damit, das Zischen einer heransausenden Klinge zu hören.

Auf den Gesichtern von Aruula und den anderen war aber nicht abzulesen, dass sich Grath verdächtig verhielt. Offensichtlich wollte es der Hüne nicht auf einen Schlagabtausch mit den Wulfanen und Taratzen ankommen lassen.

»Na endlich«, brummte Arzak erleichtert. »Wir haben uns schon Sorgen gemacht. Was hattest du mit den Kerlen zu besprechen?«

»Ich wollte sie warnen«, gestand Matt, »aber dieser Grath ist zu verbohrt, um auf mich zu hören.«

»Umso besser«, knurrte Drokar. »Hoffentlich zerreißt es ihn als Ersten.«

Matt schüttelte entschlossen den Kopf. »Jeder Tote in diesem unmenschlichen Spiel ist einer zu viel.«

Die anderen schwiegen, doch als Matt vortrat, um die Gruppe um das Minenfeld herumzuführen, trat ihm Navok entgegen. Die Augen des Nosfera schimmerten wie verschwommene Flecken im Schlagschatten der Kapuze, während er grollte: »Ich glaube, du bist etwas zu gutmütig für diese Welt.«

Matt und seine Begleiter folgten dem versunkenen Zaun bis in einen niedrigen Buschwald hinein. Das Minenfeld war also wesentlich größer als die Lichtung. Erst zwanzig Meter weiter konnten sie keinerlei Stacheldrahtreste mehr finden. Nach einiger Suche förderten sie aber einen Strang zu Tage, der zu einem in Richtung Süden verlaufenden Zaun gehören musste. Sie hatten also wirklich die seitliche Ausdehnung des abgesperrten Terrains erreicht und konnten von nun an gefahrlos den Talausgang anvisieren.

Mit ihren Schwertern schlugen Aruula und Matt einen Weg durch das dichte Unterholz, auf dem die anderen folgten. Ein mühseliges Unterfangen, das sie nur schleppend voranbrachte, doch schon nach zwanzig Metern zeigte sich, wie Recht sie mit der Vorsichtsmaßnahme hatten.

Jenseits der alten Absperrung fanden sie die verwesten Überreste eines zerfetzten Mannes, der erst wenige Wochen tot sein konnte. Zwischen den Bäumen befanden sich also ebenfalls intakte Sprengkörper.

Verdammtes Plasteron, dachte Matthew. *Das Zeug verrottet nicht und ist auch in tausend Jahren noch gefährlich.*

Nachdem Matt und Aruula die Arme lahm wurden, lösten Arzak und Drokar sie ab. Mit wuchtigen Schlägen trieben die Wulfanen den Tunnel durchs Dickicht voran. Sie waren kaum fünf Meter weit gekommen, als sie eine gewaltige Explosion herumfahren ließ.

BOOOMMM!, dröhnte es von der Lichtung. Laute Schreie des Entsetzens folgten. Es war also passiert. Matt hatte mit seiner Warnung Recht gehabt.

»Hoffentlich hat es den Richtigen erwischt«, knurrte Navok grimmig.

Jeder wusste, das es Grath war, dem er den Tod wünschte.

Grath sah Matt gerade im Unterholz verschwinden, als seine Truppe vollzählig anrückte. Über dreißig Mann hatten sich ihm angeschlossen, denn die Sklaven erhofften sich von der Masse ein Höchstmaß an Sicherheit.

»Wie gehts weiter?«, erkundige sich Sulang tatendurstig. Der forsche Kerl in der Fransenjacke gehörte zu den drei Jägern, die den Nosfera verprügelt hatten.

Grath sah nachdenklich über die Lichtung, die im Süden bis weit in die grüne Wand des Waldes schnitt. Damit kamen sie ihrem Ziel ein gutes Stück näher, ohne sich mühselig durch das Dickicht schlagen zu müssen. Der Hüne wollte diesen Weg nehmen, doch Maddrax' Warnung war nicht ohne Wirkung geblieben.

Nerk hatte wirklich Reste von menschlichen Knochen gefunden. Der blonde Klugscheißer sagte also die Wahrheit. Außerdem musste es schließlich seinen Grund haben, warum die Freeks einen Umweg einschlugen.

»Was ist jetzt, gehts heute noch los?«, drängelte Sulang.

Grath drehte sich mit einem falschen Lächeln zu ihm um und verkündete: »Aber natürlich, du darfst sogar vorgehen. Leg dein Schwert ab. Das gilt auch für deine beiden Freunde und...« Grath sah sich nach weiteren Leuten um, die erst kürzlich zu ihnen gestoßen waren »... für dich, dich und dich.« Insgesamt sechs Mal stieß sein Zeigefinger wie eine zupackende Schlage vor, bis er neun Männer ausgewählt hatte, die sich entwaffnen sollten.

»Wozu soll das gut sein?«, maulte Sulang.

»Stell keine blöden Fragen«, schnauzte ihn Grath an. »Ich gebe hier die Befehle, schon vergessen?«

Der Jäger wollte aufbegehren, überlegte es sich aber anders, als er sah, wie sich die Fäuste des Hünen erhoben. Zudem traten einige der Männer, die Grath schon länger folgten, drohend heran. Fordernd streckten sie ihre Hände aus.

Die Ausgewählten legten ihre Waffen nur widerstrebend ab.

»Sulang«, wandte sich Grath an den Führer der Fransenjacken. »Du gehst mit deinen Freunden über die Lichtung, bis zum Anfang des Waldes. Bleibt dicht zusammen. Wir folgen euch in einigem Abstand.«

Der Jäger verzog verständnislos das Gesicht. »Wozu soll das gut sein?«

Sulang bereute seine Frage, noch bevor er sie ausgesprochen hatte. In Graths Miene flammte blanker Zorn auf, während seine Hand wie ein Schatten zum Gürtel fuhr. Blitzschnell zog er sein Messer hervor. In einem silbernen Halbbogen zischte es durch die Luft, bis er mit der scharfen Schneide gegen Sulangs Hals klatschte. Keuchend hielt der Jäger die Luft an. Er spürte, wie der kalte Stahl in seine Haut schnitt.

»Frag noch einmal *irgendwas*«, grollte Grath, »nur noch einmal – dann schlitze ich dir den Hals auf, verstanden?«

»Schon gut«, röchelte der Jäger. »Ich tue alles, was du sagst.«

Graths Lippen spalteten sich zu einem zufriedenen Grinsen, während er mit dem Messer in die Richtung deutete, die Sulang mit seinen Gefährten nehmen sollte. An der Klinge sammelten sich einige Blutstropfen, die auf den Boden rieselten.

Sulang ignorierte den Schnitt, aus dem es feucht seinen Hals hinablief. Ängstlich machte er sich auf den Weg. Rozak und Azu nahmen ihn in ihre Mitte, nachdem sie von Nerk mit der blanken Schwertklinge vorwärts getrieben wurden.

Gemeinsam schritten sie durch das kniehohe Grasmeer.

Jeder von ihnen konnte den Angstschweiß des anderen riechen. Obwohl um sie herum alles ruhig und friedlich wirkte, fürchteten sie sich vor dem, was im Wald lauerte. Sie hatten noch immer den Anblick der Taratze vor Augen, die von den Bateras zerfetzt wurde. Besonders Azu fürchtete sich vor den geflügelten Blutsaugern, nachdem ihn eins der Viecher mit einem unhörbaren Schrei in die Knie gezwungen hatte.

Der Kampf gegen den Nosfera war dagegen ein Kinderspiel gewesen, obwohl ihm der Kerl in den Hals gebissen und an ihm herumgelutscht hatte.

»Was soll dieser Unsinn«, platzte Rozak hervor, nachdem sie außer Hörweite waren. »Wir haben uns diesen Schwachköpfen angeschlossen, damit wir in der Masse besser vor Angriffen geschützt sind. Jetzt rennen wir alleine vorweg – wie ein Köder an der Angel.«

»Reg dich ab«, beschwichtigte Sulang. »Hier auf der Lichtung ist jede Gefahr weit im Voraus sichtbar. Grath und die anderen werden uns schon nicht hängen lassen, wenn es brenzlig wird.«

Der Jäger glaubte selbst nicht an seine Worte, doch was sollte er sonst sagen? Sie hatten gar keine andere Wahl, als Grath zu gehorchen. Sie waren Neulinge, die keine Freunde in der Truppe hatten. Niemand würde sich für sie einsetzen. Im Gegenteil. Wenn sie Graths Befehle missachteten, hatten sie nicht die geringste Überlebenschance. Man würde sie gnadenlos niedermetzeln.

Allein über die Lichtung zu marschieren war dagegen nicht besonders gefährlich. Wahrscheinlich war es nur wieder einer von Graths Tests, um die Loyalität seiner Männer zu prüfen.

Oder doch nicht?

Rechts und links von Sulang schimmerten bleiche Knochen im Gras. Er wäre gerne zur Seite ausgeschert, um zu prüfen, ob sie zu einem menschlichen Skelett gehörten, traute sich aber nicht. Grath würde jeden Ungehorsam mitleidlos bestrafen.

Plötzlich trat Sulang auf eine Unebenheit. Knirschend zerbrach sie unter der Ledersohle seines Mokassins. Als er in die Tiefe sah, hätte er sich fast übergeben.

»Hier liegt ein Schädel!«, schrie er entsetzt auf.

Hastig drehte sich Sulang zu den nachfolgenden Männern um, die sich exakt in ihrer Spur hielten. Ohne diesem Umstand nähere Beachtung zu schenken, brüllte er Grath zu: »Es ist ein abgerissener Männerkopf! Er kann hier noch nicht lange liegen, er sieht furchtbar aus.«

Der Hüne winkte ab, als ob er nichts anderes erwartet hätte. »Immer schön weitergehen!«, befahl er. »Und kleine Schritte machen!«

Sulangs Adamsapfel hüpfte hektisch auf und ab, während er vorsichtig einen Schritt weiterging. Irgendetwas stimmte hier doch nicht! Fast schien es, als wüsste Grath etwas, das er vor ihnen verheimlichte. Eisige Kälte kroch unter die Ärmel seiner Fransenlederjacke. Schlich, eine Gänsehaut hinterlassend, langsam an ihm empor, bis sie den schweißbedeckten Nacken erreichte.

Zitternd setzte Sulang einen Fuß vor den anderen, jederzeit darauf gefasst, dass ein fauchendes Untier aus dem Dickicht sprang. Doch so intensiv er die wogenden Halme auch beobachtete, er konnte nichts Verdächtiges entdecken.

Nur ein Erdloch, das wenige Schritte später auftauchte. War es der Eingang zu einem unterirdischen Bau, in dem ein gefährliches Tier lebte? Nein, von einem Tunnel war nichts zu sehen. Dafür jede Menge Körperteile, die rund um die Kuhle verstreut waren. Fast so, als wenn es einen Mann genau über dem Loch in Stücke gerissen hätte. Aber welches Tier war zu solchen Verletzungen fähig? Und warum ließ es dann das erbeutete Fleisch in der Sonne verfaulen?

»Die Totengeister«, hauchte Azu, »die Legenden sind also wahr.«

»Unsinn«, zischte Sulang, während er mutig seinen Fuß in die Vertiefung setzte. »Siehst du, nichts passiert. Hier liegt niemand begraben.«

Um sich und den anderen Mut zu machen, schritt er von nun an forscher voran. »Was auch immer über diese Männer hergefallen ist«, erklärte er, »es hat vermutlich aus dem Wald heraus angegriffen. Wir müssen also nur die Augen offen halten, dann kann uns gar nichts . . .«

KLACK.

Irgendetwas unter ihm hatte ein metallisches Geräusch von sich gegeben. Er riss seinen Fuß hoch –

BOOOMM.

Sulang spürte, wie ein reißender Schmerz in ihm emporschoss, noch bevor die Explosion in seinen Ohren hallte. Etwas packte ihn mit großer Kraft und schleuderte ihn in die Höhe. Er konnte noch sehen, wie seine Arme in zwei verschiedene Richtungen davongewirbelt wurden, während sich sein Kopf in einer blutigen Fontäne einmal um sich selbst drehte.

Dann wurde alles schwarz um ihn herum. Er war tot, noch bevor er begreifen konnte, was eigentlich passiert war.

Rozak brüllte panisch auf, als sein Freund neben ihm

in Stücke gerissen wurde. Ein Teil der Explosionswucht zerfetzte seine rechte Wade. Stöhnend knickte er ein, bedeckt von einem roten Regen, der einst durch Sulangs Körper geflossen war.

Azu blieb unverletzt, trotzdem schrie er am lautesten. Vielleicht weil er am besten sehen konnte, was mit seinen Freunden passierte.

»Hilfe! So helft uns doch«, jammerte er.

Tatsächlich eilten Grath und die anderen näher. »Achtet darauf, dass ihr in den Spuren der Idioten bleibt«, befahl der Hüne seinen Männern.

Die Ermahnung war überflüssig. Angesichts des Donnerzaubers, der sich vor ihren Augen abgespielt hatte, war jeder peinlich darauf bedacht, keinen falschen Schritt zu machen.

Der Wind trug den tosenden Applaus der Zuschauer herüber, die das blutige Spektakel von ihren Plattformen aus verfolgten. Offensichtlich hatten sie nur darauf gewartet, dass der erste Spieler in der Luft zerrissen wurde.

»Zugabe, Zugabe!«, forderte die vergnügungssüchtige Menge. Der sich ständig wiederholende Ruf war so laut, dass Grath ihn trotz der herrschenden Aufregung verstehen konnte.

»Ihr sollt euren Willen haben«, murmelte er leise, während er fast über Sulangs abgerissenen Oberschenkel stolperte. »Ich will nämlich so schnell wie möglich von hier verschwinden.«

Zwei Schritte später stand er vor Rozak, der sich jaulend auf dem Boden wälzte. Neben ihm hockte Azu, dessen Gesicht und Kleidung mit roten Blutspritzern übersät waren. Weinend schlang er die Arme um den Brustkorb und schaukelte mit dem Oberkörper vor und zurück. Er stand unter Schock.

Trotz des erbarmungswürdigen Anblicks kannte Grath kein Mitleid. »Hoch mit euch«, befahl er den beiden Überlebenden. »Wir sind noch nicht am Waldrand angekommen.«

»Aber ... wir können hier nicht weiter«, stammelte Azu. »Das ist zu gefährlich!«

»Nicht für mich«, konterte der Anführer zynisch, bevor er drohte: »Wenn du nicht sofort aufstehst, steche ich dich ab.«

Azu stemmte sich zitternd in die Höhe, doch Grath ging es nicht schnell genug. Wie ein stählerner Blitz zuckte seine Säbelklinge vor und bohrte sich zwischen die Rippen des Jägers. Die Spitze drang zwar nur eine Daumenbreite weit ins Fleisch, doch es genügte, um Azu mit einem Schmerzensschrei in die Höhe zu treiben. Rozak wurde ebenfalls mit Einstichen malträtiert, bis er sich in die Höhe quälte. Azu musste ihn stützten, sonst wäre er wieder umgefallen.

»Bei Wudan, helft ihm doch oder er verblutet.«

Grath ignorierte das Gejammer. Die beiden Kerle hatten sowieso nur noch wenige Augenblicke zu leben. Hastig zerrte er unter den Unbewaffneten einen Ersatz für Sulang heran und stellte ihn den zitternden Jägern an die Seite. Unter den anderen Selbstmordkandidaten ertönte ein großes Wehklagen, als sie merkten, dass ihnen früher oder später ein ähnliches Schicksal bevorstand. Aber gegen die Übermacht der Schwertträger waren sie machtlos.

Die Bewaffneten standen wie ein Mann hinter Grath. Sei es, weil sie sein herzloses Vorgehen befürworteten oder weil sie nur Angst hatten, selbst in den Tod geschickt zu werden.

»Weiter gehts«, brüllte Grath den Minensuchern zu, »das ist eure einzige Chance zu überleben.«

Klingen zuckten vor. Den Unglücklichen blieb nichts übrig, als weiterzumarschieren. Geklammert an seine Leidensgenossen, hüpfte Rozak nebenher. Zehn Schritte lang sah es so aus, als würde er jeden Moment umfallen. Beim elften hatten die Qualen für ihn ein Ende.

KLACK.

BOOMMM.

Die Sprengwirkung der Personenmine war so ausgerichtet, dass sie in einer eng umgrenzten Säule in die Höhe schoss. Azu musste mit ansehen, wie sein Freund neben ihm in der Luft zerrissen wurde. Danach hielt er den Schrecken nicht mehr aus. Er musste hier weg. Sofort.

Schreiend rannte Azu über die Lichtung davon, bevor ihn jemand weitertreiben konnte. Ohne Speere oder andere Wurfwaffen war seine Flucht nicht zu stoppen. Aber darüber dachte Azu gar nicht nach.

Er dachte gar nicht. Er rannte einfach.

Und kam sogar zwanzig Meter weit.

KLACK.

BOOMMM.

Gelächter und anschließender Applaus drangen ins Tal hinab.

Außer Grath standen alle Sklaven wie angewurzelt da. Bei Orguudoo, wo waren sie hier nur hineingeraten?

Für den Hünen lief alles nach Plan. Es waren nur noch zwei Speerwürfe bis zum Ende der Lichtung. Mit etwas Glück reichten die Todeskandidaten – und wenn nicht, würde er weitere bestimmen. Dem grobschlächtigen Kerl war das Leben der anderen Sklaven völlig egal. Hauptsache, er selbst kam unversehrt aus diesem Tal heraus. Mit hartem Griff packte er zwei Unbewaffnete und stieß sie an die Seite des Überlebenden.

»Los, weiter!«, befahl er.

Die zitternden Beine der verängstigten Männer bewegten sich keinen Fußbreit vorwärts. Mit tränenerstickter Stimme bettelten sie um ihr Leben, wohl wissend, dass es keine Hoffnung für sie gab.

Nerk und einige andere stürzten mit blanker Klinge vor, um das Trio mit Schwertstichen anzutreiben. Jene, die zu den Bewaffneten gehörten, waren von ihrer Macht so berauscht, dass sie sich darum drängelten, den Minensuchern einheizen zu dürfen.

Grath betrachtete zufrieden, wie sich die neue Kolonne auf den Weg machte. In sicherer Entfernung folgte er mit seinen Getreuen, bis eine neue Explosion die Stille zerriss. Grath lächelte zufrieden. Die Männer waren ein gutes Stück vorangekommen; noch drei oder vier Tote, dann hatten sie den Wald sicher erreicht.

Ihm standen noch fast zwanzig Mann zur Verfügung. Mehr als genug, um auf alles vorbereitet zu sein.

Matt war in den Wipfel eines knapp fünf Meter hohen Baums geklettert, um die Vorgänge auf der Lichtung zu beobachten. Was er zu sehen bekam, ließ das Blut in seinen Adern brodeln. Doch Azus gescheiterte Flucht machte ihm deutlich, dass er keine Möglichkeit hatte, Graths teuflisches Treiben zu stoppen. Der Weg zu den Unglücklichen, die über die Sprengsätze gejagt wurden, führte selbst über vermintes Gelände.

Hilflos musste Matt mit ansehen, wie immer neue Opfer ausgewählt und in den Tod geschickt wurden. Grath ging so rücksichtslos vor, dass er in kurzer Zeit bis an den Waldrand gelangte.

»So ein eiskalter Hund«, knurrte Arzak. Der Wulfane hatte sich in den Ästen eines weiteren Baums festgekrallt.

Wie zum Hohn drang der Jubel der Überlebenden zu ihnen herüber, die die ersten Büsche und Sträucher erreichten. Die Gruppe verschwand im niederen Gehölz, wo es eine weitere Explosion gab. Offensichtlich reichte das Minengelände auf der Stirnseite ebenfalls in den Wald hinein.

Danach blieb alles ruhig.

Nur die frischen Leichenteile, die über das Minenfeld verteilt lagen, zeugten von den grausamen Ereignissen der letzten Minuten. Matt fühlte sich wie betäubt, trotzdem kletterte er vorsichtig in die Tiefe. Sie hatten keine andere Wahl, sie mussten weiter.

»Hat es Grath erwischt?«, erkundigte sich Navok, der unten auf ihn wartete.

Matt schüttelte den Kopf. »Am besten gehen wir unseren eigenen Weg und kümmern uns nicht um diesen brutalen Bastard.«

Schweigend kämpften sie sich weiter vor. Nach einiger Zeit merkten sie, dass es leichter wurde, sich einen Weg zu bahnen. Andere Gruppen, die schon vor Wochen oder Monaten hier entlanggezogen waren, hatten ebenfalls einen Tunnel ins Dickicht geschlagen. Die üppige Vegetation eroberte sich ihr Terrain zwar schnell zurück, doch sie mussten nur noch dünne Ranken, Blätter und Lianen durchtrennen. Auf diese Weise kamen sie relativ schnell einen ganzen Kilometer voran. Plötzlich gabelte sich der vorgegebene Pfad vor ihnen.

»Wir sollten dem Weg folgen, der in gerader Linie weiterführt«, schlug Matt vor. »So stoßen wir auf eine der Baracken. Dort sind wir geschützt und können uns ausruhen. Vielleicht finden wir auch etwas, das wir brauchen können.«

»Gute Idee«, stimmte Aruula zu. »Dazu nehmen wir aber besser den linken Pfad.«

»Warum? Der ist viel länger.«

»Ich habe mir den Wald vom Felsen aus angesehen«, erklärte die Barbarin. »Geradeaus kommen Bäume mit dunklen Blättern. Dort kommen wir schwerer voran.«

Ein mildes Lächeln umspielte Matts Lippen. »Die Blätter waren dunkler gefärbt?«, wiederholte er, als hätte er nicht richtig verstanden. »Glaub mir, Aruula, ich habe zwei Survivaltrainingseinheiten der Air Force und eine Einzelkämpferausbildung der Deutschen Luftwaffe absolviert – Bäume mit dunkleren Blättern sind genauso harmlos wie welche mit hellen.«

»Du hast *was* getan?«, erkundigte sich Arzak, der mit den fremden Ausdrücken nichts anfangen konnte. Als er Aruulas strafenden Blick sah, bereute der Wulfane sofort, sich in das Gespräch eingemischt zu haben.

Die Barbarin war wütend darüber, dass Maddrax ihre Einwände leichthin beiseite schob. Ihr Gefährte wusste viel über die Relikte aus der Vergangenheit, das erkannte sie an. Sein großes Wissen war sogar einer der Gründe, die ihn so attraktiv für sie machten. Im Gegensatz zu ihr war Maddrax aber nicht in der Wildnis aufgewachsen. Er kannte deren Gesetze längst nicht so gut wie sie. Dass er wirklich glaubte, Aruula auf ihrem ureigenen Terrain überlegen zu sein, kränkte sie.

»Sei nicht gleich sauer«, versuchte Matt die Stimmung der Gefährtin zu heben. »Die kürzeste Verbindung zwischen zwei Punkten ist nun mal eine Gerade. Das ist eine Sache der Logik und nicht des Naturinstinktes. Der erste Weg ist der Beste.«

»Barbarin Recht«, fiepte Donald dazwischen. »Erste Weg böse. Links besser.«

»Ich kann auf die Unterstützung einer verlausten Taratze verzichten«, zischte Aruula böse. Der Nager kam ihr gerade recht, um ihrem Unmut Luft zu machen.

Donalds Schnauzhaare zitterten leicht, ansonsten zeigte er keine Reaktion auf die harsche Abfuhr.

»Gut, gehen wir den Weg, den Maddrax vorgeschlagen hat«, verkündete Aruula mit sanfterer Stimme. »Hat jemand Einwände?«

Die anderen schüttelten den Kopf.

»Hauptsache, es geht überhaupt weiter«, gab Arzak das Signal zum Aufbruch.

Matthew übernahm die Führung, schließlich hatte er die Richtung vorgegeben. Mit wuchtigen Schlägen seines Krummsäbels befreite er den Pfad von Ranken und Sträuchern, die aufeinander zustrebten, als wollten sie ein pflanzliches Netz spinnen, das jedem Eindringling den Weg versperrte.

Meter um Meter kämpfte sich Matt voran, bis ihn ein plätscherndes Geräusch innehalten ließ. Hier schien es eine Quelle zu geben. Das war gut, denn man hatte sie ohne Wasservorräte losgeschickt. Und je höher die Sonne am Himmel anstieg, desto heißer wurde es unter dem Blätterdach.

Frisch motiviert hackte Matt auf das grüne Gespinst ein, das ihm Sicht und Weg versperrte. Er machte einen forschen Schritt vorwärts – doch plötzlich gab der Boden unter ihm nach. Mit einem saugenden Geräusch sank er in die Tiefe, bis braune Morastbrühe an seine Lippen drang.

Instinktiv warf er sich nach hinten. Sein Rücken prallte gegen eine harte Kante. Im letzten Moment gelang es ihm, sich mit dem Ellenbogen auf dem massiven Absatz abzustützen und ein Untertauchen zu vermeiden. Ehe er einen Hilferuf ausstoßen konnte, waren seine Gefährten heran und zerrten ihn wieder in die Höhe.

»Verdammte ...«, setzte Matt an, als er festen Boden unter den Füßen hatte. »Was war das?«

Ratlos blickten alle auf den Weg, der sich übergangslos in Morast verwandelte. Als Matt die Erdschicht auf der Kante zur Seite kratzte, stellte er fest, dass sie künstlichen Ursprungs war. Darunter wurden blaue Kacheln sichtbar, wie sie zum Bau eines Pools benutzt wurden. Aus irgendeinem Grund hatte man auf diesem Gelände ein großes Becken angelegt, das von einer natürlichen Quelle gespeist wurde.

Der Baumwuchs unterschied sich innerhalb des Beckens nicht von dem auf festem Untergrund. Die Oberfläche wies sogar das gleiche Gemisch aus Laub und Erde auf. Nur wenn man den Boden betrat, zeigte sich der darin enthaltene Feuchtigkeitsanteil.

Durch einige Steinwürfe stellte Matt fest, dass sich das sumpfige Gebiet weit zu beiden Seiten des Weges erstreckte.

»Es ist wohl das Beste, wenn wir zur Gablung zurückkehren und den anderen Weg nehmen«, gestand er kleinlaut. »Du hattest Recht, Aruula.«

Die Barbarin hatte Mühe, ein triumphierendes Lächeln zu unterdrücken, doch es gelang ihr. Sie wollte ihren Gefährten nicht noch vor dem Rest der Gruppe mehr demütigen, als er es schon selbst getan hatte.

»Schon gut«, erklärte sie großmütig. »So etwas kann jedem passieren. Außerdem bist du ja der Einzige, der nass geworden ist.«

Matthew steckte die spitze Bemerkung weg, ohne mit der Wimper zu zucken. Er hatte sie wohl verdient. Von den anderen wollte er sich aber nicht zum Kasper abstempeln lassen. Herausfordernd sah er allen ins Gesicht. Niemand wagte es, seine Lippen zu einem Grinsen zu verziehen. Höchstens Navok, aber dessen Gesicht war unter der Kapuze sowieso nicht zu erkennen.

Zufrieden säuberte Matt seine nagelneue Uniform vom gröbsten Schmutz. »Und ich hatte schon gehofft, dass wir gleich auf eine Trinkquelle stoßen«, haderte er mit seinem Schicksal.

Aruula zog überrascht ihre linke Augenbraue in die Höhe. »Du hast Durst? Warum hast du das nicht gleich gesagt?«

Ihre Hand glitt zum Schwertgriff über der Schulter. Mit einem schnellen Ruck zog sie die Klinge hervor und trat auf Chip zu, der damit beschäftigt war, eine Liane aus dem grünen Dickicht zu zerren. Wortlos holte die Barbarin aus. Ihre Waffe beschrieb einen sauberen Halbkreis, der direkt auf die Taratze zuraste.

Matt wollte schon entsetzt aufschreien, doch der silberne Reflex durchtrennte nicht die Pfote des Nagers, sondern die Liane, die er Aruula entgegenhielt. Während die untere Hälfte zu Boden fiel, sprudelte aus der oberen eine klare Flüssigkeit hervor, die fast an Quellwasser erinnerte.

»Hier«, präsentierte Aruula stolz, während Chip die Liane wie einen Gartenschlauch schwenkte. Matt wusch sich in dem plätschernden Strahl Hände und Gesicht, bevor er das klare Nass in seinen Mund schöpfte. Aus den Augenwinkeln konnte er sehen, dass ihn die anderen ohne Überraschung beobachteten. Offensichtlich war er den Einzige gewesen, der diesen Waldtrick nicht kannte.

»Das lernt man wohl nicht beim Air-Force-Training?«, erkundigte sich Arzak.

Matt warf dem grinsenden Wulfanen einen vernichtenden Blick zu.

Leck mich doch ...

Eine halbe Stunde später kämpften sie sich auf dem zweiten Weg weiter, der um das Sumpfgelände herumführte. Nachdem alle ihren Durst gestillt und sich ein wenig ausgeruht hatten, ging es nun mit frischen Kräften voran. Das Duo an der Spitze, das den schweißtreibenden Job hatte, sich durch das dichte Unterholz zu schlagen, wurde in regelmäßigen Abständen ausgetauscht. Zurzeit arbeiteten sich Chip und Dale mit bloßen Klauen und Zähnen durch das grüne Gestrüpp.

Bald machte sich Routine breit, und erste Gespräche kamen auf.

Matt stellte fest, dass er neben Crane und Zoltan ging. Die beiden hatten den ganzen Morgen noch keinen Ton gesagt. Der totenbleiche Crane konnte sowieso niemandem in die Augen blicken. In leise Selbstgespräche vertieft, trottete er neben seinen Kameraden her, manchmal in fahrigen Bewegungen um sich schlagend, als ob er gegen unsichtbare Geister kämpfte. Für die Sklaven in der Turnhalle hatte er schlicht als irre gegolten, deshalb hatte man ihn zu den Freeks abgeschoben.

Zoltan beobachtete dagegen alle Geschehnisse mit wachen Augen. Wegen seiner Krankheit war er es gewohnt, das niemand mit ihm reden wollte, deshalb schwieg er, wenn er nicht angesprochen wurde.

»Gegen dein Leiden helfen Meerwasser und Sonne«, erklärte Matt mit Blick auf die Schuppenflechte, die sich über Gesicht, Hände und Unterarme des Mannes zog. Vermutlich war der Rest seines Körpers ebenfalls durch nässende und sich schuppende Schorfwunden entstellt.

»Ich weiß«, antwortete Zoltan. »Deshalb bin ich an die Küste gereist. Leider haben mich die Rojaals festgesetzt, bevor ich das Meer auch nur von weitem sehen konnte. Früher habe ich immer gedacht, ich würde alles auf mich nehmen, um meine Krankheit zu besiegen. Seitdem ich hier durch den Wald marschiere, bin ich anderer Meinung.«

»Wir kommen schon durch«, machte ihm Matthew Mut. »Wir müssen nur zusammenhalten.«

Plötzlich stand Pagur vor ihnen. Er klopfte Zoltan grob auf die Schulter und forderte: »Komm mit nach vorne, wir sind dran.«

Gehorsam schlurfte Zoltan dem Mörder hinterher, bis sie die Spitze des Pfades erreichten. Mit wuchtigen Schwerthieben machten sie dort weiter, wo Chip und Dale aufgehört hatten.

Matt sah sich unbehaglich um. Bisher hatte der Wald nur seine friedliche Seite gezeigt, doch das musste nicht viel heißen. Hinter der grünen Wand, die sie von allen Seiten umgab, konnten überall Tiere lauern, die nur auf eine günstige Gelegenheit lauerten. Trotzdem blieb alles ruhig.

Zu ruhig.

Weder Vogelstimmen noch Insektengeräusche, die sonst einen steten Geräuschteppich lieferten, waren zu hören. Da stimmte etwas nicht!

Matt wusste nicht genau, *was* ihn beunruhigte, doch irgendetwas ließ seine Nervenenden beben. Immer wieder forschte er in den umliegenden Büschen nach einem schimmernden Augenpaar, dem er die Ursache der spürbaren Bedrohung zuschreiben konnte. Doch so sehr er auch versuchte, die Schatten der Umgebung zu durchdringen, seine Bemühungen waren zum Scheitern verurteilt.

Die Spannung wich nicht von seinen Schultern, bis ihn ein Schrei herumwirbeln ließ.

»Hey, kommt alle her!«, rief der sonst so schweigsame Zoltan begeistert. »Das müsst ihr euch ansehen.«

Pagur und er hatten den grünen Vorhang zu einer schmalen Lichtung durchbrochen, auf der riesige Orchideen wuchsen. Hastig drängte Matt nach vorne. Was er zu sehen bekam, schien einem kitschigen Bildnis des Garten Eden entsprungen zu sein.

Ein kleiner Bach schlängelte sich zwischen drei armdicken Blumenstängeln entlang, die gut zehn Meter blattlos in die Höhe führten. An der Spitze entfaltete sich jeweils eine zitronengelbe Blüte, die mit knapp fünf Meter Durchmesser viel Schatten bot.

Dieses Wunder der Natur wurde durch einen Spalt im weit darüber liegenden Blätterdach ermöglicht. Auch ringsum befanden sich keine störenden Äste, die den Blumen Licht und Raum zum Entfalten nahmen.

Eine himmlische Ruhe lag über dem Ort, wie sie Matt schon seit Tagen nicht mehr gespürt hatte. Während Pagur und Zoltan vorwärts stürmten, um sich am Bach zu erfrischen, schlang Aruula ihre Arme von hinten um seinen Leib und streichelte zärtlich seinen Brustkorb.

»Bist du noch böse?«, schnurrte sie, während sie ihre blanken Brüste gegen seinen Rücken presste.

Matt genoss die Berührung, während er sich zu ihr umwandte. »Natürlich nicht.«

Zärtlich versenkte er seine Finger in ihrem seidigen Haarschopf und zog sie zu sich heran. Ihre Lippen näherten sich seinen ...

Doch bevor sie sich sanft berühren konnten, fiel Dunkelheit über ihre Gesichter.

Alarmiert blickte Matthew in die Höhe.

Der Schlagschatten entstand, weil die Riesenblüten in Bewegung geraten waren und nun die Sonne verdeckten. Weder ein Windstoß noch sonst eine natürliche Ursache war dafür verantwortlich – die Blumen schwankten völlig asynchron zueinander, als wären sie lebendig. Sie wirkten mit einem Mal wie die Köpfe einer Hydra, die zum Angriff ansetzte.

Ehe Matt eine Erklärung für dieses Phänomen finden konnte, stürzten sich die Blüten auch schon in die Tiefe! Die zitronengelben Blätter wölbten sich blitzschnell nach vorn, bildeten eine Glockenform. Gleichzeitig wurden rund um den offenen Rand Zacken sichtbar, die wie scharfe Gebissreihen wirkten.

»Vorsicht!«, schrie Matthew – aber es war schon zu spät.

Die vorderste Blüte zuckte auf Pagur zu, stülpte sich wie ein Fangkorb über seine Schultern und zog sich blitzschnell zusammen. Mit einem saugenden Geräusch bohrten sich die Pflanzenzähne in den menschlichen Körper und halbierten ihn unterhalb des Brustkorbs.

Der Todesschrei des Mörders klang nur gedämpft durch den festen Blütenkokon, während der biegsame Stängel mit dem Torso in die Höhe schwang. Ein roter Sprühregen bedeckte die Lichtung, wie zum sichtbaren Beweis dafür, dass die paradiesischen Zustände beendet waren.

Ehe Pagurs Beine zur Seite kippen konnten, schoss die zweite Blüte heran. Krachend klappte sie zu, wie das Maul eines mörderischen Haifischs. Nur zwei Schuhe, aus denen noch die blutigen Stümpfe ragten, blieben auf dem Boden zurück.

»Nein!«, brüllte Zoltan entsetzt. In hilfloser Wut schlug er mit seinem Schwert auf die Blüte ein. Die pflanzliche Struktur gab unter dem Hieb nach, ohne zu zerplatzen.

»Zurück!«, rief ihm Matt zu. »Lauf!«

Zoltan schien ihn nicht zu hören. Ohne auf die Gefahr für sein eigenes Leben zu achten, schlug er erneut auf die geschlossene Blüte ein. Vielleicht war es die Panik, die ihn mit hilfloser Wut statt mit Flucht reagieren ließ – vielleicht suchte er aber auch nur Deckung vor dem dritten Orchideenmaul, das wie ein Schlangenkopf um ihn herumtänzelte, aber nicht zupacken konnte, ohne den anderen Stängel zu verletzen. Wie im Rausch hantierte Zoltan mit seinem Schwert herum, ohne einen wirkungsvollen Treffer zu landen.

Plötzlich machte die geschlossene Blüte einen Ruck nach vorn. Sie versetzte Zoltan einen harten Stoß, der ihn zurücktaumeln ließ. In einer geschmeidigen Bewegung schwang sich der Stiel wieder in die Höhe, um dem dritten Blütenkelch Platz zu machen.

Der schnappte zu.

Zoltan sprang reflexhaft zur Seite, um den messerscharfen Pflanzenzähnen zu entkommen. Doch er war nicht schnell genug. Fauchend rasierten die botanischen Klingen in seine linke Schulter, drangen durch Kleidung, Fleisch und Sehnen. Sie bissen ihm den Waffenarm ab.

Die zitternden Finger, die sein Schwert weiter umklammerten, ragten aus dem geschlossenen Maul, während der Blütenkopf in die Höhe zuckte. Zoltan ging stöhnend in die Knie. Verzweifelt presste er seine gesunde Hand auf den Stumpf. Doch die Wunde war viel zu groß, um die Blutung zum Stillstand zu bringen.

Das Blütenmaul schwebte weiter über seinem Kopf. Es öffnete den Schlund, um seinen Arm ganz zu verschlucken, doch als es auf das Schwert biss, ließ es den Happen achtlos in die Tiefe fallen.

Einen Lidschlag später peitschte der biegsame Stängel wieder heran, den Blütenkelch weit aufgerissen. Zoltan spürte schon den Luftzug der zitronengelben Blätter, die sich um seinen Leib schließen wollten, als ihn Drokar im letzten Moment zur Seite riss.

Klatschend schlugen die Blütenblätter über den Männern zusammen. Bevor sich die gefräßige Pflanze von der Überraschung erholen konnte, schwang sich Drokar den Verletzten über die Schultern und rannte mit ihm zurück.

Der biegsame Stängel jagte direkt über der Erde entlang, um die Flüchtenden einzuholen. Blitzschnell schoss das gefräßige Pflanzenmaul auf den rennenden Wulfanen zu, viel schneller als ein Zweibeiner laufen konnte.

Doch wie ein angeleinter Wachhund, so war auch die Bewegungsfreiheit der Pflanze begrenzt. Kurz bevor sie ihr Maul um die Flüchtenden schließen konnte, hatte der Stiel seine längste Ausdehnung erreicht. Zitternd blieb das Blütenmaul in der Luft stehen.

»Du hast es geschafft!«, rief Arzak, der die Rettungsaktion mit Spannung verfolgt hatte. Aber der Jubel war verfrüht.

Plötzlich formte sich das Ende des Pflanzenstängels zu einem S, sodass die Blüte wie der Kopf einer angriffslustigen Schlange in der Höhe ruckte. Die zitronengelben Blätter klappten zurück und gaben den Blick auf einen feuchtrosa glitzernden Schlund frei.

Die Blätter begannen zu zittern, dann schoss ein heller schleimiger Strahl aus dem Rachen hervor. Zischend regnete er auf Drokar nieder.

Es war Säure.

Der blonde Wulfane wurde an Hinterkopf und Waden getroffen. Die Flüssigkeit fraß sich in sein Fleisch und hinterließ schwere Verätzungen. Gepeinigt schrie er auf.

Der größte Teil der Ladung ging jedoch auf seinen Schultern nieder, auf denen Zoltan ruhte. Der Einarmige rührte sich nicht. Er hatte das Bewusstsein verloren.

Röchelnd stolperte Drokar weiter, Arzak und Matt entgegen.

Die beiden nahmen ihm Zoltan von den Schultern, allerdings darauf bedacht, nicht mit dem ätzenden Schleim in Berührung zu kommen, der seinen Rücken überzog.

Drokar wälzte sich vor Schmerzen auf der Erde. Seine panischen Versuche, die Säure zu entfernen, führten nur dazu, dass auch die Hände in Mitleidenschaft gezogen wurden.

»Wir brauchen Wasser!«, rief Matthew den anderen zu. »Wir müssen dieses Zeug von ihm abwaschen.«

Die Taratzen zerrten einige Lianen aus dem Dickicht, die Navok und Aruula mit dem Schwert durchtrennten. Mit dem Wasser, das daraus hervorschoss, spritzten sie den Wulfanen so gut es ging ab.

Matt beugte sich inzwischen über Zoltan, der vor ihm im Gras lag, und fühlte nach dessen Puls.

Nichts. Der Mann war tot. Matt hoffte, dass er zuvor nicht noch einmal das Bewusstsein erlangt hatte.

»Bei Luthator, dem Herrn des Totenreichs«, fluchte Arzak. »Was für ein Monstrum war das?«

»Eine Fleisch fressende Pflanze«, erklärte Matt. »Sie verdaut ihre Opfer offenbar mit einer scharfen Magensäure.«

»Wir müssen dieses Gezücht verbrennen!«, verlangte der Wulfane zornbebend.

»Das hat doch keinen Sinn«, lehnte Navok ab. »Wenn wir Feuer legen, kommen wir womöglich selbst dabei um.«

»Aber irgendetwas müssen wir gegen dieses Monstrum unternehmen«, forderte Drokar, der nach Rache dürstete.

»Es ist eine *Pflanze*, kein denkendes Wesen«, schaltete

sich Matt ein. »Wer weiß, wie viele es von der Sorte noch hier gibt. Willst du den ganzen Wald abfackeln? Wir sollten lieber weitergehen.«

»Und wenn wir auf noch schlimmere Überraschungen stoßen?«, gab Navok zu bedenken.

»Das wird sich wohl kaum vermeiden lassen«, sagte Matt düster. »Immerhin heißt dieses Gebiet hier ›Tal des Todes‹...«

»Tot, tot, tot«, stammelte Crane verstört. »Alle um mich herum sterben. Warum nur?«

Der Tod von Pagur und Zoltan schien ihm sehr nahe zu gehen. Er hatte zwar kaum mit ihnen gesprochen, doch für einen Außenseiter, der überall als Irrer verlacht und fortgejagt wurde, mochte die bloße Abwesenheit von Hohn und Spott schon so etwas wie Freundschaft bedeuten. Die blassen Züge des Jünglings verzogen sich zu einem Ausdruck tiefster Trauer. Mit gekreuzten Beinen auf dem Boden hockend, wiegte er seinen Oberkörper vor und zurück.

»Immer bin ich allein«, heulte er. »Alle verlassen mich.«

Aruula tat Crane Leid. »Mach dir keine Sorgen«, tröstete sie ihn. »*Wir* kümmern uns um dich.«

Crane sah überrascht in die Höhe und vergaß einen Moment weiterzujammern. Doch als ihm Aruula aufmunternd über sein dünnes Haar streichen wollte, wich er erschrocken zurück.

»Nein, nein – nicht anfassen!« Panik leuchtete in seinen Augen, während er über den Boden davonkroch. Außerhalb ihrer Reichweite begann er wieder mit dem Oberkörper zu schaukeln. »Tot, tot, tot«, murmelte er vor sich hin.

Die Barbarin schüttelte verwirrt den Kopf. Was ging in diesem verängstigten Mann vor? Da er nicht auf ihre Fragen antwortete, blieb ihr nur eine Möglichkeit, es herauszufinden.

Vorsichtig öffnete sie ihren Geist, um nach Cranes Gedanken zu greifen. Sie benutzte ihre telepathischen Fähigkeiten ganz instinktiv, ohne darüber nachzudenken. So wie andere Menschen nach einem Becher griffen und einen Schluck Wasser tranken, ohne sich der einzelnen Schritte dieser Handlung bewusst zu sein.

Doch der Griff nach Cranes Gedanken war anders als alles, was Aruula je zuvor erlebt hatte. Ein brennendes Prickeln jagte über ihren Körper, während sie in sein Inneres horchte. Die Barbarin wandte instinktiv den Kopf ab, doch ihre mentalen Sinne ließen sich nicht so leicht zurückrufen. Ihr Blick wurde in einen schwarzen Wirbel gezogen, der so schnell kreiste, dass ihr übel wurde.

Kalter Schweiß trat auf ihre Stirn, als sie merkte, dass sich die Sicht wieder klärte. Sie erfasste plötzlich ein Chaos aus roten Schemen, die aufeinander einschlugen – untermalt durch das undeutliche Brausen eines gepeinigten Chores lauter Schmerzensschreie. Aruula ahnte, dass sie etwas durch Cranes Augen sah. Es schien eine Erinnerung zu sein, die so schrecklich war, dass sich sein Verstand weigerte, das Vergangene so ins Gedächtnis zu rufen, wie es sich abgespielt hatte.

Keuchend riss sich Aruula von dem düsteren Anblick los. Sie wusste nicht genau, *was* sie gerade gesehen hatte, aber sie spürte, dass es etwas wirklich Schreckliches gewesen war. Ein dunkles Geheimnis lag über Cranes Seele.

»Halt dich besser von seinem Geist fern«, erklang es

neben ihr. »Wenn du dich zu lange mit ihm verbindest, könnte er dich auch verwirren.«

Aruulas Kopf fuhr erschrocken herum. Kleine Schweißperlen lösten sich von ihrer Stirn und wirbelten durch die Luft. Neben ihr stand Navok, der aus seiner dunklen Kapuze zu ihr hinabstarrte.

»Woher weißt du...«, begann die Barbarin verwirrt. Dann brach sie ab. Sie stand noch zu sehr unter dem Schock des Erlebten, um die Frage fortzuführen. Nachdem sie sich einen Moment gesammelt hatte, fuhr sie fort: »Bist du etwa auch fähig zu lauschen?« *Das würde vielleicht erklären, warum er seine Gedanken vor mir verbergen kann.*

»Wir müssen weiter«, wich der Nosfera aus. »Lass Crane besser nicht aus den Augen.« Er wandte sich ab, ohne ein weiteres Wort zu verlieren.

Von nun an auf alles gefasst, arbeitete sich die Gruppe weiter vor. Der Pfad war nun wieder überwuchert, deshalb gingen Arzak und Donald daran, den Weg frei zu machen. Matt kümmerte sich um Drokar, den er erneut mit Lianenwasser abspülte. Aruula und Navok blieben bei Crane, Chip und Dale bildeten die Nachhut.

Nachdem sie die Lichtung hinter sich gelassen hatten, ging ein erleichtertes Aufatmen durch die Gruppe. Selbst Drokar grinste zufrieden, obwohl seine verätzten Stellen wie Feuer brannten.

»Und das alles nur für zwei Schiffsladungen Metallschrott«, brummte Navok missmutig, der sich neben der Barbarin hielt. »Als wenn die Schmiede unseres Stammes nicht aus der Umgebung versorgt werden könnte.«

Aruula blickte erstaunt in das vertrocknete Gesicht, das sich im Schatten der Kapuze abzeichnete. Nicht nur weil der Nosfera zum ersten Mal seine Gefühle äußerte, sondern vor allem...

»Du hättest nicht gedacht, dass ich ein Händler bin, was?«, erriet Navok ihre Gedanken. *Oder erlauschte er sie?* »Was glaubst du, warum Arzak und Drokar auf dieser verdammten Insel herumhängen? Sie stammen aus Ittalya und wollten ihr Glück in Britana machen. *Das gelobte Land, in dem es alle Waren dieser Welt gibt.* Und nun sitzen wir hier alle in der Falle.«

»Kommst du aus der Nähe von Millan?«, fragte Aruula. Dort waren sie und Matt zum ersten Mal auf Nosfera gestoßen. Und auf Professor Dr. Jacob Smythe, der mit deren Hilfe die Weltherrschaft erringen wollte.

»Nein«, korrigierte der Vermummte. »Von viel weiter nordöstlich. Aus Schernobiel.«

»Eine lange Reise.«

Navok nickte. »Darum nehme ich meine Familie immer mit.«

»Du hast eine Frau?«

»Und ein Kind. Aber noch nicht lange.«

Ein Nosfera-Baby, schoss es Aruula schaudernd durch den Kopf. *Ob es wohl mit Blut gesäugt wird?*

Erschöpft, aber erleichtert erreichten sie die verfallenen Baracken.

Seit sie die gefräßigen Orchideen hinter sich gelassen hatten, witterten die Taratzen immer wieder Raubtiere, die am Rande des Pfades entlangstrichen. Durch das Dickicht getarnt, war ihre Größe nicht auszumachen, doch das angriffslustige Fauchen, das sie hin und wieder ausstießen, ließ nicht gerade auf Schoßhündchen schließen.

Der Anblick des alten Militärgebäudes vermittelte ihnen ein Gefühl der Sicherheit, denn hinter den massiven Mauern konnte man sich wenigstens verschanzen.

Der lang gestreckte Bau war bis übers Dach mit Schlingpflanzen zugewuchert.

Beim Näherkommen stießen sie auf zahlreiche Knochenreste. Überwiegend menschliche, aber es mochten auch Wulfanen oder Taratzen darunter sein. Die fahlen Gebeine wiesen tiefe Gebissspuren auf.

Fluchend musste sich Matt eingestehen, dass so eine Ruine nicht nur einen guten Zufluchtsort, sondern auch einen hervorragenden Hinterhalt abgab. Mit gezückten Schwertern näherten sie sich den leeren Fenster- und Türlöchern, die plötzlich wie die dunklen Augenhöhlen eines Totenschädels wirkten.

Die Taratzen signalisierten, dass sie keinen Raubtiergestank im Haus witterten. Trotzdem klopfte Matt das Herz bis zum Hals, als er durch den Eingang trat. Drinnen herrschte schummriges Zwielicht. Es dauerte einen Moment, bis sich seine Augen an die neuen Verhältnisse gewöhnt hatten.

Er stand in einem großen Vorzimmer, das zu weiteren Büros und Diensträumen führte. Wie es schien, waren im Inneren des Gebäudes nur die nackten Wände übrig geblieben. Sämtliche Einrichtungsgegenstände, die hier einmal existiert haben mochten, waren entweder zertrümmert oder fortgeschleppt worden.

Der Boden war mit einer gleichmäßigen Schicht aus Holzsplittern, Dreck, Kot und Menschenknochen bedeckt. In Matt stieg ein leichtes Würgen auf, doch er unterdrückte es. Jetzt war nicht der Zeitpunkt für Sentimentalitäten.

Hastig durchsuchte er die angrenzenden Zimmer. Einige wiesen alte Feuerstellen auf; ein Zeichen dafür, dass hier schon andere Spielteilnehmer gerastet hatten.

Etwas blitzte gläsern am Boden vor Matt auf. Er

stocherte mit der Stiefelspitze in dem Schutt herum – und stieß auf einen kleinen Bilderrahmen von der Art, wie man sie auf seinen Büroschreibtisch stellte.

Die Farben der Fotografie, die noch darin klemmte, hatten sich längst aufgelöst. Vermutlich war es ein Familienfoto eines der Offiziere gewesen. Als Matt den Rahmen umdrehte, stieß er auf eine Gravierung, die in die untere Leiste eingeätzt war. *Zu unserem zwanzigsten Hochzeitstag: 20. 08. 2010.*

Matt lächelte. Das sah ganz nach der Gedächtnisstütze einer Ehefrau aus, die verhindern wollte, dass ihr Gatte den nächsten Hochzeitstag vergaß. Einen Moment schweiften seine Gedanken zurück in die Vergangenheit. Zu Liz. Verdammt, er konnte noch immer nicht glauben, dass ihre Scheidung nun schon fünfhundertfünf Jahre zurücklag – drei Monate vor der Katastrophe ...

Das Fiepen einer Taratze riss Matt aus seinen Gedanken und lockte ihn nach nebenan. Er stieß auf Donald, der den Raum mit einer einladenden Geste präsentierte. Er war sehr geräumig, besaß aber nur ein Fenster und zwei Türen – damit war es leicht zu verteidigen.

Das hatten schon andere Spieler gemerkt. Der Boden war vom gröbsten Schrott freigeräumt worden, und nahe des Fensters gab es eine alte Feuerstelle, in der noch verkohlte Scheite lagen.

»Platz gut. Hier rasten«, schlug Donald vor. Die anderen Gruppenmitglieder, die nach und nach eintrudelten, waren der gleichen Meinung. Erschöpft ließen sich die meisten auf dem Boden nieder.

Nur Donald begab sich wieder nach draußen, um Wache zu halten. Mit seinem ausgeprägten Geruchssinn war er geradezu prädestiniert, heranschleichende Gegner rechtzeitig zu wittern.

Auch Matt blieb auf den Beinen, denn er hatte in der

gegenüberliegenden Wand einen metallisch schimmernden Fremdkörper erspäht, der ihn an etwas Bestimmtes erinnerte. Und tatsächlich: Er stand vor einem eingemauerten Safe! Die stählerne Oberfläche wies zahlreiche Einkerbungen auf, die von Hammerschlägen oder Ähnlichem stammen mochten, die altmodischen Kombinations-Drehknöpfe schienen aber intakt zu sein. Matt zerrte an dem Griff, doch die Stahltür war verschlossen.

Ob sich dahinter noch etwas von Wert befand?

Die Aussicht war verlockend. Doch wie sollte Matt die Panzertür öffnen, an der schon so viele vor ihm gescheitert waren? Ein Kursus im Safeknacken gehörte nicht zur Ausbildung eines Air-Force-Piloten.

Ein schmerzerfülltes Fiepen erklang vor der Baracke.

»Alarm!«, zischten Chip und Dale synchron. Sie hatten Donalds Schrei als Erste gehört.

Matt zog seinen Säbel und rannte mit weit ausholenden Schritten zur Tür hinaus. Während er den dunklen Flur durchquerte, sah er, dass die Taratze vor dem Haus in einen Zweikampf verwickelt war. Ein geflecktes Raubtier, das einer Hyäne ähnelte, hatte sich in ihrem Fell festgekrallt. Fauchend riss sie ihr überdimensionales Maul auf und wollte ihre Fänge in Donalds Hals schlagen.

Ehe die doppelte Zahnreihe zuschnappen konnte, packte Donald die Bestie an Ober- und Unterkiefer und zerrte ihr Maul auseinander. Die Hyäne jaulte gepeinigt auf, als sich die Taratzenkrallen in ihren Schlund gruben.

Doch sie gab den Kampf noch nicht verloren, warf sich hin und her und wollte ihre Kiefer schließen. Die Taratze setzte ihre ganze Körperkraft dagegen. Die Muskeln tanzten unter ihrem braunen Fell, während der Kampf einige Sekunden lang unentschieden hin und her wogte.

Plötzlich löste die Hyäne eine ihrer Klauen aus dem Taratzenfell und schlug nach dem Kopf des Gegners, um ihm die Augen auszukratzen. Die Krallen fegten knapp an der Pupille vorbei, trafen aber Donalds empfindliche Schnauze.

Blut spritzte. Vor Schmerz und Wut fiepend, drückte Donald die Hyäne zu Boden, sodass er eine bessere Hebelwirkung erzielte. Ruckartig zerrte er am Maul der Bestie. Ein reißendes Geräusch ertönte, Knochen barsten – dann flog ein blutiger Unterkiefer über die Lichtung.

»Ins Haus, schnell!«, rief Matt lauthals, als er sah, dass weitere Raubtiere aus dem Dickicht brachen und auf die Taratze zuhetzten.

Donald ließ den zuckenden Körper der Hyäne fallen und stürmte dem Gebäude entgegen.

Zu spät!

Zwei Schritte vor dem Eingang schoss seitlich ein gefleckter Schatten heran. Mit einem mächtigen Satz katapultierte sich das Raubtier auf den Rücken der Taratze und trieb seine scharfen Zähne in ihren Nacken.

Donald brüllte auf, kam ins Straucheln, schaffte es aber noch, ins Haus zu gelangen. Auf der Türschwelle stürzte er und fiel vornüber. Die Hyäne hatte sich in seiner Schulter festgekrallt und trieb ihre Zähne noch tiefer in sein Genick.

Im nächsten Moment war Matt heran. Er holte mit dem Säbel aus. Pfeifend jagte die Klinge im Halbkreis durch die Luft. Knirschend fraß sich der Stahl durch den muskulösen Hals der Hyäne.

Ein kurzes Gurgeln erklang, dann rutschte der gefleckte Rumpf schlaff in die Tiefe. Der Raubtierkopf hing dagegen weiter in Donalds Nacken. Die Zähne hatten sich so tief in sein Fleisch verbissen, das er sich nicht abschütteln ließ.

Keuchend sackte die Taratze in sich zusammen.

Matt durchlief es eiskalt. War die Verletzung tödlich gewesen? Doch als er sich gerade niederkniete, um Donald zu untersuchen, elektrisierte ihn ein heller Schrei aus dem Nebenraum.

Aruula! Sie war in Gefahr!

Matthew reagierte instinktiv. Er sprang auf, packte den Säbel fester und stürmte los. Erst jetzt fiel ihm auf, dass die anderen ihm nicht nach draußen gefolgt waren. Was war da los?

Als er den Raum betrat, erwartete ihn das nackte Chaos.

Der Angriff auf Donald war nur ein Teil des Angriffs gewesen – gleichzeitig war das übrige Rudel durchs Fenster eingedrungen. Matts Verbündete wehrten sich mit blanker Klinge ihrer Haut.

Matts Blick irrte sofort zu Aruula, die sich gegen zwei Hyänen gleichzeitig wehren musste. Doch ehe er ihr zu Hilfe eilen konnte, setzte eine weitere Bestie auf ihn zu.

Instinktiv riss er den Säbel in die Höhe. Der Angreifer sprang direkt in die scharfe Klinge, die bis zum Heft in den gefleckten Körper drang. Vom Schwung mitgerissen, stürzte Matt hintenüber. Das Gewicht des muskulösen Tieres drückte ihn auf den Boden.

»Aruula!«, schrie er, doch er konnte der Barbarin nicht beistehen. Er war völlig außer Gefecht gesetzt.

Die gefleckte Bestie sprang direkt auf Aruula zu. Die ausgefahrenen Krallen weit vorgestreckt, zielte sie auf ihren Hals.

Aruula versuchte gar nicht erst, das Schwert hochzureißen. Sie duckte sich einfach.

Fauchend schoss die Hyäne über ihren Rücken hinweg und hämmerte mit ihrem Schädel wie ein Rammbock gegen die Wand. Der Aufprall war so gewaltig, dass ihr Genick brach. Aruula schnellte wieder empor und schwang ihr Schwert. Ein silberner Reflex kreuzte die Flugbahn des zweiten Raubtiers, das seine Vorderpfoten in einer blutigen Wolke verlor.

Als die jaulende Bestie auf dem Boden landete, wirbelte Aruula herum und stieß das Schwert wie eine Lanze in die Tiefe, genau zwischen die Schulterblätter der Hyäne. Mit einem Kampfschrei drehte sie die Klinge in der Wunde, worauf ihr Gegner erschlaffte.

Erschöpft hielt die Kriegerin einen Moment inne.

Ein Fehler. Sie hatte noch nicht richtig durchgeatmet, da spürte sie einen harten Stoß im Rücken, der sie vorwärts stolpern ließ. Das Schwert, das noch immer im Körper der Hyäne steckte, wurde ihren Fingern entrissen. Keuchend prallte sie mit den Knien auf die Erde, wirbelte aber blitzschnell herum, sodass sie das Nachsetzen des Angreifers mit den Stiefeln abwehren konnte.

Stinkender Atem schlug Aruula entgegen, als die Bestie ihre Lefzen zurückzog und ein doppelreihiges Gebiss präsentierte. Verzweifelt versuchte die Barbarin ihren Kopf zur Seite zu nehmen, doch vor den scharfen Fangzähnen gab es kein Entrinnen.

Fauchend schnappte die Hyäne zu.

Die Barbarin schrie auf.

Die Zahnreihen schlugen krachend zusammen wie ein stählernes Fangeisen – doch sie erwischten nur ein paar Strähnen von Aruulas blauschwarzer Mähne. Im letzten Moment war der Raubtierkopf zurückgezerrt worden, gepackt von einer Taratzenpranke!

Aruula traute ihren Augen nicht, als sie sah, wie das Biest in die Höhe gerissen wurde. Chip fasste nach, hob die Hyäne über seinen Kopf und ließ sie mit Wucht auf sein hochgebrachtes Knie stürzen. Mit einem ekelhaften Krachen brach das Rückgrat der Bestie.

»Da ... danke«, stammelte Aruula, die nicht glauben konnte, dass sie ihr Leben einer Taratze verdankte.

Chip achtete nicht weiter auf sie. Fauchend sprang er der nächsten Hyäne entgegen, um wie im Blutrausch auf sie einzudreschen. Aruula stemmte sich hastig in die Höhe. Dies war nicht der Moment für große Überlegungen – sie musste kämpfen!

Doch als sie ihr Schwert wieder an sich gebracht hatte, konnte sie nur noch zusehen, wie eine Hyäne nach der anderen jaulend durchs Fenster flüchtete. Die Bestien zogen sich tatsächlich zurück!

Keuchend sah Aruula in die Runde. Der Raum hatte sich in ein Schlachtfeld verwandelt. Der Boden zu ihren Füßen schwamm in Blut, überall lagen tote Hyänen herum.

Aber auch Drokar und Donald hatte es erwischt. Sie waren den Attacken der Bestien zum Opfer gefallen. Drokars Verätzungen hatten ihn daran gehindert, mit vollem Einsatz zu kämpfen. Das war dem Wulfanen zum Verhängnis geworden. Donald hatte die Verletzung in seinem Genick nicht überlebt. Erstaunt starrte die Barbarin auf Chip und Dale, die sich fiepend vor den leblosen Körper ihres Artgenossen niederknieten. Aruula hätte nie geglaubt, das Taratzen überhaupt zu Gefühlen wie Trauer fähig waren – doch nun wurde sie eines Besseren belehrt.

Plötzlich spürte auch sie Kummer wegen Donalds Tod. Vielleicht lag es daran, dass Chip ihr das Leben gerettet hatte. Völlig selbstlos und ohne Dank dafür zu fordern, einfach seinen Instinkten gehorchend. So wie man es für einen Gefährten tat – und nicht für einen Zweckverbündeten, dessen Schicksal ohne Belang war.

Chip und Dale fiepten leise, während sie Donalds Kopf auf ihre behaarten Schenkel betteten. Ihre Körper zitterten, als ob sie weinen würden.

Aruula war ebenfalls den Tränen nah. In einem Impuls streckte sie ihre Hand nach Chip aus, um ihm tröstend übers Fell zu streichen. Doch kurz bevor sie die drahtigen Haare erreichte, zuckte sie wieder zurück, als hätte sie sich die Finger verbrannt.

Nein, die körperliche Nähe einer Taratze war ihr einfach zuwider. Schmerzlich wuchs in ihr die Erkenntnis, dass die anerzogene Abneigung stärker war als ihr Mitgefühl.

Chip bemerkt nichts von dem inneren Kampf, der in der Barbarin tobte. Und als Maddrax neben sie trat, verdrängte sie die verwirrenden Emotionen, die sie so durcheinander brachten.

»Ein Glück, du lebst«, keuchte Matt, während er sie in die Arme schloss. »Als ich dich zuletzt sah, hast du es mit zwei von diesen Biestern auf einmal aufgenommen.«

Aruula erzählte ihm, was passiert war. Dass sie Chip ihr Leben verdankte. Danach kümmerten sie sich um die anderen.

»Drokar war ein guter Freund«, trauerte Arzak um seinen Weggefährten. »Aber ich weiß, dass ich ihn eines Tages in *Nuwadier* wieder sehen werde. Dort sitzen wir gemeinsam am Tisch der Ewigen Krieger und besingen unsere alten Taten. Dieser Kampf und alle, die heute an unserer Seite standen, werden stets einen besonderen Platz in unseren Strophen haben.«

Bewegende Worte, wenn auch durch den Hang zum Pathos geprägt, der den Wulfanen zu Eigen war. Matt spürte, wie er einen Kloß herunterwürgen musste, der sich in seinem Hals gebildet hatte.

Doch die Trauer um die Toten durfte nicht verdecken,

dass sie sich in erster Linie um die Überlebenden kümmern mussten.

Bis auf kleinere Blessuren waren alle recht gut weggekommen. Selbst Crane, der nur zitternd in der Ecke gehockt hatte und sein Gesicht noch immer hinter den Händen verbarg.

Nachdem der erste Schrecken abgeklungen war, warf Matt einen Blick auf den Wandsafe, der zu seiner Verwunderung plötzlich halb offen stand. Bei näherem Hinsehen erkannte er eine Delle, die von dem Aufprall der Hyäne stammte, die über Aruula hinweggesegelt war. Diese Biester mussten Schädelknochen aus Edelstahl besitzen! Die Sicherungsbolzen hatten dem Einschlag nicht standgehalten und waren geborsten.

Neugierig trat Matt näher. Als er die Tür ganz aufzog, wurden drei Fächer sichtbar, auf denen diverse gut erhaltene Papiere lagen. Und eine H&K PDW 20, daneben ein mit Solarzellen verkleideter Restlichtverstärker-Aufsatz. Eine ideale Geländewaffe, die dank des luftdicht schließenden Safes voll funktionsfähig wirkte.

Hätte Matt sie nur wenige Minuten früher zur Verfügung gehabt, könnten vielleicht noch zwei Mitglieder seiner Gruppe leben. Mit gemischten Gefühlen nahm er die *Personal Defence Weapon*, ein Sturmgewehr im Pistolenformat, aus dem Safe. Er ließ das Zwanzig-Schuss-Magazin herausschnappen, das mit Neun-Millimeter-Patronen gefüllt war. Mit routinierter Handbewegung lud er die Waffe durch und steckte den Restlichtverstärker auf. Die Trabonbeschichtung, die jedes Waffenöl überflüssig machte, war tadellos intakt.

Matthew schob sich die gesicherte Automatik in den Hosenbund, bevor er die Unterlagen durchsah, die noch im Safe lagen. Ein Lächeln ging über sein Gesicht. Was er da in Händen hielt, war besser als sechs Richtige im

Mutantenlotto: Geländekarten des Tals sowie Grundrisse von Gebäuden und Versuchsanlagen.

Ehe er sich in das Studium des Materials vertiefen konnte, ließ ihn eine wohl bekannte Stimme herumfahren.

»So sieht man sich also wieder«, tönte Grath, der plötzlich im Türrahmen stand. Hinter ihm drängten sich die Reste seiner Gruppe, die gewaltig Federn gelassen hatte. Nur noch Nerk und acht weitere Männer begleiteten ihn.

»Was willst du denn hier?«, schnaubte Arzak erbost. »Wir dachten, du bist schon am Ende des Tals angelangt, nachdem du deine Leute so gnadenlos über die Lichtung gejagt hast.«

»Leider gab es unterwegs ein paar Unannehmlichkeiten«, brummte Grath, während seine Männer hinter ihm in den Raum drängten und sich mit drohenden Gesichtern aufbauten. »Wir mussten uns mit denselben Viechern herumärgern, die eben hier aus dem Haus gehetzt kamen. Die haben uns vom richtigen Weg abgebracht.«

»Mit anderen Worten: Ihr seid im Kreis gelaufen«, folgerte Matt nicht ohne Hohn.

Grath deutete mit seinem Kinn missmutig auf die Taratzen. »Uns fehlen die Spürnasen, die für dich arbeiten. Ich glaube, ich werde von jetzt an ihre Dienste in Anspruch nehmen.«

»Deine Gruppe kann sich uns gerne anschließen«, bot Matt an. »Gemeinsam können wir uns besser gegen die Hyänen wehren.«

»Hyänen?«

»So nenne ich die Biester. Sie erinnern mich an Tiere, die ich früher schon mal gesehen habe.«

Grath grinste überheblich. »Was macht dich so sicher,

dass ich dir deine Taratzenfreunde nicht einfach weg-
nehme?«

»Ganz einfach: Weil ich als Einziger den sicheren Weg
aus diesem Tal kenne«, konterte Matt. Dabei hielt er die
Geländepläne in die Höhe.

Aruula konnte nicht schlafen, obwohl es schon tiefe
Nacht war. In dem Raum, in dem sie sich zur Ruhe begeben hatte, lagen einfach zu viele Gestalten, denen sie
misstraute. Die beiden Taratzen, die sich den Magen mit
Hyänenfleisch voll geschlagen hatten, gehörten noch zur
angenehmen Gesellschaft – aber die Gegenwart von
Grath und seinen Männern war ihr einfach zuwider.

Den ganzen Abend hatte sie sich von den Schweinen
dumme Zweideutigkeiten anhören müssen, bis sie einen
besonders ekelhaften Kerl gemaßregelt hatte. Der untersetzte Mann mit dem spitzen Raubvogelgesicht war nun
um zwei blaue Augen und die Erkenntnis reicher, dass
man sich besser nicht mit einer Kriegerin vom Stamme
Sorbans anlegte.

Grath hatte danach ein Machtwort gesprochen, und
seitdem herrschte Ruhe. Doch Aruula traute dem Hünen
nicht. Im Moment ordnete er sich Matt zwar unter, weil
der Pilot als Einziger das mit seltsamen Zeichen übersäte
Kartenmaterial lesen konnte, aber bei der erstbesten
Gelegenheit würde Grath das Zweckbündnis wieder
kündigen. Dann konnte er sie genauso opfern, wie er es
mit den Leuten auf dem Minenfeld getan hatte.

Ein leises Geräusch riss Aruula aus ihren Gedanken.
Vorsichtig spähte sie in die Dunkelheit. Da sah sie, wie
ein dunkler Schatten durch den Raum huschte. Als er das
Fenster erreichte, erkannte sie im Gegenlicht des Mondes
die Umrisse von Navok, der sich geschickt nach draußen

schwang. Lautlos verschwand er in der Nacht. Keiner der Schlafenden hatte sein Verschwinden bemerkt.

Aruula stand längst aufrecht. Wohin wollte der Nosfera um diese Zeit so heimlich?

Auf Zehenspitzen schlich sie zum Fenster und sprang ebenfalls nach draußen. Suchend blickte sie sich um. Sie konnte gerade noch sehen, wie Navok im angrenzenden Wald verschwand. Seit das Tageslicht verschwunden war, hatte er die Kapuze abgesetzt, doch sein flatternder Umhang war unverkennbar.

Aruula rannte hinter ihm her. Drängende Fragen schossen durch ihren Kopf.

Was trieb Navok alleine in den Wald, wo tausende von Gefahren lauerten? Alle anderen waren froh, in der Baracke einen Unterschlupf gefunden zu haben, und die Wachen hatten sogar ein großes Feuer entzündet, um Tiere abzuhalten. Warum nahm der Nosfera dann so ein Risiko auf sich?

Aruula tauchte an derselben Stelle in den Busch, an der Navok wenige Sekunden zuvor verschwunden war. Links von ihr führte ein schmaler Pfad entlang, von dem das Geräusch schneller Schritte drang.

Die Barbarin nahm trotz der Finsternis die Verfolgung auf. Durch das dichte Laubwerk drang kein Mondstrahl, sodass sie die Arme ausstrecken und sich langsam vorwärts tasten musste. Gegen Navoks Augen, die an das Leben bei Nacht gewöhnt waren, kam sie auf diese Weise nicht an.

Schon nach kurzer Zeit hatte sie sich hoffnungslos verlaufen.

Fluchend irrte sie umher. Die Geräusche des Waldes, die von allen Seiten auf sie eindrangen, flößten ihr Furcht ein. Plötzlich blieb sie stehen. Durch einen Spalt im Blätterdach fiel Mondlicht herab, das den Pfad in unheimliches Zwielicht tauchte. Zwischen den Bäumen schälte sich eine Gestalt hervor, die so finster war, als ob sie mit der Nacht verschmelzen wollte.

Navok konnte es nicht sein, dafür war er zu groß.

Aruula wich instinktiv zurück – und stieß gegen jemanden, der hinter ihr stand. Sie wollte schreien, doch der Ton erstarb auf ihren Lippen, als sie kalten Stahl unter ihrem Kinn spürte. Aus den Augenwinkeln sah sie, dass sich die Lippen eines spitz zulaufenden Gesichts zu einem anzüglichen Grinsen spalteten, bis es einer Taratze ähnelte, die ihre Zähne bleckte. Trotzdem war sie einem Menschen in die Hände gefallen. Dem Kerl, dem sie zwei blaue Augen verpasst hatte.

Frexar. Natürlich. Er hatte mit Rufor am Wachfeuer gesessen. Wahrscheinlich hatten sie gesehen, wie sie in den Wald lief.

»So, meine kleine Wildkatze«, knurrte das Rattengesicht. »Jetzt sind wir endlich allein.«

Seiner Stimme war anzuhören, dass er Rache für ihre Schläge wollte. Und seine freie Hand, die nach ihren Brüsten langte, signalisierte deutlich, *wie* er sich die Genugtuung vorstellte.

»Schön langsam«, fuhr Rufor dazwischen. »Ich bin zuerst dran.«

»Wieso das?«, zischte Frexar angriffslustig.

»Weil ich der Stärkere bin!«

Das war zweifellos richtig. Rufor war ein Barbar aus dem Norden, der nur mit einem Lendenschurz aus Fell bekleidet war. Auf diese Weise konnte jeder seinen muskelbepackten Oberkörper bewundern. Leider war der starke Krieger nicht besonders helle unter seinen langen Haaren, sonst hätte er Grath sicherlich längst als Anführer der Gruppe verdrängt. Doch wenn Rufor sich erst einmal etwas in den Kopf gesetzt hatte, war es nicht besonders klug, ihm zu widersprechen. Deshalb gab Frexar schnell nach.

»In Ordnung«, keuchte das Rattengesicht. »Aber mach schnell!«

Mit vereinten Kräften wurde Aruula zu Boden gerungen. Schweigend leistete die Barbarin Widerstand, doch das Messer an ihrer Kehle ließ keinen Zweifel, dass sie sich fügen musste.

Auf dem Rücken liegend, blieb ihr nur noch, die Knie so fest wie möglich aneinander zu pressen. Rufor setzte seine ganze Muskelkraft ein, um ihre Schenkel zu spreizen. Seine starken Arme gewannen gerade die Oberhand, als ein Schatten über das Trio fiel.

Frexar stöhnte entsetzt auf, als sich eine harte Klaue um seine Messerhand schloss. Ruckartig wurde sie in die Höhe gerissen und nach hinten umgebogen. Ein lautes Knacken drang durch die Stille, als das Gelenk brach.

Entsetzt starrte Frexar auf seine Hand, die plötzlich haltlos am Arm wackelte. Er wollte vor Schmerz aufschreien, aber ein schneller Messerstreich, der über seine Kehle fuhr, brachte ihn vorzeitig zum Schweigen.

Rufor blickte überrascht auf seinen Kumpanen, dessen lebloser Leib zur Seite kippte. Hastig wollte er sich aufrappeln. Im selben Moment sauste Aruulas Knie in die Höhe. Krachend rammte sie es unter Rufors Kinn.

Benommen taumelte der Barbar in die Höhe. Ehe sich die Sicht wieder klären konnte, spürte er einen stechenden Schmerz zwischen den Rippen. Ungläubig starrte er auf den Messergriff, der aus seiner Brust ragte. Dann brach er röchelnd in die Knie. Er war tot, bevor er auf den Boden schlug.

Auf Navoks vertrockneten Gesichtszügen zeigte sich nicht die geringste Regung, als er das Messer aus Rufors Brust zog und es an dessen Lendenschurz abwischte. Seiner Meinung nach hatten die Männer nur bekommen, was sie verdienten.

Aruula war im Prinzip der gleichen Ansicht, trotzdem fröstelte sie bei der kalten Art und Weise, mit der Navok tötete. Maddrax hätte niemals so gehandelt, und darüber war sie froh.

Der Nosfera wechselte kein Wort mit der Barbarin. Schweigend ließ er sich neben Rufors Leiche nieder, legte seine Lippen an die Brustwunde und schlürfte das austretende Blut.

Aruula wandte sich angewidert ab. Am liebsten wäre sie davongelaufen, doch sie wollte Navok nicht allein zurücklassen. Immerhin hatte er sie davor bewahrt, vergewaltigt zu werden

Nachdem der Nosfera sein Mahl beendet hatte, erhob er sich wieder. »Warum läufst du hier nachts im Wald herum?«, wollte er wissen.

»Das Gleiche wollte ich dich fragen«, konterte Aruula.

»Ich war auf der Suche nach Tieren, mit deren Blut ich meinen Durst stillen kann«, gab Navok ungerührt zurück. »Aber diese beiden Kerle hatten den Tod mehr verdient. Lass uns jetzt verschwinden. Wenn Grath uns hier findet, sind wir erledigt.«

Aruula wollte ihm beipflichten, doch ein flatterndes Geräusch ließ sie in die Höhe blicken. Entsetzen schnürte ihre Kehle zu.

Bateras!

Instinktiv griff sie nach ihrem Schwert. Der herabsausende Stahl zeichnete eine Acht in die Luft, um die heranfliegenden Fledermäuse abzuwehren, doch die wendigen Biester wichen geschickt aus.

Im fahlen Licht des Mondes erkannte sie ein halbes Dutzend Bateras, die sich in der Luft herumwarfen und erneut auf sie herabstürzten.

Wieder wirbelte Aruulas Schwert durch die Luft. Diesmal durchtrennte sie die lederne Schwinge eines allzu forschen Angreifers. Kreischend segelte der Nager zur Seite und prallte gegen einen Baumstamm.

Die anderen Fledermäuse wurden vorsichtiger. Flügelschlagend brachten sie sich aus der Reichweite des Schwertes.

Aruula hob die Klinge drohend in die Höhe, während Navok sich mit bloßen Händen der Angreifer erwehren musste. Sein Messer lag neben Rufor auf dem Boden.

Einige Bateras ließen sich zu Boden sinken, um den Angriff auf andere Art fortzusetzen. Nachdem sie gelandet waren, liefen sie Aruula und Navok auf ihren Flügelspitzen entgegen. Die Barbarin ließ ihr Schwert in die Tiefe sausen, doch ehe sie etwas treffen konnte, rissen die Bateras drohend ihre Mäuler auf.

Ein hoher, kaum hörbarer Ton drang aus ihren Kehlen – doch die Wirkung war verheerend. Aruulas Ohren schmerzten, als hätte man ihr ein Messer in den Gehörgang gerammt. Keuchend ließ sie das Schwert fallen und presste beide Hände auf die Ohrmuscheln.

Ihre Bemühungen waren vergeblich. Der Ultraschall aus den Baterakehlen drang durch Mark und Bein und lähmte ihren ganzen Körper. Aruula spürte, wie ihre Knie weich wurden. Neben ihr brach Navok zusammen.

Die Sinne der Barbarin begannen ebenfalls zu schwinden, als plötzlich ein lautes Krachen durch den Wald drang. Ein Batera, der schon siegessicher auf ihr landen wollte, wurde in Stücke gerissen. Weitere Schüsse klangen auf und holten die nächsten beiden Fledermäuse vom Himmel.

Der Rest der Meute suchte fluchtartig das Weite. Ein

paar Schläge mit den ledernen Schwingen, und sie waren in der Dunkelheit verschwunden.

Zitternd kämpfte Aruula gegen die Ohnmacht an, bis sie wieder sicher auf den Beinen stand.

»Maddrax«, keuchte sie erleichtert, denn nur ihr Gefährte hatte auf diese Weise eingreifen können. Tatsächlich tauchte Matt Drax aus dem Dunkel ins Mondlicht. In seiner Hand schimmerte die Heckler & Koch PDW 20, deren Restlichtverstärker sich tagsüber weit genug aufgeladen hatte, um ihm nun gute Dienste zu leisten.

»Was ist denn hier los?«, hallte es durch den Wald, bevor Matt die Lippen bewegen konnte. Es dauerte einen Moment, bis ihm klar wurde, dass die Frage von Grath stammte, der hinter ihm aufgetaucht war.

Hastig legte Matt den Sicherungshebel der Heckler & Koch um, dann war Grath auch schon heran und riss ihm die Automatik aus der Hand.

»Was ist das?«, wollte der Hüne wissen.

»Eine Schutzwaffe«, erklärte Matt. »Ich konnte sie aber nur einmal einsetzen. Jetzt hat sie ihren Zauber verloren.«

»Ach wirklich?«, grinste Grath. Er hatte genau beobachtet, wie Maddrax auf die Bateras feuerte. Triumphierend richtete er den Lauf auf seinen verhassten Konkurrenten und krümmte den Finger um den Abzug.

Nichts geschah. Die Pistole war durch die Sicherung blockiert.

»Schade«, maulte Grath enttäuscht. Doch obwohl die Automatik offensichtlich ihrer tödlichen Wirkung beraubt war, gab er sie nicht zurück, sondern steckte sie in seinen Hosenbund. »Was ist mit Frexar und Rufor geschehen?«, wollte er wissen. Inzwischen kamen auch seine restlichen Männer angerannt. Ihnen folgten Arzak, Chip und Dale.

Aruula blickte unschlüssig auf die beiden Männer, die Navok getötet hatte. Wenn sie die Wahrheit sagte, kam es sicherlich zum Kampf mit Graths Männern. Sie alle hassten den Nosfera und würden seinen Kopf fordern.

»Deine Leute wurden von den Bateras angegriffen«, kam ihr Navok zuvor. »Wir haben die Schreie gehört und wollten helfen, da sind die Viecher auch über uns hergefallen. Zum Glück konnte uns Maddrax mit der Donnerwaffe retten.«

»Ja, zum Glück«, äffte Grath nach. Es war ihm anzusehen, dass er dem Nosfera keinen Glauben schenkte. Doch glücklicherweise waren die verräterischen Blutspuren an dessen vertrockneten Lippen im Mondlicht nicht zu sehen.

»Na gut«, grollte Grath. »Legen wir uns schlafen. Bei Tagesanbruch wird uns Maddrax einen Weg aus diesem verdammten Tal zeigen. Falls er es nicht schafft, breche ich ihm und den anderen Freeks allesamt die Knochen.«

Das Fauchen der Hyänen drang immer lauter durch das Unterholz, während die Sklaven jeden Stein in ihrer Umgebung umdrehten. Dem vielstimmigen Gebrüll nach zu urteilen, rottete sich eine riesige Meute zusammen.

»Wonach suchen wir eigentlich?«, brauste Grath auf. Der vibrierende Unterton seiner Stimme zeigte deutlich, dass er langsam in Panik geriet. »Das sind doch alles Hirngespinste!«

»Hier *muss* es irgendwo eine Treppe geben, die in die

Tiefe führt«, erklärte Matthew wohl zum hundertsten Mal. »Da bin ich mir ganz sicher.«

Der Pilot hatte die ganze Nacht hindurch die Unterlagen aus dem Safe studiert. So hatte er erfahren, dass es sich bei dem ehemaligen Militärgelände um eine Versuchsanlage handelte, in der neueste Entwicklungen der Waffentechnik auf ihre Tauglichkeit erprobt wurden. Aus diesem Grund gab es nicht nur ein halbes Dutzend Minenfelder auf diesem Areal, sondern auch ein großes Tauchbecken für Meerestechnik und eine unterirdische Schießbahn zum Test großkalibriger Waffen bis hin zu Panzerfäusten.

Diesen Tunnel, der einen Kilometer weit geradeaus führte, wollte Matt benutzen, um dem Tal zu entfliehen. Nach seinen Berechnungen kamen sie damit sogar hinter dem Schützengraben der Rojaals an die Oberfläche.

Schon bei Morgendämmerung waren sie aufgebrochen und hatten ein auf den Karten verzeichnetes Minenfeld umgangen, das ihnen den direkten Weg zur Schießbahn versperrte. Das verminte Gelände hielt ihnen einige Zeit die Hyänen vom Hals, die sich auf ihre Spur gesetzt hatten. Dies brachte Matt den Respekt der anderen Männer ein, doch danach schien ihn das Glück zu verlassen. Bereits seit einer halben Stunde suchten sie nach dem verdammten Abstieg zur Schießbahn.

»Die Hyänen kommen!«, schrie Arzak. Aufgeregt deutete er auf einige der Bestien, die sich drohend aus dem Unterholz schoben. Noch schienen sie aber keinen Frontalangriff zu wagen. Graths Männer warfen ihnen brennende Fackeln und Steine entgegen.

Ihre Lage schien hoffnungslos, da erklang ein Krachen und Poltern, gleich darauf ein Hilfeschrei. Alarmiert drehte sich Matthew um, doch er bemerkte nur, dass Crane von der Bildfläche verschwunden war.

Hilfeschreie hallten aus der Tiefe. Verblüfft folgte Matt den Rufen, bis er den bleichen Jüngling in einer Grube fand. Crane war in einen betonierten Schacht gestürzt und lag auf einigen Stufen, die in die Tiefe führten.

Hastig lief Matt die Treppe hinab, stieg über den Jammernden hinweg und stand vor einer stählernen Tür, die durch ein Kombinationsschloss gesichert war.

»Kommt hierher!«, brüllte Matthew den anderen zu. »Wir haben es geschafft!«

Sofort rannten alle auf die Grube zu.

Das war ein Fehler.

Die Fluchtbewegung löste den Jagdinstinkt der Hyänen aus. Knurrend hetzten sie ihrer Beute nach.

Matt bekam davon nichts mit. Mit fliegenden Fingern stellte er an den Drehknöpfen den Code ein, den er in den Unterlagen gefunden hatte. Obwohl die Mechanik arg angerostet war, ließ sie sich bewegen.

Über ihm ertönte ein Warnrufe, während er an der Tür zerrte – die sich um keinen Zentimeter rührte.

»Helft mir mit der Tür!«, schrie er. »Das Ding klemmt!«

Chip und Dale sprangen zu ihm herab. Die beiden großen Taratzen packten mit ihren Krallenhänden zu und zerrten verbissen an dem Eisengriff. Knirschend schwang die Tür nach außen auf.

Matt drängte ins Innere. Die Luft in dem seit Jahrhunderten versiegelten Raum war überraschend frisch. Ein gleichmäßiges Brummen signalisierte, dass die Umwälzpumpen arbeiteten. Die Solarzellen, die die Stromversorgung in diesem abgelegenen Areal sicherstellen sollten, waren also noch intakt!

Ungläubig betätigte Matt einen Lichtschalter. Sofort flammte die Notbeleuchtung auf. Einige Birnen brannten zischend durch, doch gut ein Drittel hüllte den Gang in trübes Rotlicht. Für die Neonbeleuchtung reichte der Strom allerdings nicht aus.

Draußen wurden Schreie laut. Die Hyänen sprangen die ersten Sklaven an. Chip und Dale drängten hinter Matt in den verlassenen Bunker; ihnen folgten Navok und Crane, der sich endlich aufgerappelt hatte.

»Wo bleibt ihr denn?!«, rief Matt nach draußen, denn er fürchtete um Aruula. Schmerzerfüllte Schreie drangen zu ihm herab. Da eilte die Barbarin endlich herbei, gefolgt von Arzak, Nerk und Grath.

Erleichtert schloss Matt seine Gefährtin in die Arme, doch das Donnern der zuklappenden Stahltür dämpfte ihre Wiedersehensfreude. Matt traute seinen Augen nicht. Grath und Nerk hatten den Eingang geschlossen, obwohl sich draußen noch ein halbes Dutzend ihrer Männer befanden!

»Seit ihr wahnsinnig?!«, brüllte er. »Lasst die anderen rein.«

»Die sind schon Hyänenfutter«, gab Grath kalt zurück. Auf seinem Gesicht zeichnete sich nicht das geringste Mitleid mit den Unglücklichen ab. Ihm war nur wichtig, dass er selbst davongekommen war.

Plötzlich hämmerte es von draußen gegen die Tür.

»Lasst mich rein«, schrie jemand in Todesangst, »sie sind schon hinter mir!«

Eine Sekunde später war ein dreifaches Fauchen zu hören, gefolgt vom Geräusch reißenden Fleisches und einem gepeinigten Schrei, der abrupt endete.

»Siehst du«, sagte Grath leichthin. »Ich habs doch gesagt: Hyänenfutter.«

»Dieser Mann könnte noch leben, wenn die Tür offen gewesen wäre«, bellte Matt. Er zitterte vor Wut. Am liebsten hätte er sich auf Grath gestürzt und den brutalen Kerl mit bloßen Fäusten zusammengeschlagen. Doch er beherrschte sich. Wenn sie sich jetzt gegenseitig an die Gurgel gingen, setzten sie nur fort, was die Hyänen nicht geschafft hatten.

Ein fellbesetzter Arm senkte sich auf Matts Schulter.

»Lass es gut sein«, beruhigte ihn Arzak. »Es war ja keiner aus unserer Gruppe dabei.«

»Das macht es nicht besser«, zischte Matthew, obwohl er wusste, dass der Wulfane es nur gut meinte.

»Dein Edelmut ist wirklich zum Kotzen«, ätzte Grath, während er sich in dem Tunnel umsah, der mit den Hinterlassenschaften der Royal Army vollgestopft war.

Unzählige Kisten mit Uniformen und verdorbenen Lebensmittelrationen standen hier herum. Offensichtlich hatten die Soldaten vor dem Verlassen der Basis ein Vorratslager angelegt, das später nie genutzt worden war. Matthew überlief es siedend heiß, als er sah, dass hier auch unzählige Waffen- und Munitionskisten lagerten. Maschinengewehre, Panzerfäuste, Sprengminen – lauter schweres Kriegsgerät.

Staunend stolperte er zwischen den Behältern umher, die entlang der Schießbahn aufgestapelt waren. Mit diesem Arsenal konnte man eine ganze Armee ausrüsten! In den Händen der Rojaals – oder auch nur von Kerlen wir Grath – würde es tausendfaches Unheil heraufbeschwören!

»Lasst uns einige Kisten aufbrechen«, schlug der Hüne bereits vor. »Vielleicht finden wir etwas, das wir gebrauchen können.«

»Auf keinen Fall«, fuhr Matt dazwischen. »Dann fliegen wir alle in die Luft!«

»Wieso das denn?«, fragte Grath ungläubig.

»Aus dem gleichen Grund, aus dem die Minen explodiert sind«, gab der Pilot nebulös zurück. »Willst du so enden wie deine Leute auf der Lichtung?«

Grath schüttelte den Kopf. Nein, das wollte er bestimmt nicht. Es war ihm zwar ein Rätsel, was das mit diesem Bunker zu tun hatte, aber bislang hatte der blonde Klugscheißer immer Recht behalten. Also sollte er wohl besser auf ihn hören.

Auch die anderen überfiel ein kalter Schauer bei Matts Worten. Nur Aruula, die seine Emotionen erlauschen konnte, ahnte seine wahren Motive. Er wollte Grath Angst einjagen, um ihn von den gefährlichen Waffen fern zu halten.

»Los, wir müssen alle so schnell wie möglich raus hier«, feuerte Matthew die Gruppe an.

Sie eilten die Schießbahn entlang. Dabei wurde es immer düsterer, denn mehr und mehr Birnen der Notbeleuchtung gaben zischend ihren Geist auf. So merkten es die anderen nicht, als Matt, der am Ende der Kette lief, plötzlich stehen blieb.

Er hatte endlich etwas entdeckt, nach dem er schon seit Minuten Ausschau hielt: ein Blechbehälter mit Zeitzünderminen. Hastig hebelte er den Deckel mit seinem Säbel auf. Die Kiste war bis zum Rand mit verschweißten Paketen voll gestopft. Er schlitzte eine der Plastikhüllen auf.

Die Mine hinterließ ein vertrautes Gefühl in seinen Händen. Er war an ihr ausgebildet worden. Mit fliegenden Fingern aktivierte er den Count-down. Rote Leuchtziffern flammten auf, als er auf dem Tastaturblock herumtippte.

Die Anzeige »01:00« erschien auf dem Display. Eine Stunde Zeit. Bis dahin waren sie bestimmt draußen. Und die Waffentechnologie der Vergangenheit aus dieser Anlage würde niemals in die Hände der Rojaals fallen. Wenn die Sprengkraft ausreichte, würde sogar dieses ganze verdammte Tal zerstört.

Im tiefsten Herzen verfluchte Matt sein Handeln, als er an die unglaubliche Macht dachte, die diese Waffen symbolisierten. Was würde man mit ihnen alles erreichen können! Doch in den Händen des Gen'rels konnte nur eine Diktatur daraus entstehen, die Britana mit Tod und Schrecken überziehen würde. Bevor es so weit kam...

0:59

Der Count-down lief.

Hastig stopfte er die Mine zurück in die Kiste. Wenn sie explodierte, würde sie den übrigen Sprengstoff zünden und die ganze Schießbahn in eine einzige große Bombe verwandeln.

Matt spurtete den anderen hinterher. Bei ihnen angekommen, arbeitete er sich nach vorn und übernahm die Führung. Bald erreichten sie das Ende des Tunnels.

»Und wie gehts jetzt weiter?«, jammerte Nerk, denn es schien, als wären sie in einer Sackgasse gelandet.

»Es gibt hier einen Notausgang«, erklärte Matt. Er deutete er auf eine runde Luke, die über eine Eisenstiege zu erreichen war. Mit schnellen Griffen klappte er die Riegel beiseite, um die Luke zu öffnen.

Matt kroch als Erster durch den engen Schacht, der ein Stück geradeaus und dann zwei Meter in die Höhe führte. Wieder gab es eine Luke, diesmal mit Kurbelverschluss. Als sie offen war, stemmte sich Matt mit der Schulter dagegen. Knirschend zerriss das Moosgeflecht, das über den Ausstieg gewuchert war, dann drang Tageslicht zu ihnen herein.

Matt spähte vorsichtig nach draußen. Er musste erst das kniehohe Gras überblicken, bis er die Gegend erkannte. Hier war er vor knapp zwei Tagen vorbeigekommen. Vorsichtig wandte er den Kopf. Richtig.

Etwa hundert Meter entfernt verlief der Schützengraben, dahinter lag das Waldgebiet.

Sie hatten es geschafft.

Sie befanden sich hinter den Linien der Rojaals.

Die Nachricht verbreitete sich flüsternd den Notausstieg entlang. Durch das kniehohe Gras gedeckt, robbte Matt aus der Luke, um den anderen Platz zu machen. Nach und nach krochen die übrigen Sklaven an die Oberfläche und verteilten sich, flach auf dem Boden liegend, rund um den Ausstieg. Als alle draußen waren, klappte Matt den überwucherten Deckel wieder herunter, um den Ausbruch zu tarnen.

»Zwanzig Schritte von hier kommt ein Abhang«, sagte er leise. »Wenn wir bis dahin kriechen, haben wir es geschafft. Dann sind wir den Rojaals entkommen!«

Freudiges Gemurmel antwortete ihm.

Nur Navok reagierte in einer Weise, die keiner erwartet hatte.

Die Hand des Nosfera schoss plötzlich zu Grath hinüber und zog ihm die Heckler & Koch aus dem Hosenbund. Bevor ihn jemand daran hindern konnte, legte er den Sicherungshebel um und schoss in die Luft. Der Knall hallte wie ein Donnerschlag über das Land.

Die Sklaven waren vor Überraschung wie gelähmt. War Navok plötzlich verrückt geworden? Mit einem federnden Satz sprang der Nosfera in die Höhe. Sein wehender Umhang wirkte wie eine Signalflagge, die den Rojaals ihre Position anzeigte.

»Da hinten!«, klang es vom Waldrand herüber. »Der Blutsäufer!«

Jetzt war alles aus! Sie waren entdeckt!

»Du mieser Verräter!«, spie Arzak aus. »Das hast du

doch geplant!« Der Wulfane zog die Beine unter seinen Körper und machte sich bereit zum Sprung. Sofort ruckte der Lauf der Heckler & Koch zu ihm herum.

»Versuch das nicht«, warnte Navok. »Ich habe nichts gegen dich persönlich, aber meine Frau und mein Kind sind mir wichtiger!«

Sein Zeigefinger lag fest um den Abzug. Navok wusste genau, wie er die Waffe bedienen musste. Er hatte Matt in der vorigen Nacht nicht nur beim Sichern der Waffe, sondern auch beim Schießen beobachtet.

Eine Armee widerstreitender Gefühle marschierte durch Matts Kopf. Plötzlich wurde ihm klar, warum der Nosfera sich die ganze Zeit so distanziert verhalten hatte. Auf seinem Gewissen lastete ein schreckliches Geheimnis – er musste die Menschen verraten, die mit ihm durch dick und dünn gingen, um das Leben seiner Familie zu retten. Wahrscheinlich hatte man ihn vor diese Wahl gestellt, als er nach der Schlägerei aus der Sporthalle geholt wurde.

Du hast Recht. Genau so war es.

Matt sah verblüfft auf. Die Stimme des Nosfera war direkt in seinem Kopf entstanden! Navok war also tatsächlich ein Telepath! Und er hatte es offensichtlich verstanden, diese Begabung vor Aruula zu verbergen.

Die übrigen Sklaven hätten sich am liebsten gemeinsam auf den Nosfera gestürzt, doch Navok postierte sich so, dass er sie alle im Auge behalten konnte. Da sein Gesicht im Dunkel der Kapuze lag, wusste niemand, auf wem sein Blick gerade ruhte. Selbst die Taratzen wagten keinen Überraschungsangriff.

Es wäre eh nutzlos gewesen. Ein Trupp der Rojaals hetzte heran. Mit vorgehaltenen Bajonetten kreisten sie Navok und die am Boden liegenden Sklaven ein. Dem

Nosfera wurde die Pistole entrissen, dann trieb man ihn und die übrigen Gefangenen zum Wald hinüber.

Dort wurden sie vom Gen'rel erwartet, der seine Fäuste herausfordernd in die Hüften presste.

»Alle Achtung«, lobte er spöttisch. »So weit hat es bisher noch keiner geschafft, aber wie ihr seht, haben wir auch für solche Fälle vorgesorgt.«

Der May'jor neben ihm verzog die Lippen zu einem triumphierenden Lächeln. Schließlich war es seine Idee gewesen, den Nosfera als Spion in Maddrax' Gruppe zu schleusen. Er wusste, dass sich der Aufwand gelohnt hatte, als ihm die PDW 20 ausgehändigt wurde. Maddrax besaß also doch noch weitere Schutzwaffen, und diese schien sogar donnern zu können.

»Lassen Sie uns endlich frei«, flehte Nerk. »Schließlich sind wir lebend aus dem Tal herausgekommen.«

Grath verdrehte genervt die Augen. »Idiot!«, zischte er seinem Lakaien zu. »Daran hast du doch wohl hoffentlich keinen Moment lang geglaubt.«

Der Gen'rel lächelte gutmütig, als ob er zu Kindern sprechen würde, die noch nicht verstanden, wie es wirklich in der Welt zugeht. »Neun Sklaven – so viele haben es noch nie geschafft, das Spiel zu überleben. Nur harte und ausdauernde Kämpfer bestehen diesen Test – begehrte Kämpfer, die auf dem Sklavenmarkt von Plymeth hohe Preise einbringen. Deshalb wird mir mein alter Geschäftsfreund Emroc auch einen schönen Batzen für euch zahlen!«

Bei diesen Worten trat ein fetter, in bunte Tücher gehüllter Glatzkopf heran, der ein pralles Ledersäckchen in seiner Hand wog. Es war der Eunuch mit der Fistelstimme, der Matt schon auf der Aussichtsplattform aufgefallen war.

»Deine Spitzenware macht mich noch zum armen

Mann«, heuchelte der Sklavenhändler unterwürfig. »Wie soll ich nur neun Krieger auf einen Schlag loswerden?«

»Acht«, korrigierte Navok. »Meiner Familie und mir wurde die Freiheit versprochen, wenn ich Maddrax' Flucht verhindere.«

»Richtig«, nickte der Gen'rel«, »du wirst nicht an Emroc verkauft. Aber deine Freiheit musst du dir erst noch verdienen. Es gibt bald ein neues Sklavenspiel, in dem du mir wieder gute Dienste leisten kannst. Deine Familie wird es solange gut bei uns haben.«

Ein Zittern lief durch Navoks verhüllten Körper, als würde er frieren. Er wurde also genauso betrogen wie alle anderen. Der Gen'rel wollte sich gerade an Emroc wenden, als der Nosfera hervorstieß: »Unter der Erde liegen kistenweise Waffen, wie du sie dir nicht einmal erträumen kannst, Gen'rel. Wenn du mir und meiner Familie die Freiheit garantierst, zeige ich dir, wo du sie finden kannst.«

Matt Drax hielt die Luft an. Das durfte doch nicht wahr sein! Dieser verdammte Nosfera musste in seinem Geist gewühlt haben!

Die Züge des Rojaal-Führers leuchteten auf. »Wusste ich doch, dass es da noch mehr geben muss. Etwa Schutzwaffen wie diese hier?« Er hielt die Heckler & Koch in die Höhe.

»Größere, Bessere!«

Der Gen'rel war selig. »Führe mich dorthin, und du kannst alles von mir haben, was du willst, Blutsäufer.«

»Nein!«, fuhr Maddrax dazwischen. »Folgt ihm nicht! Ihr lauft sonst in euer Verderben. Ich habe dafür gesorgt, dass dort unten alles in die Luft fliegt!«

Der Gen'rel machte eine verächtliche Bewegung mit der Hand. »Netter Versuch«, tat er Matts Warnung ab, wandte sich aber trotzdem an Navok: »Oder stimmt es, was er sagt?«

Der Nosfera schüttelte den Kopf. »Nein. Das hätte ich gesehen.«

»Aber –«, begehrte Matt auf. Sofort stürzte ein Rojaal vor und hämmerte ihm den Gewehrkolben in den Nacken. Stöhnend sackte er in die Knie.

»Bindet sie!«, befahl der Gen'rel. »Und dann ab mit ihnen zur Karawane.«

Die Soldaten drangen auf die Sklaven ein und fesselten sie. Selbst Chip und Dale mussten sich der Übermacht geschlagen geben.

Trotz der groben Behandlung gab Matt nicht auf. Er wollte nicht unzählige Menschen ins Verderben laufen lassen, selbst wenn es so miese Kerle wie die Rojaals waren. Und er wollte vor allem nicht, dass Navok starb. Sicher, der Nosfera war zum Verräter geworden – doch nicht aus niederen Motiven, sondern weil er seine Familie schützen wollte.

»Glaub mir«, beschwor er den Nosfera. »Wenn du ihnen den Weg zeigst, fliegst du mit in die Luft!«

Das weiß ich längst, flüsterte es in Matts Gedanken. *Seit du die Mine scharf gemacht hast.*

»Aber, warum . . .«, stotterte der Pilot verblüfft.

Der Nosfera stand ihm wie eine Statue gegenüber. Das verhüllte Gesicht verbarg seine Emotionen, doch der Tonfall in Matts Kopf war zornig.

Meine Frau und mein Kind sind tot. Der Gen'rel hat sie aus einer Laune heraus hinrichten lassen. Ich habe es vorhin in seinen Gedanken gelesen. Dafür muss er büßen, und alle, die ihm dienen.

Matt fehlten die Worte. Er stand wie erstarrt, bis die Rojaals ihn an der Schulter packten und mit den anderen fort zerrten.

Unter Kolbenschlägen wurden sie eilig weggetrieben. Obwohl er sich damit einige Blessuren einhandelte, wandte Matt sich immer wieder um. Entsetzt musste er mit ansehen, wie die Rojaals sich der Einstiegsluke des Notausgangs näherten. Navok wandte noch einmal den Kopf zu den abziehenden Gefährten, mit denen er in den letzten Tagen so viel durchgestanden hatte. Was er dachte, erfuhr Matt nie.

Dann schwang er sich behände in die Tiefe. Ihm folgten der Gen'rel, der May'jor und zwei Dutzend weitere Rojaals. Keiner von ihnen würde das Tageslicht wieder sehen.

Emrocs Karawane umfasste insgesamt dreißig Sklaven, die von berittenen Wächtern auf Andronen umkreist wurden. Mit Lederpeitschen, deren Schläge wie Feuer brannten, wurden die Gefangenen brutal vorangetrieben. Emroc wollte bis zur Dunkelheit noch ein gutes Stück bis nach Plymeth zurücklegen.

Matthew stolperte mehr, als dass er ging. Der Weg durch das Tal des Todes hatte seine Kraftreserven aufgebraucht. Er war völlig außer Atem, obwohl sie erst zwanzig Minuten unterwegs waren.

Die Karawane kam ins Stocken, als mit einem Mal weit hinter ihnen eine gewaltige Explosion ertönte. Ein rot glühender Rauchpilz schoss in die Höhe. Die Erde bebte. Sogar hier, gut zwei Kilometer vom Tal des Todes entfernt, regneten noch Erdklumpen herab.

Das Tal existierte nicht mehr. Niemand konnte dieses Inferno überlebt haben. Navok, der Gen'rel und etliche Rojaals waren tot, verbrannt im heißen Atem der Vernichtung.

»Verfluchte Wakudascheiße!«, ließ sich Emroc vernehmen. Ihm war wohl gerade klar geworden, dass sein Geschäftspartner das Zeitliche gesegnet hatte. Aber dann zuckte er die fleischigen Schultern. Wahrscheinlich waren die Rojaals nicht seine einzige Sklavenquelle gewesen. »Los, weiter!«, kommandierte er.

Die traurige Prozession nahm ihren Marsch wieder auf. Dreißig Kreaturen, ihrem höchsten Gut, der Freiheit, beraubt. Eine Sklavenkarawane.

Ein Zug der Verlorenen ...

ENDE

MICHAEL J. PARRISH

ZUG DER VERLORENEN

Es war ein Zug der Verlorenen. Dreißig gepeinigte Kreaturen, die wie Vieh in einer Herde getrieben wurden. Grausame Wächter, die auf vielfüßigen Andronen ritten, hielten sie mit Spießen und Peitschen in Schach, sorgten dafür, dass keiner von ihnen entkommen konnte.

Dreißig arme Kreaturen – Menschen, Taratzen, Wulfanen –, die unter dem Gebrüll der Wächter zusammenzuckten und in deren Fleisch sich das messerscharfe Leder der Flammpeitschen schnitt.

Dreißig Sklaven.

Zwei von ihnen waren Commander Matthew Drax und Aruula...

Matt musste sich zwingen, einen Fuß vor den anderen zu setzen. Er war erschöpft. Seine Knochen und Gelenke schmerzten, seine Kehle fühlte sich an wie ausgedörrt.

Schon den ganzen Tag marschierten sie durch das üppig bewachsene Hügelland, ohne auch nur eine Rast eingelegt zu haben. Sie hatten nichts zu trinken bekommen und nicht einen Bissen gegessen. Alles was sie bekamen, waren Peitschenhiebe und wüste Beschimpfungen, die die Wächter von ihren bizarren Reittieren herabbrüllten.

An der Spitze des Zuges reiste Emroc, der Sklavenmeister, der Matt und seine Leidensgenossen in Southampton erstanden hatte. Emroc war – von dem Pseudo-Gott Maars im Kolosseum von Rom einmal abgesehen* – der fetteste Mensch, den Matt je getroffen hatte; ein glatzköpfiger Eunuche mit einem grausamen Blitzen in seinen winzigen Augen.

In einer Sänfte ließ sich der Meister der Sklaven durch den Wald tragen, stopfte sich fortwährend mit Leckereien voll und soff teuren Wein, während seine Sklaven fast

---

* siehe Taschenbuch 1, Roman 3 »Rom sehen und sterben«

verhungerten. Emroc war kein Idiot. Er gab den Sklaven gerade so viel zu essen, dass sie nicht zu Grunde gingen – aber so wenig, dass sie nicht die Kraft zur Flucht hatten.

Noch niemals hatte Matt *wirklichen* Hass auf einen Menschen verspürt. Als er nun jedoch über den morastigen Boden torkelte, ausgehungert und der Erschöpfung nahe, als er von einem der Wärter angebrüllt wurde und die Flammpeitsche knallte, da war es fast so weit.

Ihn erfüllte die Vorstellung, dass ein Mensch einen anderen besitzen oder gar verkaufen könne, mit Abscheu. Und doch musste er sich mit dem Gedanken abfinden, dass er, Matthew Drax, im Begriff war, auf dem Sklavenmarkt von Plymeth meistbietend verschachert zu werden ...

Aruula ging vor ihm. Auch ihre Schritte waren schwer geworden, ihre Züge wirkten eingefallen und ausgezehrt. Ihre Schulter und ihr Rücken waren blutig und von Striemen überzogen – Folgen ihres Widerstands.

Immer wieder warfen ihr die Wächter lüsterne Blicke zu, weideten sich am Anblick ihres üppigen nackten Busens – doch bislang hatten sie darauf verzichtet, sich Aruula zu nähern, wie sie es bei anderen Sklavinnen getan hatten. Noch hielt sie das ungestüme Wesen der Barbarin davon ab, über sie herzufallen – aber Matt machte sich keine Illusionen darüber, dass sich dies bald ändern würde.

Am Beginn ihrer langen Wanderung hatte Aruula den Wächtern noch lauernde Blicke zugeworfen und geschworen, ihnen bei der kleinsten Gelegenheit die Augen auszukratzen – doch das Feuer in der Barbarin war im Begriff zu erlöschen. Wie die meisten im Zug wollte sie nur noch eines: überleben.

Anfangs hatten Matt und Aruula noch an Flucht

gedacht. Mittlerweile verschwendeten sie keinen Gedanken mehr daran. Selbst wenn es ihnen gelingen würde, ihre Fesseln abzustreifen und sich ins Dickicht abzusetzen – gegen Emrocs Wächter und ihre Andronen hatten sie keine Chance. Binnen kürzester Zeit würden sie sie eingeholt und zurückgebracht haben – und Matt und Aruula hatten mit eigenen Augen gesehen, was denen blühte, die zu entkommen suchten.

Vor zwei Tagen war es einer Taratze gelungen, ihre Fesseln durchzunagen und sich seitwärts in die Büsche zu schlagen. Keine zwei Stunden später hatten die Sklaventreiber sie wieder gefasst. Sie banden die arme Kreatur bäuchlings an einen Baumstamm und schlugen mit ihren Flammpeitschen auf sie ein. Die Peitschen waren aus den Häuten einer giftigen Schlangenart gefertigt, die mit winzigen Giftstacheln besetzt war. Jeder Hieb bohrte sich tief ins Fleisch, brannte wie Feuer und verursachte lähmende, unerträgliche Schmerzen.

Matt hatte die grellen Schreie der Taratze noch immer im Ohr. Die Rattenkreatur hatte gebrüllt wie am Spieß, während das brennend heiße Leder wieder und wieder auf sie niedergefahren war, ihr Fell versengt und sich tief in ihr Fleisch geschnitten hatte.

Schließlich war der Rücken der Taratze völlig nackt gewesen. Nur noch Brandspuren, Fetzen von Haut und dunkles Blut waren zu sehen gewesen. Emroc hatte darauf verzichtet, die Taratze zu töten – auf dem Sklavenmarkt von Plymeth brachte sie ihm bares Geld. Aber er hatte ihr einen Denkzettel verpasst, den weder sie noch ihre Mitgefangenen vergessen würden – die ganze Nacht über hatte die geschundene Kreatur gewinselt und dafür gesorgt, dass Matt und die anderen kein Auge zugetan hatten.

In engen Windungen zog sich der Pfad dahin. Er war

breit und ausgetreten. Matt nahm an, dass schon unzählige Sklaven vor ihnen diesen Weg durch den verfilzten Wald beschritten hatten – arme Seelen, die wie sie von den Rojaals gefangen und dem grausamen Sklavenspiel unterzogen worden waren. Für die Überlebenden – die Stärksten und Zähesten – wurden auf dem Sklavenmarkt Höchstpreise erzielt. Matt dachte bitter darüber nach, was Emroc wohl mit *ihm* verdienen würde.

In der Schar der Gefangenen waren einige, die gemeinsam mit Aruula und ihm das Tal des Todes durchquert hatten: Zum Beispiel die beiden Taratzen – Matt hatte sie Chip und Dale getauft –, von denen eine Aruula das Leben gerettet hatte. Die beiden unterhielten sich in der Taratzen eigenen kehligen Sprache, waren aber auch fähig, menschliche Laute zu artikulieren. Ihr Bruder Donald hatte sich besser auf die Sprache der Menschen verstanden, doch er war im Tal umgekommen. Zusammen mit Aruulas Fähigkeit, die Empfindungen von Lebewesen zu »erlauschen«, hatte sich trotzdem eine Möglichkeit ergeben, mit den Taratzen in Kommunikation zu treten.

Der Nächste in der Reihe war Arzak, ein Wulfane; ein typischer Vertreter seiner Art. Zottiges, rötlich braunes Fell bedeckte seinen Körper, der unbekleidet war bis auf einen Lendenschurz aus weichem Leder. Arzaks Augen waren klein und gelb, seine Züge wurden von den üblichen schlundigen Lippen verunziert, die Wulfanen zu Eigen waren und hinter denen sich Reihen messerscharfer gebogener Zähne verbargen. Matt hatte schon mit Wulfanen zu tun gehabt – mit Schaudern dachte er an seine Erlebnisse in Bolluna zurück, den traurigen Überresten von dem, was einst Bologna gewesen war.

Ebenfalls mit durch das Tal gekommen war Crane, ein hagerer weißhäutiger Mensch, der krank und elend aussah. Matt wurde nicht recht schlau aus Crane, aus seinen fahrigen wilden Bewegungen und seiner wirren Art zu sprechen. Nur einmal hatte Aruula den Versuch unternommen, in Cranes Inneres zu lauschen – und war erschrocken zusammengezuckt. Der junge Mann mit den blassen Zügen und dem dünnen blonden Haar musste Schreckliches erlebt haben – ein dunkles Geheimnis lag über seiner Seele.

Und schließlich waren da noch Grath und dessen Helfershelfer Nerk. Grath war ein ungehobelter Bursche, ein Mistkerl, wie er im Buche stand. Er gehörte zu jenem Menschenschlag, dem nichts so wichtig ist wie er selbst und der über Leichen geht, um seine eigene Haut zu retten. Im Tal des Todes hatte er seine Kameraden über Minenfelder gejagt, um selbst unbeschadet durchzukommen, und er hatte mehr als einmal versucht, Matt zu hintergehen.

Am Ende jedoch hatte alles nichts genützt. Auch er war in die Sklaverei verkauft worden. Weil Navok, der Nosfera, die Gruppe verraten hatte. Nicht aus eigenem Antrieb – der Anführer der Rojaals hatte Navoks Familie in seiner Gewalt gehabt und ihn damit erpresst. Als Navok dann erfuhr, dass der Gen'rel seine Frau und sein Kind längst ermordet hatte, folgte er ihnen ins ewige Dunkel – und nahm etliche der Rojaals mit ...

Immer tiefer hinein in den von dichtem Gestrüpp und Schlingpflanzen überwucherten Wald führte der Marsch. Matt konnte sehen, wie sich über ihnen große Bonta-Vögel aus dem Geäst erhoben und in den fahlgrauen Himmel flatterten, wo sie kreischend zu kreisen begannen – Aasfresser, die nur darauf warteten, dass einer der Sklaven zurückblieb und nicht weiterkonnte.

Einige der Sklaven – vor allem die Älteren und die

Frauen, die sich im Zug befanden – begannen zu stöhnen, schrien ihre Angst und ihre Verzweiflung laut hinaus – um vom erbarmungslosen Knall der Flammpeitsche jäh zum Verstummen gebracht zu werden.

Matt merkte, wie es ihn in den Fingern juckte, die gefühllosen Wächter von ihren Andronen zu zerren und nach allen Regeln der Kunst zu verprügeln. Aber selbst wenn er die Hände frei gehabt hätte – er wäre zu schwach dafür gewesen, und gegen die Übermacht der Sklaventreiber hatte er ohnehin keine Chance. Seine verbliebene Ausrüstung hatte man ihm im Lager der Rojaals abgenommen. Er fühlte sich nackt und wehrlos wie nie zuvor.

Wie Aruula ging es ihm nur noch darum, diesen Höllenmarsch zu überleben. Automatenhaft setzte er einen Fuß vor den anderen, strauchelte über Baumstümpfe und offen liegende Wurzeln. Irgendwie gelang es ihm, sich auf den Beinen zu halten – auch dann noch, als sein Verstand längst abgeschaltet hatte und er nur noch wie ein Roboter die Befehle ausführte, die die Wächter ihnen zubrüllten.

Der Tag schien endlos; die fahle Sonnenscheibe, die sich hinter den milchig weißen Wolken abzeichnete, wanderte mit quälender Langsamkeit über die Himmelskuppel. Irgendwann, als die Sklaven im Zug schon dem Zusammenbruch nahe waren, war es endlich so weit. Die Dämmerung brach herein – und Emroc befahl seinen Leuten, das Nachtlager aufzuschlagen.

Es war die gleiche Prozedur wie an jedem Tag. Die Wächter suchten eine Lichtung aus, auf der sie die Sklaven zusammentrieben. Endlich wurde den Gefangenen eine Rast gegönnt, und erschöpft sanken sie auf den weichen, sandigen Boden nieder.

Während Emrocs Bedienstete das Zelt aufschlugen, in

dem der Sklavenmeister zu nächtigen pflegte, und ihm ein wahres Festmahl aufzutischen begannen, bekamen auch die Sklaven eine Mahlzeit – die Einzige des ganzen Tages. Mehrere Schläuche mit stinkendem Wasser wurden ihnen zugeworfen, dazu ein paar Beutel mit Brot, das bereits Schimmel angesetzt hatte.

Wie an jedem Tag entbrannte ein gnadenloser Kampf um die wenige Verpflegung. Und wie an jedem Tag machten sich Emroc und seine Wachen einen Spaß daraus, dem niederen Kampf ums Überleben zuzusehen.

Vergeblich hatten sich Matt und Aruula an den ersten Tagen darum bemüht, das Chaos zu ordnen und dafür zu sorgen, dass *jeder* etwas von dem Proviant bekam. Der Hunger, der Durst und die Erschöpfung des Tages hatten ihre Mitgefangenen fast um den Verstand gebracht; jeder dachte nur an sich selbst, das Recht des Stärkeren herrschte.

Zwei Frauen stritten sich um einen Schlauch mit Wasser, zerrten ihn so lange hin und her, bis er zerriss. Ein Kampf um die Brotstücke endete mit einigen blauen Augen und Flecken.

»Platz da!«, grunzte Grath und stieß rücksichtslos eine junge Frau zur Seite, die ein Stück vom Boden aufgelesen hatte. »Das gehört mir, verstanden?«

Gierig griff der Hüne mit dem narbigen, bärtigen Gesicht nach dem Brot und stopfte es sich in seinen gierigen Schlund. Als der junge Crane nach einem Brocken schnappen wollte, der aus Graths Mund gefallen war, ging die Rechte des Riesen wie ein Blitz auf ihn nieder, packte ihn und riss ihn empor.

»Hey du!«, fuhr Grath den Jüngling an, der ihn aus entsetzt geweiteten Augen anstarrte. »Was fällt dir ein? Habe ich dir erlaubt, meine Krümel zu fressen?«

Crane antwortete nicht, starrte ihn nur weiter an.

»Antworte gefälligst, du miese Missgeburt!«, forderte Grath – doch der junge Mann mit den blassen Zügen schwieg beharrlich weiter. Mit einem resignierenden Seufzen stieß der Hüne Crane von sich.

Matt hatte für sich und Aruula eine ausreichende Portion erhascht, ohne dabei rücksichtslos vorgehen zu müssen, und zog sich mit seiner Gefährtin ein paar Schritte zurück, so weit es eben geduldet wurde. Der ständige Kampf um die Nahrung widerte ihn an, doch ändern konnte er es nicht. Hätte er versucht, Grath ins Gewissen zu reden, wäre nur ein weiterer kraftraubender Kampf dabei herausgekommen. Und er brauchte seine Energie für den nächsten Marsch.

Die Sonne war fast untergegangen, Dunkelheit fiel wie ein Schatten über das Land. Die Sklaven wurden zu einem engen Häuflein zusammengetrieben, damit sie leichter zu bewachen waren. Andronenreiter patrouillierten um das Lager, machten ein Entkommen praktisch unmöglich.

Die Reiter, die auf den riesigen, gefährlich aussehenden, flügellosen Insekten thronten, trugen zu ihren Peitschen mannshohe Lanzen bei sich. Die Fußwachen waren zusätzlich mit Armbrust und Pfeilen bewaffnet – Emroc wollte nichts dem Zufall überlassen.

Die Sklaven kannten die Regeln, die für die Nacht galten. Sie mussten still sitzen bleiben, durften weder aufstehen noch sich hinlegen. Wer sich dennoch rührte, wurde von den Sklaventreibern furchtbar bestraft – es gab keine Ausnahme. Wer schlafen wollte, musste dies im Sitzen tun, wer eine Notdurft zu verrichten hatte, tat es am besten an Ort und Stelle. Am Morgen würde die Lichtung erbärmlich nach Kot und Urin stinken – und für die Wächter würde dies nur ein weiterer Grund sein, ihre wehrlosen Opfer zu traktieren.

Matt rückte eng mit Aruula zusammen. Die beiden lehnten sich Rücken an Rücken, sodass sie nicht Gefahr liefen, umzukippen, sobald sie einschliefen.

In der ersten Nacht hatte Matt kein Auge zugetan. Die Nähe der anderen, die Geräusche des Waldes und die Gedanken an eine ungewisse Zukunft hatten ihn wach gehalten. Schon in der darauf folgenden Nacht jedoch hatte Matts Erschöpfung ihren Tribut gefordert, und er hatte gelernt, in einen Dämmerzustand zwischen Wachen und Schlafen zu verfallen, aus dem er aufschreckte, sobald sich in seiner Nähe etwas regte.

Die Sklaven kauerten sich eng aneinander, schützten sich gegenseitig vor der klammen Kälte, die nachts vom feuchten Boden aufstieg. Die Taratze Chip saß in Matts unmittelbarer Nähe, nicht weit von ihr der Wulfane Arzak. Der Gestank, den die beiden verströmten, war erbärmlich, aber Matt mokierte sich nicht darüber.

Wieder und wieder sann er darüber nach, wie Aruula und er aus dieser misslichen Lage entkommen konnten. Doch es waren nicht nur die Fesseln und die Wachen, die die Sklaven hielten, sondern auch die unwägbaren Gefahren der umliegenden Wälder. Bis zur nächsten Siedlung waren es mindestens vier Tagesmärsche – zu viel in ihrem Zustand ...

»Maddrax?«, hörte er Aruula leise flüstern.

»Ja?«

»Glaubst du, dass ... dass wir ...?«

Matt musste hart schlucken. Im Lauf der vielen Abenteuer, die sie zusammen erlebt hatten, hatte er Aruula noch niemals so niedergeschlagen erlebt. Die Kriegerin hatte den Mut verloren, war nahe daran aufzugeben.

»Niemals!«, zischte er ihr zu. »Du darfst die Hoffnung nicht sinken lassen!«

»Aber wir können nicht fliehen! Wenn wir Plymeth lebend erreichen, wird uns Emroc auf dem Sklavenmarkt verkaufen. Aruula wäre lieber tot, als ihre Freiheit aufzugeben.«

»Ich weiß«, erwiderte Matt und merkte, wie sich ein Kloß in seinem Hals bildete. »Mir geht es ebenso. Aber du musst durchhalten, Aruula – und wenn es nur ist, um diesen verdammten Sklaventreibern zu zeigen, dass wir nicht vor ihnen in die Knie gehen.«

»Du hast Recht, Maddrax«, erwiderte die Barbarin. »Möge Wudan dich beschützen.«

»Dich auch, Aruula«, erwiderte Matt flüsternd. »Dich auch…« Zwar glaubte er nicht an den obersten Gott der Wandernden Völker, aber er wusste, dass er Aruula damit einen Gefallen tat. Außerdem konnte es wirklich nicht schaden, wenn Wudan ein Auge auf sie hatte – nur für den Fall, dass er wirklich dort oben saß und auf sie heruntersah…

Matt blickte hinauf zum dunklen Himmel. Hinter dem dichten Wolkenvorhang konnte man die Sterne nur erahnen, doch sie waren da, seit Äonen. Die letzten fünfhundertvier Jahre waren im Angesicht des Universums nur ein Augenzwinkern gewesen – für Matt jedoch hatten sie alles verändert.

Die Erinnerungen an seine Erlebnisse in dieser fremden, entarteten Welt holten ihn ein und begleiteten ihn in einen unruhigen Dämmerschlaf, in dem es von dunklen Schatten und schrecklichen Gestalten wimmelte.

Die Geräusche des Waldes, die ihm noch vor ein paar Tagen so unheimlich und fremd erschienen waren, lullten ihn jetzt ein, bildeten den Hintergrund für seine Träume – bis sie jäh von einem lauten Schrei durchbrochen wurden.

Matt riss die Augen auf, war sofort hellwach.

»Ein Scorpoc!«, rief einer der Sklaven in heller Panik. »Da ist ein Scorpoc im Gras!«

»Bleib sitzen!«, blaffte ihn der Wächter an, der ihm am nächsten stand.

»Aber der Scorpoc hat einen giftigen Stachel! Wenn er mich sticht, bin ich verloren!«

»Du bleibst sitzen«, wiederholte der Wächter drohend, während er bereits seine Peitsche entrollte.

»Aber ... das Ding ist da irgendwo! Ich kann es fühlen!« Der Gefangene schrie in heller Panik, Tränen schossen ihm in die Augen. Im nächsten Moment hielt er es nicht mehr aus, schnellte von seinem Platz in die Höhe.

Die Wächter reagierten augenblicklich.

Der Gefangene stand noch nicht ganz auf den Beinen, als ihn das in mattem Grün leuchtende Ende der Peitsche traf.

Mit einem gequälten Aufschrei ging der Sklave nieder, presste seine Hand auf die Gesichtshälfte, die von der Peitsche getroffen worden war.

Emrocs Schergen kannten kein Erbarmen. Wieder schlugen sie zu. Und wieder. Und noch einmal, mit einem blutlüsternen Grinsen im Gesicht.

Die Schreie des Mannes erstarben. Blutüberströmt sank er über seine Mitgefangenen, die ihn auffingen und zu Boden betteten. Seine Kleider hingen in Fetzen, rote Brandspuren überzogen sein Gesicht. Ein gnädiges Schicksal ließ ihn das Bewusstsein verlieren, sodass den Wächtern die Hände gebunden waren. Emrocs Anweisung war klar: Kein Gefangener, der bewusstlos war, durfte mehr geschlagen werden – schließlich wollte der Sklavenmeister nicht, dass seine Ware ernstlichen Schaden nahm.

Als die Wächter ihre Peitschen wieder einrollten, war es still geworden auf der Lichtung.

Bis zum Morgen wagte niemand mehr, sich zu bewegen.

Als Matt erneut die Augen aufschlug, war es noch immer finsterste Nacht. Er vermochte nicht zu sagen, wie viel Zeit verstrichen war – noch war der fahle Schein der Morgendämmerung nicht zu sehen.

Aruula und die meisten anderen Gefangenen schliefen. Im Halbdunkel sah Matt, wie sie reglos auf dem Boden kauerten, gerade so, wie sie irgendwann im Lauf der Nacht eingeschlafen waren.

Matt fühlte jeden Knochen in seinem Körper. Seine Muskeln schmerzten, seine Gelenke und sein Nacken waren wie erstarrt. Vorsichtig, um die Aufmerksamkeit der Wachen nicht auf sich zu lenken, versuchte er sich ein wenig zu bewegen. Er drehte den Kopf – und sah, dass in Emrocs Zelt Licht brannte.

Das war ungewöhnlich, denn normalerweise pflegte der Sklavenmeister um diese Zeit den Schlaf des Ungerechten zu halten und von dem Mammon zu träumen, den ihm seine Sklaven auf dem Markt von Plymeth einbringen würden.

In dieser Nacht jedoch war Emroc auf den Beinen. Gegen den purpurfarbenen Stoff der Zeltwand konnte Matt die Umrisse des feisten Sklavenmeisters sehen, die sich gegen das flackernde Licht der Kerzen abzeichneten. Wie ein Tiger in seinem Käfig schlich Emroc auf und ab. Unruhe schien ihn umzutreiben. Bei ihm stand ein hagerer Mann, der die lederne Rüstung von Emrocs Wachen trug – offenbar ein Späher, den der Sklavenmeister vorausgeschickt hatte.

Es war still über der Lichtung, und der Wind kam von der richtigen Seite, sodass Matt das Meiste von dem verstehen konnte, was im Zelt gesprochen wurde.

»...ist das möglich? Die Walac und die Estaru haben lange Zeit Frieden gehalten.«

»Jetzt liegen sie wieder im Krieg, Meister«, erstattete der Späher mit unterwürfiger Haltung Bericht. »Die Nordroute ist nicht sicher. Einige Meilen von hier habe ich die Überreste einer Händlerkarawane entdeckt, die zu den Walac unterwegs war. Die Estaru haben sie ausgeraubt und alle Händler getötet. Ihre Köpfe stecken auf Spießen unweit der Straße.«

»Auf Spießen...?« Matt konnte hören, wie Emrocs Stimme heiser wurde.

»Die Route ist nicht sicher, Meister«, wiederholte der Späher beschwörend. »Das ganze Grenzland ist in Aufruhr. Ihr müsst die Küstenroute wählen.«

»Die Küstenroute?« Emroc fuhr wie ein Kreisel herum. »Bist du nicht gescheit? Weißt du nicht, was man sich über die Küstenlande erzählt?«

»Ihr solltet nichts auf das geben, was man in irgendwelchen Dorfschänken tuschelt.«

»Leichtsinniger Idiot! Du weißt nicht, was du sprichst. Das ist kein Dorfgeschwätz! Es *gibt* sie! Ich weiß es! Alle wissen es, und sie meiden die Küste aus gutem Grund.«

»Dennoch, Meister«, wandte der Scout ein. »Ihr habt keine andere Wahl. Entweder wir bleiben auf der Nordstraße und werden spätestens in zwei Tagen tot sein, oder wir versuchen unser Glück an der Küste.«

»Verdammt«, erwiderte Emroc voller Inbrunst. »Verdammt noch mal...«

Matt runzelte die Stirn. Er kannte den Sklavenmeister nicht besonders gut, doch am Tonfall und den unbeholfenen Gesten, die den runden Körper des Eunuchen umschwirrten, glaubte er deutlich zu erkennen, dass Emroc Angst hatte.

Der Sklavenmeister schien sich davor zu fürchten, die Route zu ändern und an der Küste entlang nach Plymeth zu marschieren – aber wieso? Was war dort, das so schrecklich war, dass sich der mächtige Sklavenmeister derart davor ängstigte?

Matt fühlte, wie sich ein dunkler Schatten über sein Innerstes legte, eine unheilvolle Ahnung – die sich schon bald auf schlimmste Art bestätigen sollte.

Bei Anbruch der Dämmerung wurden die Sklaven geweckt. Mit wüstem Geschrei rissen Emrocs Leute die Gefangenen aus dem Schlaf, zerrten sie grob auf die Beine, wenn sie nicht sofort aufsprangen.

Weder gab es Gelegenheit zur Morgentoilette noch Proviant – die Vorräte des Zugs waren knapp bemessen und wurden streng rationiert. Lediglich Emroc gönnte sich ein ausgiebiges Frühstück aus Speck und gebratenen Emlot-Eiern, deren Duft den Sklaven in die Nase stieg und ihre gereizten Mägen nur noch mehr quälte.

Einige der Sklaven wurden ausgesucht, um den Abbau von Emrocs Zelt zu übernehmen. Danach wurden sie wieder in die Horde zurückgetrieben, und der leidvolle Marsch ging weiter.

Am Stand der Sonne erkannte Matt sofort, dass sich ihre Marschrichtung geändert hatte – offenbar hatte sich Emroc also entschieden, den Ratschlag seines Scouts zu befolgen und nach Nordwesten zu gehen.

Auch Aruula blieb dieser Umstand nicht lange verborgen. Leise flüsternd verständigte sie sich mit Matt, der in der Reihe hinter ihr ging.

»Wir gehen in Richtung Meer«, stellte die junge Frau fest. »Ich kann den Geruch des Salzes schmecken.«

»Ich weiß«, hauchte Matt zurück, argwöhnisch nach den Wachen blickend, die den Sklavenzug eskortierten. »Ich habe ein Gespräch belauscht. Emroc hat Angst, zwischen die Fronten einer Stammesfehde zu geraten. Deshalb nehmen wir den Umweg über die Küste.«

»Er hat noch immer Angst«, stellte Aruula fest, die kurzerhand mit ihren telepathischen Fähigkeiten das Bewusstsein des Sklavenmeisters belauschte. »Große Angst sogar.«

»Ja«, bestätigte Matt, »dort muss irgendetwas sein. Emroc war nur unter großen Vorbehalten bereit, die Küstenroute zu nehmen. Was immer es ist...«

»...es ist ernst«, fiel ihm Aruula ins Wort. »Auch die Wachen fürchten sich. Einige von ihnen denken, dass sie Plymeth nicht lebend erreichen werden. Ich kann ihre Furcht deutlich fühlen.«

Matt blickte auf, sah verstohlen zu den Wachleuten auf. Aruula hatte Recht. In den meisten der Gesichter, die unter den ledernen Kappen hervorlugten, spiegelte sich ernste Sorge. Hatte es Emrocs Leuten in den vergangenen Tagen sadistische Freude bereitet, die Sklaven zu misshandeln und sie wie Vieh durch den Wald zu treiben, schienen sie nun mehr mit sich selbst beschäftigt zu sein.

Eine unerwartete Wendung...

Matt fragte sich, was Emroc und seine Leute derart in Furcht versetzen mochte. Er hatte in den letzten Monaten viele seltsame und grausige Dinge gesehen und wusste, welche Schrecken diese aus den Fugen geratene Welt barg. Kalter Schauder rann seinen Rücken hinab, als er sich vorzustellen versuchte, was sie dort am Rand des Ozeans erwarten mochte – eines Ozeans, dessen ökologisches System ebenfalls durch den Kometeneinschlag beeinflusst worden war.

Wer vermochte zu sagen, welche grässlichen Ausgeburten die Tiefen des Meeres hervorgebracht hatten...?

Der Anblick war entsetzlich.

Unvermittelt ragte er inmitten des Dickichts empor. Er steckte auf einem hölzernen Spieß und starrte Wächter wie Sklaven aus hohlen leeren Augenhöhlen an.

Ein Totenschädel.

Wie ein stummer Wächter stand das grausige Gebilde am Rand des schmalen Pfades, ein bizarres Grinsen auf den knochigen Zügen. Die Wächter fuhren erschrocken zurück und gaben bittere Verwünschungen von sich, die Sklaven begannen aufgeregt miteinander zu tuscheln.

Schon der Anblick des ausgebleichten Schädels war erschreckend – noch Furcht erregender allerdings war das Symbol, mit dem er bemalt war: Ein Kreis mit zahlreichen fremdartigen Ornamenten. Etwas Vergleichbares hatte Matt noch nie gesehen, dennoch war die Bedeutung des Zeichens unmissverständlich.

Es war eine Warnung.

Eine Warnung, augenblicklich umzukehren und das Territorium, das jenseits des grausigen Wächters lag, nicht zu betreten.

Das war auch Emrocs Sklaventreibern klar. Gehetzt schauten sich die Männer um, tauschten untereinander Blicke, die nur zu deutlich verrieten, dass sie um Leib und Leben fürchteten. Unruhe breitete sich aus, die auch auf die Sklaven übergriff. Hektisches Gemurmel setzte ein, bis der scharfe Knall einer Flammpeitsche die Gefangenen wieder zur Ruhe brachte.

»Was soll das?«, ließ sich plötzlich die Stimme des

Sklavenmeisters vernehmen, der in seiner Sänfte saß und noch gar nicht mitbekommen hatte, auf welch schaurigen Fund der Zug gestoßen war. »Warum geht es nicht weiter?«

Unwirsch wurden die Vorhänge der Sänfte zurückgeschlagen, und Emrocs feister runder Kopf erschien. Als der Eunuche den Schädel erblickte, sog er scharf nach Luft.

»Eine Warnung, Meister!«, rief einer der Wächter panisch aus. »Wir dürfen das verbotene Land nicht betreten! Wir müssen umkehren! Sofort!«

Emrocs bleiche Züge verzerrten sich. Furcht packte den Sklavenmeister, und einen Augenblick lang schien er tatsächlich die Flucht ergreifen zu wollen. Dann erinnerte er sich jedoch an das, was sein Kundschafter ihm berichtet hatte, und er besann sich anders. Störrisch schüttelte er den Kopf.

»Wir gehen weiter«, verkündete er. »Ich habe keine Lust, meine Ware an die Walac zu verlieren oder sie diesen verdammten Estaru in den Rachen zu werfen.«

»Aber Meister! Wir...!«

»Genug!«, brachte der Sklavenmeister seine Untergebenen zum Schweigen. »Wir marschieren weiter! Sofort! Je schneller wir sind, umso eher werden wir dieses verfluchte Land hinter uns lassen.«

»Ja, Meister.«

Zögernd, aber ohne weiteren Widerspruch leisteten die Wachen dem Befehl ihres Anführers Folge. Sie ließen das grausige Gebilde am Wegrand zurück, wandten sich wieder den Sklaven zu und trieben sie weiter.

Die nächste Warnung ließ nicht lange auf sich warten. Plötzlich und unvermittelt starrte ihnen der ausgebleichte Schädel eines Wulfanen aus dem Dickicht entgegen. Arzak verfiel in wütendes Gebrüll, als er die schreckliche Trophäe erblickte.

Matt taxierte den Wulfanenkopf mit aufmerksamem Blick. Nach der Länge des Kieferknochens zu urteilen, musste es sich um einen besonders großen Wolfsmenschen gehandelt haben. Wer immer der Herr dieser verwünschten Gegend war – er schien sich auch vor Wulfanen nicht zu fürchten...

Das Dickicht wurde unzugänglicher. Der Pfad, dem der Zug zu Beginn noch gefolgt war, verlor sich im üppigen Gestrüpp. Schon bald musste sich Emrocs Vorhut selbst einen Weg durch das Gewirr der Pflanzen suchen, setzte die Andronen ein, um einen Weg durch das Buschwerk zu bahnen.

Unerwartet stieß der Zug auf ein weiteres makabres Mahnmal – und diesmal waren es Chip und Dale, die in entsetztes Kreischen verfielen. Jemand hatte mehrere Taratzenschädel an die Äste eines Baumes gehängt, wo sie in der kühlen Brise, die von der nahen See herüberwehte, hin und her baumelten. Auch sie waren mit dem fremdartigen Symbol bemalt, enthielten die gleiche unausgesprochene Warnung.

Maddrax spürte, wie sich seine Nackenhaare sträubten. Menschen, Wulfanen, Taratzen – wer immer diesen Landstrich bewohnte, schien sich mit keiner Spezies gut zu vertragen...

Langsam setzte der Zug seinen beschwerlichen Marsch zur Küste fort. Niemand – weder die Sklaven noch einer von Emrocs Männern – merkte, das sie schon längst aus dem Verborgenen heraus beobachtet wurden.

Die kalten schwarzen Augen quollen in glänzenden Halbkugeln aus ihren Höhlen. Es gab keine Lider, die sie bedeckten, kein Zucken, das verriet, was die Kreatur empfand. Starr und stumm stand sie da und spähte durch das Dickicht auf die Eindringlinge, die das Land widerrechtlich betreten hatten.

Die Kiemen der Kreatur blähten sich. Das Atmen fiel ihr schwer, obwohl sie auch über Lungen verfügte, mit denen sie für kurze Zeit an Land atmen konnte. Reglos beobachtete sie, wie der Zug ihr Versteck passierte. Sie sah die riesigen vielbeinigen Kreaturen, hörte das Knallen der Peitschen.

Dann, plötzlich, blickte einer der Weißhäutigen in ihre Richtung. Rasch fuhr die blauhäutige Kreatur herum und glitt über den morastigen Boden davon – wie ein Fisch im Wasser.

Der Wald endete jäh.

Unvermittelt lichtete sich das wuchernde Grün, das der Karawane das Fortkommen erschwert hatte, und wich dem freien Himmel, der sich über der blauen Fläche des Ozeans spannte.

Matt Drax konnte nicht anders, als bei diesem Anblick aufzuatmen. Salzige Seeluft drang in seine Lungen und erfüllte ihn mit neuer Kraft. Das Rauschen der Wellen, die gischtend an den von Felsen übersäten Strand brandeten, schenkte ihm ein wenig Trost. Schwer zu glauben, dass diese auf den ersten Blick so friedliche Gegend eine tödliche Gefahr bergen sollte – doch die Warnzeichen, auf die sie im Wald gestoßen waren, hatten für sich gesprochen.

Matt wusste nicht, was genau es war, das Emroc und seine Schergen fürchteten, aber er ging davon aus, dass es im Zweifelsfall keinen Unterschied machen würde zwischen den Sklaven und ihren Bewachern.

Emroc befahl seinen Leuten, die Gefangenen noch mehr anzutreiben, damit sie diese unheilvolle Gegend so bald wie möglich hinter sich lassen konnten. Der Zug schlug den Weg nach Nordwesten ein, entlang der schroffen Felsen, die zur Seeseite hin steil abfielen.

Das Marschtempo war höllisch, doch die Wächter brauchten ihre Flammpeitschen kaum einzusetzen. Ihre Furcht und Unruhe hatten auch auf die Sklaven übergegriffen; jeder wollte diesen unheilvollen Landstrich möglichst rasch hinter sich lassen.

Der Sand der Dünen, die die Klippenfelsen säumten, erschwerte das Fortkommen und machte den Marsch zur Strapaze. Immer wieder kam es vor, dass Sklaven vor Erschöpfung zusammenbrachen. Normalerweise hätten sich Emrocs Wächter einen Spaß daraus gemacht, diese armen Teufel wieder auf die Beine zu prügeln, nun jedoch wiesen sie andere Gefangene an, ihre erschöpften Kameraden zu tragen. Sie hatten keine Zeit zu verlieren ...

Nach einem beschwerlichen Gewaltmarsch, der den geschundenen Sklaven wie eine Ewigkeit erschienen war, erreichte die Karawane einen Küstenabschnitt, in dem der Wald bis an die Klippen reichte. Wieder war der Zug von dunklem dichten Grün umfangen, das diesmal jedoch ungleich bedrohlicher wirkte.

Kaum ein Sonnenstrahl fiel durch das dichte Blätterdach, modriger Geruch lag in der Luft. Beständiger Wind pfiff zwischen den Stämmen der Bäume hindurch, unentwegt raschelten Blätter, schien sich das dunkle Grün zu bewegen.

Emroc, dem der Wald ganz und gar nicht geheuer war, gab Anweisung, die Formation des Zuges zu ändern – die Sklaven sollten vorausgehen, er und seine Wächter würden in sicherem Abstand folgen. Die Absichten des Sklavenmeisters waren dabei nur zu durchschaubar – was immer die Karawane im wirren Dickicht erwartete, es würde zuerst die Sklaven erwischen.

Matt stieß eine Verwünschung aus, Aruula verzog aus Abscheu vor so viel Feigheit ihr hübsches Gesicht. Einige Sklaven murrten, doch der scharfe Knall der Flammpeitschen brachte sie schnell zum Schweigen.

Zwei Andronenreiter führten den Zug an, bahnten einen Weg durch das wuchernde Buschwerk. Von den Wächtern angetrieben, folgten ihnen die Sklaven in die Dunkelheit des Waldes.

Matthew konnte die Bedrohung, die in der Luft lag, fast körperlich fühlen – oder bildete er sich das nur ein? War er auch schon ein Opfer der Paranoia geworden, die Emroc und seine Leute an den Tag legten?

Auch Aruula schien davon nicht frei zu sein. An ihrem Gesichtsaudruck konnte Matt erkennen, dass die junge Kriegerin äußerst intensive Schwingungen auffing – Schwingungen voller Furcht und Panik, die von den Wächtern und ihren Mitgefangenen ausgingen und die mit solcher Intensität auf Aruula einprasselten, dass es unmöglich war, sich dagegen abzuschotten. Schon viele Male hatte Aruulas Fähigkeit zu *lauschen* ihr und Matt gute Dienste erwiesen, ihnen bisweilen sogar das Leben gerettet. An diesem Tag jedoch empfand die junge Frau ihre Gabe als Bürde, die sie am liebsten im dichten Wald zurückgelassen hätte.

Eine unfassbare Bedrohung lag in der Luft und machte den Marsch zur Qual. Minuten erschienen wie Stunden, Stunden wie Tage.

Dann, irgendwann, gaben die Scouts an der Spitze das erlösende Zeichen. Der Zug erreichte eine Lichtung, und man begann das Nachtlager aufzuschlagen. Ein weiterer Tag in Gefangenschaft ging zu Ende – doch Matt hatte kein gutes Gefühl, was die bevorstehende Nacht betraf ...

Wieder wurden die Sklaven zu einem Pulk zusammengetrieben, wieder bekamen sie Wasser und Brot, um das sie sich balgen mussten. Aruula, die weit weniger Skrupel hatte, sich Nahrung mit Gewalt zu besorgen, organisierte für sie beide ein Stück Brot und einen halb gefüllten Wasserschlauch. Dann nagten sie an dem trockenen Teigfladen herum und spülten ihn mit faulig riechendem Wasser hinunter.

»Danke«, meinte Matthew und sandte Aruula ein Lächeln. »Das war wirklich gut.«

»Maddrax ist ein Lügner«, stellte die Barbarin schulterzuckend fest, während sie den letzten Brocken Brot hinunterzwang. »Emrocs Brot schmeckt wie Taratzendung, aber es wird uns am Leben erhalten, bis wir . . .«

»Am Leben? Pah!«, machte ein Sklave, der unweit von ihnen am Boden kauerte. Es war ein kleinwüchsiger, aber kräftig gebauter Mann mit angegrautem Haar und wild wucherndem Bart, der auf den Namen Hapoc hörte. »Wir haben das verbotene Land betreten«, zischte er. »Keiner von uns wird das hier überleben.«

»Woher willst du das wissen?«, fragte Matt.

»Ich war Flussfischer unten in Salbuur«, gab Hapoc zurück. »Das war, bevor mich diese elenden Menschenhändler geschnappt haben. Ich habe die Geschichten in den Dorfschänken gehört. Ich kenne den Fluch, der auf diesem Land liegt. Ich weiß, was man sich erzählt.«

»Ach ja?« Matt reckte wissbegierig sein Kinn vor. »Was erzählt man sich denn?«

»Habt ihr noch nie von den Fishmanta'kan gehört?«

»Den . . . *was*?«

»Die Fishmanta'kan sind so alt wie das Meer selbst«, antwortete der Fischer mit unheilvoller Stimme. »Sie kommen aus dunklen Tiefen und sind nicht wie wir. Sie sind keine Menschen, aber sie sind auch keine Fische. Was sie sind, kennt keine Beschreibung.«

»Alter Narr!« Grath, der das Gespräch mitverfolgt hatte, spuckte verächtlich aus. »Was faselst du da für Unsinn?«

»Das ist kein Unsinn«, beharrte Hapoc. »Ihr werdet es noch sehen. Die Fishmanta'kan sind hier! Ich kann ihre Nähe spüren. Sie haben uns bereits gesehen und folgen uns. Es gibt kein Entrinnen vor ihrem Zorn. Sie werden uns alle töten und unsere Schädel auf Spieße stecken wie die, die wir am Waldrand gesehen haben.«

»O nein!« – »Wudan stehe uns bei!« – »Marwaan möge uns beschützen!«

Unruhiges Gemurmel setzte ein. Die Sklaven, die die Worte des Fischers mitbekommen hatten, waren leichenblass geworden. Auch Matt fühlte, wie ihn Unruhe beschlich. Zwar gab er sich alle Mühe, sich nicht von irgendwelchen Legenden einschüchtern zu lassen, doch hatte er in der Vergangenheit schon zu viel erlebt, um nicht zu glauben, dass in dieser entarteten Welt so ziemlich alles möglich war.

Mit Schaudern dachte er an Lemarr zurück, das Ungeheuer, das in den Tiefen des Lac Léman gehaust hatte.* Lemarr war das Ergebnis einer genetischen Manipulation gewesen – was, wenn hier etwas Ähnliches stattgefunden und die See eine Rasse von Mutanten hervorgebracht hatte?

Er konnte sehen, wie sich Aruula neben ihm verkrampfte. Beruhigend legte er seine Hand auf ihre nackte Schulter, um ihr zu zeigen, dass er bei ihr war. Vielleicht half ihr seine Nähe, dem Sturm von Furcht und Panik standzuhalten, der von allen Seiten auf sie niederging.

»So weit ich gehört habe«, ließ sich der junge Crane mit

---

* siehe Taschenbuch 2, Roman 2 »Das letzte Opfer«

der ihm eigenen singenden Stimme vernehmen, »ernähren sich die Fishmanta'kan von Menschenfleisch!«

»Das ist wahr«, bestätigte Hapoc – und ein Raunen des Entsetzens ging durch die Reihen der Sklaven.

»Und das ist noch nicht alles«, fügte Crane hinzu. »Sie reißen ihren Opfern das Herz heraus und fressen es auf, so lange es noch warm ist. Dann häuten sie ihre Opfer und weiden sich am Anblick des verwesenden Fleischs...«

Blankes Entsetzen griff um sich. Einige der Sklaven begannen angstvoll zu wimmern.

»Woher willst du das wissen?«, fragte Matt, der eine Panik verhindern wollte – er hatte keine Lust, von den Flammpeitschen der Wärter halb tot geprügelt zu werden.

»Ich habe es gesehen«, krächzte Crane zurück, und in seinen Augen loderte es so unheimlich, dass Matt unwillkürlich schauderte. »Ich war noch ein Kind damals. Wir waren auf See. Ein Sturm brach los, und wir trieben aufs offene Meer. Plötzlich waren sie da. Sie kamen aus der Tiefe. Schreckliche Kreaturen mit großen Augen, die so kalt waren wie die von Raubfischen.«

»Was haben sie getan?«

»Sie haben ... sie haben alle...« Crane unterbrach sich, brachte die schrecklichen Worte nicht über die Lippen. »Ich werde nie das Blut vergessen«, fuhr er leise fort, »all das Blut. Es war überall auf dem Schiff...«

»Du meinst, sie ... haben alle umgebracht?«, fragte Matt.

»Ich war dabei. Sie haben ihren Opfern die Herzen herausgerissen und sie gegessen.«

»So?«, erkundigte sich Grath skeptisch. »Und wieso bist *du* noch am Leben?«

»Ich weiß nicht...« Geistesabwesend schüttelte Crane den Kopf, starrte ins Leere. »Sie zwangen einige von uns, von den Herzen zu essen. Die sich weigerten, wurden ebenfalls getötet. Ich jedoch ... habe davon gekostet. Ich mochte den Geschmack. Das warme Blut ...«

»Elender Bastard.« Graths Züge verzerrten sich. »Ich wusste es doch! Diese Ratte verdient es nicht zu überleben.«

»Keiner wird überleben«, sagte Crane und verfiel in irrsinniges Kichern. »Wir alle sind dem Tod geweiht! Alle!«

Matt merkte, wie sich seine Nackenhaare aufrichteten, Aruula zuckte zusammen. Kein Zweifel – Cranes Verstand hing am seidenen Faden.

»Er ist krank«, stellte Aruula beunruhigt fest. »Orguudoo ist dabei, seinen Geist zu verschlingen.«

»Geisteskrank oder nicht«, erwiderte Matt leise, »wenn Crane die Wahrheit sagt, haben wir schlechte Karten. Emroc und seine Leute sind immerhin bewaffnet, wir hingegen haben keine Möglichkeit, uns zu wehren.«

Wehmütig dachte Matt an seine Beretta zurück. Er hätte auch einiges für ein Päckchen Plastiksprengstoff in den Taschen seines Overalls gegeben. Aber da war nichts mehr, womit er Aruula und sich im Fall eines Angriffs hätte verteidigen können. Wenn es diese – wie hießen sie noch gleich; Fishmanka ... manta ... wenn es diese *Fishmäcs* wirklich gab und sie wirklich so blutrünstig waren wie Crane und der Fischer behaupteten, würden sie ihnen schutzlos ausgeliefert sein ...

Als die Sonne im Westen über dem Meer versank und Dunkelheit über die Lichtung fiel, entzündeten Emrocs Leute zahlreiche Fackeln, mit denen sie den Rand des Lagers absteckten. Wie in jeder Nacht wurden die Gefangenen wieder eng zusammengetrieben, doch stellte der

Sklavenmeister diesmal nur halb so viele Wachen ab, um auf sie aufzupassen. Zum einen ging Emroc wohl davon aus, dass Furcht die Sklaven noch wirkungsvoller an der Flucht hindern würde, als seine Schergen es jemals konnten. Zum anderen zog er es vor, sein eigenes Zelt bewachen zu lassen.

»Sieh an«, knurrte Arzak, »jetzt wissen wir endlich, was diesem Bastard mehr wert ist als seine Geschäfte mit Sklaven – seine eigene Haut...«

Wie an jedem Abend drängten sich die Gefangenen dicht aneinander, doch in dieser Nacht suchten sie nicht nur Schutz gegen die Kälte, sondern auch gegen die unheimliche dunkle Bedrohung, die im Dickicht des Waldes lauern mochte.

Sie waren im Gebiet der Fishmanta'kan – und keiner der Sklaven zweifelte daran, dass sich die schrecklichen Herren dieses Landstrichs früher oder später zeigen würden. Verzweiflung war in den letzten Tagen und Wochen ohnehin ihr ständiger Begleiter gewesen – nun kam auch noch dumpfe Angst dazu.

Bei jedem Geräusch, das der nächtliche Wald von sich gab, durchlief ein Ruck den Pulk der Gefangenen, schreckten sie aus ihrem Schlaf. Aufgeregtes Gemurmel setzte dann ein, um sogleich wieder zu verebben, wenn die nervösen Wächter die Sklaven zur Ordnung riefen.

Matt seufzte und schloss die Augen, versuchte sich ein wenig zu entspannen. Irgendetwas sagte ihm, dass es eine verdammt unruhige Nacht werden würde – und er sollte Recht behalten.

Crane kauerte im Halbdunkel. Sein blasses Gesicht wurde vom flackernden Schein einer Fackel beleuchtet. Ihm gegenüber saß eine gedrungene Gestalt mit schwarzgrauem struppigen Fell – eine Taratze. Ihr nackter Schwanz ringelte sich auf dem Boden wie eine giftige Natter.

»Verstehst du nicht, was ich sage?«, zischte Crane der Riesenratte zu. »Wenn wir jetzt nicht fliehen, sind wir verloren! Willst du so enden wie deine Artgenossen am Baum?«

In den gelben Augen der Taratze zuckte es. Heftig schüttelte sie den Kopf.

»Na also.« Crane hielt ihr seine gefesselten Handgelenke hin, an denen die Gefangenen wie Perlen an einer Schnur aufgefädelt waren. »Dann tu es. Nag verdammt nochmal meine Fesseln durch. Wir müssen hier weg!«

Die Taratze blickte ihn verunsichert an, erwiderte etwas in ihrer kehligen, zischelnden Sprache.

»Ich verstehe kein Wort von dem, was du sagst«, flüsterte Crane zurück, während er der Taratze tief in die Augen blickte. »Aber ich weiß, dass *du* mich verstehen kannst. Wenn wir jetzt nicht fliehen, werden wir sterben. Hast du das kapiert?«

Die Rattenkreatur zögerte noch einen Moment – dann nickte sie krampfhaft und senkte ihr längliches Haupt, um ihre scharfen Zähne in Cranes Fesseln zu graben...

Es war ein unmenschlicher Schrei, der die Stille über der Lichtung zerfetzte und Matt aus dem Schlaf riss.

Von einem Augenblick zum anderen war er wach, blickte sich um. Der Schrei schien von der anderen Seite des Lagers gekommen zu sein, von irgendwo aus dem Dickicht.

Die Wachen waren in heller Aufregung, rissen ihre Waffen hoch.

»Sie kommen!«, schrie jemand. »Sie kommen, um uns zu holen...!«

Schlagartig brach Tumult aus. Mehrere Gefangene sprangen auf, und die Wächter wussten nicht, worum sie sich zuerst kümmern sollten – um die ungehorsamen Sklaven oder die Bedrohung, die im Dunkel lauerte.

Flammpeitschen glommen mit mattem Leuchten auf, harsche Befehle wurden gebrüllt. Als jedoch ein zweiter schrecklicher Schrei die Stille der Nacht zerriss, gab es kein Halten mehr. Sklaven wie Wachen verfielen in helle Panik – und drüben, auf der anderen Seite des Lagers sprangen plötzlich einige Gefangene auf.

»Halt! Stehen bleiben!«, schrien die Wächter und schwangen ihre Peitschen – doch die Flüchtlinge ließen sich davon nicht beirren, hielten im Laufschritt aufs Dickicht zu.

Im Licht der Fackeln erkannte Matt den jungen Crane und eine der Taratzen – offenbar hatte der Junge endgültig den Verstand verloren und suchte nun sein Heil in der Flucht. Die Taratze folgte ihm – wahrscheinlich war sie es gewesen, die die Fesseln durchgenagt hatte.

Mit riesigen Sprüngen rannten die beiden auf das Dickicht zu und schlugen sich in die Büsche, gefolgt von einigen anderen Sklaven, die sich entschlossen hatten, die Gelegenheit zu nutzen und ebenfalls in die Freiheit zu entfliehen.

Drei von ihnen konnten noch entwischen, den vierten ereilte das züngelnde Ende einer Flammpeitsche, noch ehe er das Unterholz erreichte. Blitzschnell legte sie sich um seinen Hals und riss ihn mit brutaler Gewalt zu Boden.

Einen Augenblick dachte Matt daran, die entstandene Verwirrung zu nutzen und mit Aruula ebenfalls zu fliehen – doch schon kamen die anderen Wachen von

Emrocs Zelt herüber und halfen ihren Kumpanen dabei, die Meute der Sklaven beisammenzuhalten. Mehrere Reiter setzten auf ihren Andronen heran, hatten die Spitzen ihrer mörderischen Lanzen gesenkt. Armbrustbolzen wurden aufgelegt und zielten auf die Gefangenen – an Flucht war nicht mehr zu denken.

Die Wächter gestikulierten heftig, schrien sich an und gaben sich gegenseitig die Schuld dafür, dass fünf Gefangene geflohen waren. Niemand wollte Emroc unter die Augen treten und ihm sagen müssen, dass sich seine Ware aus dem Staub gemacht hatte. Zwei Wächter nahmen schließlich die Verfolgung auf, setzten Crane und den anderen im Laufschritt hinterher.

»Viel Glück, Jungs«, sagte Matt leise.

Sie rannten hinein in die ungewisse Finsternis, stürzten Hals über Kopf durch den nächtlichen Wald. Gestrüpp und tief hängende Äste zerkratzten ihnen die Gesichter, und mehr als einmal rannten sie gegen Hindernisse, die im Dunkel nicht auszumachen waren. Sie fielen über offen liegende Wurzeln und schlugen der Länge nach hin, um sich gleich wieder auf die Beine zu rappeln und weiterzustürmen – weg von Emroc und seinen grausamen Schergen.

Bald hörten sie nur noch das Klopfen ihres eigenen Pulses, das Keuchen ihres Atems und den Tritt ihrer eigenen Füße – und stellten fest, dass sie einander verloren hatten.

Die Taratze, die gemeinsam mit Crane aus dem Lager geflohen war, verlangsamte ihren Schritt. Auf allen Vieren war sie durch den dunklen Wald gehetzt. Jetzt richtete sie sich auf, blickte sich in der Dunkelheit um.

Obwohl ihre Augen viel besser als die menschlichen

darauf ausgerichtet waren, im Dunkeln zu sehen, konnte die Riesenratte keine Spur von den Männern erkennen, die mit ihr aus dem Lager geflüchtet waren. Betroffen erkannte sie, dass sie auf sich allein gestellt war – und dieser Gedanke gefiel ihr ganz und gar nicht.

Die Erinnerung an den mit den Schädeln ihrer Artgenossen verzierten Baum kehrte in ihr Gedächtnis zurück, und fast augenblicklich wurde sie von panischer Furcht ergriffen. Sie legte den Kopf in den Nacken, hob ihre spitze Schnauze hoch in die Luft und prüfte, ob sie Crane und die anderen wittern konnte.

Sie zuckte zusammen, als ihr feiner Geruchssinn tatsächlich etwas witterte – etwas Vertrautes und zugleich Fremdes. Es befand sich in ihrer unmittelbaren Nähe, kam direkt auf sie zu ...

Plötzlich nahm die Taratze aus dem Augenwinkel eine Bewegung wahr. Mit einem schrillen Kreischen fuhr sie herum. Ihre gelben Augen weiteten sich, als sie einen dunklen Schatten heranwischen sah.

Im nächsten Moment packte sie etwas und riss sie mit fürchterlicher Gewalt zu Boden. Die Taratze schrie. Eine verwirrende Vielfalt von Gerüchen stieg ihr in die Nase, und noch ehe ihr klar wurde, was um sie herum geschah, wurde ihr Kopf gepackt und mit brutaler Gewalt herumgerissen.

Die Taratze fiepte, setzte sich mit aller Kraft zur Wehr. Planlos hieb sie mit ihren Klauen um sich – doch gegen die rohe Kraft des Angreifers hatte sie keine Chance. Entsetzt riss sie die Augen auf, ein letzter Schrei entrang sich ihrer Kehle – dann gab ihre Wirbelsäule nach.

Mit einem hässlichen Knacken brach das Genick der Taratze; leblos sank sie in den Armen des Angreifers zu Boden.

Schnaubend beugte sich eine schlanke dunkle Gestalt

über sie, tastete nach ihrer fellbesetzten Brust – um ihr mit einem grausamen, unmenschlichen Brüllen Haut und Knochen zu zerfetzen, in ihren Brustkorb zu greifen und das Herz herauszureißen.

Triumphierend hielt die dunkle Gestalt das zuckende Organ in die Höhe, aus dem unaufhörlich Blut pulsierte. Dann führte sie die grausige Trophäe zum Mund und biss hinein, verschlang sie mit schrecklicher Gier.

Die drei Sklaven, die Crane und der Taratze in den Wald gefolgt waren, hatten einander schon bald aus den Augen verloren. Kopflos rannten sie in die Dunkelheit, getrieben nur von dem Gedanken, Emroc und seinen grausamen Häschern zu entkommen.

Einer von ihnen, Bort, hatte das Pech, in ein Erdloch zu treten. Mit einer Verwünschung auf den Lippen schlug der hagere Mann der Länge nach hin – und merkte im nächsten Moment, wie sengend heißer Schmerz durch sein Bein schoss. Vergeblich versuchte er sich wieder auf die Beine zu rappeln – sein Fußgelenk ließ sich nicht mehr bewegen und schwoll binnen Augenblicken an.

»Verdammter Mist«, knurrte Bort. Verzweifelt versuchte er sich an einem abgestorbenen Baumstumpf auf die Beine zu ziehen – vergeblich. Sobald er versuchte das verletzte Bein zu bewegen, wurde er halb besinnungslos vor Schmerz.

»Das darf doch nicht wahr sein!« Frustriert hieb er mit den Fäusten auf den Boden, Tränen hilfloser Wut schossen ihm in die Augen. Für kurze Zeit hatte er geglaubt, einmal in seinem Leben Glück zu haben – doch schon bestätigte sich wieder seine alte Überzeugung, dass er nichts als Pech hatte.

Das Gelenk war gebrochen, daran bestand kein Zweifel. Entweder er schleppte sich zurück ins Lager, oder er würde hier in der Wildnis ein qualvolles Ende finden. Zweifellos würde Emroc ihn auspeitschen und grausam bestrafen lassen – aber das war immer noch besser, als hier draußen langsam zu Grunde zu gehen.

Der Sklave zuckte zusammen, als das Gebüsch um ihn leise raschelte. Er hatte plötzlich das hässliche Gefühl, beobachtet zu werden. Irgendjemand war ganz in der Nähe – oder irgend*etwas* ...

Bort sog scharf nach Luft; plötzliche Panik überkam ihn. Schaudernd erinnerte er sich an das, was man sich im Lager erzählt hatte. Über diese Kreaturen, die ihren Opfern bei lebendigem Leibe das Herz herausrissen.

»H ... hallo?«, hauchte er leise. »Ist da jemand?«

Er hoffte inständig, dass es Emrocs Leute waren, die nach ihm suchten und ihn zurück ins Lager bringen würden. Doch er bekam keine Antwort. Von den Wächtern fehlte jede Spur – dafür wurde das Geräusch immer lauter. Ein leises Schleifen – als wenn sich etwas über den Boden schleppte ...

Bort begann zu zittern, während brennender Schmerz sein gebrochenes Bein peinigte. Von kreatürlicher Angst erfüllt, starrte er in die Dunkelheit, in die Richtung, aus der das unheimliche Geräusch kam. In seiner Verzweiflung schleppte er sich rücklings über den Boden, krallte sich im Erdreich fest, dass seine Finger zu bluten begannen – doch vor der Kreatur, die sich ihm näherte, gab es kein Entkommen.

Plötzlich teilte sich das Dickicht.

Bort hielt den Atem an – um im nächsten Moment sein Entsetzen laut hinauszubrüllen. Beißender Gestank stieg in seine Nase, der nach Moder, Salz und Fisch roch – und vor ihm stand etwas, das er noch nie gesehen hatte.

Etwas, das seine schlimmsten Albträume sich nicht

hätten ausmalen können. Eine Kreatur von solcher Scheußlichkeit, dass sich alles in ihm verkrampfte.

»Geh weg!«, brüllte er sie an. »Lass mich in Ruhe!«

Doch die kalten Fischaugen, die ihn ausdruckslos taxierten, verrieten keine Regung.

»Hast du das gehört?« Der eine der beiden Wächter, die den geflohenen Sklaven in den Wald gefolgt waren, hielt abrupt inne, um zu lauschen.

»Was?«, fragte der andere ungeduldig.

»Ein Schrei. Ich habe einen Schrei gehört...« Der Wächter hielt seine Fackel hoch, leuchtete in das umliegende Dickicht.

»Das war nur ein Tier«, sagte der andere barsch. »Ich glaube nicht an dieses Fischmenschen-Gequatsche. Wir suchen die entlaufenen Sklaven und bringen sie zurück ins Lager.«

»Aber...«

»Kein Wort mehr!«, zischte der andere barsch. Für seinen Geschmack hatte es in dieser Nacht schon genug Panik gegeben. Die Armbrust schussbereit im Anschlag, schlich er weiter durch das Dickicht – um plötzlich zusammenzufahren. Vor ihm, keine fünf Schritte entfernt, lag ein blutiges Bündel Fell am Boden...

»Die Fackel, schnell!«, zischte er seinem Kumpanen zu. »Da ist irgendwas...«

Schnell kam der andere Wächter heran, und im Lichtschein der Fackel sahen die beiden Männer, was da vor ihnen im Unterholz lag.

Es war die geflohene Taratze. Sie regte sich nicht und atmete nicht mehr. Kein Wunder...

»Bei Orguudoo!«, rief der Mann mit der Armbrust

aus. »Sieh dir das an. Jemand hat ihr das Herz aus der Brust gerissen!«

»Die Fishmanta'kan«, bestätigte der andere Wächter heiser.

Entsetzt starrten sie auf den blutüberströmten Kadaver, der in grotesker Verrenkung vor ihnen lag. Was immer die Taratze angegriffen hatte, es hatte sie förmlich zerfetzt. Eine dunkle Spur von Blut führte von dem leblosen Körper ins Gebüsch.

Der Wächter mit seiner Fackel leuchtete in die Richtung, in der sich die rote Blutspur verlor – um geschockt zurückzufahren, als sich im Gebüsch etwas regte.

»Es ist noch da!«, zischte er seinem Kameraden zu.

»Dann lass uns verschwinden«, stieß der andere hervor, während er sich bereits zur Flucht wandte. »Lass uns schnell von hier verschwinden ...«

Sein Kumpan ließ sich das nicht zweimal sagen. Blitzschnell fuhren die beiden herum und begannen zu laufen. Im gleichen Moment teilte sich das Gebüsch, und etwas brach mit ungestümer Gewalt daraus hervor.

Die Sklaventreiber schrien auf. Ein flüchtiger Blick zurück zeigte, dass ihnen eine dunkle Gestalt auf den Fersen war, die rasch aufholte.

Im Laufen drehte der eine Wächter sich um und schoss seine Armbrust ab – doch der Bolzen verschwand wirkungslos irgendwo in der Dunkelheit.

Der Mund des Schützen öffnete sich zu einem verzweifelten Schrei – der seine Kehle jedoch nie verließ. Denn im nächsten Moment hatte ihn der Verfolger eingeholt, packte ihn und riss ihn mit brutaler Gewalt zu Boden.

Der andere Wächter lief weiter, ohne sich umzublicken. Das Hämmern seines Herzschlags dröhnte in seinen Ohren und übertönte die Todesschreie seines Kameraden, der hinter ihm zurückblieb und von der Dunkelheit verschlungen wurde.

Als er das Licht zwischen den Bäumen sah, atmete der Wächter auf. Er war gelaufen, so schnell ihn seine Füße getragen hatten. Die Angst im Nacken hatte ihn fast um den Verstand gebracht.

Keuchend schnappte er nach Luft, legte die letzten Meter zum Lager mit schleppenden Schritten zurück. Geräuschvoll brach er aus dem Unterholz, wankte noch ein paar Schritte – dann war er mit seinen Kräften am Ende. »Hilfe«, hauchte er tonlos und brach zusammen.

Die Posten, die unweit vom Waldrand bei den Sklaven standen, eilten zu ihrem Kameraden, gaben ihm zu trinken.

»Sag schon«, forderten sie ihn auf. »Was ist geschehen?«

»Da ist etwas ... im Wald. Es hat Barod angegriffen!«

»Wo ist er?«, fragten die anderen. »Ist er ...?«

Der Erschöpfte nickte nur, rang keuchend nach Atem.

»Was war es?«, wollten die anderen wissen. »Hast du es gesehen?«

»Nur ganz kurz ... war unheimlich schnell ... Augen leuchteten ... wie bei einem Raubtier ... schreckliche Krallen ... die grässlichste Kreatur, die ich je gesehen habe ...«

»Was ist mit den geflohenen Sklaven? Habt ihr sie gefunden?«

»Nur einen von ihnen ... die Taratze.« Der Wächter, der dem Tod so knapp entronnen war, blickte auf.

»Etwas hat ihr den Brustkorb zerfetzt und das Herz herausgerissen!«

»Das Herz...?« Emrocs Schergen schnappten nach Luft. »Also ist es wahr. Es sind die Fishmanta'kan!«

»Wir haben ... nicht die geringste Chance«, hauchte der Wächter heiser, noch immer schaudernd vor Entsetzen. »Wir werden alle sterben. Die entlaufenen Sklaven sind wahrscheinlich schon tot. Es ist nur eine Frage der Zeit, bis sie auch über uns herfallen!«

Seine Kameraden sahen sich unbehaglich an. Der Sklavenmeister würde alles andere als begeistert sein über diese Neuigkeiten.

Und auch die Sklaven waren es nicht. Einige, die am Rand des Pulks saßen, hatten mitbekommen, was der Wächter berichtet hatte, und erzählten es weiter. Binnen Sekunden hatte sich die Nachricht von den grausamen Monstern, die im Wald lauerten, wie ein Lauffeuer verbreitet.

Matt musste hart schlucken. Offenbar hatte Hapoc also Recht gehabt. Diese Fishmäcs waren da draußen, warteten vielleicht nur auf eine Gelegenheit, über sie herzufallen. Crane und die anderen Flüchtlinge waren ihnen bereits zum Opfer gefallen...

Bei Tagesanbruch setzte der Zug seinen Marsch fort – und wiederum nahm Emroc an der Marschordnung einige Veränderungen vor. Abgesehen von ein paar Andronenreitern, die den Zug anführten, scharte der Sklavenmeister fast sämtliche seiner Wächter nun um seine Sänfte – auf diese Weise glaubte er bei einem Angriff der Fishmanta'kan einigermaßen sicher zu sein.

»Dieser miese feiste Sack«, murrte Arzak im Akzent der Wulfanen, der sich wegen der breiten Schlundlippen immer etwas feucht anhörte, während sie aneinander gefesselt in der Kolonne marschierten. »Es ist ihm völlig egal, ob wir verrecken oder nicht.«

»Das Gute daran ist, dass wir weniger streng bewacht werden«, flüsterte Aruula mit Verschwörerstimme. »Mit etwas Glück könnte uns die Flucht gelingen.«

Hapoc, der Fischer, schüttelte entschieden den Kopf. »Fliehen?«, fragte er verständnislos. »Und ebenso enden wie die anderen? Nein danke.«

»Es wäre immer noch besser, frei und im Kampf zu sterben als gefesselt und als Sklave«, verkündete Arzak voll Überzeugung.

»Das ist typisch für euch Wolfsköpfe«, meinte Grath abfällig. »Ihr habt nichts als Kampf und Ehre im Sinn.«

»Mag sein«, entgegnete Arzak, während seine Schlundlippen die messerscharfen Zahnreihen entblößten. »Aber immerhin haben wir Wulfanen Ehre – du hingegen hast keine.«

»Genauso ist es«, erwiderte der Schurke grinsend. »Deshalb bin ich noch am Leben . . .«

Chip zischte etwas, das unverhohlen feindselig klang.

»Ach halts Maul, du wanzenverseuchtes Stück Fell«, blaffte Grath sie an. »Von einer verdammten Taratze lasse ich mir nichts sagen.« Ob er auch so gesprochen hätte, wenn Chip und Dale, die sogar ihn noch um einen halben Kopf überragten, nicht gefesselt gewesen wären, blieb fraglich.

Trotz der Fesseln wollte sich Chip auf das Großmaul stürzen, verhielt aber in der Bewegung, als vorn an der Spitze des Zuges heftiges Geschrei laut wurde.

Matt und Aruula tauschten flüchtige Blicke.

»Was ist da vorne los?«, fragte Arzak leise.

Reglos lag er im Gebüsch, die leblosen Augen weit aufgerissen. In stummer Anklage starrte er die Wächter an.

Es war einer der Sklaven, die in der Nacht geflohen waren. Was mit ihm geschehen war, war schwer zu beschreiben. Etwas schien ihn mit furchtbarer Wut förmlich zerrissen zu haben. Seine Kleidung war zerfetzt, unzählige Biss- und Schnittwunden übersäten seinen blutüberströmten Körper. Sein Brustkorb war aufgerissen worden, das Herz fehlte. Kein Zweifel – die Fishmanta'kan hatten erneut zugeschlagen...

»Was ist da los?«, erkundigte sich Emroc, der auf seiner Sänfte herangetragen wurde. Unwillig darüber, dass der Zug jäh zum Stillstand gekommen war, schlug der Sklavenmeister den Vorhang beiseite – und wurde kreidebleich, als er auf den blutüberströmten Körper blickte.

»Das ... das ist ...«

Der Eunuch wollte etwas sagen – doch das üppige Frühstück, das er vor dem Abmarsch zu sich genommen hatte, kam ihm zuvor. In hohem Bogen schoss es aus ihm heraus und ergoss sich auf den samtenen Sitz der Sänfte.

Emroc schüttelte sich vor Furcht und Entsetzen. Der Sklavenmeister hatte schon viele Tote gesehen – die meisten davon waren auf sein Geheiß gestorben. Nun, da sein eigenes Leben in Gefahr war, gewann die blutige Leiche im Gebüsch jedoch eine ganz andere Qualität...

Zum ersten Mal in seinem Leben hatte der feiste Sklavenmeister Todesangst. Er fühlte sich hilflos und ausgeliefert, und dieses Gefühl behagte ihm ganz und gar nicht.

Er war Geschäftsmann. Er war es gewohnt, lebende

Ware gegen Wertmittel einzutauschen, und die Geschäfte, die er abschloss, gereichten ihm stets zum Vorteil.

Fieberhaft dachte Emroc nach. Umzukehren hätte keinen Sinn gemacht, denn sie hatten die Hälfte der Strecke bereits hinter sich gebracht. Verflucht, es musste doch möglich sein, einen Ausweg auch aus dieser Situation zu finden. Er musste einen Handel schließen. Ja, das war es! Das Leben seiner Sklaven für seines...

Der restliche Tag verlief ohne weitere Zwischenfälle. An den steilen Uferklippen entlang führte der Marsch weiter nach Nordwesten. Immer wieder musste die Karawane Umwege auf sich nehmen, wenn Meeresbuchten weit ins Landesinnere schnitten. Entsprechend langsam kam der Zug voran.

Gegen Abend ließ Emroc seine Leute erneut das Nachtlager aufschlagen – diesmal jedoch lauteten die Anweisungen des Sklavenmeisters anders. Anstatt sie wie gewöhnlich zu einem leicht zu bewachenden Pulk zusammenzutreiben, ließ Emroc die Sklaven im Kreis um sein Zelt herum postieren, als eine Art lebende Mauer, die im Notfall das Schlimmste von ihm fernhalten sollte.

Unruhe brach unter den Sklaven aus, als klar wurde, was der Sklavenmeister bezweckte, doch die Wächter setzten ihre Flammpeitschen ein und erstickten jeden Widerstand im Keim.

Auch Matt war alles andere als begeistert von der menschenverachtenden Einstellung, die Emroc an den Tag legte – aber was war von einem Sklavenhändler anderes zu erwarten? Emroc sah seine Gefangenen nicht als Wesen aus Fleisch und Blut an, sondern als Ware, die ihm gehörte und über die er beliebig verfügen konnte.

Auch an diesem Abend gab es Wasser und Brot, doch diesmal blieb das Gebalge darum aus – die meisten Gefangenen brachten eh kaum einen Bissen hinunter. Schweigend saßen sie im Kreis um das Zelt des Sklavenmeisters, starrten hinaus in das wirre Grün des Waldes, der langsam in der Dämmerung versank, und hörten das Rauschen der nahen Brandung. An Schlaf war nicht zu denken.

»Da ist etwas«, flüsterte Aruula nach einer endlos scheinenden Weile.

»Was meinst du?«, fragte Matt alarmiert.

»Da ist etwas«, wiederholte die Barbarin, »ganz in unserer Nähe. Etwas Fremdes, Kaltes. Ich kann es fühlen...«

Die lidlosen Augen, die durch das dichte Gewirr der Äste starrten, beobachteten die Sklaven auf der Lichtung.

Die Kreatur hob ihre mit Schwimmhäuten besetzten Hände und gab ihren Artgenossen, die hinter ihr im Dunkel lauerten, ein lautloses Zeichen.

Langsam schlichen sie sich an die Lichtung heran.

Emrocs Sklaven hatten damit gerechnet, dass etwas Schreckliches geschehen würde. Als es schließlich so weit war und ein schriller Schrei über der Lichtung gellte, zuckten sie dennoch zusammen.

»Was war das?«, fragte Aruula.

»Das kam von da drüben«, knurrte Matt und blickte sich um.

Ein erneuter Schrei, dazu die aufgeregten Rufe der Wachen. Flackerndes Fackellicht erhellte die Lichtung nur spärlich; man konnte so gut wie nichts erkennen.

»Hiiilfe!«, rief jemand laut. »Helft mir! Etwas hat mich gepackt! Sie holen mich! Sie ... *aaaah*!«

Man sah gerade noch, wie einer der Sklaven aus dem Kreis seiner Leidensgenossen gerissen wurde und kopfüber im Dickicht verschwand. Sein Schrei verstummte jäh.

Einzelne Sklaven schrien entsetzt auf. Matt sah, wie das Buschwerk um sie herum lebendig zu werden schien. Plötzlich glaubte er mehrere dunkle Gestalten zu erkennen, die in gebückter Haltung durchs Dickicht huschten – oder waren es nur die Schatten der Wächter, die das flackernde Licht der Fackeln gegen das dunkle Grün der Bäume warf?

Die Sklaven drängten sich aneinander. Die Frauen schrien, die Taratzen knurrten mit gesträubtem Fell. Einige der Sklaven sprangen auf und wollten die Flucht ergreifen – doch schon zückten die Flammpeitschen der Wächter vor und rissen sie wieder nieder. Emroc hatte nicht vor, die Mauer aus menschlichen Leibern so ohne weiteres ziehen zu lassen!

Noch einmal erklang irgendwo ein Schrei – dann war es vorbei, so plötzlich, wie es begonnen hatte.

Stille breitete sich über die Lichtung wie ein Leichentuch; nur noch angstvolles Wimmern war zu hören.

Unheimliche Geräusche geisterten durch den nächtlichen Wald, bald ganz nah, dann wieder weit entfernt. Die Wachen tauschten nervöse Blicke, wussten nicht, worauf sie mit den Bolzen ihrer Armbrüste zielen sollten.

Dann, plötzlich und als alle schon glaubten, es sei vorüber, griff der Feind wieder an.

»Da ist etwas!«, schrie eine junge Frau – und wurde im nächsten Moment ins Dickicht gezerrt, von etwas, das so schnell war, dass kein Auge ihm in der Dunkelheit folgen konnte.

Wieder gab es Rufe und Tumult, Menschen schrien in Todesangst, und wieder tauchte das grüne Flackern der Flammpeitschen die Lichtung in fahlen Schein.

So ging es die ganze Nacht.

Weder die Sklaven noch ihre Bewacher fanden Ruhe, und auch Emroc, der sich in sein Zelt zurückgezogen und sich die seidene Decke weit über den Kopf gezogen hatte, fand in dieser Nacht keinen Schlaf.

Erst gegen Morgen, als die Dämmerung den Horizont in blasses Licht tauchte und zaghafter heller Schein wie eine Erlösung auf die Lichtung fiel, kehrte Ruhe ein.

Matt machte sich keine Illusionen darüber, dass diese Ruhe trügerisch war.

Es war die Ruhe vor dem Sturm.

Das Licht des neuen Tages ließ das ganze Ausmaß des Schreckens offensichtlich werden.

Fünf Sklaven waren in der vergangenen Nacht spurlos verschwunden, waren von der Seite ihrer Leidensgenossen gerissen worden. Ihre Fesseln waren auf rätselhafte Weise durchtrennt worden. In der Nähe des Lagers wurden Schleifspuren entdeckt und Fußabdrücke, die entfernt an Flossen erinnerten.

Den grausigsten Fund aber machten zwei von Emrocs Leuten, die am Morgen die Gegend erkundeten – unweit des Lagers fanden sie die Leiche eines Sklaven im Gras liegen, blutüberströmt und mit herausgerissenem Herzen.

»Wer tut so etwas?«, fragte der eine der beiden Männer erschüttert. Den Tod eines Sklaven hätte er fraglos verschmerzen können – doch die Angst, vielleicht selbst auf so grausige Art und Weise zu enden, setzte ihm zu.

Der Marsch ging weiter, unmittelbar an der Küste entlang. Immer wieder lichtete sich der Wald und machte Sanddünen oder schroffen Felsen Platz.

Die meisten der Sklaven schwiegen während des Marsches. Ängstlich starrten sie ins Dickicht, fürchteten jeden Moment von den Fremden gepackt und fortgerissen zu werden.

Aruula wich nicht von Matts Seite. Matthew wusste nicht zu sagen, ob die Barbarin seinen Schutz suchte oder ob sie es als ihre Ehrenpflicht betrachtete, *ihn* vor den Fischwesen zu beschützen. Die natürlichen Instinkte der jungen Kriegerin waren viel stärker ausgeprägt als seine; sie spürte die Bedrohung noch intensiver als er. Dazu kam, dass sie fühlen konnte, was die anderen Sklaven empfanden.

»Ich habe nachgedacht, Aruula«, raunte er ihr zu. »Emroc wird uns alle opfern, wenn wir hier bleiben. Es ist nur eine Frage der Zeit, bis diese Kreaturen uns kriegen. Wenn wir fliehen, haben wir vielleicht eine Chance.«

»Das denke ich auch«, gab die Barbarin zurück. »Aber es wäre unklug, alleine zu flüchten.«

»Zu mehreren wären wir sicherer«, stimmte Matt zu. »An wen hast du gedacht?«

»Arzak«, sagte Aruula nur.

Matt nickte. Der Wulfane hatte sich in der Vergangenheit als zuverlässiger Kamerad erwiesen – immerhin waren sie zusammen schon einmal durch die Hölle gegangen. »Schön«, meinte er, »ich werde ihn fragen, ob er –«

»Ich bin dabei«, verkündete plötzlich eine feucht klingende Stimme – es war Arzak, der unmittelbar hinter ihnen ging. »Gut für euch, dass keiner von Emrocs Wächtern in der Nähe ist«, meinte der Wolfsmensch mit breitem Grinsen, das sein Furcht erregendes Gebiss entblößte.

»Die haben ja auch keine solchen Lauscher wie du«, meinte Matt mit einem Blick auf Arzaks aufgestellte Ohren.

»Wann wollt ihr fliehen?«, hakte der Wulfane nach. »Ich kann es kaum erwarten, diesen Peitschen schwingenden Idioten Lebewohl zu sagen.«

Da schlossen Chip und Dale zu ihnen auf. Offenbar hatten auch die beiden Taratzen mitbekommen, dass hier eine Verschwörung im Gange war. Matt spürte ein unangenehmes Kribbeln im Nacken – wenn jetzt auch noch die Sklaventreiber aufmerksam wurden, war ihr Plan geplatzt.

Mit heiserem Krächzen meldete sich Chip zu Wort: »Wollt fliehen? Wir dabei!«

Aruula verzog unwillig das Gesicht. Sie hatte in den Taratzen von klein auf immer nur Todfeinde gesehen. Dass Chip im Tal des Todes ihr Leben gerettet hatte, brachte Aruulas Weltbild ins Wanken – aber es fiel ihr sichtlich schwer, sich zu lösen von der anerzogenen Abneigung gegen die gefräßigen Rattenkreaturen, die auch Menschenfleisch nicht verschmähten.

»Mein Gehör ist gut, aber der Geruchssinn der Taratzen ist ausgeprägter als meiner«, gab Arzak zu bedenken. »Wir sollten die beiden mitnehmen.«

»Also gut«, meinte Matt mit einem kurzen Seitenblick auf Aruula, die kaum sichtbar nickte. »Dann wären wir also zu fünft.«

»Sieben«, knurrte Grath – der Hüne machte seinem Ruf, seine Ohren überall zu haben, wieder alle Ehre. »Ich und Nerk kommen auch mit.«

»Kommt nicht infrage«, wehrte Matt ab. »Ihr beide macht nichts als Schwierigkeiten.«

»Ach ja?«, fauchte Grath. »Auch gut, Maddrax. Bestimmt interessiert sich Emroc für das, was ihr vorhabt.

Vielleicht lässt er mich für diese Information sogar in seinem Zelt übernachten.«

»Elender Verräter!«, zischte Aruula. In ihrer Wut hätte sie sich am liebsten auf den hämisch grinsenden Hünen gestürzt, doch Matt hielt sie zurück. Auch er hatte keine Lust, sich von Grath erpressen zu lassen, aber wenn sie die Aufmerksamkeit der Wachen auf sich zogen, war ihre Flucht zu Ende, noch bevor sie begonnen hatte.

»Also gut«, sagte er nur.

Grath sandte ihm einen Blick, der deutlich erkennen ließ, dass er Maddrax genauso wenig traute wie der ihm. »Wann?«, fragte der Hüne leise.

»So bald wie möglich«, gab Matt zurück. »Wir haben schon genug Zeit verloren. Achtet auf mein Zeichen.«

»Dein Zeichen? Was für ein Zeichen?«

»Du wirst es wissen, wenn es so weit ist ...«

Der Marsch führte weiter an der Küste entlang. Immer wieder warfen sich Matt und Aruula verstohlene Blicke zu, verständigten sich mit den anderen durch Handzeichen. Chip und Dale hatten es in den vergangenen zwei Stunden geschafft, die Fesseln der Sieben so weit anzunagen, dass sie sie mit einem kräftigen Ruck würden zerreißen können. Wären die Wachen nicht so sehr mit sich selbst und Emrocs Schutz beschäftigt gewesen, hätte die Aktion bedeutend länger gedauert. Jetzt kam es nur noch darauf an, den richtigen Zeitpunkt zu finden ...

Über einen flachen Hang erreichte der Zug eine schmale Talsohle, durch die ein Bach plätscherte. Ein Stück hangabwärts ergoss sich der Wasserlauf über die Klippen ins Meer. Der Scout, der auf seiner Androne an der Spitze des Zuges ritt, gab Anweisung, dem Bach bis zur Klippe zu folgen. Danach ging der Marsch weiter über den Rist einer schroffen, fast schwarzen Klippe, an die das tiefblaue Wasser des Ozeans brandete.

Einige Sekunden lang erwog Matt, seinen Leuten das Zeichen zu geben und von der Klippe zu springen – doch bis hinunter zum Wasser waren es gut und gern dreißig Meter. Vielleicht wären die beiden Taratzen fähig gewesen, der Wucht der Brandung zu widerstehen – alle anderen wären am Felsen zerschmettert worden. Nein, sie mussten den Landweg nehmen...

Bald schon tauchte die Karawane wieder in dichte Vegetation. Eine von steilen Felsen umgebene Bucht, die sich tief ins Land hineinschnitt, zwang sie zu einem Umweg durch das Gestrüpp.

Dies war die Chance, auf die Matthew gewartet hatte!

Der Pfad, den die Andronenreiter bahnten, war nur an die zwei Meter breit; rechts und links stand das grün verfilzte Dickicht wie eine Mauer. Die Armbrustschützen würden nicht auf sie zielen können.

Matt nickte Aruula unmerklich zu, und die Barbarin bedeutete, dass sie verstanden hatte. Eine bessere Möglichkeit würden sie nicht bekommen.

Jetzt oder nie!

Unvermittelt blieb Maddrax stehen und begann aus Leibeskräften zu brüllen, dass Sklaven wie Wächter jäh zusammenzuckten.

»Da sind sie!«, schrie Matt. »Ich kann sie sehen! Sie kommen...!« Gleichzeitig zerriss er seine Fesseln – und stürzte sich im nächsten Moment kopfüber ins grüne Unterholz. Aruula stieß einen schrillen Schrei aus und folgte ihm auf dem Fuß, und auch die restlichen Fünf ihrer Gruppe verloren keine Zeit.

Hals über Kopf suchten sie im Dickicht Zuflucht, während hinter ihnen auf dem Pfad nackte Panik ausbrach. Jene Sklaven, die nicht mitbekommen hatten, dass es sich nur um ein Täuschungsmanöver handelte, liefen durcheinander und verstrickten sich in ihren Fesseln. Die Wachen stolperten nicht minder konfus umher und stellten sich schließlich schützend vor die Sänfte ihres Anführers, der mit zitternder Stimme sinnlose Befehle kreischte.

Kampfbereit, mit gesenkten Lanzen und schussbereiten Armbrüsten erwarteten die Sklaventreiber den Angriff der Fishmanta'kan – doch nichts regte sich.

Im Wald blieb alles still, und auch die Gefangenen beruhigten sich wieder. Offenbar waren keine Fischmenschen in der Nähe – dafür stellte sich heraus, dass sieben der Sklaven spurlos verschwunden waren...

»Geflohen?« Emroc bedachte den Wachmann, der ihm die unerfreuliche Botschaft überbracht hatte, mit einem vernichtenden Blick. »Was heißt das, *sie sind geflohen*?«

»Sie... haben uns getäuscht, Meister«, gab der Wächter zurück, sein Haupt demütig gesenkt. »Sie sind uns entkommen, als wir Eure Sänfte beschützen wollten.«

»So«, schnaubte Emroc wütend. »Um wen handelt es sich?«

»Dieser Maddrax und die Barbarin waren dabei. Dazu der Wulfane, die beiden Taratzen und noch zwei weitere Männer.«

Emroc verfiel in wütendes Gebrüll. Seine feiste Miene quoll auf wie ein Schwamm. Den Verlust der Taratzen hätte er verschmerzen können, aber Maddrax und der Wulfane hätten auf dem Sklavenmarkt von Plymeth ein kleines Vermögen eingebracht. Von der Barbarin ganz zu schweigen – für so ein Rasseweib bezahlten die Lords Unsummen...

»Sollen wir sie verfolgen, Meister?«, fragte der Wächter, und ihm war anzusehen, dass er sich vor der Antwort fürchtete.

Emroc ließ sich damit Zeit.

So sehr ihn der Verlust schmerzte – er wollte nicht riskieren, seine Wachen bei die Suche nach den Flüchtlingen zu riskieren. Wenn ihnen etwas zustieß, blieben nicht mehr genügend übrig, um ihn zu beschützen – und sein eigenes Wohl war dem Sklavenmeister wichtiger als alles andere.

»Nein«, gab er zähneknirschend bekannt, »wir lassen sie laufen. Die Fishmanta'kan werden sich um sie kümmern. Ihre neu gewonnene Freiheit wird ihnen nicht viel Freude machen...«

Im Laufschritt rannten sie durchs Unterholz, so schnell ihre geschwächten, gepeinigten Körper es zuließen.

Immer wieder blickte sich Matthew Drax um, vergewisserte sich, dass Aruula noch hinter ihm war. Sein Atem ging rasselnd, sein Pulsschlag hämmerte. Die Strapazen der letzten Tage und die ungenügende Nahrung machten sich bemerkbar.

Dennoch zwang er sich, einen Fuß vor den anderen zu setzen, und bahnte sich einen Weg durch das Unterholz. Sie mussten so viel Distanz wie möglich zwischen sich und Emrocs Schergen bringen. Zwar bezweifelte Matt, dass der Sklavenmeister den Mut aufbringen würde, sie verfolgen zu lassen, doch gab es noch einen anderen Grund, sich möglichst schnell vom Sklavenzug abzusetzen: Die Fishmäcs.

Bislang schienen sie sich hauptsächlich in der Nähe der Karawane aufgehalten zu haben. Je weiter sich Matt und seine Begleiter also entfernten, desto sicherer war es für sie.

Matt hörte Aruulas Keuchen, das heisere Schnauben von Arzak, die pfeifenden Laute, die Chip und Dale von sich gaben. Grath und sein Kumpel Nerk bildeten das Schlusslicht.

Die beiden blieben ein Problem. Es würde nicht lange dauern, bis Grath wieder Ärger machte ...

Matt verdrängte den Gedanken für den Moment. Zuerst mussten sie nur möglichst weit weg vom Sklavenzug. Danach würde man weitersehen.

»Grath«, presste Nerk hervor, während sie Hals über Kopf durch den Wald rannten. »Ich ... kann ... nicht ... mehr ...«

»Blödsinn«, stieß Grath keuchend hervor, ohne sich nach ihm umzudrehen. »Reiß dich zusammen, Mann!«

»Es ... geht ... nicht ... Seitenstechen ... kann nicht ...«

»Was soll das? Willst du als Fischfutter enden?«

»B... bitte hilf mir, Grath ...!« Nerk konnte fühlen, wie seine Beine schwer und schwerer wurden. In seiner Seite pulsierte der Schmerz, und sein Herz pochte so heftig, dass er das Gefühl hatte, es wollte seinen Brustkorb sprengen. Heftiger Schwindel überkam ihn. Er wurde langsamer, fiel zurück.

»Grath! Bitte ...!«, keuchte er – doch sein ehemaliger Anführer drehte sich nicht einmal nach ihm um.

Aus dem Augenwinkel heraus sah Grath, wie Nerk langsamer wurde und den Kontakt zur Gruppe verlor – doch er dachte nicht daran, umzukehren und ihm zu helfen. Wenn er Nerk durch den Wald schleppte, würde er dabei nur seine eigene Kraft verbrauchen – und die brauchte er nun mal zum Überleben.

Für Grath lagen die Dinge denkbar einfach. Er hatte Nerk eine Chance verschafft, seinen Hals zu retten. Wenn der Idiot zu träge war, diese Chance zu nutzen, war das allein sein Problem. Für Grath war der Fall damit erledigt. Er hatte getan, was er konnte.

Mit unvermindertem Tempo rannte der Hüne weiter – sein Kamerad blieb hinter ihm zurück.

»Grath!«, rief ihm Nerk mit keuchender, halb erstickter Stimme hinterher. »Bitte hilf mir ...« Doch schon im nächsten Moment war Grath im hohen Buschwerk verschwunden und nicht mehr zu sehen.

Nerk verlangsamte seinen schleppenden Schritt, blieb keuchend stehen.

Er sank vornüber, stützte sich auf seine Knie, rang keuchend nach Atem. Alles was er brauchte, war eine kleine Pause. Danach würde es ihm gleich besser gehen, und er würde die anderen wieder einholen. Im weichen Boden war ihre Spur leicht zu verfolgen.

Nerk riss einen Streifen von der zerschlissenen Tunika ab, die er trug, und band ihn sich um den Kopf, um den Schweiß zurückzuhalten, der ihm in Strömen herabrann. Sein Pulsschlag beruhigte sich etwas, und auch der Schwindel legte sich ein wenig.

Jetzt erst wurde Nerk bewusst, dass er allein war – allein in einem fremden, feindseligen Wald, in dem mörderische Bestien hausten.

Er fühlte, wie sich seine Nackenhaare sträubten, und blickte sich furchtsam um. Im selben Moment glaubte er etwas zu hören – ein leises Zischen, das aus dem nahen Dickicht zu kommen schien.

Instinktiv wich Nerk zurück. Die grüne Blätterwand, die ihn zu allen Seiten umgab, erschien ihm mit einem Mal unheimlich und bedrohlich. Er hatte das Gefühl, dass tausend Augen ihn daraus anstarrten.

Von jäher Furcht ergriffen, fuhr er herum und begann zu laufen, dorthin wo Grath und die anderen verschwunden waren. Mit fliegenden Schritten rannte er durch das Unterholz, folgte dem Pfad, den die anderen Flüchtlinge hinterlassen hatten – um schon nach wenigen Metern verwirrt stehen zu bleiben.

Vor ihm lag eine von Farn überwucherte Lichtung, auf der es keine Spuren gab – das dichte Meer der Blätter hatte sich wieder geschlossen, nachdem Grath und die anderen es passiert hatten.

Nerk spürte, wie Panik in ihm hochkam. Gehetzt hielt er Umschau, versuchte herauszufinden, welchen Weg die anderen genommen hatten. Plötzlich hörte er wieder das Geräusch hinter sich und rannte los, kopflos, blindlings, getrieben von nackter Angst. Er hatte plötzlich das Gefühl, etwas sei ihm dicht auf den Fersen.

Nerk durchpflügte das Blätterwerk, das ihm bis an die Hüften reichte – und trat plötzlich ins Leere. Der Boden unter seinen Füßen gab nach, es gab ein markiges Knirschen – und mit einem dumpfen Aufschrei des Entsetzens kippte Nerk in die Tiefe.

Das Grün des Waldes flog an ihm vorbei, wich feuchter Dunkelheit. Nerk merkte, wie er stürzte, riss instinktiv die Hände vors Gesicht – um einen Herzschlag später hart aufzuschlagen.

Fluchend und jammernd raffte sich der geflohene Sklave auf die Beine. Seine Erleichterung darüber, dass er sich bei dem Sturz nichts gebrochen hatte, währte nicht lange – entsetzt stellte er fest, dass er sich in einer künstlich angelegten Fallgrube befand!

Es war ein etwa acht Fuß tiefes Loch, das von kreisrunder Form und mit morschen Zweigen bedeckt gewesen war. Wie ein Idiot war er blindlings in die Falle getappt – jetzt gab es kein Entrinnen mehr ...

Nerks verzweifelte Versuche, an der glatten lehmigen Wand der Grube hochzuspringen, blieben völlig erfolglos. Er fand keinen Halt, rutschte ab und landete wieder auf dem feuchten Grund.

»Verdammt!«, rief er aus, während ihm Tränen der Verzweiflung in die Augen schossen. »Warum muss ausgerechnet mir so was passieren?«

Da hörte er es plötzlich wieder – jenes leise, heisere Zischen, gefolgt von einem schleppenden, schleifenden Geräusch.

Diesmal kam es nicht nur aus einer Richtung, sondern er hatte das Gefühl, dass es von überall an sein Ohr drang. Eine Täuschung? Oder krochen tatsächlich Furcht erregende Kreaturen von allen Seiten auf die Fallgrube zu?

Nerk schauderte. Sein Pulsschlag beschleunigte sich in schwindelnde Höhen, Angstschweiß trat ihm auf die Stirn. Seine Kehle fühlte sich plötzlich an wie ausgedörrt, sein Magen rebellierte.

Verängstigt blickte er hinauf zu der kreisrunden Öffnung – und zuckte zusammen, als plötzlich lange Schatten darüber fielen. Das Zischen verstärkte sich, und im nächsten Augenblick erschien eine Silhouette über der Öffnung, dann noch eine und noch eine. Gleichzeitig stieg beißender Fischgeruch in Nerks Nase.

Der entflohene Sklave wurde von Entsetzen geschüttelt. Denn die grässlichen tiefblauen Fratzen, die er sah, waren die von Fischen – und doch auch wieder nicht. Runde schwarze Augen starrten ihn an, direkt darunter klafften scheußliche Münder mit mörderischen Zähnen.

»Neiiin!«, schrie er panisch und riss abwehrend die Hände hoch. »Geht weg! Hört ihr nicht? Verschwindet!«

Die Kreaturen verständigten sich mit zischenden Lauten. Dann hielt eine von ihnen plötzlich ein kurzes Rohr in der Hand, das sie an ihren Mund führte. Mit einer schnellen Bewegung legte sie das Rohr auf Nerk an und blies hinein.

Ein helles Pfeifen ertönte – und im nächsten Moment spürte Nerk einen stechenden Schmerz an seiner Kehle. Instinktiv griff er an die Stelle und stellte entsetzt fest, dass ein kleiner Pfeil dort steckte. Er wollte ihn herausziehen, doch lähmender Schmerz ging von der Stelle aus, breitete sich binnen weniger Sekunden über seinen ganzen Körper aus.

Seine Beine gaben nach. Er brach zusammen. Auf dem Rücken liegend, sah er die grässlichen Gestalten über sich. Wieder zischelten sie einander etwas zu, und ein letztes Mal bäumte sich sein ermattender Geist in einem Ausbruch von Panik auf.

Dann kam die Dunkelheit.

»Wo ist Nerk?«

An einer Quelle, die ein gutes Stück oberhalb des Meeres aus einem Felsen sprudelte, hatte die Gruppe gehalten. Jetzt erst fiel Matt auf, dass einer von ihnen fehlte.

»Weiß nicht«, behauptete Grath, während er sich erschöpft auf die Knie fallen ließ und sich das frische kühle Wasser ins Gesicht schaufelte.

»Was soll das heißen?«, erkundigte sich Matt. »Er war bei dir, oder nicht?«

»Wer bin ich denn?«, fragte Grath und sprang zornig auf die Füße. »Seine Mutter? Der Kerl ist alt genug. Er muss selbst wissen, was er tut. Er konnte nicht mehr, also blieb er zurück, um ein wenig zu verschnaufen.«

»Er konnte nicht mehr? Wieso hast du uns nichts gesagt?«

»Rate mal«, knurrte Grath. »Weil ich verdammt genau wusste, dass ihr umgekehrt wärt, um auf ihn zu warten. Das hätte uns nur unnötig aufgehalten.«

Matt wollte etwas erwidern, doch ihm fehlten die Worte. Fassungslos starrte er den Hünen an, erschüttert über so viel Skrupellosigkeit und Egoismus.

»Was willst du denn?«, fragte Grath kehlig. »Nerk war zu langsam. Er war nur Ballast. Wir konnten ihn nicht gebrauchen.«

»Falsch«, widersprach Maddrax. »Er war dein Freund. Er hat dir vertraut.«

»Sein Problem«, meinte Grath schulterzuckend. »So weit es mich betrifft, habe ich keine Freunde.«

»Gut zu wissen«, erwiderte Matt kalt – und schwor sich in diesem Augenblick, dass er Grath zu einem Zweikampf fordern würde. Irgendwann, wenn sie all das hinter sich hatten . . .

»Wir können Nerk jetzt nicht mehr helfen«, schaltete sich Arzak in das Gespräch ein. »Zurückzugehen wäre zu gefährlich.«

»Aruula?«, wandte sich Matt an die Barbarin.

»Er hat Recht«, stimmte Aruula dem Wulfanen zu. »Ich kann etwas spüren. Es ist dieses fremde kalte Gefühl, das ich auch beim Zug gespürt habe. Und es kommt langsam näher.«

»Verdammt«, knurrte Grath. »Seht ihr? Uns bleibt nicht viel Zeit. Wir müssen weiter, wenn wir nicht massakriert werden wollen.«

Matt bedachte den Hünen mit einem eisigen Blick. Zu gerne hätte er widersprochen, aber er konnte nicht. So ungern er es sich eingestand – Grath hatte Recht.

Rasch beugten sie sich noch einmal zur Quelle hinab und tranken in kleinen, beherrschten Schlucken. Niemand wusste zu sagen, wann sie wieder auf Süßwasser stoßen würden. Dann gingen sie daran, sich armdicke Knüppel zu suchen, mit denen sie sich notfalls verteidigen konnten – keine sehr ausgefeilten Waffen, aber immerhin besser als gar nichts. Die beiden Taratzen verzichteten darauf, sich mit Knüppeln auszustatten – im Ernstfall würden ihre Zähne und Krallen die besseren Waffen abgeben.

Der Marsch wurde beschwerlicher, als sie es sich vorgestellt hatten. Nicht nur, dass sie sich ihren Weg durch wucherndes Unterholz bahnen mussten – das ständige Gefühl, verfolgt zu werden, nagte zusätzlich an ihren Nerven.

Dazu kam schon bald quälender Hunger. Seit Tagen hatten sie nichts Vernünftiges mehr gegessen; ihre letzte karge Mahlzeit, die nur aus Wasser und Brot bestanden hatte, lag fast einen ganzen Tag zurück. Ihre Mägen begannen zu knurren, ihre Beine wurden schwach – doch unbeirrt gingen sie weiter, getrieben vom Drang zu Überleben.

Aruula hatte die Führung der Gruppe übernommen. Ihre Fähigkeiten als Scout, die sie sich während ihrer Zeit bei Sorbans Horde erworben hatte, leisteten der Gruppe wertvolle Dienste.

Ihr folgte Chip, dann kam Grath, dicht gefolgt von Matt, der den Hünen keinen Moment aus den Augen ließ. Hinter ihm ging Arzak. Dale schließlich bildete die Nachhut.

Sie waren etwa zwei Stunden marschiert, als Dales feine Nase etwas witterte – allerdings nichts, das seine Vorsicht alarmiert hätte. Dafür brachte es seine Magensäfte zum Brodeln.

Denn die Taratze roch frischen Fisch.

Obgleich Dale ein vernunftbegabtes Wesen und vielen seiner Artgenossen in mancher Hinsicht überlegen war, gewannen in diesem Augenblick seine Instinkte die Kontrolle über ihn. Der quälende Hunger ließ in seinem Gehirn nur ein Bild entstehen: fressen.

Die Taratze ließ den Abstand zu den anderen größer werden. Es war nicht wirklich Futterneid, was sie dazu brachte, den anderen nichts von ihrer Wahrnehmung zu berichten, eher die typischen Verhaltensmuster der Taratzen. Obwohl sie in Rudeln lebten, verfügten sie über einen ausgeprägten Selbsterhaltungstrieb – und der ergriff in diesem Moment von Dale Besitz.

Lautlos, um den Wulfanen nicht zu alarmieren, wartete die Taratze ab, bis sich die anderen entfernt hatten. Dann schlüpfte sie ins dichte Unterholz, der Quelle des verführerischen Geruchs entgegen.

Es dauerte nicht lange, bis sie auf eine kleine Lichtung stieß, in deren Mitte tatsächlich mehrere Fische lagen. Die meisten von ihnen zuckten noch, schnappten lautlos mit ihren Mäulern – offenbar waren sie eben erst gefangen worden.

Wäre Dales Verhalten weniger instinktgesteuert gewesen, hätte er sich vielleicht gefragt, woher die Fische kamen. Vielleicht hätte ihm sein Gehirn Vorsicht signalisiert, vielleicht wäre er misstrauisch gewesen.

So aber stürzte er sich blindlings und heißhungrig auf die leichte Beute, nur von dem Gedanken beseelt, seinen hungrigen Magen zu füllen.

Seine Gier wurde ihm zum Verhängnis.

In dem Moment, als die Taratze ihre scharfen Reißzähne in den klammen kalten Körper des ersten Fisches schlug, fiel ein dunkler Schatten aus dem Baum über ihr herab.

Im letzten Moment nahm sie ihn wahr, fuhr kreischend herum und fuhr seine Krallen aus – zu spät.

Im fahlen Licht der Sonne sah Dale etwas aufblitzen, das blitzschnell auf ihn zustach und ihm im nächsten Moment die Kehle durchschnitt.

Ein roter Schwall brach aus der klaffenden Wunde hervor. Dale ächzte, würgte an seinem eigenen Blut, rang verzweifelt nach Atem – doch sein furchtbarer Gegner ließ nicht von ihm ab.

Wieder und wieder stieß die blitzende Klinge herab ...

Dale war verschwunden.

Niemand wusste zu sagen, wo die Taratze abgeblieben war – plötzlich war Dale nicht mehr da gewesen. Auch Arzak war ratlos. Der Wulfane war sicher, dass er das Verschwinden der Taratze hätte bemerken müssen.

Sie standen vor einem Rätsel – und vor einem Problem.

Nach Dale zu suchen war aussichtslos – sie hatten keinen einzigen Anhaltspunkt dafür, wo ihr haariger Begleiter abgeblieben sein mochte. Dazu fing Aruula immer mehr bedrohliche Schwingungen auf, die sich langsam, aber stetig näherten. Trotzdem weigerte sich Chip, weiterzugehen. Er wollte seinen Gefährten nicht im Stich lassen.

Sie stimmten ab. Und es kam, wie es kommen musste. Natürlich war Grath dafür, die Flucht sofort fortzusetzen. Auch Arzak entschied sich dafür. Aruula machte es sich nicht leicht. Schließlich hatte Chip ihr das Leben gerettet, und sie stand in seiner Schuld. Doch ihr Verstand gebot ihr, das selbstmörderische Unternehmen abzulehnen. Genauso entschied Matthew, und er versuchte auch Chip davon zu überzeugen.

Doch die Taratze ließ sich nicht umstimmen. Schließlich verschwand sie allein im Dickicht. Die restlichen Vier schauten ihr hinterdrein. Sie ahnten, dass sie Chip nicht wieder sehen würden.

»Was ist nun?«, drängte Grath. »Gehen wir weiter! Die Fishmanta'kan sind da draußen, schon vergessen?«

Matt ballte die Fäuste, beherrschte sich jedoch abermals, dem grobschlächtigen Hünen nicht an die Gurgel zu gehen. Im Grunde hatte Grath ja Recht – sie durften keine Zeit verlieren. Es nutzte nichts, darauf zu warten, dass Chip zurückkam – oder sie seine Todesschreie aus dem Wald hallen hörten ...

Als die Dunkelheit sich über das Küstenland senkte, schlugen sie ihr Nachtlager auf. Was nicht viel mehr bedeutete, als sich einen Baum auszusuchen, der groß genug war, um auf seinen Ästen die Nacht zu überstehen, ohne gleich herabzufallen.

Je zwei der Gruppe übernahmen einen Wachdienst, damit sich die anderen beiden aufs Ohr legen konnten. Sie losten es mit zwei langen und zwei kurzen Zweigen aus: Die erste Schicht hatten Grath und Matthew; in der zweiten Hälfte der Nacht würden Arzak und Aruula Wache halten.

Nicht dass Matt erpicht darauf gewesen wäre, seine Wachschicht mit dem schurkischen Hünen zu teilen, aber so konnte er Grath wenigstens im Auge behalten und sichergehen, dass er keine Dummheiten machte.

Schweigend saßen sich die beiden einander im Halbdunkel gegenüber. Ein Feuer zu entfachen wagten sie nicht – zu groß war die Gefahr, entdeckt zu werden.

Grath bedachte Maddrax mit bohrenden Blicken,

denen Matt jedoch mühelos standhielt. Er fragte sich, was hinter der narbigen, bärtigen Visage des Kolosses vor sich gehen mochte – und er bezweifelte, dass etwas Gutes dabei war.

Immer wieder blickte Matthew hinaus in die Dunkelheit, verengte seine Augen zu schmalen Schlitzen, um im dichten dunklen Grün etwas erkennen zu können. Er hätte viel darum gegeben, jetzt Aruula an seiner Seite zu haben, die mit ihren besonderen Fähigkeiten stets eine große Hilfe war. Doch Aruula brauchte ihren Schlaf nötiger als jeder andere von ihnen, denn die letzten Tage hatten ihr nicht nur körperlich, sondern auch psychisch schwer zugesetzt. Für ihn und die anderen war die Bedrohung, die von diesem Ort ausging, allenfalls erahnbar – Aruula konnte sie *spüren*.

Urplötzlich glaubte Matt im nahen Unterholz etwas zu hören – leise Schritte, ein schleppendes Geräusch.

»Grath?«, fragte er leise.

»Ich hörs«, gab der Hüne missmutig zurück.

Einen Augenblick lang blieben die Geräusche aus. Dann setzten sie sich fort, noch näher und lauter diesmal. Im selben Moment glaubte Matt zu sehen, wie sich das Buschwerk auf der anderen Seite der Lichtung bewegte.

»Shit!«, stieß Grath voller Inbrunst aus. »Sie haben uns gefunden!« Er sprang hoch. »Wir müssen weg!«

Ausnahmsweise widersprach Maddrax nicht. In Windeseile weckte er Arzak und Aruula, die sofort hellwach waren und von ihren Schlafästen zu Boden glitten.

»Ich kann sie fühlen«, verkündete die Barbarin, während sie ihre Keule aufnahm. »Sie sind nah … ganz nah…«

Wieder ein Rascheln. Das Gebüsch teilte sich – und

entsetzt blickten die vier Flüchtlinge auf eine schuppige Flossenhand.

»Los!«, gab Matt das höchst überflüssige Kommando – und sie ergriffen die Flucht.

Arzak, der im Dunkeln besser sehen konnte als die anderen, stürmte voran, dicht gefolgt von Grath und Aruula. Matt bildete das Schlusslicht, setzte mit ausgreifenden Schritten hinter seinen Kameraden her.

In seinem Rücken konnte er tappende Schritte hören, die irgendwie nach Gummi klangen. Gehetzt blickte er sich um, machte inmitten des dunklen Geästs mehrere gedrungene Gestalten aus.

»Schneller!«, rief er nach vorn. »Sie holen uns ein...!«

Die Flüchtlinge beschleunigten ihren Schritt, rannten so schnell die Dunkelheit und ihre geschundenen Muskeln es zuließen. Ihre Füße stampften über den weichen Waldboden, ihr Atem ging stoßweise und keuchend.

Grath verfiel in bittere Verwünschungen, verfluchte Orguudoo und seine ganze Höllenbrut, während er seine schmerzenden Glieder dazu zwang, weiterzulaufen.

Wieder blickte Matt zurück – und stellte überrascht fest, dass ihnen die Fischgestalten nicht mehr auf den Fersen waren. Auf dem schmalen Pfad, den sie im Buschwerk hinterlassen hatten, regte sich nichts. Sollten sie ihre Verfolger abgeschüttelt haben? Aber das war doch nicht möglich...

Es war nur ein leises Zischen – doch im nächsten Moment spürte Matthew einen heftig brennenden Schmerz an seinem Hals. Instinktiv schlug er danach, dachte erst, es wäre ein Moskito, den er verscheuchen müsste. Dann stellte er zu seinem Entsetzen fest, dass ein winzig kleines Etwas in seiner Haut steckte... ein Pfeil!

Die Erkenntnis traf Matt wie ein Hammerschlag. Er schnappte nach Luft – um schon im selben Moment zu merken, wie seine Beine kraftlos wurden.

Sein Schritt verlangsamte sich, und er fiel zurück, sah, wie seine Kameraden vor ihm im Dickicht verschwanden. Sein Mund öffnete sich, und er wollte schreien, doch mehr als ein heiseres Krächzen entrang sich nicht seiner Kehle.

Mit eiserner Willenskraft zwang er sich weiterzugehen, hatte aber plötzlich Mühe, sich aufrecht zu halten. Im nächsten Moment versagten seine Beine ihren Dienst, und er brach zusammen, schlug der Länge nach hin.

Binnen Sekunden hatte die Lähmung Matts gesamten Körper erfasst. Er konnte sich kaum mehr bewegen. Sein Blickfeld begann sich einzutrüben. Keuchend schnappte er nach Luft.

Wie von fern drang wieder das schleppende, gummihafte Geräusch an sein Ohr – und er sah vor sich ein paar bizarrer, dünngliedriger Beine, die in schuppenbesetzten Füßen endeten.

Der Ohnmacht nahe, blickte er daran empor. Das Letzte, was er sah, war eine grässliche Fratze, deren kalte, reglose Augen auf ihn herabstarrten.

Dann verlor er das Bewusstsein.

In einer Höhle, die eine Laune der Natur zwischen zwei Felsblöcken hatte entstehen lassen, fanden Aruula, Grath und Arzak Zuflucht. Schwer atmend sanken sie nieder und rangen keuchend nach Luft, während Aruula mit ihren Sinnen hinausgriff und die Lage sondierte.

»Sie sind weg«, stellte die Barbarin erleichtert fest. »Ich kann sie nicht mehr fühlen.«

»Gut so«, meinte Grath. »Ich wusste, dass uns diese Fischmäuler nicht kriegen würden.«

»Aber –«, Aruula blickte sich entsetzt im Halbdunkel der Höhle um, »– wo ist Maddrax?«

»Jedenfalls nicht hier«, gab Grath schulterzuckend zurück. »Sieht so aus, als hätten wir ihn verloren.«

Aruula wollte sich damit keinesfalls zufrieden geben. Sie konzentrierte sich, nahm all ihre Kraft zusammen, um noch einmal hinaus in die Finsternis zu lauschen – doch inmitten all des Lebens, von dem es dort draußen wimmelte, erkannte sie kein Bewusstsein, das dem von Maddrax geähnelt hätte.

Sein Geist schwieg. Es war, als ob er ... Die junge Frau verdrängte den Gedanken. Es konnte, *durfte* nicht sein!

»Ich muss nach ihm suchen«, erklärte sie, während sie spürte, wie eine Mischung aus Angst und Verlust in ihr emporstieg. In so vielen Abenteuern und Gefahren war sie Maddrax beigestanden. Sie betrachtete es als ihre Pflicht, sein Leben zu beschützen. Der Gedanke, dass ihn die Fishmanta'kan geschnappt haben könnten, war für sie unerträglich.

Rasch griff sie nach ihrer Keule und stürmte zum Ausgang der Höhle – doch Arzaks haarige Pranke schoss vor und hielt sie zurück.

»Es hat keinen Zweck«, mahnte der Wulfane knurrend.

»Aber ich muss ihn finden! Er ist mein Gefährte, mein ...« Aruula unterbrach sich. Es ging Arzak und Grath nichts an, was sie für Matt empfand – aber allein der Gedanke, dass ihm etwas zugestoßen war, brachte sie halb um den Verstand.

»Nicht heute Nacht«, sagte der Wulfane hart. »Es sind zu viele Feinde dort draußen. Du wärst tot, noch ehe du Maddrax findest. Er ist ein großer Krieger. Er kann gut auf sich selbst aufpassen. Er hat nichts davon, wenn du dich sinnlos opferst.«

»Das ist mir egal«, behauptete Aruula störrisch und versuchte sich aus dem energischen Griff des Wolfsmannes zu befreien, doch Arzak hielt sie unnachgiebig umklammert.

»Lass mich los!«, forderte sie vehement. »Lass mich sofort los . . .!«

Arzak dachte nicht daran. Unnachgiebig hielt er Aruula fest – und schließlich ermattete ihr Widerstand.

»Es ist zu gefährlich, Aruula«, sagte der Wulfane, sanfter als zuvor. »Selbst wenn Maddrax etwas zugestoßen sein sollte – er würde nicht wollen, dass du dein Leben sinnlos wegwirfst. Das weißt du.«

Aruula erwiderte nichts darauf. Aber die Tatsache, dass sie nicht widersprach und sich auch nicht mehr wehrte, zeigte, dass sie Arzak insgeheim zustimmte. Langsam löste sie sich aus seinem Griff und wandte sich ab, um weder ihn noch Grath die Tränen sehen zu lassen, die über ihre Wangen rannen.

Mit gesenktem Haupt trottete sie zur Höhlenwand und sank daran herab. In sich zusammengekauert hockte sie sich auf den Boden – und wartete. Wartete endlose Stunden, in denen ihre ausgeprägten Sinne kein einziges Lebenszeichen von ihm empfingen. Schließlich versiegte ihre Kraft zu *lauschen*, und sie sank in unruhigen Schlaf . . .

Als Aruula die Augen aufschlug, stellte sie überrascht fest, dass bereits die Dämmerung hereingebrochen war.

Irgendwann gegen Morgen musste sie eingeschlafen sein. Ihre Tränen waren versiegt, sie fühlte sich elend und ausgedörrt. Dennoch kannte sie nur ein Ziel, als sie sich erhob und nach ihrer Keule griff – sie wollte nach Maddrax suchen. Egal ob sie seine Schwingungen empfangen konnte oder nicht, egal ob es gegen alle Vernunft war oder nicht, egal wie die Chancen standen – sie musste zumindest versuchen ihn zu finden.

Das war sie Maddrax schuldig.

»Du willst immer noch nach ihm suchen?«, fragte Grath ungläubig. »Da draußen in dieser grünen Hölle? Aber das ist Selbstmord! Der Wald wimmelt von diesen Fischkreaturen, das hast du selbst gesagt!«

»Ich weiß, was ich gesagt habe«, gab die Barbarin kühl zurück. »Aber ich habe mich entschieden. Ich werde zurückgehen und nach Maddrax suchen.«

»Was für ein Wahnsinn!«, widersprach Grath. »Wir müssen zusammenbleiben! Nur so haben wir eine Chance zu überleben!«

»Ich *werde* nach ihm suchen«, stellte Aruula fest. »Und wenn du nur einen Funken Ehre im Leib hättest, würdest du das auch tun.«

»Ach ja?« Grath schnaubte wie ein wilder Stier. »Du bist doch verrückt, Weib! Du wirfst dein Leben völlig umsonst weg.«

»Es ist niemals umsonst, für seine Freunde einzustehen«, konterte Aruula. »Aber von diesen Dingen verstehst du nichts.«

»Ach, davon verstehe ich nichts? Schön – warum lassen wir dann nicht den Wulfanen entscheiden? Soll er doch sagen, was zu tun ist.«

Aruula überlegte kurz. Sie ahnte, was Grath im Sinn hatte: Er baute darauf, dass Arzak dieselbe Entscheidung treffen würde wie schon bei der Frage, ob sie Chip folgen sollten. Trotzdem nickte sie und sandte Arzak einen fragenden Blick.

Der Wulfane zog seine buschigen Brauen zusammen

und presste seine Schlundlippen eng aufeinander, während er angestrengt nachzudenken schien.

»Ich werde mit Aruula gehen«, entschied er dann.

»Was?«, ächzte Grath.

»Sie hat Recht. Freunde müssen zusammenstehen. So hätten wir schon bei der Taratze gestern entscheiden müssen. Maddrax hat mir das Leben gerettet; ich stehe in seiner Schuld. Wir werden nach ihm suchen.«

»Aber ich…« Grath unterbrach sich, ehe ihm etwas über die Lippen kam, was er vielleicht bereuen würde. Sicher – der Gedanke, den Weg zurückzugehen, gefiel ihm ganz und gar nicht. Aber noch weniger gefiel ihm die Aussicht, allein den Urwald durchstreifen zu müssen. Ob es ihm passte oder nicht – wenn er bei den anderen bleiben wollte, musste er sich auf ihr Spiel einlassen.

»Also gut«, knurrte er launisch. »Ihr seid verrückt. Alle beide.«

Es war, als würde ein Vorhang beiseite gezogen.

Das Erste, was Matt wahrnahm, war heftig pulsierender Schmerz, der von seinem Nacken ausging und ihm das Gefühl gab, zwei Zentner Blei auf seinen Schultern sitzen zu haben. Dann spürte er den feuchten Film auf seinem Körper. Er rührte von der extremen Luftfeuchtigkeit her, die hier herrschte.

Ganz allmählich kehrten seine betäubten Sinne zurück. Zuerst sein Gehör, das irgendwo in der Ferne ein sanftes Rauschen wahrnahm. Dann sein Geruchssinn, der das beißende Aroma von Salz und Fisch erkannte.

Und schließlich schlug Matt die Augen auf.

Benommen schüttelte er den Kopf, zwinkerte, um den milchigen Schleier loszuwerden, der über seinem Blickfeld lag. Ganz allmählich fokussierte sich sein Blick, und seine Umgebung begann deutliche Konturen anzunehmen.

Er sah, dass er sich in einem seltsamen kugelförmigen Raum befand, dessen Wände aus einem glatten matten Material bestanden, wie er es noch nie zuvor gesehen hatte. Noch mehr jedoch verblüffte ihn das Muster, mit dem die obere Hemisphäre der etwa fünf Meter durchmessenden Kugel verziert war – ein Kreis mit vielen filigranen Verzierungen, die Matt irgendwie bekannt vorkamen.

Im nächsten Moment erinnerte er sich. Scharf sog er die streng riechende Luft ein, als ihm bewusst wurde, wo er dieses Muster schon einmal gesehen hatte: Auf den makabren Warnungen, die entlang des Weges errichtet gewesen waren. Die Schädel, die sie gesehen hatten, waren mit dem gleichen Muster verziert gewesen.

Die Erkenntnis war für Matt ein Schock, denn sie konnte nur eines bedeuten: Er befand sich in der Gewalt der Fischmenschen!

Er erinnerte sich. Der nächtliche Wald ... die wilde Flucht ... der Pfeil, der ihn getroffen hatte ... die Furcht erregenden Kreaturen. Ganz offenbar hatten sie ihn betäubt und hierher gebracht – aber wo war er?

Neugierig blickte er sich um. Der Raum, in dem er sich befand, wurde von einer Art Stein beleuchtet, der in der Mitte der Kuppel hing. In seinem Inneren pulsierte ein orangefarbenes Licht, das den Raum und die ockerfarbenen Wände mit mattem Schein beleuchtete.

Maddrax versuchte sich zu bewegen und stellte einigermaßen verblüfft fest, dass er nicht gefesselt war. Er lag auf einer Pritsche, die viel zu kurz war für ihn; seine Beine ragten darüber hinaus. Die einzige Tür des Raums – eine Öffnung von etwa eineinhalb Metern Durchmesser, die ebenso kreisrund war wie der Raum selbst – war unverschlossen. Kühle salzige Luft strömte von draußen herein und machte Matt neugierig.

Wo war er?

Langsam richtete er sich auf, hatte mit heftigem Schwindel zu kämpfen, der von seinem malträtierten Schädel ausging. Offenbar hatte der Pfeil, der ihn getroffen hatte, irgendein Gift enthalten – ein Gift, das ihn gelähmt und für einige Zeit ausgeknockt hatte. Für wie lange, vermochte Matt nicht zu sagen. Weder konnte er abschätzen, wie spät es war, noch, ob es Tag war oder Nacht.

Schwerfällig rutschte er von der Pritsche, setzte seine Füße zaghaft auf den kalten Boden. Er wartete, bis sich die Benommenheit ein wenig gelegt hatte, dann stand er ganz auf.

Auf wackeligen Beinen stakste er durch den Raum, der kreisrunden Tür entgegen. Er musste sich bücken, um hindurchzuschlüpfen, und gelangte in einen röhrenförmigen Korridor, der ebenfalls von den seltsamen, orange leuchtenden Steinen erhellt wurde. Die Wände glänzten vor Feuchtigkeit, und Matt musste darauf achten, nicht auf dem schmierigen Film auszurutschen, der sich am Boden gebildet hatte.

Weit und breit war niemand zu sehen. Matt wagte nicht zu rufen. Am Ende des Ganges schien es einen weiteren Raum zu geben – vielleicht würde er dort Antwort auf seine Fragen finden.

Mit jedem Schritt wurde er sicherer auf den Beinen. Er erreichte den Durchgang, betrat den kugelförmigen Raum, der dahinter lag – und gab einen Laut der Überraschung von sich, als er sah, dass die Stirnseite des Raumes von einem großen Fenster eingenommen wurde.

Auf der anderen Seite des Fensters lag blaue Unendlichkeit. Im Halbdunkel konnte er endlose Flächen von

Seegras erkennen, das sich sanft im Rhythmus der Brandung wog. Ein großer dunkler Schatten zog unmittelbar am Fenster vorbei, um sogleich in der blauen Tiefe zu verschwinden.

Matt wusste nicht, was es gewesen war – vielleicht ein Hai oder etwas Ähnliches. Er wusste nur eines: Er befand sich unter Wasser! Im geheimen Schlupfwinkel der Fishmäcs!

Er hatte diese Entdeckung noch nicht ganz verdaut, als er hinter sich plötzlich leise platschende Schritte vernahm. Es klang ein wenig wie das Geräusch, das er im Wald gehört hatte, nur viel näher.

Blitzschnell wirbelte er herum – und sah sich zum ersten Mal einem der geheimnisvollen Fischwesen Auge in Auge gegenüber.

»Gefällt Ihnen unser Zuhause?«, fragte es mit seltsam näselnder Stimme. »Wir haben diesen Teil der Station mit Atemluft geflutet, um Ihnen einen Aufenthalt zu ermöglichen.«

Matt schnappte nach besagter Luft, war für den Moment fassungslos.

Die Kreatur, die vor ihm stand, war nur an die vier Fuß groß. Ihre Züge waren Furcht erregend: Halbkugelförmige starre Augen blickten aus einem schuppigen Fischkopf, an dessen Seiten sich Atmungslappen blähten, die wie bizarre Ohren aussahen. Darunter klaffte ein Maul mit ausgestülpten Lippen, hinter denen Reihen kleiner scharfer Zähne zu sehen waren. Flossenkämme ragten vom Kopf der Kreatur auf und hingen von Arm- und Beingelenken ihres dünnen schuppigen Körpers herab, dessen aschgraue Färbung Matt vermuten ließ, dass es sich um ein älteres Exemplar seiner Gattung handelte.

Der Fischmensch stand leicht gebückt vor ihm. Die Lederpanzerung, die er trug, war abgetragen und speckig, seine dünnen schuppenbesetzten Arme und Beine wirkten irgendwie krank und brüchig. An ihren Enden befanden sich vielgliedrige Extremitäten mit Schwimmhäuten, mit denen die Kreatur eifrig gestikulierte.

»Ich hoffe, ich habe Sie nicht erschreckt...«

Matt wusste nicht, worüber er mehr verblüfft sein sollte – über die Erscheinung der absonderlichen Kreatur oder über die Tatsache, dass sie nicht das simple Kauderwelsch der Nomadenstämme oder der Inselvölker sprach, sondern *seine* Sprache: feinstes, reines Englisch, wenn auch mit leichtem Akzent. Auf keinen Fall war das die tierhafte Kreatur, die er nach all den grausamen Vorkommnissen erwartet hätte.

Vorsichtig taxierte er den Fischmenschen und stellte zu seiner Verblüffung fest, dass keinerlei Bedrohung von ihm ausging. Also blieb auch er ruhig. Im starren Blick der Kreatur lag etwas, das ihm sagte, dass er nichts zu befürchten hatte.

»Sie ... sprechen meine Sprache«, stellte er fest, um überhaupt etwas zu sagen; seine Stimme klang seltsam trocken und gepresst unter der Kuppel.

»Ja«, gestand der Fischmensch ein und deutete ein Nicken an. »Die Sprache der Menschen – ich habe sie lange nicht mehr gesprochen, Maddrax. Über die Jahrhunderte bin ich darin ein wenig eingerostet...«

»Wer sind Sie?«, wollte Matt wissen, nachdem der Fischmensch ja bereits alles über *ihn* zu wissen schien.

»Ich bin das, was Ihre abergläubischen Artgenossen dort oben einen Fishmanta'kan nennen würden – wie ich diese pathetische Bezeichnung hasse. Wir bevorzugen es, bei unserem wahren Namen genannt zu werden. Wir sind Hydriten.«

»Hydriten«, echote Matt, während er zu begreifen versuchte, wovon der Fischmensch sprach.

»Mein Name ist Quart'ol«, stellte er sich weiter vor, und seine wulstigen Lippen vollführten etwas, das man mit viel gutem Willen als Lächeln identifizieren konnte. »Ich bin ... *war* einer der führenden Wissenschaftler meines Volkes.«

»Ihres Volkes?«, erkundigte sich Matt und machte eine Handbewegung, die die Kuppel und das gesamte Unterwasserversteck einschloss. »Wie viele von Ihnen gibt es?«

Der Hydrit gab ein keuchendes Schnappen von sich, das wohl so etwas wie ein Lachen sein sollte. »Erwarten Sie, dass ich darauf antworte, Maddrax?«

»Nein«, gab Matt zurück und gestand sich ein, dass es eine ziemlich dämliche Frage gewesen war.

»Geduld, mein junger Freund«, meinte Quart'ol. »Ich weiß, dass Sie viele Fragen haben – aber alles zu seiner Zeit. Zunächst sollten Sie wissen, dass wir Ihnen keinerlei Schaden zufügen wollen. Die Hydriten sind keine Bedrohung für die Menschen. Zu allen Zeiten ... war es eher umgekehrt.«

»Ach ja?«, erkundigte sich Matt kalt. »Warum haben dann alle Bewohner der Küstenregion Angst vor Ihnen? Warum stellen Sie an den Grenzen zu Ihrem Territorium diese makabren Vorrichtungen zu Schau? Und warum ermorden sie wehrlose Menschen auf bestialische Art und Weise?«

»Das ist eine der Eigenschaften, die ich an euch Menschen stets bewundert habe«, entgegnete Quart'ol ruhig. »Ihr verliert keine Zeit, kommt gleich zur Sache. Weder ein Kometeneinschlag noch ein halbes Jahrtausend der Barbarei können euren Tatendrang bremsen. Das ist leider auch der Grund für eure Fehler ...«

»Ich will Antworten«, drängte Matt, dem die Geheimniskrämerei ziemlich auf die Nerven ging. Quart'ol schien es geradezu Freude zu machen, Matt hinzuhalten, um mit ihm zu spielen.

»Antworten«, wiederholte Quart'ol gedehnt. »Gut, Maddrax, Sie sollen sie bekommen – aber es wird Ihnen nicht gefallen, was Sie erfahren.«

»Damit kann ich leben«, gab Matt zurück.

»Wir werden sehen«, erwiderte der Hydrit mit undurchschaubarem Lächeln. »Dass die Küstenbewohner sich vor uns fürchten, ist gut so und für unser Überleben wichtig. Mehrmals in der langen Geschichte unseres Volkes waren die Menschen nahe daran, mein Volk zu vernichten und auszulöschen. Deshalb haben wir diese abschreckenden Gerüchte über uns in die Welt gesetzt. Wir haben Schiffe attackiert und Küstensiedlungen überfallen, um das Wort von den furchtbaren Fishmanta'kan zu verbreiten. Aber wir haben niemals einen Menschen getötet.«

»Ich habe etwas anderes gehört«, hielt Matt dagegen. »Ein junger Mann erzählte mir, seine ganze Familie sei von den Fishmanta'kan grausam abgeschlachtet worden.«

»Wie war sein Name?«

»Crane«, gab Matt zurück.

»Hm«, machte Quart'ol nur und nickte wissend. »Sie müssen mir glauben, Maddrax, wir haben den Menschen nie etwas zu Leide getan. Die Warnungen an den Grenzen unseres Reiches dienen nur unserem eigenen Schutz. Die Schädel haben wir aus Gräbern geholt.«

»Aber da draußen wart ihr hinter uns her!«, warf Matt dem alten Hydriten vor. »Ihr habt uns gejagt wie wilde Tiere, habt einige von uns auf bestialische Weise umgebracht!«

»Quart'ol weiß, was geschehen ist«, versicherte der Hydrit, »aber ich kann Ihnen versichern, dass mein Volk damit nichts zu tun hat. Es stimmt, dass ein Spähtrupp von uns da draußen war, aber wir waren es nicht, die Ihre Leute überfallen und auf so grausame Weise getötet haben.«

»Ach nein?«

»Nein, Maddrax. Etwas anderes ist da draußen im Wald und tötet. Etwas Fremdes, Böses…« Der Alte unterbrach sich, und ein leises Zittern durchlief seine dünnen Glieder, als er schauderte.

Matt schluckte hart. Er wusste nicht, was er denken sollte. Die ganze Zeit über hatten sowohl die Sklaven als auch Emrocs Wächter sich vor den grausamen Fishmanta'kan gefürchtet, hatten schreckliche Gerüchte die Runde gemacht. Und nun sollte nichts davon wahr sein? Das war schwer zu glauben.

»Sie glauben mir nicht«, deutete Quart'ol Matts Schweigen richtig. Es lag weder Bedauern noch Ärger in der Stimme des Hydriten, es war nur eine Feststellung. »So bleibt mir nichts anderes übrig, als Ihnen zu *beweisen*, dass ich die Wahrheit sage«, fuhr er fort. »Maddrax möge mir folgen…«

Damit setzte sich der Fischmensch mit humpelnden, schleppenden Schritten in Bewegung, verließ den Kugelraum durch ein Schott, das sich unvermittelt öffnete.

Matt folgte ihm. Wie zuvor musste er sich bücken, um den Durchgang zu passieren, und auch der Gang, der dahinter lag, war mehr auf die bescheidende Körpergröße der Hydriten ausgerichtet als auf seine.

Den Kopf zwischen die Schultern gezogen, um nicht gegen die Leuchtsteine zu stoßen, die in regelmäßigen Abständen an der Decke hingen, folgte Matt Quart'ol durch sein unterseeisches Reich. Langsam gewöhnte er sich auch an die hohe Luftfeuchtigkeit, die hier unten herrschte.

Sie kamen an kreisrunden Luken vorbei, die verglast waren und atemberaubende Blicke nach draußen gewährten. Sie befanden sich tatsächlich auf dem Grund des Ozeans – Matt sah Schwärme von Fischen vorüberziehen. Gelegentlich erheischte er auch Blicke auf Teile der Unterwasserstation und war beeindruckt von ihrer Größe. Ein Labyrinth von Gängen verband die zahllosen Kugelsphären, aus deren Fenstern blasses Licht fiel und den Grund des Ozeans sanft beleuchtete. Matt sah einige andere Hydriten darin; sie schienen zu fliegen! Dann wurde er sich bewusst, dass diese Sphären mit Wasser gefüllt waren, dem ureigenen Element der Fischmenschen. Sie mussten über eine kombinierte Kiemen-Lungen-Atmung verfügen.

Es war unmöglich abzuschätzen, wie weit sie von der Küste entfernt waren. Gerne hätte Matt Quart'ol danach gefragt, aber er wusste, dass ihm der Fischmensch darauf nicht geantwortet hätte. Er glaubte aber zu ahnen, dass dies hier keineswegs eine Stadt der Hydriten war, eher eine Art Außenstation, vielleicht zur Beobachtung der Menschen. Bislang hatte er jedenfalls noch nichts gesehen, was für eine Stadt typisch war: Wohnhäuser, Transportmittel, Unterhaltungseinrichtungen, Plätze und Parkanlagen – wie auch immer die hier am Meeresgrund aussehen mochten –, und vor allem kaum Bewohner.

Die Bewunderung, die Matt für diese unbekannte Technik empfand, blieb dem alten Hydriten aber dennoch nicht verborgen.

»Sind Sie beeindruckt?«, erkundigte er sich bei Matt, während sie die langen Korridore durchschritten.

»Kann man so sagen . . .«

Widersprüchliche Gefühle tobten in Matt. Er wusste nicht, woran er mit den Hydriten war. Einerseits war da die Angst, die er und die anderen Sklaven durchlebt, die grausamen Dinge, die sie gesehen hatten. Andererseits musste er sich eingestehen, dass Quart'ol nicht den Eindruck eines blutigen Schlächters machte.

Es war ein Rätsel...

Sie gelangten in einen weiteren Kuppelraum, und zum ersten Mal bekam Matt weitere Vertreter von Quart'ols Art zu Gesicht. Die beiden Hydriten, die an einem der Durchgänge Wache hielten, waren ein wenig größer und kräftiger gebaut als Quart'ol. Ihre Schuppen glänzten Metallicblau, und die Flossen an ihren Handgelenken waren noch nicht so ausgeprägt, was wohl darauf hindeutete, dass sie um einiges jünger waren als der Wissenschaftler. In den Händen hielten sie dünne, etwa meterlange Stäbe aus einem undefinierbaren Material – Waffen zweifellos...

Als sie Matt erblickten, verrieten ihre starr blickenden Augen keine Regung. Offenbar hatten sie schon öfter Menschen gesehen, empfanden ihren Anblick nicht als ungewöhnlich.

»Kommen Sie«, forderte Quart'ol Maddrax auf, »ich möchte Ihnen etwas zeigen...«

Die Wächter traten zur Seite, gaben das kreisrunde Schott frei, das sich mit leisem Zischen öffnete.

Dahinter lag eine weitere Kugelkammer, in die Quart'ol seinen Gast führte. Als Matt sah, was sich darin befand, gab er einen Laut der Verblüffung von sich.

Es waren Menschen, ein knappes Dutzend, Frauen und Männer.

»Maddrax!«, rief einer von ihnen, als er den Besucher erblickte, und sprang von der Pritsche auf, auf der er gehockt hatte.

»Nerk!«, entfuhr es Matt, der gleichzeitig erstaunt und erleichtert darüber war, dass der junge Mann noch lebte. »Wie kommst du hierher? Was ist passiert?«

»Es war ganz seltsam«, berichtete Nerk aufgeregt. »Wir rannten durch den Wald, und ich konnte nicht mehr. Ich blieb zurück, um mich ein wenig auszuruhen, als ich plötzlich merkte, dass ich verfolgt wurde. Ich begann zu rennen und lief geradewegs in eine Falle. Dort lag ich, bis diese Fischmenschen kamen. Sie haben mich mit einem kleinen Pfeil getroffen, und ich verlor das Bewusstsein. Als ich wieder zu mir kam, war ich hier.«

»Genau wie ich«, bestätigte Matt. Er nahm die anderen Menschen, die sich in der Kammer aufhielten, in Augenschein. Es waren ausnahmslos Sklaven aus Emrocs Schar – all jene, die in den Nächten verschwunden und nicht wieder aufgetaucht waren.

»Geht es euch gut?«, erkundigte sich Matt.

»Wir sind in Ordnung«, gab einer von ihnen zurück. »Die Fishmanta'kan behandeln uns gut.«

Matt schürzte die Lippen. Diese Wendung kam ziemlich überraschend, und er wusste nicht, was er davon halten sollte.

»Wird mir Maddrax nun Glauben schenken?«, erkundigte sich Quart'ol mit sanfter Stimme.

»Das muss ich wohl«, gab Matt zurück. »Aber wieso das alles? Warum diese Entführungen? Was bezweckt ihr damit?«

Quart'ol nickte, holte geräuschvoll Luft. »Unsere Späher«, begann er dann zu erklären, »haben uns berichtet, was auf dem Festland vor sich geht. Sklavenzüge wagen sich nur selten in unser Territorium, deshalb haben wir Beobachter ausgesandt.«

»Und?«

»Wir merkten schon bald, dass etwas nicht stimmte. Etwas Böses treibt im Wald sein Unwesen, das euch alle bedroht. Ihr wart Gefangene, hattet keine Möglichkeit, euch zu wehren. Also haben wir so viele wie möglich von euch gerettet.«

»Ihr habt . . . Aber warum habt ihr uns nicht einfach gewarnt?«

»Hättet ihr uns denn geglaubt?«, hielt Quart'ol dagegen. »Nach meiner Erfahrung reagieren die Menschen auf alles, was sie nicht kennen, mit Abneigung, Hass und Gewalt.«

Matt biss sich auf die Lippen – was hätte er darauf auch erwidern sollen?

»Wir wollten uns nicht selbst gefährden – außerdem ging es uns darum, die Legende von den Fishmanta'kan aufrechtzuerhalten«, erläuterte der Hydrit weiter. »Sie ist der einzige wirksame Schutz, den wir vor den Menschen haben.«

»Ich verstehe«, meinte Matt.

Er ließ sich alles, was Quart'ol gesagt hatte, noch einmal durch den Kopf gehen – und kam zu dem Schluss, dass der Fischmann keinen Nutzen daraus zog, wenn er ihn belog. Hätte er ihn oder die anderen Menschen töten oder ihnen schaden wollen, hätte er dies längst tun können.

Es gab nur eine logische Schlussfolgerung: Quart'ol sprach die Wahrheit. So unglaublich es sich auch anhören mochte, die gefürchteten Fishmanta'kan waren in Wirklichkeit *Freunde* der Menschen!

»Es tut mir Leid«, sagte Matt gepresst. »Ich wollte Sie und Ihr Volk nicht beleidigen, Quart'ol. Es ist nur . . .«

»Ich weiß«, gab der alte Hydrit zurück und seufzte wissend. »Es sind unruhige Zeiten, in denen wir leben.«

»Dieses Böse, von dem Sie sprachen – ist es noch immer da draußen?«

»Noch immer«, bestätigte Quart'ol ernst. »Wie ein

Raubtier durchstreift es die Wildnis, auf der Suche nach Beute. Es tötet nicht aus Notwehr oder Notwendigkeit, sondern aus purem Vergnügen.«

»Dann muss ich zurück, um meine Gefährten zu warnen«, entgegnete Matt mit fester Stimme. »Sie sind in Gefahr.«

»Das sind sie«, stimmte der Hydrit zu, »dennoch kann ich nicht gestatten, dass Sie uns verlassen.«

»Was? Wieso nicht? Ich dachte . . .«

»Sie können sich innerhalb der Station frei bewegen. Kein Hydrit wird Ihnen etwas zu Leide tun. Aber die Welt der Menschen werden Sie nie wieder sehen.«

»Aber das ist . . .«

». . . eine notwendige Vorsichtsmaßnahme«, fiel Quart'ol Matt ins Wort. »Niemand darf die Lage unseres Verstecks erfahren. Tod und Untergang für uns alle wären die unausweichliche Folge. Abgeschiedenheit ist der Preis unseres Überlebens. Es tut mir Leid, Maddrax.«

Der Fischmensch bedachte Matthew mit einem langen Blick, und tatsächlich glaubte Matt etwas wie Mitgefühl in den starren Augen zu entdecken. Dennoch konnte er sich damit nicht zufrieden geben – Aruula und die anderen schwebten in höchster Gefahr. Und die Vorstellung, hier unten im Meer den Rest seines Lebens zu fristen, erfüllte ihn auch nicht gerade mit Wohlbehagen.

»Nein, Quart'ol«, entgegnete er leise, »*mir* tut es Leid. Ich *muss* gehen! Ich kann euch nicht mehr geben als mein Wort, dass niemand von eurem Versteck erfahren wird.«

»Das ist nicht möglich.« Quart'ol schüttelte den Kopf. »Sehen Sie es bitte ein – jeder Widerstand ist zwecklos. Ich verspreche Ihnen, dass wir uns um Ihre Gefährtin kümmern werden. Mehr aber können wir nicht für Sie tun.«

Matt schluckte hart. Er wusste, dass Quart'ol – von seinem Standpunkt aus gesehen – Recht hatte. Der einzige Schutz ihrer Rasse lag darin, der »Oberwelt« ihre wahre Natur und die Lage ihrer Städte und Stationen zu verheimlichen. Und wenn die Fischmenschen es nicht wollten, hatte er keine Chance, ihrem Unterwasserreich zu entkommen.

So blieb ihm nichts, als sich ihrem Willen zu fügen.

»Ihr Name ist Aruula«, sagte er tonlos. »Sie ist alles, was mir in dieser Welt etwas bedeutet. Ich könnte es nicht ertragen, sie zu verlieren.«

»Ich weiß«, sagte Quart'ol nur. Dann drehte er sich um und verließ die Kammer. Mit leisem Zischen schloss sich das Schott hinter ihm . . .

Aruula und ihre beiden Begleiter durchstreiften auf der Suche nach einem Lebenszeichen von Maddrax den dichten Wald, der die Küste säumte. Erst gingen sie den Weg zurück, auf dem sie gekommen waren, doch schon nach kurzer Zeit verloren sich die Spuren, die sie in der Nacht hinterlassen hatten. So blieb ihnen nur, den Wald weitflächig abzusuchen – zu dritt ein fast aussichtsloses und gefährliches Unterfangen.

Immer wieder lauschte Aruula mit ihren Sinnen, konnte jedoch nichts wahrnehmen als das vielfältige tierische Leben in den Ästen der Bäume und unten am Boden. Weder fand sie einen Hinweis darauf, dass Maddrax noch lebte, noch stieß sie auf eine Spur der Fishmanta'kan.

Grath murrte in einem fort vor sich hin. Der grobschlächtige Mann machte kein Hehl daraus, dass er es für glatten Wahnsinn hielt, inmitten dieser Wildnis nach einem einzelnen verschollenen Mann zu suchen. Wäre es nach ihm gegangen, hätten sie sich schon längst auf den Weg nach Nordosten gemacht, aber das Barbarenweib war wie besessen von dem Gedanken, Maddrax inmitten dieser grünen Hölle zu finden – obwohl er wahrscheinlich schon längst ins Gras gebissen hatte.

Immerhin – nach einigen Stunden erfolgloser Suche begann auch Arzak unruhig zu werden. Grath konnte sehen, dass der Wulfane zunehmend die Lust daran verlor, nach jemandem zu suchen, der ganz offensichtlich tot war. Nur Aruula wollte der Wahrheit nicht ins Auge blicken, trieb sie immer weiter durch den dichten Urwald.

Irgendwann erreichten sie die Klippen einer Bucht, die sich V-förmig ins Landesinnere kerbte. Hier gönnten sie sich eine kurze Rast.

Aruula stieg hinaus auf den äußersten Felsen und blickte auf die unendlich weite See, die am fernen Horizont mit dem fahlen dunstigen Himmel zu verschmelzen schien.

Aruulas Inneres war leer und ausgebrannt. Immer wieder rief sie in Gedanken nach Maddrax, doch sie bekam keine Antwort. Nur einmal hatte sie kurz geglaubt, etwas zu hören, ein kurzes Aufflackern von etwas, das ihr bekannt und vertraut vorkam. Aber wahrscheinlich war es nur eine Täuschung gewesen, ein Trug ihrer überanstrengten Sinne. Mittlerweile war ihre Kraft zu *lauschen* erschöpft; sie musste sich dringend regenerieren, um nicht ganz zusammenzubrechen.

Grath sah sie vorn an der Klippe stehen und bedachte sie mit einem missbilligenden Blick. »Wir werden hier noch alle verrecken«, raunte er Arzak zu, der in typischer Wulfanen-Haltung am Boden kauerte, um Kräfte zu sammeln. »Dieses Weibsbild wird keine Ruhe geben, bis wir alle von diesen Fischkreaturen gefressen worden sind.«

»Sie ist Maddrax' Gefährtin«, stellte Arzak fest. »Sie würde alles für ihn tun.«

»Ach ja? Wie rührend!« Grath verdrehte die Augen. »Wenn sie sich deshalb für ihn umbringen lassen will, ist das ihre Sache. Aber wir beide, Arzak, sollten klug genug sein, ihr nicht in den Tod zu folgen!«

Der Wulfane schaute auf und musterte Grath mit einem undeutbaren Blick. »Hast du einen Plan?«, erkundigte er sich.

»Ich denke schon.« Grath nickte. »Diese Barbarin ist verrückt. Sie hat den Verstand verloren. Mit ihren Zaubertricks wird sie die Fishmanta'kan noch zu uns rufen. Wenn wir sie nicht loswerden, wird sie unser beider Verderben sein.«

»Was schlägst du vor?«, erkundigte sich Arzak mit gedämpfter Stimme. Der Wind wehte landeinwärts, sodass Aruula nicht hören konnte, was sie sprachen.

»Na ja . . .« Grath spuckte aus und bedachte die junge Frau, die vorn an der Klippe stand, mit einem abschätzigen Blick. »Es braucht nicht viel dazu. Ein Stoß über die Kante und wir sind das Problem ein für allemal los. Dann können wir nach Nordosten gehen und unsere Haut retten.«

Arzak erwiderte nichts. Der Wulfane schaute Grath lange und durchdringend an. Schließlich nickte er. »Ich bin einverstanden.«

»Mehr wollte ich nicht hören.« Grath grunzte erfreut, erhob sich langsam und pirschte sich in gebückter Haltung an Aruula heran.

Die junge Frau stand auf dem Fels. Der raue Wind der See fuhr durch ihr langes Haar. Sie war so in Gedanken versunken, dass sie nicht hörte, wie sich ihr das Verderben näherte.

Schon breitete Grath seine Pranken aus, nahm Anlauf, um Aruula mit einem kräftigen Stoß vom Fels zu fegen und in die gähnende Tiefe der Bucht zu stürzen...

Aruula sah ihn nicht kommen. Ahnungslos stand sie da und murmelte leise Gebete. Ihr Herz war schwer.

»Maddrax«, hauchte sie, »wo bist du nur...?«

Sie konnte, wollte sich nicht vorstellen, dass sie ihn für immer verloren haben sollte, dass die grausamen Fishmanta'kan ihn zerfleischt und sein Herz herausgerissen hatten. Die Trauer drohte sie zu übermannen.

Plötzlich hörte sie hinter sich das Knacken eines morschen Zweigs, das wie ein Hammerschlag durch ihren Dämmerzustand brach. Ihre Reflexe übernahmen die Kontrolle, und sie wirbelte herum, sah gerade noch, wie Grath auf sie zusprang, um sie mit Wucht von der Klippe zu stoßen.

Aruula gab einen entsetzten Schrei von sich, doch sie war zu erschöpft und müde, um dem Angriff auszuweichen. Graths Stoß hätte sie geradewegs über den Rand der Klippe befördert – wäre in diesem Augenblick nicht ein grauer Schatten herangefegt, der Grath von hinten packte.

Es war Arzak!

Mit seinen mächtigen Pranken bekam er Grath zu fassen, änderte die Richtung seines wütenden Ansturms und lenkte ihn selbst auf den Rand der Klippe zu.

»Nein!«, rief Grath entsetzt aus, als sich der gähnende Schlund des Abgrunds vor ihm öffnete. Hilflos ruderte er mit den Armen. Er bekam Arzaks Arm zu fassen, klammerte sich panisch daran fest.

»Du bist ein mieser Verräter, Grath«, stellte der Wulfane mit kaltem Blick fest. »Du hast keine Ehre im Leib.«

Damit riss er sich von dem Hünen los. Graths Augen drohten aus ihren Höhlen zu quellen, als ihm klar wurde, dass dies das Ende war. Panisch griff er um sich, bekam aber nichts zu fassen als Luft. Mit einem grellen Schrei auf den Lippen kippte er ins Leere – und stürzte hinab in die gähnende Tiefe.

Arzak und Aruula, die entsetzt zugesehen hatte, blickten hinab und sahen, wie sich Grath mehrmals überschlug und dann kopfüber zwischen den Felsen ins aufgewühlte Wasser stürzte.

»Er hat das Ende bekommen, das er verdient hat«, stellte Arzak ungerührt fest. »Er wollte dich hinterrücks ermorden. Ihm war nicht zu trauen.«

Aruula blickte den Wulfanen prüfend an, wusste nicht, ob sie sich bedanken sollte. Arzak schien nichts dergleichen zu erwarten – er hatte nur getan, was er für richtig gehalten hatte. Schulterzuckend wandte er sich ab.

»Suchen wir weiter«, sagte er leise.

Als sie erneut an den Platz kamen, wo Aruula Matt zum letzten Mal gesehen hatte, überschwemmte eine Flut von Erinnerungen und Gefühlen ihr Bewusstsein. Wenn überhaupt, dann musste sie hier fühlen können, ob Maddrax noch am Leben war ...

Die Barbarin konzentrierte ihre letzten mentalen Kräfte, *lauschte* angestrengt hinaus – doch wieder bekam sie keinen Hinweis auf ihren Gefährten.

Mit seinen Spürsinnen fand Arzak den Pfad wieder, auf dem sie durch das Unterholz geflohen waren, als ihnen die Fishmanta'kan auf den Fersen gewesen waren.

Hier stießen sie auf etwas, das Aruula endgültig davon überzeugte, dass sie nicht länger zu suchen brauchte.

Im weichen Boden zeichneten sich deutliche Spuren ab. Aruula erkannte die Abdrücke von Maddrax' Militärstiefeln. Dazu fanden sie etwas, das aussah wie die Abdrücke von Fischflossen, nur größer und knorpeliger. Es gab Schleifspuren, die ins nahe Gebüsch führten, und obwohl sich alles in Aruula dagegen stemmte, die Wahrheit anzuerkennen, verrieten ihre Kenntnisse im Spurenlesen ihr nur zu genau, was geschehen war.

Ein Kampf hatte stattgefunden. Maddrax war von den Fischkreaturen eingeholt und überwältigt worden. Und sie hatten ihn mit sich geschleppt.

Deshalb also hatte sie nichts mehr von ihm empfangen können. Maddrax' Geist sendete keine Signale mehr.

Er war tot.

Eine endlos scheinende Weile stand Aruula da, von Trauer und Wut gepeinigt. Schließlich trat Arzak neben sie und legte seinen pelzigen Arm um ihre schmalen Schultern.

»Es ist vorbei«, knurrte er leise mit seiner sonoren Stimme. Es war dem Wulfanen nicht anzusehen, ob er ebenfalls trauerte oder nicht – seine Nähe schenkte Aruula dennoch ein wenig Trost.

Tapfer wischte sie ihre Tränen beiseite und nahm sich zusammen. Nun, da sie wusste, was mit Maddrax geschehen war, musste sie ihren Blick nach vorn wenden, musste sie versuchen, am Leben zu bleiben. Auch Maddrax hätte es so gewollt, das wusste sie ganz genau.

Noch einmal atmete Aruula tief durch, dann nickte sie Arzak entschlossen zu. »Gehen wir.«

Sie setzten sich in Bewegung, gingen nach Nordosten, weg von der Küste und dem Meer, das so viel Grauen barg.

Ein dunkler Schatten folgte ihnen und beobachtete sie ...

Er konnte nicht tot sein. Was völlig unmöglich war ... Aber atmete er denn nicht?

Grath haderte mit sich selbst. Er fühlte sich leicht, schwerelos, spürte keine Schmerzen. Aber das konnte nach diesem Sturz nicht sein!

Die Brandung hatte den Körper des grobschlächtigen Hünen aus der Bucht getragen und ihn ein Stück weiter westlich wieder an Land gespült – als wäre der Ozean ein riesiges Tier, das seine Nahrung wiederkäute und dann ausspie. Nur seiner kräftigen Konstitution hatte der Riese es zu verdanken, dass er nicht ertrunken war – bäuchlings lag er am Strand, umspült von der Brandung, die tosend über ihn hinwegrollte.

Er regte sich nicht. Sein Geist schien seinen Körper bereits verlassen und kein Interesse daran zu haben, wieder zurückzukehren. Erst als aus kleinen Löchern im Sand zahllose Kreaturen krochen, die auf winzigen Beinen heranhuschten und begannen, mit ihren messerscharfen Zangen an ihm herumzunagen, regten sich seine Lebensgeister.

Seine rechte Hand begann zu zucken und vertrieb die Krabben, die wie ein Schwall Wasser nach allen Seiten spritzten. Im nächsten Moment schlug Grath die Augen auf – und sah das Schalentier, das unmittelbar vor ihm im Sand kauerte.

Der Hüne stieß eine Verwünschung aus. Seine Rechte

ballte sich zur Faust und ging donnernd nieder – von der Krabbe blieb nur der zerschmetterte Panzer übrig.

Ein Stöhnen entrang sich der Kehle des Schurken. Sein gepeinigter Körper regte sich, und die Krabben ergriffen endgültig die Flucht. Jetzt erst spürte Grath die Schmerzen, die aus der Tiefe seines Leibes in sein Hirn vordrangen. Sein Magen rebellierte von dem Salzwasser, das er geschluckt hatte, und er übergab sich, spie den Inhalt seines Magens in hohem Bogen hinaus.

Röchelnd schnappte er nach Luft, fuhr sich durch sein von Salz und Sand durchdrungenes Haar. Hustend wollte er sich auf die Beine raffen, als mörderische Schmerzen durch seinen Körper zuckten. Sein rechtes Bein…

Noch einmal versuchte er es zu bewegen und erntete dafür nur unsäglichen Schmerz. Offenbar war das Bein gebrochen – so wie auch mehrfach sein linker Arm, einige seiner Rippen und das Brustbein.

Das Letzte, woran sich Grath erinnerte, war die haarige Fratze des Wulfanen, kurz bevor er ihn in den Abgrund gestoßen hatte. Der Hüne ballte die Faust; bittere Wut erfüllte ihn. Arzak hatte ihn schmählich hintergangen und ihn verraten, hatte sich mit der Barbarin verbündet. Dafür würde er büßen…

Sein Zorn gab Grath die Kraft, sich mit der Rechten im weichen Sand einzukrallen und sich langsam an Land zu ziehen, Stück für Stück der Uferbank entgegen.

Er hatte Glück im Unglück. Nicht nur, dass das Schicksal beschlossen hatte, ihn nicht vollends am Fels der Klippen zu zerschmettern. Es war auch noch so freundlich gewesen, ihn an einem Abschnitt der Küste abzusetzen, wo der Strand in sanfte Dünen überging, die sich schließlich im Wald verloren. Wäre er am Fuß eines Felsens gelandet, hätte er mit seinen gebrochenen Knochen darauf warten können, dass ihn die Krabben fraßen oder die Flut ihn holte. So hatte er zumindest eine Chance – und seine Wut und sein Durst nach Rache gaben ihm die Kraft, sie zu nutzen.

Mit zusammengebissenen Zähnen schleppte sich Grath die erste Düne hinauf, den Schmerz, der durch seinen lädierten Körper tobte, dabei so gut wie möglich ignorierend. Schweiß stand ihm auf der Stirn, er fühlte sich hundeelend – aber der Wunsch, Aruula und den Wulfanen von oben bis unten aufzuschlitzen und ihr Fleisch an die Bonta-Vögel zu verfüttern, brannte wie ein loderndes Feuer in seiner Brust, das auch der Schmerz und die Erschöpfung nicht zum Verlöschen brachten.

Bittere Flüche zwischen den Zähnen zerbeißend, kroch der hünenhafte Mann durch den Sand und verfiel in minutenlanges Husten, als er endlich die Kuppe der Düne erreicht hatte.

»Seht ihr«, keuchte er, »so leicht ist der alte Grath nicht umzubringen. Ich bin noch immer da, ihr miesen Verräter, und ich werde dafür sorgen, dass euch der Tag, an dem ihr mir begegnet seid, noch Leid tun wird. Verdammt, was...?«

Grath unterbrach sich, als er merkte, dass sich auf der anderen Seite der Bucht, dort wo der Strand am Fuß steiler Felsen endete, etwas regte.

Unmittelbar oberhalb der Brandung, die mit Zungen von weißer Gischt nach den Felsen leckte, befand sich eine Öffnung im Fels – offenbar der Eingang zu einer Höhle oder einer Art von Gang. Aus dieser Öffnung stieg eine ganze Schar bizarrer Kreaturen, deren bloßer Anblick Grath mit Entsetzen erfüllte.

Ihre schuppigen blauen Leiber glichen denen von Fischen, ihre Gliedmaßen endeten in Furcht erregenden Flossen, und in ihren hässlichen Köpfen klafften große spitze Zahnreihen. Obwohl Grath Wesen wie diese noch nie gesehen hatte, war er sicher, dass es nur Fishmanta'kan sein konnten.

»Ihr verfluchten Bestien«, murmelte er, während er sich flach auf den Sand presste und durch das dünne Gras spähte, das den Dünenkamm bewuchs.

Er beobachtete, wie die Fishmanta'kan, die als Bewaffnung kurze dünne Stäbe bei sich trugen, den Küstenfelsen erklommen. Sie schienen es verdammt eilig zu haben.

Grath verzog vor Abscheu seine bärtige Miene. Die Fischwesen waren scheußlich anzuschauen, und sie waren erbarmungslose Killer, das konnte er auf den ersten Blick erkennen. Er nahm an, dass sie auf einem weiteren Beutezug waren.

Der Hüne lachte lautlos in sich hinein. Vielleicht waren es ja Aruula und Arzak, die als Nächstes auf dem Speiseplan der Fischwesen standen. *Nur zu*, dachte er bei sich, *nehmt mir die Arbeit ab* . . .

In nordöstlicher Richtung marschierten Arzak und Aruula durch den Wald. Der Wulfane ging voraus und bahnte ihnen einen Weg durch das wuchernde Dickicht, Aruula folgte ihm willenlos.

Alles in ihr war wie abgestorben; sie fühlte sich elend und ausgebrannt. Immerzu musste sie an Maddrax denken, an die Zeit, die sie zusammen verbracht hatten, und immer wieder wurde ihr klar, dass diese Zeit nie mehr wiederkehren würde.

Maddrax war tot – sie musste der Wahrheit ins Auge sehen.

»Du hast ihn geliebt, nicht wahr?«, erkundigte sich Arzak unvermittelt.

Aruula zögerte. Unter normalen Umständen wäre

eine derart indiskrete Frage für sie Grund genug gewesen, dem Wulfanen mit bloßen Händen an die Kehle zu gehen. Aber Aruula hatte Arzak als loyalen Freund kennen und schätzen gelernt, sodass sie ihm die Frage nicht verübelte. Der Wulfane hatte ihr das Leben gerettet, als Grath sie hinterrücks zu ermorden versuchte. Damit stand sie in seiner Schuld ...

»Ja«, gab sie wahrheitsgemäß zur Antwort. »Ich habe Maddrax geliebt. Er war anders als alle Männer, die ich jemals kennen gelernt habe. Er war ein tapferer Krieger und ein treuer Gefährte.«

»Auch ich habe Maddrax respektiert«, erwiderte Arzak offen. »Es kommt nicht oft vor, dass wir Wulfanen einem Menschen trauen. Maddrax war solch ein Mensch. Es erfüllt mich mit Stolz, sagen zu können, dass er mein Freu-«

Ein trockener Laut erklang. Der Wulfane verstummte jäh und blieb abrupt stehen.

»Arzak?«, fragte Aruula erstaunt. »Was ...?«

In diesem Moment sah sie die Holzspitze, die im Rücken des Wulfanen ausgetreten war. Blut und Fellhaare klebten daran.

»Arzak!«, schrie Aruula entsetzt.

Sie umrundete ihren Begleiter, der sich bebend auf den Beinen hielt. Erst als sie ihn von vorn sah, begriff sie, was geschehen war.

Vor ihnen auf dem Pfad war eine heimtückische Vorrichtung versteckt gewesen, die Arzak offenbar ausgelöst hatte. Ein etwa acht Ellen langer armdicker Pfahl, der an einem Ende zugespitzt war, war aus einem Gebüsch geschnellt, hatte den Wulfanen in die Brust getroffen und ihn regelrecht aufgespießt.

Arzaks Mund öffnete sich zu einem lautlosen Schrei. Dunkles Blut sickerte aus seinen Mundwinkeln hervor, während er Aruula aus weit aufgerissenen Augen anstarrte.

»Arzak!«

Die Barbarin fühlte ohnmächtige Wut. Hilflos stand sie da und musste zusehen, wie der einzige Freund, den sie noch hatte, vor ihren Augen verblutete. Grellroter Lebenssaft pulsierte unaufhörlich aus der schrecklichen Wunde, sickerte am Pfahl herab und troff zu Boden. Und es gab noch nicht einmal einen Gegner, dem sie sich stellen konnte.

»Aruula . . . ahhh . . . «

Ein kehliges Keuchen entrang sich der Kehle des Wulfanen. Irgendwie schaffte er es, den Pfahl zu umklammern und sich davon zu lösen. Von der mörderischen Waffe befreit, taumelte er zurück und fiel blutüberströmt zu Boden. Aruula war sofort bei ihm, bettete sein haariges Haupt auf ihre nackten Schenkel.

»Aruula . . . «, keuchte er wieder.

»Ich bin hier«, versicherte die Barbarin, während ihr unwillkürlich Tränen in die Augen schossen. Sie wusste, dass sie nichts mehr für Arzak tun konnte – die Wunde war zu tief, um sie zu schließen.

»Ich werde . . . Maddrax folgen ins Reich . . . Nuwadir . . . «

»Ethera«, antwortete Aruula leise. »In der Sprache meines Volkes heißt dieser Ort Ethera.«

»Auf den Namen . . . kommt es nicht an«, presste der Wulfane mit von Blut erstickter Stimme hervor, »sondern darauf . . . was ein Mann . . . getan hat . . . um ehrenvoll . . . zu sterben . . . «

Damit durchlief ein krampfhaftes Zucken seinen einstmals so kräftigen Körper – und Arzaks Kopf fiel zurück.

Er war tot.

»Tuma sa feesa – Friede sei mit dir«, sprach Aruula den Segenswunsch der Wandernden Völker und schloss dem Wolfsmann die Augen. Gleichzeitig hatte sie das Gefühl, als wolle alles in ihr zerspringen.

Sie legte den Kopf in den Nacken, blickte hinauf zum grünen Blätterdach, das sich über ihr wölbte, und stieß einen entsetzlichen Schrei aus, der aus ihren innersten Tiefen kam und jeder Menschlichkeit entbehrte. Es war der Schrei einer Kreatur, die auf ihre Instinkte zurückgefallen war, die sich selbst nicht mehr kannte vor Trauer und Zorn.

Fast im selben Augenblick nahm Aruula aus dem Augenwinkel heraus eine Bewegung wahr. Geschmeidig wie eine Raubkatze sprang sie auf und fuhr herum, bereit, sich einer Horde grässlicher Fischkreaturen zu stellen. Ihre Keule lag schwer in ihrer Hand. Sie hatte vor, ihre Haut so teuer wie möglich zu verkaufen.

Doch da waren keine fischartigen, blutrünstigen Bestien, die ihr Blut wollten.

Nicht eine einzige.

Der Schatten, der unvermittelt aus dem Dickicht getreten war, war in Wirklichkeit ein junger Mann, den Aruula noch dazu kannte.

Es war Crane ...

Für einen Augenblick durchzuckte ein Hoffnungsschimmer die Barbarin, und sie wollte Wudan dafür danken, dass er ihr so unvermittelt einen neuen Verbündeten geschickt hatte. Doch schon einen Herzschlag später erkannte sie, dass etwas mit Crane ganz und gar nicht stimmte.

Die Züge des blassen Jünglings waren grausam verzerrt. Seine Kleidung war zerschlissen und blutbefleckt; auch seine Hände, sein Mund und sein Kinn wiesen Spuren von getrocknetem Blut auf. Dazu lag dieser wahnsinnige Glanz in seinen Augen, der Aruula zutiefst erschreckte.

Crane hatte den Verstand verloren!

»Hallo, Aruula«, grüßte er mit heiserer Stimme und falschem Lächeln – und in diesem Augenblick begriff die junge Frau. Auf einen Schlag wurde ihr alles klar, und sie schalt sich eine verdammte Närrin dafür, dass sie nicht schon früher darauf gekommen war.

»Du!«, rief sie mit sich überschlagender Stimme. »Du bist es gewesen! *Du* hast unsere Kameraden getötet! *Du* hast Dale das angetan! *Du* hast Arzak auf dem Gewissen!«

Crane lächelte nur und nickte bescheiden, als halte die Barbarin eine Laudatio auf seine Wohltaten.

»Uups – erwischt«, sagte er und hielt sich gespielt erschrocken die Hand vor den Mund. »Aber du hast die andere Taratze vergessen. Wir wollen doch nicht untertreiben.«

»Warum?«, fragte Aruula schaudernd. »Warum hast du das getan?«

»Weil mir danach war«, gab Crane zurück. »Muss es denn immer für alles einen Grund geben?«

»Aber ... die Fishmanta'kan ...«

Crane machte eine abfällige Handbewegung. »Die Fishmanta'kan gibt es gar nicht«, verkündete er lachend. »Sie sind eine verdammte Lüge, nichts weiter. Als kleiner Junge hat man mich damit erschreckt. Nächtelang lag ich wach und konnte nicht schlafen aus Angst, die Fishmanta'kan würden kommen und mich holen. Sie haben sich einen Spaß daraus gemacht, mir davon zu erzählen, immer wieder ...«

»Aber du hast uns doch erzählt, dass du sie selbst gesehen hast. Auf dem Schiff ...«

»Das Schiff ...« Crane nickte. »Ich erinnere mich. Acht

Menschen waren an Bord. Als der Kapitän begann, wieder von den grausamen Fishmanta'kan zu erzählen, um uns Kinder zu ängstigen, sprach plötzlich eine Stimme in meinem Kopf. Sie sagte mir, *ich* solle es tun...«

»Du hast sie getötet«, stellte Aruula fest. »Du hast sie alle ermordet.«

»Nein«, widersprach Crane grinsend. »Es war der Fishmanta'kan in mir. Der Dämon, der mich beherrscht, seit ich ein kleiner Junge war. Der mich nach Blut dürsten lässt und danach, meinen Opfern das Herz aus der Brust zu reißen...« In seinen Augen begann es gefährlich zu lodern, Speichel troff aus seinen Mundwinkeln.

»Du Bastard!« Aruula hob ihre Keule, trat einen Schritt zurück. »Mein Herz bekommst du nicht – und auch das von Arzak nicht. Eher zerschmettere ich dir deinen verdammten Schädel.«

»Leere Versprechungen.« Crane schüttelte mitleidig den Kopf. »Da ist nichts, was du dagegen tun könntest, Aruula. Wehre dich nicht – du wirst ohnehin sterben...«

Mit einer blitzschnellen Bewegung griff er unter sein zerschlissenes Gewand, hielt plötzlich einen Dolch mit gebogener Klinge in Händen.

Seine Augen verengten sich zu schmalen Schlitzen. Wie ein Raubtier taxierte er die junge Frau. Dann öffnete sich sein Mund zu einem durchdringenden, unmenschlichen Schrei – und mit einem Satz sprang er auf Aruula zu.

In einem blitzschnellen Reflex riss die Barbarin die Keule hoch, um sich gegen den wütenden Ansturm des Wahnsinnigen zu verteidigen – doch Cranes rohen Körperkräften hatte sie nichts entgegenzusetzen. Als hätte etwas von ihm Besitz ergriffen, das größer und stärker war als er, stieß er die junge Frau zurück, entwand ihr den Knüppel und warf ihn weit von sich. Im nächsten Moment fiel er mit blanker Waffe über sie her und zwang sie zu Boden.

Aruula wehrte sich nach Kräften. Die Muskeln unter ihrer Haut spannten sich. Die Zähne zusammengepresst, holte sie alles aus ihrem erschöpften Körper heraus – doch gegen Cranes Raserei hatte sie keine Chance. Unaufhaltsam bewegte sich die rasiermesserscharfe Klinge auf ihre Kehle zu, würde sie jeden Augenblick erreichen.

Aruula keuchte, schnappte nach Luft, während Crane nur höhnisch lachte.

»Es hat keinen Zweck, sich zu wehren«, flüsterte er. »Lass es geschehen, Aruula, es tut auch bestimmt nicht weh ...« Ein teuflisches Kichern drang aus seinem Inneren, das kaum mehr menschlich war. Für einen winzigen Moment bekam Aruula Kontakt zu seinem wirren kranken Geist – und hatte das Gefühl, in einen dunklen Abgrund aus Hass und Bosheit zu blicken.

Crane war völlig von Sinnen. Seine niedersten Triebe hatten die Kontrolle übernommen, hatten ihn zum Zerrbild eines Menschen gemacht, zur mordenden Bestie, die nach Blut lechzte.

Schaudernd zuckte Aruula zurück. Ihr Widerstand ermattete. Unbarmherzig stieß Crane vor, und Aruula fühlte, wie die kalte Klinge ihre Kehle berührte. Jeden Augenblick würde sich das Metall in ihren Hals bohren, würde Sehnen und Fleisch durchschneiden, und sie würde ein ebenso grausames Ende finden wie all die anderen ...

Noch einmal versuchte sie verzweifelt, sich aus Cranes tödlichem Griff zu befreien – vergeblich. Sie schloss die Augen, sprach ein lautloses Gebet, wartete auf den letzten tödlichen Stich.

Doch der erfolgte nicht.

Denn in diesem Moment schien das Dickicht ringsum lebendig zu werden. Schlanke schattenhafte Gestalten sprangen hervor. Eine von ihnen, die einen kurzen glatten Stab in Händen hielt, richtete diesen auf Crane und traf ihn damit an der Schulter. Es gab ein kurzes summendes Geräusch, und Crane schrie schmerzvoll auf.

Mit einem unwilligen Knurren ließ der Wahnsinnige von Aruula ab und fuhr herum, wandte sich den Wesen zu, die ihn mit vorgehaltenen Stäben umzingelten. Als er sie erkannte, war einen Augenblick lang blankes Entsetzen in seinen verzerrten Zügen zu lesen.

Im nächsten Moment brach er in irrsinniges Gelächter aus. »Es gibt euch nicht!«, spie er den kleinwüchsigen Fischkreaturen entgegen, die ihn stumm taxierten. »Los, verschwindet! Ihr seid nichts als ein Kinderschreck! Es gibt euch nicht, versteht ihr? Ich habe euch getötet, alle...!«

Einer der Fischmänner sprang vor und versetzte Crane einen weiteren Stoß mit seiner sonderbaren Waffe, der dem Mörder nur zu deutlich zeigte, dass das, was er sah, so real war wie er selbst.

»Aber das gibt es nicht«, keuchte er. »Es darf euch nicht geben! Ihr seid ... ich bin...«

Verwirrt blickte er sich um, drehte sich im Kreis, während ihn die Fishmanta'kan immer enger umringten. Sie sprachen kein Wort, machten auch keine Anstalten, Crane etwas zu Leide tun zu wollen – doch die bloße Nähe der Gestalten, die ihn in seiner Kindheit bis in die Träume verfolgt hatten, genügte, um sein letztes Bisschen Verstand im Mahlstrom des Wahnsinns zu zerreiben.

»Neeein!«, schrie er entsetzt. »Geht weg, los! Lasst mich in Ruhe!«

Er bekam keine Antwort – nur vorwurfsvolle Blicke aus starren Augen.

Crane blickte gehetzt hin und her, wirbelte im Kreis herum, um bald diesen, bald jenen Fischmenschen mit seinem Messer zu bedrohen. Doch die Kreaturen mit den Flossenhänden machten keine Anstalten, sich zurückzuziehen.

Schließlich wurde Crane klar, was geschehen war, und in seiner kranken Logik ergab alles Sinn. Die Fishmanta'kan waren gekommen, um ihn als einen der ihren zu begrüßen. Er musste ihnen ein Geschenk machen, musste ihnen zeigen, dass er einer von ihnen war ...

Mit schwitzender Hand umfasste er den Griff seines Dolches fester, richtete die Klinge auf seine Brust.

Er schluckte hart, während er sein zerschlissenes Hemd aufknöpfte und die Brust entblößte. Zitternd setzte er das Messer an, genau zwischen den Rippen ...

»Crane, nein!«, schrie Aruula, die in diesem Moment begriff, was der Wahnsinnige vorhatte – doch Crane war nicht mehr aufzuhalten.

»Ich bin einer von euch!«, rief er den Fishmanta'kan zu – dann biss er die Zähne zusammen, und in einem letzten verzweifelten Entschluss rammte er sich die Klinge in den eigenen Leib.

Die Fischmenschen erschraken und fuhren zurück – doch Crane war mit seiner Vorstellung noch nicht am Ende. Mit übermenschlicher Willensanstrengung führte er die Klinge empor, schlitzte sich seinen Brustkorb auf. Blut und Innereien quollen hervor, doch in seinem Wahnsinn spürte der Killer den Schmerz nicht.

Blut troff aus seinen Mundwinkeln, als er zum letzten, entscheidenden Schnitt ansetzte, sich wankend auf den Beinen haltend. Die blutige Klinge entfiel seinem Griff, während er sich mit seiner Rechten in den Brustkorb griff, das Zentrum seines Lebens fasste – und es mit einem Ruck herausriss.

Eine Fontäne von Blut spritzte; im nächsten Augenblick brach Crane leblos zusammen. Noch einmal zuckte sein Körper, dann blieb er reglos liegen.

Der ruchlose Mörder hatte sich selbst ein schreckliches Ende bereitet.

Stöhnend raffte sich Aruula auf die Beine, konnte kaum fassen, was geschehen war. Kein anderer als Crane war der grausame Mörder gewesen, vor dem sie alle gezittert hatten – die berüchtigten Fishmanta'kan hingegen hatten ihr das Leben gerettet!

Von allen Seiten kamen die Fischmenschen auf sie zu, aber Aruula fühlte sich von ihnen in keiner Weise bedroht.

»Bitte«, sagte einer von ihnen, der der Anführer des Trupps zu sein schien. »Folge uns, Aruula. Da ist jemand, der dich zu sehen wünscht...«

Die Schmerzen, die durch seinen Körper tobten, raubten ihm fast den Verstand. Mit seinem gebrochenen Arm hatte Grath nicht einmal provisorische Schienen anlegen und mit herausgerissenen Streifen aus seiner Kleidung befestigen können – er hatte es versucht, aber seine Linke war kraftlos und ließ bei jeder Bewegung feurige Qual durch seinen Arm bis hinauf ins Gehirn schießen.

Von Strauch zu Strauch, von Baum zu Baum arbeitete sich der verletzte Hüne kriechend voran, kämpfte sich landeinwärts durch das Unterholz. Er hatte keine Ahnung, wohin er sich wenden sollte, dazu saß ihm die Angst, von den Fischkreaturen entdeckt zu werden, ständig im Nacken. Wenn sie ihnen schnappten, war er ihnen hilflos ausgeliefert, so viel stand fest – in seinem

Zustand hatte er keine Chance, sich zu wehren oder ihnen gar zu entkommen.

Dennoch gab es etwas, das ihn immer weitertrieb: der Durst nach Rache. Aruula und Arzak hatten ihn verraten, und er würde nicht ruhen, bis er die beiden zur Rechenschaft gezogen hatte. Die Barbarin und der Wulfane würden für ihren Verrat teuer bezahlen, das hatte er sich geschworen, und wenn es das Letzte war, was er tat...

Keuchend und von Schmerzen gepeinigt, schleppte sich Grath durchs Unterholz. Immer wieder verharrte er, um Kräfte zu sammeln und zu lauschen – doch da war nichts als die schwere drückende Stille des Urwalds, die ihn umgab.

Schließlich, nach einer Zeitspanne, die ihm wie die Ewigkeit erschienen war, glaubte er plötzlich in der Ferne etwas zu vernehmen – etwas, das wie eine menschliche Stimme klang. Sie rief irgendetwas – und bekam Antwort!

Kein Zweifel, es waren Menschen in der Nähe!

Grath beglückwünschte sich innerlich dazu, dass er durchgehalten und nicht aufgegeben hatte. Sein eiserner Wille zu überleben hatte sich auch diesmal bezahlt gemacht.

»Hallo!«, rief er so laut er konnte. »Ist da jemand? Ich brauche Hilfe! Ich bin verletzt...!«

Er horchte hinaus ins dunkle Grün, erhielt jedoch keine Antwort. Auch die Stimmen waren verstummt. Ob sie ihn gehört hatten?

»Hey!«, brüllte er noch einmal. »Ich bin hier, hört ihr mich? Ich bin verletzt...!«

Wieder keine Antwort, und einen Augenblick lang fürchtete Grath, die Stimmen könnten eine Halluzination gewesen sein, da vernahm er plötzlich ein anderes Geräusch. Das Dickicht um ihn begann zu rascheln, teilte sich – und der gewaltige Kopf einer Androne brach durch das Gebüsch.

Grath schrie erschrocken auf, als er sich so unvermittelt dem gewaltigen Insekt gegenüber sah. Im nächsten Augenblick erkannte er den bewaffneten Reiter auf dem Rücken der Androne, an dessen Gürtel eine grün leuchtende Flammpeitsche hing.

Es war einer von Emrocs Leuten.

»Hilfe«, sagte Grath flehend. »Wir sind in einen Hinterhalt der Fishmanta'kan geraten! Ich konnte als Einziger fliehen, aber mein Bein ist gebrochen...«

»Grath«, meinte der Sklavenwächter höhnisch, als er den Hünen erkannte. »Wie schön, dich wieder zu sehen.«

»Geht mir nicht anders«, erwiderte Grath halb zerknirscht, halb froh, überhaupt auf eine menschliche Seele gestoßen zu sein.

»Wo sind die anderen? Die, die mit dir geflohen sind?«

»Nerk, Maddrax und die Taratzen sind tot«, gab Grath zurück. »Was mit den anderen passiert ist, weiß ich nicht.«

»Hm«, machte der Wächter, während er die Peitsche von seinem Gürtel löste. »Emroc wird sich freuen, dich zurückzuhaben – aber er wird dich auspeitschen lassen für deinen Versuch zu fliehen.«

»Das denke ich nicht«, sagte Grath schnell.

»So? Und warum nicht?«

»Weil ich etwas weiß, das für ihn von unschätzbarem Wert ist«, gab der Hüne mit breitem Grinsen zurück. »Ich kenne den Eingang zum Versteck der Fishmanta'kan...«

Als sich das kreisrunde Schott der Kammer öffnete, fuhr Matthew Drax herum. Sein Glück und seine Erleichterung darüber, Aruula wohlbehalten und unverletzt wieder zu sehen, kannte keine Grenzen – und auch Aruula war überglücklich, Matt wohlauf und lebend anzutreffen.

Wortlos fielen sie einander in die Arme, küssten sich innig und leidenschaftlich. Für einen kurzen Augenblick vergaß Aruula die Kriegerin in sich und war nichts als eine liebende Frau.

»O Gott«, sagte Matt leise, »ich dachte, ich würde dich verlieren.«

»Und ich dachte, ich *hätte* dich verloren«, erwiderte Aruula erleichtert und traurig zugleich. Sie schenkte ihm ein Lächeln und begann dann zu erzählen, was sich seit seinem Verschwinden zugetragen hatte.

Sie berichtete von ihrer verzweifelten Suche, von Graths gemeinem Verrat und von Arzaks Tod – und sie enthüllte Matt, wer der grausame Mörder gewesen war, der im Wald sein Unwesen getrieben hatte.

»Crane«, flüsterte Maddrax fassungslos. »Ich wusste, dass er ein komischer Kauz war, aber ich hätte nie gedacht, dass ...«

»Er war besessen«, sagte Aruula leise. »Ein Dämon hat seinen Geist verschlungen und ihn zu einer mordenden Bestie gemacht.«

»Und wir hatten die ganze Zeit über euch verdächtigt«, meinte Matt an Quart'ol gewandt, der schweigend dabeigestanden und das Wiedersehen der beiden mit gütigem Lächeln verfolgt hatte. »Könnt ihr uns verzeihen?«

»Da ist nichts zu verzeihen«, erwiderte Quart'ol schlicht.

»Aber wie können wir euch danken?«, fragte Aruula. »Ihr habt uns allen das Leben gerettet.«

»Was wir getan haben, ist festgeschrieben in unseren Gesetzen und Liedern«, gab Quart'ol zurück. »Die Hydriten waren zu allen Zeiten die Freunde der Menschen. Daran hat sich nichts geändert.«

»Aber wenn ihr unsere Freunde seid«, wandte Matt ein, »warum besteht ihr dann darauf, dass wir hier bleiben? Freunde vertrauen einander, oder nicht?«

»Ich wünschte, das könnte ich«, meinte Quart'ol seufzend. »Aber die Vergangenheit hat uns gelehrt, dass es für uns besser ist, von den Menschen isoliert zu bleiben. Wir sind eure Freunde im Verborgenen, weil wir jedermanns Freund sind. Doch die Menschen sind ein kriegerisches Volk, heute mehr denn je. Die Barbarei ist mit dem Kometen auf die Erdoberfläche zurückgekehrt.«

»Ich verstehe die Bedenken der Hydriten«, gestand Matt ein, »aber seit der Katastrophe ist viel geschehen. Es ist wahr, dass die Menschen lange Zeit ihre Zivilisation vergessen hatten und von vorn beginnen mussten. Aber nun sind sie auf dem besten Weg, eine neue Kultur zu errichten – und sie könnten Hilfe dabei brauchen. Denken Sie nicht, dass es an der Zeit wäre, den Menschen eine zweite Chance zu geben? Nehmen Sie Kontakt auf!«

»Warum sollten wir?« Quart'ols Miene trübte sich ein. »Unsere Erfahrungen haben uns eine andere Lektion gelehrt, und sie reichen sehr lange zurück. Seit den Tagen der Alten sind wir hier und beobachten euch Menschen.«

»Seit den Tagen der Alten?«, echote Matt. »Was soll das heißen? Wie lange sind Sie und Ihr Volk schon hier unten?«

Quart'ols Kiemenlappen blähten sich. »Da ist sie wieder«, sagte er leise. »Diese Neugier. Diese Ungeduld. Dieses Brennen auf Antworten. Und doch sind es gerade diese Eigenschaften, die wir an euch fürchten.«

»Das Meiste von dem, was Sie sagen, ist für mich ein

Rätsel«, gestand Matt. »Ich weiß nichts über die Geschichte der Hydriten. Aber ich kenne die Geschichte der Menschheit und weiß, dass sie eine zweite Chance verdient hat. Warum begleiten Sie uns nicht zur Oberfläche und überzeugen sich selbst, Quart'ol? Warum sind Sie nicht selbst ein wenig neugierig? Unsere Völker könnten so viel voneinander lernen, wenn sie einander nur vertrauen würden.«

»Das ist richtig«, stimmte Quart'ol zu.

»Warum machen wir nicht einen Anfang?«, schlug Matt vor. »Hier und heute. Hier ist meine Hand, Quart'ol. Ergreifen Sie sie!«

Eine Weile lang stand der alte Hydrit nur da und starrte die Hand an, die Matt im darbot. Schließlich hob er zögernd seine filigrane Flosse und griff danach – und zum ersten Mal seit undenklich langer Zeit – vielleicht sogar zum ersten Mal in der Geschichte überhaupt – reichten sich Mensch und Hydrit die Hand.

»Und?«, fragte Matt. »Werden Sie uns vertrauen? Werden Sie uns gehen lassen?«

Quart'ol gab ein schnarrendes Geräusch von sich, ließ sich mit seiner Antwort Zeit. »Ja, das werde ich«, sagte er schließlich. »Und ich werde mit Ihnen gehen.«

Die anderen Hydriten, die dabei standen, machten entsetzte Gesichter, als sie hörten, was Quart'ol vorhatte. In ihrem blubbernden, von Knacklauten durchsetzten Idiom redeten sie auf ihn ein, gestikulierten heftig mit ihren Flossenhänden – doch Quart'ol ließ sich nicht beirren. Der alte Wissenschaftler hatte seine Entscheidung getroffen.

»Ihr wisst, dass es keine Alternative gibt, meine Freunde«, sagte er in der Sprache seines Volkes zu seinen Artgenossen. »Früher oder später müssen wir den Kontakt zu den Menschen wagen.«

»Es ist zu früh«, wandte einer der Hydriten ein. »Du weißt, was geschehen ist, als wir es das letzte Mal versuchten, weiser Quart'ol. Die Chroniken warnen uns davor – und das aus gutem Grund.«

»Ich weiß«, gab Quart'ol zurück. »Aber in den Chroniken steht nur die Vergangenheit, nicht die Zukunft geschrieben. Wie soll es Fortschritt geben, wenn wir nicht nach vorn sehen? Hab Vertrauen, Mer'ol.«

Er legte dem Jüngeren die Flosse auf die Schulter, worauf dieser verstummte und betreten zu Boden blickte. »Ich beuge mich deinem Willen, weiser Quart'ol«, sagte er, »aber ich habe Angst um dich.«

»Deine Gefühle ehren dich, Mer'ol«, sagte der Alte leise. »Aber denk daran, dass dies ein neuer Anfang sein könnte. Wir haben uns so lange versteckt – dies könnte das Ende all unserer Ängste sein. Ich denke nicht, dass es Zufall war, dass wir Maddrax getroffen haben. Vielleicht bringt der heutige Tag«, – Quart'ols schmale Brust hob sich in einem Aufwallen von Hoffnung –, »den Beginn einer neuen Ära auf diesem Planeten...«

»So«, machte Emroc. Die feisten Wangen des Sklavenmeisters bebten, während er auf einem Stück gesalzenem Dörrfleisch herumkaute. »Du weißt also, wo sich der Schlupfwinkel der Fishmanta'kan befindet.«

»So ist es«, bestätigte Grath, der seinem Schicksal noch immer dafür dankte, dass er auf den Sklavenzug gestoßen war. Die Wachen hatten seine Wunden versorgt und seine gebrochenen Knochen geschient. Sie hatten ihm sogar etwas *Kiff* gegen die Schmerzen gegeben. »Ich kann euch hinführen.«

»Zu den Fishmanta'kan?« Der Sklavenmeister hörte auf zu kauen und sah ihn an, als hätte Grath den Verstand verloren. »Weshalb sollte ich mich in ihre Nähe wagen? Sie sind mordende Bestien!«

»Um zurückzuschlagen!«, ereiferte sich Grath. »Um diese scheußlichen Kreaturen auszurotten! Bedenke – wenn die Küstenregion wieder sicher wäre, könntest du diese Route immer benützen und bräuchtest keinen Zoll an die Lords der Stämme abzuführen. Außerdem«, – Grath setzte ein öliges Lächeln auf –, »würde man dich als großen Helden feiern. Emroc, der Bezwinger der Fishmanta'kan...«

Der Sklavenmeister schluckte das Stück Fleisch hinunter und legte seine bleiche Stirn in Falten. Er dachte angestrengt über Graths Worte nach – und fand Gefallen daran. Nicht nur, dass die Aussicht, als Held gefeiert zu werden, seinem Ego schmeichelte – er dachte auch an die finanziellen Vorteile, die ihm die freie Küstenpassage einbringen würde.

Natürlich hätte sich Emroc niemals auf einen offenen Kampf mit den Fishmanta'kan eingelassen – aber wenn Grath den Weg zu ihrem Versteck kannte, gab es vielleicht eine Möglichkeit, sie zu überrumpeln und ohne großen Aufwand aus dem Weg zu schaffen...

»Also gut«, erklärte er sich mit großmütigem Nicken einverstanden. »Führe uns zum Versteck der Fishmanta'kan.«

»Gern«, gab Grath zurück, »aber ich stelle eine Bedingung.«

»Du wagst es?« Die feisten Züge des Sklavenmeisters wurden schlagartig feuerrot. »Du bist ein Sklave!«

»*Noch*«, erwiderte Grath gelassen. »Ich will meine Freiheit dafür, dass ich euch führe.«

»Was?«

»Ein einfacher Handel – das Versteck der Fishmanta'kan gegen meine Freiheit. Dieses kleine Opfer sollte dir die Aussicht, ein reicher Held zu werden, wirklich wert sein.«

Der Sklavenmeister presste seine wulstigen Lippen aufeinander, dachte einen Augenblick lang nach.

»Also gut«, entschied er leise. »Du bekommst, wonach du verlangst.«

Durch eine lange Transportröhre, die unter dem Grund des Meeres hindurchführte und die Station der Hydriten mit dem Festland verband, erreichten Matt und seine Begleiter wieder die Oberfläche. Sie bedienten sich dazu eines Gefährts, das Matt beim ersten Anblick als lebendes Wesen eingeschätzt hatte; es ähnelte einer Qualle, die den ganzen Durchmesser der Röhre mit ihrer fließenden Körperform ausfüllte.

Doch dann öffnete Quart'ol einen Zugang in diesen »Körper«; sie hielten sich auf sein Geheiß an glitschigen Auswüchsen fest, die von der Decke baumelten, und die »Qualle« setzte sich in Bewegung. Rasend schnell glitt sie durch die Röhre, obwohl keine Beschleunigung zu spüren war.

Die Fahrt dauerte knappe zehn Minuten, dann langten sie an der »Endhaltestelle« an und verließen das bizarre Gefährt. Über eine steinerne Wendeltreppe gelangten sie nach oben. Als sie endlich eine letzte Luke nach oben hin geöffnet hatten und zum ersten Mal wieder frische Seeluft atmeten, fühlten sie sich so frei und unbeschwert wie seit Tagen nicht.

Matthew kletterte als Erster aus dem dunklen Loch in eine kleine Höhle, nicht größer als ein Lastenaufzug, die sich zum Meer hin öffnete. Aruula und Quart'ol folgten ihm dichtauf. Gemeinsam halfen sie den anderen Sklaven, an die Oberfläche zu steigen.

Als der Letzte draußen war, verschloss der alte Hydrit die Luke wieder und legte einen Hebel an deren Oberseite um. Matt staunte nicht schlecht, als sich eine dünne Steinplatte über den Zugang schob und ihn perfekt tarnte. Kein Wunder, dass man noch nie auch nur zufällig auf das unterirdische Reich der Hydriten gestoßen war.

Dann machten sie sich in Richtung Dünen auf den Weg. Wenn sie zügig marschierten, konnten sie vor Einbruch der Dunkelheit noch ein gutes Stück Weg hinter sich bringen und im Wald übernachten – nun gab es ja keine Bedrohung mehr, die sie im dunklen Dickicht zu fürchten hatten. Und auch von Emrocs Karawane drohte ihnen keine Gefahr; der feiste Sklavenhändler war gewiss längst weitergezogen, um aus dem Gebiet der blutrünstigen Fishmanta'kan zu entkommen.

Doch schon jenseits der ersten Düne erwartete sie eine böse Überraschung.

Matt sog scharf nach Luft, Aruula gab eine bittere Verwünschung von sich: Direkt vor ihnen stampften Reihen von Bewaffneten heran, die leichte Lederpanzer trugen und mit Spießen und gespannten Armbrüsten bewaffnet waren.

Es waren Emrocs Schergen, und ihr fetter Anführer thronte in seiner Sänfte mitten unter ihnen. Andronenreiter bildeten das Schlusslicht.

Offensichtlich war der Trupp gerade auf dem Weg zur Küste gewesen. Matt stellte sich nicht die Frage, was Emroc hier wollte – die Erkenntnis, dass sie vom Regen in die Traufe geraten waren, traf ihn wie ein Schwertstreich.

Zum Rückzug war es zu spät. Für Sekunden standen sich die beiden Gruppen fast reglos gegenüber, dann brüllte Emroc los.

»Da ist eine von den Bestien!«, kreischte er mit überkippender Stimme, als er Quart'ol erblickte. »Tötet sie, schnell!«

»Neeein!«, hörte Matt sich selbst noch schreien – doch es war zu spät.

Es gab ein lautes schnappendes Geräusch. Ein Armbrustbolzen schoss von der Sehne und bohrte sich mit furchtbarer Wucht in Quart'ols Brust.

Die Gewalt des Aufpralls riss den Hydriten von den Beinen. Sofort war Matt bei ihm, sah entsetzt, wie grünlicher Lebenssaft aus der Wunde sprudelte.

»O nein!«, rief er aus. »Quart'ol . . .«

»M . . . Maddrax«, brachte der alte Fischmensch über seine wulstigen Lippen, während es in seinen Augen bereits zu flackern begann. »I . . . Ich hatte . . . Recht. Die Menschen . . . sind . . . sind noch nicht . . . so weit . . .«

»Es tut mir so Leid, Quart'ol«, versicherte Matt entsetzt, während er hilflos nach einer Möglichkeit suchte, dem alten Hydriten zu helfen. Es gab keine – der Bolzen hatte sein Herz getroffen. Und er, Matt, war schuld an seinem Schicksal!

Bis jetzt hatte Matthew Drax sich selbst betrogen. Nun traf ihn die Erkenntnis über sein Vergehen mit doppelter Wucht.

Hatte er nicht genau gewusst, dass »die Welt da oben« noch lange nicht tolerant genug war, eine fremdartige Rasse wie die Hydriten zu akzeptieren? Hatten seine Hoffnungen nicht allein darauf gefußt, sich selbst, Aruula und die restlichen Sklaven in die Freiheit zu führen?

Sicher, er hatte gehofft, Quart'ol zur Community London bringen zu können. Dort wäre er in Sicherheit gewesen; dort hätte ein Bündnis zwischen Menschen und Hydriten fraglos funktioniert. Aber die Technos standen keinesfalls für den Rest der Menschheit – die war noch immer so kriegerisch und wild, wie Quart'ol es gesagt hatte...

»Sie hatten Recht mit dem, was Sie über die Menschen sagten«, presste Matt traurig hervor. »Man darf ihnen nicht trauen. Ich habe einen furchtbaren Fehler gemacht...«

»N ... nein.« Der Hydrit schüttelte krampfhaft den Kopf. »Sie, Maddrax ... sind anders ... bereue nicht ... sind Freunde...«

»Freunde«, bestätigte Matt und ergriff die Hand des Fischmannes, die sich verkrampfte, als eine Welle von Schmerz Quart'ols dünnen Körper durchlief.

Plötzlich schien es, als könne Matt selbst den Tod nahen spüren, dem Quart'ol begegnete. Ein Schwindel erfasste ihn. Die kühle Hand in seiner wurde mit einem Mal glühend heiß. Matt versuchte sich zu lösen, doch die Hand des Hydriten packte noch fester zu.

Dann fiel der Kopf des alten Hydriten zur Seite, und sein Griff löste sich.

Matt musste hart schlucken, Tränen wollten ihm in die Augen treten. Tränen der Trauer, des Zorns und der Enttäuschung – der Enttäuschung über seine eigene Rasse.

Von jäher Wut gepackt, sprang er auf, griff nach einem Stein und warf ihn nach Emrocs Schergen. »Ihr verdammten Schweine!«, brüllte er sie an. »Er hat euch nichts getan! Er hat euch verdammt noch mal nicht das Geringste getan...!«

Aruula trat zu ihm und hielt ihn davon ab, Emrocs Schützen einen Vorwand zu geben, ihn ebenfalls zu erschießen. Mit gezückten Flammpeitschen traten die Wächter vor, ließen das grün leuchtende Leder schnalzen und trieben die Sklaven zusammen.

»Nun, Maddrax«, höhnte Emroc von seinem hohen Sitz herab. »Sieht so aus, als wäre deine Flucht gescheitert. Jetzt bist du also wieder bei mir – auch das Bündnis mit diesen scheußlichen Kreaturen hat dir nichts genützt.«

Matt antwortete nichts darauf – was wusste ein Kerl wie Emroc schon von Begriffen wie Toleranz und Freundschaft? Er machte sich schreckliche Vorwürfe.

Seine Hand pulsierte noch immer heiß. Matt erschrak, als er seine Handfläche betrachtete. Sie sah aus, als hätte er in Brennnesseln gegriffen: rot und geschwollen. Aber die Schmerzen klangen bereits ab.

Matt vergaß sie sogar für einige Minuten, als er sah, wie zielsicher Emroc die Höhle fand, die ins Reich der Fishmanta'kan führte. Wie viel wusste der Fettsack – und woher?

Doch die Enttäuschung des Sklavenmeisters war groß, als seine Männer in der kleinen Höhle nicht fündig wurden. Der Zugang ins Reich der Fischmenschen war verschwunden.

»Wir werden die Höhle mit Steinen füllen«, ordnete Emroc an. »Ihr Sklaven werdet das besorgen.«

Matt widersprach nicht. Er war froh, dass Emroc nicht weitersuchte. Nicht auszudenken, was passiert wäre, hätte der Sklavenmeister die Luke zum Unterwasserreich doch noch entdeckt. Und die Hydriten besaßen gewiss noch weitere Ausgänge aus ihrer Station.

»Wie habt ihr die Höhle gefunden?«, wollte er dennoch wissen.

»Rate mal«, antwortete eine raue Stimme, die Matt bekannt vorkam – und zu seiner Verblüffung erblickte er Grath, der mit geschienten Gliedmaßen und in Verbände gehüllt auf einer der Andronen saß.

Aruula zuckte zusammen, stieß eine herbe Verwünschung aus. »Du bist noch am Leben, Verräter«, stellte sie missbilligend fest.

»Ja, der alte Grath ist so leicht nicht totzukriegen«, erwiderte der Hüne grinsend. »Ich wurde hier an Land gespült und habe gesehen, wie diese Kreaturen aus dem Loch krochen. Ich habe Emroc davon erzählt – und er hat mir im Gegenzug die Freiheit versprochen.«

»Du widerwärtiger, mieser ...« Matts Fäuste ballten sich. In hilflosem Zorn wollte er sich auf den verräterischen Schurken stürzen, ganz gleich, was die Konsequenzen sein mochten – doch die Flammpeitschen der Wächter zuckten vor und bereiteten seinem Ansinnen ein jähes Ende.

Von heftigem Schmerz gepeinigt, brach er zusammen. Aruula beugte sich schützend über ihn, während Grath sich ausschütten wollte vor Lachen. Amüsiert sah der Hüne zu, wie Matt und Aruula von den Wachen gepackt und zu den anderen Sklaven geschleppt wurden.

»Da hast du's, Maddrax!«, rief er ihnen nach. »Du bist ein Sklave geblieben – aber ich bin jetzt ein freier Mann.«

»So ist es«, bestätigte Emroc mit bösem Grinsen und nickte Grath von seiner Sänfte aus zu. »Und du sollst deine Freiheit jetzt gleich erhalten.«

Damit gab er einem seiner Armbrustschützen einen Wink – und der Mann feuerte.

Der Bolzen zuckte durch die Luft und bohrte sich in Graths Kehle, der nie begriff, dass ihn der Sklavenmeister betrogen hatte. Rücklings kippte der Schurke vom Sattel der Androne. Er war tot, noch bevor er auf dem Boden ankam. In einem Punkt zumindest hatte Emroc Recht: Grath würde nie wieder in Gefangenschaft geraten. Nun war er wahrlich frei.

»Ich kann Verräter nicht ausstehen«, meinte der Sklavenmeister schulterzuckend, während er verächtlich auf den blutigen Leichnam blickte. »Sie eignen sich nicht zum Verkauf.«

ENDE

JO ZYBELL

AUFBRUCH IN DIE »NEUE WELT«

Es roch nach Frau.

Fylladschio drückte sich an die holzgetäfelte Wand und schloss die Augen. Tief sog er den süßlichen Duft durch die Nase ein. Roosebüsche und Fisische – so roch es. Als würde er in einem Roosegarten stehen. Oder in einem Fisisch-Hain in den Hügeln seiner Heimatstadt Naapoli.

Seine Lenden füllten sich mit heißem Blut. Er knurrte vor Erregung. Die Gestalt Nuelas erschien vor seinem inneren Auge. Ohne ihr schwarzes Gewand. Nichts verhüllte die Reize ihres Körpers in dem Bild, mit dem ihm die Begierde das Hirn füllte.

Er öffnete die Augen und lauschte ins Halbdunkel. Nichts zu hören. Keine Schritte, keine Stimmen. Sollten die Frauengemächer tatsächlich unbewacht sein?

An der Wand entlang tastete er sich tiefer in die Zimmerflucht hinein. Nur zwei Öllampen brannten rechts und links des Ganges auf zwei brusthohen Holzskulpturen – Defiine. Sie trugen die kugelförmigen Lampen auf ihren Schwanzflossen. Fylladschios Blick richtete sich auf den tiefblauen Vorhang hinter der linken Skulptur – der Eingang zum Schlafraum der Hauptfrau seines Kapitaans.

Auf Zehenspitzen schlich er über die Steinfliesen. Seine ledernen Beinkleider spannten im Schritt. Seine harte Männlichkeit scheuerte gegen das Leder. Seine Lenden brannten. Er spürte kaum die Kälte der Fliesen unter seinen nackten Füßen, nahm das Sternenmuster im Blau des Vorhangstoffes nicht wahr – Nuelas Bild überlagerte alle seine Sinne: Ihr schwarzes Haar auf nackten braunen Schultern. Ihr großer, leicht geöffneter Mund. Der verhangene Blick ihrer bernsteinfarbenen Augen. Die schlanken runden Säulen ihrer Schenkel. Ihre Brüste, prall und schwer. Jedenfalls stellte Fylladschio sie sich so vor. Nackt gesehen hatte er sie noch nie.

Er zog den Vorhang beiseite und huschte in Nuelas Schlafraum. Kühl war es in dem großen Zimmer. Der Wind blähte die blauen Vorhänge vor den offenen Fenstern zum Hafen auf. Beiläufig nur registrierte Fylladschio das Rauschen der Brandung und vereinzeltes Moevengeschrei. Sein Blick hing an der Frauengestalt auf dem niedrigen breiten Bett an der Stirnseite des Raumes. Nuela. Sie lag auf der Seite. Eine blaue Wolldecke verhüllte ihren Rücken und ihre Schultern. Ihr schwarzes Haar war wie ein Gewittersturm auf dem blauen Kissen. Sie schlief. Oder sie tat so, als würde sie schlafen.

Fylladschio näherte sich ihrem Lager. Der Duft von Roosebüschen und süßen Fisischen hing über dem Bett wie unsichtbarer Nebel. Kerzen in zwei Lüstern flackerten an der Wand rechts und links des Kopfendes. Neben ihm, in Griffweite der Frau, stand eine gläserne Wasserkaraffe auf einem niedrigen Tischchen. Und eine Bronzeglocke, mit der sie ihre Sklavinnen zu rufen pflegte.

Behutsam streifte Fylladschio die Decke von Nuelas Schulter. Sie war nackt. Eine heiße Flamme schoss aus seinen Lenden hinunter in seine Knie und hinauf in seine Kehle. Weiter zog er die Decke, über ihren Arm, ihre Taille, ihr göttliches Gesäß, ihre Schenkel bis hinab zu ihren Knien. Fylladschios Sinne saugten sich voll mit dem herrlichen Anblick.

Hatten ihn unten vor dem Hintereingang des Frauenhauses noch das Gewissen seinem Kapitaan gegenüber und die beklemmende Vorstellung der Folgen gepeinigt, die sein nächtliches Abenteuer nach sich ziehen könnte – jetzt fühlte er nur noch das Verlangen, sich zu Nuela ins Bett sinken zu lassen.

Hastig schnürte er seine Beinkleider auf und zerrte sich die schwarze Hose vom Leib. Noch immer schlief Nuela. Er schob sich auf sie. Wie feuchter warmer Samt glitt ihre Haut unter ihm dahin – und er nahm sie, ohne ein Wort zu verlieren.

Sie ließ nicht erkennen, ob sie schlief oder ob sie ihn spürte, ob ihr gefiel, was er tat. Sie öffnete nicht einmal die Augen, räkelte sich nur in Fylladschios Armen. Doch irgendwann begann sie zu knurren und zu stöhnen. Und dann bäumte sie sich auf und riss die Arme nach oben.

Wie zufällig wischte sie Glocke und Karaffe vom Tischchen neben dem Bett. Die Karaffe zersprang in tausend Scherben, die Glocke prallte auf die Steinfliesen neben dem Teppich. Nuelas Schrei und das Klirren des Glases vermischte sich mit metallenem Dröhnen.

Fylladschio presste ihr die Hand auf den Mund. Erschrocken hielt er den Atem an. Schritte erklangen draußen auf dem Gang, Nuela biss ihm in die Hand und begann laut um Hilfe zu rufen. Vollkommen konfus schwang sich Fylladschio aus dem Bett und griff nach seinen Beinkleidern. Da wurde der Vorhang schon beiseite gerissen. Drei Männer stürzten in den Raum, Raspun, der hünenhafte schwarze Leibsklave des Kapitaans und zwei bewaffnete Wachen.

»Was hast du hier verloren, Steuermann?!«, rief Raspun. Breitbeinig blieb er drei Schritte vor Fylladschio stehen. Weiße Pluderhosen kleideten seine Beine, ein weißer knielanger Mantel seinen tonnenartigen Oberkörper, ein weißes Tuch seinen kahlen Schädel. Der Kerzenschein spiegelte sich in seiner schwarzen Gesichtshaut wider. Sein ausgestreckter Arm wie ein Speer auf Fylladschio gerichtet.

Der sah, wie Raspuns Blick sich senkte. Hastig bedeckte er sein Glied mit dem Leder der Hose. Hinter ihm im Bett schrie noch immer Nuela. »Er wollte mir Gewalt antun! Er wollte mir Gewalt antun...« Die Fliesen unter Fylladschios nackten Füßen schwankten, als würde er auf der Brücke der *Santanna* hinter dem Steuerruder stehen.

»Legt ihn in Ketten!«, befahl Raspun hart.

»Ich hasse ihn ...« Die Stimme neben Matthew Drax stieß böse Worte aus. Flüche, Beschimpfungen, Mordphantasien. Matt hörte das heisere zischende Geflüster und hörte es doch nicht.

Männerstimmen grölten Befehle. Holz knarrte, Metall scheuerte über Metall, Ketten rasselten. Das schwarze Rechteck in der Mauer bewegte sich, löste sich aus schroffen, nur oberflächlich behauenen Steinblöcken. Das Rasseln der Ketten, die es festhielten, steigerte sich zu einem ohrenbetäubenden Getöse. Auch das hörte Matt wie von fern.

»Ich hasse ihn ... Hätte ich mein Schwert, wäre ich frei ...«

Das schwarze Rechteck aus geteerten Holzbalken senkte sich auf den Wassergraben vor der Mauer. Schneller, immer schneller. Krachend schlug es am diesseitigen Ufer des Grabens auf. Das rasselnde Getöse verstummte.

»Hinein in die Stadt!«, brüllte der oberste Sklaventreiber.

Peitschen knallten, Andronenbeine trampelten, die schwarzen Körper der Riesenameisen glitten rechts und links an Matt vorbei. Die Andronenreiter schwangen ihre Peitschen, und der Sklavenzug setzte sich in Bewegung. Willenlos wie ein Stück Vieh trottete Matt der schwarzen Brücke entgegen, und neben ihm zischte Aruula refrainartig ihr böses »*Ich hasse ihn*«.

Der Mann, von dem sie sprach, betrat eben die Zugbrücke über dem Graben. Oder nein – er betrat sie gar nicht: Die vier Leibsklaven, die seine Sänfte trugen, betraten sie. Er selbst schaukelte zwischen deren Schultern. Ein unförmiger Kahlkopf – wie eine Qualle waberte sein Fleisch im fellbespannten Sessel der Sänfte hin und her: Emroc, der Meister der Sklaven.

»Heil und Frieden eurer Stadt«, schrillte die Fistelstimme des Eunuchen. »Wohlstand und Glück für Plymeth, der Mutter der Seefahrer!«, rief er den Wächtern auf den Türmen zu. »Das große Haus am Hafen – hat der Rat es für mich reservieren lassen?« Die Soldaten auf den Wachtürmen verbeugten sich und nickten.

»Ich möchte mein Schwert in seine Fettschwarten versenken«, zischte Aruula.

»Du hast kein Schwert.« Matt schleppte sich an ihrer Seite über die Zugbrücke. Hohl klang das Getrampel des Sklavenzuges auf den geteerten Holzbohlen.

»Ich will ihn erwürgen.« Aruula schien überhaupt nicht zuzuhören. Ihre Kaumuskeln pulsierten; aus schmalen Lidern fixierte sie den Fettsack in der Sänfte, den Mann, der ihnen das wichtigste Gut geraubt hatte, das sie – abgesehen von ihrem Leben – besaßen: ihre Freiheit.

»*Erwürgen* . . .« Matt stieß ein bitteres Lachen aus. »Deine Hände sind in Ketten gebunden. Wie willst du ihn erwürgen?«

Nicht nur zwischen ihren Handgelenken hingen schwere Ketten – auch zwischen ihren Knöcheln. Rasselnd scheuerten sie über die Zugbrücke. Nur sie beide hatte Emroc in Ketten legen lassen – die Einzigen, die den Ausbruchsversuch während des langen Weges entlang der Küste überlebt hatten. Alle Leidensgefährten, die mit Matt und Aruula die Flucht gewagt hatten, waren tot – Arzak, Nerk, Grath und die Taratzen.

Die erste Zweierreihe der Sklaven erreichte das Stadttor. Soldaten mit braunen Helmen und Harnischen aus Leder und mit langen Spießen tauchten rechts und links des Tores auf – Wächter. Sie höhnten laut.

»Willkommen unter Menschen, Sklavengesindel!«, rief einer. Und ein anderer: »Am Fleischmarkt unten warten sie schon auf euch!« Einer schlug die flache Seite seines Spießes auf das Gesäß eines Sklaven, andere zogen die Gefangenen an den Haaren oder fassten den Frauen an die Brüste.

Ein Tier bin ich geworden... Matt knirschte mit den Zähnen. *Ein Tier in Ketten und der Willkür irgendwelcher Idioten ausgeliefert...*

Ausgebrannt war er. Ausgebrannt und ohne Hoffnung. Abscheuliche vier Wochen lagen hinter ihm und der Barbarin: die Gefangennahme durch die Rojaals zunächst, dann der Kampf um die nackte Existenz im Tal des Todes, der Verkauf an den fetten Emroc, die Schläge und Demütigungen seiner Schergen, der Fluchtversuch und bald darauf die Auseinandersetzungen mit dem irren Mörder Crane. Die Hydriten hatten Matt und Aruula gerettet, jenes geheimnisvolle unterseeische Volk, das sich seit Urzeiten vor den Menschen verbarg. Gern hätte Matt mehr über sie erfahren, doch dann war ihr Begleiter Quart'ol von Emrocs Wächtern getötet und er selbst wieder in den Sklavenzug eingegliedert worden.

Dreißig Sklaven waren im Lager der Rojaals aufgebrochen. Weniger als zwanzig schleppten sich jetzt nach Plymeth hinein, einem ungewissen Schicksal entgegen.

Matt konnte nicht einmal mehr Wut und Trauer empfinden. Ein schwarzes Loch gähnte dort, wo sich früher Gefühle in seiner Brust geregt hatten. Anders Aruula – ständig stieß sie Flüche gegen Emroc aus. Meist fiel sie dabei in den harten Akzent ihrer Heimatsprache, und Matt verstand kein Wort. Doch manchmal wollte sie, dass er verstand – dann benutzte sie die Sprache der Wandernden Völker. Englische Worte vermied sie. Auch die Sklaventreiber und die Soldaten am Stadttor sprachen Englisch. Ein rudimentäres und verballhorntes zwar, aber Matt konnte es gut verstehen. Schließlich befanden sie sich in Britana.

Sie erreichten das Ende der Zugbrücke und wankten durch das Gemäuer des Stadttores. »Was haben wir denn da für ein leckeres Weibchen...«, grölte einer der Torwächter. Behaarte Männerarme streckten sich nach Aruula aus, Hände griffen in ihr verfilztes Haar, unter das Kinn, an ihre Brüste. Bärtige Gesichter drängten sich an sie heran, feixende Gesichter.

»Pfoten weg!«, schrie Aruula, doch ihr Zornesausbruch machte den Soldaten nur Spaß. Einer lupfte das Fell von ihren Beinen und versuchte ihr zwischen die Schenkel zu fassen. Aruula spuckte ihn an. »Schleimiger Wisaau-Rüssel!«, brüllte sie, außer sich vor Wut.

Der Soldat wich zurück, wischte sich den Speichel aus dem Gesicht und musterte sie böse. »Stolzes Sklavenpack sollte nicht am Leben bleiben«, knurrte er. Er zog sein Kurzschwert und holte aus.

Von einem Augenblick auf den anderen war Matt hellwach. Noch ehe der Wächter zuschlug, stand er vor Aruula und riss die Arme hoch. Die kurze breite Klinge fuhr in die Kette zwischen seinen Handgelenken.

»Weg von meinen Sklaven!«, keifte die hohe Stimme Emrocs von der Spitze der Kolonne. »Weg von meinem Eigentum!« Im selben Moment stapften zwei Andronen heran.

»Lasst sie!« Die beiden Reiter drohten mit ihren Peitschen. »Sie gehören Emroc! Wenn ihr die Frau wollt, kommt auf den Markt und kauft sie. Falls ihr sie bezahlen könnt!«

Keiner der Soldaten sprach ein Wort, keiner wich auch nur einen Schritt zurück. Hinter Matts Brustbein trommelte der Paukenschlag seines Herzens. Die Spannung hing wie eine unsichtbare Gewitterwolke in der Luft. Er spürte Aruulas Atem im Nacken und die Wärme ihres Körpers an seinem Rücken.

»Verfluchte Drecksklaven!« Der Soldat steckte sein Kurzschwert zurück in die Scheide. »Dankt Wudan, dass ihr Emroc gehört und nicht irgendeinem dahergelaufenen Fleischhändler. Sonst würde ich euch jetzt aufschlitzen wie schlachtreife Wakudas.« Mit einer Kopfbewegung bedeutete er den anderen Wächtern zurückzutreten.

»Vorwärts!«, bellte der fette Eunuche aus seiner Sänfte. Der Sklavenzug setzte sich wieder in Bewegung.

»Wir sehen uns auf dem Frauenmarkt!«, rief der Soldat Aruula hinterher. »Yea! Wir sehen uns auf dem Frauenmarkt!« Er riss ein paar dreckige Zoten, die im Hohngelächter der anderen Wächter untergingen.

Frauenmarkt... Das Wort bohrte sich in Matts Hirnwindungen. Er verstand nicht, was damit gemeint sein könnte. *Wollte* es nicht verstehen...

Die Ketten zwischen ihren Knöcheln rasselten über schwarzes Kopfsteinpflaster. Fachwerkfassaden zogen links und rechts der Straße vorbei. Schmale Vorbauten mit Giebeldächern ragten daraus hervor und Ziegelsteinquader, aus denen hohe Kamine wuchsen. Entweder hatten die Menschen der Hafenstadt den Tudor-Baustil kopiert, oder es waren instand gesetzte Häuser aus den Zeiten vor »Christopher-Floyd«.

»Gottverdammter Komet...«, murmelte Matt.

»Wir werden uns nicht verschachern lassen wie Frekkeuscher!«, flüsterte Aruula und drängte sich an ihn heran. »Wir werden fliehen und Emroc töten!« Sie sprach eindringlich, als müsste sie Geister beschwören.

»Wie denn? Nichts ist uns geblieben – kein Schwert, keine Pistole, nicht mal ein Messer. Womit willst du kämpfen?«

Ein Platz öffnete sich, gesäumt von großen Häusern mit Bogenfenstern und Säulen unter den Vordächern der Eingänge. Menschen hingen in den Fenstern oder strömten aus den Türen, Finger zeigten auf sie. Gelächter und spöttische Stimmen erklangen von allen Seiten.

»Wir können noch atmen«, zischte Aruula. »Wir haben noch unser Leben.« Ihre Lider verengten sich zu Schlitzen. Trotzig schob sich ihr Kinn nach vorn.

Gott, wie schön sie ist, dachte Matt, *und doppelt schön, wenn der Zorn in ihr brodelt.* Er sah ein Denkmal am Rande des Platzes. *Frauenmarkt ... wir sehen uns auf dem Frauenmarkt ...*

Der Sklavenzug passierte das Denkmal. Die Menschen beiderseits der Straße tuschelten und feixten. Ein kleiner Junge zielte mit einer Steinschleuder auf den Mann, der vor Matt über das Kopfsteinpflaster stolperte. Der schrie auf, als der Stein ihn am Kopf traf, und presste seine Hand auf die Wunde. Blut sickerte in sein langes quastiges Schwarzhaar.

Vor dem Denkmal blieb Matt stehen. Es war die schwarze Skulptur eines Mannes in stolzer Siegerpose – Lederwams, Schärpe und Offiziersdegen im Waffengurt. *Das kann nicht von ihnen stammen*, dachte Matt, *das ist aus der Zeit vor »Christopher-Floyd« ...*

Und dann las er den Namen auf dem Marmorsockel des Denkmals: Sir Francis Drake. *Der Mann, der vor fast tausend Jahren von hier aus in See stach, um die Welt zu umsegeln. Der Mann, der die spanische Armada versenkte ...*

Ein Peitschenhieb riss Matt zurück in die Gegenwart. Der Schmerz brannte auf seinem Rücken. Keinen Ton gab er von sich, wankte einfach weiter.

»He! Seht euch den Gelbhaarigen an!«, rief jemand aus der Menge. Ein feixendes Gesicht schob sich an ihn heran, packte seinen Ärmel und sagte: »Was für einen grünen Anzug trägst du da, Sklave?« Hände zerrten an der Replik seiner Uniform, die man ihm in der Community London geschenkt hatte. »Viel zu schade für einen wie dich…«

Der Schatten einer Androne fiel auf die Menge. »Zurück! Verdammt, zurück mit euch! Keiner rührt Emrocs Eigentum an…!«

Es war ein Spießrutenlaufen, durch breite Straßen, über Plätze und durch Gassen. Mit stolz erhobenem Haupt lief Aruula an der Menge vorbei. Matt bewunderte sie. Ihn selbst überschwemmte die Bitterkeit. *Matthew Drax aus Riverside, Kalifornien, Bürger der Vereinigten Staaten, Absolvent der United States Air Force Academy in Colorado, Commander der US Air Force – wie tief bist du gesunken…?*

Bald lösten Holzbaracken die Häuserfronten ab. Dazwischen hüttenartige Verschläge aus rostigen umgestürzten Schiffskörpern. Dahinter ein breiter Streifen, der mit schwarzem Kopfstein gepflastert war. Er grenzte ans Meer. Piere, aus dunklem Stein gemauert, zogen sich ins Wasser. Matt sah Segel und Schornsteine von Schiffen. Der Hafen.

Dutzende mit Waren beladene Frekkeuscher schaukelten an ihnen vorbei. Auch viele Wakudagespanne zogen mit Frachtgut beladene Karren von den Anlegestellen weg in die Stadt hinein.

Hier kennen sie Dampfmaschinen, dachte Matt, *hier haben sie Glas in den Fenstern…*

Der Sklavenzug wurde an langen Holzhallen vorbeigetrieben. Von den Pieren klang Gehämmer und Gesäge herüber. Hohe Holzstapel verdeckten den Blick auf die Baustelle halb; das Skelett eines im Bau befindlichen Schiffes war dennoch zu sehen. Es saß auf Baumstämmen am Rande einer schiefen Ebene, die in ein Hafenbecken hineinführte.

»Sieh nur«, sagte Aruula. »Hier werden tatsächlich Schiffe gebaut. Die Leute in der Community hatten Recht.« Matt spürte ihren Blick von der Seite. »Wenn du dich aufgibst, dann gibst du auch deinen Auftrag auf!«

Auftrag ... das klang wie ein Wort aus einer fremden Sprache. *Wie soll ein Sklave in die Ex-USA gelangen und nach weiteren Bunkermenschen suchen ...?*

»Denkst du an deinen Auftrag?« Aruula drängte sich nahe an ihn heran. Wieder der beschwörende Tonfall. »Du hast es versprochen, Maddrax!«

Wo nimmt sie die Kraft her? Matt blickte in das bronzefarbene Frauengesicht neben sich. *Sie ist wie eine Katze, die man sechsmal aus dem Fenster geworfen hat und die mit jedem Mal bedingungsloser um ihr Leben kämpft ...*

»Ich denke nicht an meinen Auftrag«, gab er zurück. »Ich denke an das, was dieser Soldat eben gesagt hat. Wenn es einen Frauenmarkt gibt, dann gibt es auch einen Markt für männliche Sklaven. Und das hieße, dass wir getrennt würden.«

Aruulas Miene verfinsterte sich. Doch sie antwortete nicht.

Sie bogen in eine Straße ein, die ebenfalls am Hafen entlangführte. Hier gab es aber keine Lagerhallen und Baubaracken mehr, sondern schmale, aneinander gebaute Giebelhäuser. Die Sklaventreiber führten die Kolonne durch einen bogenförmigen Hofeingang in eine Art Halle. Zwischen den Fassaden, von gusseisernen Säulen getragen, spannte sich eine Überdachung aus durchsichtigem Material. Matt musste zweimal hinschauen, bis er in den Scheiben die abmontierten Kommandobrücken verschrotteter Schiffe erkannte.

In der Halle mussten sie lagern. Fleisch, Getreidefladen und Wasser wurden verteilt. Emroc hielt eine kurze Ansprache. Sie würden ein paar Tage hier bleiben, dürften sich waschen, Haare und Nägel schneiden und würden sogar zu essen bekommen, so viel sie wollten.

Klar doch, dachte Matt bitter. *Halbverhungerte abgerissene Gestalten würden sich schlecht verkaufen lassen.*

Raspun stieß beide Flügel der Tür weit auf und trat hinaus auf den Innenhof. Der Blick seiner dunklen Augen flog über die helle Fassade an der rechten Schmalseite des Hofes, dann über den Hof selbst.

Alles war so, wie der Kapitaan es gewünscht hatte: An den offenen Bogenfenstern des ersten Obergeschosses standen die Frauen des Harems, an der gegenüberliegenden Hofseite die vier Trommler und Tuman, der Erste Lytnant der Santanna. Der Ledersessel mit den gedrechselten Beinen und Armlehnen thronte mitten im Hof auf einem erhöhten Podest. Der Pfahl ragte zwanzig Schritte davor aus dem weißen Kies. Zu seinen beiden Seiten traten fünf Männer unruhig von einem Fuß auf den anderen – die neuen Besatzungsmitglieder der Santanna. Und zwischen Sessel und Pfahl standen vier Bewaffnete mit dem gefesselten Steuermann.

Raspun trat zu Seite. Der Kapitaan schritt aus dem Portal in den Hof hinein, an seiner rechten Seite Nuela, seine Hauptfrau. Sie hatte sich bei ihm untergehakt. Raspun fröstelte es beim Anblick ihrer steinernen Miene.

Wie schon tausendmal zuvor. Die braunhäutige Frau des Kapitaans war von einer dämonischen Schönheit.

Kaum knirschte der Kies unter den kniehohen Lederstiefeln des Kapitaans, fiel Fylladschio auf die Knie. »Verzeiht mir, mein Kapitaan!« Er streckte ihm die gefalteten Hände entgegen. »Bei Wudan, verzeiht mir! Bei allen Göttern, lasst Gnade walten . . .!«

Die hoch gewachsene Gestalt des Kapitaans näherte sich gemessenen Schrittes dem erhöhten Sessel. Ohne dass er den Arm hob, zuckte seine linke Hand.

»Ich bin das Opfer einer . . .«

Die Fäuste der Bewaffneten neben Fylladschio trafen fast gleichzeitig sein Gesicht. Der flehende Satz des Steuermanns erstickte in einem Schmerzensschrei. Mit dem Gesicht voran fiel er in den Kies. Sein bis auf einen Lendenschurz nackter Körper bebte vor Schluchzen.

Fylladschio wusste, was ihn erwartete. Mehr als einmal hatte er selbst einen Verurteilten zum Pfahl geführt. Hier im Innenhof von Kapitaan Colombs kleinem Palast oder an Bord des Schiffes. Mehr als einmal hatte er tapfere Männer um ihr Leben winseln gehört. Und jetzt heulte er selbst wie ein kleiner Junge.

Vor dem Sessel blieb der Kapitaan stehen. Nuela ließ seinen Arm los. Der Kapitaan blickte hinauf zu den Fenstern der Schmalseite des Hofes. Seine Frauen deuteten eine Verbeugung an, alle sechs nacheinander.

Langsam, als hätte er alle Zeit der Welt, drehte der Kapitaan sich um. Sein Blick streifte kurz den Ersten Lytnant und die Trommler und wanderte dann über die Gesichter seiner neuen Seeleute. Schlagartig hörte ihr nervöses Getänzel auf. Stocksteif standen sie und wichen dem Blick des hageren Mannes mit der Hakennase aus. Genau wie die Frauen mussten sie Fylladschios Bestrafung beiwohnen.

Fylladschio, im weißen Kies, übersah der Kapitaan. Als wäre sein Steuermann Luft für ihn. Er wandte sich dem Sessel zu, stieg die drei Stufen des Podestes hinauf und nahm Platz.

Er hatte das Gesicht eines Geiers – sehr lang, ungewöhnlich schmal, knochig, mit dünnen Lippen und von einem schmutzigen Braun. Ein grauer Bart aus glattem Haar bedeckte es – die hohlen Wangen nur spärlich, das spitze Kinn dichter. Die gekrümmte Nase ragte aus diesem Gesicht wie der scharfe Schnabel eines Raubvogels. Seine Augen – groß und unter grauen buschigen Brauen – waren nicht braun, nicht einmal bernsteinfarben. Sie waren von einem kalten Gelb. In seinem ganzen Leben hatte Raspun nicht solche Augen gesehen.

Kapitaan Colomb trug rote Lederkleidung. Die kleine randlose Kappe auf seinem kurzen weißgrauen Haar, der Frack mit den großen Silberknöpfen, die knielange Pluderhose, ja selbst der Griff und die Scheide seines Degens – alles bestand aus rotem Leder. Nur die Stiefel waren schwarz. Und glänzten wie Hose, Frack und Kappe.

Raspun allein vertraute Colomb die Pflege seiner Garderobe an. Jeden Tag verbrachte der schwarze Leibsklave des Kapitaans eine ganze Stunde damit, sie mit Andronenblut blank zu polieren.

Nuela stellte sich links neben den Sessel ihres Mannes. Sie trug ein langes schwarzes Kleid und hatte ihr schwarzes Haar im Nacken zu einem Knoten zusammengebunden. Schwere Kreolen zogen ihre Ohrläppchen nach unten. Auch auf der Stirn zwischen den Brauen hing ein kleiner Goldreif. An ihren langen Fingern funkelten Edelsteine.

Raspun nahm seinen Platz rechts neben dem Sessel

ein. Keine Geste, nicht das flüchtigste Mienenspiel seines Herrn entging ihm.

Das verwaschene Brabbeln und Schluchzen des Steuermanns hallte von den Fassaden wider, die den Innenhof einschlossen. Fylladschio kniete im weißen Kies. Sein Oberkörper lag auf den Schenkeln, und seine Hände zerwühlten das schwarze Lockenhaar. Raspun nahm ein flüchtiges Nicken des Kapitaans wahr. Darauf hob er die Hand und winkte Tuman, den Ersten Lytnant, heran.

Alles spielte sich ab wie bei den Stücken der Schausteller, die ihre Bühnen auf den Märkten großer Städte aufzubauen pflegten und deren Geschichten Raspun so liebte: einstudiert jeder Schritt, jede Geste, jedes Wort.

Tuman löste sich aus der Reihe der Trommler. Nicht zu schnell, nicht zu langsam stelzte er über den Hof auf den Sitz des Kapitaans zu. Fylladschio hörte auf zu schluchzen und hob den Kopf. Sein Blick folgte dem Ersten Lytnant. »Bitte nicht«, jammerte er. »Ich bin unschuldig, bitte nicht . . .«

Vor Kapitaan Colombs erhöhtem Sessel blieb Tuman stehen. Ein drahtiger Mann, nicht besonders groß, mit blauschwarzem offenen Langhaar und dichtem Bartwuchs. Wie Degenklingen zeichneten sich die Sehnen unter seiner bräunlichen Haut ab. Er trug kurze Beinkleider aus schwarzem Taratzenfell und eine lange Weste aus ebenfalls schwarzem Taratzenleder darüber. Seine Augen – braun und weich – wollten nicht zu seiner verwegenen äußeren Erscheinung passen. Vor allem wenn sie Kapitaan Colomb anblickten, hatten sie etwas Kindliches, fast Unterwürfiges.

Raspun kannte den Mann aus Baacelonna seit vielen Wintern. Niemand war dem Kapitaan so ergeben wie er. Außer Raspun selbst vielleicht.

Der schwarze Leibsklave nickte Tuman zu. Der zog einen Dolch aus seinem schwarzen Ledergürtel und reichte ihn Nuela. Dann drehte er sich zu Fylladschio und den vier Bewaffneten um.

»Fylladschio von Rooma!«, sprach er mit dunkler Stimme. »Du hast die Ehre unseres Kapitaans angetastet. Du bist in die Gemächer seines Harems eingedrungen und hast versucht, Nuela, der ehrenwerten Hauptfrau unseres Kapitaans, Gewalt anzutun!«

»Nein, nein!« Fylladschio richtete sich auf den Knien auf. Er knetete seine Hände, als wollte er sie waschen. »So war es nicht, so war es nicht...!« Auf den Knien rutschte er durch den Kies dem Sitz des Kapitaans entgegen. Einer der vier Männer hinter ihm packte ihn an den Haaren und hielt ihn fest.

Tuman wandte sich zu Raspun um. »Kannst du das bezeugen, Raspun, Leibsklave des Kapitaans?«

»Ich habe den Steuermann mit entblößtem Geschlecht in der Schlafkammer der ehrenwerten Nuela angetroffen«, antwortete Raspun.

»Und du, Nuela, Hauptfrau unseres Kapitaans – kannst du das bezeugen?«

Sie streckte den Arm aus und deutete auf Fylladschio. Stocksteif kniete der plötzlich im Kies. Er jammerte nicht mehr, seine Hände pressten sich an seine Wangen. »Dieser Mann hat mich im Schlaf überfallen, um mir Gewalt anzutun!« Nuelas Stimme hallte durch den Hof.

»Warum lügst du?!«, schrie Fylladschio. »Warum stürzt du mich ins Verderben...?!«

Tuman wandte sich wieder dem Gefangenen und seinen Bewachern zu. »Zwei Zeugen gegen deine Aussage, Fylladschio von Rooma! Hiermit entbinde ich dich von deinen Pflichten als Steuermann der Santanna und spreche dir den Rang des Zweiten Lytnants ab. Du kennst die

Strafe. Sie treffe dich, wie die Faust Wudans jeden trifft, der sich gegen die Götter und unseren Kapitaan vergeht!« Er reichte Nuela seinen Dolch und trat beiseite.

»Nein!«, brüllte Fylladschio. »Bitte nicht...!« Zwei der Männer neben ihm rissen ihn hoch und schleiften ihn durch den Kies zu dem Holzpfahl. Die anderen beiden fesselten seine Arme und Beine an den Pfahl. »So war es nicht...! Gnade, mein Kapitaan, Gnade...!«

Die Trommler griffen zu den Stöcken. Ein hämmernder Wirbel brach sich an den Fassaden. Raspuns Nackenhaare stellten sich auf. Ohne jede Unsicherheit lief Nuela über den Hof zu dem Gefesselten. Einer der Männer, die ihn an den Pfahl gebunden hatten – ein britischer Seemann namens Clegg – riss ihm den Lendenschurz ab und packte seine Geschlechtsteile. Fylladschio kreischte, sein Körper wand sich am Holz. Nuela setzte die Klinge an, und Raspun kniff die Augen zu.

Als er sie wieder öffnete, ließ Clegg einen Klumpen Fleisch in den Kies fallen. Raspun sah das triumphierende Lächeln in Nuelas herben Gesichtszügen. Rückwärts bewegte sie sich ein Stück von dem Pfahl weg. Fylladschio stöhnte und starrte auf die blutende Wunde zwischen seinen Beinen. Der Schock hielt den Schmerz noch zurück. Raspuns Magen krampfte sich zusammen. Tief atmete er durch, um den Brechreiz zu unterdrücken.

Der britische Seemann – er gehörte erst seit ein paar Wochen zur Mannschaft der Santanna – zog sein Kurzschwert aus dem Gürtel. Ganz nah trat er an Fylladschio heran. Der hob nicht den Kopf, starrte nur auf die klaffende Wunde. Clegg holte aus, stieß die Klinge in Fylladschios Unterbauch und riss sie nach oben. Wie um dem Kapitaan den Blick auf seinen ehemaligen Steuermann freizugeben, machte er einen großen Schritt zur Seite und zog dabei das Schwert aus Fylladschios Leib.

Etwas Säuerliches sickerte auf Raspuns Zunge. Geschmack von Galle. Er senkte den Kopf und kniff erneut die Augen zusammen. Die Ohren konnte er sich nicht zuhalten. Kapitaan Colomb hätte es bemerkt. Und der legte Wert darauf, dass man einer Hinrichtung in jeder Phase aufmerksam folgte. Raspun hörte das gurgelnde Röcheln Fylladschios. Und dann, wie etwas Feuchtes in den Kies klatschte...

Vier Tage verbrachten sie in der Halle und den Räumen der angrenzenden Häuser. Durch Holzöfen geheizte Räume, in denen man auf Strohsäcken schlafen konnte.

Gerüchte machten die Runde. Ein Gefangener behauptete zu wissen, dass Emroc niemals Paare verkaufte. Eine Frau hatte das Gespräch zweier Sklaventreiber belauscht. Zwei Tage angeblich noch, dann sollten Männer, Frauen und Kinder getrennt werden, um auf unterschiedlichen Märkten verkauft zu werden.

Die Frau, die das Gespräch belauscht hatte, klammerte sich schluchzend an ihrem Mann und ihren beiden Kindern fest. Und bald wussten es alle.

»Zwei Tage noch, Maddrax«, flüsterte Aruula. Sie schlang die Arme um Matts Brust und drängte sich an ihn.

Sie lagen auf einem Strohsack in dem großen Raum, den sie sich mit zehn Leidensgefährten teilten und der an den Hof grenzte. Die Feuer in den beiden Holzöfen prasselten. Die Frau, die das Gespräch von Emrocs Wächtern belauscht hatte, weinte laut, und ihr Mann versuchte sie mit hilflosen Worten zu trösten. Die anderen Sklaven lagen schweigend auf ihren Strohsäcken. Nur wenige betraf die Neuigkeit persönlich. Die meisten waren ohne Familie in Gefangenschaft geraten.

Matt hielt Aruula fest. Es gab kein Ausweichen mehr – die Wahrheit richtete sich vor ihm auf wie die Steilwand im Tal des Todes. Er fühlte ihre Höhe, Klüfte und Abgründe und wusste, dass er alles tun würde, um sie zu überwinden.

Ein Rufen von draußen erregte Matts Aufmerksamkeit. Besuch schien sich anzukündigen. Er schob Aruula von sich und richtete sich auf, blickte durch das Fenster in die Halle. Vier Sklaven trugen Emroc eben aus einem breiten Portal in die Halle hinein. Von der Sänfte aus warf er prüfende Blicke auf seine menschliche Ware.

»Ich werde mit ihm reden«, zischte Matt. Er stand auf. Die Handkette vor sich hertragend, die Fußkette hinter sich herziehend, verließ er den Raum und betrat die Innenhofhalle.

Die beiden Wächter rechts und links des Ausgangs beäugten ihn misstrauisch. Knapp die Hälfte der Sklaven hielt sich unter der Überdachung im Freien auf. Sie drehten teilnahmslos ihre Runden oder hockten zu zweit oder dritt um Holzfässer und Kisten. Insgesamt acht schwer bewaffnete Männer Emrocs flankierten die Hauseingänge und das verschlossene Rundbogenportal, durch das man ins Freie gelangte.

»Wohin, Blonder?«, grunzte einer der Wächter hinter Matt.

»Ein bisschen die Beine vertreten.«

»Stolper nicht über dein Kettchen«, feixte der andere.

Matt schlurfte Emroc entgegen. Seine Fußkette rasselte über den gefliesten Hallenboden. Er hörte Aruulas Schritte hinter sich über die Türschwelle klirren – sie folgte ihm also. Gut; vielleicht würde er Hilfe brauchen können.

Der Sklavenmeister hieß die Sänftenträger mitten in der Halle anzuhalten. Seine Schweinsäuglein wanderten über die Sklaven. »Gut seht ihr aus, richtig gesund!«, kicherte er und rieb sich die Hände. »Kein Wunder, schließlich lasse ich mir eure Pflege eine Kleinigkeit kosten.«

»Hey, Emroc!« Matt bewegte sich auf die Sänfte zu. Die Ketten zwangen ihn zu kleinen Schritten. »Jemand erzählte, du willst Männer und Frauen auf verschiedenen Märkten verkaufen – ist das wahr?«

»Aber ja doch, mein Bester! Was dachtest du denn?!« Emroc klatschte in die Hände. Die Fettschwarten seines Gesichts legten sich in vergnügte Falten. Er neigte den Kopf und lächelte zu Matt herab. Etwas mitleidig fast, als würde ihn die Naivität einer solchen Frage rühren. »Für ein Paar könnte ich niemals so viel verlangen wie für einen einzelnen Sklaven! Was glaubst du, was ich in die Reise investiert habe? Und die Verlustrate war dank dieser Fischköpfe diesmal auch besonders hoch.«

· Matt starrte aus schmalen Augen zur Sänfte hinauf. *Verlustrate...* Menschen waren gestorben, doch Emroc dachte nur an seine Finanzen! Wut kochte in Matt hoch. Doch er zwang sich, überlegt zu handeln.

Die Arme wie flehentlich vorgereckt, machte er noch einen Schritt auf die Sänfte zu. Der Schweißgeruch der beiden vorderen Träger drang säuerlich in seine Nase.

»Ich habe dir einen Vorschlag zu machen, Emroc«, sagte er. »Einen Vorschlag, der dich noch viel reicher machen wird!«

Das war genau die richtige Wortwahl für den Fettsack. Interessiert beugte Emroc sich vor, und Matt schaffte noch einen weiteren Schritt. Er senkte die Stimme, als würde er ein Geheimnis ausplaudern.

»Was hältst du davon, Aruula und mich gemeinsam zu verkaufen?«, raunte er. Der fette Sklavenmeister musste sich noch weiter vorbeugen, um ihn zu verstehen. »Du musst nämlich wissen...«

Matt vollendete den Satz nicht. Er sprang vor, packte Emrocs Gewand und zerrte den Fettsack halb aus seiner Sänfte. Die Träger konnten nicht eingreifen; sie waren bemüht, das Gleichgewicht zu wahren. Vergeblich. Durch Emrocs Leibesmassen aus der Balance gebracht, kippte die Sänfte zur Seite. Emroc stürzte kopfüber aus seinem Sitz, prallte auf die Steinfliesen und stieß spitze Schreie aus.

Blitzschnell war Matt über ihm. Die Wut verlieh ihm übermenschliche Kraft. Irgendwie schaffte er es, seine Armkette über Emrocs Kahlkopf zu streifen und sie unter seinem Doppelkinn zuzuziehen. »Fort mit euch!«, brüllte Matt den herbeieilenden Wächtern entgegen. »Weg, oder ich erwürge ihn!«

Emroc strampelte mit den Beinen und quiekte wie ein Mastferkel. Die meisten Wächter wichen erschrocken zurück, doch die beiden Bewaffneten rechts und links der Tür zum Sklavenraum reagierten sofort. Mit zwei Schritten waren sie in Aruulas Rücken und rissen sie an den Haaren zu Boden. Einer kniete auf ihr, der andere drückte die Spitze seines Speers gegen ihre Kehle.

»Greift sie an!«, schrie Matthew den anderen Sklaven zu. »Kämpft um eure Freiheit!« Doch die Männer und Frauen standen wie angewurzelt. Unsicher flogen ihre Blicke zwischen Matt und den Wächtern hin und her. Die hatten ausnahmslos ihre Schwerter gezogen und ihre Spieße gezückt.

»Leben gegen Leben«, knurrte der Wächter über Aruula. Er verstärkte den Druck seines Speers gegen Aruulas Kehle. »Wenn du ihn nicht loslässt, töte ich sie!« Tiefer und tiefer bohrte sich die metallene Spitze des Spießes in Aruulas weiches Fleisch. Sie röchelte.

Matt ließ die Kette locker. Pfeifend schnappte Emroc nach Luft. »Sag ihm, er soll den Spieß von der Frau nehmen!«, befahl Matt. »Los, sag ihm das, oder du stirbst!«

Nichts als unverständliches Röcheln drang aus Emrocs stranguliertem Hals.

»Wenn du ihn tötest, stirbt zuerst dein Weib!« Die Stimme des Speerträgers wurde leiser. Matt wusste, dass er jedes Wort ernst meinte. »Und danach stirbst du. Wir sind zu acht, und du trägst Ketten.«

Patt, dachte Matt. *Nein, nicht mal das – sie sitzen am längeren Hebel...* Er zog Emroc die Kette über den Hals. Resigniert ließ er sich auf die Knie sinken. Der Speerträger nahm die Waffe von Aruulas Kehle. Wächter eilten herbei und halfen Emroc hoch. Die Barbarin richtete sich auf. Ihr Blick war eine Mischung aus Niedergeschlagenheit und Hass.

»Bestraft ihn«, keuchte Emroc. »Peitscht ihn aus...« Die Wächter packten Matt, rissen ihn hoch und zerrten ihn in eines der Häuser hinein. »Aber so, dass man morgen die Striemen nicht sehen kann!«, krächzte Emroc ihnen hinterher. »Sonst kauft ihn mir keiner ab!«

Zwei brusthohe Säulen aus weißem Marmor – dorische Säulen – standen rechts und links des schwarzen Schreibtisches. Auf dem Tisch selbst stapelten sich unzählige Bücher, reihten sich mit bunter Ornamentik verzierte Tongefäße und Flaschen aneinander, aus denen Federn, Brieföffner, Knochen und Stifte ragten.

Der ganze Raum hing oder stand voller rätselhafter Dinge, an denen ein menschliches Auge für Stunden verweilen konnte – Waffen, Bücher, Vasen, Werkzeuge, getrocknete Pflanzen, ausgestopfte Tiere, Drusen, Wandteppiche, Landkarten, Bilder... Doch das Erste, was den Blick jedes Besuchers sofort einfing, waren die beiden

dorischen Säulenschäfte rechts und links des Schreibtisches.

Sie ragten aus weiß gestrichenen und mit Kies gefüllten Holzpodesten. Auf dem Akabus der linken saß ein
Totenschädel, auf dem der rechten ein Globus – aus dünnem durchbrochenen Bronzeblech, etwa anderthalb
Ellen im Durchmesser und mit aufklappbarem Nordpol,
sodass man eine Leuchte hineinstellen konnte.

Kapitaan Colomb stand neben der Kugel und betrachtete sie aufmerksam, in seinen langen knochigen Händen
ein Buch. Oder vielmehr die Überreste eines Buches.
Etwa zwei Finger dick und mit ausgefranstem, zerbrö-
selndem und teilweise angesengtem Block, sah es von
fern eher aus wie ein Stück wertloses Abfallholz, das die
Glut übrig gelassen hatte. Doch Kapitaan Colomb hielt es
in den Händen wie ein Kleinod. Und für ihn war es das
auch – der größte Schatz, den er besaß.

Da der Einband verloren gegangen war, lange bevor
das Buch in Colombs Besitz gelangte, hatte er es in
schwarzes Taratzenleder gebunden, das er jedesmal sorgfältig zuschnürte, bevor er das Buch aus der Hand legte.

Eine steile Falte stand über seiner Hakennase zwischen den grauen Brauen. Der Zeigefinger der Rechten
fuhr abwechselnd und äußerst behutsam über einzelne
Zeilen der Buchseite, die er gerade studierte, und über
den Globus. Manchmal kniff er die Augen zusammen,
nickte und beugte sich dann über seinen Schreibtisch,
um etwas in ein Schreibheft zu notieren oder in einer der
dort zwischen den Büchern ausgebreiteten Landkarten
zu verzeichnen.

Irgendwann legte er einen Lederstreifen in das Buch,
klappte es zu und schritt nachdenklich zu dem mittleren
der drei hohen Spitzbogenfenster des Raumes. Fast
stündlich pflegte er das zu tun.

Durch das Fenster konnte er hinunter auf den Hafen blicken. Wakudakarren, beladene Frekkeuscher und menschliche Lastenträger drängten sich dort unten am Kai aneinander vorbei, rollten oder liefen hinaus auf die Piere oder kamen von dort zurück, voll bepackt mit den Frachtgütern der Schiffe, die sie in Lagerhallen des Hafens oder auf den Markt im Stadtzentrum von Plymeth transportierten.

Zehn, zwölf Frachtkähne und Ruderboote konnte Colomb vom Fenster aus sehen. Die meisten aus Plymeth. Eine kleine Galeere sah nach einem Schiff aus Tuurk aus.

Vier größere Schiffe lagen im Blickfeld des Kapitaans. An dem Pier rechts seines Hauses ein wuchtiger Dreidecker, ein Liniensegler der Stadtstreitkräfte. Am linken Pier eine Karavelle aus Espaana und eine alte Kogge aus Doyzland. Und am Pier direkt unter Colombs Fenster sein ganzer Stolz: ein großer Katamaran mit zwei Segelmasten und dem Schornstein einer Dampfmaschine im Heck – die Santanna, Kapitaan Colombs eigenes Schiff.

Er konnte es nicht oft genug betrachten. Die Santanna – Musik in seinen Ohren allein ihr Name. Musik, die Colomb durch seine Tage und Nächte begleitete. Die Santanna – mehr als nur ein Schiff: eine Pforte, durch die er den Traum seines Lebens betreten wollte.

Bewaffnete Matrosen patrouillierten an der Landungsbrücke vor dem Schiff. In drei Schichten ließ der Kapitaan seinen Katamaran bewachen. Von Sonnenaufgang bis Sonnenaufgang. Immer sechs kampferprobte Seeleute lösten sich in drei Wachschichten ab. Kapitaan Colomb hatte Grund für derartige Vorsichtsmaßnahmen.

Missmut erfüllte ihn, als er an den toten Fylladschio dachte. In zwei Tagen wollte der Kapitaan aufbrechen und Kurs nehmen auf seinen Lebenstraum. Der Fehltritt seines Zweiten Lytnants hatte ihn um drei Tage zurückgeworfen. Ohne Steuermann konnte er schlecht in See stechen.

Er presste die Stirn an das Fensterglas und beugte sich bis an den linken Rand des Fensters. Auch das pflegte er fast stündlich zu tun. Denn aus dieser Perspektive konnte er den Pier rechts neben dem großen Liniensegler der Stadtstreitkräfte einsehen. Dort lag ein Dreimaster, ein Schiff aus Fraace. »Krahac« hieß es. Ein Name, der Colomb Ekel verursachte. Die Krahac war das Schiff seines Konkurrenten...

Jemand klopfte an die Tür. Colomb fuhr herum. »Wer ist da?«

»Tuman.« Eine dumpfe Stimme hinter der Tür. »Euer Erster Lytnant.«

»Tritt ein.« Colomb wickelte die Lederriemen um sein Buch, verschnürte sie und schritt zu einer Kommode zwischen zwei Fenstern. Ja, er lief nicht, er schritt. Er stelzte geradezu. So bewegte er sich immer. Als würde ein langer Degen statt eines Rückgrats seinen langen Körper aufrecht halten.

Während sich hinter ihm die Tür öffnete, legte Kapitaan Colomb das Buch in die schwarze elfenbeinbeschlagene Truhe auf der Kommode. »Berichte, Tuman«, sagte er, ohne sich nach dem Eintretenden umzusehen. Sorgfältig schloss er die Truhe ab und legte den Schlüssel in die oberste Schublade der Kommode. Seine wertvollsten Bücher und Seekarten bewahrte er in der Truhe auf.

»Wir haben einen Matrosen verloren. Alif, der Mann aus Marook.«

Colomb drehte sich zu seinem Ersten Lytnant um. »Der Schwarze?« Tuman nickte. Scharf sog Colomb die Luft ein. Die Flügel seiner Raubvogelnase bebten. Er ver-

schränkte die Arme hinter dem Rücken. Kein Mienenspiel verriet seinen Ärger. »Ein guter Seemann«, sagte er
ruhig. »Aber ohne die Fähigkeit der Selbstbeherrschung.
Was ist geschehen?«

»Er hat wieder *Glutvino* ohne Ende in sich hinein-
gekippt. In einer Schenke unten am westlichen Hafen.
Und dann eine Frau verprügelt, die ihm nicht zu
Willen war.« Tuman stand vor dem Schreibtisch. Der
Kapitaan merkte ihm an, dass er viel lieber Überbringer
guter Nachrichten gewesen wäre. »Soldaten der Stadtstreitkräfte haben ihn oben in der Festung einge-
bunkert. Bis der Rat ein Urteil spricht, kann ein Mond
vergehen.«

Kapitaan Colomb wandte sich ab. Langsam schritt er
zurück zum Fenster. Unten am Pier liefen sechs Männer
über die Landungsbrücke von Bord der Santanna. Wach-
wechsel.

»Such einen Ersatz. Aber rasch. In spätestens fünf
Tagen müssen wir in See stechen. Wir müssen – sonst
kommt uns der Fraacaner zuvor.« Er schwieg einen
Augenblick. Dann drehte er sich wieder zu dem viel
kleineren Tuman um. »Ich hörte, Emroc sei in der Stadt.
Morgen wird er seine Sklaven verkaufen. Emroc hat
den Ruf, nur allerbeste Ware anzubieten. Einige der
Männer und Frauen, die man bei ihm kaufen kann,
haben Orguudoos Finsternis ins Auge geblickt und
überlebt.«

»Seine Ware ist teuer«, gab Tuman zu bedenken.

»Kein Preis ist zu hoch, wenn man ein Ziel erreichen
will.« Kapitaan Colomb schritt zu der Marmorsäule an
der linken Seite seines Arbeitstisches. Er legte die Fingerspitzen auf den Globus und fixierte die Umrisse von
Kontinenten und Ländern. Namen waren in sie einzise-
liert – Euree, Afra, Britana, Noorweje und andere. In klei-

nerer Schrift die Namen von Städten – Landán, Amerdaam, Ambuur, Rooma, Baacelonna, Algeer und viele mehr. Der Kapitaan drehte den Globus. Feine, wellenartig geformte Bronzestreifen, durch die hindurch man ins Innere der Kugel sehen konnte, glitten unter seinen gelben Augen vorbei. Der Name »Meera-See« zog sich quer darüber hinweg, wurde im Westen abgelöst von »Alanta-See«. Und dann kamen die Konturen eines Kontinents ohne einen einzigen Städtenamen. Colomb wusste nicht einmal, ob es ihn wirklich gab, diesen Kontinent, geschweige denn, ob seine Umrisse der Wirklichkeit entsprachen.

»Geh morgen auf den Sklavenmarkt. Kauf einen Mann, der klug und besonnen ist. Keinen Hitzkopf wie Alif. Nur von Seefahrt muss er etwas verstehen. Und von Krieg. Zahle jeden Preis.«

»Wie ihr wollt, Kapitaan.«

Colomb sah auf. Der durchdringende Blick seiner gelben Augen heftete sich auf das stoppelbärtige Gesicht seines Ersten Lytnants. »Einen neuen Steuermann hast du angeheuert?«

»Fast. Es gibt zurzeit nicht viele Steuermänner in Plymeth. Der Mann, mit dem ich verhandle, ist der Beste von den Wenigen. Aber er ist nicht einfach.«

»Was heißt das – *nicht einfach*?«

»Er ist groß und schwer. Darum isst er sehr viel. Auch trinkt er Byre, wie ein Wakudabulle Wasser trinkt.«

»Ein Doyzländer?« Tuman nickte. »Hast du ihm von unserem Ziel erzählt?«

»Ich hab ihm erzählt, dass die Santanna zu einer Insel auslaufen wird, die so fern ist, dass noch kein Mensch je ihre Küste betreten hat. Aber das schreckt ihn nicht. Er hat Schiffe gesteuert, die weit in den Süden Afras vorgestoßen sind.«

»Wenn er gut ist, heuere ihn an. Erfüll ihm jede Bedingung. Wenn es sein muss, besorge zwei Fässer Byre und lass sie an Bord schaffen. Irgendwann werden sie leer sein und sein Kopf klar.«

Tuman räusperte sich. »Da ist noch etwas, Kapitaan.«

Colomb musterte ihn unwillig. Die gelbliche Haut seiner hohen Stirn legte sich in tausend Falten.

»Cosimus war heute Morgen auf der Santanna. Sein Onkel Fernaduu hat ihn geschickt. Er verlangt dich zu sprechen.«

»Warum?!« Herrisch und anklagend klang die Stimme des Kapitaans jetzt.

»Jemand hat Fernaduu erzählt, dass es nichts gibt im Sonnenuntergang, nur das endlose Meer, und dass von sechs Expeditionen, die dieses Nichts gesucht hatten, keine je wieder zurückkehrte . . .«

»Der Fraacaner . . .«, zischte Colomb.

»Fernaduu hat Angst um sein Gold. Cosimus hat angedeutet, dass er vielleicht doch nicht investieren will . . .«

»Der Fraacaner!«, schrie Colomb. »Wudan verfluche ihn! Wie sollen wir ohne Fernaduus Gold die Seeleute bezahlen?! Der Fraacaner hat sich an ihn herangemacht und Zweifel in seinen Verstand gesät! Alles tut er, um vor uns auslaufen zu können! Alles!« Mit beiden Fäusten trommelte der Kapitaan auf seinen Arbeitstisch.

»Fernaduu will dich in drei Tagen sprechen«, sagte Tuman. Er hörte sich nun ziemlich kleinlaut an.

»Zu spät!«, schrie Colomb. »Zu spät! Ich will ihn spätestens morgen sehen!« Sein langer Arm reckte sich in Richtung Tür. »Geh und sag ihm das! Spätestens morgen Abend will ich mit ihm sprechen!«

Kühler Wind blies vom Meer her. Nebelschwaden schwebten über dem Wasser. Bis zur Reling verhüllten sie die Schiffe an den Anlegestellen. Nicht mehr dunkel war es, aber auch noch nicht hell. Der vertraute milchige Fleck der Sonne versteckte sich irgendwo über der Hochnebelwand.

Der Sklavenzug kroch über das Kai. Wakudakarren, mit Säcken und Kisten beladene Frekkeuscher und Männer und Frauen mit verschnürten Bündeln auf Kopf und Schultern wichen zur Seite, um die Sänfte des Sklavenmeisters und der ihm folgenden Kolonne Platz zu machen.

Als wären wir aussätzig, dachte Matt. Seine Fußsohlen brannten; jeder Schritt war eine Qual. Zwanzig Rutenhiebe auf jede Fußsohle hatten sie ihm verpasst. Und Tritte in Bauch und Weichteile. Er fühlte sich krank.

Noch immer trug er seine Ketten. Wie Aruula neben ihm. Sie sprachen kein Wort. Das Gerassel der Ketten begleitete jeden ihrer Schritte. Und das Scharren der Chininpanzer der Androner. Die riesigen Insekten schaukelten neben ihnen her. Ihre Reiter machten kaum Gebrauch von ihren Peitschen an diesem Morgen.

Matt wusste, warum: Den potenziellen Sklavenkäufern auf dem Markt sollte der Eindruck williger und zahmer Sklaven vorgegaukelt werden. *Brauchbares Material,* dachte Matt bitter.

Es ging bergauf, über Kopfsteinpflaster in die Stadt hinein. Häuserfronten zogen vorbei. Neugierige standen am Straßenrand, aber lange nicht so viele wie bei ihrer Ankunft in Plymeth. Es war noch früh am Morgen. Die Menschen am Straßenrand beäugten sie nur verschlafen. Kaum einer, der ein höhnisches Wort in den Zug der zwanzig Sklaven hineinrief. Und erst recht niemand, der schon wach genug war, um handgreiflich zu werden.

Die Straße führte auf einen großen Platz. Schief aneinander gelehnte Fachwerkhäuser begrenzten ihn. Wieder wunderte sich Matt über das gepflegte Stadtbild. Kultivierte Menschen lebten hier, keine verschrobenen Barbaren wie in Dysdoor, keine Halbwilden wie die Lords in Landán, keine Nomaden wie die Angehörigen der Wandernden Völker.

Matt sah Männer, die Marktstände errichteten. Er sah Wakudakarren voller Gemüsekisten und Leute, die Waren abluden, er sah überdachte Podeste an den Außenseiten des weiträumigen Platzes. Dort sammelten sich Menschen.

Zwei verschiedene Sorten von Menschen – Matt konnte sie deutlich unterscheiden: Die einen schwangen Peitschen und bewegten sich schnell und energisch, die anderen schlichen mit hochgezogenen Schultern auf die Podeste. Sklavenhändler und Sklaven. Auf der linken Seite des Marktes waren es Frauen und Kinder, die sich auf den Podesten sammelten, auf der rechten ausschließlich Männer.

Das ist er, dachte Matt, *das ist der Marktplatz ... Hier wird uns der Fettkloß verschachern, wie andere ihr Gemüse oder ihre Stoffe verschachern ...*

»Halt!« Die Fistelstimme Emrocs erklang von der Spitze der Kolonne. »Anhalten!« Der Sklavenzug stand still. Alle hoben die Köpfe und blickten zur Sänfte des Sklavenmeisters.

Aruula und Matt rückten zusammen. Matt hob die aneinander geketteten Arme und zog sie über Aruulas Kopf und Schultern. Ganz fest hielten sie sich. So fest, als wollten sie sich nie wieder loslassen. Doch beide wussten genau – sie würden sich loslassen *müssen.* Bald. Und vielleicht für immer.

»Ich liebe dich«, flüsterte Matt. »Vergiss das nie.«

»Sie können uns nicht trennen«, flüsterte Aruula. »Nichts und niemand kann uns trennen.«

Die Andronenreiter hielten die Riesenameisen an und rutschten aus den Sätteln. Sie gingen durch die Reihen und zerrten Frauen, Mädchen und kleine Kinder aus der Kolonne. Geschrei erhob sich. Frauen jammerten, Kinder weinten. Aruula klammerte sich an Matt fest. Einer der Wächter packte sie am Arm, um sie von ihm loszureißen. Sie biss ihm in den Unterarm.

Der Mann schrie auf und schlug sie mit dem Handrücken auf den Mund. Er rief die anderen Sklaventreiber zur Hilfe. Zu zweit drückten sie Matts Arme über Aruulas Kopf; ein Speerschaft wurde ihm in die Magengrube gerammt. Um Aruulas Hals schlang sich ein Peitschenleder. Der Sklaventreiber hinter ihr zog zu, bis ihr Gesicht blau anlief. Bis Matt losließ und nach der Peitsche um ihren Hals griff. Da zerrten ihn die Treiber weg von seiner Gefährtin und prügelten auf ihn ein.

Die Sänfte des Sklavenmeisters schaukelte heran. »Gesindel!«, keifte Emrocs Stimme. »Verderbt mir das Geschäft! Aasfetzen!« Seine geballten Fäustchen ruderten in der Luft herum.

Endlich ließen sie von Matt ab. Seine Fußsohlen brannten wie Feuer, Nieren und Rippen stachen. Er rang um jeden Atemzug.

»Stopft ihnen die Rachen mit Obiuum!«

Matt hob den Kopf. Aruula lag rücklings auf dem Pflaster. Zwei Sklaventreiber hielten ihre Beine fest, einer saß auf ihrer Brust, zwei knieten auf ihren Armen, und einer klemmte ihren Kopf zwischen seine Schenkel und hielt ihr den Mund zu.

Emroc fummelte ein dunkelblaues Fläschchen aus seinem Umhang und reichte es dem nächststehenden Sklaventreiber. »Legt sie damit flach!«, schrillte er. »Alle beide! Kein Trottel kauft mir tobende Sklaven in Ketten ab!«

Sie hielten Aruula die Nase zu und träufelten ihr Flüssigkeit aus dem blauen Fläschchen in den Mund. Danach kamen sie zu Matt. Sie packten ihn an den Haaren, zwangen ihn auf den Rücken und hielten auch ihm die Nase zu. Er wand sich, versuchte auszukeilen und dem blauen Fläschchen über seinem Gesicht auszuweichen. Umsonst. Vier oder fünf Männer bändigten ihn. Eine bittere Flüssigkeit tropfte auf seine Zunge, in seinen Rachen.

Eine Zeit lang geschah weiter nichts, als dass sie ihn festhielten. Er starrte an den zornigen Mienen der Wächter vorbei in das Himmelsgrau. Ein großer Rabe kreiste über dem Marktplatz und den Häusern. Ein Kolk – ein Späher der Community London!

Sie sehen uns, dachte er, *sie sitzen vor ihren sagenhaften Glaskuppeln und schauen sich in Großaufnahmen an, wie man uns verprügelt, trennt und verschachert.*

Etwas Schweres, Warmes sickerte von seinen Schläfen aus in sein Hirn. Seine Glieder wurden schwer und schlaff. Das Mongolengesicht von General Charles Draken Yoshiro erschien vor seinem inneren Auge. Das Blau seiner Perücke leuchtete plötzlich auf den Gesichtern der Sklaventreiber und im Dunst des Hochnebels. Und Matt glaubte die Stimme des Militär-Octavians direkt neben sich zu hören. »*Wir verstehen es, unsere Verbündeten zu beschützen. Verlassen Sie sich darauf: Wir werden Sie nicht aus den Augen lassen ...*«

Und dann das edle Gesicht von Queen Victoria. Ernst blickte es ihn an. Von den Fassaden hallte ihre Stimme wider: *Ich bitte Sie im Namen der Communities London und Salisbury – machen Sie sich als unser Botschafter auf die Reise nach Amerika ...*

Victorias Bild löste sich auf. Auch die Gesichter der

Sklaventreiber über ihm verschwammen. Müdigkeit wälzte sich wie Quecksilber durch Matts Adern. Alles schien plötzlich gleichgültig und lächerlich zu sein.

Sie richteten ihn auf. Da wo eben noch Aruula gelegen hatte, stand ein Sklaventreiber, in jeder Hand eine Kette. Aruulas Ketten. Matt befahl seinem Schädel, sich zu drehen. Er gehorchte nur widerwillig. Menschen entfernten sich. Matt kniff die Augen zusammen, riss sie auf, wieder und wieder. Bis er die Gestalten unterscheiden konnte, die sich dort zwischen den Marktständen hindurch auf das linke Podest zubewegten. Er sah Aruulas Haarmähne. Ihre Schultern hingen schlaff herab. Mit gebeugtem Rücken stolperte sie zwischen zwei Wächtern vor sich hin. Sie trug keine Ketten mehr. Und sie wandte sich nicht um.

Emrocs Leute zogen Matthew hoch. Das Kopfsteinpflaster unter seinen Fußsohlen schwankte. Er wunderte sich, weil seine Füße nicht mehr brannten. Auch seine Nieren und Rippen waren wieder schmerzfrei. Als hätte ihn nie jemand getreten und geschlagen.

Etwas in ihm sagte: *Vorbei. Alles vorbei.* Und etwas anderes: *Alles geht einmal vorbei. Na und? Et fa comu fa – es ist, wie es ist ...*

Plötzlich musste er kichern. Er kicherte, bis ihm die Tränen über die Wangen liefen. Einer der Sklaventreiber nahm ihm die Ketten ab ...

Der Mann hieß Jochim. Er war nicht dick, aber groß und von ungewöhnlich kräftigem Körperbau. Tuman saß ihm gegenüber an einer über vier Fässer gelegten Holzplatte und beobachtete, wie der Doyzländer das Fleisch eines gekochten Wakuda-Haxens mit den Zähnen vom Knochen riss. Vor ihm auf der Tischplatte dampften

gekochte Tofanenstücke auf einem großen Kupfer-
teller.

»Mein Kapitaan will mit dir einen Vertrag abschlie-
ßen«, sagte Tuman, »und zwar spätestens morgen.«

Lautes Stimmengewirr erfüllte den kleinen Schank-
raum. Es roch nach saurem Byre und kaltem Tabakrauch.
Struppige Gestalten hockten auf Fässern um sechs Holz-
platten. Seeleute von Schiffen aus Britana, Fraace und
Espaana. Vier Männer von der Santanna waren darunter.
Am Ausschank drängten sich meist kahlköpfige Männer
mit dunklen Augen und brauner Haut. Seeleute aus
Tuurk. Sie stritten mit dem Wirt herum.

»Wie viel?«, brummte der Doyzländer mit vollem
Mund. Die helle Haut seines quadratischen Gesichtes
war glatt rasiert, sein Stoppelhaar blond.

Colombs Erster Lytnant schätzte den Doyzländer auf
knapp dreißig Jahre. »Zwei Goldstücke im Monat.«
Tuman betrachtete das Spiel der Oberarmmuskeln,
während der Mann den Wakuda-Haxen zwischen den
Händen drehte. Vom Handrücken bis hinauf zu den
Schultern überzogen Tätowierungen die Haut des
Doyzländers. Rechts eine nackte Frau mit Brüsten groß
wie Kinderköpfe, links eine Erdwurm-Bestie, ein
Gejagudoo.

»Ich habe einen Dreimaster durch die Eisberge im Kalten Sund gesteuert«, sagte der Mann namens Jochim
mampfend. »Und ich habe den gleichen Dreimaster in
den Großen Afra-Fluss hineinmanövriert. Fast bis ans
Ende der Welt sind wir gesegelt. Auf diesem Schiff hat
man mir drei Goldstücke gezahlt.«

»Gut.« Tuman nickte. »Drei Goldstücke sind sehr viel,
aber mein Kapitaan würde dir auch die bezahlen.« Das
Geschrei am Schanktisch wurde lauter.

Der Doyzländer senkte seinen fast ganz abgenagten

Knochen bis unter sein Kinn. Ein Fleischfetzen hing in seinem rechten Mundwinkel. Seine Lippen glänzten vor Fett. Aus hellblauen Augen musterte er Tuman. »Für eine Fahrt zu einem Ziel, das du mir nicht nennen kannst, sind drei Goldstücke eigentlich zu wenig.«

Er ließ den Wakuda-Haxen auf den Teller fallen und griff nach einem Krug. Sein Adamsapfel tanzte auf und ab, während er trank. In seinen Ohrläppchen baumelten große Kreolenringe aus Gold. Er knallte den Krug zurück auf den Tisch. »Woher weiß ich, dass es dieses Ziel überhaupt gibt? Woher weiß ich, dass ich je zurückkehren werde?«

Mit einer Kopfbewegung deutete Tuman auf den Krug. »Mein Kapitaan ist außerdem bereit, dir ein Fass Byre an Bord bringen zu lassen.«

Die blonden Brauen des Mannes wanderten nach oben, während er nach dem Haxen griff. »So? Ist er das?« Wieder biss er in das Fleisch. »Was für eine Mannschaft?«

»Die meisten sind Britanier. Alles erfahrene Seeleute.«

»Britanier ... gut. Britanier können arbeiten und gehorchen.« Jochim spähte zum Schanktisch hinüber, wo einer der südländischen Seeleute den Wirt am Kragen packte. Er riss den Haxen über den Kopf, holte aus und schleuderte ihn auf den Seemann. Der abgenagte Knochen traf den Streitsüchtigen wuchtig am Hinterkopf. Der Tuurk-Mann fuhr herum. Die Stimmen in der Schenke verstummten.

»Hat deine Mutter dir keine Sitten beigebracht?!« Der Doyzländer erhob sich. »Wer schenkt aus, wenn der Wirt am Boden liegt, he?!« Die geballten Fäuste wie Waffen neben den Hüften, den Stoppelkopf angriffslustig vorgestreckt, näherte Jochim sich dem Schanktisch. »Verrat mir das, Tuurk!«

Tuman sah nicht, woher der südländische Matrose das Messer zauberte. Plötzlich blitzte die Klinge in seiner Faust auf, und er stieß sich vom Schanktisch ab, um sich auf den viel größeren Doyzländer zu stürzen.

Der trat blitzschnell einen Schritt zurück, sein rechtes Bein schnellte vor, und ein Sitzfass stürzte um. Es rollte dem Tuurk entgegen und holte ihn von den Beinen.

Sofort beugte Jochim sich über ihn. Tuman hörte einen Knochen brechen, als der Doyzländer dem Matrosen das Messer entwand. Er riss den stöhnenden Mann hoch, hielt ihn am Lederkittel fest und rammte ihm die Faust ins Gesicht. Der Matrose taumelte rückwärts gegen den Schanktisch, brach dort zusammen und blieb reglos zu Füßen seiner Kameraden liegen.

Die sechs Männer sahen sich unsicher an. Zwei griffen nach ihren Messern. Doch inzwischen hatten sich alle Seeleute in der Schenke erhoben. Auch die Vier von der Santanna. Zwölf oder dreizehn Fäuste lagen an Dolchgriffen. Feindselige Blicke trafen die Tuurk-Männer. Die ließen ihre Waffen los und bückten sich nach ihrem bewusstlosen Gefährten.

»Verpisst euch!«, schnarrte der Doyzländer. Die Seeleute am Schanktisch schleppten den Verletzten aus der Schenke. Durchs Fenster beobachtete Tuman, wie der Stärkste von ihnen sich den Mann draußen auf die Schulter lud. Danach zog die Gruppe in Richtung der Piere ab.

»Eine todsichere Art, sich möglichst schnell möglichst viele Feinde zu machen«, meinte Tuman, während der Doyzländer sich wieder setzte. Aus den Augenwinkeln bemerkte er die respektvollen Blicke, die den blonden Stoppelkopf von allen Seiten trafen.

»Ich mag es nicht, wenn Leute sich nicht an die Regeln halten«, knurrte der. »Und die Regel lautet nun mal: Der

Wirt ist tabu.« Er griff nach dem Krug und goss sich das Byre in den Hals. »Noch eins, Wirt!«, rief er dann.

»Das geht auf meine Rechnung!«, antwortete der Wirt mit heiserer Stimme. Die Angst stand ihm noch ins Gesicht geschrieben.

Jochim knallte den Krug auf den Tisch, schob den Teller beiseite und stützte die verschränkten Arme auf die Platte. Mit einer Mischung aus Neugierde und Herablassung betrachtete er Tuman. »Und du wirst mein Chef sein?«

Tuman nickte. Die hellblauen Augen seines Gegenübers ließen ihn nicht los. Tuman spürte, wie der andere ihn taxierte. Er hielt seinem Blick stand.

»Also gut«, sagte der Doyzländer schließlich. »Ich bin dabei. Stell mich deinem Kapitaan vor.«

Tuman wusste plötzlich, dass er den Mann nicht mochte. »In vier Stunden«, sagte er. Er beschrieb ihm die Santanna, den Weg zur Anlegestelle und Kapitaan Colombs Haus.

Danach erhob er sich und zahlte. Seine Männer folgten ihm aus der Schenke. Gemeinsam machten sie sich auf den Weg zum Marktplatz von Plymeth.

Sie standen an den vier Rändern des Podestes: Sklaven von insgesamt drei Händlern. Vierzig bis fünfzig Männer. Matt zählte sie nicht. Er registrierte nur beiläufig, was um ihn herum geschah. Die Männer und Frauen zum Beispiel, die unter ihm am Podest entlangflanierten und ihn und seinesgleichen mit abschätzigen Blicken bedachten.

Manchmal blieb jemand stehen und betrachtete ihn von oben bis unten. Matt hatte nicht das Gefühl, die Wirklichkeit zu erleben. Ein dicke Glasscheibe schien ihn von den Menschen neben ihm und vor dem Podest zu trennen. Er schwebte über den Dingen. Seine Beine schienen mit dem Holzpodest verwachsen zu sein. Selbst wenn er gewollt hätte, wäre es ihm nicht gelungen, herunterzuspringen und in die Menge zu fliehen. Die Droge, die sie ihm eingeflößt hatten, das Obiuum, hatte seinen Willen gelähmt.

Zwei der Sklaventreiber hatten sich hinter Matt postiert. Er konnte ihren Atem in seinem Nacken spüren. Aber auch das drang kaum in sein Bewusstsein.

Manchmal hob er den Kopf und versuchte über das Menschengewimmel auf die andere Seite des Marktplatzes zu spähen. Dorthin, wo einer von Emrocs Vertrauten die Frauen verkaufte. Doch er sah weiter nichts als eine verschwimmende Masse.

Immer wenn Emroc das Interesse eines Käufers zu bemerken meinte, erhob sich seine Fistelstimme und pries lautstark seine *Ware* an. »Schaut euch die starken Arme dieses Burschen an! Für schwerste Arbeit wie geschaffen!«, rief er dann etwa, oder: »Beachtet die Kopfform! Einen klügeren Sklaven findet ihr nirgends.«

Wenn Leute vor Matt stehen blieben und ihn betrachteten, stimmte Emroc ein Loblied auf dessen Ausdauer, sein Organisationstalent und seine Kampfkraft an.

»Ob ihr es glaubt oder nicht«, ereiferte er sich, »dieser Sklave hat ein Dutzend Leute sicher durch das Tal des Todes bei Saamton geführt. Ich hab es mit eigenen Augen gesehen!«

Ein Mann im langen grünen Wildledermantel begutachtete Matt, während Emroc ihn anpries. Dunkelbraune Haut hatte dieser Mann und langes weißes Haar. Vier Schwertträger umringten ihn, während er nachdenklich vor Matt stand und zu ihm hochblickte. Matt bekam es nur am Rande mit.

»Ein Allzweck-Sklave, wenn ihr so wollt. Kräftig, intelligent, arbeitsam.« Wie von sehr weit weg drang die hohe Stimme des Sklavenmeisters in die Wolkenbank über Matts Hirn. »Kostet natürlich seinen Preis.«

Der Mann machte einen Schritt nach links, dann nach rechts und begutachtete Matt von allen Seiten. Er trat an das Podest heran und tastete seine Waden, Knie und Oberschenkel ab. Schließlich gab er ihm mit einer Handbewegung zu verstehen, dass Matt in die Hocke gehen sollte.

Matthew begriff nicht. Hände legten sich auf seine Schultern und drückten ihn hinunter. Der Mann im grünen Wildleder betastete seine Handgelenke, fühlte seine Armmuskulatur und forderte ihn auf, den Mund zu öffnen. »Das Gebiss ist in Ordnung!« Emrocs Fistelstimme nahm einen beleidigten Klang an. »Ich biete nur gesunde Ware an – jeder hier ihn Plymeth weiß das!«

Der Weißhaarige zwirbelte am Saum von Matts Uniform herum. »Was für ein eigenartiger Stoff«, murmelte er. »Wer bist du?«

»Commander Matthew Drax, US Air Force, Dienstnummer MD-1980-0106-C23.« Matt gab die Standard-Antwort bei Gefangennahme mit tonloser Stimme, wie ein Automat. Der Mann sah ihn erstaunt an, und Matt hatte schon wieder vergessen, was er gesagt hatte.

»Wie ich schon sagte, der Bursche ist kampferprobt«, flötete Emroc. »Ein Muster an Disziplin. Ich habe ihn einem Piraten abgekauft, der ihn als Schiffbrüchigen aus der Meera-See gefischt hat. Irgendwo vor der Küste Noorwejes ...« Die Lügen gingen ihm glatt über die Lippen.

Matt blickte auf einen muskulösen, braun gebrannten Rücken. Ein bis auf einen Lendenschurz nackter Mann wurde dort drüben zum Verkauf angeboten. Starker Haarwuchs bedeckte seinen drahtigen Körper, und dich-

tes schwarzes Kraushaar hing bis unter die Schulterblätter von seinem Kopf.

Etwas wie Wiedererkennen regte sich unter der Wolkendecke in Matts Kopf.

»Der Mann ist Seefahrer?«, meldete sich hinter ihm
eine andere Stimme zu Wort.

»O ja!«, flötete Emroc. »Und was für einer! Er befehligte
ein eigenes Schiff und kreuzte zwischen Algeer und
Dabblin...«

»Was kostet er?« Beide Stimmen ertönten fast gleichzeitig, die des Weißhaars und die neue.

Der Halbnackte auf der anderen Seite des Podestes
drehte sich um. Auch sein Gesicht war zugewuchert von
krausem schwarzen Haargestrüpp. Ihre Blicke trafen
sich, und irgendwo jenseits seines berauschten Bewusst-
seins erfasste Matt, dass er diesen Mann kannte. Dessen
Augen weiteten sich, er riss den Mund auf und rief:
»Maddrax!«

»Vier Goldstücke ist so ein erfahrener Seemann schon
wert!« Emroc rieb sich die Hände. »Bedenkt nur: Er hat
das Tal des Todes überlebt! Und nicht nur das – er hat
andere daraus gerettet! Dem könnt ihr eure Kinder
anvertrauen – eure Weiber sogar.« Emroc kicherte und
schlug sich auf seine Schenkelschwarten.

»Dreh dich um, Sklave!« Wieder die Stimme des Weiß-
haarigen.

Matt starrte in die großen braunen Augen des Bärtigen. Seine Erinnerung war ein Morast – wohin er auch
trat, versank er. *Woher kenne ich dich, woher kenne ich
dich...*

Emrocs Wächter drehten ihn um. Ein zweiter Mann
stand jetzt neben dem Weißhaar in Wildleder. Prüfende
dunkle Augen blickten Matt entgegen. Die Augen eines
hageren, nicht besonders großen Mannes mit blau-

schwarzem offenen Langhaar und dichtem Bartwuchs. Fraglos ein Südländer.

Er trug kurze Hosen aus schwarzem Taratzenfell und eine lange Weste aus ebenfalls schwarzem Taratzenleder darüber. Matt verstand nicht genau, worum es ging, aber er spürte, dass es die Augen eines guten Mannes waren, die ihn da ansahen.

»Wie heißt du?«, wollte der Mann wissen.

»Commander Matthew Drax, US Air Force ...«

»Sagt einfach Maddrax zu ihm«, unterbrach Emroc hastig. »So nannte ihn sein Weib.«

»Er hat eine Frau?«

»Eine wilde Barbarin, sittenlos und ungezähmt.« Emroc winkte ab. »Ich biete sie drüben auf dem Frauenmarkt an.« Er wies auf Matt. »Der Mann ist mehr als vier Goldstücke wert, glaubt mir!«

»Zwei Goldstücke!« Der Weißhaarige streckte seine Hand nach hinten. Einer seiner Begleiter legte ihm ein Ledersäckchen hinein.

»Drei Goldstücke!«, rief der Schwarzhaarige. Jetzt erst nahm Matt wahr, dass er sich in Begleitung von vier Männern befand. Verwegen dreinblickende Burschen mit sonnenverbrannten Gesichtern und bunten Kleidern.

»Drei Goldstücke und einen Edelstein!«, bot der Mann in Wildleder.

»Ich bin Tuman, der Erste Lytnant der Santanna!«, rief der Südländer. »Und ich will diesen Sklaven im Auftrag von Kapitaan Colomb kaufen!«

»Oho«, fiepte Emroc, »der ehrenwerte Kapitaan! Ist mir eine Ehre! Ist mir eine Ehre! Vier Goldstücke und der Prachtbursche von Seemann gehört ihm!«

»Einverstanden!« Der Schwarzhaarige kramte vier Goldstücke aus seiner Lederweste. Der andere zog murrend ab.

Matt drehte sich nach dem Halbnackten auf der anderen Seite des Podestes um. Der stieg eben hinunter in die Menge. Auch ihn hatte sein Besitzer verkauft. *Woher kenne ich ihn nur...?*

Emrocs Wächter schoben Matt der Kante des Podestes entgegen. Er kletterte hinab. Die vier Begleiter des Schwarzhaarigen umringten ihn.

Emroc ließ die vier Goldstücke in eine Bronzeschatulle fallen. »Ach ja«, feixte er. »Vielleicht bindet ihr ihn vorläufig noch ein bisschen fest. Wenigstens so lange, bis ihr ablegt. So ganz konnten wir ihm den Freiheitsdrang noch nicht austreiben.«

Tuman, der Südländer, bedachte ihn mit einem vorwurfsvollen Blick. »Das sagst du jetzt?«

»Legt ihm einfach Fesseln an«, sagte Emroc. »Nicht dass er noch ausbüxt und meine gute Geschäftsbeziehung zum ehrenwerten Kapitaan getrübt wird...«

Grauer Dunst hing über den Wellen. Viele der Kutscher, Andronenreiter, Fußgänger und Frekkeuscher-Lenker unten am Kai hatten sich in Decken oder, wer es sich leisten konnte, in Felle gehüllt. Die Schiffe schaukelten an den Pieren. Ein starker Wind blies vom Meer her.

Nuela hatte keinen Blick für all das.

Nicht der unfreundliche Spätherbst beunruhigte sie. Nicht der Winter – sie hasste den Winter –, der wieder einmal allzu früh über die Britanische Küste hereinbrechen würde. Etwas ganz anderes trieb sie um. Seit sechs Monden schon. Mit niemandem hatte sie darüber gesprochen.

Sie blickte hinunter auf die Santanna. Ihre Lippen wurden zu einem farblosen Strich, die markanten Wangenknochen ihres schmalen Gesichts traten noch deutlicher hervor. Das Schiff – wie ein fremdartiges buntes Tier lag es da unten an der Anlegestelle. »Verfluchter Kasten«, zischte Nuela.

Aber nicht um die Santanna zu verfluchen stand sie am Fenster. Das konnte sie auch in einem der anderen Räume der Haremsgemächer. Und das tat die Hauptfrau des Kapitaans auch – mehr als einmal am Tag. Sie stand am Fenster, um den Haupteingang des Hauses zu beobachten. Irgendwann musste Tuman doch aus der Stadt zurückkehren!

»Vielleicht findet er niemanden«, murmelte sie. »Vielleicht gibt es keinen, der verrückt genug ist, auf so eine Fahrt zu gehen...« Hoffnung regte sich in ihr. Sie wandte sich vom Fenster ab und schritt in ihrem großzügigen Schlafgemach hin und her.

Doch ständig kehrte sie ans Fenster zurück, beobachtete den Eingang, lehnte sich an die Wand, um das Kai besser einsehen zu können. Doch Tuman und seine Seeleute zeigten sich nirgends.

Nuela stieß einen Fluch aus. Sie lief zum Vorhang, der ihren Raum vom Gang trennte, und zog ihn beiseite – wie sie es hasste, dieses Sternenmuster auf dem blauen Stoff. Vorbei an den holzgeschnitzten Defiinen – wie sie die Dinger hasste! – eilte sie den getäfelten Gang entlang.

Raspun – sie musste Raspun sprechen. Vielleicht wusste er, ob ein neuer Steuermann gefunden war oder nicht.

Ein Vorhang wurde beiseite geschoben, eine junge dunkelhäutige Frau trat auf den Gang. Bieena – ein Reiseandenken des Kapitaans von der Westküste Afras.

Nuela blieb stehen. »Hast du nichts zu tun, dass du dich am hellen Tag in deinem Schlafzimmer herumdrückst?!«, fuhr sie die Jüngere an.

Nuela hasste Bieena. Nicht weil sie eine Rivalin war. Niemand unter den anderen sechs Frauen Colombs war klug genug, um ihr den Rang als Hauptfrau streitig zu machen. Sie hasste das schwarze Mädchen, weil sie ein Reiseandenken war. Alles was sie an die Seereisen ihres Mannes erinnerte, hasste Nuela.

»O doch«, sagte Bieena. »Und ob ich zu tun habe.« Sie sagte das mit einem forschen Unterton, den Nuela nicht an ihr kannte.

Nuela runzelte die Stirn. »Und *was* hast du in deinem Raum zu tun, bei Orguudoo?«

Bieena trat in den Gang hinaus. Der Vorhang fiel hinter ihr zurück. Eine süßliche Duftwolke schlug Nuela entgegen. Sie sah, dass Bieena ihr langes Kraushaar offen trug, und sie sah die Elfenbeinbürste in ihrer Rechten.

»Heute Abend kommt er zu mir.« Sie lächelte triumphierend. Nuela spürte das Blut aus ihrem Gesicht weichen. Und die andere schien es zu sehen, denn ihr Lächeln wurde geradezu selig. »Er war öfter bei mir in letzter Zeit«, fuhr sie fort. »Weißt du, was ich glaube? Ich glaube, er wird mich mitnehmen.«

»Pah!« Nuela stampfte mit dem Fuß auf. »Bilde dir bloß nichts ein!« Bieena zuckte nicht zusammen wie sonst, wenn Nuela sie anfuhr. Sie wich keinen Schritt zurück. »Ich allein bestimme, wer außer mir mit an Bord geht!«

»Wenn du dich da mal nicht irrst . . .« Mit engelhaftem Lächeln begann Bieena sich das Haar zu bürsten und schob sich gleichzeitig hinter den Vorhang zu ihrem Schlafzimmer. »Wenn du dich da mal nicht irrst, meine Liebe . . .« Weg war sie.

»Dreckige Schlampe!«, zischte Nuela. Abrupt wandte sie sich vom Vorhang ab und hastete über den Gang.

Natürlich war sie nicht die Einzige, bei der Colomb

schlief. Wozu hatte er sonst sieben Frauen? Aber sie war die Einzige, mit der er seine Pläne besprach, die Einzige, der er die Verwaltung seines Vermögens anvertraute und die er von Zeit zu Zeit um Rat fragte.

Sie riss die Tür zur Sklaventreppe auf, hob ihr langes Gewand und huschte die Stufen der Wendeltreppe hinunter.

Nicht dass Colomb besonders oft bei einer der Neben-frauen schlief – vielleicht ein oder zwei Mal während eines Mondes. Oft aber schlief sie in seinem Schlaf-gemach drüben in dem Gebäudeteil, in dem sich seine Räume befanden. Und das war gut so – nur wenn sie häufig das Bett mit ihm teilte, konnte sie ihren Einfluss auf ihn behalten. Wenig Einfluss genug – Colomb ge-hörte zu den eigensinnigen Menschen, die sich nur mit großem Geschick beeinflussen ließen – aber immerhin Einfluss.

Im Erdgeschoss angekommen, steuerte sie Raspuns Gemächer an. Der Leibsklave Colombs war der Befehls-haber aller Sklaven im Hause des Kapitaans – und inzwi-schen auch über Haushalt, Reittiere, Festlichkeiten und den Harem. Seit einem Winter. Und vor zwei Wintern hatte der Kapitaan ihn an Bord genommen. In West-Afra. Zusammen mit Bieena.

Nach Nuela war es Raspun, der Colomb am nächsten stand. Der Kapitaan vertraute dem Afraner bedingungs-los. Dafür hasste sie den schwarzen Mann.

Ein rätselhaftes Geräusch ließ sie anhalten. Wie ein Seufzen hatte es geklungen. Nuela lauschte. Da – wieder! Jemand seufzte. Nein, jemand stöhnte! Sie schlich zu Raspuns Tür und legte ihr Ohr daran. Tatsächlich – die Geräusche erklangen in Raspuns Gemächern. Aber nicht, als würde dort drin jemand klagen. O nein – Nuela wusste genau, bei welcher Gelegenheit Menschen stöhnten und seufzten, wie die beiden hinter Raspuns Tür es taten.

Was sie verwirrte: Es waren zwei Männerstimmen, die sie dort drinnen hörte. Sollte Raspun etwa . . . ?

Natürlich, was sonst – Raspun liebte Männer!

Nuela pflegte nie lange zu zögern, wenn sie eine Chance witterte, ihre Macht auszubauen. Sie stieß die Tür auf und trat ein.

Vor Enttäuschung biss sie sich auf die Unterlippe – kein Mensch war im Raum. Auf dem Stehpult steckte die Schreibfeder im Tintenfass. Bücher lagen auf dem Tisch vor dem Bücherregal. Eine Landkarte, die Raspun für den Kapitaan abzeichnete, hing auf einer Staffelei. Und auf dem niedrigen Tischchen brannte eine Öllampe. Zwischen den Sitzkissen allerdings entdeckte Nuela einen dunkelgrünen Umhang und zwei Paar Pantoffeln.

Das Seufzen und Stöhnen war verstummt. Kleider raschelten hinter dem Vorhang zu Raspuns Schlafraum. »Wer ist da?« Raspuns tiefe Stimme.

»Nuela, deine Herrin.«

Schwarze Hände schoben den Vorhang auseinander. Raspun trat in den Arbeitsraum. Barfuß, in weißen Pluderhosen und den Umhang in verräterisch nachlässiger Weise übergeworfen. Schweißnass glänzte sein kahler Schädel.

Noch nie hatte Nuela ihn ohne seinen lächerlichen Turban gesehen. Schon allein wegen dieses Turbans hasste sie ihn. Er erinnerte sie an die viel zu lange Zeit, die sie mit dem Kapitaan an der westafrikanischen Küste verbringen musste. Der ganze kolossartige Schwarze erinnerte sie daran.

»Womit kann ich euch dienen, ehrenwerte Nuela?«

»Du bist nicht allein?« Spitz klang ihre Stimme.

»Nein, ehrenwerte Nuela – Schann ist bei mir. Wir

haben den Speiseplan für die restlichen Tage durchge-
sprochen.«

»Die restlichen Tage?«

»Für die Tage, bis die Santanna wieder in See sticht,
ehrenwerte Nuela.«

Ihr Magen krampfte sich zusammen. Sie hätte den
Schwarzen gern angeschrien, stellte sich vor, sie würde
ihm ins Gesicht spucken oder ihm mit dem Handrücken
auf seine wulstigen Lippen schlagen. Doch sie nahm sich
zusammen. Colomb hielt seine Hand über diesem Mann.
Orguudoo wusste, warum.

»Ach so, den Speiseplan für die restlichen Tage.« Ein
kaltes Lächeln legte sich auf ihre herbe Miene.

Der Vorhang bewegte sich, und ein junger Mann
erschien, viel kleiner und schlanker als Raspun. Schann
der Koch, ein Fraacaner aus Parii. Hellblond, weißhäutig
und mit mandelförmigen grünen Augen war er von derart augenfälliger Schönheit, dass es selbst Nuela für
einen Moment den Atem verschlug. Sie war sonst nicht
wählerisch.

Der Koch lächelte charmant – ein bisschen frivol, fand
Nuela –, deutete eine Verbeugung an und verließ den
Arbeitsraum. Nuela blickte ihm hinterher. Der Saum des
weißen Gewandes, das er trug, schleifte über den Boden
und war viel zu weit in den Schultern. Es gehörte
Raspun, kein Zweifel.

Sie wartete, bis der Koch die Tür hinter sich geschlossen hatte. Dann ging sie zu den Sitzkissen am niedrigen
Tisch, bückte sich und hob das kleinere Paar der Pantoffeln hoch. Sie präsentierte sie Raspun. »Aus deiner Kin-
derzeit?« Sie lächelte triumphierend. Ähnlich wie Bieeňa
sie selbst kurz zuvor angelächelt hatte. Nur kälter und
ohne wirkliche Freude.

Noch einmal bückte sie sich, um das grüne Gewand

aufzuheben. »Er trug einen Umhang von dir.« Sie entfaltete das Kleidungsstück. Raspun beobachtete sie mit ausdruckslosem Gesicht. Er hatte gelernt, Menschen gegenüber, die er fürchtete, seine Gefühle zu verbergen. »Scheint aus deiner frühen Jugend zu stammen.« Sie warf es ihm zu, er fing es. »Hast du in Erinnerungen geschwelgt?« Mit einem Tritt beförderte sie einen der größeren Pantoffeln unter das Stehpult. »Es ist ein bisschen kalt, um barfuß zu laufen, findest du nicht?«

Sie ging zu ihm. Er wich nicht zurück, hielt ihrem Blick stand, zuckte nicht einmal mit Brauen oder Mundwinkeln.

»In deiner Heimat mag es normal sein, wenn Männer auch Männer lieben, Sklave«, fuhr sie fort. »Nicht so in Greeca, wo der Kapitaan herstammt.« Sie stemmte die Fäuste in die Hüften. »Dort verachtet man Männer, die so etwas tun. Wenn ich ihm berichte, was ich vor deiner Tür gehört habe...« Sie grinste ihm ins mittlerweile lehmfarbene Gesicht und hob drohend den Zeigefinger. »Oh, oh – den hübschen Koch würde er den Haien zum Fraß vorwerfen und dich an irgendeinen Gladiatoren-Zirkus verkaufen.«

Er antwortete mit keinem Wort, mit keiner Geste, keinem Mienenspiel. Das ärgerte Nuela. Sie wandte sich ab und verschränkte die Arme vor der Brust. »Ich werde ihm nichts davon berichten«, sagte sie. »Und dafür wirst du dich bei mir revanchieren.«

»Wie?«, fragte Raspun mit einer Stimme, die nichts von seinem inneren Aufruhr verriet.

»Das werde ich mir noch überlegen.« Nuela fiel in einen schnippischen Tonfall. Wenige Dinge bereiteten ihr mehr Vergnügen, als einen Menschen in ihrer Hand zu haben. Nicht einmal die körperliche Liebe. Allenfalls noch einen Mann qualvoll sterben zu sehen. »Zunächst will ich nur einen kleinen Vorschuss.« Sie drehte sich um und blitzte ihn an.

»Welcher Art?«

»Du sagst mir alles, was du über die Anstellung des neuen Steuermanns weißt.«

»Nicht viel. Ich habe nur gehört ...«

»Vergiss nicht, mich standesgemäß anzureden!«, zischte sie böse. Raspun konnte nicht so schnell denken, wie die Miene der Hauptfrau sich in eine zornige Grimasse verwandelte.

»Nicht viel, ehrenwerte Nuela«, begann er noch einmal. »Ich habe nur gehört, dass Tuman mit einem Doyzländer verhandelt. Heute soll sich entscheiden, ob es zum Vertrag kommt. Wenn ja, werden wir in drei oder vier Tagen die Anker lichten.« Den letzten Satz betonte er. Ein Glitzern zog dabei durch seine Augen.

Nuela stieß ein zorniges Schnauben aus. So groß und breit dieser Schwarze war – er besaß feine Antennen für das, was in anderen vorging. Auch Nuelas schwache Stelle kannte er genau.

Wir werden nicht in drei Tagen in See stechen, wollte sie schreien. *Auch in vier und in vierzig Tagen nicht ...*

Sie biss sich auf die Zunge und atmete zweimal tief durch. »Falls der Kapitaan den Mann anheuert, will ich alles über ihn wissen«, sagte sie dann mit bedrohlich leiser Stimme. »Und ich will, dass du mich ihm vorstellst. So unauffällig wie eben möglich ...«

Matt spürte kaum den Boden unter den Füßen. Wie auf einer Wolke ging er. Kein Impuls wegzulaufen, keine Verzweiflung, kein Zorn – alles war so gleichgültig. Ob er lebte, ob er starb, ob er über den Marktplatz von Plymeth ging oder sonst irgendwo seine Zeit totschlug –

ganz egal. Nur Durst hatte er – seine Kehle fühlte sich trocken an.

Einem Schlafwandler gleich, trottete er zwischen Tumans Seeleuten über den Markt. Tuman, der Mann, der ihn gekauft hatte, ging voran. Matt nahm das Gedränge kaum wahr. Was gingen ihn die vielen Menschen an, was die Männer, die ihn abführten? Warm lastete die Wolkenbank auf seinem Hirn.

»Bei alle Götte Wudans!«, sagte eine Männerstimme hinter ihm. »Maddrax, was machsch du hie?« Er drehte sich um und blickte in ein struppiges Gesicht. Der Braunhäutige, der ihm auf dem Podest schon aufgefallen war. Begriffsstutzig starrte er ihn an. »Bisch du eine Sklav wie isch? Wudan sei di gnedisch! Wie um alles inde Welt isch des zugange?«

Und plötzlich fand Matt festen Grund im Sumpf seiner Erinnerung: Schmale graue Augen unter einer gewölbten Stirn mit kurzen blonden Locken tauchten vor seinem inneren Auge auf – Lodar, der junge König von Laabsisch. Und ein ledergekleideter Exot mit spitzem Schädel und grauem fettigem Dutt – Mauriz der Zwölfte, der Göttersprecher von Laabsisch. Auch der dicke Schwertmeister Heenrich fiel ihm ein und der schweigsame Walder, Palisadenmeister von Laabsisch. Und dieser struppige Halbnackte war damals bei ihnen gewesen...

»Pieroo«, flüsterte Matt. »Pieroo...«

Der junge Häuptling einer Horde der Wandernden Völker hatte damals mit seinen Leuten in den Stadtmauern Leipzigs Zuflucht vor den Nordmännern gefunden und wie ein Teufel gegen die Angreifer gekämpft.[*]

»Siehsch net gut aus, Maddrax, ganisch gut...« Die Männer, die ihn flankierten – Seeleute offensichtlich –

---

[*] siehe Taschenbuch 2, Roman 5 »Götter und Barbaren«

zogen den braunen schwarzhaarigen Mann weg von Matt. »Wudan sägne disch!«, rief er noch, dann verschwand er in der Menge.

»Na, los jetzt«, knurrte einer der Seeleute neben Matt und packte ihn grob am Arm, um ihn weiterzuziehen. Doch dann hielt er an, weil sein Lytnant stehen geblieben war. Der Südländer blickte Pieroo hinterher. Matt registrierte etwas wie Feindseligkeit in seinen braunen Augen. Er konnte es sich nicht erklären.

Abrupt wandte Tuman sich um. Er schien es plötzlich eilig zu haben. Rücksichtslos drängte er sich durch die Menge. Matt war es gleichgültig.

Sie näherten sich der linken Seite des Marktplatzes. Laute Stimmen von Markschreiern drangen an Matthews unbeteiligtes Ohr. »Ein frisches, unverbrauchtes Mädchen!«, rief eine der Stimmen. »Zahm und gehorsam und geschickt in allem. Ein Goldstück, höre ich da – wer bietet mehr...?«

Matt hob den Kopf und blickte in die Richtung, aus der die Stimmen zu ihm drangen. Er sah Emrocs Leute auf einem Podest stehen, vor ihnen ein paar Frauen, Mädchen und Kinder. Ein rothaariges Mädchen, kaum dreizehn Jahre alt, stand am Rande des Podestes, hinter ihr einer der Männer, die Matt in den letzten Wochen das Leben zur Hölle gemacht hatten. Er hatte den Arm um die schmale Schulter des Mädchens gelegt und deutete in die Menge. »Ein Goldstück und zwei Silberstücke höre ich da! Ein unschuldiges Mädchen, weiches Wachs in eurer Hand! Wer bietet mehr...?«

Neben dem Mädchen entdeckte er Aruula. Die Wolkendecke in seinem Hirn riss plötzlich auf. Er blieb stehen. Unfähig sich zu rühren, blickte er über die Köpfe der Menge hinweg zu seiner Gefährtin. Sie hielt den Kopf gesenkt; ihre Arme hingen schlaff am Körper herab. Ihr Fellmantel lag zu ihren Füßen. Fast ganz entblößt, war sie den gierigen Augen der Gaffer preisgegeben. Es tat ihm weh, seine Geliebte so zu sehen.

»Aruula...«, flüsterte Matt.

»Was ist los, Gelbhaar?«, raunzte ihn einer seiner Bewacher an. »Schon wieder ein alter Bekannter?«

Matt taumelte einen Schritt vorwärts. Bis zu Tuman. Er legte dem Südländer die Hand auf die Schulter. Der fuhr herum und sah ihn finster an. »Was soll das, Sklave?!«

»Da.« Matt deutete zum Podest. »Siehst du die Frau mit dem schwarzen langen Haar?« Kaum gehorchte ihm seine Zunge. Eine verrückte Idee breitete sich unter seiner Schädeldecke aus, erfüllte ihn mit verzweifelter Hoffnung.

»Die Nackte?«, fragte Tuman. Matt nickte.

»Lecker«, feixte einer der Seeleute.

»Kauf sie«, keuchte Matt. »Ich bitte dich, kauf sie...«

Tuman runzelte die Stirn. »Bist du betrunken?« Er wischte Matts Hand von seiner Schulter. »Wir brauchen keine Frau.«

»Sie ist ... sie ist stark. Sie kann mit dem Schwert umgehen...« Matt schüttelte den Kopf. Die Worte wollten ihm nicht von der Zunge. »Sie scheut vor nichts zurück...«

»Eine Bordschwalbe haben wir schon«, sagte der Seemann trocken.

»Bei zweien käme man öfter ran«, warf ein anderer ein.

Der Südländer spähte hinüber zum Frauenmarkt. Matt schöpfte Hoffnung. »Kauf sie, ich bitte dich...« Aruula starrte noch immer den Fellmantel zu ihren Füßen an. »Sie lernt jede Sprache in kürzester Zeit... und sie kann Gedanken lesen...«

»Du erzählst Unsinn, Sklave.« Tuman wandte den Blick nicht von Aruula.

»Es ist wahr, ich schwöre es dir ... kauf sie, bitte ... ich gebe dir das Gold zurück ... irgendwann ...«

Die Seeleute brachen in heiseres Gelächter aus. Tumans Haar flog ihm um die Schulter, als er den Kopf wandte, Verblüffung in seiner Miene. »Ist sie dein Weib?«

Matt nickte stumm.

»Tut mir Leid. Wir brauchen keine Frau. Vergiss sie.« Er drehte sich um und ging weiter. Die Seeleute zerrten Matt mit sich.

Der konnte seinen Blick nicht von seiner Gefährtin losreißen. »Aruula ...«, flüsterte er. Sie zogen und stießen ihn durch die Menge. »Aruula«, krächzte er. Wie sie dastand – mit hängenden Schultern, wie tot. »Aruula!« Nicht ein Mal hob sie den Kopf. »Aruula!«, brüllte Matt. Die Leute blieben stehen und sahen ihm neugierig nach. »Aruula!«

»Halt endlich dein Maul!«, schnauzte ihn einer der Seeleute an. Sie erreichten die Straße, die vom Markt hinunter zum Hafen führte. Matt stolperte über das Kopfsteinpflaster. Noch immer blickte er zurück. Zwischen ihm und dem Podest mit den Frauen wogten hunderte von Menschen wie ein unüberwindliches Meer. Aruula war weiter nichts als ein heller Fleck zwischen anderen dunkleren. »Aruulaaaa!«, brüllte er.

Sie führten ihn durch Gassen und Straßen und dann an Baracken und Hallen vorbei. Die Umgebung drang kaum in sein Bewusstsein. Es war, als würde er durch Nebel torkeln. Aruulas Bild in seinem Kopf beanspruchte alle seine Sinne. Ein Schmerz füllte ihn aus, wie ihn einer empfinden mochte, dem man das Herz aus dem Leib gerissen hatte. Manchmal blickte er an sich herunter und wunderte sich, nirgends eine große Wunde zu sehen, aus der Blut quoll.

Irgendwann standen sie vor der Fassade heller Spitzgiebelhäuser. Reihenhäuser in Fachwerkbauweise. Sie zerrten ihn eine kleine Treppe hinauf. Matt hörte das Knarren der Segelmasten hinter sich an den Anlegestellen. Moeven kreischten, und der kalte Wind drang durch den Stoff seiner Uniform. »Aruula...«, murmelte er.

»Ich will ja nichts sagen«, knurrte einer der Seeleute, »aber Orguudoo soll mich holen, wenn wir diesem Feistling nicht einen Wahnsinnigen abgekauft haben.« Tuman drehte sich um und beäugte Matt mit misstrauischem Blick.

Düster war es im Erdgeschoss des Hauses. Durch offene Türen sah man Lagerräume – Stoffballen, Fässer, Schwerter, Holzstapel und Kohlenhaufen. Über eine schmale Treppe ging es ins Obergeschoss. Vor einer zweiflügeligen Tür blieb Tuman stehen und klopfte. »Herein!«, schnarrte eine Männerstimme.

Sie betraten einen großen quadratischen Raum. Zwei Säulen fielen Matt sofort ins Auge. Sie flankierten einen riesigen Schreibtisch, auf dem sich Bücher und Landkarten stapelten, dazwischen Ton- oder Metallgefäße voller Schreibgeräte und Werkzeuge.

Von einer der Säulen neben dem Schreibtisch grinste Matt ein Totenschädel entgegen, auf der anderen ruhte eine Art Globus aus Metall. Über dem Schreibtisch hing ein gewaltiger Lampenschirm aus schwarzem Leder – erst beim zweiten Blick dämmerte es Matt, dass dort der hohle Kopf einer Rieseneule von der Holzdecke hing, der zur Leuchte umfunktionierte Kopf eines Eluus.

An einem der drei Fenster stand ein hoch gewachsener Mann mit grauem Haar, vielleicht fünfzig Jahre alt, vielleicht älter. Eine Hakennase ragte weit aus seinem hohlwangigen schmalen Gesicht. Ein aufgeschlagenes Buch lag in seinen Händen.

»Wir haben einen geeigneten Schiffssklaven gefunden«, sagte Tuman. »Emroc hat ihn einem Piraten abgekauft, der ihn als Schiffbrüchigen aus der Meera-See gerettet hat.«

Langsam wandte der Mann mit dem Raubvogelgesicht sich vom Fenster ab. Er trug einen dunkelroten Umhang, darunter ein Lederwams und Pluderhosen aus dünnem Leder, ebenfalls rot. Der Blick seiner gelblichen Augen heftete sich auf Matts Gesicht und ließ es nicht mehr los. Ohne Eile, fast würdevoll ging er um den Schreibtisch herum und kam näher. Er bewegte sich, als hätte er ein Langschwert verschluckt.

»Kapitaan Colomb, dein Herr«, wandte Tuman sich an Matt und trat beiseite.

Zwei Schritte vor Matt blieb Kapitaan Colomb stehen. Als würde er in das Gehirn seines neuen Sklaven blicken wollen, fixierte er Matts Augen. Schweigend und mit harter prüfender Miene. *Kapitaan Colomb, dein Herr...* Die Worte des Südländers hallten in Matts Kopf wieder. Ein Anflug von Zorn und Bitterkeit schob die Wolkenbank unter seiner Schädeldecke ein Stück beiseite. *Kapitaan Colomb, dein Herr...*

Die gelben Raubvogellichter lösten sich endlich von Matts Augen und wanderten über seine Stirn, sein Haar, seine Schultern und Brust bis hinunter zu seinen Beinen. »Sag mir deinen Namen«, verlangte er.

»Commander Matthew Drax.«

»Man nennt ihn Maddrax«, erklärte Tuman.

Der Mann im roten Umhang beachtete den Südländer nicht. »Commander? Was ist das – ein *Commander*?«

»Ein militärischer Rang der US Air Force. Ich bin dort Kampfpilot...« Matt antwortete, ohne vorher über seine Worte nachzudenken. Sie purzelten einfach auf seine Zunge. »Ich *war* Kampfpilot.«

Kapitaan Colomb trat noch einen Schritt näher. Eine Falte grub sich zwischen seinen Brauen ein. Sein glatter Kinnbart erinnerte Matt an einen Ziegenbock. »Was ist ein Pilot?«

Jetzt stutzte Matt. Und dachte nach. Wie Fäden alter Kaugummis klebten die Gedanken in seinen Hirnwindungen und wollten sich nicht in vernünftige Worte fügen. »So was... so was wie ein Kapitän...«, stammelte er. »Ein Kapitän eines Fliegers...«

Die Augen im Raubvogelgesicht wurden schmal. Der Mann namens Colomb neigte den Kopf zur Seite. »Woher kommst du?«

»US-Luftwaffenbasis Berlin-Köpenick...«

»Wenn Ihr mich fragt, ehrenwerter Kapitaan, dann haben wir uns von dieser kastrierten Qualle einen Wahnsinnigen andrehen lassen«, sagte einer der Seeleute hinter Matt.

»Schweig, Seemann!«, herrschte Colomb ihn an. »Ich frage dich nicht!« Wieder fixierte er Matts Augen. »Deine Pupillen sind groß, dein Blick ist trübe – hat man dir eine Droge gegeben?« Matt nickte.

»Soll ich ihn zurück zum Sklavenmarkt bringen?« Tumans Stimme klang zögerlich, fast kleinlaut.

»Nein.« Die gelben Augen ließen Matt wieder los und richteten sich auf den Südländer. »Sie hätten ihm keine Drogen geben müssen, wenn er nur ein willenloser Hohlkopf wäre.«

Matt senkte den Kopf. Unter ihm lag das Buch in den

großen langgliedrigen Händen des seltsamen Mannes. Er hielt es wie ein Kind einen jungen Vogel, der aus dem Nest gefallen war. Lederschnüre hingen von dem ledernen Einband herab. Das Buch sah mehr als mitgenommen aus: vergilbt, angesengt, zerfleddert; die teilweise wellenförmigen, ausgefransten Seitenränder reichten an manchen Stellen bis in den Text hinein.

Sie können keine Bücher drucken... Mühsam und zäh formte sich der Gedanke in seinem Kopf. *Es muss ein altes Buch sein ... ein Buch aus der Zeit vor dem Kometen ...*

»Emroc empfahl uns, ihn zu fesseln, bis wir auslaufen.«

»Dann fesselt ihn an eine Eisenkugel. Und sperrt ihn nachts in einen der Kerker unten in den Sklavenräumen. Tagsüber bringt ihn aufs Schiff und weist ihm seine Arbeit zu.«

Der Wortwechsel der Männer drang kaum in Matts Bewusstsein. Mit gesenktem Kopf stand er da und betrachtete das eigenartige Buch in den Händen des Schiffsbesitzers. Er kniff die Lider zusammen, weil die Buchstaben auf dem vergilbten Papier vor seinen Augen verschwammen. So lange bis er einzelne Worte unterscheiden konnte.

Ein englischer Text. An einem Wort blieb sein Blick hängen. Ein Wort, das er oft gelesen hatte in seinem ersten Leben. *America...*

Das Raubvogelgesicht schlug das Buch zu. »Raspun soll sich seiner annehmen.« Der Mann schlang die Lederriemen um den Einband, wandte sich ab und schritt zu einer Kommode zwischen zwei der Fenster. Eine schwarze, mit weißem Ornament verzierte Truhe stand dort. »Schafft ihn in den Kerker und legt ihm Kette und Kugel an.«

Matt beobachtete, wie der Mann namens Colomb das

Buch in die Truhe legte und sie abschloss. »Ich schicke Raspun morgen auf die Santanna.« Er drehte sich um. Noch einmal musterte er Matt. »Wenn du wieder nüchtern bist, werde ich mich weiter mit dir unterhalten.«

Von zwei Seiten griffen Hände nach Matts Armen. Sie zogen ihn zur Tür und schoben ihn aus dem Raum. Tuman ging wieder voran. Schwere Schritte auf der Treppe kamen ihnen entgegen. Ein muskulöser blonder Mann mit Stoppelhaar und hellblauen Augen. »Bringen wirs hinter uns«, sagte er zu dem Südländer.

»Jochim, unser neuer Steuermann«, stellte Tuman den Blonden seinen Matrosen vor. »Bringt den Sklaven aufs Schiff.« Zusammen mit dem Muskelmann ging Tuman zurück zu Colombs Arbeitszimmer.

Die Seeleute führten den ehemaligen Kampfpiloten der US Air Force Commander Matthew Drax aus dem Haus und über das Kai. Den ehemaligen Gott Maddrax, jetzt Sklave.

Möwenähnliche Vögel schrien, der Wind blies heftiger inzwischen, Schiffe schaukelten am Pier. *Colomb...* Gedankensplitter unter der schweren Wolke in Matts Hirn versuchten sich zu einem sinnvollen Bild zusammenzusetzen. *Ein Kapitän namens Colomb ... ein Schiff nach America... Hatten wir das nicht schon mal irgendwo, irgendwann...?*

Nicht wie sonst fiel ein Druck von Raspun ab, als er Nuelas Schlafgemach verließ. Im Gegenteil – die innere Anspannung, die seinen Magen zusammenpresste, nahm eher noch zu.

Er hatte ihr von dem Vertragsabschluss zwischen dem Kapitaan und dem neuen Steuermann berichtet. Sie wollte alles wissen über den Doyzländer, jede Einzelheit

– wie er aussah, wie er sprach, was über seine Vergangenheit bekannt war, alles. Raspun hatte ihr gesagt, was er erfahren hatte.

Grübelnd schaukelte er nun zwischen den holzgetäfelten Wänden des Ganges entlang. Die Aufmerksamkeit, die seine Herrin dem neuen Zweiten Lytnant widmete, wollte ihm nicht gefallen. Sie wollte ihm ganz und gar nicht gefallen.

Vor Bieenas Schlafraum blieb er stehen. Nachdenklich kratzte er sich unter seinem Turban am Schädel. Er dachte an den armen Fylladschio. Die dunkle Ahnung, dass Nuela den Steuermann aus Rooma in eine Falle gelockt hatte, trieb Raspun schon vor dessen Hinrichtung um. Er wusste ja genau, dass die Hauptfrau des Kapitaans eine Gegnerin der geplanten Expedition war.

Überhaupt war sie eine Gegnerin jeder längeren Schiffsreise. Seitdem sich ihre Hoffnung nicht erfüllt hatte – die Hoffnung, der Kapitaan würde hier in Plymeth sesshaft werden, nachdem er es als Pirat zu so viel Reichtum gebracht hatte.

Nuela wollte weiter nichts als diesen Reichtum in Ruhe genießen. Und sie versuchte ihren Einfluss auf den Kapitaan auszuspielen, um ihn endlich von der unbequemen und gefährlichen Seefahrerei abzubringen.

Raspun fragte sich, wie sein Herr über Nuela dachte.

Er zog den Vorhang zu Bieenas Schlafraum beiseite. Die Schiebetür dahinter war zugezogen. Er klopfte.

»Wer ist da?«

»Raspun.«

»Tritt ein, mein Freund.«

Raspun schob die Tür auf. Das schwarze Mädchen hockte auf einem Sitzkissen vor einem niedrigen Tisch, vor sich eine weiß glasierte Vase und Farbtöpfe. Sie hielt einen Pinsel in der Hand und bemalte die Vase. Bieena war eine geschickte Kunsthandwerkerin.

Obwohl sie auf eines der Sitzkissen wies, nahm Raspun nicht Platz. Er betrachtete seine schöne Landsmännin. Sie trug ein durchsichtiges Kleid aus blauer Seide. Bunte Perlen waren in ihr Haar geflochten. Eine süße Duftwolke umgab sie.

»Du wartest auf den Kapitaan?«

»O ja, ich warte auf ihn.« Sie tauchte den Pinsel in einen Farbtopf.

»Er schläft öfter bei dir in letzter Zeit.« Statt zu antworten, lächelte sie und beugte sich über die Vase. »Versuche herauszufinden, wie er über Nuelas Haltung zu seinen Reiseplänen denkt.«

»Er wird sie nicht mitnehmen. *Mich* wird er mitnehmen.« Mit ruhiger Hand führte sie den Pinsel über die Glasur der Vase. Ihre Miene wirkte zufrieden. Wie die Miene eines satten Kindes.

Raspuns Unruhe wuchs. Das Mädchen war jung und unerfahren. Einem jungen Gerul gleich würde es in jede Falle tappen, die man ihm stellte.

»Nuela führt etwas im Schilde.« Er senkte die Stimme und warf einen Blick zurück über die Schulter. Die Tür war geschlossen. »Ich weiß nicht, was es ist, aber sie heckt einen Plan aus. Und wenn Nuela einen Plan ausheckt, bringt das Unglück über wenigstens einen Menschen.«

Bieena blickte auf. »Warum sagst du mir das?« Die Zufriedenheit war ihr aus dem Gesicht gefallen. Erschrocken wirkte sie nun.

»Damit du auf der Hut bist, du dummes Mädchen. Sie hasst jeden, den der Kapitaan in seine Nähe lässt. Sie hasst mich. Und jetzt, wo er so oft bei dir schläft, hasst sie auch dich. Wenn sie eine Möglichkeit sieht, dich oder mich zu beseitigen, wird sie nicht zögern. Also hüte dich!«

Sturm pfiff durch Fenster und Türritzen. Schräge Lautenakkorde schwirrten durch den Raum. Regen klatschte gegen die Fensterscheiben. Im Kamin flackerte ein Holzfeuer. An den Wänden zog sich ein Kranz von Lüstern in Augenhöhe um den Raum herum. Die brennenden Öldochte tauchten Hugu Fernaduus Konferenzraum in ein angenehmes Zwielicht.

Dennoch war es Colomb alles andere als angenehm zu Mute. Schon bei der Begrüßung war ihm Reserviertheit seines Gast- und Goldgebers aufgefallen. Keine zwei Sätze hatte Fernaduu bisher mit ihm gesprochen.

Der Kapitaan breitete die Seekarten auf dem großen runden Tisch in der Mitte des hallenartigen Raumes aus. Fernaduu stand mit auf dem Rücken verschränkten Armen etwas abseits von dem Tisch. Die verschlossene Miene des schmächtigen Greises sprach Bände: Er hatte nicht die geringste Lust, sich zum wiederholten Male Colombs geplante Reiseroute erklären zu lassen.

»Das Land, von dem du sprichst, wird sich als Traumland entpuppen, Kapitaan«, sagte der Alte, noch bevor Colomb das Wort ergreifen konnte. »Die Legenden um Meeraka und Amraka sind so alt wie die Welt, und trotzdem hat keines Menschen Auge sie je erblickt. Sieh es endlich ein: Dort gibt es nur Meer, Meer und noch einmal Meer. Und weiter nichts.«

Das Lautenspiel verstummte. Der Mann, der die Saiten gezupft hatte, saß auf einem fellbespannten Sofa neben dem Kamin. Jetzt sah er auf und lauschte interessiert.

Auch die junge Frau neben ihm hob den Kopf und sah herüber zum Tisch. Eine reizende Frau, blond und zierlich wie ihr Vater Hugu. Sie hieß Elkie.

Tuman, Colombs Erster Lytnant, stand dem Kapitaan gegenüber auf der anderen Seite des Tisches, neben ihm der neue Steuermann, der Doyzländer.

»Du hast mir Glauben geschenkt, als ich dich vor sechs Monden in meine Pläne einweihte, Hugu Fernaduu.« Der Kapitaan sprach mit fester ruhiger Stimme. »Du hast mir Schiffspersonal gestellt, du hast mir Gold geliehen. Woher plötzlich deine Zweifel?«

»Ich habe einfach nachgedacht«, wehrte der alte Stoffhändler ab. »Gründlich nachgedacht.« Er trug einen braunen Mantel aus rauem Wisaau-Leder mit einem Wakudapelzkragen. Sein schlohweißer Bart reichte ihm bis zum Bauchnabel herab. »Die Geschäfte laufen nicht gut, ich habe Angst um mein Gold.« Seine Stimme klang heftiger, als es nach Colombs Geschmack nötig gewesen wäre. »Und wenn du Schiffbruch erleidest, würde ich mir Vorwürfe wegen der zwanzig Seeleute machen, die ich dir zur Verfügung gestellt habe.«

»Die Santanna ist ein sicheres Schiff.« Colomb blieb ruhig und sachlich. »Und ihr Kapitaan ist der Beste, den du an den Küsten Eurees finden kannst.«

»Woher weißt du so sicher, dass es dieses Land tatsächlich gibt?!« Fernaduu wurde laut und gestikulierte ungehalten.

»Meine Berechnungen schließen jeden Irrtum aus. Und ich habe Hinweise in uralten Schriften gefunden. Schriften der *Alten* aus der Zeit vor *Kristofluu*. Und selbst wenn es Meeraka und Amraka nicht gäbe, würde ich auf Land stoßen. Denn die Erde ist eine Kugel. Aber all das habe ich dir bereits . . .«

»Die Erde eine Kugel!« Der greise Fernaduu riss beide

Arme hoch. »Was für eine kühne Behauptung! Wie kommst du bloß auf so etwas Verrücktes?«

»Meine Berechnungen«, sagte Colomb ruhig.

Der Mann am Kamin legte seine Laute auf den Steinboden, stand auf und näherte sich dem Tisch. Ein junger Mann, nicht älter als fünfundzwanzig Winter. Auch er trug einen wertvollen Wildledermantel, Blau gefärbt. Colomb kannte ihn von den zahlreichen Treffen mit seinem Goldgeber. Cosimus hieß der Mann; er war Fernaduus Neffe. »Und wenn dieses mystische Land nun tatsächlich weiter nichts ist als ein Sagenort?«

»Sagt der Fraacaner das?« Mit unbewegter Miene und kühler Stimme schoss Colomb den Pfeil ab. Tuman tänzelte unruhig von einem Bein auf das andere. Solche Verhandlungen waren nicht die Sache des Ersten Lytnants.

Fernaduu stützte sich auf dem Tisch auf und betrachtete die Seekarten. Er räusperte sich. »Viele sagen das.« Der Pfeil hatte ins Schwarze getroffen.

»Warum leihst du einem Halunken das Ohr, Hugu Fernaduu?«

»*Halunke!*« Wieder hob der Stoffhändler erregt beide Arme. »Warum soll ich mir nicht anhören, was ein Halunke wie Delleray zu sagen hat, wenn ich einem ehemaligen Piraten Gold und Mannschaft leihe?«

»Vielleicht weil ein Halunke keine Bücher liest und weniger von Geschäften und Seefahrt versteht als ein erfolgreicher Pirat.«

»Aber viele denken wie Delleray«, beteuerte Fernaduu. »Viele halten den Weg hinaus auf die Alanta-See für halsbrecherisch! Viele sind überzeugt davon, dass es Meeraka und Amraka nur in Märchen gibt...«

»Es heißt nicht ›Amraka‹ und ›Meeraka‹, bester

Onkel«, mischte Cosimus sich ein. Er lächelte charmant. »Der Kontinent heißt ›Amerika‹.«

Nicht viel konnte Colomb in Erstaunen versetzen. Die unerwartete Äußerung des jungen Mannes tat es. »Es stimmt, Cosimus. Woher weißt du das?«

»Woher wisst *Ihr* es, ehrenwerter Kapitaan?« Cosimus genoss es, den abgebrühten Seefahrer verblüfft zu haben.

»Aus meinen Forschungen.«

»Seht Ihr, verehrter Colomb? So bin auch ich auf die Wahrheit gestoßen – durch meine Privatforschungen. Ihr müsst wissen, dass Ihr es in mir nicht nur mit einem Musicus zu tun habt, sondern auch mit einem wahrheitsdurstigen Gelehrten.«

Er steckte seine Rechte zur Hälfte in die Knopfleiste seines Mantels, knapp oberhalb des Magens. Das rechte Bein stellte er leicht heraus und wirkte plötzlich, als würde er einem Maler für ein Porträt Modell stehen. »Amraka im Süden und Meeraka im Norden vereinen sich zu einer Landmasse: Amerika.« Er wandte den Kopf und sandte der Lady vor dem Kamin ein Lächeln. »Zwei kluge Köpfe gelangen zu dem gleichen Ergebnis.« Schließlich nickte er viel sagend und machte eine feierliche Miene.

Colomb antwortete ihm nicht. Er wusste nicht genau, was Cosimus unter einem »Gelehrten« verstand. Er wusste aber, dass die Anwesenheit seiner Cousine Cosimus dazu zwang, sein Balzgefieder zu spreizen. Und er wusste, dass Fernaduus Neffe ein begnadeter Schwafler vor Wudan war. Nun hatte ein blinder Eluu eben auch mal eine Taratze erwischt.

»Gerede!«, rief Fernaduu nun noch erregter. Die Schützenhilfe von Cosimus' Seite war natürlich ein Schuss nach hinten. Colomb hatte längst durchschaut, was der Stoffhändler von seinem eigenen Neffen hielt: nichts.

»Es geht um mein Gold und meine Leute, und ihr zerbrecht euch die Köpfe darüber, welchen Namen das Fantasieland nun hat? Wird es dadurch etwa zu einem wirklichen Land, mit wirklichen Häfen, in denen man mit wirklichen Menschen wirkliche Geschäfte machen kann?«

»Es ist kein Fantasieland, Hugu Fernaduu«, beharrte der Kapitaan.

»Delleray mag ein Halunke und ein durchschnittlicher Kapitaan sein, aber er steht mit beiden Beinen auf der Erde. Er glaubt nicht an dieses Traumgespinst. Und er bestätigte mir auch Berichte von mindestens...«, beschwörend reckte er die vier Finger seiner Rechten in die Höhe, »...von mindestens vier Expeditionen, die nach dem sagenhaften Meeraka aufgebrochen sind und nie wieder...«

»Verzeih, wenn ich dich unterbreche, ehrenwerter Hugu Fernaduu«, mischte Tuman sich endlich ein. »Wenn der Fraacaner Meeraka...«

»*Amerika*, bester Lytnant«, korrigierte Cosimus lächelnd.

»...für eine Legende und die Fahrt dorthin für ein Selbstmordkommando hält, warum rüstet er dann die Krahac seit einem halben Mond für eine Reise nach Meeraka aus?«

Fernaduus Augen weiteten sich. »Er tut *was*...?«, flüsterte er.

»Er trifft fieberhafte Vorbereitungen, um unter allen Umständen vor der Santanna auslaufen zu können«, sagte Colomb ruhig und ohne eine Spur von Genugtuung über die Verblüffung seines Geschäftspartners. »Er will den Ruhm und die Schätze, die in Meeraka warten, für sich.«

»*Amerika*, verehrtester Kapitaan Colomb«, lächelte Cosimus.

»Würdest du für einen Augenblick dein gelehrtes Maul halten?!«, brauste der Alte auf. Dann, mit leiser Stimme an Tuman und Colomb gewandt: »Woher wisst ihr das?«

»Geh in die schmutzigsten Schenken des Hafens«, sagte Tuman. »Dorthin wo Dellerays Lumpenpack sich die Hirne mit Byre und Glutvino flutet. Und wenn du einen von ihnen neben den Sitzfässern unter der Tischplatte liegen siehst, beuge dich zu ihm hinab und frage ihn, wohin seine nächste Reise geht. ›Zu willigen Weibern und märchenhaften Schätzen‹ wird er sagen, ›zu den Weibern und Schätzen Meerakas‹...«

»Wie barbarisch«, ließ sich eine Frauenstimme vom Kamin her vernehmen. Elkie hatte das Gespräch aufmerksam verfolgt.

Fernaduu wandte sich an den Steuermann. »Kannst du das bestätigen, Doyzländer?«

»Ich kenne niemanden von der Krahac«, schnarrte der Zweite Lytnant. Das war der einzige Satz, den er an diesem Abend von sich gab.

Der Stoffhändler verschränkte die Hände auf dem Rücken. Nachdenklich lief er zum Kamin. Dort blickte er in die Flammen. Hin und wieder wippte er auf den Spitzen seiner Stiefel auf und ab.

Tuman warf seinem Kapitaan einen Blick zu, der etwa so viel bedeuten sollte wie »*Gleich haben wir ihn*«. Colomb deutete ein Nicken an. Der Doyzländer machte eine unbeteiligte Miene, und der junge Cosimus ging zurück zur Couch, setzte sich neben das Mädchen und griff erneut zur Laute.

»Ich denke nach!«, schnauzte sein Onkel ihn an. »Unterlass dieses Geklimper wenigstens so lange, bis ich damit fertig bin!« Schnaubend kehrte er zum Tisch zurück. »Ich werde Erkundigungen einziehen«, blaffte er. »Morgen hörst du von mir, Colomb...« Der Kapitaan wusste, dass er gewonnen hatte. »... und wenn du doch mit meinen Leuten und mithilfe meines Goldes in See stechen solltest...« Er fuhr herum und streckte seinen Arm nach Cosimus aus. »Dann will ich, dass du meinen gelehrten Neffen als Privatforscher mit auf die Reise nimmst!«

Colomb hielt das für eine sehr schlechte Idee. Aber er hütete sich, dem Stoffhändler das mitzuteilen. Sogar ein Fass Frekkeuscher-Scheiße würde er an Bord der »Santanna« nehmen, wenn Hugu Fernaduu seine Investition davon abhängig machte.

Sie liefen über Deck. Der Schwarze pries die Segel, die Dampfmaschine, den Rumpf und stellte ihn Seeleuten vor, die zufällig in der Nähe arbeiteten. Gesichter und Namen huschten an Matt vorbei – Clegg, Ruley, Kuki und so weiter. Eine andere Welt. Eine Welt, die er nicht freiwillig betreten hatte. Auch den blonden Muskelmann traf er – den Deutschen, oder Doyzländer, wie Raspun ihn nannte. Er hieß Jochim, und Matt mochte ihn nicht.

Jeder seiner Schritte verursachte ein Rasseln und ein dumpfes Scharren. Ein Zuwachs des Geräuschpegels im Vergleich zu den letzten Tagen unter der Knute von Emrocs Sklaventreibern. Als Emrocs *qualitätsgeprüftes Material* begleitete ihn nur das Rasseln der Kette. Jetzt musste er sich zusätzlich noch an das Gewicht der schätzungsweise sechs Pfund schweren Eisenkugel gewöhnen, die sie an der Kette um seinen linken Knöchel befestigt hatten. Sie kullerte bei jedem Schritt über die Decksplanken.

Die Kette, an der sie hing, war nicht einmal zwei Ellen lang. Also nicht lang genug, um die Kugel zu packen, an die Brust oder an den Bauch zu drücken und das Weite zu suchen. Matt hatte es ausprobiert – wenn er die Kugel hochnahm, reichte ihm die Kette bis kurz über das Knie. In leicht gebückter Haltung wäre eine Flucht möglich gewesen. Vorausgesetzt, alle Seeleute an Bord lägen im Tiefschlaf oder im Vollrausch. Dem war aber nicht so. Eine aus sechs Mann bestehende Wache patrouillierte immer auf dem Pier vor der Landungsbrücke.

Trotzdem drehten sich Matts Gedanken, nachdem die Wirkung des Obiuums nachgelassen hatte, um nichts anderes als um Flucht. Und damit um die schwere Kugel an seiner Fußkette. Und um den Schlüssel, mit dem man den Eisenring um seinen Knöchel öffnen konnte.

Der hing mit etwa siebenundzwanzig anderen Schlüsseln an einem Schlüsselbund. Und der Schlüsselbund hing am Gurt eines massigen Negers. Der Leibsklave des Kapitäns. Nicht nur ein *ge*wichtiger, auch ein wichtiger Mann im Reiche Colombs. Das hatte Matt schnell herausgefunden. Und ein gutmütiger Mann dazu. Matt mochte ihn. Aber doch nicht so sehr, dass er ihn nicht niedergeschlagen hätte, um an den verdammten Schlüssel zu kommen.

Aber schlag mal einen Mann nieder, der einen halben Kopf größer ist als du und gut zweihundertvierzig Pfund Fleisch mit sich herumschleppt. Schlag ihn nieder vor den Augen von etwa dreißig angriffslustigen Seeleuten, von denen – wie gesagt – sechs ständig schwer bewaffnet auf dem Pier vor dem Schiff patrouillierten. Nicht dran zu denken.

Raspun hieß der schwarze Hüne. Er zeigte Matt das Schiff.

Ein merkwürdiges Schiff. Der Rumpf sah aus wie ein Schildkrötenpanzer. Einer der *beiden* Rümpfe, um genau zu sein, denn das Schiff hatte zwei. Es war ein Katamaran. Der größere Rumpf also ähnelte einem klobigen, schweren Schildkrötenpanzer. Keine glatte Schiffswand, sondern unzählige Vorsprünge, Wölbungen, Kanten.

Matt betastete das Material. Da gab es Holzplanken, selbstverständlich, doch noch häufiger stieß er auf Kunststoffteile – halbierte und gekürzte Rohrleitungen, Kotflügel und Kühlerhauben alter Autos, große Tankwände und Ölwannen aus einer leichten Teflonlegierung. Kurz über der Wasserlinie entdeckte er sogar einen Kranz von Truckreifen, die den ganzen Schiffsrumpf umgaben; Reifen aus Plastiflex, schätzte Matt.

Und auch Metall hatten die Baumeister des Schiffes in den Rumpf mit eingearbeitet, vermutlich ebenfalls Fundstücke aus den Müllhalden der untergegangenen Welt. Matt identifizierte die Verkleidung eines Düsentriebwerks und Teile eines Lüftungsschachtes. Der Steven bestand aus einer durchgehenden Magnesiumleiste, die aus einer großen Maschine zu stammen schien.

Der zweite, kleinere und viel schmalere Rumpf war in erster Linie aus Leichtmetall und Kunststoff gefertigt und weitgehend mit einem Material bespannt, dessen Herkunft Raspun nicht erklären konnte. Matt hielt es für gegerbte Fischhaut. Starke, miteinander verstrebte Holzbalken verbanden ihn mit dem Hauptrumpf.

Der schlanke Seitenrumpf trug drei Ruderbarken, bot aber keinerlei Unterkunftsmöglichkeiten für die Mannschaft. Matt schätzte, dass er vor allem eine stabilisierende Funktion hatte.

Der Katamaran hieß »Santanna«. Zwar erinnerte dieser Name nur an die erste Hälfte des Namens jenes anderen Schiffes, mit dem einst – vor fünfhundertzwanzig

Jahren, oder auch vor tausendsechsunddreißig, je nach zeitlichem Standpunkt – die Neue Welt entdeckt worden war. Aber im Zusammenhang mit dem seltsamen Namen des Kapitäns und dem Stichwort, das Matt aus dessen Buch aufgeschnappt hatte, musste Matt sofort an die »Santa Maria« denken, als er den Namen am Bug las. An das Schiff also, mit dem einst der Genuese Christoph Columbus aufgebrochen war, um im Westen einen Seeweg nach Indien zu finden und auf den Bahamas landete.

Dieser Gedanke ließ Matt nicht los. Die ganze Zeit über nicht, als Raspun ihn durch das Schiff führte. Sollte es wirklich möglich sein, dass der Mann mit der Hakennase auf Columbus' Spuren wandelte?

»Die Santanna ist nicht auf günstigen Wind angewiesen.« Raspun deutete auf die beiden Segelmasten des Katamarans und dann auf den Schornstein aus schwarzem Metall. »Der ehrenwerte Kapitaan Colomb hat eine Kraftmaschine in den Schiffsrumpf einbauen lassen. Selbst bei völliger Windstille treibt sie die Santanna voran.«

Die Stimme des Schwarzen vibrierte vor Ehrfurcht, während er das sagte. Matt aber lachte in sich hinein – eine »Kraftmaschine«... Vermutlich eine steinzeitliche Dampfmaschine. Er dachte an seinen Jet. Wie lange war es her, dass er mit dieser »Kraftmaschine« durch die Wolken gerast war?

Raspun führte ihn unter Deck in den Maschinenraum. »Das ist die Kraftmaschine«, verkündete er feierlich.

Es *war* eine primitive Dampfmaschine. Simpler noch als die, die er Monate zuvor im Bauch eines Nordmann-Schiffes gesehen hatte. Und trotzdem erschien sie ihm auf den ersten Blick komplizierter als das Triebwerk seiner F-17 Alpha 1. Natürlich – mit seinem Jet hatte er tagtäglich zu tun gehabt. Eine Dampfmaschine kannte er nur aus dem Physikunterricht und dem Museum. Lange her außerdem.

Öllampen tauchten den Maschinenraum in schummriges Licht. Matt durchschritt ihn langsam und sich aufmerksam nach allen Seiten umsehend. Seine Hand glitt über Dampfkessel, Zylinder und Kaminableitung, während er sich die Anordnung der Maschine vor Augen führte. Eine große Maschine übrigens – sie nahm fast das gesamte Unterdeck im Heckbereich des Katamarans ein.

Matt fand weder Kurbelwelle noch Schwungrad. Die Kolben der beiden Zylinder schienen direkt über eine Kurbelscheibe auf eine Antriebswelle zu wirken. Er hatte kein Schaufelrad am Schiffsrumpf gesehen. Demnach trieb die Antriebswelle eine Schiffsschraube an. Matt konnte sich nicht vorstellen, dass Colomb in der Lage war, einen Schiffsschraubenantrieb zu konstruieren. Es sei denn, der Mann mit dem Raubvogelgesicht war tatsächlich ein Genie. Aber konnte man es wissen?

»Wer hat die Maschine gebaut?« Matts Stimme hallte dumpf durch den Maschinenraum.

»Der Kapitaan hat sie auf einer seiner Reisen gefunden«, sagte Raspun. »Er besitzt Papierstapel voller Zeichen.« Wieder vibrierte die tiefe Stimme des Schwarzen ehrfürchtig. »Darin fand er auch Zeichen, die ihm verrieten, wie man eine Kraftmaschine so in ein Schiff einbaut, dass sie das Schiff bewegt.«

Vorbei an einer Kohlehalde und Holzstapeln stieg Raspun wieder hinauf ans Oberdeck. Matt packte die Kette und zog die Kugel hoch. In gebückter Haltung folgte er dem schwarzen Mann in den weißen Gewändern. Das Heck des Schiffes war von einer brusthohen Reling eingefriedet. An einer Leiter stieg Raspun zur

Kommandobrücke hinauf. Mit der Rechten nach den Sprossen greifend, mit der Linken die Kette mit der Kugel nachziehend, kletterte Matt hinterher.

Raspun stand oben am Geländer und blickte hinunter aufs Deck. Ein harter Zug verfinsterte seine Miene plötzlich. Matt ließ die Eisenkugel auf die Holzplanken knallen, richtete sich auf und folgte Raspuns Blickrichtung.

Eine Frau lief über die Landungsbrücke: schwarzes, streng zurückgekämmtes Haar, im Nacken zu einem Knoten zusammengebunden, dunkelbraune Haut, schwarzes weites Kleid. Sie betrat das Schiff und lief mit raschem Schritt über das Oberdeck. Die Seeleute beobachteten sie, und wenn sich ihre Blicke mit dem der Frau trafen, nickten sie scheu einen Gruß.

Raspun stand regungslos. Bis die Frau durch eine Tür im Schiffsaufbau verschwand. »Wer ist das?«, wollte Matt wissen.

»Nuela. Die Hauptfrau des Kapitaans.« Heiser klang Raspuns Stimme. Er schien diese Frau zu fürchten. »Nimm dich in Acht vor ihr.« Er wandte sich um und betrat den Kommandoraum der Santanna.

Matt zog die Kugel hinter sich her in den engen Raum. Durch das Frontfenster konnte man das ganze Deck und die Segel überblicken. Auf dem breiten Tisch davor lagen Sternkarten und Seekarten, alle von Hand gezeichnet. Matt beugte sich darüber und betrachtete sie aufmerksam.

Die Landkarten waren unvollständig. Europa, Nordafrika, der nahe Osten und Teile des Orients und Westafrikas wiesen sorgfältige Eintragungen von Städten, Flüssen, Höhenzügen et cetera auf. Alle mit Namen versehen, die manchmal nur entfernt an die Namen erinnerten, die auf den Karten des 21. Jahrhunderts zu finden gewesen waren. Diese Beobachtung war für Matt nicht neu: Durch den Rückfall der Zivilisation in den dunklen Jahren nach der Katastrophe waren die Bezeichnungen nur phonetisch überliefert, größtenteils vereinfacht und nach der »Wiederentdeckung« der Schrift genau so niedergeschrieben worden. Dabei schien man eine Vorliebe für Doppelvokale entwickelt zu haben: Orguudoo, Sebezaan, Euree …

Auch die Umrisse der Landmassen wichen teilweise von den kontinentalen Konturen ab, wie Matt sie kannte. Die Nordseeküste zum Beispiel reichte tief ins ehemalige Festland hinein, und die Niederlande waren nicht mehr als eine Inselgruppe. Neben einer der Inseln las er den Namen »Amerdaam« – das ehemalige Amsterdam. Ähnlich Dänemark; auch dort lagen Inseln, die Matt in dieser Form nie auf einer der ihm bekannten Karten gesehen hatte.

Getrennt durch den Atlantik – die Karte nannte ihn Alanta-See – war im Westen eine Landmasse eingezeichnet, die Matt an keine Küstenkonturen erinnerte, die er kannte. Die Fläche dieser Landmasse war weitgehend weiß. Kein einziger Fluss, keine einzige Stadt war darauf eingetragen. Nur ein großer Name: »AMERIKA« und, in Klammern gesetzt, zwei kleinere: »MEERAKA« über dem Gebiet der USA und »AMRAKA« quer über Südamerika.

Matthew blätterte in dem großen Stapel der Sternkarten. Schätzungsweise sechzig lagen dort aufeinander, nur lose mit Lederriemen gebunden. Karten für den südlichen und Karten für den nördlichen Sternenhimmel, und die wiederum unterteilt in die Himmelsansichten der unterschiedlichen Monate.

Er nickte anerkennend. Ob das Raubvogelgesicht diese Karten nun aus alten Dokumenten abgezeichnet oder aufgrund eigener Beobachtungen erstellt hatte – er musste über ausgezeichnete astronomische und navigatorische Kenntnisse verfügen.

Der schwarze Mann in den weißen Kleidern und mit dem weißen Turban stand schweigend neben ihm und beobachtete ihn.

Links neben dem Fenster hing an einem Wandhaken ein Astrolab. Und rechts ein Jakobsstab. Matt entsann sich dunkel, dass diese Geräte bei den alten Seefahrern zur Höhenbestimmung der Sonne und anderer Orientierungsgestirne benutzt worden waren.

Neben dem Kartentisch stand eine mit dem Holzboden verschraubte Metallsäule. Und darauf entdeckte Matt eine große, kunstvoll gestaltete Kompassrose, in deren Mitte eine Metallnadel tanzte. Am Rand der Rose waren die Himmelsrichtungen und Städtenamen eingraviert. Im Südosten las Matt etwa den Namen »Rooma«, im Nordosten »Osloo«, im Süden »Algeer«. Die Scheibe mit den eingravierten Namen schien sich mit der Nadel zu drehen.

Im Westen und Nordwesten war ein englisches Wort eingraviert, das Matt unschwer als »unbekannt« übersetzen konnte. Und darüber hatte jemand in schiefen Zeichen wohl nachträglich den Namen »Amerika« eingeritzt.

Ein Schauer überlief Matt. Er blickte zum Fenster der Kommandobrücke hinaus. Auf dem vorderen Segelmast hockte ein großer schwarzer Vogel. Ein Kolk . . .

Ohne lange zu fragen, war sie eingetreten. Jochim räumte seine wenigen Habseligkeiten in den Spind. Er sah nur kurz auf, als Nuela eintrat. Sie zog die schmale Tür hinter sich zu. Auch wenn es mehr ein enger Verschlag als eine

Kabine war, immerhin stand dem Doyzländer als Zweitem Lytnant eine eigene Kabine zu.

Jochim warf seinen zusammengerollten Ledermantel in die Hängematte. »Du bist vermutlich Yuli, das Zuckerstückchen, dass uns die lange Reise ein wenig versüßen soll«, sagte er, ohne Nuela anzublicken.

»Falsch.« Ein kleiner Schritt und sie stand direkt an seiner Seite. »Yuli ist eine dumme kleine Hure. Ich bin die ehrenwerte Nuela, die Hauptfrau des Kapitaans.« Überrascht blickte der Stoppelkopf auf. Sie ließ ihre Fingerspitzen über die Tätowierung seines linken Armes gleiten. »Was für eine scheußliche Bestie«, sagte sie heiser. »Bist du auch so gefährlich wie ein Gejagudoo?«

Eine Mischung aus Scheu und Verblüffung lag jetzt in der Miene des neuen Steuermanns. Nuela fasste seinen rechten Arm und zog den Mann zu sich herum. »Das gefällt mir schon besser.« Sie lächelte, als ihre Finger über die Tätowierung des rechten Armes strichen, über das Bild der nackten Frau. »Denkst du oft an so etwas?« Verführerisch weich wurde ihre Stimme.

»Was ...« Der Doyzländer schluckte. »Was willst du von mir?«

»Ist das so schwer zu erraten?«, hauchte Nuela. Sie drückte ihren Schenkel an seinen, nahm seine sehnige Hand und legte sie auf ihre Brust. »Vielleicht will ich gar nicht viel von dir? Vielleicht will ich dir nur etwas geben? Mehr als das hier.« Sie rieb seine Hand über ihren Busen. »Vielleicht kannst du dir bei mir ein paar Goldstücke verdienen ...«

Er entzog ihr die Hand. Ihr Lächeln wurde ein wenig kühler. Rückwärts ging sie zur Kajütentür. »Ich liebe Männer wie dich«, flüsterte sie. »Stark und hart – denk darüber nach. Ich erwarte dich in meinem Schlafgemach ...«

Sie wollte die Klinke herunterdrücken, aber er hielt ihre Hand fest. »Ich habe einen Vertrag mit deinem Mann. Ich bin sein Steuermann. Ich werde auf diesem Schiff meine Pflicht tun und sonst nichts. Hast du das verstanden, Frau? Wir vergessen also diese kleine Plauderei, und du lässt mich in Zukunft in Ruhe.« Er drückte die Klinke herunter und schob sie aus der Kabine.

Nuela starrte die ins Schloss gefallene Kajütentür an. Scharf sog sie die Luft ein. Dann raffte sie ihr Kleid hoch und stieg über die schmale Wendeltreppe aufs Oberdeck hinauf. Sie kochte vor Wut.

An Deck traf sie Raspun. Wie er sie musterte! Mit steinerner Miene gab sie seinen Blick zurück. *Wenn du nicht schweigst, stirbst du*, sagte dieser Blick. Und dann sah sie den Mann neben ihm. Auch ein Blonder. Sein rechter Fuß war an eine Eisenkugel gefesselt. Sie taxierte den Fremden. Er sah gut aus. Nicht wie ein Sklave. Warum kannte sie ihn nicht? Kaufte Colomb jetzt schon Sklaven, ohne ihr davon zu berichten? Sie wandte sich ab und verließ die Santanna über den Landungssteg.

Was für ein Trottel, dieser Doyzländer! Über den Pier lief sie auf das Haus zu. Aber gut – wenn er nicht mitspielte, musste sie einen anderen Weg finden, um diese unsinnige Reise zu verhindern …

»Du hast selbst ein Schiff besessen, hörte ich.« Raspun deutete auf den Segelmast. »Dann brauche ich dir die Takelage ja nicht zu erklären.« Er betrachtete Matt nachdenklich. »Der ehrenwerte Kapitaan braucht Seeleute wie dich – erfahrene und kluge Seeleute. Erfahrene Männer haben wir in der Crew. Aber nicht viele kluge.« Er nickte bedeutungsvoll. »Halte dich an Tuman und mich.«

Erfahrene Seeleute . . . Matt überlegte, ob er Emrocs Bluff nicht einfach auffliegen lassen sollte. Vielleicht ließen sie ihn dann hier in Plymeth. Er blickte zum Mast hinauf. *Vielleicht wirst du dann aber auch als Heizer im Maschinenraum eingesetzt. Oder als Küchenjunge in der Kombüse* . . . Und außerdem war die Fahrt auf diesem Schiff ein Glücksfall, wenn es tatsächlich Kurs auf Amerika nahm. Wäre da nicht Aruula . . .

Der riesige Rabe hockte noch immer auf der Mastspitze. »Merkwürdig«, sagte Raspun. »Die Kolks kommen sonst selten aus dem Landesinneren an die Küste. Aber in den letzten Tagen sieht man sie häufiger . . .«

Als würde er zuhören, äugte der Vogel auf sie herab. Matt versuchte die Mikrokamera im Brustgefieder zu erkennen, doch der Kolk war zu weit entfernt. Er stellte sich vor, wie sie jetzt in der Community London vor irgendeiner Kuppelwand saßen, in der ein Monitor flimmerte, und wie sie ihn und den Schwarzen beobachteten.

So nicht, dachte er. *Nicht in Ketten . . . und schon gar nicht ohne Aruula*. Er hob die Hand, den Daumen nach unten. Vielleicht verstanden sie ja diese Geste. *Ich versuche für euch in die ehemaligen Vereinigten Staaten zu kommen – aber so nicht* . . .

Plötzlich ein Schlag. Etwas knallte zu ihren Füßen in die Decksplanken. Und gleich noch ein dumpfer Aufprall. Ein Messer zitterte zwischen ihnen im Mast. Sie fuhren herum. Matts Kette leistete Widerstand. Er blickte hinab: Ein zweites Messer nagelte die Kette in der Planke fest. Mitten hinein in das Kettenglied hatte das Messer getroffen. Es steckte tief im Holz.

»Habe ich euch wenigstens einen Schrecken eingejagt?« Ein großer Mann stand am Eingang zum Unterdeck – grauhaarig, stoppelbärtig, etwa fünfzig, fünfundfünfzig Jahre alt. »Es ist so todlangweilig auf diesem verdammten Kahn.« Der Mann näherte sich. Ein wehmütiges Grinsen lag auf seinen verwitterten Zügen.

»Kuki«, seufzte Raspun. »Der Koch der Santanna. Er hat ein paar wunderliche Angewohnheiten...«

»*Wunderliche Angewohnheiten...!*« Der Mann namens Kuki bückte sich. Ächzend zog er an dem Messer in Matts Kette. »Ich bin Künstler! Das begreift nur niemand auf diesem verrotteten Kahn.« Endlich gelang es ihm, das Messer aus den Planken zu ziehen. »Alle halten mich für den Koch!«

Er richtete sich auf und sah Matt ins Gesicht. Etwas Melancholisches lag in seinen Augen, etwas, das Matt auf Anhieb gefiel. »Ich kann mir so viel Mühe geben, wie ich will, kann den widerlichsten Taratzenfraß kochen – die Hohlköpfe sind nicht davon abzubringen: Sie halten mich für den Koch.« In einer ratlosen Geste breitete er die Arme aus. »Und dich halten sie für einen Sklaven, wie?« Ein bedauernder Unterton mischte sich in seine Stimme. Er senkte den Kopf und betrachtete Kette und Eisenkugel an Matts rechtem Fuß.

»Bitter, bitter«, seufzte er. »Aber so ist das Leben – ein großer Haufen Wakuda-Scheiße. Irgendwann tritt man rein, rutscht aus und wird den Gestank nie wieder los.« Weder Matt noch Raspun antworteten. »Wie heißt du?«, wollte der Mann namens Kuki wissen.

»Matthew Drax.«

»Sei nett zu mir, Drax.« Kuki schlug Matt auf die Schultern und riss sein Messer aus dem Mast. »Dann kriegst du hin und wieder 'ne Extra-Ration, die nicht nach Frekkeuscher-Hirn schmeckt.« Sprachs, wandte sich ab und verschwand in der Tür zum Unterdeck.

Später brachten drei mit Kurzschwertern bewaffnete Seeleute Matt zurück in den Sklavenkerker und schlossen ihn dort ein. Es war kalt in dem kahlen Raum. Matt hüllte sich in das Fell, das man ihm für die Nacht überlassen hatte. Vor dem vergitterten Fenster sog sich die Abendluft mit der Schwärze der Nacht voll. Dunkelheit fiel auf ihn.

Er grübelte nach – über Colomb, das Schiff, die Karten, die er gesehen hatte. *Es ist zu verrückt ... so einen Zufall kann es nicht geben ... Sollte diese Hakennase tatsächlich über den Atlantik segeln wollen ...?*

Der Kolk fiel ihm ein. Er versuchte sich zu erklären, wie man von einem unterirdischen Bunkersystem aus den Zufall arrangieren konnte, dass ein Sklave auf ein Schiff verkauft wird, das – vielleicht – den Atlantik überquert. Er fand keine Antwort.

Nur eines war ihm vollkommen klar: Ohne Aruula würde er niemals einen Weg in die Vereinigten Staaten suchen.

Er entwarf Fluchtpläne und spielte sie durch ...

Nuela betrat den düsteren, voll gestopften Raum, in dem der Kapitaan seine Berechnungen anzustellen pflegte, in dem er seine wahnsinnigen Pläne schmiedete und über die Rätsel der Welt nachgrübelte.

Vor dem voll gepackten Arbeitstisch stand der Afraner und berichtete von dem neuen Sklaven. Colomb, mit seinem verfluchten Buch am Fenster, hörte zu. Nuela ließ sich in den einzigen freien Sessel seitlich des Schreibtisches fallen. Der Kapitaan hatte sie rufen lassen – vermutlich brauchte er ihren Rat. Sie triumphierte innerlich. Vielleicht konnte sie ihn verführen. Vielleicht würde er doch nicht bei Bieena schlafen in dieser Nacht.

»Ein rätselhafter Mann«, sagte Raspun. »So klug – ich habe beobachtet, wie er die Sternkarten studierte, wie er die Seekarten betrachtete und all Eure Instrumente ... Es machte ganz den Eindruck, als sei ihm all das vertraut. Selbst die Kraftmaschine beeindruckte ihn nicht. Er untersuchte jede Einzelheit. Ich bin fast sicher, dass er sie bedienen kann.«

»Dann hat Tuman also einen guten Kauf getätigt.« Colomb nickte zufrieden. »Und die Mannschaft ist endlich vollzählig mit ihm. Sehr gut.«

Raspun zuckte mit den Schultern und seufzte. »Allerdings spüre ich auch seinen Freiheitsdrang. Man muss gut auf ihn Acht geben. Ein Mann wie dieser Maddrax kann nicht anders, als um seine Freiheit zu kämpfen.«

»Meinst du wirklich, er wird einen Fluchtversuch wagen?«

»Ich bin fast sicher, dass er das tun wird.«

»Die Mannschaft soll ihn im Auge behalten. Wenn er zu fliehen versucht, lass ihn hart bestrafen. Wenn er sich aber in sein Schicksal fügt, wird er mir vielleicht noch gute Dienste erweisen.«

Colomb wandte sich übergangslos an Nuela. »Hugu Fernaduu hat heute Morgen einen Boten geschickt. Er hält den Vertrag ein. Weder sein Gold noch seine Männer will er zurückziehen. Für morgen Abend sind Tuman und ich noch einmal in sein Haus eingeladen. Hugu Fernaduu will die Reise ein letztes Mal durchsprechen. Und Abschied feiern. Und in drei Tagen stechen wir in See.«

Ein zauberhaftes Lächeln legte sich auf Nuelas Gesicht. Sie fluchte innerlich, aber sie hatte gelernt, genau die Masken aufzusetzen, die ihren Zielen am dienlichsten waren. »Wie mich das für dich freut, mein lieber Colomb.«

Er antwortete nicht gleich, blickte sie nur mit ausdrucksloser Miene an. Nuela hatte Mühe, ihr Lächeln aufrechtzuerhalten. Doch es gelang ihr. Aus den Augenwinkeln nahm sie Raspun wahr. Colombs Leibsklave beobachtete sie. Wie sie ihn hasste ...

»Du wirst hier bleiben und dich um die Häuser kümmern.« Fast blieb ihr Herz stehen. Doch die Maske hielt. »Es ist mir nicht entgangen, wie ungern du lange Seereisen unternimmst. Ich denke, du wirst dankbar sein, in Plymeth bleiben zu können.«

»Noch lieber wäre ich an deiner Seite, ehrenwerter Colomb. Aber ich habe nicht zu entscheiden.«

»Nein.« Er wandte sich zum Fenster. »Bieena wird mich begleiten ...«

Der Boden wankte unter ihren Füßen, als sie hinter Raspun den Arbeitsraum verließ.

In dieser Nacht fand sie keinen Schlaf. *In drei Tagen stechen wir in See... Bieena wird mich begleiten...* Wie Feuer brannten Colombs Worte in ihrem Hirn. Nicht nur ihr Plan, die Seereise zu verhindern, drohte endgültig zu scheitern – sie lief Gefahr, ihre Machtstellung einzubüßen. Raspun stand Colombs Herzen jetzt schon näher als sie selbst. Und wenn Bieena ihn auf die lange Reise begleitete, würde sie als Hauptfrau zurückkehren. O ja – etwas anderes zu hoffen wäre einfältig gewesen.

Je länger sie wach lag und grübelte, desto deutlicher nahm ein Plan Gestalt an. Irgendwann, gegen Morgen, stand sie auf ...

»Maddrax! Sklave! Wach auf ...«

Die zischende Stimme vermischte sich mit seinen Träumen. Er träumte von Aruula. In seinem Traum standen sie Arm in Arm am Bug eines Schiffes und blickten in die Brandung. »Land«, sagte Aruula und deutete über die hohen Wellen hinweg zum Horizont.

Matt folgte ihrem ausgestreckten Arm und erkannte die Skyline Manhattans an der Küste. Sein Herz machte einen Sprung, und er lachte laut auf, hob Aruula hoch und drehte sich mit ihr auf den Armen im Kreis. »Ist das deine Heimat?«, fragte Aruula. Und plötzlich war da wie aus dem Nichts das Zischen einer fremden Stimme.

»Wach auf, Maddrax, wach endlich auf...!« Das Traumbild verblasste. Matt wollte es festhalten, aber wie Wasser einem durch die Finger rinnt, so verflüchtigten sich die Bilder von der Küste, vom Meer und von der Geliebten in der Dunkelheit. Matt riss die Augen auf und lauschte.

»Bist du wach?« Die Stimme kam von der Kerkertür. »Komm an die Tür, ich habe mit dir zu reden.«

Matt schälte sich aus der Decke und wankte zur Tür. Er lehnte sich gegen das eisenbeschlagene Holz. »Wer ist da?«

»Eine Freundin«, flüsterte die Stimme. »Ich kenne den Weg in die Freiheit für dich.«

Augenblicklich war Matt hellwach. »Wer bist du?«

»Ich bin die ehrenwerte Nuela – die Hauptfrau Kapitaan Colombs.« Die bronzehäutige Frau mit dem schwarzen Kleid stand ihm plötzlich vor Augen. »Ich hab dich heute mit Raspun auf der Santanna gesehen. Und ich habe Gefallen an dir gefunden.«

»Wie willst du mich befreien? Hast du einen Schlüssel zur Zellentür? Einen Schlüssel für meine Fußkette?«

»Ich bin mächtig, Maddrax. Mächtiger, als die meisten wissen. Wenn du die Freiheit willst – und du willst sie –, dann bekommst du sie.«

Wo ist der Haken?, dachte Matt. »Du tust das doch nicht aus reiner Menschenliebe...«

»Vielleicht doch?«

»Was willst du von mir als Gegenleistung?«

»Wer weiß – vielleicht ein bisschen Liebe, vielleicht einen kleinen Gefallen ... willst du morgen Nacht zu mir kommen? Dann werde ich dir genau erklären, was ich von dir will.«

»Ich bin angekettet.« Matts Intuition warnte ihn. Er spürte, dass diese Frau ihn zu einem gefährlichen Spiel einlud. »Und eingeschlossen.«

»Ich werde jemanden zu dir schicken. Jemanden, der die richtigen Schlüssel bei sich tragen wird.«

»Und wenn die Wachen es bemerken?«

Die Stimme auf der anderen Seite der Tür zischte verächtlich. »Bist du ein Mann oder ein Eunuch, Maddrax? Als Hauptfrau kann ich mir jeden Sklaven rufen lassen, von dem ich bedient werden will. Und es gibt Männer unter den Wachen, die mir aus der Hand fressen. Also – wirst du kommen?«

Lass es bleiben, raunte seine innere Stimme. Dann wieder das Traumbild – Aruula und er vor der Küste der Vereinigten Staaten. *Nimm dich in Acht vor ihr,* hörte er den schwarzen Raspun sagen. Und wieder Aruula – wie sie mit gesenktem Kopf auf dem Podest des Sklavenmarktes stand. *Es ist eine Chance, Commander – vielleicht deine letzte. Greif zu!*

»Ich werde kommen ...«

Auf dem Gang vor ihrem Schlafgemach passte sie Bieena ab. Es war früher Morgen. Nuela hatte kein Auge zugemacht.

»Guten Morgen, ehrenwerte Nuela.« Das schwarze Mädchen lächelte im Gefühl ihrer Überlegenheit. »Du siehst müde aus.«

»Wird er heute Nacht bei dir schlafen?«

»Wer weiß?«

»Wirst du bei ihm schlafen?«

»Wer weiß?« Bieena schwebte an ihrer besiegten Rivalin vorbei und tänzelte dem Ende der Zimmerflucht entgegen, wo der Eingang zum Baderaum lag.

»Er wird nicht bei dir schlafen, und du wirst nicht bei ihm schlafen.« Nuela verschränkte die Arme vor der Brust. »Er schläft nämlich bei *mir*.«

Bieena fuhr herum. Sie machte ein weinerliches Gesicht. »Aber ... aber er sagte doch, er sei bei einem Gelage. Und danach wolle er noch arbeiten ...«

»Ach ja – du hast völlig Recht, mein schwarzes Täubchen: das Fest bei dem Stoffhändler. Und die letzten Reisevorbereitungen. Das hatte ich völlig vergessen.« Nuela drehte sich um und ließ die verdutzte Bieena stehen.

Über die Sklaventreppe lief sie hinunter ins Erdgeschoss. Was sie wissen wollte, wusste sie nun. Colomb würde nach seiner Rückkehr nicht ins Frauenhaus kommen. Vielleicht würde bis zu seiner Rückkehr auch schon alles vorbei sein. Aber Nuela wollte nichts dem Zufall überlassen. Und wenn dieser Sklave ihr Angebot ausschlagen sollte – sie glaubte es nicht, aber sie hatte gelernt, den Menschen alles zuzutrauen – sollte er es also ausschlagen, dann würde sie einen anderen Weg gehen.

Sie fand Schann in der Küche. Er saß auf einem Hocker inmitten einer großen Halde schmutziger Tofanen. Eine klemmte zwischen seinen Schenkeln, und er schälte sie. Als er Nuela in der Tür erblickte, lächelte er. *Warte nur, Bürschlein*, dachte sie, *das furchtlose Grinsen wird dir bald vergehen ...*

»Ich habe mit dir zu reden, Koch.«

»Ja?« Der Schönling ließ das Messer sinken und sah

sie erwartungsvoll an. Noch immer ohne Scheu. Sie hasste ihn dafür.

»Mit niemandem sprach ich über euer Liebesstündchen«, fuhr Nuela fort. »Kein Wort. Ich überlege mir, ob ich es weiterhin so halten soll.« Voller Genugtuung sah sie, wie das Grinsen aus seiner Miene verschwand. »Das hängt nun ganz davon ab, ob du mir einen Dienst erweisen wirst.«

Schann rammte das Messer in die Tofane und legte sie auf den Steinboden. »Was für einen Dienst?« Er war plötzlich blass.

»Ich brauche zwei Schlüssel aus Raspuns Bund. Und ich brauche jemanden, der mir heute Nacht einen Gefangenen in mein Schlafgemach bringt.«

Der junge Koch schwieg. An den Bewegungen seines Adamsapfels und seiner Kaumuskeln las Nuela ab, dass er mit sich kämpfte.

»Ich will deine Antwort jetzt«, sagte sie kalt. »Und überlege dir gut, wie du antwortest. Es steht in meiner Macht, dich zu zerschmettern ...«

Am Vormittag begann es in Strömen zu regnen. Ein Seemann stellte Matthew wortlos einen Krug Wasser in die Zelle und legte einen Brotfladen darüber. Matt versuchte sich an den Namen des Mannes zu erinnern. Er fiel ihm nicht ein.

Seit Stunden hockte er in seiner Zelle und starrte hinauf zu dem vergitterten Fenster. Der kleine Ausschnitt des schwarzen Himmels, den er sehen konnte, war noch deprimierender als die feuchte dunkle Zelle. Draußen klatschten schwere Regentropfen auf den Hof.

Matt grübelte. Seine Gedanken kreisten um Aruula. Um das Raubvogelgesicht und sein Schiff, und immer wieder um die Frau in Schwarz. Eine fiebrige Unruhe befiel ihn.

Irgendwann hörte der Regen auf. Vier, fünf Stunden mochten vergangen sein. Zwei Männer der Santanna holten Matt aus der Zelle. Einer war der, der ihm Wasser und Brot hingestellt hatte. Der Name fiel Matt wieder ein: Clegg.

Sie führten ihn in den Hinterhof. Ein großer Karren stand dort. Und an der Fassade stapelte sich Holz. Daneben eine Halde Steinkohle. »Aufladen«, knurrte der Mann namens Clegg. Die beiden hockten sich auf die Türschwelle. Clegg holte Würfel aus der Hosentasche. Sie begannen um kleine Silberstücke zu würfeln.

Matt packte das Holz auf den Karren. Die Eisenkugel scharrte über den Kies, während er zwischen Karren und Holzstapel hin und her wankte. Stundenlang ging das so – hin und her, hin und her.

Irgendwann sah er, wie sich ein Flügel des Holztores in der bogenförmigen Hofeinfahrt öffnete. Zwei Männer, die er auf der Santanna gesehen hatte, traten durch das Tor. Einer von ihnen schloss es ab. Die Seeleute gesellten sich zu den beiden auf der Schwelle und stiegen in das Spiel mit ein. Hin und wieder warfen ihm die Männer lauernde Blicke zu. Die Wut nagte an Matts Eingeweiden. Er biss die Zähne zusammen und arbeitete. Der Fußring, an dem Kette und Kugel befestigt waren, scheuerte seine Knöchel wund.

Als er den Holzstapel endlich auf den Wagen gepackt hatte, holte Clegg einen dreckigen geflochtenen Korb aus einem der Lagerräume. Er warf ihn Matt vor die Füße. »Die Kohlen da rein, und dann rauf auf den Wagen.« Matt stierte ihn aus schmalen Augen an. Und stellte sich vor, wie er dem Seemann seine Eisenkugel auf den Schädel schmetterte.

Ein Platzregen stürzte urplötzlich aus dem Himmel. Die Männer sprangen auf, deckten Kohlenhaufen und Karren mit Lederplanen ab und führten Matt zurück in seine Zelle.

Der Regen hörte nicht auf. Es wurde Abend, und immer noch trommelte der Regen vor Matts Zellenfenster auf Steinfliesen und Planen. Die Tür wurde aufgeschlossen. Wieder war es der mürrische Clegg, der ihm Wasser und Brotfladen in die Zelle stellte, ohne ein Wort zu sprechen.

Matt aß und trank. Die Knochen taten ihm weh von der Arbeit. Er rollte sich in seine Felle und verfiel in düstere Grübeleien. Irgendwann sank er in einen unruhigen Schlaf.

Nur wenige Stunden später weckte ihn das zurückschnappende Schloss der Zellentür. Er schrak hoch. Die Tür öffnete sich; matter Lichtschein fiel in die Zelle. Dann Schritte. Jemand betrat den Kerker, eine Öllampe vor sich ausgestreckt. In ihrem Schein sah Matt eine kleine schlanke Gestalt, ein angespanntes Gesicht und kurzes blondes Haar. Ein noch junger Mann. Hinter ihm standen zwei Bewaffnete. Matt hatte sie noch nicht gesehen bisher.

Der Blonde drückte einem seiner Begleiter die Lampe in die Hand. Er kam zu Matt, bückte sich und öffnete die Fußschelle mit einem Schlüssel. Alles verlief wortlos. Matt stand auf und folgte dem Jungen zur Zellentür. Fast stolperte er, so ungewohnt war es, ohne die schwere Kugel zu laufen.

Kräftige Hände packten Matts Unterarme. »Es ist nicht die Zeit für Dummheiten«, knurrte einer der Bewaffneten. Er drückte Matt die blanke Klinge eines Kurzschwertes unter das Kinn. »Kapiert?«

Der Blonde ging voran. Über eine schmale Treppe

gelangten sie ins Obergeschoss. Ein süßlicher Duft hing zwischen den holzgetäfelten Wänden des Ganges. In seiner Mitte standen sich zwei Skulpturen aus grauem Holz gegenüber – Delfine. Über ihre Schnabelschnauzen mit einem niedrigen, aber breiten Holzpodest verbunden, bogen sich ihre Körper senkrecht nach oben. Auf ihren horizontal abgewinkelten Schwanzflossen standen Öllampen.

Der Blonde blieb vor einem dunkelblauen Vorhang stehen, schob ihn ein Stück zur Seite und klopfte behutsam gegen eine Tür. Die wurde kurz darauf ein Stück zur Seite geschoben. Nuelas Gesicht erschien im Türspalt. An der Frau vorbei drängten die Bewaffneten Matt in den Raum hinein. Nur einer folgte ihm und zog die Tür hinter sich zu. Der zweite Wächter und der Blonde blieben draußen.

»Du wirst es nicht bereuen, dass du gekommen bist, Maddrax.« Nuela fasste ihn am Arm und führte ihn zu ihrem Bett. Sie zog ihn auf das niedrige Lager, legte sich hin und stützte den Kopf auf die Rechte. Sie trug ihr glattes schwarzes Haar offen. Ein schwarzer Leinenmantel bedeckte ihre nackten Schultern und ihre Brüste nur dürftig.

Vorsicht, dachte Matt, *die wenigsten Fallen sehen auf den ersten Blick wie Fallen aus...* Er konnte das Lächeln nicht deuten, mit dem sie ihn musterte. Wollte sie ihn um den Finger wickeln? Empfand sie Genugtuung, weil er gekommen war? Wollte sie ihn gar verführen?

Er wandte sich nach dem Bewaffneten um. Der Mann stand mit gezogenem Schwert vor dem Fenster. Ein kräftig gebauter Bursche, ein Stück größer noch als Matt.

»Er hört uns nicht«, sagte Nuela. »Er ist taubstumm. Und die anderen beiden sind mir blind ergeben.«

»Was willst du von mir?«

Mit dem Handrücken strich sie über den Stoff seines olivgrünen Anzugs. »Deine Kleider sind schmutzig. Musstest du hart arbeiten heute?« Sanft klang ihre Stimme, fast Anteil nehmend. Ihre Hand legte sich auf seine und streichelte sie.

»Was willst du von mir?« Matt widerstand dem Impuls, seine Hand wegzuziehen. *Wenn sie Sex will, bekommt sie Sex – ein Schleuderpreis für die Freiheit . . .*

Das Lächeln auf ihrer Miene gefror. Ihre Lider verengten sich. »Du hast gesehen, dass ich die Schlüssel zu deinem Kerker und für deine Ketten besitze.«

Das klang nicht nach einer Frage. *Sie steckt ihre Verhandlungsposition ab . . .* Matthew nickte.

»Ich werde dir den Kerkerschlüssel als Pfand überlassen und dir den Schlüssel für die Fußkette geben, sobald du mir einen Gefallen getan hast.«

»Was für einen Gefallen?«

»Zwei Dinge.« Sie richtete sich auf. Matt konnte ihren Atem auf den Wangen fühlen, so nah schwebten ihre dunklen Augen vor seinem Gesicht. Kalte Augen. Ihn fröstelte, als er es entdeckte, wie kalt sie waren. »Du wirst die Kraftmaschine unbrauchbar machen. Ich weiß, dass du sie bedienen kannst. Brich etwas aus ihr heraus, schraub etwas von ihr ab, tu irgendetwas, damit sie nicht mehr funktioniert.«

»Und das Zweite?«

»Töte den Doyzländer.«

»Den neuen Steuermann?«

Sie nickte. Matt betrachtete die kalten Augen, die herbe Frauenmiene vor sich. Undurchdringlich war sie. Er wusste nicht, was für ein Spiel das war, in dem sie ihn als Figur benötigte. *Sie will die Fahrt sabotieren. Aus irgendeinem Grund will sie verhindern, dass die Santanna aus-*

läuft ... Also will sie das Gleiche wie ich. Aber ich werde niemanden töten.

Er nickte langsam. »Einverstanden.«

Ihr Lächeln entblößte ihre weißen Zähne. »Ich wusste, dass du ein Mann bist.« Sie streichelte sein Gesicht. »Ich sah dich und wusste: Dieser darf keine Ketten tragen.« Sie drückte ihm einen Kuss auf die Lippen. Kalte, trockene Lippen. »Du musst es spätestens übermorgen tun, hörst du?« Matt nickte. »Ich lasse dich morgen Nacht wieder holen. Dann sind wir ungestört.« Ihre Zunge drang zwischen seine Lippen. » Und dann erzählst du mir, wie du es anstellen willst.« Matt nickte.

Abrupt stand sie auf und gab dem taubstummen Wächter am Fenster einige Handzeichen. Matt drehte sich nicht nach ihm um, aber er hörte, wie sich seine Schritte näherten. Langsam erhob er sich. Neben Nuela und vor dem Wächter ging er zur Schiebetür. Aus den Augenwinkeln sah er das Schwert in der Rechten des Mannes. Er hielt es in Hüfthöhe, die Spitze auf Matt gerichtet.

»Morgen, Maddrax – morgen Nacht.« Nuela lächelte und ergriff seine Hand. Matt riss die Frau zu sich, packte sie und schleuderte sie dem Bewaffneten entgegen. Der riss sein Schwert hoch, um seine Herrin nicht zu verletzen. Nuela stieß einen spitzen Schrei aus. Matt setzte ihr nach. An ihrem Kopf vorbei rammte er dem Bewaffneten die Faust ins Gesicht.

Nuela warf sich ihm kreischend entgegen. Matt wich blitzschnell aus, stieß ihr den Ellenbogen in die Rippen und warf sich gleichzeitig auf den am Boden liegenden Wächter. Ein Hagel von Fausthieben prasselte auf den Mann nieder. Bis er endlich das Schwert losließ. Matt schlug ihm die flache Klinge über den Schädel. Schon klammerte sich Nuela von hinten an ihm fest. Sie schrie wie ein wildes Tier.

Wieder benutzte Matt die Ellenbogen. Schonungslos stieß er sie nach hinten in den Bauch der Frau. Bis sie ihn freigab und ächzend zusammenbrach. Matt rannte zur Tür, riss sie auf und stürzte in den Gang hinaus. Der unbedingte Wille, dieses Haus als freier Mann zu verlassen, trieb ihn an.

Niemand war auf dem Gang. Von rechts näherten sich rasche Schritte. Hinter ihm schrie Nuela. Matt spurtete der Tür am Ende des Ganges entgegen, die in das schmale Treppenhaus führte. Die Treppe ins Untergeschoss. Er packte das Schwert mit beiden Händen und lief darauf zu.

Die Tür wurde aufgestoßen, der zweite Wächter sprang in die Zimmerflucht. Als er Matt sah, blieb er stehen und riss sein Schwert hoch. Langsam näherte er sich. Seine dunklen Augen funkelten angriffslustig. Auch Matt war stehen geblieben. Der Kampf schien unvermeidlich. Der Kampf mit einem geübten Schwertkämpfer – keinen Augenblick ließ Matt sich verführen, seine Chancen zu überschätzen.

Nuelas Geschrei hinter ihm wurde schriller. Er blickte sich um – sie stand an der Tür. »Ein Eindringling!«, schrie sie. »Packt ihn!« Am anderen Ende des Ganges tauchten jetzt zwei weitere Bewaffnete auf. Das Schwert in den Händen, flog Matts Blick hin und her – von dem Angreifer vor ihm zu den beiden Wächtern hinter ihm. »Packt ihn!«, kreischte die Frau.

Nur zwei Schritte vor Matt war ein Vorhang zu einer Zimmertür. Matthew handelte, ohne nachzudenken. Er rannte zu dem Vorhang, riss ihn zur Seite und zog die Schiebetür dahinter auf. Er wunderte sich nicht darüber, dass der Schwertträger vor ihm nicht angriff.

Hinein in das halbdunkle Zimmer. Er blickte in das erschrockene Gesicht eines schwarzen Mädchens – mit einer Öllampe in den Händen stand sie vor ihrem Bett. Er registrierte die langen Vorhänge vor einem offenen Fenster. Mit zwei Sätzen hatte er sie erreicht. Er klemmte sich das Schwert zwischen die Zähne, packte den Vorhang und schwang sich über das Fensterbrett.

»Greift ihn!«, schrie Nuela.

Bis zum Vorhangsaum hangelte er sich an dem Stoff hinunter, stemmte die Füße gegen die Hauswand, blickte hinab in den dunklen Hof. Vier oder fünf Meter unter sich sah er die Steinfliesen. Das konnte das Ende bedeuten. Oder die Freiheit. Er stieß sich ab und ließ den Vorhang los.

Stechender Schmerz zuckte durch seinen linken Knöchel, als er aufprallte. Er rollte sich ab und verlor das Schwert – die Klinge prallte dumpf in den nassen Kies. Er kümmerte sich weder um das Schwert noch um den Schmerz im Fußgelenk, hetzte auf den Karren zu und packte die Deichsel.

Die bogenförmige Tordurchfahrt war nur ein schwarzer Schatten in der dunklen Fassade, die den Hof von allen Seiten umgab. Mit aller Kraft stemmte Matt sich gegen die Deichsel. Er stieß einen Schrei aus, der Karren setzte sich in Bewegung. Der Kies knirschte unter den eisenbeschlagenen Holzrädern. Matt steuerte den schwarzen Schatten auf der Fassade an. Schneller, immer schneller bewegte sich der Karren darauf zu.

»Er versucht das Tor zu durchbrechen!«, brüllte eine Männerstimme aus dem offenen Fenster des Obergeschosses. Endlich krachte der Karren donnernd gegen das Tor. Ein Flügel sprang auf.

Keuchend rannte Matt am Karren vorbei. Die Kaistraße! Dunkle Umrisse von Schiffsmasten hinter der Kaimauer. Schritte vom Pier her. Viele Schritte. Matt presste sich rücklings an die Mauer der Hofdurchfahrt und spähte in die Dunkelheit. Da kamen sie – neun oder zehn Männer! Sie hatten schon die Kaistraße erreicht! Zielstrebig hielten sie auf das Tor zu – Männer der Santanna!

Die Enttäuschung brannte in Matts Brustkorb. Irgendeiner der Wächter musste Lichtsignale gegeben haben. Matt sah zurück in den Hof. Die Tür neben dem Kohlehaufen öffnete sich eben. Drei Wächter stürmten auf den Hof. Sein Blick fiel auf eine Treppe in der Fassade der Hofdurchfahrt. Wo mochte sie hinführen? Egal – hinauf.

Matt stolperte in die Dunkelheit, prallte gegen eine Tür, drückte die Klinke hinunter – die Tür war nicht abgeschlossen. Hinein – wohin auch immer. Leise schloss er die Tür hinter sich. An einer glatten Wand entlang tastete er sich durch einen Gang. Bis er gegen das Geländer einer Treppe stieß. Er huschte die Stufen hinauf. Von draußen aus der Durchfahrt klangen erregte Männerstimmen. Bald würden sie auf die Tür aufmerksam werden – eine Frage von Sekunden, allenfalls Minuten.

Matts Augen gewöhnten sich an die Dunkelheit. Er begriff plötzlich, wo er sich befand: in dem Teil des Gebäudes, wo er der Hakennase gegenübergestanden hatte. Er schlich an drei Türen vorbei. Das musste sie sein – die Tür zum Arbeitszimmer des Kapitäns. Sie war verschlossen.

Gehetzt blickte Matt um sich. Konturen von Möbeln ragten in der Dunkelheit auf. Was hing dort zwischen zwei Türen an der Wand? Matts Hände ertasteten einen Spieß. Er riss ihn herunter, bohrte die Spitze in die Spalte zwischen Blatt und Rahmen und brach die Tür auf.

Dunkelheit empfing ihn auch in diesem Raum. Es roch nach Staub und wurmstichigem Holz. Er stolperte gegen den Schreibtisch, schwang sich darüber und schob ihn vor die Tür. Noch immer keine Schritte auf der Treppe.

Ans Fenster. Dort standen sie – vor der Hofeinfahrt. Gestikulierten, riefen durcheinander und deuteten in verschiedene Richtungen. Er saß in der Falle – auch hier. *Warte, bis sie von dort unten verschwinden, dann seilst du dich ab...* Er wusste genau, dass sie nicht so dumm sein würden, die Hofeinfahrt unbewacht zu lassen. Die irrwitzige Hoffnung triumphierte über seinen Verstand.

Schwer atmend lehnte er sich gegen die Wand, legte den Kopf zurück und schloss die Augen. Erst einmal verschnaufen. *Du musst es schaffen, du musst zu Aruula, du musst...*

Seine Hand berührte eine Kommode. Er öffnete die Augen. Die Umrisse der Truhe auf der Kommode. Matt stieß sich von der Wand ab. Er zog die obere Schublade auf. Seine Finger glitten über Papiere und berührten den Schlüssel. Er schloss die Truhe auf. Das Buch – das alte, zerfledderte Buch, in dem er das Wort »America« gesehen hatte. Er holte es aus der Truhe und schnürte den Ledereinband auf...

»In zwölf Monden werden wir zurück sein, Hugu Fernaduu.« Kapitaan Colomb hob sein Glas. »Spätestens in fünfzehn.«

»Dein Wort in Wudans Ohren, Colomb«, sagte der alte Stoffhändler. Sie stießen an – Colomb, Tuman, Cosimus, sein Onkel und dessen Tochter. Der rote Vino aus Espaana schmeckte säuerlich. Aber es war ein Rauschsaft, der schnell zu Kopfe stieg. Fernaduu und Cosimus liebten Rauschsäfte, die schnell zu Kopf stiegen. Colomb liebte einen klaren Kopf. Er trank den Vino nur, um seinen

Geschäftspartner nicht zu kränken. Und er trank wenig. Der schweigsame Tuman tat es ihm nach.

Anders der junge Cosimus. Das halbe Glas leerte er auf einen Zug. Die missbilligenden Blicke seines Onkels entgingen Colomb nicht. Auch nicht der Unwille auf den Zügen des Alten, wenn er seinen Neffen hin und wieder heimlich beobachtete, während dieser mit seiner Tochter flirtete.

Cosimus stellte sein Glas auf den Tisch. »Zur Feier des Abends bringe ich Euch, bester Onkel, und Euch, verehrter Kapitaan, ein Ständchen.« Er wandte sich dem Mädchen zu und verbeugte sich. »Und natürlich dir, liebste Elkie.« Er lief zum Kamin, wo seine Laute an der Couch lehnte. Colomb bemerkte, wie Fernaduu die Augen verdrehte. Natürlich hatte er zugesagt, Cosimus mit auf Reisen zu nehmen. Als Forscher und Chronist. Er ahnte, dass es seinem Geschäftspartner einzig und allein darum ging, seinen Neffen für möglichst lange Zeit loszuwerden.

»Ich habe ein Lied gedichtet, nur für diesen feierlichen Augenblick.« Cosimus kam zurück zum Tisch. Sein Gesicht strahlte, das peinliche Schweigen der anderen deutete er als gespannte Erwartung. Er stellte ein Bein auf seinen Stuhl, legte den Klangkörper auf den Oberschenkel und begann sein Instrument zu stimmen. »Die Ballade des Seefahrers, der auf einer Insel gestrandet ist und sich nach seiner Liebsten sehnt.« Er schlug einen Akkord an. »Die Ballade eines Seefahrers, der den Weg nach Meeraka...«

Lautes Pochen erklang plötzlich an der Eingangstür. Fernaduu stellte sein Glas ab und eilte in den Vorraum seines Hauses. Männerstimmen wurden laut. Jemand stieß atemlose Worte aus. »Schnell, Colomb – es gibt Schwierigkeiten in deinem Hause.«

Colomb und Tuman gingen ebenfalls in den Vorraum. Clegg stand vor der Haustür, hinter ihm Kuki, Ruley und ein weiterer Seemann der Santanna. »Der Sklave ist geflohen!«, sagte Clegg.

»Matthew Drax?«

»Ja, Kapitaan.«

Colombs Gesicht verfinsterte sich. Der stechende Blick seiner gelblichen Augen richtete sich auf seinen Ersten Lytnant. »Schaff ihn herbei! Um keinen Preis der Welt darf sich der Aufbruch verzögern, sonst kommt uns der Fraacaner zuvor!«

»Verlasst Euch auf mich, Kapitaan«, sagte Tuman. »Ich finde ihn.«

Matt hatte die Vorhänge vor den beiden Fenstern rechts und links der Kommode zugezogen und eine kleine Ölleuchte in die Truhe gestellt. Den Deckel halb gesenkt, blätterte er in dem uralten Buch. Es war eine englischsprachige Ausgabe des Bordbuches der »Santa Maria«. Ein Tagebuch Christoph Columbus' mit Kommentaren eines Historikers. Einen Hinweis auf das Erscheinungsjahr gab es nicht. Die ersten hundertzwanzig Seiten des Buches fehlten. Aber Matt stieß auf einige Fußnoten mit Quellenangaben. Die jüngste zitierte Quelle stammte aus dem Jahre 2007.

Mit halbem Ohr lauschte Matt den Stimmen auf der Straße. Noch immer war niemand auf den Gedanken gekommen, die Räume des Kapitäns zu durchsuchen. Er nahm sich nicht die Zeit, den Text aufmerksam zu lesen. Doch er überflog die Textpassagen, die mit schwarzer Tinte unterstrichen waren. Unterstreichungen des Kapitäns, vermutete Matt. Die Tinte war dunkel, und im einundzwanzigsten Jahrhundert kam ein

Leser in der Regel nicht auf die Idee, Textstellen mit Tinte zu markieren.

Angestrichen waren zum Beispiel Stellen mit navigatorischen Hinweisen. Oder Berichte über Tunfischherden und Seevögel oder angeschwemmte Blätter oder Baumteile – all das eben, was auf nahes Land hindeutete. Auch Bemerkungen über Untiefen, Klippen und metereologische Beobachtungen hatte der Mann mit der Hakennase angestrichen.

Matt hatte keine Zeit, über die Tatsache zu staunen, dass ein Buch aus seinem Zeitalter einen Menschen, von dem ihn eigentlich ein halbes Jahrtausend trennte, zu einer gewagten Seereise veranlasste. Jedenfalls gab es nun keinen Zweifel mehr – der eigenartige Name des Mannes, der Name seines Schiffes, die Karten auf der Kommandobrücke und jetzt dieses Buch ... Ein Mosaiksteinchen fügte sich an das andere: Kapitän Colomb wollte Amerika neu entdecken. Eine andere Schlussfolgerung kam gar nicht infrage.

Die Stimmen auf der Straße waren verstummt. Matt lauschte – tatsächlich! Dort unten sprachen keine Männer mehr miteinander. Dafür entfernten sich Schritte.

Matt drehte den Lampendocht herunter und klappte die Truhe zu. Eng an die Wand gepresst, spähte er auf die nächtliche Kaistraße hinunter. Kein Mensch war zu sehen.

Er riss zwei Vorhänge von den Schienen und verknotete sie. Seine Hände fuhren über den Schreibtisch, bis sie den Schaft eines Messers ertasteten. Er zog es aus einem Gefäß und ließ die Finger über die Klinge gleiten. Nur ein Brieföffner – doch besser als gar keine Waffe.

Leise öffnete Matthew einen Fensterflügel. Er verknotete ein Ende des Vorhangs mit einem der Fenstergriffe. Keine besonders stabile Befestigung, aber die paar Meter hinab auf die Straße sollte sie halten. Sie musste einfach.

Noch ein Blick hinunter zur Toreinfahrt. Niemand war zu sehen oder zu hören. Die Stille hatte etwas Bedrohliches. Matt ließ die Vorhänge an der Fassade hinuntergleiten und seilte sich ab. Niemand wurde auf ihn aufmerksam. Er konnte sein Glück kaum fassen.

Er spurtete bis zur Einmündung einer kleinen Gasse und bog in sie ein. *Geschafft! Ich glaubs nicht, aber ich habs geschafft...* Die Erleichterung überwältigte ihn. *Was jetzt?*

Nach wenigen Schritten erreichte er eine Gasse, die parallel zur Kaistraße durch das Hafengebiet führte. Er huschte hinein. Es konnte nur ein Ziel für Matt geben.

Immer wieder presste er sich dicht an die Fassaden der Häuser, lauschte in die Dunkelheit, spähte nach allen Seiten, lief weiter, suchte Deckung in einem Treppenaufgang, lauschte erneut, lief weiter, immer weiter. *Aruula, ich bin unterwegs zu dir...*

Der Gedanke, sie könnte längst verkauft, längst verschifft und weiß Gott wohin auf dem Meer unterwegs sein, fiel ihn an wie ein Fiebertraum. Er versuchte ihn wegzuschieben. *Dann werde ich sie suchen, dann werde ich Emroc, dieses fette Schwein, so lange verprügeln, bis er verrät, an wen er sie verkauft hat...*

Stimmen drangen aus einer Spelunke. Ihre Tür öffnete sich. Ein Betrunkener wankte auf die Straße, ein Mann in einem langen Mantel und breitkrempigen Hut. Matt drückte sich an die Fassade und beobachtete ihn. Der Betrunkene brummte vor sich hin, stützte sich an der Hauswand ab und schwankte Matt entgegen.

Der huschte in eine Toreinfahrt. *Ich muss unbedingt unerkannt bis zu Emrocs Haus kommen... zu Aruula...*

Der Betrunkene torkelte in den Torbogen hinein, als seine Hand ins Leere griff. Matt zögerte keinen Augenblick. Zweimal schlug er zu; ächzend sank der Mann aufs Kopfsteinpflaster.

»Sorry«, murmelte Matt. Er zog ihm den Mantel aus und schlüpfte hinein. Den Hut drückte er sich tief in die Stirn. Hin und her schwankend, als wäre er betrunken, setzte er seinen Weg fort. In dieser Tarnung wagte er sich über die nächste Gasse wieder an den Hafen und die Kaistraße hinunter. Dunst stand dort unten über dem Kopfsteinpflaster.

Bald erreichte er die Werft, torkelte an den Lagerhallen und Baubaracken vorbei, und schließlich schälten sich die Umrisse eng aneinander gebauter Giebelhäuser aus dem nächtlichen Dunst. Matt verlangsamte seine Schritte, wagte sich nahe an die Häuserfront heran. Und erreichte eine hohe bogenförmige Hofeinfahrt, wie man sie häufig sah im Hafenviertel. Doch Matt erkannte sie sofort: das Tor zu dem Haus, das Emroc hier in Plymeth gemietet hatte. Der Eingang zur Sklavenhalle.

Matthew blieb stehen. Etwa zwanzig Schritte trennten ihn von dem Tor. Fieberhaft überlegte er, wie er es anstellen könnte, in das Haus einzudringen. Sein Blick glitt über Fenster und Erker, seine Hand schloss sich um den Schaft des Brieföffners unter dem gestohlenen Mantel.

Plötzlich stutzte er: Das Tor stand offen. Zögernd näherte er sich. Eine Gestalt schwankte zwischen den Torpfosten. Instinktiv fiel Matt wieder in den torkelnden Gang. Bis er die lange dunkle Haarmähne der Gestalt im Tor erkannte.

Es war eine Frau. Es war ... Aruula!

»Was ist geschehen?« Colomb stand in Nuelas Schlafgemach, hinter ihm, an der offenen Schiebetür, Raspun, sein Leibsklave. Nuela saß auf dem Bett. Sie zitterte und weinte.

»Beruhige dich.« Colomb schritt zum Bett. Vor seiner Hauptfrau blieb er stehen. Er legte seine Hand auf ihren Kopf. »Beruhige dich.« Hugu Fernaduu hatte ihm eine geflügelte Androne geliehen. Gleich nachdem Clegg die schlechte Nachricht überbracht hatte, war er zu seinem Haus geritten. »Es gibt keinen Grund mehr zu weinen«, sagte er ohne erkennbare Gefühlsregung in der Stimme. »Beruhige dich endlich und berichte mir, was geschehen ist.«

Raspun beobachtete die Szene von der Tür aus. Er wünschte sich, der Fußboden würde sich unter ihm öffnen und Orguudoos finstere Tiefen würden ihn auf immer verschlingen.

»Ich wollte in den Baderaum gehen«, schluchzte Nuela, »und plötzlich sah ich diesen Sklaven aus Bieenas Schlafgemach treten. Ohne Ketten, ohne Eisenkugel am Fuß...«

Colombs ausdruckslose Miene wurde nun ganz zu Stein. »Er kam aus Bieenas Schlafgemach?« Seine Stimme klang heiser und monoton.

Nuela nickte. »Er sah mich, sprang mich an und würgte mich. Er wollte mich in mein Schlafgemach zerren und...«

»Hat er Bieena überfallen?«, unterbrach Colomb sie scharf. Nuela schlug die Hände vors Gesicht und schüttelte den Kopf. »Sie hat nicht um Hilfe gerufen?!« Wieder ein Kopfschütteln, Nuela schluchzte. »Und er war ohne Fußkette?« Colombs Blick heftete sich an seinen Leibsklaven. »Wie kann das sein?«

»Ein Wächter will gesehen haben, dass der Koch in der Nähe des Kerkers herumstrich«, jammerte Nuela. »Sie haben die Schlüssel bei ihm gefunden.«

Die gelben Augen des Kapitaans ließen den schwarzen Mann an der Tür nicht mehr los. »Wie kann das sein, Raspun?«

»Ich weiß es nicht, ehrenwerter Kapitaan«, flüsterte Raspun.

»Lass Bieena in den Kerker sperren«, befahl Colomb. »Und den Koch ebenfalls.«

Es war Aruula, kein Zweifel. Doch warum stand sie dort im Tor? Warum wand sie sich stöhnend hin und her, als wäre sie festgebunden?

Geh weiter, riet ihm seine innere Stimme, *hier stimmt etwas nicht!* Matt konnte es nicht. »Aruula?«, fragte er.

Keine Reaktion. Er lief ein paar Schritte auf das Tor zu. Deutlich sah er jetzt ihr Gesicht. Und dass ein dicker Lederstrang ihren Mund knebelte. Heißer Schreck durchzuckte ihn.

Die Frauengestalt verschwand plötzlich in der Dunkelheit des Torbogens. Matt hörte ein Geräusch hinter sich und fuhr herum. In einem Halbkreis standen sie da – vielleicht fünfzehn Schritte hinter ihm. Etwa zwanzig Männer. Trotz des Dunstes und der Dunkelheit konnte Matt ihre Waffen erkennen – Schwerter, Messer und Speere.

Verfluchter Mist! Die Erkenntnis, in eine ganz und gar durchsichtige Falle gelaufen zu sein, zog ihm förmlich den Boden weg. *Wie kann ein einzelner Mensch nur so blöd sein?!*

»Wir haben auf dich gewartet.« Die Männerstimme kam aus der Tordurchfahrt. Tumans Stimme. Matthew blinzelte in die Dunkelheit. Der Erste Lytnant der Santanna trat durch das Tor auf die Straße hinaus. »Wohin soll ein Mann schon fliehen, den man von seinem Weib getrennt hat?«, fragte Tuman. »Fesselt ihn.«

Der neue Tag dämmerte vor dem Gitterfenster seines Kerkers. Nicht nur die Eisenkugel hing wieder an seinem Fuß – sie hatten ihn jetzt auch an der Zellenwand angekettet.

Matt wusste, dass Colomb ihn bestrafen würde. Es interessierte ihn nicht. Noch nicht. Die Gewissheit, seine letzte Chance verspielt zu haben, hatte jede Empfindung aus seiner Brust vertrieben. Schläge oder was auch immer ihn erwarten mochte – Schlimmeres, als kurz vor dem Ziel zu scheitern, gab es in seiner Vorstellung nicht. Er war am Ende. Das Schicksal mochte seinen Lauf nehmen.

Schlüssel rasselten draußen vor der Zellentür. Jemand schloss auf. Die Tür öffnete sich. Clegg trat ein und zog die Tür hinter sich zu. Matt sah kurz auf und blickte den Seemann gleichgültig an. Der grinste.

»So kanns gehen«, sagte Clegg. »Aber alle Achtung – hast es geschafft, dreißig Mann auf die Beine zu bringen. Is schon 'ne Leistung für einen dreckigen Sklaven.« Er schnaubte verächtlich. »Allerdings – sich mit einer der Frauen des Kapitaans zu vergnügen...«, tadelnd schüttelte er den Kopf, »...das würd mir nicht im Traum einfallen. So was machen nur Hohlköpfe. Wir hatten da einen Steuermann, der Vorgänger des Doyzländers, der war auch so blöd...« Er lehnte sich gegen das Gemäuer neben der Tür. »Nun gut. Es ist, wie es ist. Du hast es getan, wir haben dich erwischt, und nun zahlst du den Preis. Schwamm drüber. Kommen wir zum Geschäftlichen.«

Matt starrte auf den nackten Steinboden vor sich. Die Worte des Seemanns rauschten an ihm vorbei.

»Folgendes«, sagte Clegg. »Meine Aufgabe ist es, dich nach Ethera zu befördern. Oder in Orguudoos Finsternis. Weiß ja nicht, für welchen Ort du dich in deinem kurzen Leben empfohlen hast.« Er feixte. »Jedenfalls bevorzugt der Kapitaan da eine Methode, die er in Algeer kennen gelernt hat. Schwert in den Bauch, Bauch aufschlitzen, raus mit den Innereien und langsam verrecken. Vorher wird dir natürlich noch der kleine Übeltäter abgeschnitten.« Er lachte meckernd. »Alles nicht das, was man sich so vorstellt, aber wie sagen sie bei den Wandernden Völkern? Et fa comu fa.«

Matt hob langsam den Kopf. »Ich muss sterben?«

»Hoppla«, feixte Clegg. »So schnell kapiert nicht jeder.«

Es war mehr ein Staunen als ein wirkliches Erschrecken. Selbst diese Aussicht berührte Matt nicht besonders.

»Ich kenn da einen Trick«, fuhr Clegg im Plauderton fort. Das Schwert einfach ein bisschen höher ansetzen und sofort rein ins Herz. Niemand merkts, wenn ich mich geschickt anstelle. Und du kriegst nicht mit, wie du ausläufst. Mach ich aber nicht umsonst. Also – hast du irgendwo 'ne Familie, die dafür bezahlt? Hast du irgendwo Gold oder Edelsteine oder sonstwas Brauchbares vergraben?«

Der Seemann schien jedes Wort ernst zu meinen. Wie ein Fischhändler, der einen Preis genannt hat, blickte er auf Matt hinunter – auffordernd, lauernd und kalt.

»Verpiss dich«, zischte Matt.

Bieena weinte leise. Die Hände auf den Rücken gefesselt und nur mit einem Lendentuch bekleidet, stand sie zwischen ihren Bewachern. Es war kalt, und es regnete nicht. Trotzdem glänzte die schwarze Haut ihres Körpers feucht.

Links von ihr, ebenfalls gefesselt und von zwei Bewaffneten flankiert, stand Schann, der junge Koch aus

Parii, auch er nackt bis auf einen Hüftschurz. Seine Lippen waren blutverkrustet, sein linkes Auge geschwollen und blaugrün verfärbt. Sie hatten ihn geschlagen.

Und rechts des weinenden Afra-Mädchens – Commander Matthew Drax. Clegg und zwei andere Seeleute hatten ihm die Uniform ausgezogen. Nur seine Unterhosen trug er am Leib. Er fröstelte. Den Kopf gesenkt, starrte er in den feuchten Kies. Nichts wollte er sehen – die Männer mit den Trommeln an der Hausfassade neben der Hofeinfahrt nicht, das dunkle Gesicht des Ersten Lytnants neben ihnen nicht, nicht die Frauen an den Fenstern oder den erhöhten Ledersessel zwanzig Schritte vor ihm, und schon gar nicht die drei Pfähle hinter ihm.

Die schwarze Eisenkugel neben seinem rechten Fuß und die Kette im Kies sahen aus wie fremdartiges Tier, das seine Klaue nach ihm ausgestreckt hatte – ein Tiefseefisch oder ein mutierter Skorpion. Die beiden Männer an seiner Seite hielten ihn an den Oberarmen fest. Einer davon war Clegg. Nicht weit von ihm entfernt stand der Blonde mit den Kreolen und den Tätowierungen auf den Armen. Jochim, der neue Steuermann. Matt hatte keine Ahnung, welche Rolle er bei der Hinrichtung spielen sollte.

Etwas knarrte, und Matt hob den Kopf. Auf der linken Seite des Innenhofes, nicht weit neben dem Torbogen der Einfahrt öffneten sich die beiden Flügel einer Tür. Raspun, der Leibsklave des Kapitaans, trat auf den Hof. Er trug keine weißen Kleider heute – Umhang, Pluderhosen, Turban: alles Schwarz. Nur seine Gesichtshaut war nicht schwarz. Sie hatte die Farbe nasser Holzasche.

Er machte den Ausgang frei und stellte sich neben die Pforte. Seite an Seite betraten nun Colomb und seine Hauptfrau den Hof. Colomb blickte sich um – langsam und aufmerksam, als würde er die Männer im Hof und die Frauen oben an den Fenstern der Frauengemächer zählen. Dann schritt er zu dem erhöhten Sessel. Nuela hatte sich bei ihm untergehakt. Raspun folgte ihnen. Der Kies knirschte unter ihren Schuhsohlen. Der Gang des Leibwächters wirkte unsicher.

Colomb stieg die beiden Stufen zu dem Sessel hinauf und setzte sich. Nuela und der schwarze Leibsklave nahmen rechts und links neben dem Thron Platz.

Ja, ein Thron war es. Und wie ein König thronte der große hagere Mann in der roten Lederkleidung nun über dem Innenhof. Wie ein Herrscher über Leben und Tod. Matt starrte sein langes Gesicht an – die roten Augen, die Hakennase, den grauen Kinnbart. Er hatte nicht einmal mehr Kraft genug, ihn zu hassen.

Seine Augen wanderten von Colomb zu der Frau neben seinem Thron. Nuela reckte das Kinn in die Höhe. Ihre Wangenknochen traten hervor. Ein harter, erbarmungsloser Zug lag auf ihrem Gesicht. Matt fixierte ihre dunklen Augen. Das war keine Frau, die da stocksteif neben dem erhöhten Sessel stand – das war ein tödlicher Sumpf.

... in den du wie ein Blinder hineingestolpert bist ...

Etwas Heißes stieg aus seiner Brust hoch. Seine Kehle brannte mit einem Mal. Matt spuckte aus. Nuela und Raspun zuckten zusammen. Colomb ließ mit keinem Zucken seiner Miene erkennen, dass er es wahrgenommen hatte. Clegg schlug Matt die flache Schwertklinge in den Rücken. »Reiss dich zusammen, Sklave!«

Kies knirschte unter Stiefelsohlen. Tuman entfernte sich von den vier Trommlern und schritt langsam und würdevoll auf den Sessel seines Kapitaans zu. Dort blieb er stehen, drehte sich um und streckte seinen Arm nach dem blonden Koch aus.

»Schann von Parii. Du hast den Kerkerschlüssel und den Schlüssel zu der Fußkette des Sklaven Maddrax aus dem Schlüsselbund des Leibsklaven unseres Kapitaans gestohlen. Du hast das Vertrauen des Kapitaans missbraucht und verwirkt. Durch deine Tat konnte seine Ehre beschmutzt werden. Durch deine Tat brachtest du das Leben der ehrenwerten Nuela, der Hauptfrau unseres Kapitaans, in Gefahr.«

»Erbarmen!« Schann warf sich auf die Knie. »Erbarmen, ehrenwerter Kapitaan! Niemals wollte ich deine Ehre antasten! Ich hab es nur getan, weil ...«

»Kannst du das bezeugen, Seemann?!«, rief der Südländer vor dem Sessel Colombs.

»Ich habe den Koch vor dem Kerker des Sklaven herumschleichen sehen«, sagte einer der beiden Männer, die hinter Bieena standen. Matt erkannte ihn wieder – es war der Wächter, der ihn zusammen mit dem Taubstummen und dem Koch zu Nuela gebracht hatte. Er kannte seinen Namen nicht.

»Das stimmt nicht!«, jammerte der Koch. »Es war ganz anders, ehrenwerter Kapitaan! Schenkt mir mein Leben, ich will alles ...«

»Schweig!«, herrschte Tuman ihn an. Er wandte sich an Clegg. »Kannst du das bezeugen, Seemann?!«

»Ich und zwei andere Seeleute haben beide Schlüssel bei ihm gefunden!« Cleggs raue Stimme hinter Matt.

»Lasst mich erklären!«, rief Schann. »Ich kann alles erklären ...!«

»Hiermit entziehe ich dir dein Amt, Schann von Parii. Nie wieder wirst du in der Palastküche als Koch dienen. Du kennst die Strafe. Sie treffe dich, wie die Faust Wudans jeden trifft, der sich gegen die Götter und unseren Kapitaan vergeht!«

Er nickte, und Matt spürte, wie Cleggs Hand seinen

Arm losließ. Der Seemann zog sein Schwert. Die beiden Bewacher des Kochs zerrten ihn aus dem Kies und schleppten ihn zum linken der drei Pfähle.

»Erbarmen, Kapitaan! Erbarmen! Sie hat von mir verlangt, dass ich die Schlüssel stehle!« Schann machte heftige Kopfbewegungen in Nuelas Richtung. »Sie, eure Hauptfrau!« Die Seeleute fesselten ihn an den Pfahl.

Matt beobachtete, wie Raspun die Lehnen des Sessels ergriff und sich zu Colomb beugte. Er flüsterte ihm etwas zu. Darauf wandte sich Colomb an Nuela. »Ist das wahr?«

»Er lügt um sein Leben, mein Kapitaan.« Ein Lächeln huschte über ihre herben Züge. Ein fast liebliches Lächeln.

Colomb lehnte sich wieder zurück in seinen Sessel. Reglos blickte er den halbnackten Koch an. Entsetzen und Panik spiegelte sich auf dessen Gesicht. Sein Mund stand offen, seine Blicke hingen an dem Mann, der sein Leben in der Hand hielt. Auch Clegg, das Kurzschwert in der Hand, blickte zu dem Thron des Kapitaans. Für Sekunden schienen alle den Atem anzuhalten.

Dann nickte Colomb. Trommelwirbel erhob sich. Erst leise, dann immer lauter. Schann atmete keuchend, Bieena weinte laut, und Raspun senkte den Kopf. Matt sah, wie Clegg vor den gefesselten jungen Mann trat. Nur kurz holte er aus, dann ein kurzes feuchtes Knirschen – Schann stieß einen lang gezogenen Schrei aus.

Clegg trat neben den Pfahl. Ein Blutschwall schoss aus dem geöffneten Bauch des Mannes. Der Hof, der Himmel, die ganze Welt schien erfüllt von Schanns Schreien und dem Dröhnen der Trommeln.

Matt schloss die Augen. Sein Kopf summte, sein Mund und seine Kehle wurden trocken. Die Schreie ebbten nur langsam ab. Matt hörte ein Würgen von

Colombs Sessel her. Er öffnete die Augen wieder –
Raspun hatte sich umgedreht. In gebückter Haltung
stand er etwas abseits des Sessels und erbrach sich in den
Kies. Auf Nuelas Miene lag ein dämonisches Lächeln.
Ihre dunklen Augen schienen zu lodern.

Quälend lange dauerte es, bis das Gebrüll des Sterben-
den schließlich verstummte. Und mit ihm die Trommeln.

Bange Augenblicke lang hörte man nur das leise Weinen Bieenas. Bis Tuman sich räusperte und mit ausgestrecktem Arm auf sie deutete. »Bieena von Afra. Du hast
nicht geschrien, als der Sklave Maddrax dein Schlafgemach betrat. Du hast ihn aus freien Stücken in dein Lager
unter deine Decke gelassen. Du hast die Treue gebrochen
und die Ehre unseres Kapitaans beschmutzt.«

»Nein«, heulte sie auf. »Nein, nein, nein . . .«

Matt hielt den Atem an. *Was war das? Was hat Tuman da
gerade gesagt . . . ?* Bis zu diesem Moment hatte er geglaubt, dass er wegen seiner Flucht mit dem Tode
bestraft werden sollte. Und weil er sich im Schlafraum
der Hauptfrau aufgehalten hatte. Keiner hatte ihm
geglaubt, dass sie ihn holen ließ.

»Kannst du das bezeugen, Seemann?«

»Ich fand den Sklaven in Bieenas Schlafgemach!« Wieder trat der Bewaffnete als Zeuge auf, der dabei gewesen
war, als sie ihn aus der Zelle abholten.

Vor Matts innerem Auge wiederholte sich die Szene in
der Zimmerflucht des Frauentraktes. *Darum also griff er
mich nicht an . . . Er wollte, dass ich in den Raum hinter den
Vorhang fliehe! Genau in diesen Raum sollte ich fliehen . . .*
Langsam nur, ganz langsam dämmerte ihm, dass er in
eine Falle gelaufen war. *Sie hatte ein Drehbuch für den Fall,
dass ich nicht mitspiele . . .*

»Kannst du das bezeugen, ehrenwerte Nuela?«

»Der Sklave hielt sich in ihrem Gemach auf!«, rief Nuela. »Und sie hat nicht geschrien!«

Die Männer rechts und links von Bieena schoben ihre Arme unter deren Achseln und zerrten sie rückwärts zu dem mittleren Pfahl. »Sie ist eine Schlange, Colomb – sie will mich aus dem Weg räumen!«, schrie Bieena.

Immer klarer sah Matt. *Sie will also nicht nur verhindern, dass das Schiff ausläuft, sie will auch noch eine Konkurrentin loswerden...* Ungeheure Wut packte ihn.

»Verfluchte Teufelin!«, brüllte er an Nuelas Adresse. Sein Bewacher rammte ihm das Knie in die Nieren. Matt sackte in den Kies.

»Nie zuvor hatte ich diesen Sklaven gesehen!«, jammerte Bieena. Sie banden das Mädchen an den Pfahl. »Hört mich an! Bitte hört mich an! Ich vernahm lautes Rufen vor meiner Tür und stand auf! Und dann stürzte auch schon der fremde Mann in mein Gemach...!« Clegg stellte sich vor sie, das blutige Schwert in der Hand. Die Trommler begannen wieder auf ihre Trommeln zu schlagen. »Hört mich an...!« Bieenas Stimme erstickte in Tränen.

»Genau so war es!«, brüllte Matt. »Wenn du dieses Mädchen umbringen lässt, Colomb, stirbt eine Unschuldige!« Ein Fußtritt schleuderte ihn in den Kies. »Ich hatte nichts mit ihr!« Die Wut war wie ein Betäubungsmittel. Er schrie einfach weiter. »Die da hat mich rufen lassen!« Er zeigte auf Nuela. »Sie wollte mir zur Flucht verhelfen, wenn ich dafür deinen Steuermann töte!« Wieder ein Fußtritt, und wieder in die Nieren. Matt krümmte sich zusammen.

»Ich kann bezeugen, dass Nuela den neuen Steuermann unbedingt kennen lernen wollte!« Das war Raspuns Stimme! Colomb hob die Hand. Die Trommeln verstummten. Clegg ließ die Blutklinge sinken und trat neben Bieenas Pfahl. Der schwarze Körper des Mädchens bebte vor Weinkrämpfen.

Mit einer Handbewegung winkte Colomb den Doyzländer zu sich.

»Sie winseln um ihr Leben!«, rief Nuela erregt. »Sie lügen das Graue vom Himmel herunter! Ihr erbärmliches Leben wollen sie retten, weiter nichts!«

Matt sprang auf seine Knie. Seine Nieren stachen. »Sie ist eine Teufelin!«, schrie er. »Eine Dienerin Orguudoos! Sie kam zu mir in den Kerker und bot mir eine Nacht mit ihr und die Freiheit, wenn ich den Steuermann töte und die Dampfmaschine der Santanna zerstöre!«

Colombs Lider verengten sich. Wie versteinert saß er auf seinem erhöhten Stuhl. Der blonde Mann aus Doyzland baute sich vor ihm auf.

»Ihr wisst, dass sie die Reise nach Meeraka fürchtet, ehrenwerter Kapitaan.« Raspuns dunkle Stimme klang heiser. »Ihr wisst, dass sie Bieena hasst, weil ihr sie mitnehmen wollt. Auch mich hasst sie und ...«

»Du wirst doch nicht einem schwarzen Sklaven Glauben schenken!«, kreischte Nuela. »Er treibt es mit Männern! Ich hab gesehen, wie er den Koch ...!«

»Schweig!« Colombs Stimme klirrte vor Kälte. »Was soll das hohle Geschwätz?!« Sein eisiger Blick richtete sich auf Jochim, den Doyzländer. »Was hast du dazu zu sagen? Rede, Steuermann!«

»Nun, ehrenwerter Kapitaan ... was geht mich das alles an?« Der Blonde druckste herum. »Ich weiß von nichts ... Ich weiß nur, dass eure Hauptfrau mich gleich am ersten Tag in meiner Kajüte aufgesucht hat.«

Colombs Finger klammerten sich um die Armlehnen seines Sessels. Matt sah das Weiße seiner Knöchel hervortreten. Die Flügel seiner Hakennase bebten.

»Sie ... sie verhielt sich merkwürdig ... was soll ich

sagen?« In einer ratlosen Geste breitete der Steuermann die Arme aus. »Sie lud mich ein, sie nachts in ihrem Schlafgemach zu besuchen. Keine Ahnung, was sie von mir wollte...«

»Lüge!«, kreischte Nuela. »Alles Lüge...!« Sie fuchtelte mit geballten Fäusten und stampfte im Kies auf.

»Hast du es so auch mit Fylladschio gemacht?!«, fragte Colomb scharf.

»Bei Wudan, Colomb!« Nuela legte die Hände auf die Sessellehne und blickte ihn beschwörend an. »Ihr werdet diesem Pack doch nicht glauben? Bin ich nicht eure treueste Ratgeberin? Bin ich nicht eurem Herzen am nächsten?!«

Colomb sah ihr in die Augen. Lange tat er das. Totenstill war es jetzt im Innenhof. Verachtung und Bitterkeit standen im Raubvogelgesicht des Kapitaans. Um Jahre gealtert wirkte er plötzlich. Er wandte sich von Nuela ab und ließ seinen Blick über den Innenhof wandern, langsam, sehr langsam. Die Männer standen reglos. Bieena hinter Matt an ihrem Pfahl hatte aufgehört zu weinen.

»Bindet sie los«, befahl Colomb. »Bringt sie in ihr Gemach. Dem Sklaven versetzt zehn Peitschenhiebe. Und sie –« Sein Arm streckte sich aus und deutete auf Nuela. »Legt sie in Ketten, und werft sie in den Kerker...«

Bis in die Nacht hinein verhörte Colomb alle Betroffenen – Bieena, Raspun, die Männer, die für die Bewachung der Frauengemächer verantwortlich waren, den neuen Steuermann. Tuman führte sie nacheinander in sein Arbeitszimmer. Manche zwei und drei Mal. Auch Matt musste ihm Rede und Antwort stehen.

Am folgenden Tag noch forschte der Mann mit dem Raubvogelgesicht nach der Wahrheit. Obwohl sie längst auf der Hand lag. Dann endlich akzeptierte er sie: Nuela hatte die Ausfahrt verhindern wollen. Nuela hatte ihren Rang als Hauptfrau mit Krallen und Zähnen verteidigt. Nuela duldete niemanden, dem der Kapitaan Vertrauen schenkte. Nuela mit ihren Verführungskünsten hatte auch den heißblütigen Fylladschio in die Falle gelockt.

Gegen Mittag, bei strömendem Regen, wurde der Seemann hingerichtet, der Matt zusammen mit dem jungen Koch und dem Taubstummen in Nuelas Schlafgemach gebracht hatte. Die gesamte Besatzung der Santanna musste zusehen, wie Clegg ihm im Innenhof den Bauch aufschlitzte.

Danach schickte Colomb seinen treuesten Gefolgsmann zu Nuela in die Zelle – Tuman. Niemand war dabei, als der Erste Lytnant die Frau mit einem Dolch erstach. Colomb schloss sich in sein Arbeitszimmer ein. Die ganze Nacht saß er über seinem alten Buch und über Seekarten. In den Berechnungen der Route, auf der er das sagenhafte Meeraka ansteuern wollte, vergaß er seinen Schmerz.

Am Tag darauf wurden die Anker gelichtet, die Segel gehisst und die Dampfmaschine angeworfen. Die Santanna stach in See.

Kaum jemanden an Bord erfasste so etwas wie Reisefieber oder gar Euphorie. Die Ereignisse der Tage vor dem Aufbruch lasteten auf Mannschaft und Kapitän.

Matt stand an der Heckreling und blickte auf das Kai und die Stadt zurück. Sie wurde kleiner und kleiner. Sein Rücken brannte, aber die Haut war nicht aufgeplatzt. Raspun persönlich hatte seine Bestrafung überwacht und dafür gesorgt, dass Clegg nicht allzu fest zuschlagen konnte.

Matt stand noch an der Reling, als Plymeth mit der Küste zu einem dunklen Streifen verschwommen war. Seine Hände umklammerten das kalte Metall. Er spürte nicht, wie ihm die Kälte in die Fingergelenke kroch. Aruulas Bild schien im grauen Einerlei von Himmel, Küste und Meer zu leuchten.

Vorbei, dachte er, *wieder einmal vorbei* ... Sein Verstand sprach ihm diese Worte vor. Sein Herz war dazu außer Stande.

Irgendwann erklangen Schritte hinter ihm. Ein Mann lehnte sich neben ihm an die Reling – grauhaarig, stoppelbärtig. Kuki, der Messerwerfer, der Koch der Santanna. »Ach wie tröstlich!« Er schlug Matt auf die Schulter. »Ich bin also nicht der Einzige, der diesem verfluchten Steckenpferd frönt – zurückblicken. Das macht so schön traurig, nicht wahr, Matthew Drax? Blicke nur immer wacker in die Vergangenheit, und deine Zukunft geht vor die Hunde.« Er grinste wehmütig.

Irgendwann – die Küste war längst außer Sicht – stieg Tuman die Treppe aus der Kommandobrücke herunter. Wortlos bückte er sich zu Matthews Füßen und schloss die Fußschelle auf, die Matts Knöchel mit Kette und Eisenkugel verband. Jetzt, da die Küste so weit entfernt war, hielt man es wohl für unwahrscheinlich, dass er über Bord springen und versuchen würde, Britana schwimmend zu erreichen.

»Der Kapitaan will mit dir sprechen«, sagte der Südländer. Hinter ihm her stieg Matt zur Kommandobrücke hinauf. Er blickte in den dunstigen grauen Himmel.

Ein großer Rabe flatterte über dem Schiff. Bis weit hinaus aufs Meer hatte er die Santanna begleitet. Bevor Matt den Kommandoraum betrat, drehte der Kolk ab und flog zur Küste zurück ...

Ihre Hände waren schon taub. Sie hatten sich um die Gitterstäbe des Käfigs verkrampft. Ja, in einen Käfig hatten Emrocs Sklaventreiber Aruula gesperrt.

Niemand hatte sie kaufen wollen. Noch nicht. Zu widerspenstig, zu wild hatte sie sich gebärdet. Doch Emroc verhandelte bereits mit einem Interessenten. Aruula wusste, dass es nur eine Frage der Zeit war, bis sie das Eigentum eines anderen Menschen werden würde. Und sie wusste, dass sie niemals irgendjemandes Eigentum sein konnte.

Am Horizont verschwammen Meer und Himmel. Das Schiff war nicht mehr zu erkennen. Das Schiff, das Maddrax weg von ihr trug.

»Vergiss ihn«, hatte Emroc ihr ins Gesicht gefeixt. »Du wirst ihn nie wieder sehen. Ein Verrückter hat ihn gekauft, Kapitaan Colomb. Der bildet sich ein, im Sonnenuntergang gäbe es das Märchenland Meeraka. Sie werden ersaufen oder verhungern oder verdursten, alle. Auch Maddrax. Also vergiss ihn.«

Das war am Tag gewesen, nachdem er und die Fremden sie als Köder für Maddrax missbraucht hatten. Niemals würde sie Emroc das vergessen. *Vergiss ihn . . .* Und niemals würde sie Maddrax vergessen.

Hinter dem grauen Horizont war er verschwunden. Auf einem Schiff, dessen Form ihr fremdartig und unheimlich erschienen war. Unter Menschen, die sie hasste. Zu einem Ziel, das sie nur aus Legenden kannte.

Nicht nur Emroc sagte: »Vergiss ihn.« Auch der brennende Schmerz in ihrer Brust sagte das. Eine Stimme in ihrem zerbrochenen Herzen. Jedenfalls glaubte sie in diesen Stunden im Käfig, es sei ein für alle Mal zerbrochen. In diesen schweren Stunden, während die Santanna zu einem kaum noch sichtbaren Punkt schrumpfte und schließlich mit Himmel und Meer verschmolz.

Aber da gab es noch eine andere Stimme in Aruula. Ein laute, eine kraftvolle Stimme. *Niemals werde ich dich vergessen, Maddrax,* sagte diese Stimme, *bis ans Ende der Welt werde ich gehen, um dich zu finden ...*

ENDE

**Personen, Schauplätze, Begriffe, Hintergründe:
das fundierteste Lexikon zur Fantasy-Welt von J.R.R. Tolkien,
bearbeitet und ergänzt von Helmut W. Pesch**

Das Standardwerk zur Welt des »Herrn der Ringe«, des »Hobbit«
und des »Silmarillion«. Mit genauen Worterklärungen aller Namen
und Bezeichnungen. Sachkundig bearbeitet und auf den neuesten
Stand gebracht von einem der führenden Tolkien-Experten
Deutschlands, unter Verwendung von Tolkiens bislang nicht auf
Deutsch erschienenen Manuskripten und Studien zu Mittelerde.
Mit ausführlichen Textverweisen auf die deutschen Ausgaben von
Tolkiens Werken.

»Robert Fosters Das große Mittelerde-Lexikon *stellt, wie ich durch
häufigen Gebrauch herausgefunden habe, ein bewundernswertes
Nachschlagewerk dar.«* Christopher Tolkien

3-404-20453-0